Sur l'auteur

Madhuri Vijay est née et a grandi à Bangalore. Elle est lauréate du Pushcart Prize, et ses articles paraissent dans *The New Yorker*, *The Best American Nonrequired Reading*, *Narrative Magazine* et *ELLE* (Inde), entre autres. *Le Temps de l'indulgence* est son premier roman et a connu un engouement incroyable.

MADHURI VIJAY

LE TEMPS DE L'INDULGENCE

Traduit de l'anglais
par Typhaine Ducellier

10/18

FAUBOURG MARIGNY

“Some People,” from Miracle Fair by Wislawa Szymborska,
translated by Joanna Trzeciak. © 2001 by Joanna Trzeciak.
Used by permission of W. W. Norton & Company, Inc.
This book was completed in part due to an Edwards Fellowship,
and the author wishes to thank the Edwards family.

Titre original :
The Far Field

ISBN : 978-2-264-08054-7
Dépôt légal : août 2022

À MBK, qui adorait lire,
et à X, qui donne l'impression
que cette île est un monde,
et que le monde est notre île.

Autre chose doit se produire, mais où et quoi ?
Quelqu'un se dirigera vers eux, mais quand et qui
sous combien de formes et avec quelles intentions ?
S'il a le choix,
peut-être choisira-t-il de ne pas être l'ennemi et
de leur laisser un semblant de vie.

Wisława Szymborska,
« Certaines personnes »

I

CHAPITRE 1

J'ai trente ans. Ce n'est rien du tout, trente ans.

Je sais l'impression que je donne en disant ça, et j'hésite à commencer par un tel lieu commun, mais laissez-moi le dire quand même, au risque d'avoir l'air naïve. Et laissez-moi aussi ajouter ceci : il y a six ans, un homme que je connaissais a disparu de son domicile, dans les montagnes. Il a disparu en partie par ma faute, à cause de certaines choses que j'ai dites, mais aussi à cause de choses que je n'ai pas eu le courage de dire, du moins jusqu'à maintenant. Alors vous voyez, je n'ai rien à gagner à faire semblant de posséder une sagesse que je n'ai pas. Ce que je suis, ce que j'étais, et ce que j'ai fait, tout cela va apparaître bien assez vite.

Ce pays, déjà vieux lors de mon arrivée sur cette terre en 1982, a changé à chaque instant depuis ma naissance. Des événements titanesques l'ont déchiré année après année et, chaque fois, il a été raccommodé un peu différemment de la fois précédente, sans que cela m'affecte : des premiers ministres assassinés, des guérillas paysannes sur fond de jungles émeraude, des champs à la surface fissurée par la violence de la sécheresse, des bombes nucléaires creusant des cratères dans le vaste désert, une explosion mortelle de gaz s'échappant de conduits pour s'infiltrer dans des dizaines de milliers de poumons, la mafia qui se bat contre la mafia et n'en sort jamais indemne. Songez qu'à cet instant, il y a des personnes agglutinées dans une pièce quelque part, qui attendent la mort. Alors chaque fois que j'ai ressenti le besoin de parler au cours des six dernières années, je me suis répété la même chose. Au final, ça ne changera rien.

Mais dernièrement, le besoin s'est transformé en autre chose, avec des contours plus précis, des bords plus acérés, quelque chose qui rentre dans les côtes et fait que c'est dangereux de respirer.

Alors, que les choses soient claires dès le début.

Si je parle, si je vous raconte ce qui s'est passé il y a six ans dans ce village de montagne, un village si petit qu'il n'apparaît que sur les cartes de l'armée, ce ne sera pas pour des raisons nobles. Il est trop tard pour la noblesse. Même ça, même cette histoire ou cette confession ou ce qu'il adviendra de ceci, arrive trop tard.

Ma mère, endormie. Un après-midi d'été, le soleil qui se déverse telle une plaie ouverte, l'air du dehors plombé par la chaleur et le bruit. Mais ici, dans notre salon, les rideaux sont tirés et il règne un silence funeste. Ma mère est allongée sur le canapé, la joue appuyée contre l'accoudoir.

La sonnette retentit. Elle n'ouvre pas les yeux tout de suite, mais ses paupières frémissent. Elle revient lentement de là où elle était. Elle se lève, se dirige vers la porte.

Bonjour, madame, bonjour, bonjour, je vends de très beaux stylos…

Bien le bonjour, madame, ne passez pas à côté de notre promotion. Si vous vous abonnez à un magazine, nous vous offrons cinquante pour cent de…

Un garçon aux longs cils avec une pancarte plastifiée : Je fais partie de l'Association des Sourds et Muets…

— Oh, va te faire voir, dit ma mère.

Et elle ferme la porte.

Un jour, quelqu'un a décrit ma mère comme étant « une femme forte ». Au vu de l'intonation de la personne, j'ai su que ça n'avait rien d'un compliment. Après tout, on parlait de la femme qui avait coupé les ponts avec son père après que celui-ci avait ignoré à maintes reprises les douleurs chroniques dont souffrait son épouse dans le bas du dos, et qui s'étaient révélées être un signe de stade avancé de cancer du pancréas ; la femme qui avait un jour cassé une ampoule dont le vacillement l'agaçait en lançant un plat brûlant de riz dessus ; la femme dont la simple apparition faisait que les commerçants couraient se réfugier dans leur arrière-boutique en priant pour devenir invisibles ; la femme qui restait parfois trois nuits d'affilée sans dormir ; la femme qui hochait la tête avec compassion face aux complaintes tendres de notre voisine sur la désobéissance de son fils de cinq ans, puis qui lui disait, avec toutes les apparences de la sincérité : « Il a l'air insupportable. Vous voulez que je lui tranche la gorge pour vous, qu'on soit tranquilles ? »

C'était la femme dont je suis la fille. Dont j'étais. Dont je suis. Tout le reste vient de là.

Quand elle est morte, j'avais vingt et un ans et j'étais en dernière année de licence. Lorsqu'on m'a prévenue, j'ai pris un bus de nuit pour Bangalore, sans rien à part la monnaie que m'avait rendue le chauffeur. Onze personnes ont assisté à ses funérailles, y compris mon père, moi et Stella, notre employée de maison, qui avait amené son fils cadet. Nous sommes restés près de l'entrée, coincés entre la bouche ardente du crématorium électrique et la chaleur du mois de mars. L'unique brise venait du fils de Stella, qui faisait sans arrêt tourner les pales rouges d'un petit hélicoptère.

Le soir des funérailles, après le départ de tout le monde, mon père s'est enfermé dans sa chambre et je suis sortie faire un tour. À nous deux, nous avions bu un certain nombre de verres de rhum et un quart de bouteille de whiskey. Je me suis retrouvée dans une rue animée, sans le moindre souvenir de comment j'étais arrivée là. Les gens circulaient autour de moi, les lumières des magasins et des bars frémissaient. J'ai tenté de penser à l'avenir. Dans quelques jours, je retournerais à l'université ; mes examens de fin de licence avaient lieu quelques semaines plus tard. Et après ? Je ferais mes valises et reviendrais à Bangalore. Et après ? Après, rien.

Un bus est passé devant moi dans un bruit de ferraille. Il était presque vide ; seules quelques têtes fatiguées dodelinaient aux fenêtres. Un serveur vêtu d'une tunique sale a vidé un seau d'eau crasseuse sur la chaussée, devant un restaurant. Plus tôt ce jour-là, pendant que le prêtre blablatait sans fin, mon père avait déversé les cendres de ma mère dans une cuve en béton vert écume. Puis il avait continué à serrer l'urne en argile avec une pointe de désespoir. Sans réfléchir, je la lui avais arrachée des mains pour la balancer sur un tas d'ordures. C'était exactement le genre de chose que ma mère aurait faite. J'avais lu un mélange de choc et de dégoût un tantinet ravi sur le visage du prêtre. Plus tard, j'ai attendu que mon père en reparle, mais il ne le fit pas.

Je suis restée au même endroit jusqu'à ce que le serveur émerge à nouveau du restaurant, désormais accompagné de deux autres hommes. Ils étaient habillés pour sortir, avec des chemises moulantes aussi chatoyantes que des écailles. Ils sont passés tout près de moi. J'ai distingué leurs rires et je me suis crispée, prête à en découdre, attendant le regard lubrique, le sifflet, la phrase de drague tirée d'une chanson. Mais au lieu de ça, ils ont traversé la rue et ont disparu.

Même s'il avait insisté pour respecter tous les rituels religieux pour ma mère, mon père affirmait s'être départi depuis belle lurette de Dieu et du brahmanisme. Il s'en était détaché pendant sa jeunesse, les remplaçant par l'ingénierie, Simon et Garfunkel, *La Richesse des nations* et des camarades d'université à cheveux longs qui buvaient jusque tard dans la nuit, dans une atmosphère chargée de fumée de cigarettes et de diatribes alcoolisées sur la politique, l'une comme les autres formant des tourbillons qui n'allaient nulle part. Après trois ans de master à Columbia, il conservait une certaine tendresse pour l'Amérique, surtout pour son jazz, son assurance et son café, dont il aimait dire d'un ton joyeux que c'était le pire qu'il avait bu de toute sa vie. À son retour en Inde, il avait travaillé pendant quelques années ; puis, conformément à ce qui avait toujours été prévu, mon grand-père lui avait fourni un capital pour créer une usine de fabrication d'équipement pour la construction. Et, quand l'usine avait fait faillite, davantage de capital pour une deuxième usine, qui avait prospéré, celle-ci.

À cette époque, mon père aimait parler de rationalité et de pragmatisme comme s'il s'agissait d'amis intimes. Néanmoins, c'était aussi mon père qui, à tous les coups, se levait à la fin des dîners, brandissait son verre et déclarait, les yeux pleins de larmes : « À vous, mes chers amis, et à cette soirée comme il y en a peu. » Il avait dans le bien-fondé de ses idées la foi des hommes de tête, et l'impatience des hommes de cœur face à tous ceux qui ne les partageaient pas. Avec l'âge et la réussite, son assurance ne changea pas ; simplement, elle s'installa et grandit, telle une confiance en soi bien nourrie.

Seule ma mère était capable de le faire douter. Apparemment, la première fois remontait au jour où il était arrivé sur une moto flambant neuve pour évaluer le potentiel d'épouse de la fille cadette d'un employé de second rang des chemins de fer indiens. Dans la rue, il avait croisé une femme, pieds nus et vêtue d'un sari en coton élimé. Il lui avait demandé s'il était au bon endroit, et ma mère avait répondu : « Assurément, si vous êtes venu pour avoir l'air ridicule. » Mon père adorait raconter cette histoire, ainsi que la façon dont elle avait rejeté un prétendant après l'autre avant lui. L'un parce qu'il avait sollicité l'historique dentaire et médical de sa famille, l'autre parce qu'il avait voulu savoir si la dot serait payée en or ou en liquide, un autre encore simplement parce qu'il souriait trop. Je n'ai aucun moyen de savoir si tout cela est vrai ou non, étant donné que ma mère ne racontait jamais d'anecdotes, et encore moins d'anecdotes sur elle-même, mais j'ai entendu dire qu'ils étaient allés faire une promenade, pendant laquelle mon père avait exposé son projet de vie : faire prospérer son entreprise pendant deux ans, avoir un enfant dans trois ans, peut-être un autre l'année suivante. À la fin, il avait marqué une pause et attendu la réaction de ma mère. « Quelle pipelette ! avait-elle dit d'un air pensif. Mais si vous passez vos journées au travail, j'imagine que je n'aurai pas à vous écouter. »

Ma mère, avec sa langue acérée et sa petite collection d'idoles sur une étagère dans la cuisine. Ma mère qui, avec son refus obstiné d'admettre l'existence de la viande ou d'autres religions, traversait la rue lorsqu'on passait devant un boucher halal avec ses rangées de chèvres dépouillées aux flancs roses et brillants comme des cicatrices de brûlure. Mon père ne mangeait pas de viande non plus, mais il s'empressait toujours de préciser que c'était une affaire de préférence personnelle ; d'après lui, il n'existait « aucun argument logique allant à l'encontre de la consommation de viande ». De mon côté, j'avais goûté des morceaux de poulet, de mouton et même de bœuf prélevés dans les plats de mes amis et, une fois le malaise initial passé, j'avais aimé ça. La fois où j'avais fait l'erreur de le dire à ma mère, elle avait placé son avant-bras sous mon nez et répondu : « Tu as encore faim, petit monstre ? »

Elle pouvait être vicieuse et, pourtant, il y avait des moments, notamment au milieu d'une foule, où elle n'était qu'énergie pure et où le monde entier tournait autour d'elle. Elle était grande, mais dans ces périodes-là, elle devenait immense. Sa bouche ouverte dévoilait son incisive de travers, telle une note de piano qui revêtait alors un charme oblique. Les hommes l'abordaient, même en ma présence. Lors d'une réception à l'usine de mon père, une année, le chef de section avait tenté de la flatter. « Votre sari est magnifique », avait-il déclaré, les yeux fixés sur ses seins. C'était un petit bout d'homme débordant d'énergie qui travaillait pour mon père depuis le début, allant jusqu'à dormir sur un matelas par terre afin de faire l'économie d'un gardien de nuit. J'allais aux fêtes d'anniversaire de son fils. Et il était là, à reluquer la poitrine de ma mère sous mon nez. Elle était en train de manger un samoussa dans une assiette en alu et avait des miettes sur la joue. Sans arrêter de mâcher, elle avait répondu : « La salle de conférences est vide. Vous venez ? » Le chef de section avait dégluti bruyamment et m'avait lancé un coup d'œil, comme si l'enfant que j'étais allait peut-être lui dire quoi faire. Il avait ensuite bafouillé quelque chose quant au fait de lui apporter un autre samoussa et s'était dirigé au pas de course vers le buffet, manquant de trébucher dans sa hâte. Ma mère m'avait jeté un bref regard, un sourcil haussé, avant de s'éloigner.

Il n'y avait que quand elle priait devant ses figurines religieuses qu'elle rapetissait et devenait une personne aux dimensions normales. Tous les matins, elle mettait des fleurs autour de leurs cous en cuivre, allumait la lampe noire et restait immobile pendant une minute, sans s'incliner ni bouger les lèvres. Mon père avait la sagesse de se retenir de prononcer son discours habituel sur l'irrationalité des religions organisées. En retour, ma mère s'abstenait de lui faire remarquer que sa collection adorée de vinyles datant de l'université, soigneusement dépoussiérés et rangés par ordre alphabétique, avait tout d'un sanctuaire. De la même façon, ma mère n'insistait jamais pour que je me prosterne ou apprenne les noms de ses divinités, même si je regrette parfois qu'elle ne l'ait pas fait. Elle ne m'interdisait pas non plus de me joindre à elle, mais c'était implicite. C'est là que se trouve toute l'ironie fondamentale de notre relation, la preuve indubitable de la façon dont elle voyait le monde : ma mère voyait en moi, sa fille unique, une complice appropriée pour garder le plus grand secret de sa vie, mais lorsqu'elle priait, elle voulait être seule.

Voici une autre histoire que mon père adorait raconter à une époque. Quand j'ai eu deux ans, j'ai traversé une phase où j'étais, corps et âme, la fille de mon père. Je hurlais comme une folle s'il était dans la même pièce mais ne m'avait pas dans les bras, je hurlais plus encore quand il me portait et que ma mère tentait de me prendre. Je la tolérais lorsqu'il était au travail, et encore. Un après-midi, voyant que j'étais d'humeur calme pour une fois, elle m'avait emmenée avec elle faire des courses. Grossière erreur. Alors qu'elle choisissait rapidement de la farine et de l'huile, des biscuits et du thé, j'avais commencé à chouiner. Lorsqu'elle était parvenue à la caisse, j'étais lancée dans une véritable diatribe : je braillais, je la frappais, je m'accrochais à tous les inconnus qui passaient. Finalement, ma mère avait été obligée de demander au commerçant si elle pouvait utiliser son téléphone. Elle avait appelé mon père et lui avait expliqué la situation. Trente minutes plus tard, il avait débarqué, les bras grands ouverts. Il m'avait portée jusqu'à la maison, tel un trophée effronté et souriant, pendant que ma mère était à la traîne derrière nous, trimballant ses sacs de courses.

J'ignore à quel moment mon allégeance a changé de bord, à quel moment je suis passée de « fifille à son papa » à « fifille à sa maman ». Tout ce que je sais, ce sont les faits : j'étais d'abord la fille de mon père, puis je suis devenue, graduellement et irrévocablement, celle de ma mère. C'est difficile de ne pas me demander ce qui aurait pu être empêché si j'avais un peu plus aimé mon père, ou si j'avais un peu moins aimé ma mère. Mais ce sont des pensées aussi inutiles que dangereuses. Il vaut mieux laisser les choses telles qu'elles étaient : elle, ma mère incandescente, et moi, son petit monstre.

CHAPITRE 2

Après les funérailles et leurs suites aussi brutales qu'épuisantes, je suis retournée à la fac pour mes examens de fin de licence, que j'ai validés de justesse. Sans attendre les fêtes ineptes d'obtention de diplôme, j'ai fait mes sacs et je suis revenue à Bangalore. À l'exception de l'absence de ma mère, rien n'avait changé. Mon père continuait à se lever tôt pour aller à la salle de sport, bracelet éponge au poignet et serviette sur l'épaule. Stella continuait à venir en fin de matinée, une fois que mon père était parti à l'usine. Elle entrait avec son double de clé et passait les heures suivantes à récurer la vaisselle, faire tourner la machine à laver, briquer les sols, repasser nos vêtements, faire la poussière, arroser les plantes et préparer à manger comme si nous étions une famille de cinq personnes.

Apparemment, j'étais la seule qui n'avait rien à faire.

Alors j'ai commencé à sortir. Je disais oui à tout. Des gens que je connaissais à peine m'invitaient à venir dans des boîtes pour écouter leurs amis DJ, puis la soirée se prolongeait dans un appartement, où la musique était toujours trop forte et le sol collant de bière renversée, et où Bob Marley souriait depuis son inévitable poster accroché au mur, telle une affable divinité aux dents blanches. Je me souviens de visages flottants dans des coins mal éclairés qui me posaient des questions auxquelles je répondais toujours de la même façon. Oui, disais-je quand quelqu'un me demandait si je voulais un autre verre. Oui, disais-je quand un souffle chaud murmurait dans mon cou « Tu aimes ça ? ». Ce mot était ma philosophie. Il était toujours là, prêt, sur le bout de ma langue. Oui, disais-je quand on me demandait si ça allait.

Quand j'y repense, on pourrait croire que les deux ans qui ont suivi la mort de ma mère ont été du gâchis, mais ce n'est pas tout à fait vrai. Pendant environ cinq mois, j'ai fait du bénévolat en tant que professeure auxiliaire (un intitulé de poste grandement disproportionné compte tenu de mes véritables fonctions) dans une école publique pour enfants atteints d'infirmité motrice cérébrale. Je ne me rappelle pas comment je me suis retrouvée là, mais pendant quelques heures par jour, j'aidais un groupe d'enfants de huit ans aux yeux pétillants à construire des tours chancelantes de blocs en plastique multicolores, soi-disant pour améliorer leurs capacités motrices, pendant que leurs mères, généralement des employées de maison fatiguées ou des femmes au foyer anxieuses, traînaient dans le couloir à l'extérieur de la salle. Je pense que j'y étais probablement plus heureuse que ce que je croyais, et je serais peut-être restée s'il n'y avait pas eu cette petite fille prénommée Suneyna. Dès le début, j'ai adoré Suneyna, avec son sourire timide et son habitude de tendre inconsciemment le bras pour me toucher chaque fois qu'on travaillait ensemble. Sa petite main se promenait sur mon visage, effleurant ma joue ou mon nez, puis Suneyna retournait à ce qu'elle était en train de faire, choisissant des blocs avec soin sans imaginer à quel point son geste venait de m'ébranler.

Sa mère, une belle femme, menue, avait quatre autres enfants et on entendait sa voix stridente dès qu'elle mettait un pied dans l'école. Elle était toujours en train de se plaindre du manque de progrès de Suneyna et de la perte de temps que représentait l'école, et ce de préférence à portée de voix de la salle de classe. Un après-midi, alors que les enfants s'entraînaient à effectuer les gestes pour indiquer qu'ils voulaient manger, boire et aller aux toilettes, sa voix criarde a flotté jusqu'à nous. « Tous les jours, cette pauvre Suneyna rentre à la maison et fait pipi par terre. Je me demande vraiment pourquoi je passe tout ce temps à l'amener dans cette école inutile. Au bout du compte, croyez-moi, la seule chose qui fonctionne, c'est une bonne fessée et quelques heures enfermée toute seule dans sa chambre. Après ça, elle est sage comme une image. » Je me rappelle m'être levée et avoir renversé des blocs. Je me rappelle être allée dans le couloir et m'être adressée à la mère de Suneyna plusieurs minutes d'affilée. Je n'ai aucun souvenir de ce que j'ai dit, mais à la fin, un silence total régnait dans l'école. Lorsque je suis retournée dans la salle de classe, je me rappelle que l'institutrice avait du mal à me regarder dans les yeux. Quant à Suneyna, elle a continué à construire sa tour, mais pas une fois elle n'a tendu la main pour toucher mon visage pendant le reste de la journée. Cet après-midi-là, je suis remontée dans ma voiture, je suis rentrée chez moi et je ne suis jamais revenue.

Finalement, quand il est apparu clairement à mon père que je n'avais aucune intention de me prendre en main, il m'a obtenu un poste auprès de la fille d'un de ses associés, qui venait de monter une petite agence environnementale à but non lucratif à Bangalore. Je devais gérer leurs comptes, un travail qui, autant que je sache, consistait presque exclusivement à leur dire ce qu'ils ne pouvaient pas faire. « Je suis désolée », disais-je d'un ton ferme et plein de regrets. « Les chiffres ne nous le permettent pas. » Ironiquement, l'agence se situait dans un bâtiment qui donnait sur un égout à ciel ouvert, et même si je n'en parlais à personne, je trouvais toute cette boue plutôt belle, avec ses lents courants noirs qui se paraient d'éclats verts et dorés pendant les heures les plus chaudes de l'après-midi. Même la forte odeur de pourriture ne me dérangeait pas.

Les projets que l'agence tentait de mettre en place étaient de petite envergure, et le plus souvent des velléités. L'argent rentrait dans les caisses avec la même lenteur réticente que celle du flot de boue qui s'écoulait en contrebas et je me réjouissais de cette immobilité, car cela voulait dire une charge moindre de travail. Les jours, puis les mois sont passés tandis que je regardais par la fenêtre pendant que, sur mon écran d'ordinateur, les numéros restaient dans leurs colonnes, avec une finalité et une fixité réconfortantes.

Environ un an après mon arrivée à l'agence, je me suis aventurée dans la chambre de mes parents un soir après le travail. Je faisais ça de temps en temps. Leurs armoires se faisaient face dans une alcôve, dans un coin de la pièce. Enfant, je me cachais à l'intérieur, bercée par leurs odeurs : les ceintures en cuir, les chemises repassées et l'after-shave de mon père, le savon et le parfum de ma mère. Soudain, l'odeur de ma mère me manquait à nouveau, alors j'ai ouvert son armoire. Et là, le choc : elle était vide. Mon père avait dû faire discrètement don de ses affaires. Ça n'aurait pas vraiment dû me surprendre : nous n'avions jamais été du genre nostalgique. Quand j'étais petite, mes dessins ne trouvaient pas leur place sur la porte du réfrigérateur, mes parents ne conservaient pas mes bulletins avec tendresse. Les vêtements trop petits étaient donnés ou transformés en chiffons. À peine lus, les livres étaient offerts à la bibliothèque. On jetait le passé au fur et à mesure pour suivre la cadence du présent.

C'est pour cette raison que j'ai été surprise d'éprouver ce sentiment de perte en voyant les étagères vides. Néanmoins, je me demandais où étaient passées ses affaires. Stella avait peut-être pris un sari ou deux et le reste était sûrement parti chez une association caritative. Ses bijoux étaient certainement dans un coffre à la banque. Son talc, sa crème pour le visage, son bric-à-brac d'épingles, son peigne, tout ça avait disparu. Il ne restait qu'une pile de sous-vêtements délavés et détendus, un enchevêtrement de cordons et une photo usée de deux idoles dans le village de ses ancêtres, dont Stella, avec sa petite croix dorée, n'avait pas la moindre utilité, mais qu'elle n'avait sans doute pas eu le cœur de jeter.

J'ai effleuré les cordons emmêlés et la photo, j'ai frôlé délicatement le monceau de sous-vêtements, qui s'est renversé. J'étais sur le point de refermer l'armoire quand j'ai aperçu un petit quelque chose derrière la pile effondrée. Avant même de vraiment le voir, j'ai su ce que c'était, comme si un instinct latent me guidait. J'ai tendu la main pour l'attraper et serré le poing, puis je l'ai desserré.

Dans ma paume ouverte se trouvait une figurine en bois grossière qui représentait une bête trapue sans visage. Le temps avait patiné et taché le bois, mais la marque de couteau dont je me souvenais apparaissait encore clairement sur le ventre, comme si l'animal avait été blessé dans un combat. Je n'avais pas vu cette figurine depuis que j'étais petite. J'étais convaincue de l'avoir perdue, d'ailleurs. Je me suis rappelé à quel point j'avais été bouleversée quand l'animal en bois avait disparu de ma chambre, les heures à quatre pattes à passer la maison au peigne fin. Est-ce qu'il avait été dans l'armoire de ma mère pendant toutes ces années ? Comment était-il arrivé là ?

Pendant un long moment, je n'ai pensé à rien. Puis, tout doucement, comme si je risquais de me faire mal en allant trop vite, j'ai compris. L'animal n'avait pas atterri ici par accident. Ma mère avait toujours su où il était. En fait, elle ne s'était pas contentée de le savoir : c'était elle qui l'avait volé dans ma chambre et caché ici.

Quelques mois avant sa mort, elle m'avait appelée à l'université. Elle avait pris l'habitude de me téléphoner à des heures indues, à minuit ou très tôt le matin. Cette fois-là, j'étais pile en train de m'endormir après avoir révisé tard pour un examen le lendemain. J'étais fatiguée et irritable et elle semblait ne pas avoir grand-chose à dire, ce qui n'arrangeait rien. Dans l'espoir de mettre un terme à la conversation, je lui avais dit :

— Pourquoi tu n'irais pas faire un tour demain ? Va faire les magasins ou quelque chose comme ça.

— Faire les magasins ?

J'avais entendu le sourire moqueur dans sa voix.

— Ou va voir des amis.

— Voilà une idée originale. Sauf que tu as l'air d'oublier que je n'en ai pas.

— Ce n'est pas vrai, avais-je répondu sans réfléchir.

— Ah bon ? Éclaire ma lanterne, dans ce cas.

Plus son sarcasme était contenu, plus il était meurtrier. J'avais marqué une pause avant de prononcer son nom.

— Bashir Ahmed n'était pas un ami ?

Silence à l'autre bout du fil. J'avais attendu qu'elle réponde, tout en regrettant déjà de l'avoir mentionné. Puis elle avait dit :

— C'est marrant, je l'avais complètement oublié.

— Ça fait longtemps, avais-je convenu avec prudence. Où est-ce qu'il peut bien être maintenant, à ton avis ?

— Qui sait ? Certainement dans ce village dont il parlait sans arrêt.

Elle avait raccroché peu après. Pour être honnête, j'avais été soulagée qu'elle ne montre pas la moindre once d'intérêt pour Bashir Ahmed. Après tout, sept années s'étaient écoulées depuis la dernière fois que nous l'avions vu, et c'était un laps de temps suffisant pour oublier. Mais à présent, en voyant cette figurine en bois dans ma paume moite, j'ai compris qu'elle m'avait menti. Elle n'avait rien oublié du tout.

J'ai rapporté la créature dans ma chambre et je l'ai posée sur ma table de nuit, à la place qu'elle occupait avant que ma mère ne la dérobe des années plus tôt. Pendant le reste de la soirée, alors que j'errais d'une pièce à l'autre, que je feuilletais des livres sans les lire, que j'étais assise face à mon père pour partager le repas que Stella nous avait préparé au son des accords mélancoliques de la trompette de Miles Davis qui flottaient dans le salon, je n'ai pensé qu'à la petite bête en bois installée près de mon oreiller. Sortie de nulle part, une joie a explosé en moi, si puissante qu'elle était presque insoutenable. D'un coup, le secret que j'avais partagé avec ma mère à une époque était revenu à la vie. Quand j'y repense, je crois que c'est là que j'ai décidé de le retrouver.

J'avais six ans la première fois qu'il est venu. Je m'en souviens encore. Ma mère, qui avait eu la bougeotte pendant toute la semaine. Sa décision, le matin précédent, que ses parterres de fleurs étaient malades, infectés par je ne sais quoi. Les trois heures qu'elle avait passées à les arracher, avant de les laisser brutalement en plan dans un jardin qui avait désormais des airs de champ de bataille. Ses crises de fou rire sans raison apparente. Son hyperactivité en cuisine et la pile de vaisselle qui grandissait dangereusement dans l'évier, alors qu'elle affirmait ne jamais avoir faim. Son énergie sans limite pour jouer et inventer des jeux compliqués qui m'épuisaient aussitôt sans la fatiguer le moins du monde.

Quand la sonnette retentit cet après-midi-là, j'étais dans le salon. Je me levai pour ouvrir la porte, mais la seconde suivante, ma mère était derrière moi, une main agrippant fortement mon épaule. Elle ouvrit de sa main libre. Et il était là : un homme vêtu d'un kurta vert et d'une calotte blanche, avec sur l'épaule un baluchon jaune distendu qui faisait deux fois la largeur de son torse. Ses cheveux sombres et épais lui tombaient sur le front, sa peau était de la couleur du bois de rose brut, ses yeux d'un vert clair magnifique. L'espace d'une seconde, il resta planté là (peut-être déconcerté par le jardin ravagé). Puis, d'une voix profonde et sonore que je finirais par connaître aussi bien que la mienne, il dit à ma mère, dans un ourdou simple mais poli :

— Madame, peut-être aimeriez-vous acheter ces superbes vêtements en provenance du Cachemire ?

— Bien sûr, répondit ma mère du tac au tac. Mais si je fais ça, qu'est-ce que vous allez porter ?

L'étranger rit. Sans hésiter, joyeusement, non seulement comme s'il s'était attendu à cette pointe d'humour, mais aussi comme s'il avait fait un long voyage pour l'entendre. L'étreinte de ma mère sur mon épaule se relâcha, mais je ne savais pas si la réaction de l'étranger lui faisait plaisir ou la contrariait. Elle avait plutôt l'habitude de déconcerter les gens quand elle ouvrait la bouche ; ce rire, c'était nouveau.

— Entrez, offrit-elle d'un ton légèrement plus doux. Montrez-moi ce que vous avez.

C'est là que je me dois de poser la question inévitable : pourquoi lui ? Parmi toutes les personnes qui s'étaient présentées chez nous au cours des années pour vendre, pour travailler, pour rendre visite, pourquoi était-ce sur lui qu'elle avait jeté son dévolu ? C'était en lien avec son humeur ce jour-là, bien sûr, avec l'éclat qui avait brillé dans ses yeux toute la semaine, mais quoi d'autre ? Le fait qu'il était beau, dans un style qui n'avait absolument rien à voir avec notre ville du Sud ? Ces yeux verts que je n'avais jamais vus auparavant à part chez des acteurs à la télé ? Est-ce que ces choses avaient suffi, du moins au début ?

Il entra avec une satisfaction cérémonielle que je finirais par considérer comme sa marque de fabrique, à croire que notre maison était un impressionnant monument dont on lui avait parlé il y avait longtemps. Il posa son baluchon à terre dans le salon et l'ouvrit d'un geste élégant. Des vêtements se déversèrent partout autour de lui, comme une vague brillante sur le bord d'une plage. Ma mère prit place sur le canapé, en face de lui. Je m'assis entre eux. Je l'ignorais à ce moment-là, mais ces places deviendraient nos places attitrées, nos rôles fixes : Bashir Ahmed qui parle, ma mère qui écoute, et moi qui les observe.

Il farfouillait dans les vêtements et parlait en ourdou, rapidement mais simplement. De toute évidence, il avait récité maintes fois ce discours.

— … Six mois pour un seul vêtement, et tout est fait main. Qu'est-ce que vous aimeriez que je vous montre en premier, madame ? Choisissez. Les kurtas ?

Les châles ? Les saris ? Tout est garanti cent pour cent pur cachemire.

— Cent pour cent pur cachemire, répéta-t-elle de ce ton qui aurait aussi bien pu être moqueur qu'admiratif.

Puis elle agita la main.

— Tout. Je veux tout voir.

Il commença par les châles. Vermeil avec un imprimé rose, blanc avec un imprimé vert menthe, tous avec des bords ornés de franges douces, qui se superposaient en couches soyeuses sur ses genoux. C'était un véritable spectacle, répété à la perfection. Pendant tout ce temps, il parlait sans s'arrêter, ses yeux allant sans cesse de ma mère aux châles. Ma mère regardait le défilé silencieux d'étoffes, captivée. Même moi, je devais admettre qu'ils étaient magnifiques, en dépit de ma révulsion de garçon manqué pour tout ce qui avait trait à la féminité. Quand il eut fini de lui montrer tous les châles, elle battit des paupières.

— Qu'est-ce que vous avez d'autre ?

Il répéta le même numéro avec les kurtas, qui présentaient tous de délicates broderies au niveau de la poitrine. Cette fois, il scruta ma mère plus attentivement et parla plus bas, sur un ton plus confidentiel. Ma mère était immobile, à l'exception de ses yeux rivés aux mouvements des mains de Bashir Ahmed, comme si celles-ci renfermaient un message d'une importance capitale. Quand il arriva à la fin de sa collection de kurtas, il recommença avec les saris, mousselines de soie translucides aux bords rehaussés de fleurs brodées. Quand tous ceux-ci furent rejetés à leur tour, il s'assit sur ses talons, inspecta le désordre autour de lui et se mordit la lèvre pour tenter de cacher son exaspération.

— Hum, murmura ma mère. Et donc, où sont tous ces beaux vêtements dont on m'a parlé ?

Le froncement de sourcils de Bashir Ahmed s'évanouit en un instant.

— Madame, répondit-il en secouant tristement la tête. Je me dois d'être honnête avec vous. Je me sens affreusement mal. Si j'avais su quel genre de femme vous étiez avant de venir ici, j'aurais amené mon ami avec moi.

— Votre ami ? répéta-t-elle avec un sourire.

— Oui. Cet ami vend des lunettes, voyez-vous. Peut-être qu'avec la bonne paire, vous verriez mes vêtements correctement, et vous ne vous couvririez pas de ridicule de la sorte.

Je n'avais jamais entendu personne parler à ma mère de cette façon, avec autant de liberté et d'audace. Elle le dévisagea un moment, puis rejeta la tête en arrière et se mit à rire encore et encore. Je crus qu'il allait se ratatiner sur lui-même face à ce bruit sauvage et incontrôlé. Mais non. Il se contenta de la regarder, la tête légèrement inclinée, un sourire aux lèvres. Puis, comme s'il venait de se souvenir de mon existence, il tourna la tête vers moi.

— Et votre fille ? lui demanda-t-il. Est-ce que vous aimeriez voir quelque chose pour elle ?

— Oui, répondit ma mère sans me laisser le temps de parler.

L'homme fouilla dans une pile et en sortit un chemisier en coton blanc, avec des broderies délicates de roses roses au niveau du cou et des manches. Il le secoua puis l'étala contre son torse sans la moindre gêne.

— C'est tellement beau que ça rend bien même sur un idiot moche comme moi.

C'était étrange dit comme ça, mais il avait raison. Non pas qu'il fût idiot ou moche (il n'était clairement ni l'un ni l'autre), mais il était étonnamment beau dans ce chemisier de fille, avec ses mèches sombres qui lui tombaient sur le front et sa peau burinée qui contrastait avec le tissu clair et délicat. Je me tournai vers ma mère. Elle arborait une drôle d'expression, une grimace qui semblait indiquer une vraie douleur.

— Shalini, dit-elle.

Si je n'avais pas déjà été sur le qui-vive, voilà qui aurait achevé de me mettre la puce à l'oreille. Elle ne m'appelait presque jamais par mon prénom.

— Qu'est-ce que tu en penses ? Ça te plaît ?

Même si jamais je n'aurais choisi un chemisier comme celui-ci, je hochai la tête. Ça semblait être la seule chose à faire. L'humeur de ma mère m'avait en partie imprégnée, mais surtout, j'avais senti quelque chose d'inhabituel dans la pièce, un éclat d'une couleur nouvelle pour laquelle je n'avais pas de nom. Je fus récompensée quand elle tendit la main pour serrer la mienne.

— Il semblerait qu'on vous le prend, annonça-t-elle.

— Je suis ravi de constater qu'il y en a au moins une parmi vous qui n'est pas aveugle, dit-il avant de me sourire lui aussi.

Je rougis sous le poids de leur attention conjuguée, face à ce regard vert et cet autre d'un marron presque noir.

Il toussa discrètement dans son poing et annonça un prix. Bizarrement, ma mère accepta, elle qui ne perdait pourtant jamais une occasion de marchander. Il manifesta modestement son triomphe avec un sourire et entreprit de remballer ses marchandises. Pendant quelques secondes, ma mère fixa à nouveau ses mains, occupées à plier et lisser, puis elle demanda précipitamment :

— Quand reviendrez-vous ?

Il leva les yeux vers elle, surpris. Il repoussa ses cheveux de son front et sa calotte se retrouva de travers.

— Euh… Je ne sais pas trop. Je pense que… Je dois recevoir de nouveaux articles dans deux ou trois mois.

Devrais-je… ? Ce que je veux dire, c'est que… Est-ce que vous voulez que je… ?

Il s'interrompit, car elle avait commencé à le fusiller du regard.

Je retins mon souffle. Ça y est, pensai-je. Elle va le réduire en miettes. Elle va l'exterminer.

Mais à ma grande surprise, elle dit simplement :

— Oui, s'il vous plaît.

Puis elle bondit sur ses pieds et quitta la pièce. Je la suivis du regard, stupéfaite, mais lui se contenta de rire à nouveau, plus doucement cette fois, tout en continuant à plier les vêtements. Je restai avec lui jusqu'à ce qu'il ait fait trois nœuds à son baluchon et qu'il l'ait jeté sur son épaule, puis je le suivis dehors. Je ne savais pas trop pourquoi. Je pense que même si je l'aimais bien, je voulais m'assurer qu'il partait vraiment. Il marqua une pause, la main sur la grille, et observa la maison un instant, avant de baisser les yeux sur moi.

— Je veux que tu lui dises que je n'oublierai pas. Dis-lui que je reviendrai bientôt.

Il me parlait comme si j'étais une adulte, son égale, et pas une enfant de six ans. Ce détail, associé au comportement imprévisible de ma mère, fit naître en moi un désir d'afficher la même posture, la même dignité que lui.

Je posai une main sur la grille pour l'imiter.

— Je lui dirai, assurai-je.

Je le regardai remonter la rue, le baluchon jaune rétrécissant au fur et à mesure comme un petit soleil. Je le fixai jusqu'à ce qu'il tourne à gauche et disparaisse.

De retour dans la maison, je trouvai ma mère à l'étage dans sa chambre, la tête enfouie dans l'armoire de mon père.

— Va mettre ton nouveau chemisier, ordonna-t-elle d'une voix étouffée par les chemises parfumées de mon père.

Quand elle parlait de cette façon, avec cette électricité, cette autorité dans la voix, je ne désobéissais jamais. Je courus au rez-de-chaussée, retirai mon tee-shirt et enfilai le chemisier. Le tissu était si léger que je le sentais à peine sur ma peau. Ça ne faisait que renforcer le sentiment d'irréalité qui pesait lourdement dans l'atmosphère. Je remontai les marches deux par deux. Quand j'arrivai près de ma mère, elle laissa échapper un petit cri de triomphe et émergea de l'armoire avec, à la main, le vieil appareil photo Nikon adoré de mon père.

Elle me fit sortir de la maison au pas de charge, une main sur mon épaule.

— Prends la pose, maintenant, commanda-t-elle.

— Qu'est-ce que je fais ?

Elle sourit et un flash m'aveugla.

— Ce que tu veux, petit monstre.

Comment expliquer ce que ça faisait d'être avec elle dans ces moments-là ? C'était comme être à l'intérieur d'une pièce invisible, d'un bunker insonorisé. Je ne voyais, n'entendais et ne sentais qu'elle. Elle me photographia dans le jardin en charpie, dans notre rue, en train de faire semblant d'escalader la grille des voisins pendant que leur spitz nain ridicule jappait à s'en rendre fou. Elle me prit en photo en train de fuir une attaque imaginaire du chien. Deux jeunes hommes nous fixaient, alors elle les photographia, eux aussi. Ils se sauvèrent et cela la fit rire si fort qu'elle parut sur le point de voler en éclats.

Elle me prit en photo jusqu'à ne plus avoir de pellicule.

Je ne sais pas ce qui arriva à ces clichés. Je ne les ai jamais vus. Au bout d'une semaine, j'avais plus ou moins oublié l'homme aux yeux verts et au baluchon jaune, ainsi que le drôle de sentiment inhabituel que j'avais brièvement éprouvé. La magie du chemisier blanc s'estompa. Je n'avais plus l'intention de le porter, alors je le fourrai au fond de mon armoire, avec le reste de mes vêtements trop petits.

Retrouver l'animal en bois dans l'armoire de ma mère a libéré quelque chose en moi, c'est certain, mais pas tout de suite. Pendant les semaines d'après, la vie a suivi son cours habituel. Mon père allait à la salle de sport et au travail. Stella venait faire le ménage et la cuisine. J'allais à l'agence et je sortais le soir. Les week-ends, je me retrouvais dans une voiture, assise entre des inconnus, en route vers la « maison de campagne » de quelqu'un, généralement une monstruosité rose bonbon de mauvais goût qui dominait un petit village poussiéreux dont nous ignorions royalement les habitants démunis, sauf quand nous nous mettions dans la tête d'acheter leur gnôle artisanale bon marché. Lors de la dernière de ces excursions, je suis restée éveillée, à boire alors que tous les autres étaient partis se coucher. C'était mon vingt-quatrième anniversaire, un détail que je n'avais mentionné à personne. À 3 heures du matin, j'ai reçu un message de mon père, me souhaitant un bon anniversaire depuis Tokyo. Juste avant le lever du soleil, je me suis faufilée hors de la maison et j'ai entrepris de suivre la route de campagne. La lumière dévoilait à peine l'horizon et une odeur de feu de bois flottait dans l'air. La première hutte du village comportait un abri couvert d'un toit de chaume. De profonds gémissements en émergeaient, alors je me suis approchée. Une vache était allongée sur le flanc, en train de mettre bas. La tête et les pattes avant de son veau dépassaient, enveloppées d'une pellicule blanche laiteuse. Le fermier était assis par terre à côté d'elle, son longhi remonté au-dessus des genoux. Quand je suis entrée, il a levé la tête et écarquillé les yeux, mais il n'a rien dit. On a regardé la vache pousser, le petit corps du veau sortir, le placenta gris glisser et tomber à terre. Quand la vache s'est tournée et a commencé à lécher son petit, le fermier s'est levé et m'a conduite derrière l'abri. Là, je me suis assise sur un banc face à l'horizon et une dame que j'ai supposé être sa femme m'a apporté un verre de lait frais fumant. J'ai essayé de refuser, mais elle me l'a offert à nouveau. Alors j'ai accepté et elle a reculé d'un pas pour me regarder boire. À cet instant, le soleil est soudainement apparu, déversant partout sa lumière. Et moi… eh bien, je me suis mise à pleurer. La femme m'a regardée, cette fille saoule en pleurs dans un jean maculé de taches de rhum, avec une absence de compassion pour laquelle je lui aurais été reconnaissante si j'avais été plus âgée. Mais la vérité, c'est qu'à ce moment, je ne pensais pas du tout à cette femme. La gamine esseulée et effrayée que j'étais pensait : je viens juste d'assister à quelque chose de réel.

Pendant que je versais des larmes sur des veaux, mon père faisait en sorte de développer son entreprise, un projet qu'il poursuivait avec une telle détermination que même moi, je comprenais que c'était sa façon de maintenir son chagrin à distance. Tout à coup, il s'est mis à voyager sans arrêt. Il a effectué des voyages d'affaires à Moscou et Tel Aviv. Il a pris l'avion pour Houston, où il m'a acheté un mug en forme de tête de taureau. Il m'a donné notre vieille Suzuki Esteem et s'est acheté une BMW élégante. Tous les dimanches soir, nous allions dans le même restaurant cinq étoiles, où il appelait le serveur en courbant subtilement l'index (quand avait-il commencé à faire ça, exactement ?) et devisait joyeusement avec le chef, qui prenait toujours soin de passer à notre table pour le saluer.

Je sais que ça paraît évident, et pourtant il m'a fallu un certain temps pour m'apercevoir que mon père aussi était en train de changer à la suite de la mort de ma mère. Désormais, il portait des chemises en lin impeccablement repassées rentrées dans des jeans Levi's, et des chaussures en daim marron achetées à Milan. Ses sandales Bata craquelées avaient disparu, de même que ses vieux pantalons noirs en viscose et ses tee-shirts délavés avec des auréoles jaunâtres sous les bras. Il s'était transformé en une version réservée et raffinée de l'homme que je connaissais depuis toujours. C'est sans doute au cours de ces dîners que je l'ai vu aussi clairement que les autres devaient le voir : un homme d'affaires grand et séduisant de cinquante-trois ans dont les cheveux ne grisonnaient pas encore, adossé contre le dossier de sa chaise, à l'aise avec le monde et la place qu'il y occupait. Et j'éprouvais dans ces moments-là un émerveillement contrarié, sûrement semblable à ce qu'un parent ressent pour un enfant devenu grand : de la fierté, associée à l'idée douce-amère que, sans m'en rendre compte et sans le vouloir, je l'avais perdu.

CHAPITRE 3

Au travail, je tuais des moucherons. Ils montaient en petits nuages depuis l'égout et je les écrasais sur mon bureau avec un registre que je conservais exclusivement à cet effet. Le reste du temps, j'assistais à des réunions présidées par Ritu Shah, la fondatrice de l'agence. Ritu était intelligente et dure à cuire et avait un MBA de l'université de Yale où, comme elle se plaisait à le rappeler de peur qu'on ne la croie douce et privilégiée, elle avait été agressée quatre fois, dont une sous la menace d'une arme. Elle buvait du thé oolong dans un mug taché et était mariée à un employé de la Banque mondiale. L'agence employait trois autres personnes, deux femmes belliqueuses et un garçon souffreteux. C'étaient eux qui parlaient pendant les réunions, qui rivalisaient d'inventivité pour offrir à Ritu des idées qu'elle écoutait avec la tête penchée sur le côté, en frottant sa tasse de thé entre ses mains.

Environ un mois après mon vingt-quatrième anniversaire et l'épisode du veau, Ritu s'est arrêtée à mon bureau pour me prévenir qu'une réunion se tenait dans dix minutes.

— Je serai là, ai-je répondu.

J'ai rassemblé quelques papiers et un gros classeur que je n'avais jamais ouvert, je me suis faufilée dans son bureau et me suis assise dans le fond de la pièce. Les autres étaient déjà là. Ritu tapa dans ses mains.

— Bien. Allez, on commence.

La réunion portait sur une nouvelle initiative pour encourager les vendeurs de rue omniprésents (qui vendaient du thé ou des crêpes de riz ou du jus de canne à sucre) à arrêter de jeter leurs déchets sur la chaussée. Ritu a débité des chiffres (trente mille vendeurs rien que dans le centre-ville, qui déversaient en moyenne trois kilos de détritus par heure) et a regardé dans ma direction, comme pour vérifier l'exactitude de la tragédie d'un point de vue numérique. J'ai adopté une expression de désespoir et de gravité. Ritu m'a dévisagée longuement avant de reporter son attention sur les autres.

— C'est clair ? a-t-elle demandé sèchement. Alors c'est parti pour le brainstorming.

Une des femmes a relevé le menton avec pugnacité et suggéré de recruter une équipe de vendeurs qui constituerait le noyau d'une fière brigade de propreté.

— Pas mal, a commenté Ritu.

Pour ne pas être en reste, l'autre femme a proposé de récompenser les vendeurs avec des vignettes qui garantissaient leur engagement écolo. Ritu a pensivement frotté son mug pendant un moment.

— Oui, je vois ce que tu veux dire, a-t-elle fini par répondre, ce qui a fait rayonner l'autre.

Puis, sur le ton de quelqu'un qui annonçait un coup d'État, le garçon souffreteux s'est penché en avant et a soumis l'idée que les vendeurs forment un partenariat avec un groupe d'artistes qui utiliseraient les déchets pour créer de grandes installations artistiques afin de sensibiliser l'opinion (sans préciser de qui exactement il fallait sensibiliser l'opinion), avant de se laisser retomber contre le dossier de sa chaise comme si son intervention l'avait épuisé.

Puis Ritu s'est tournée vers moi.

— Et toi, Shalini ?

— Moi ?

J'ai regardé les documents sur mes genoux.

— Je vais vérifier les chiffres.

— Non. Je veux dire, est-ce que tu as des idées ? Des commentaires ? Des suggestions ?

— Oh. Non.

— Je vois.

Ça s'est arrêté là. La réunion s'est terminée et notre échange m'est totalement sorti de la tête. Alors quand Ritu est apparue à côté de moi à la fin de la journée, j'étais suffisamment idiote pour être étonnée. Elle a posé son mug sur le bord de mon bureau et toussoté.

— Je voudrais te poser une question. Est-ce que tu es heureuse ici ?

— Oui.

— Si je te demande ça, a-t-elle continué, c'est parce que tu n'as pas l'air, comment dire… totalement impliquée.

Puis sa voix a changé. Contre toute attente, elle est devenue tendre.

— Je sais que ça n'a pas été facile pour toi depuis la mort de ta mère, a-t-elle dit comme si elle sentait la dureté en moi.

Avant d'avoir le temps de comprendre ce qui m'arrivait, je me suis mise à sangloter au-dessus de mon clavier. J'ai baissé la tête, bouleversée et mortifiée.

Elle a toussé à nouveau. Sa main a effleuré le haut de ma tête, aussi légère qu'une brise.

— Je pense que tu devrais faire une pause. Pourquoi ne pas t'offrir des vacances ? Et une fois que tu te sentiras prête, on pourra discuter de la place que tu peux occuper à l'agence.

Il a fallu un moment pour que j'assimile ce qu'elle était en train de me dire.

— Tu me vires ?

Elle s'est emparée de son mug et a reculé d'un pas, examinant mon visage et mon bureau maculé de moucherons. Quand elle a repris la parole, c'était avec une pitié sans bornes.

— Rentre chez toi, ma chérie. Rentre chez toi.

Vingt minutes plus tard, j'étais plantée au milieu de notre salon plongé dans l'obscurité. J'avais conduit trop vite. Je pouvais encore sentir le picotement de la vitesse dans mes paumes. Un bruit a retenti dans la cuisine. Un couteau sur une planche à découper. Stella.

— C'est moi ! ai-je crié.

Elle est sortie de la cuisine. Tassée sur elle-même, ses cheveux huilés ramenés en un net chignon, sa croix en or reposant sur son sari rouge parfaitement repassé. Même après des heures de travaux ménagers, elle était impeccable.

— Qu'est-ce qui se passe ? Tu es malade ? a-t-elle demandé en tamoul.

— Non.

Elle m'a dévisagée, sceptique.

— Tu as l'air malade.

Stella avait commencé à travailler chez nous cinq ans avant la mort de ma mère, et je ne savais presque rien d'elle. Elle avait trois enfants qui ne faisaient jamais rien de mal et un mari moitié commercial moitié alcoolique qui ne faisait jamais rien de bien. Elle était dévouée à la Vierge Marie et emmenait sa famille en pèlerinage au moins deux fois par an, des voyages pour lesquels elle demandait régulièrement de l'argent à mon père, qui le lui donnait, mais toujours après un long sermon sur les folies et les dangers d'une foi aveugle. Elle l'écoutait de bout en bout, impassible, puis glissait l'argent dans son sari et faisait ce qui lui chantait. Elle était aussi constante dans son travail que ma mère avait été imprévisible. Même quand ma mère était encore en vie, c'était Stella qui se souvenait d'acheter les légumes dont on avait besoin, Stella qui se rappelait quand il fallait changer la bouteille de gaz, Stella qui savait quels médicaments manqueraient bientôt dans l'armoire à pharmacie.

À présent, je mourais d'envie de la suivre dans la cuisine et de lui raconter ce qui venait de se passer, mais quelque chose m'en empêchait. Peut-être l'idée que mon retour anticipé la dérangeait. Même si c'était notre maison, peut-être qu'elle comptait sur ces après-midi en solitaire, ces moments de silence avant d'être de nouveau happée par le boucan et l'agitation de sa propre vie de famille. Je suis montée dans ma chambre et me suis assise sur mon lit. Centimètre par centimètre, je me suis avachie jusqu'à regarder le plafond. Je suis restée comme ça jusqu'à ce que Stella s'en aille. Après son départ, je n'ai pas bougé non plus. Ce n'est que quand la nuit est tombée que je me suis relevée. La maison semblait abandonnée. J'avais un message de mon père sur mon portable, disant qu'il était avec un client et rentrerait tard, et que je ferais mieux de ne pas l'attendre pour manger.

Stella avait laissé notre dîner sur la table. Quatre saladiers couverts d'assiettes en Inox avec, à côté, une plaquette d'ibuprofène. J'ai fixé le tout pendant un long moment. Puis je suis passée d'une pièce à l'autre en allumant toutes les lumières et tous les ventilateurs. J'ai allumé la télévision et poussé le son au maximum.

Puis je suis montée en voiture et je suis partie, laissant la maison briller de tous ses feux.

Fatalement, je suis allée chez Hari Dinakaran. Hari avait vingt et un ans et il était photographe. Je l'avais rencontré quelques mois après la mort de ma mère, lors d'une cérémonie bouddhiste japonaise. Quelqu'un, j'ai oublié qui à présent, m'avait amadouée pour que j'y assiste. La cérémonie se déroulait dans un appartement quelconque dans le quartier de Whitefield. Un sanctuaire avait été installé dans la pièce principale, enveloppé dans un tissu en velours rouge avec des franges dorées, avec un imposant Bouddha posé en son centre. Une dame âgée nous avait accueillis, une Japonaise élégante et svelte qui était la seule véritable bouddhiste présente. Le reste d'entre nous étions simplement jeunes, riches et visiblement à la dérive. Elle m'emmena dans une petite pièce et me fit remplir un formulaire. Il y avait déjà quelqu'un, en train de faire de même. Tout son corps dégingandé semblait être un tic nerveux : il tapait rapidement du pied, ses épaules tremblaient, ses orteils étaient recroquevillés. Mais je remarquai que sa main reposait calmement sur l'appareil photo encombrant à l'allure complexe posé à côté de lui, comme s'il était un enfant réconforté par ce contact.

Pendant la cérémonie, les femmes devaient s'agenouiller en rang, et les hommes prendre place derrière elles. Il avait beau être derrière moi, je percevais le moindre de ses mouvements. Il n'arrêtait pas de gigoter tandis que la Japonaise parcourait les rangs en disant « Ceci est la place de l'âme dans le corps ». À la fin de la cérémonie, il bondit sur ses pieds et se mit à photographier la Japonaise derrière son sanctuaire. J'observai la scène un moment, puis je m'approchai de lui. Mes yeux plongés dans les siens, je lui demandai s'il voulait bien me montrer son travail. Il rougit.

Hari louait une petite chambre dans le quartier d'Ulsoor, chambre qui donnait sur la terrasse d'un pavillon occupé par une famille. Dès que j'avais vu cette terrasse, j'en étais tombée amoureuse. Il y avait une échelle branlante dans un coin, qui menait à une corniche accueillant un réservoir d'eaux usées. Je ne sais pas combien de fois j'ai grimpé à cette échelle alors que j'étais trop saoule ou trop défoncée pour me rappeler comment redescendre. Je m'asseyais, le dos plaqué contre le réservoir, les pieds dans le vide, pendant que Hari était assis en contrebas, occupé à retoucher des photos sur son ordinateur, un joint entre les doigts. De temps en temps, il levait les yeux vers moi, son petit visage inquiet éclairé par son écran.

Le plus triste, je m'en rends compte à présent, c'est que Hari n'a jamais compris ce que j'attendais de lui. Sans doute parce qu'à l'époque, je le comprenais à peine moi-même. On fumait des joints, allongés sur son matelas, et sa main finissait par flotter jusqu'à ma poitrine pour s'y poser de la même façon que sur son appareil photo. Je laissais courir, je le laissais soulever mon haut, puis, quand je n'en pouvais plus, je le repoussais et m'asseyais. Il avait l'air triste, mais ne protestait jamais. Et peut-être que c'était ça, la somme de lui et moi et ce dont je lui suis reconnaissante : Hari m'offrait le luxe simple de résister. Il m'autorisait à me rebeller, d'une manière aussi insignifiante que méchante, mais il me le permettait quand même, dans un monde qui m'avait montré qu'il pouvait me mettre K.-O. quand il le voulait.

Je me suis garée et j'ai grimpé l'escalier en ciment collé à la maison qui menait directement à la terrasse. J'ai marqué une pause avant la dernière marche. C'était le moment que je préférais : quand je posais les pieds sur le carrelage rouge, avec le ciel noir qui s'ouvrait au-dessus de ma tête, la chambre allumée tel un phare au bout de la terrasse. À l'intérieur, Hari était allongé sur son matelas, vêtu d'un de ses trois tee-shirts *Libérez le Tibet*, entouré de feuilles à rouler et d'une énorme boîte d'herbe. Il a souri quand je suis entrée, avant de continuer ce qu'il était en train de faire.

La chambre de Hari ne contenait aucun meuble, à l'exception du matelas et d'une table basse noircie par les brûlures de cigarette et les cendres. Une petite collection de livres était empilée sur un réchaud qu'il n'utilisait jamais. *Voyage à motocyclette*. Une biographie du Dalaï-Lama. *Sur les traces de Siddartha : Découvrir les enseignements du Bouddha en cheminant à ses côtés*. Le décor était bohème, mais ne reflétait en rien la vérité. Tout comme moi, Hari recevait une allocation généreuse de la part de ses parents, diplômés de la faculté de médecine de New Delhi et de celle d'Harvard. Ils auraient été ravis de lui acheter un grand appartement s'il le leur avait demandé, mais Hari prenait très au sérieux son rôle d'artiste fauché en galère et acceptait uniquement de l'argent liquide de leur part. De la même façon, ses photos portaient surtout sur la détresse des pauvres, dont il pensait faire partie, et ce sans la moindre ironie. Il prenait en photo des vieilles femmes édentées recroquevillées contre des chiens errants sur des trottoirs défoncés ; des hijras (des prostitués eunuques) se maquillant dans des chambres qui ressemblaient davantage à des cachots ; des enfants sous-alimentés qui se couraient après sur des chantiers pendant que leurs parents se cassaient le dos en transportant des dalles de béton. Plus la pauvreté était pittoresque, plus il aimait la photographier. Mais si je lui avais dit ça, je lui aurais brisé le cœur, alors je ne l'ai jamais fait. Avec le recul, ça a été mon seul acte de considération le concernant.

Je me suis assise sur le matelas et j'ai attendu. Il a fini par (mal) rouler un joint qu'il a tenu à la lumière.

— Désespérant, mec, a-t-il dit dans un soupir.

Hari appelait tout le monde « mec », y compris sa mère.

Alors qu'on fumait, la nuit a ralenti peu à peu. À un moment, je me suis retrouvée allongée, la tête sur les genoux de Hari. Je l'écoutais distraitement rabâcher sur un virtuose finlandais de la batterie qui venait jouer à Bangalore le mois suivant, « complètement hallucinant, je te jure, mec, t'as pas idée ». Il tapotait sans arrêt la table basse du bout des doigts. À un moment, j'ai eu la sensation de tomber. J'ai fermé les yeux, mais ça n'a fait qu'empirer les choses, alors je les ai rouverts. Je continuais à sentir la lourde main de Ritu sur ma tête. « Une fois que tu te sentiras prête, on pourra discuter de la place que tu peux occuper à l'agence. » Je savais que j'aurais dû me lever et partir, mais j'ai pensé à notre maison vide et quelque chose s'est déchiré en moi.

Sans savoir ce que je faisais, j'ai commencé à triturer maladroitement la braguette du jean de Hari. Mes doigts étaient gelés, le tissu rigide. Hari n'a pas fait un geste pour m'aider. Il est resté assis là, étrangement immobile. J'ai réussi à déboutonner son jean, puis j'ai tiré gauchement dessus, ainsi que sur son caleçon. Son sexe reposait sur sa cuisse, à moitié en érection.

Je me suis agenouillée et j'ai passé en vain ma langue sur mes lèvres et mes dents désespérément sèches. Hari fixait le mur, une expression distante sur le visage.

— Préservatif, ai-je dit d'une voix rauque.

Il n'a pas bougé.

— Hari ! Préservatif !

La dureté de ma voix m'a sidérée.

Hari a sursauté et s'est levé. Il a remonté son caleçon puis son jean. Il a refermé sa braguette. Tiré sur son tee-shirt *Libérez le Tibet*. Écrasé le joint sur la table avec une drôle de tendresse.

— Tu ne peux pas continuer à faire ça, mec, a-t-il fini par déclarer.

— Faire quoi ?

Il a secoué la tête.

— Tu sais très bien ce que je veux dire.

— Non, je ne sais pas.

— Si, a-t-il insisté avec lassitude. Tu sais.

Il a détourné le regard et dit quelque chose que je n'ai pas compris.

— Quoi ? Qu'est-ce que tu as dit ?

Il a secoué la tête à nouveau.

— Rien du tout.

— Dis-moi, Hari.

Il a soupiré et a tourné la tête vers moi.

— Parfois, tu me fous une trouille pas possible.

Je ne me rappelle pas le trajet du retour. Je me souviens juste que la maison était entièrement plongée dans l'obscurité quand je me suis garée. La porte de la chambre de mon père était fermée. Je me rappelle m'être cogné le tibia si fort contre ma table de nuit que la figurine en bois est tombée à terre. Je me souviens de mon lit qui tanguait, aussi violemment que s'il avait été pris au milieu d'une tempête. Je me souviens d'avoir coulé, puis refait surface, puis coulé à nouveau.

J'ai continué à partir de la maison tous les matins. Comme je n'avais nulle part où aller, je me rendais au club où j'avais appris à nager quand j'étais petite. À l'époque et pendant quelques années grisantes, j'avais cru que je pourrais devenir nageuse professionnelle un jour. Je connaissais tous les entraîneurs, les élèves, les maîtres-nageurs et les agents d'entretien par leurs noms. Mais tous avaient été remplacés par des étrangers depuis. Je m'asseyais à une des tables en fer forgé au bord de la piscine et je regardais le nouvel entraîneur, un homme aux cheveux sombres ébouriffés avec un beau torse ciselé, qui guidait un groupe d'épouses nerveuses vêtues de maillots de bain à froufrous du côté le moins profond du bassin, une main sous leur ventre et l'autre derrière son dos, tel un serveur méticuleux portant des plateaux hors de prix. Plus tard dans la journée, des groupes d'enfants se succédaient pour répéter les mouvements de la brasse, tous allongés sur un banc interminable, avant de battre des pieds dans l'eau accrochés à des planches de natation, tandis que leurs mères, installées aux tables autour de moi, discutaient et riaient.

Quand j'avais commencé la natation, l'année de l'apparition de Bashir Ahmed dans nos vies, ma mère s'était assise à ces mêmes tables, les chevilles au soleil, le reste du corps à l'ombre d'un parasol fatigué, pendant que je m'entraînais à tendre la pointe des pieds en battant des jambes. Les autres mères s'asseyaient ensemble en petits groupes, mais ma mère restait majestueusement seule. Pendant des semaines, elle ne parla à personne. Puis, un soir, je la vis se lever et se diriger nonchalamment vers les autres. À la fin de l'entraînement, vingt minutes plus tard, elle les avait toutes sous sa coupe.

— Mon Dieu, l'entendis-je minauder avec un accent qui n'était pas le sien. Je vous jure, mes chéries, quand j'ai vu la tête de son mari, je me suis évanouie.

Elle s'éventait d'une main pendant que les autres femmes gloussaient, émoustillées par l'histoire aussi folle que fausse que ma mère avait inventée à leur intention. Mais lorsqu'on grimpa dans un rickshaw pour rentrer à la maison (ma mère n'avait jamais appris à conduire), elle abandonna son accent et agrippa fermement mon poignet.

— Promets-moi, Shalini ! cria-t-elle en enfonçant douloureusement ses ongles dans ma peau. Promets-moi que si un jour je deviens une grosse vache sans cervelle comme elles, tu me poignarderas d'un coup de couteau.

Elle était de plus en plus agitée, sa voix de plus en plus aiguë.

— Promets-le-moi !

— Oui, répondis-je. Promis.

Alors elle me lâcha enfin le poignet.

Je restais à la piscine aussi longtemps que possible, jusqu'à ce que les enfants partent et que la joie quitte les lieux. Alors, je rentrais à la maison. Stella ne demandait jamais pourquoi je rentrais tôt et je savais qu'elle n'en parlerait pas à mon père. Je ne savais pas trop pourquoi je lui cachais la vérité, si ce n'est que ça me donnait quelque chose à faire et m'obligeait à être rusée et alerte, du moins jusqu'à la fin du dîner. Ça n'avait rien d'un exploit, cela dit : mon père avait depuis peu des problèmes de syndicat à l'usine et il était distrait. En guise de cadeau d'anniversaire tardif, il m'avait emmenée dans un hôtel à Bali le week-end précédent, notre premier voyage sans ma mère. Le soir de notre arrivée, il s'était endormi tôt et j'étais restée au bord de la plage à boire avec un journaliste anglais au teint cireux, pendant que le barman, un homme à la peau sombre et à l'air fatigué qui devait avoir l'âge de mon père, regardait l'océan.

La semaine après notre retour de Bali, mon père a pris l'avion à destination de Séoul pour participer à un salon industriel. Heureuse d'abandonner la triste comédie d'aller au bureau, j'ai passé mes journées au lit, me traînant furtivement jusqu'à la cuisine uniquement lorsque j'avais tellement faim que je ressentais de la nausée. Tous les jours, quand Stella arrivait, elle essayait d'ouvrir ma porte, mais je la verrouillais systématiquement.

— Parfait, a-t-elle dit un après-midi. Tu veux vivre dans un dépotoir ? Grand bien te fasse.

Le murmure de son balai s'est estompé et j'ai fini par m'endormir.

Quand la sonnette a retenti, je l'ai ignorée. La voix de Stella a flotté jusqu'à ma fenêtre, puis celle d'un homme parlant en hindi ou en ourdou. Je ne distinguais pas les mots, mais l'intonation et la cadence avaient quelque chose de familier. D'un coup, j'ai bondi hors de mon lit, bataillé contre ma porte fermée à clé et dévalé les marches, pour trouver Stella en train de faire la poussière dans le salon.

— Qu'est-ce que c'était ? ai-je demandé, essoufflée.

Elle a haussé les épaules.

— Un type qui voulait vendre quelque chose.

— Qu'est-ce qu'il vendait ?

— Je n'ai pas demandé. Tu crois que je n'ai rien de mieux à faire que de poser mille questions à toutes les personnes qui sonnent à la porte ?

— Il avait l'air de quoi ?

Elle m'a lancé un regard froid, qui avait aussi un éclat de ce que je soupçonnais être de la pitié.

— Il avait l'air de quoi ? a-t-elle répété lentement. Pourquoi est-ce que tu me demandes ça ?

Puis je me suis vue telle que j'étais, pas lavée, les cheveux emmêlés, mes vêtements froissés et puants après les avoir portés pendant trois jours. J'ai regardé son sari impeccablement amidonné.

— Aucune importance. Je suis curieuse, c'est tout.

— Ces vendeurs, a dit Stella en donnant un dernier coup de chiffon déterminé sur la table, ils sont tous pareils de toute façon. Ils ne valent rien, tous autant qu'ils sont.

Lors de la deuxième visite de Bashir Ahmed, c'était la mousson et je me remettais de la varicelle. J'avais manqué l'école pendant des semaines, coincée à la maison avec de la fièvre, couverte de croûtes qui me démangeaient et me rendaient folle. Je me souviens de ma mère, qui recroquevillait doucement mes doigts quand elle me surprenait en train de me gratter, ses yeux rivés aux miens, tandis que je supportais la douleur sans ciller. Les journées interminables, les pluies abondantes, les lézards aux yeux exorbités qui tombaient du plafond de la salle de bains. La maison semblait étouffante, scellée, comme si un brouillard froid l'enveloppait et l'occupait jusque dans ses moindres recoins. Une fois ma fièvre passée, je descendais au rez-de-chaussée et je passais des heures allongée sur le canapé, à observer les allées et venues de ma mère. Elle paraissait vivre profondément enfoncée dans ce brouillard, ou alors peut-être était-ce le brouillard qui vivait en elle ? Je le voyais aux gestes ralentis de ses mains quand elle touchait ses idoles en laiton, à sa voix en sourdine. Parfois, j'avais l'impression qu'il l'engloutissait et qu'elle ne tarderait pas à disparaître.

Le brouillard n'était perturbé que lorsque mon père rentrait à la maison, amenant dans son sillage toute l'énergie et le chaos du monde extérieur, sans que cela suffise néanmoins à le dissiper. Il allumait la télévision, retirait ses chaussures et ses chaussettes noires et les laissait tomber négligemment à terre. Il me chatouillait avec sa barbe de trois jours, me faisant me tortiller et arrachant un éclat de rire à mon corps fatigué avant de s'affaler dans le canapé avec un long soupir de contentement.

— C'est bien, ma chérie. Tu as l'air d'aller mieux. À mon avis, tu devrais pouvoir reprendre l'école lundi, déclara-t-il un jour.

Ma mère avait émergé de la cuisine juste à temps pour l'entendre. Elle fixa les chaussettes de mon père qui traînaient sur le sol. Pendant un moment, elle garda le silence. Puis elle se redressa de toute sa taille, croisa ses bras fins sur sa poitrine et dit tout bas :

— Elle n'est pas encore prête à retourner à l'école.

— N'importe quoi ! rétorqua mon père sans même lancer un regard dans sa direction. Regarde-la. Elle va très bien. Ça ne sert à rien qu'elle reste là à traîner. Elle va prendre du retard.

— Prendre du retard ? Oh, je suis vraiment désolée. Pardonne-moi. Je n'avais pas la moindre idée que notre fille de six ans passait son doctorat. Quelle idiote je fais !

Il se hérissa, comme il le faisait chaque fois qu'elle parlait sur ce ton.

— Peut-être que si tu prenais la peine de jeter un coup d'œil à ses livres ne serait-ce qu'une fois, tu verrais que ce qu'elle apprend n'est pas si facile que ça.

Il tourna la tête vers l'écran de télévision.

— Mais je sais que tous ces machins académiques ne t'intéressent pas vraiment, grommela-t-il.

Le fait que ma mère avait arrêté l'école à quinze ans n'était un secret pour personne. Si je comprends bien, les calculs avaient été aussi violents que simples : son père avait trois enfants et un salaire de fonctionnaire. Ma mère était la plus jeune et la seule fille. Ses deux frères étaient allés à l'université. Pas elle.

Ma mère s'était figée et je savais que c'était le brouillard qui l'enveloppait peu à peu, s'enroulait autour de son cerveau et congelait sa voix. Sans rien dire, elle tourna les talons et repartit dans la cuisine. Un moment plus tard, mon père monta l'escalier d'un pas lourd pour se changer. Les chaussettes restèrent à terre toute la nuit.

Le lendemain, Bashir Ahmed arriva.

Mon père était parti à l'usine plus tôt que d'habitude. Je revois ma mère ramassant les chaussettes, une dans chaque main, comme si elle ne savait pas trop ce que c'était. Puis la sonnette retentit et, quand elle ouvrit la porte et le vit, quelque chose sortit de son corps avec une telle force que c'en était presque audible.

Il lui sourit.

— Vous voyez ? Je vous avais dit que je n'oublierais pas.

Elle hocha la tête. Elle semblait abasourdie.

— Entrez, l'invita-t-elle.

Il s'exécuta, avec le même air satisfait que la première fois. Il avait plu cet après-midi-là et son kurta vert était trempé, ce qui rendait ses yeux encore plus brillants. Il posa son baluchon et passa ses mains dans ses cheveux.

— Ça alors, me dit-il. C'est fou, comme tu as grandi en seulement trois mois.

— Vous voulez boire quelque chose ? demanda ma mère.

Je m'aperçus qu'elle était immobile, toujours avec une chaussette noire dans chaque main.

— Un thé ? Un café ?

— Non, merci, répondit-il.

— Pourquoi ? rétorqua-t-elle brutalement. Vous êtes au régime ?

— Bon, bon.

Il rit et leva les bras, comme quelqu'un qui s'apprêtait à parer un coup.

— Je ne peux rien vous refuser. Je veux bien un thé, merci beaucoup.

Elle hocha brièvement la tête, mais je savais qu'elle était contente. Une fois qu'elle fut dans la cuisine, il se tourna à nouveau vers moi avec un sourire plein d'espoir, comme s'il attendait que je reprenne une conversation précédemment interrompue. Je me rendis compte que j'avais envie de dire quelque chose d'intelligent, pour le faire rire comme le faisait ma mère.

— Où êtes-vous allé ? demandai-je en hindi. Quand vous êtes parti la dernière fois ?

— Partout, ma fille. Je suis allé partout.

— Dans le monde entier ?

Il plissa le nez d'un air énigmatique.

— Peut-être.

— En Amérique ?

— Pfff, l'Amérique. Qui donc pourrait bien vouloir y aller ?

Il fouilla dans les poches de son kurta.

— Avant que j'oublie, ma fille, donne-moi ta main. Je t'ai apporté quelque chose.

Je tendis la main et il déposa quelque chose de dur et de rond dans ma paume, marron et doux au toucher. Une grosse ligne courait au milieu, comme une couture sur une balle de base-ball en cuir.

— Qu'est-ce que c'est ? m'enquis-je.

— Akhrot. Je ne vais pas te dire le nom en anglais. Il faudra que tu demandes à ta mère. Elle a réponse à tout, ajouta-t-il avec un sourire.

Quand ma mère réapparut avec une tasse de thé, je lui montrai mon cadeau.

— C'est une noix, me dit-elle sèchement en anglais. Il faut que tu la sortes de sa coque.

— Comment je fais ?

— Bonne question. Essaie de lui demander gentiment.

Elle s'assit en face de lui et je m'assis entre eux, faisant tourner la noix entre mes doigts.

— Eh bien, madame.

Il avait déjà commencé à défaire les nœuds de son baluchon.

— J'ai beaucoup, beaucoup de superbes nouveaux articles. Même vous, vous ne pourrez pas nier leur beauté. Personne d'autre à Bangalore ne vend ça, croyez-moi. Vous pouvez poser la question, si vous voulez. Les châles et les kurtas et…

— Je ne veux pas les voir.

Ses mains se figèrent.

— Pardon ?

— Je ne veux pas les voir.

Elle se pencha en avant.

— Dites-moi, comment vous appelez-vous ?

— Bashir Ahmed.

— Très bien. Il y a une chose que vous devez savoir sur moi, monsieur Bashir Ahmed.

À l'entendre, on aurait dit qu'elle extrayait les mots d'un sol humide. Ils avaient un accent épais et laborieux.

— Je ne suis pas une de ces femmes au foyer que vous voyez tous les jours, qui s'ennuient et achètent parce qu'elles ne savent pas quoi faire d'autre de leurs dix doigts. Et si vous pensez que je suis l'une d'entre elles, alors vous n'êtes pas aussi intelligent que vous en avez l'air.

Un silence s'ensuivit.

Puis Bashir Ahmed se mit à rire.

— Je ne perdais rien à essayer, dit-il en secouant la tête.

Quand elle se mit à rire aussi, je sentis le soulagement gonfler ma poitrine. Bashir Ahmed renoua habilement son baluchon et le poussa du pied. Ce fut la dernière fois qu'il tenta de lui vendre quelque chose. Avec le recul, je sais que quelque chose de puissant se produisit à cet instant, et qui continue à me stupéfier après toutes ces années : Bashir Ahmed avait compris en cinq minutes ce que mon père mit des décennies à comprendre. Et moi ? Qu'est-ce que je compris, à l'époque ? Rien, à part que quand ma mère riait de cette façon, ça me donnait un million d'envies différentes à la fois. J'avais envie de courir jusqu'à m'effondrer d'épuisement ; j'avais envie de me rouler à terre ; j'avais envie de m'asseoir sur ses genoux et de ne jamais en redescendre.

— Où vivez-vous ? lui demanda-t-elle.

— J'ai une chambre près de Russell Market.

— Non, je veux dire à l'origine. Au Cachemire. C'est bien de là que vous venez ?

— Oh. Oui, d'un petit village dans les montagnes. Le nom ne vous dirait rien.

Il sourit malicieusement.

— Vous, en Inde, vous pensez que le Cachemire commence et s'arrête à Srinagar.

— Est-ce que c'est beau, là-bas ?

— Dans mon village ? Pourquoi ne pas venir voir par vous-même ? Oh, mais j'oubliais.

Avec facétie, il montra du doigt ses yeux verts.

— Vous êtes un peu aveugle. Comme c'est triste ! En fait, c'est probablement mieux si vous ne venez pas. Vous regarderiez l'Himalaya et vous diriez : « Mais où sont les montagnes ? »

— Peut-être que je viendrai, déclara ma mère en agitant son index dans sa direction. Un jour, vous ouvrirez la porte et je serai là, sur le seuil. Et alors, qu'est-ce que vous ferez, monsieur Bashir Ahmed ?

— Je vous demanderai : « Est-ce que vous voulez un café ou un thé, madame, ou bien êtes-vous au régime ? »

Ils rirent. Je m'aperçus que je souriais de toutes mes dents, moi aussi, même si je ne comprenais pas tout à fait la blague. Tout ce que je savais, c'était qu'une délicieuse hystérie flottait dans l'air et que j'avais envie de l'inhaler jusqu'au plus profond de mes poumons. Le brouillard qui avait enveloppé ma mère pendant des jours s'était soudain dissipé. Je la voyais plus nettement, j'entendais la clarté et l'assurance dans sa voix.

— Et toi, ma fille ? me demanda Bashir Ahmed en souriant. Est-ce que tu viendras aussi ?

— Oui, répondis-je promptement. Je viendrai.

— Parfait ! dit-il en tapant sur sa cuisse. Mon fils sera ravi de faire ta connaissance.

Le sourire de ma mère vacilla. Il s'en rendit compte immédiatement et serra les lèvres. Pendant les quelques secondes de silence qui s'ensuivirent, j'entendis le tic-tac de l'horloge au-dessus de la télévision. Mon regard passa de l'un à l'autre. Puis Bashir Ahmed s'éclaircit la gorge.

— Ma fille, est-ce que tu aimerais que je te raconte une histoire ?

Je lançai un regard à ma mère, mais elle était hors de portée. Indéchiffrable. C'était, de loin, son habitude la plus dévastatrice : quand elle se retirait, reprenant le cadeau électrisant de sa joie aussi nonchalamment qu'elle l'avait offert. J'avais toujours cru que j'étais la seule personne capable de voir aussi clairement cet interrupteur en elle, qui la faisait passer d'une version à l'autre d'elle-même. Mais il me suffit d'un seul regard en direction de cet étranger pour comprendre que lui aussi le voyait, et ce constat m'apporta un réconfort aussi étrange qu'inattendu.

— Oui, j'aimerais bien.

— Très bien, dit Bashir Ahmed avec un hochement de tête. Alors écoute.

Il baissa tellement le menton qu'il touchait presque sa poitrine, et il prit plusieurs grandes inspirations. Il ferma presque entièrement les yeux. Il posa les mains sur ses genoux. Au cours des années, je m'habituerais à ses tactiques : la longue pause au début, sa voix grave qui montait rapidement avant de retomber aussitôt, sa technique consistant à répéter des phrases banales jusqu'à les rendre menaçantes.

— Au Cachemire, il y a longtemps, vivait un vieil homme. Il venait de la ville de Bagdad, en Irak, alors les gens l'appelaient Shah Bagdadi. Et ce vieil homme était un pir. Est-ce que tu sais ce que c'est, ma fille ?

Je secouai la tête.

— Un pir, c'est un sage, expliqua solennellement Bashir Ahmed. Ce Shah Bagdadi avait lu de nombreux livres, et il savait beaucoup de choses sur le monde. Il pouvait même faire de la magie. Les gens malades allaient le voir et il les guérissait. Mais il était très prudent avec ses pouvoirs, vois-tu, parce qu'il savait que c'était un cadeau d'Allah.

Du coin de l'œil, je vis ma mère tourner légèrement la tête. Bashir Ahmed reprit la parole, lentement.

— Ce que j'ai oublié de te dire, ma fille, c'est que Shah Bagdadi avait un fils. Un fils, répéta-t-il et je sentis un frisson parcourir mes bras. Un fils qui était né alors que Shah Bagdadi était déjà vieux, et dont la mère était morte. Son père l'aimait très fort, mais dès son plus jeune âge, le garçon n'avait fait que lui briser le cœur. Et comble de malchance, il apparut bientôt clairement qu'il avait hérité des pouvoirs de son père. Shah Bagdadi tenta de le faire étudier, supplia son fils d'essayer de comprendre que de tels pouvoirs ne devaient pas être pris à la légère, mais le garçon ne voulait rien entendre. Quand il eut dix ans, il voulut un cheval. Shah Bagdadi refusa et le garçon se mit en colère. Il sauta sur un muret, transforma le muret en un beau cheval noir et partit au galop.

Ma mère écoutait attentivement à présent. Elle se pencha en avant, mais les yeux de Bashir Ahmed ne regardaient pas dans sa direction. Il me parlait à moi, comme si tout le monde avait cessé d'exister à part nous deux.

— Ce garçon faisait ces choses comme s'il s'agissait d'un rien. Et son père avait beau essayer de l'en empêcher, il continuait. Puis quelque chose de très triste se produisit. Le fils de Shah Bagdadi avait un meilleur ami, un petit garçon hindou. Ils étaient censés se retrouver un soir pour finir de jouer à un de leurs jeux, mais le garçonnet hindou n'arrivait pas. Le fils de Shah Bagdadi finit par trouver son meilleur ami allongé sur un rocher plat. Un rocher, répéta Bashir Ahmed. Le pauvre garçon avait été mordu par un serpent et il était mort.

Je mourais d'envie de regarder ma mère, mais je n'osais pas le quitter des yeux.

— La mère et le père du petit garçon hindou pleuraient et s'arrachaient les cheveux, mais le fils de Shah Bagdadi s'en moquait. Il ne pensait qu'à lui et au fait qu'à présent il ne pourrait plus finir son jeu. Il eut alors une idée. Il dit une prière et son ami ouvrit les yeux. Le fils de Shah Bagdadi rit et l'aida à se relever, puis ils partirent en courant pour aller jouer. Quand le vieux Bagdadi apprit la nouvelle, il sut que son fils était vraiment allé trop loin cette fois. Il devait faire face à une terrible décision, mais il savait ce qu'il avait à faire. Quand son fils rentra à la maison, il lui demanda de venir le voir. De ses propres mains, il donna à boire à son fils un bol de lait. Dès qu'il eut fini de boire, son fils ferma les yeux et mourut.

La voix de Bashir Ahmed se transforma en murmure.

— Shah Bagdadi avait mis du poison dans le lait, ma fille. Il avait tué son propre fils.

C'était trop pour moi. J'explosai :

— Ça n'a *aucun sens* ! Pourquoi est-ce qu'il… ?

Puis je m'interrompis, car Bashir Ahmed ne me regardait plus. Ses yeux verts étaient fixés sur ma mère, qui avait elle-même les yeux brillants. Elle lui sourit, d'un sourire triste et radieux, et je compris qu'il avait réussi à faire ce que personne à mon sens n'était capable de faire, à part moi. Il l'avait fait revenir.

Comme la fois précédente, je le raccompagnai à la grille. J'avais envie de lui poser mille questions concernant l'histoire mais je me retins, sentant qu'il préférait garder le silence. Néanmoins, lorsqu'il ouvrit la grille, il dit distraitement :

— Je l'ai vu, tu sais. Le rocher où le garçon est mort et ressuscité.

— C'est vrai ? Comment ça se fait ?

Bashir Ahmed regarda par-dessus son épaule, mais ma mère n'était plus dans le salon.

— Toute la famille de ma femme vient de là-bas. De l'endroit où c'est arrivé, m'expliqua-t-il d'une voix très distante.

Puis il partit, et même s'il ne me demanda pas de faire passer le message à ma mère cette fois, je savais qu'il reviendrait bientôt. Plus tard ce jour-là, en allant chercher ma serviette de piscine accrochée à la corde à linge, je vis les chaussettes de mon père qui pendaient mollement, lavées et fripées.

CHAPITRE 4

Mon père est revenu de Séoul un vendredi et nous sommes allés dîner ensemble le dimanche soir, comme d'habitude. Il ne tenait pas en place : il n'arrêtait pas de tripoter le petit vase contenant une rose blanche qui trônait au milieu de la table. De mon côté, j'étais épuisée. Trois semaines s'étaient écoulées depuis que Ritu m'avait renvoyée et tout avait commencé à m'agacer : les longues heures passées inutilement au club, la fausse bonne humeur que j'affichais le soir devant mon père. Je n'avais pas reparlé à Hari depuis le soir où il m'avait avoué que je lui faisais peur. Une partie de moi avait envie de lui dire que je comprenais. Il avait entrevu la chose vague, troublante et dangereuse que j'avais moi-même sentie en moi. Mais les quelques fois où il avait appelé, je n'avais pas répondu.

— Comme d'habitude ? m'a demandé mon père.

J'ai hoché la tête. Il a commandé nos boissons (un whiskey pour moi, un rhum pour lui) puis il a de nouveau attrapé le vase d'un air absent.

— On dirait une fausse fleur, a-t-il murmuré. Elle est tellement parfaite qu'on pourrait croire qu'elle est en plastique. C'est bizarre, tu ne trouves pas ?

Moi qui étais déjà sur les nerfs, sa crise soudaine de sentimentalisme a achevé de m'irriter.

— Regarde autour de toi, ai-je répliqué. Est-ce que ça ressemble au genre d'endroit qui utiliserait des roses en plastique ?

Il a haussé les sourcils, mais n'a pas répondu à ma provocation. Il ne s'est pas non plus lancé dans une analyse de combien le restaurant aurait pu économiser en utilisant des fleurs en plastique, et il ne m'a pas non plus fait la leçon sur le fait que c'étaient les petites économies qui permettaient aux très grandes entreprises de rester à flot. Au lieu de ça, il m'a demandé :

— Comment ça va au travail ?

— Bien.

— Ça te plaît toujours ?

J'ai poussé un vague grognement d'assentiment. On nous a apporté nos verres et nous avons trinqué.

— Santé, a dit mon père.

Si ma mère avait été avec nous, elle aurait bu une limonade. Elle était très collet monté quand il s'agissait d'alcool. Mon père se serait tourné vers elle et aurait levé son verre. En fonction de son humeur, elle l'aurait imité, ou alors elle aurait fixé la nappe jusqu'à ce qu'il rougisse. Mais ma mère n'était pas là et mon père a posé son verre avec un bruit sourd qui m'a tirée brutalement de ma rêverie sans intérêt.

— Regarde-moi, Shalini, a-t-il ordonné d'une voix ferme.

Lasse, j'ai levé les yeux. J'avais vingt-quatre ans et l'impression d'en avoir quatre-vingt-dix.

— Ça fait trois ans qu'Amma est morte. Et je vois que tu continues à faire la même erreur que juste après sa mort. Tu es en train d'arrêter de vivre.

Quand mon père prenait la parole, c'était toujours en toute connaissance de cause. C'était un homme habitué à échanger avec des chefs d'entreprise et des entrepreneurs malhonnêtes, des employés récalcitrants et des dirigeants de syndicats courroucés. Dans ces moments-là, il oubliait qui il était et où il se trouvait et s'immergeait totalement dans son discours.

— J'ai cru que tu finirais par trouver une porte de sortie, c'est pourquoi je n'ai rien dit pendant longtemps, et je le regrette. Ça suffit, maintenant. Écoute-moi bien, Shalini. Quand un événement important se produit…

— Par « événement important », tu veux dire la mort de ta femme ? ai-je répondu d'une voix forte.

Je savais que c'était puéril, mais je ne pouvais pas m'en empêcher. Je me sentais comme une gamine.

— Quand un événement important se produit, a-t-il répété fermement en ignorant mon accès de colère, quel qu'il soit, je comprends que le premier réflexe soit de se figer, de rester immobile et d'attendre qu'un autre événement tout aussi important se produise et annule ainsi le premier. Crois-moi, je le comprends. Et je sais que c'est ce que tu fais. Mais c'est justement ça, l'erreur, tu vois ? C'est une logique bancale, un vœu pieux. Parce qu'il n'y a *pas* de second événement. Ou rien qui vienne de l'extérieur, en tout cas. Ce qui existe, en revanche, c'est l'action. C'est l'action qui doit venir ensuite. Car sans action, on ne fait qu'attendre la mort.

Le serveur s'est approché de notre table. Nous avons commandé puis nous lui avons rendu le menu. Mon père a reporté son regard sur moi.

— Est-ce que tu comprends ce que je suis en train de te dire, Shalini ? Tu ne peux pas rester là sans rien faire en attendant que les choses changent, car il est fort probable que ce ne soit pas le cas. Il faut que tu fasses quelque chose. Il faut que tu agisses.

— Et toi ? ai-je rétorqué avec mauvaise humeur. Qu'est-ce que tu fais ? En quoi tu agis ?

Il a souri, comme s'il attendait précisément que je pose cette question.

— J'aime me dire que je fais de mon mieux. Premièrement, jamais je n'ai travaillé si dur. Et il y a autre chose dont je voulais te parler.

Jusqu'à maintenant, il me regardait, mais à ce moment-là, il a baissé les yeux et bu une longue gorgée de rhum. Pour une raison quelconque, je me suis redressée sur ma chaise.

— Je songe à me remarier. Pas tout de suite, a-t-il ajouté précipitamment. Pas dans un futur proche, mais je voulais en discuter avec toi. Pour savoir ce que tu en pensais.

J'ai regardé ses mains enroulées autour de son verre. J'avais hérité de ces mains, des longs doigts puissants, des paumes larges, parfaites pour la nageuse que j'avais cru devenir à une époque.

— Avec qui ? ai-je demandé.

— Je n'en ai pas la moindre idée.

— Comment est-ce que tu comptes t'y prendre, alors ?

Il a souri.

— Tu me prends pour un dinosaure ? Il y a tous ces sites Internet.

J'ai regardé mon père, qui n'avait que cinquante-trois ans, et je l'ai imaginé en train de taper sa description sur un site de rencontres. Ajouter une photo, cliquer sur *Veuf* dans le menu déroulant. Vérifier s'il avait des messages, faire patiemment le tri parmi les profils à la recherche d'une femme susceptible de lui plaire, de quelqu'un qui lui semblerait… quoi, exactement ? Puis viendraient les échanges de messages, la manifestation prudente d'intérêt, suivie d'un coup de téléphone, d'une rencontre, et enfin de l'évocation d'un couple, d'un mariage. Je m'attendais à être envahie par le ressentiment et l'amertume, mais au lieu de ça, je n'ai éprouvé que de la tristesse.

— Alors ? a-t-il demandé sans réussir à masquer la supplique dans sa voix.

— Je pense que c'est une bonne idée, ai-je répondu doucement.

Il s'est penché en avant pour plonger son regard dans le mien. Quand il a vu que j'étais sincère, il a souri.

— Merci. Ton avis est très important.

— Tu sais ce que j'en pense, maintenant.

— Dans ce cas, a-t-il continué en se penchant davantage, je vais reposer la question. Et toi ?

— Quoi, moi ?

— Qu'est-ce que *toi* tu prévois de faire ? a-t-il insisté. Tu m'as demandé ce que je faisais et je t'ai répondu. Toi aussi, tu dois prendre une décision de ce genre. Je ne parle pas de mariage, naturellement, mais il faut que tu décides de *quelque chose.*

— Comme quoi ?

— Qu'est-ce que j'en sais ?

Il y avait une pointe d'impatience dans sa voix, désormais.

— Je ne peux pas vivre ta vie à ta place, Shalini. C'est à toi de décider comment tu veux vivre, comme moi je l'ai fait. C'est aussi simple que ça.

La tristesse que je ressentais l'instant précédent a disparu, remplacée par de la colère. Il avait l'air tellement suffisant et sûr de lui, assis là dans sa chemise blanche en lin, le verre de rhum telle une boule de cristal entre ses mains, si fier de sa prédiction du futur et de mon approbation. Comme si, d'une certaine façon, il m'avait rendu service, et qu'à présent, il ne comprenait pas pourquoi je ne le remerciais pas avec effusion. Je n'avais jamais fait une scène dans un restaurant auparavant, mais là, je me suis soudain imaginée hurlant des obscénités, jetant mon verre contre un mur, tandis que les autres convives détournaient le regard avec gêne.

— J'ai décidé, figure-toi, et ma vie se porte très bien, je te remercie.

Il n'a pas répondu, mais l'expression sur son visage a suffi à me provoquer.

— Je pars bientôt en voyage, ai-je fini par déclarer avec désinvolture.

Cette annonce nous a surpris tous les deux. Nous avons gardé le silence pendant un moment. Puis mon père a demandé :

— Où ça ?

J'ai marqué une pause, pesant les mots que je m'apprêtais à prononcer. Depuis quand est-ce que j'avais cette idée dans la tête, à demi formée et dormante ? J'ai pensé à l'animal en bois qui m'attendait sur ma table de nuit. Ce que j'ai ressenti alors n'était pas de la peur, mais l'exaltation pure et dévorante de l'incertitude.

— Au nord. Au Jammu-et-Cachemire.

Il a froncé les sourcils et j'ai guetté sa réaction. S'il avait prononcé le nom de Bashir Ahmed à cet instant, j'aurais très certainement perdu mon sang-froid. Encore aujourd'hui, j'ignore pourquoi il ne l'a pas fait. Il est resté assis là, à fixer la table jusqu'à ce que je rassemble suffisamment mes esprits pour ajouter :

— C'est pour le travail. Un projet que Ritu veut monter là-bas. Quelque chose en rapport avec les rivières, je crois.

— Est-ce bien prudent d'aller là-bas en ce moment ?

— Ritu ne voudrait pas monter ce projet si c'était dangereux.

Il avait quand même l'air dubitatif.

— Tu vas t'absenter combien de temps ?

— Je ne suis pas sûre.

Puis, après une nouvelle pause encore plus longue :

— Est-ce que tu as besoin d'argent ?

— Non.

— Je t'en donnerai de toute façon.

Je n'ai rien répondu.

— Bon, a conclu mon père avec une certaine lourdeur dans la voix. On peut dire que la soirée a été riche en annonces, pas vrai ?

Je l'ai alors imaginé rentrant soir après soir pour retrouver une maison vide. J'ai pensé à lui, tout seul dans sa voiture pour se rendre dans ce restaurant les dimanches, assis à cette table, lisant le menu qu'il connaissait déjà par cœur, attendant son plat en silence. Et parce que j'essaie de ne rien éluder ici, je crois ne l'avoir jamais autant aimé qu'à cet instant, où j'ai eu le plus pitié de lui.

* * *

Je me suis réveillée tôt le lendemain matin, fraîche et dispose. La première chose que j'ai faite a été de regarder quels trains pouvaient m'emmener vers le nord. Après onze ans, avais-je décidé, il n'y avait aucune raison de prendre l'avion. Je dormirais sur une couchette pendant une nuit ou deux. Je regarderais le pays défiler, État après État, paysage après paysage, puis je me mettrais sérieusement à la recherche de Bashir Ahmed.

J'ai attrapé notre vieil atlas dans la bibliothèque et l'ai ouvert sur mon lit. Le haut des pages était noir. Visiblement, le chiffon de Stella ne s'était jamais aventuré aussi loin. Et voilà, il était là : le Cachemire, la tête pesante qui avait toujours semblé trop lourde à porter pour son corps gauche et maigrichon. Pendant un temps, après la dernière visite de Bashir Ahmed, j'avais tendu l'oreille au cas où on parlerait du Cachemire aux informations. Mais c'était toujours la même vague histoire : deux ou quatre ou cinq militants tués, un soldat indien blessé, une fusillade, des menaces qui grondaient en provenance de l'autre côté de la ligne de contrôle. J'avais entendu des noms de villes méconnues (Poonch, Baramulla, Sopore) et je m'étais demandé si elles se trouvaient près du village de Bashir Ahmed. Mais tout cela était trop abstrait pour l'enfant que j'étais et, de plus, j'avais mes raisons à l'époque de vouloir oublier Bashir Ahmed et tout ce qui était en lien avec lui. Alors à la longue, honteusement, j'avais arrêté de faire attention.

À présent, je prenais conscience du peu que je savais sur l'endroit dont Bashir Ahmed venait. Je ne connaissais même pas le nom de son village. S'il nous l'avait dit, je l'avais oublié. Il avait toujours évoqué des montagnes, mais en examinant les milliers de kilomètres sur les pages pliées et froissées de l'atlas, j'ai compris à quel point cette information était inutile. L'excitation que j'avais éprouvée face à mon père s'est dissipée lentement, remplacée par le doute. Je consultais les horaires de trains d'un regard vide tandis que les jours passaient inlassablement. La seule préparation pratique que j'avais prévue était d'aller à la banque afin de vider mon compte courant (je disposais de douze mille roupies).

J'ai continué à attendre que mon père me demande quand je partais, mais il ne le faisait pas. La seule fois où il a mentionné mon voyage, c'était pour me suggérer de contacter un vieil ami à lui pendant que je serais dans le Nord, un certain Sameer Reddy, qui était soi-disant un officier de haut rang, brigadier dans l'armée. J'ai hoché la tête et enregistré le numéro du brigadier dans mon portable, sans avoir la moindre intention de l'appeler.

Pendant plusieurs nuits d'affilée, je me suis réveillée au milieu de rêves agités, en sueur, étreinte par la peur d'avoir été sur le point de me souvenir de quelque chose d'important et d'être passée à côté.

La réponse, quand elle m'est enfin apparue, était stupéfiante de simplicité. J'étais allongée sur mon lit, dans un demi-sommeil, quand tout à coup je me suis redressée d'un bond, le cœur battant. En moins d'une minute, j'étais devant mon ordinateur, les doigts tremblants alors que je tapais les mots : *Shah Bagdadi. Fils. Résurrection ami hindou. Cachemire. Histoire*. La troisième page de résultats m'a donné le nom que je cherchais.

Kishtwar.

La ville se situait du côté de Jammu, à mille six cents mètres d'altitude. La population était divisée à parts presque égales entre hindous et musulmans. L'endroit était surtout connu pour ses sanctuaires, notamment ceux de deux saints soufis légendaires, Shah Fariduddin Bagdadi et son fils, Shah Asraruddin Bagdadi, qui avait un jour ramené un petit garçon mort à la vie. J'ai fermé les yeux et pensé à Bashir Ahmed, sa main sur notre grille, disant : « Toute la famille de ma femme vient de là-bas. »

C'était une piste bien mince, mais c'était suffisant.

II

CHAPITRE 5

Un homme en survêtement bleu dormait sur ma couchette. Un bras sur les yeux, un anneau doré au pouce. J'étais plantée au milieu de l'allée, agrippant mon billet et mon sac à dos, pendant que les gens affluaient derrière moi et que leurs affaires (boîtes à repas, sacs de jute, un ventilateur de table) me rentraient dans le dos.

— Excusez-moi, ai-je dit.

Un couple de personnes âgées était assis côte à côte sur la couchette opposée. Lui portait un pull sans manches gris par-dessus une chemise blanche impeccable et elle un sari magenta amidonné. Aussi frêles l'un que l'autre, ils auraient aussi bien pu être frère et sœur que mari et femme. Leur unique bagage était un sac en tissu niché entre leurs pieds, leurs sandales soigneusement rangées à l'abri des regards. Je leur ai souri comme pour dire : « Non mais vous avez vu ça ? » mais ils ont continué à regarder droit devant eux.

— Excusez-moi, ai-je répété un peu plus fort avant de tapoter la cheville de l'homme. C'est ma place.

Il a levé le bras et m'a regardée de travers.

— Il y a plein de place ici, a-t-il grommelé en montrant l'espace libre sur la couchette à côté du couple.

Pendant toute la matinée, je m'étais attendue au pire. Mon père me demanderait la vraie raison de mon voyage ; je ne trouverais pas le quai du train ; le train serait annulé. À présent, toute cette anxiété revenait sous la forme d'une colère excessive. J'ai soulevé mon sac à dos et je l'ai laissé tomber sur les jambes de l'homme. Il s'est redressé d'un bond en criant :

— Vous êtes cinglée ?

— Oh, je suis *vraiment* désolée. Il a dû glisser.

Jurant entre ses dents, il s'est collé à la fenêtre. En proie à un sentiment de pur triomphe exalté, je me suis assise là où ses jambes avaient reposé, sur le similicuir bleu encore tiède. Autour de nous, la gare grouillait d'activité. J'ai regardé à travers la fenêtre sale, apercevant à la place de la foule mon père à son bureau dans l'usine ; Stella dans notre cuisine, un petit couteau rouge à la main ; Hari assis en tailleur, faisant tomber ses cendres dans une assiette sale. J'ai failli me relever pour retourner sur le quai, mais le train s'est mis en route à ce moment-là et je me suis laissée retomber sur mon siège.

Nous avons traversé des hectares d'affreux bâtiments, de bidonvilles de boue et de métal, puis de campagne plate et broussailleuse. Pendant des heures, personne n'a desserré les dents dans le wagon. Le vieux monsieur et la vieille dame buvaient chacun leur tour à une énorme bouteille d'eau. L'homme en survêtement se rongeait les ongles et crachait discrètement les rognures à terre. Soudain, je me suis imaginé que c'était ma famille : le vieil homme et la vieille femme étaient mes parents et l'homme en survêtement, mon mari. Avec en tête cette idée sortie de nulle part, j'ai regardé autour de moi d'un air coupable, comme s'ils pouvaient lire dans mes pensées. Nous étions une famille en route pour passer des vacances à Delhi. Je nous ai imaginés en train de prendre la pose, raides comme des piquets, devant des monuments. En train de dîner à notre hôtel avant de remonter dans nos chambres. J'ai visualisé le vieux couple nous souhaitant une bonne nuit. Visualisé mon mari et moi nous glissant dans notre lit, son anneau en or faisant l'effet d'une lame glacée contre ma peau.

L'homme ne m'attirait pas le moins du monde, et pourtant, ce fantasme m'a apporté un drôle de réconfort. Il a mâtiné notre unique échange tendu d'une teinte chaleureuse qui s'accordait parfaitement à la lumière du dehors, un bleu triste et sans fond. Je l'ai observé du coin de l'œil : il avait l'air fatigué et j'ai regretté de ne pas l'avoir laissé dormir. Quand un garçon en uniforme kaki nous a apporté notre linge de lit (des couvertures enveloppées dans du papier kraft et des oreillers durs comme des briques), je me suis tournée vers mon voisin pour lui offrir la couchette du bas s'il le souhaitait. Mais avant que j'aie eu le temps d'ouvrir la bouche, il s'est adressé au garçon d'une voix sonore :

— Vous feriez mieux de servir cette fille en premier. Autrement, Dieu sait de quoi elle est capable. Ces gens-là, ils croient que tout leur est dû.

Mon cœur s'est serré dans ma poitrine, mais je n'ai rien dit. Le couple âgé aurait tout aussi bien pu être sourd, à en juger par leur absence de réaction. J'ai attendu que le garçon s'en aille pour me lever et me diriger vers la porte ouverte du wagon, qui donnait sur une petite plate-forme le séparant du wagon voisin. Le vent m'a fouetté le visage et m'a fait monter les larmes aux yeux. J'ai observé le paysage qui s'obscurcissait en essayant de lutter contre un sentiment naissant de morosité. Je pouvais distinguer les champs en forme de carrés. Des petites agglomérations de maisons, les lumières brillant aux fenêtres. Des collines qui ondoyaient. Des voitures qui attendaient à un passage à niveau, les conducteurs levant la tête pour regarder passer le train. Les ordures le long des rails, un gros rat se faufilant dans un trou. Puis ma mère. Près de moi, à la porte du wagon, ses longs doigts agrippés à la poignée. Son corps mince penché en avant, sa bouche grande ouverte dans un rire silencieux. Elle aurait ri de cet homme jusqu'à le faire descendre du train. Il n'était rien pour nous.

Je suis restée là, apaisée désormais, jusqu'à ce que le vent devienne froid. Puis j'ai regagné ma couchette et rejoint les gens qui n'étaient pas ma famille.

Dès le matin, Delhi montrait des signes de chaleur écrasante. J'étais assise dans la gare, sur un banc rouge écaillé maculé de taches dont je préférais ne pas connaître la nature. Le train à destination de Jammu Tawi devait partir à 21 heures. Il était à peine midi.

Mon portable a vibré dans la poche de mon jean.

— Tout va bien ? a demandé mon père.

Les machines de l'usine grondaient et vrombissaient dans le fond.

— Oui. Je suis à Delhi.

— Allô ? Tu es là ? Parle plus fort.

— Je suis à Delhi ! ai-je répété en criant.

— D'accord ! a-t-il crié en retour. Alors tout va bien ?

— Oui.

Il m'avait donné de l'argent le soir précédant mon départ. « Tiens », avait-il dit en me tendant une épaisse enveloppe blanche à fenêtre à travers laquelle je pouvais voir une liasse de billets de mille roupies.

J'avais hésité. C'était comme une trahison d'utiliser son argent pour ce que je prévoyais de faire, une trahison encore pire que le fait de partir. Mais il avait l'air si suppliant qu'un refus était hors de question, alors j'avais pris l'enveloppe, tout en me promettant en mon for intérieur de ne l'ouvrir qu'en cas d'absolue nécessité. Un dernier marchandage pitoyable avec la décence.

— Bon voyage, alors. Appelle-moi si tu as besoin de quoi que ce soit. Et n'oublie pas que tu peux toujours contacter Reddy.

— Qui ça ?

— Le brigadier.

— Ah oui, c'est vrai.

Il y a eu une nouvelle pause. Puis mon père a dit :

— Bon. Je te laisse. Fais plein de photos.

— Au revoir, Appa.

Il a raccroché. Je suis restée immobile un moment, puis je me suis mise à rire. Pendant l'éternité mise à faire mon sac, ça ne m'avait même pas traversé l'esprit d'emporter un appareil photo.

Le train est parti pile à l'heure. Cette fois, je partageais le compartiment avec une famille. Une jeune mère avec ses deux enfants, qui ont joué à l'Antakshari[1] après le dîner. L'un des enfants, un garçon de sept ou huit ans, avait une voix cristalline de soprano et semblait connaître une quantité impossible de chansons pour un petit de cet âge.

Je me suis réveillée juste avant l'aube. Le train s'était arrêté dans une gare. Tel un phare, un unique lampadaire éclairait le long quai désert. En le regardant, j'ai pensé à Hari, qui se levait toujours tôt et était sûrement sur sa terrasse en train de fumer son premier joint de la journée, sans se douter que je n'étais plus à Bangalore. J'ai ressenti un pincement de culpabilité. Peut-être que je devrais l'appeler, ne serait-ce que pour lui dire que

1. Jeu lors duquel chaque participant chante le premier couplet d'une chanson qui commence par la dernière syllabe du couplet chanté par le joueur précédent. *(Toutes les notes sont de la traductrice.)*

je m'absentais pour un temps et qu'on pourrait discuter à mon retour. J'ai composé son numéro, mais la communication a été coupée avant même d'être établie. J'ai essayé de nouveau avant de m'apercevoir que je n'avais pas de réseau. J'ai approché mon portable de la fenêtre.

— Ça ne marchera pas, a dit une voix tout bas.

C'était la mère des enfants, allongée de côté sur sa couchette. Je n'avais pas remarqué qu'elle était réveillée. Son fils était blotti contre elle, la bouche ouverte, comme un petit être sans défense.

— Est-ce que c'est une carte prépayée ? a-t-elle murmuré.

— Oui, ai-je chuchoté à mon tour.

— Les portables prépayés d'autres États ne marchent pas au Jammu-et-Cachemire. C'est une réglementation du gouvernement.

La tête de son fils a roulé sur le côté et elle l'a ramenée contre elle d'un geste délicat. Puis elle a fouillé dans son sac à main et en a sorti un petit Nokia dans une coque en plastique rose.

— Vous avez besoin d'appeler quelqu'un ?

J'ai fixé son portable en songeant aux répercussions de ce qu'elle venait de m'expliquer. J'ai imaginé mon père fronçant les sourcils et se grattant le front, sa confusion et sa panique grandissant tandis qu'il entendait le message enregistré impersonnel lui répéter que le numéro qu'il demandait n'était pas accessible.

— Non, ai-je fini par dire tout bas. Merci beaucoup.

— Je vous en prie, ça ne me dérange pas, a-t-elle assuré en me tendant le téléphone. N'hésitez pas.

— Ce n'est pas nécessaire, vraiment. Mais je vous remercie.

Après ça, le silence s'est de nouveau installé entre nous et le train s'est remis en route. J'ai fermé les yeux et éprouvé un sentiment de libération pas tout à fait apaisée et pas entièrement dépourvue de chagrin. À présent, ai-je songé, j'étais vraiment à la dérive. À partir de maintenant, je serais la seule responsable de tout ce qui m'arriverait.

Jammu m'est apparu morceau par morceau. Des maisons aux lignes carrées, des routes de plus en plus larges avec de plus en plus de circulation. À la gare, j'ai attendu jusqu'à ce que le wagon soit vide ; puis j'ai attrapé mon sac et remonté l'allée centrale jusqu'à l'avant du train. Tous les autres voyageurs avaient déjà disparu, laissant derrière eux des emballages chiffonnés, des papiers de bonbons, des peaux d'oranges, une odeur de sueur. Une femme en sari bleu nettoyait sommairement le premier compartiment. Quand elle parviendrait au mien, si elle faisait attention, elle trouverait un portable glissé derrière un siège.

Le rabatteur du taxi collectif m'a assuré que mon sac ne tomberait pas du toit, tout en me bousculant presque pour me presser de grimper dans la Tata Sumo blanche. Âgé d'environ seize ou dix-sept ans, il portait une chemise rouge dont les manches étaient remontées jusqu'à ses épaules. Ses cheveux étaient coiffés en une crête d'une hauteur incroyable et il faisait les cent pas devant le taxi en criant « Doda ! Kishtwar ! Doda ! Kishtwar ! » d'une voix impérieuse et blasée. De temps en temps, il s'arrêtait et observait le ciel sans nuages, les sourcils froncés. « Va pleuvoir », grommelait-il alors sombrement sans s'adresser à personne en particulier.

Après avoir abandonné à contrecœur mon sac à dos, je suis montée dans le véhicule et me suis assise tout au fond, près de la fenêtre. Mes compagnons de voyage étaient un vieil homme barbu aux allures d'universitaire et un adolescent accompagné de son père. Ils transportaient le plus gros régime de bananes que j'avais jamais vu, posé sur le siège entre eux comme s'il s'agissait d'un troisième passager, et père et fils engloutissaient une banane après l'autre.

Dehors, des femmes hindoues et musulmanes marchaient dans la rue, les cheveux vaguement couverts de foulards, au milieu de jeunes hommes musulmans aux visages fins et anguleux. J'ai cru voir une ressemblance avec Bashir Ahmed chez un ou deux, ce qui, dans mon état de fatigue, m'a semblé être un bon présage. J'ai appuyé ma tête contre la fenêtre. Après deux jours de voyage non-stop, j'étais courbaturée, fatiguée, et mes paupières pesaient des tonnes.

Une femme trapue avec un foulard violet sur la tête est montée avec son mari, et le rabatteur les a imités. Un homme bien en chair était désormais installé à la place du conducteur, occupé à essuyer le pare-brise avec un chiffon. Très professionnel, le rabatteur a encaissé la course de tous les autres passagers puis s'est adressé à moi en dernier.

— C'est combien ? ai-je demandé en hindou, consciente que tous les yeux étaient fixés sur moi.

Avec mon jean, mon tee-shirt et ma queue-de-cheval, je pensais savoir de quoi j'avais l'air à leurs yeux : une pauvre touriste, une femme voyageant seule. Il ne m'est pas venu à l'esprit que ce qu'ils voyaient surtout, c'était une étrangère.

Le rabatteur a affiché une impatience sans bornes.

— Jusqu'à Kishtwar ? Deux cent cinquante.

Confuse, je lui ai tendu deux billets de cent roupies.

— Deux cent *cinquante*, marmonna-t-il. Il manque cinquante roupies.

— Oh.

Je me suis sentie rougir furieusement.

— Désolée.

Je lui ai redonné un billet de cent et il m'a rendu cinquante roupies d'un geste expert avant de descendre du taxi par la porte arrière et d'aller s'installer près du chauffeur.

Aussi vite qu'elle m'était apparue, la ville de Jammu a disparu. Nous nous sommes retrouvés entourés de camions transportant des montagnes de bois, de briques et de tiges de fer sur une autoroute qui, sans les nombreux postes de contrôle de sécurité, aurait pu être n'importe où dans le pays. Je me suis endormie. À mon réveil, j'ai regardé dehors et aperçu des champs de cailloux blancs, avant de constater avec stupéfaction qu'ils étaient bien plus bas que nous.

Nous étions dans les montagnes.

De l'autre côté du taxi, l'adolescent a lancé une énième peau de banane par la fenêtre. J'ai contemplé la terre éventrée, défigurée par de grandes blessures destinées à devenir de nouvelles routes. J'ai vu des messages par intermittence, certains sur des panneaux en forme de diamant, d'autres grossièrement peints sur des rochers.

Le Cachemire est le joyau de la couronne d'Inde
Attention aux chutes de pierres
Coucou Coucou Réveillez-vous
Allez-y doucement dans mes virages
Du Cachemire à Kanyakumari, l'Inde ne fait qu'un

Au bout d'une heure de trajet, le chauffeur s'est arrêté devant une cabane avec de longues tables en bois disposées au bord de la route, et tout le monde est sorti. L'adolescent et son père, suivis du chauffeur et du rabatteur. Le vieil universitaire avec la femme au foulard et son mari. J'ai voulu me forcer à descendre du taxi, à leur demander si je pouvais me joindre à eux, mais tout ce que je voyais, c'était moi donnant de l'argent au rabatteur, son air méprisant tandis qu'il disait « Il manque cinquante roupies » pendant que les autres observaient la scène et, si puéril que cela puisse paraître, la honte m'a vissée à mon siège.

Au bout d'un moment, quelqu'un a tapoté à la fenêtre. C'était le chauffeur, avec dans la main une petite tasse en plastique remplie de thé. J'ai secoué la tête sans réfléchir.

— Si vous ne le buvez pas, je vais le jeter. Très triste, a-t-il dit dans un ourdou simple, en ayant néanmoins l'air pas triste du tout.

J'ai ouvert la fenêtre, pris la tasse et je l'ai portée à mes lèvres. La première gorgée a fait naître une sensation délicieuse de chaleur sur mes joues et je me suis sentie très bête d'avoir refusé au début.

— Merci, ai-je dit avec toute la sincérité dont j'étais capable.

— Vous voyagez seule.

Ce n'était pas une question.

— Oui.

Il n'a rien demandé d'autre, presque comme si un code tacite de courtoisie le retenait. Je lui étais si reconnaissante de m'avoir adressé la parole que je l'ai remercié à nouveau. Il a souri légèrement, m'a annoncé qu'on arriverait à Kishtwar dans une heure puis a repris sa place au volant, laissant la portière ouverte et une de ses jambes pendre dehors. C'était clairement un signe implicite, car, peu après, les autres passagers sont revenus, s'essuyant tous la bouche d'un revers de manche.

Il s'est avéré que le rabatteur avait vu juste. Dès que nous avons repris la route, il s'est mis à pleuvoir. Le chauffeur était penché en avant, concentré, tandis que les essuie-glaces sifflaient furieusement. Toutes les fenêtres étaient fermées et de la vapeur se dégageait de nos vêtements. Les odeurs corporelles se mélangeaient à celle, mûre, des bananes. De temps à autre, au détour d'un virage en épingle, j'apercevais la vallée, cet immense espace brumeux et infini, et je devais fermer les yeux pour ignorer le frisson dans mon estomac.

Sorti de nulle part, un convoi militaire de camions et de Jeep gris et vert est passé à côté de nous, dans la direction opposée. Sur les calandres, des lettres métalliques disaient *Vehicle Factory Jabalpur*. Il a bien fallu une minute au convoi pour nous dépasser complètement ; il devait y avoir au moins cinquante camions, chacun conduit par un soldat au visage partiellement obscurci par la visière de sa casquette. J'ai supposé qu'ils retournaient aux quartiers généraux de l'armée à Udhampur. Un peu plus tôt, nous avions dépassé cette ville et j'avais repensé à l'ami de mon père, le brigadier, reconnaissante à l'idée que je ne serais jamais obligée de le rencontrer. Je savais exactement comment la visite se serait déroulée : j'aurais siroté un thé dans un salon guindé trop décoré, pendant que le brigadier et sa femme (tous deux corpulents et joviaux dans mon imagination) me bombardaient de volées de questions pleines de bonnes intentions mais dénuées de tact sur ma mère morte et les raisons de mon célibat. Tout ce que j'avais vu d'Udhampur, c'étaient quelques larges rues hérissées de barrages en zigzag qui avaient forcé notre taxi à ralentir jusqu'à rouler au pas, des soldats qui fixaient le véhicule sur son passage et un tank dont le canon sombre était couvert de rayures multicolores incongrues. Je n'avais pas été mécontente quand nous avions laissé cette ville derrière nous.

Nous sommes arrivés à Kishtwar à la tombée de la nuit. Le rabatteur s'est hissé sur la galerie du taxi et nous a lancé nos bagages un par un. De hautes montagnes gris-bleu se dressaient de toutes parts, mais la ville elle-même semblait relativement plate. C'était un peu comme être debout au milieu d'un bol. Nous étions sur une place de marché entourée de taxis, d'échoppes à thé et de magasins, dont la plupart avaient déjà baissé le rideau. Dans l'une des échoppes, des hommes arrachaient des morceaux de pain qu'ils trempaient dans des petites tasses de thé fumant. Une vache errante se dirigeait vers un coin silencieux d'un pas traînant.

Tout semblait plutôt ordinaire, mais je n'arrivais pas à me débarrasser du sentiment de perplexité que j'éprouvais, peut-être justement parce que tout était si ordinaire. Je ne savais pas à quoi je m'étais attendue, mais j'avais conscience de ressentir une légère déception tandis que je regardais autour de moi. Puis mes yeux se sont posés sur une étrange vision, la structure brûlée d'un bâtiment en partie démoli avec une tour calcinée à une extrémité. Alors que j'étais plantée là, une voix s'est élevée près du bâtiment, ou peut-être à l'intérieur. Une voix d'homme grave et chaude, avec une pointe acérée de chagrin et de désespoir. Sur la place, personne n'a réagi. Je suis restée figée, effrayée de faire le moindre mouvement, effrayée d'avoir perdu l'esprit. Puis j'ai compris : le bâtiment brûlé était ou avait été une mosquée. Quand la voix s'est tue, je me suis approchée du chauffeur, qui inspectait un éclat dans le pare-brise.

— Excusez-moi, est-ce qu'il y a un hôtel près d'ici ?

Il m'a regardée d'un air ni amical ni hostile. C'était comme s'il avait oublié qu'il m'avait apporté une tasse de thé, oublié que nous avions échangé quelques mots.

— Un hôtel ? a-t-il répété. Vous voulez dire que vous n'avez personne chez qui dormir ?

Quand j'ai secoué la tête, il a eu l'air de réfléchir. Puis il a dit :

— Vous voyez la mosquée ? Le bâtiment qui a brûlé ? Vous tournez à gauche. Après le magasin de chaussures, vous allez voir des marches vertes. Montez l'escalier.

— C'est un hôtel ?

— Les gens séjournent là-bas, oui. Dites-leur mon nom et ils vous donneront une chambre.

— Comment vous appelez-vous ?

— Majid.

— Merci, monsieur Majid.

Il a légèrement incliné la tête, dans un geste de bienséance désuet.

— Qu'est-ce qui est arrivé à la mosquée, monsieur Majid ?

— Il vaut mieux que vous posiez la question aux gens qui vont vous héberger. Je ne suis pas d'ici.

Je l'ai remercié pour la dernière fois, puis je leur ai tourné le dos, à lui et à son taxi. J'ai commencé à avancer en direction des entrailles carbonisées de la mosquée qui, d'après ce qu'indiquait un pan de mur ayant résisté aux flammes, avait été rose. Après l'avoir dépassée, j'ai regardé derrière moi dans l'espoir d'apercevoir une dernière fois le véhicule qui m'avait conduite jusqu'ici, ainsi que M. Majid, la première personne à avoir été gentille avec moi. Mais sa voiture était identique à plusieurs autres sur la place du marché débordante d'activité et je n'ai pas réussi à le retrouver.

* * *

Comme il l'avait dit, il y avait un escalier peint en vert. La porte en haut des marches était fermée, mais un rai de lumière passait en dessous. J'ai frappé. L'homme d'âge moyen qui m'a ouvert venait clairement de finir de dîner, car les plats étaient encore posés à terre derrière lui. Il avait des cheveux bouclés grisonnants et portait de fines lunettes à monture dorée.

— Oui ? a-t-il demandé en ourdou.

— Je cherche une chambre, mon oncle. M. Majid m'a dit que cet endroit était un hôtel.

L'homme a froncé les sourcils.

— *Qui* a dit que cet endroit était un hôtel ?

— M. Majid, ai-je répété. Il est chauffeur de taxi. Je lui ai demandé s'il connaissait un hôtel et il m'a envoyée ici.

— Grand comme ça ? a-t-il demandé en levant la main au niveau de son épaule. Un peu gros ? Les yeux clairs ?

— Oui, ai-je répondu.

Sauf qu'en toute honnêteté, je n'en avais aucune idée. Les quelques centaines de mètres que j'avais parcourus entre le taxi et ici m'avaient semblé prendre des années. L'odeur de sauce qui flottait dans la pièce m'a fait l'effet d'un uppercut. Je me suis alors rendu compte que je n'avais pas fait un vrai repas depuis deux jours.

L'homme a posé les yeux sur mon sac à dos.

— Vous êtes en vacances ?

Il avait l'air de ne pas trop savoir quoi penser de moi. Peut-être que c'était parce que le voyage m'avait épuisée ou peut-être que c'était à cause de la nourriture, mais je lui ai dit la vérité.

— Je suis à la recherche de quelqu'un.

Tout à coup, l'expression de l'homme a changé. Elle est devenue sombre, mais aussi douce et compatissante. Il s'est écarté de l'embrasure de la porte.

— Entrez. Vous voulez dîner ?

— Vous avez une chambre, alors ? ai-je demandé, confuse.

— On va vous en trouver une, ne vous en faites pas. Mangez d'abord. On discutera de tout ça ensuite.

Trop fatiguée pour me demander ce que cela signifiait, j'ai franchi le seuil. Le sol de l'entrée était couvert de tapis à motifs ; des traversins colorés étaient installés le long des murs. L'homme a montré du doigt un petit évier rose dans le coin. Pendant que je me lavais les mains, il a emporté mon sac à dos derrière un rideau qui devait donner sur le reste de la maison. Quelques instants plus tard, une femme a émergé de derrière ce même rideau avec une assiette. Elle était trapue, large d'épaules et austère, et elle a dit « Asseyez-vous là » d'une voix dure comme de l'acier. Son intonation n'admettait pas l'indécision et j'ai obéi sans me faire prier. Elle a rempli l'assiette de riz et posé un gros morceau de poulet au-dessus.

— Mangez, a-t-elle ordonné avant de disparaître derrière le rideau.

J'ai pris une bouchée de poulet et manqué me mettre à pleurer. Le riz était parfumé, le poulet tendre et subtilement aromatisé à la cardamome. J'ai mangé sans retenue et sans grâce, penchée comme une bossue par-dessus mon assiette, me fourrant des poignées de riz dans la bouche. Ce n'est que quand l'homme est revenu que je me suis redressée. Il s'est assis en tailleur à côté de moi et, une fois de plus, son expression m'a interpellée : j'y lisais de la tristesse mais aucune surprise. Avec un frisson, j'ai songé que c'était presque comme s'ils m'avaient *attendue*.

— Alors, d'où venez-vous ?

— De Bangalore.

— Bangalore, a-t-il répété gravement. J'aurais dû le deviner à votre façon de parler. Et vous cherchez quelqu'un.

J'ai hoché la tête.

— Est-ce que vous avez tenté ailleurs ?

— Non.

— Srinagar ?

— Non.

— Vous n'avez pas essayé ailleurs ? a-t-il insisté avec une certaine intensité dans la voix.

J'ai fixé mon dîner, que je mourais d'envie de terminer. Pourquoi me posait-il ces questions ? Il a dû lire l'incompréhension sur mon visage, car il s'est radouci.

— Je suis désolé, a-t-il dit. Vous êtes fatiguée. Nous parlerons de ça demain. Prenez votre temps pour finir de manger. Votre chambre est prête.

Il m'a laissée seule. Une fois mon repas achevé, la femme est revenue. J'ai cru discerner un éclat approbateur dans son regard à la vue de l'assiette vide, mais quand je l'ai complimentée sur la nourriture, elle n'a pas réagi. Je me suis relavé les mains ; puis l'homme est réapparu et m'a emmenée derrière le rideau, dans un petit couloir flanqué de deux portes de chaque côté. La première porte à droite donnait sur une cuisine impeccable. La femme se tenait près de l'évier et elle ne s'est pas retournée en nous entendant passer.

La porte à gauche était entrouverte et j'ai brièvement aperçu des murs jaune pétant, un fouillis sans nom de vêtements sur le sol. Il régnait une odeur prononcée de sueur. Deux hommes maigres et barbus étaient allongés à terre et écoutaient une petite radio. Un troisième fumait une bidî[1] à la fenêtre. Les trois m'ont suivie du regard mais aucun n'a prononcé un mot.

Les deux portes du fond étaient fermées.

— Les toilettes, a expliqué mon hôte en me montrant celle de droite. Et vous allez dormir ici.

Il a frappé avec élégance à la porte de gauche. Un homme jeune, je dirais environ du même âge que moi, a rapidement émergé, en fourrant des vêtements dans un petit sac à dos et en s'excusant. L'homme a attendu qu'il nous dépasse avant de me faire entrer dans ma nouvelle chambre.

La pièce était si petite que j'aurais pu toucher les murs opposés en tendant les bras. De toute évidence, la chambre avait été débarrassée précipitamment. Le drap rose sur le lit était de travers, la porte d'un petit meuble bas de rangement était ouverte. Un livre traînait sous le lit, je voyais le coin noir de la couverture qui dépassait. Les murs étaient vert pistache et l'un d'eux accueillait une banderole violette ornée d'une inscription arabe en caractères argentés. Mon sac à dos m'attendait déjà dans le coin près du petit meuble et j'ai trouvé que cela avait quelque chose de rassurant.

J'ai regardé autour de moi, puis je me suis tournée vers l'homme.

— Je suis désolée.

— Pourquoi ?

— C'était sa chambre. À l'homme qui vient de sortir. Il a dû partir pour me la donner.

L'homme a souri.

1. Type de cigarette indienne de forme conique composée de brins de tabac haché, séché et non traité, enveloppés dans une feuille retenue par un fil de coton.

— Non, non, il ne faut pas voir les choses comme ça. Il va bientôt nous quitter, de toute façon. Maintenant, si vous avez besoin de quoi que ce soit, n'hésitez pas à nous demander, à moi ou à ma femme.

Il a porté sa main à sa poitrine.

— Je m'appelle Abdul Latief.

— Merci, oncle Latief. Combien est-ce que je… ?

Il a levé une main en l'air pour m'interrompre.

— Nous aurons bien le temps pour tout ça demain.

Il a fermé la porte et j'ai de nouveau inspecté les lieux. Pendant une seconde, j'ai oublié où j'étais. C'était la première fois depuis trois jours que je me retrouvais complètement seule.

Puis des petits coups précipités ont été frappés à la porte. J'ai ouvert et reconnu le jeune homme que je venais de voir partir avec son sac à dos. Il m'a souri avec gêne et son regard a exploré la chambre derrière moi. J'ai aussitôt compris ce qu'il cherchait.

— Votre livre. Il est sous le lit.

Je l'ai ramassé et le lui ai tendu. Ce faisant, je me suis rendu compte que c'était un agenda, usé jusqu'à la corde, avec l'année 2002 imprimée en chiffres dorés en bas à droite de la couverture. Il l'a ouvert avec un sourire timide et m'a invitée à regarder. J'ai hésité, puis fait un pas en avant tandis qu'il tournait les pages. Elles étaient couvertes d'une calligraphie ourdoue dense que je n'arrivais pas à lire, entrecoupée de ce qui ressemblait à des numéros de téléphone. Puis il a délicatement extrait une photo d'entre deux pages pour me la faire voir. Toute froissée, elle montrait un homme aux traits similaires, bien qu'un peu plus âgé. C'était un portrait en studio bon marché, pris devant une toile de fond représentant un phare perché au-dessus d'une mer sombre et agitée.

Le jeune homme a tapoté la photo du bout du doigt. Puis, en ourdou, il m'a dit :

— Mon frère.

— C'est joli, ai-je répondu d'un ton hésitant.

On aurait dit un enfant. Il était là avec sa photo, comme dans l'attente de mon approbation, mais il y avait aussi une interrogation dans ses yeux, comme s'il était sûr que je connaissais son frère et qu'il attendait que je l'admette.

— C'est une très belle photo.

Il a souri, puis un voile sombre est rapidement passé sur son visage.

— Demain, j'irai à Bhaderwah, a-t-il annoncé. Vous êtes déjà allée à Bhaderwah ?

— Non.

— Demain, j'irai là-bas.

Il a remis la photo dans son agenda, qu'il a refermé. Une fois dans le couloir, il s'est retourné et, dans un anglais timide et mal assuré, il a dit :

— Je souhaite bonne chance.

Surprise, j'ai voulu lui demander ce qu'il voulait dire par là, mais j'ai finalement décidé de ne pas le faire. S'il me souhaitait de la chance, j'étais ravie de l'accepter.

— Merci, ai-je répondu en tendant la main. Bonne chance à vous aussi.

Il m'a serré la main avec un grand sourire avant de repartir à pas lents vers la pièce où séjournaient les autres hommes, son précieux carnet sous le bras.

Une fois qu'il a disparu dans sa chambre, j'ai fermé ma porte à clé et je me suis assise au bord du lit. J'ai retiré mon jean et mon tee-shirt. J'ai regardé ma peau, puis les murs verts qui m'entouraient, et j'ai essayé de trouver une logique dans l'association de ces deux éléments. Ma peau et cette chambre. Ma peau dans cette chambre. Il y a eu une pause, une seconde vide d'expression, puis j'ai commencé à pleurer, en pressant mes paumes sur ma bouche pour ne pas faire de bruit. Après avoir versé des larmes, je me suis sentie mieux.

Je me suis glissée sous le drap rose et j'en ai agrippé le bord à deux mains. Je sentais encore les embardées du taxi, la vallée en contrebas, l'attraction étrange et terrifiante de tout cet espace. J'ai essayé d'évoquer l'image de ma mère pour m'aider à dormir, mais à sa place et à ma grande surprise, c'est l'image de la femme silencieuse d'Abdul Latief qui m'est apparue, remplissant mon assiette de riz, le tas s'élevant de plus en plus haut. Je me suis endormie, réconfortée à l'idée qu'elle n'était pas loin.

CHAPITRE 6

Je me suis réveillée dans la chambre verte, avec la lumière du soleil qui se déversait sur les caractères arabes argentés. Une serviette grise avait été placée sur le petit meuble, et contenait un pain de savon tout neuf. J'ai aimé imaginer la femme d'Abdul Latief entrant sans bruit pour s'acquitter efficacement de sa tâche, son œil expert identifiant immédiatement ce dont j'avais besoin. Je me suis emparée de la serviette et de vêtements propres et me suis rendue dans leur salle de bains froide, regardant le seau se remplir d'eau brûlante. Plus tard, je me suis enveloppée dans la serviette grise et j'ai frotté le miroir embué pour voir mon visage pendant que je me brossais les dents.

Dans la salle, Abdul Latief était en train de regarder la télévision, le coude appuyé sur un traversin blanc et noir. Son petit déjeuner était posé devant lui : une grosse bouteille Thermos bleue, deux tasses et leurs sous-tasses blanches et un petit panier en osier rempli de pains parathas triangulaires brillants.

— Bonjour, m'a-t-il lancé avec un sourire quand je suis entrée.

Il a éteint la télévision et m'a servi une tasse de thé qui, bizarrement, était teinté de rose, avant de se servir à son tour. J'ai bu une gorgée avec prudence et constaté avec surprise qu'il était salé. Abdul Latief a ri.

— Le chai de midi. Ici, on boit notre chai avec du sel. Vous n'aimez pas ?

J'ai pris une autre gorgée. Ça avait un goût de bouillon tiède et légèrement amer.

— Si, j'aime bien.

— Qu'est-ce que vous buvez chez vous ? a-t-il insisté. Du chai Lipton ? Le sucré ? Voulez-vous que je demande à ma femme de vous en préparer un ?

— Oh non, je vous en prie. De toute façon, à la maison je bois du café. Mais ça me va très bien. Vraiment. J'aime beaucoup.

J'ai repris quelques gorgées pour le rassurer et il s'est appuyé contre son traversin, sa tasse dans la main.

— Alors comme ça, vous cherchez quelqu'un. C'est bien ce que vous m'avez dit hier, n'est-ce pas ?

— Oui.

Un peu plus tôt, j'avais répété mon discours dans le miroir.

— Je cherche un homme. Il doit avoir dans les cinquante ans à présent. Il s'appelle Bashir Ahmed.

— Bashir Ahmed, a-t-il répété lentement. Il est du Cachemire, ce Bashir Ahmed ?

— Oui.

— Et comment le connaissez-vous ?

— C'est un ami. Enfin, c'est un ami de ma mère, me suis-je corrigée.

— Je vois. Et votre mère, elle est cachemirie, elle aussi ?

— Non.

— Dans ce cas, où avez-vous rencontré ce Bashir Ahmed ?

— Il travaillait à Bangalore. Il vendait des vêtements. Il passait régulièrement chez nous quand j'étais enfant.

— Pour vendre des vêtements.

J'ai hésité.

— Oui.

— Et qu'est-ce qui lui est arrivé ?

— Je n'en sais rien.

Il a hoché la tête, comme s'il s'était attendu à cette réponse.

— Personne ne sait jamais vraiment. Quand l'avez-vous vu pour la dernière fois ?

— Il y a onze ans. J'avais treize ans.

Il m'a dévisagée d'un regard perçant.

— Vous avez vingt-quatre ans ?

J'ai hoché la tête. J'ai cru qu'il allait me poser une autre question, mais au final, il s'est contenté de soupirer.

— Onze ans. C'est long. Mais vous retrouverez ce Bashir Ahmed, Inch'Allah.

Il a reposé sa tasse.

— Il y a un bus qui s'arrête près du camp militaire à l'extérieur de Kishtwar. Si vous pouvez être prête dans une demi-heure, je vous y conduis personnellement.

Je n'avais pas la moindre idée de ce dont il parlait, mais avant que j'aie pu l'interroger, sa femme est entrée. Son expression était aussi austère que la veille au soir.

— Bonjour, ai-je lancé, contente de la voir.

Elle m'a rendu mon salut avec une certaine raideur.

— Notre invitée n'aime pas notre chai, lui a dit Abdul Latief.

J'ai essayé de le nier, mais il a ri sans malice.

— C'est vrai. Vous n'y avez pas touché. Est-ce qu'on a du café ? a-t-il demandé à sa femme. Elle dit qu'elle boit du café chez elle. Sinon, du Lipton.

Sa femme a lancé un coup d'œil en direction de ma tasse, puis elle est repartie dans la cuisine. Avec le sentiment d'avoir été réprimandée, je me suis de nouveau tournée vers Abdul Latief.

— Alors, est-ce que vous pouvez être prête dans une demi-heure ?

— Je suis désolée, mais je ne comprends pas. Prête pour quoi ?

— Pour le bus.

J'ai secoué la tête. Il m'a adressé un regard sévère, comme s'il pensait que je plaisantais, puis il s'est redressé.

— Redites-moi qui est cet homme exactement et pourquoi vous le cherchez.

Il y avait une nouvelle intonation dure dans sa voix. Je l'ai dévisagé.

— Je vous l'ai dit. C'était un ami de ma mère.

— Et il venait chez vous pour vendre des vêtements.

— Oui.

— Il y a onze ans.

— Oui.

— Puis il a arrêté de venir.

— Oui.

— Et *c'est tout* ? a-t-il demandé avec incrédulité.

J'ai fixé ma tasse de thé. Toute l'armure que je m'étais construite grâce à ma nuit dans la petite chambre verte, le pain de savon, les vêtements propres, tout cela a volé en éclats et je me suis de nouveau sentie poussiéreuse et vulnérable. « Non, ce n'est pas tout ! » avais-je envie de crier. Mais ensuite, la femme d'Abdul Latief est revenue, avec une autre tasse blanche à la main. Il lui a parlé en cachemiri et elle l'a écouté sans faire de commentaire. Quand il a eu terminé, il s'est tourné vers moi.

— Dites-moi, pourquoi ne pas tout simplement demander à votre mère où se trouve ce Bashir Ahmed ?

— Parce qu'elle est morte, ai-je répondu platement.

Après un moment de silence, Abdul Latief a demandé avec hésitation :

— Votre mère ?

J'ai hoché la tête, me sentant incapable de parler.

La dureté dans sa voix a disparu et il a adopté un ton beaucoup plus doux.

— Et c'est pour ça que vous êtes venue à Kishtwar ? Pour trouver ce Bashir Ahmed et le prévenir pour votre mère ?

Je ne sais pas si j'ai acquiescé à nouveau, mais cette fois, Abdul Latief a laissé échapper un long soupir.

— Je suis vraiment désolé. Je n'avais pas compris. Vous auriez dû m'en parler hier. Alors j'aurais pu vous dire tout de suite que nous ne pouvions pas vous aider et nous ne vous aurions pas fait perdre votre temps.

— Ah.

— Ce que nous faisons…

Il a échangé un regard avec sa femme, un de ces regards codés et privés que je n'ai pas réussi à déchiffrer.

— Ce que nous faisons, c'est… un peu différent. Vous n'êtes pas… je veux dire…

Il s'est interrompu et a haussé les épaules.

— Ça ne fait rien.

J'ai commencé à me relever, mais sa femme a fait un pas vers moi et a placé la nouvelle tasse à côté de celle qui était déjà posée devant moi.

— Buvez ça, a-t-elle ordonné fermement. Nous n'avons pas de café, mais je vous ai préparé une autre tasse de thé. Sucré, cette fois. Comme celui que vous buvez à la maison.

Dès le petit déjeuner terminé, j'ai enfilé mes chaussures, marmonné que j'allais marcher un peu, et je suis sortie de la maison. J'ai descendu les marches vertes.

Au même moment, un petit garçon avec une calotte sur la tête est entré dans le magasin de chaussures en courant avec deux boîtes en carton sous chaque bras. Je me suis rendu compte que j'étais furieuse. Pas contre Abdul Latief et sa femme, mais contre moi-même, ma stupidité, ma *suffisance* de m'être embarquée dans ce voyage sans avoir de plan concret, avec en guise de guide rien d'autre que cette histoire ridicule. Qu'est-ce que j'avais imaginé, bon sang ? Que j'arriverais à Kishtwar et que je tomberais sur Bashir Ahmed dans la rue ? À présent, j'étais ici, dans une ville étrangère, dans une maison étrangère, et sans la moindre idée de comment m'y prendre.

Il y avait davantage de monde au marché que la veille au soir. Des hommes étaient regroupés à l'extérieur de petites boutiques où s'entassaient radios et montres bon marché ; des femmes discutaient à l'ombre du mur de la mosquée noirci par la fumée. J'ai parcouru les lieux du regard à la recherche de mon chauffeur, même si je ne m'attendais pas vraiment à le voir là. Mais il y avait d'autres chauffeurs, d'autres taxis et je savais que le plus facile serait de monter dans l'un de ceux qui partaient à destination de Jammu. Trouver une cabine téléphonique et appeler mon père. Prétendre que j'avais perdu mon portable ou qu'on me l'avait volé. Lui demander de me réserver un billet sur le prochain vol pour Bangalore. Abandonner ma quête. Rejoindre mon père, rentrer à Bangalore et retrouver la vie qui était la mienne.

J'ai tourné le dos aux taxis et j'ai descendu une des petites rues qui rayonnaient autour du marché. Bientôt, je n'ai plus entendu son remue-ménage. Je suis passée devant une école pour garçons. Au même moment, une femme avec un foulard doré sur la tête et des talons aiguilles assortis passait les grilles en métal, qui étaient partiellement bloquées par des barrières de sécurité. Je suis passée devant un orphelinat, un tailleur, quelques quincailleries. Puis j'ai vu ce qui ressemblait à un parc, entouré d'un muret d'enceinte. Ne supportant pas l'idée de continuer à marcher sans but, ni celle de retourner chez Abdul Latief, j'ai traversé la rue, longé le muret jusqu'à trouver la grille du parc, et je suis entrée.

Le lieu était gigantesque. Au premier coup d'œil, on aurait pu croire qu'il contenait toute la population de Kishtwar : des familles pique-niquaient, des garçons jouaient au cricket (une demi-douzaine de matches se déroulaient en même temps), des hommes marchaient deux par deux. J'ai brièvement visualisé une catastrophe qui aurait amené un si grand espace à être aplani au milieu de toutes ces montagnes, comme une énorme explosion ou un massacre dans le passé, mais rien ne semblait indiquer quoi que ce soit de ce genre. L'herbe sous mes pieds était tout ce qu'il y avait de plus ordinaire, jaunie et parsemée de détritus. Au bout du parc, derrière une clôture en barbelés, se tenait un hélicoptère de l'armée, flanqué des silhouettes de deux soldats.

J'ignore combien de temps je suis restée là, assise au soleil, les bras autour des genoux, à regarder les balles rouges de cricket rouler dans l'herbe et les joueurs se lancer à leur poursuite. Un jeune couple hindou pique-niquait juste à côté de moi. Ils mangeaient des frites et prenaient des photos de leur fille, qui tournoyait dans une robe lavande pailletée. Ils ont fini par s'en aller, comme la plupart des joueurs de cricket, à l'exception de quelques-uns qui restaient là à discuter, allongés sur le ventre. Mais ensuite, ceux-là aussi sont partis, et je suis retournée dans la rue à contrecœur.

Il m'a bien fallu vingt minutes pour retrouver la maison. Courbaturée, j'ai grimpé les marches à pas lents, et je me suis redressée avant d'entrer. Je ne voulais pas qu'ils voient ma peur, mon désespoir. Je ferais mon sac, je paierais pour la nuit et je partirais. Je ne savais pas où aller, mais ça n'avait pas d'importance, tant que j'étais loin de leur pitié. Mais quand j'ai ouvert la porte, j'ai été accueillie par une petite foule dans le salon. Abdul Latief était là, ainsi que les trois hommes barbus que j'avais aperçus la veille. Sa femme était assise dans un coin, des aiguilles à tricoter et une pelote de laine bleu foncé sur les genoux. Dès qu'il m'a vue, Abdul Latief a bondi sur ses pieds et le soulagement s'est lu sur son visage.

— Vous voilà ! s'est-il exclamé. On commençait à s'inquiéter.

— Je voulais juste faire un tour. Je suis désolée.

— Aucun problème. Avez-vous visité un peu Kishtwar ?

Son anxiété avait diminué et sa question semblait teintée de gentillesse, alors j'ai dit :

— Oui. J'ai trouvé un grand parc et je me suis assise là un moment.

Il a souri.

— Ah oui, le Chowgan. Il est très célèbre, notre Chowgan. Il y a une histoire très intéressante à son sujet, vous savez. Il y a très longtemps, un pir musulman, Shah Asraruddin Bagdadi, a réalisé un miracle près du parc. Il…

— Oui, je sais. Son ami est mort et il l'a ramené à la vie.

Abdul Latief a écarquillé les yeux.

— Vous connaissez cette histoire ? Comment en avez-vous entendu parler ?

— C'est l'ami de ma mère qui me l'a racontée.

— Celui que vous cherchez ?

J'ai hoché la tête.

— Je vois, a dit Abdul Latief.

Il a lancé un regard à sa femme, qui a posé son tricot sur ses genoux. Quand il a reposé les yeux sur moi, j'ai compris qu'une décision avait été prise pendant mon absence.

— Asseyez-vous, je vous prie, m'a-t-il dit d'un ton solennel.

Ils me regardaient tous, les trois hommes avec leurs visages fins et leurs barbes sombres, Abdul Latief et sa femme. Sentant que je n'avais pas le choix, j'ai avancé et je me suis assise face à eux.

— Cet homme, Bashir Ahmed, a repris Abdul Latief, comment savez-vous qu'il est de Kishtwar ?

— Il n'est pas de Kishtwar. Mais la famille de sa femme, oui.

— Vous en êtes sûre ? Est-ce que vous leur avez rendu visite aujourd'hui ?

— Non, j'ignore qui ils sont. Tout ce que je sais, c'est qu'ils viennent d'ici.

Il s'est adossé contre un traversin, perdu dans ses pensées. *Vas-y*, me suis-je ordonné. *Lève-toi et dis-leur que tu t'en vas. Demande poliment combien ils veulent et donne-leur le double. Comme ça, tu ne leur devras rien.*

J'ai posé les mains à terre pour prendre appui et me lever.

— Nous allons vous aider, a annoncé Abdul Latief.

Je me suis immobilisée.

— Nous allons vous aider à trouver ce Bashir Ahmed, a-t-il répété. Kishtwar est une petite ville et nous connaissons beaucoup de monde. Ça ne devrait pas être trop difficile.

J'ai autorisé mon corps à reposer de nouveau de tout son poids sur le sol. J'ai sagement placé mes mains sur mes genoux. Les trois hommes observaient la scène d'un air approbateur, comme s'ils avaient quelque chose à voir avec tout ça, tandis qu'Abdul Latief souriait de toutes ses dents. Mais j'ai immédiatement compris, sans l'ombre d'un doute, que la seule personne responsable dans cette histoire était sa femme.

— Merci, ai-je murmuré dans sa direction. Merci, ai-je répété, plus fort, à l'intention d'Abdul Latief.

— Tout le plaisir est pour nous, a-t-il répondu.

Puis son sourire a changé, pour se teinter d'amertume et d'autodérision.

— Au moins, vous avez de plus grandes chances de trouver votre ami.

« L'ami de ma mère », ai-je eu envie de corriger. Au lieu de ça, j'ai demandé :

— Plus grandes que quoi ?

Mais il regardait de nouveau sa femme. Le même regard qu'auparavant, si confidentiel et profond que le simple fait d'en être témoin me semblait indécent. Finalement, il a détaché ses yeux d'elle pour les poser sur moi.

— Plus grandes que le reste d'entre nous.

Nous nous sommes mis d'accord sur quatre cents roupies par nuit, petit déjeuner et dîner compris. Pour le déjeuner, je devrais me débrouiller, étant donné qu'ils travaillaient tous les deux. Il s'est avéré qu'Abdul Latief enseignait à l'école devant laquelle j'étais passée en allant au Chowgan. J'ignorais quelle profession exerçait sa femme, et son air glacial rendait toute question impossible. Quatre cents roupies, ce n'était pas excessif ; dans mon ancienne vie, c'est ce que je dépensais parfois pour un seul repas. À présent, néanmoins, c'était plus que ce que j'aurais aimé payer, mais je n'ai pas marchandé. Ma mère aurait refusé. Elle aurait été inflexible. « Deux cents ou je m'en vais. » Un jour, elle avait réduit un vendeur de légumes à l'état d'animal enragé incohérent. Il avait attrapé une tomate et l'avait jetée à terre. « Partez ! Prenez-la et partez ! » Ma mère avait regardé la tomate éventrée dont le jus se répandait sur la chaussée. « Elle est un peu abîmée, avait-elle répondu. Est-ce que vous en avez une autre ? » Il avait hurlé et avait jeté une autre tomate.

Abdul Latief m'a expliqué que sa femme et lui allaient parler à des gens, faire passer le mot concernant Bashir Ahmed, puis il m'a informée sans ménagement que je ne pouvais rien faire pour les aider. Mes journées sont donc redevenues vides. Chaque soir, j'allais dans ma chambre et je revenais avec quatre cents roupies, qu'Abdul Latief glissait dans sa poche avant d'aller prier à la mosquée brûlée. Apparemment, l'incendie remontait à quelques années, et la police avait affirmé qu'un court-circuit était à l'origine du feu. Il avait reniflé en me racontant ça, sans toutefois expliquer son air dubitatif. Je ne voyais jamais sa femme prier. Elle s'adressait rarement à moi, et ce n'était pas parce qu'elle était de nature taciturne. Un jour, je suis tombée sur elle dans le couloir alors qu'elle était en train de rire ; quand elle m'a aperçue, son rire s'est évanoui.

À présent, elle préparait deux Thermos de thé, un salé pour eux et un sucré pour moi. Pendant deux jours, je m'étais réveillée tôt pour petit-déjeuner en leur compagnie, mais quand il m'était apparu clairement qu'ils avaient réellement endossé la responsabilité de mes recherches, j'avais commencé à me lever de plus en plus tard, parfois seulement lors de l'appel à la prière de l'après-midi. La salle était vide, mais mon petit déjeuner était disposé sur un plateau : des parathas et des œufs durs, ou quatre tartines de pain et de la confiture.

Quand j'y repense, c'est stupéfiant de constater à quelle vitesse je me suis habituée à leur maison. Au bout d'une semaine, tout me paraissait familier : l'évier rose, la petite télévision dans le coin, les quelques livres en ourdou ou en arabe avec leurs reliures en cuir et leurs pages aux bords dorés, le traversin ferme dans mon dos. Je me sentais à l'aise au milieu des objets de leur quotidien et parfois, dans le silence, je faisais comme si c'était le mien.

Les après-midi, j'allais marcher. La ville prenait lentement la forme d'un patron qui s'imprimait dans mon esprit : les égratignures d'une porte, le visage d'un commerçant, le coin d'une rue. D'après ce que je pouvais constater, les magasins étaient strictement divisés entre propriétaires hindous et musulmans ; les clients aussi se répartissaient en fonction. Je ne pouvais pas non plus m'empêcher de remarquer le nombre de soldats et de policiers indiens présents dans les rues. Ils étaient partout, en uniforme vert kaki ou vert olive, rassemblés en petits groupes compacts aux coins des rues ou dans les échoppes à thé. Chaque fois que je me promenais, un convoi de Jeep de l'armée passait à côté de moi, les soldats assis à l'arrière tels des touristes qui s'ennuient trimballés à travers une énième ville étrangère. Le plus souvent, ils ignoraient les gens du coin, qui les ignoraient en retour.

Je ne m'éloignais jamais longtemps de la maison. Mon plus grand plaisir était d'ouvrir la porte et de la retrouver telle que je l'avais laissée, rien qu'à moi pendant les heures où Abdul Latief et sa femme étaient absents.

Je les observais aussi minutieusement que j'étudiais leur domicile. Je savais qu'après le dîner, il prenait toujours un cure-dents dans la petite boîte sur le rebord de la fenêtre. Je savais que quand elle se lavait les cheveux, elle s'asseyait dans la salle, une serviette sur la tête. Aucun d'eux ne chantait ni même ne fredonnait ; un grand calme les habitait tous les deux, en dépit des blagues et de la jovialité d'Abdul Latief. Chaque soir, ils dormaient dans la salle, sur un matelas qu'ils déroulaient et couvraient d'un drap. Une fois, incapable de trouver le sommeil, je les ai aperçus en allant chercher un verre d'eau à la cuisine. Sa femme était allongée près de la porte, comme une barrière solide contre tout intrus qui ferait irruption dans la maison. J'ai mieux dormi après ça.

Quoi d'autre ? D'après les bribes d'informations que je récoltais, je savais qu'il avait une sœur à Srinagar et qu'un parent vivait à Dubaï. Que ce parent avait deux fils qui, quand ils appelaient, transformaient l'atmosphère dans la maison. Abdul Latief leur parlait en premier, il les laissait le taquiner, feignait d'être outré, puis de se calmer, puis de s'indigner à nouveau. Sa femme leur parlait ensuite, et c'était elle qui taquinait ses neveux jusqu'à les faire rire aux éclats, éclats que j'entendais depuis l'autre bout de la pièce. Voilà ce que je savais de leur vie. À l'exception, bien sûr, des gens qui séjournaient chez eux.

Pendant les premiers jours passés avec Abdul Latief et sa femme, les trois hommes barbus se joignaient à nous pour le dîner. Ils mangeaient peu, parlaient encore moins et passaient le reste du temps dans leur chambre à fumer et à écouter la radio. Ils sortaient tous les jours et s'absentaient longuement. Le jeune homme avec son carnet noir est parti le matin suivant mon arrivée. Lorsque j'ai interrogé Abdul Latief à son sujet, il a soupiré.

— Pauvre garçon ! Il s'est retrouvé à court d'argent et a dû rentrer chez lui. Il réessaiera l'an prochain.

J'ai hoché la tête comme si je comprenais. Et après quelques jours, les trois hommes ont disparu à leur tour, tous la même nuit, emportant avec eux leurs visages émaciés et l'odeur de la fumée de bidî.

C'était un ballet incessant d'allées et venues. La plupart des gens arrivaient sans prévenir, comme moi, et on leur ouvrait la porte. Pour d'autres, des préparatifs précédaient leur venue et on les accueillait à proprement parler. C'était un défilé constant de visages, de chaussures sur le pas de la porte, de sacs et de valises. On ne me présentait jamais aucune de ces personnes, alors je ne comprenais jamais vraiment qui elles étaient. De plus, elles ne restaient souvent qu'une nuit. Une jeune fille avec sa grand-mère. Deux hommes à la voix douce. Une vieille dame qui a partagé ma chambre pendant deux nuits parce que l'autre était occupée. Petite, avec des cheveux gris bouclés qui lui tombaient sur les tempes comme des cornes de bélier. Elle ne parlait que le cachemiri, d'une voix enrouée, comme si elle était malade depuis des années, même si elle avait l'air suffisamment forte pour me soulever au-dessus de sa tête. Abdul Latief a traîné un matelas jusque dans ma chambre, s'est excusé et l'a posé à terre. Ce soir-là, j'ai essayé de faire comprendre à la femme qu'elle devrait prendre mon lit, mais elle m'a lancé un regard qui m'a cloué le bec en une seconde. Le lendemain soir, je l'ai vue dans la cuisine avec la femme d'Abdul Latief, qui avait un bras autour de ses épaules. Elle pleurait, secouée par des sanglots épouvantables tandis qu'un flot de cachemiri se déversait de ses lèvres. Sans comprendre ce qu'elle disait, je suis restée là, sous le choc. Je n'arrivais pas à croire qu'il s'agissait de la même femme. Mais quand elle est revenue une heure plus tard, il n'y avait plus la moindre trace de chagrin. Son visage était comme de la pierre. Elle a dormi sur le matelas. J'ai dormi sur le lit. Le lendemain, elle est partie et Abdul Latief est venu rechercher le matelas.

CHAPITRE 7

Pour mon dixième matin dans la petite chambre verte à Kishtwar, je me suis réveillée avant l'aube. Je pouvais voir un morceau de ciel gris par la fenêtre, de la même couleur que les pigeons qui volaient toujours devant la mosquée noircie. Je suis sortie du lit et j'ai traversé le couloir à pas feutrés.

Abdul Latief et sa femme étaient déjà levés. Ils étaient assis côte à côte dans le noir et n'ont pas paru surpris de me voir. Abdul Latief a hoché la tête pour me faire signe d'approcher. Je suis allée prendre place à côté d'eux sans dire un mot. Soudain, ça m'a semblé la chose la plus naturelle au monde, d'être assise dans un silence commode avec ce couple maussade, avant l'aube. Quand l'appel à la prière a retenti, c'était comme s'il ne faisait que refléter et intensifier la tranquillité qui régnait dans la pièce. Abdul Latief s'est mis debout, nous a souri, puis il est sorti de la maison. Je l'ai imaginé marchant à pas lents vers la mosquée, la tête baissée, obéissant à l'appel de cette voix.

Sa femme est allée dans la salle de bains et est revenue avec un petit tapis de prière, qu'elle a déplié au centre de la pièce. Puis elle a commencé à prier, les bras le long du corps, les yeux clos, sa bouche articulant des mots silencieux. Elle s'est agenouillée et a pressé son front contre le tapis, puis elle s'est assise et a tourné la tête d'un côté, puis de l'autre. J'ai assisté à la scène dans mon coin, étrangement remuée par l'intimité de ses gestes et incapable de réprimer une vague de nostalgie à l'encontre de ma mère et de ses idoles.

Elle s'est levée et a plié le tapis. Avant que mon courage ne m'abandonne, je lui ai demandé son nom.

— Zoya, a-t-elle répondu après une pause.

— Zoya, ai-je répété. C'est très joli.

Elle a souri. Ce n'était pas le sourire qu'elle offrait à ses neveux de Dubaï, ni le sourire avec lequel elle accueillait les gens qui séjournaient chez elle, mais je m'y suis raccrochée quand même. Elle s'est rendue dans la cuisine et est revenue avec une Thermos de thé sucré et un bol d'abricots secs. Elle s'est assise à côté de moi et nous avons bu et mangé en silence. Je ne voulais pas que quoi que ce soit vienne perturber ce réconfort, mais elle s'est éclairci la gorge et a dit en ourdou :

— Des gens vont venir ici aujourd'hui. Nous donnons une réception.

— Ah oui ? ai-je dit un peu trop joyeusement. Quelqu'un fête son anniversaire ?

Elle a relevé la tête d'un geste brusque.

— Non.

À ma surprise, il y avait de la colère dans sa voix, si vibrante et inattendue que j'ai sursauté. Elle l'a aussitôt réprimée et a repris la parole d'un ton indifférent.

— C'est une réception, c'est tout. Vous pouvez vous joindre à nous, si vous voulez. Peut-être que vous pourriez parler aux personnes présentes et leur demander si elles connaissent l'ami de votre mère.

Je l'ai remerciée, mais la familiarité qui avait flotté dans l'air un moment plus tôt avait disparu, comme si elle n'avait jamais existé. J'ai senti ma poitrine se serrer, et après l'avoir aidée à débarrasser la Thermos et le bol, je l'ai prévenue que j'allais marcher. Elle a hoché la tête sèchement, sans me regarder.

Le marché était en train de prendre vie. Les rabatteurs, chauffeurs de taxi et passagers matinaux fourmillaient, les propriétaires d'échoppes à thé étaient assis sans bouger au milieu des volutes de vapeur qui s'élevaient de leurs énormes cuves métalliques de chai. L'agitation et l'énergie me tapaient sur les nerfs, alors j'ai plongé dans le dédale de petites allées et de boutiques qui n'avaient pas encore levé le rideau à cette heure. Là, la lumière était faible et discrète, elle constellait délicatement le sol, et tout était encore profondément ensommeillé. Cette atmosphère s'accordait bien à mon sentiment d'être une étrangère. J'ai marché au beau milieu de la rue, éprouvant une satisfaction perverse à faire résonner mes pas aussi fort que possible : la marginale, l'importune qui piétinait la ville au petit matin jusqu'à la réduire en gravats.

Je me suis arrêtée et j'ai levé la tête vers les montagnes. Elles étaient roses, avec des ombres qui couraient comme des fentes profondes le long de leurs versants. J'ai levé la main et tracé leurs sommets vacillants du bout de l'index. Bashir Ahmed se trouvait quelque part dans ces montagnes, me suis-je sévèrement rappelé. C'était pour *ça* que j'étais venue. Pour le trouver. Pas pour m'attirer les bonnes grâces d'une femme qui ne souriait jamais.

Quand j'ai baissé les yeux, j'ai constaté que je n'étais pas seule.

Un soldat indien se tenait à une intersection en Y, devant le rideau ondulé orné d'une croix rouge et blanche d'une pharmacie encore fermée. Je ne l'avais pas remarqué auparavant, mais il était clair qu'il était planté au même endroit depuis des heures. Il était grand et dégingandé, et son fusil formait au travers de son corps une épaisse ligne noire qui le coupait en deux. Ses yeux me suivaient à la trace sous son casque.

Comme je l'ai dit, je voyais plein de soldats à Kishtwar, mais toujours en groupes, agglutinés épaule contre épaule comme des adolescents. Là, c'était la première fois que j'en voyais un tout seul. Mon premier réflexe a été de tourner les talons et m'éloigner, mais dans le même temps, sa solitude m'attirait, car elle semblait en quelque sorte refléter la mienne. Je me suis approchée lentement, en faisant semblant d'être absorbée par la lecture des pancartes au-dessus des rideaux baissés. *Nashrah Fashions. Studio photo Manzoor. Sucreries Lal Ji.* Quelques plumes de poulet duveteuses volaient sur le trottoir.

Puis je l'ai entendu lancer, en anglais contre toute attente :

— Les magasins ne vont pas ouvrir avant un moment.

Il avait une voix de jeune garçon. Une fois qu'il m'a adressé la parole, j'ai réussi à le regarder dans les yeux. Au début, tout ce que j'avais remarqué, c'était l'uniforme, les hautes bottes noires, le camouflage tacheté gris-vert, mais à présent, je constatais qu'il était jeune. Il semblait ne même pas avoir vingt ans, et une moustache fine et clairsemée soigneusement entretenue ornait son visage glabre. Il se dandinait d'une botte sur l'autre.

— Merci, ai-je répondu prudemment. Est-ce que vous avez l'heure ?

— Six heures quinze. Quel magasin cherchez-vous ? Je peux vous dire à quelle heure il ouvre.

Ses oreilles dépassaient de façon comique de sous son casque en forme de bol. Maintenant, j'étais assez près pour lire l'insigne cousu à son uniforme : *P.L.*[1] *Staline. Malayali.* Un sursaut de soulagement irrationnel m'a agitée. Un compatriote du Sud, ici, dans l'Himalaya. J'ai senti que je me détendais peu à peu. C'était également réconfortant de parler anglais à nouveau, après des jours à échanger avec mes hôtes dans un mélange d'hindou et d'ourdou, une langue hybride dans laquelle notre communication était, dans le meilleur des cas, imparfaite.

— Ce n'est pas urgent, ai-je dit.

Nous nous sommes fait face en silence.

Puis, timidement, il a demandé :

— D'où venez-vous ?

Quand je lui ai répondu, il a rayonné.

— Bangalore ! s'est-il exclamé. J'y ai passé trois mois pendant ma formation. C'est vraiment une ville très agréable.

— Et vous, d'où venez-vous ?

— Moi ?

L'intérêt que je lui portais a paru lui faire plaisir.

— Je suis de Trivandrum. Vous connaissez ? C'est très joli aussi.

Puis, me voyant secouer la tête :

— Mais pas autant que Bangalore. Vous savez, pendant un moment, je voulais être affecté là-bas, mais ensuite, j'ai pensé que ce serait mieux de venir ici.

— Pourquoi ?

— Ça paye mieux, a-t-il expliqué gaiement. Et vous ? Qu'est-ce qui vous a amenée à Kishtwar ?

— Oh, euh… Je suis en vacances.

— En vacances ? Ici ?

J'ai senti le dégoût dans sa voix.

— Pourquoi ? Vous n'aimez pas cet endroit ?

1. « Platoon leader », chef de peloton en français.

— L'endroit en tant que tel, ça va encore, mais les gens…

Il a haussé les épaules.

— C'est-à-dire ?

J'ai eu une pensée pour Zoya et Abdul Latief.

— Qu'est-ce qui ne va pas chez eux ?

— Je ne sais pas.

Dans son enthousiasme, il s'embrouillait dans ses mots. J'ai eu le sentiment que ça faisait un moment qu'il n'avait pas discuté avec quelqu'un.

— Ils ne sont vraiment pas aimables. Quoique… les hindous, ça passe. Ce sont surtout les musulmans.

Il a extirpé sa main de sous son fusil et a fait un geste en direction de l'intersection déserte.

— Ils soutenaient les militants, vous savez. Il y a dix, quinze ans, les militants se baladaient à moto dans la rue et les enfants leur couraient après. Ça n'arrive plus jamais, maintenant, mais les musulmans continuent à faire comme si rien n'avait changé. Parfois, j'essaie de leur parler, mais ils détournent toujours le regard.

Tout à coup, il s'est penché vers moi.

— Vous verrez, a-t-il murmuré sur le ton de la confidence, ses yeux fixés sur mon visage. Ces gens, ils ne sont pas comme nous.

C'est le *nous* qui a été le déclic, le fait qu'il tienne pour acquise une intimité partagée. Ce *nous* m'a fait réfléchir et, soudain, je me suis demandé s'il avait raison. Pas concernant les musulmans de Kishtwar, mais concernant la façon dont ils *nous* voyaient. Est-ce que c'était pour cette raison que Zoya était si froide ? Parce qu'elle pensait que les soldats comme Staline, nommés d'après un révolutionnaire devenu dictateur, et moi appartenions à la même race, des créatures qu'il fallait maintenir à distance ? Était-ce pour ça qu'elle arrêtait de rire dès que j'entrais dans la pièce ? Non, c'était impossible. Je n'avais pas d'arme. On était différents, lui et moi.

— Peut-être qu'ils ont peur de vous, ai-je suggéré en regardant son fusil un peu plus ostensiblement que je n'en avais eu l'intention.

Il a eu l'air sincèrement perplexe.

— De moi ? Pourquoi devraient-ils avoir peur de moi ? Qu'est-ce que je leur ai fait ?

Je n'ai rien répondu.

Staline a regardé autour de lui, comme si ma remarque l'avait profondément troublé. Puis :

— Est-ce que vous savez ce qui s'est passé ici ?

J'ai secoué la tête.

— Enfin, ce n'était pas ici exactement, mais dans un village à environ une heure de route.

Il a montré du doigt les montagnes que je contemplais un peu plus tôt et qui étaient passées de rose à gris anthracite.

— C'est un village hindou, près d'une forêt. Il y a cinq ans, pendant l'hiver, un groupe de militants armés est sorti des bois tôt le matin. Ils se sont introduits dans toutes les maisons du village, ils ont fait sortir tous les hommes et ils les ont forcés à s'asseoir à terre. Puis ils les ont tués. Seize hommes en tout.

— Quelle horreur ! suis-je parvenue à articuler après un moment de silence.

Il a acquiescé sagement.

— Oui. Et j'ai entendu dire que, le même jour, les musulmans avaient donné de grandes fêtes à Kishtwar. Tout le monde les entendait.

Au mot *fête*, j'ai repensé à Zoya, à sa colère aussi flamboyante qu'inexplicable. J'ai rapidement repoussé ce souvenir dans un coin de ma tête.

— C'est terrible comme histoire.

— Et ensuite, la mosquée a brûlé, a conclu Staline avec satisfaction.

Je me suis rappelé la réaction d'Abdul Latief quand il m'avait parlé du soi-disant court-circuit qui avait été la cause de l'incendie. Pendant quelques secondes, j'ai eu le tournis.

— Vous étiez ici ? Vous avez vu tout ça de vos propres yeux ?

— Non. On m'a seulement affecté ici cette année, mais on m'a raconté toute l'histoire. Si vous ne me croyez pas, vous pouvez demander à n'importe qui.

J'ai senti qu'il était agacé, alors j'ai aussitôt répondu :

— Non, non. Je vous crois.

Il a hoché la tête, comme apaisé à contrecœur. Puis, comme pour ajouter une touche finale à son histoire, il a sorti un paquet de cigarettes cabossé de sa poche et en a allumé une. La fumée est arrivée jusqu'à moi, forte et tiède et amère, et le manque m'a tordu l'estomac. J'ai hésité, avant de finalement me dire : *Pourquoi pas ?*

— Est-ce que je peux en avoir une ?

— De quoi ?

— Une cigarette.

Il m'a dévisagée.

— Vous voulez une cigarette ?

— Oui. S'il vous plaît.

Pendant un moment, j'ai cru qu'il allait refuser, mais ensuite il a secoué son paquet pour en faire sortir une cigarette molle. Il me l'a tendue en même temps que sa boîte d'allumettes et a patienté pendant que je l'allumais.

— Merci.

Il me regardait avec une expression nouvelle.

— Je ne connais aucune femme qui fume, a-t-il dit d'une voix d'enfant. Vous allez rester combien de temps à Kishtwar ?

— Je ne sais pas.

Il a pris une profonde inspiration.

— On peut se revoir demain ?

J'ai sursauté.

— Quoi ?

— Pas ici. Il y a un endroit, tout près de mon campement, a-t-il expliqué rapidement. Avec une cascade. C'est très beau. Je serai en patrouille là-bas demain. Prenez mon numéro et envoyez-moi un texto, et on peut se retrouver là-bas.

Il s'est tu et a attendu, timide.

Les rues autour de nous s'éclairaient peu à peu et commençaient à se remplir. Un garçon musulman à bicyclette transportait un paquet marron et semait une odeur de pain tiède sur son passage. Deux hommes âgés avec des calottes ont traversé sans nous accorder un regard. Une voiture aux vitres teintées est passée devant nous lentement, et, sur la banquette arrière, une femme a tourné la tête et fixé ses yeux sombres sur moi. Et comme si ses yeux étaient un miroir, je me suis vue. Dans la rue à 6 h 30 du matin, une cigarette à la main, en train de discuter avec un soldat.

— Non, ai-je asséné sans réfléchir.

Staline a froncé les sourcils.

— Vous ne voulez pas mon numéro ?

— Non, ce n'est pas…

Ça me démangeait de m'éloigner de lui. La sécurité de ma chambre verte me manquait.

— Je ne peux pas, c'est tout. Je suis désolée.

J'ai laissé tomber la cigarette et j'ai commencé à m'éloigner à pas aussi rapides que possible.

— Attendez ! a crié Staline dans mon dos.

J'ai encore accéléré, sans me retourner. Je me suis attendue à entendre le martèlement de ses bottes sur le trottoir derrière moi. Mais il n'y a pas eu de martèlement.

Néanmoins, juste avant de tourner au coin de la rue, je n'ai pas pu m'empêcher de regarder en arrière. Staline était toujours au même endroit, les doigts refermés autour de son fusil. Ses yeux étaient masqués par le bord de son casque, mais je savais qu'il me regardait.

Je me suis mise à courir sans m'arrêter jusqu'à grimper les marches vertes. Je suis entrée, passée sur la pointe des pieds devant la cuisine, où Zoya était en train de préparer quelque chose. Puis je me suis enfermée dans ma chambre avec soulagement.

Plusieurs heures plus tard, une explosion de voix retentissantes juste devant ma porte m'a réveillée en sursaut. Les voix sont passées dans le couloir et se sont transformées en murmures. Je me suis assise sur mon lit, le cœur battant. Qu'est-ce qui se passait ? Puis je me suis souvenue. La réception.

J'ai traversé la pièce et collé mon oreille à la porte. La voix d'Abdul Latief m'est parvenue, étouffée, suivie du rire de plusieurs personnes. J'ai regagné mon lit et suis restée assise là pendant quelques minutes, sans savoir quoi faire. Je ne m'étais toujours pas remise de ma dernière interaction avec Zoya et je n'avais pas envie de la voir, mais je redoutais ce qu'elle penserait de moi si je ne me joignais pas à eux. J'ai imaginé un des invités lançant un coup d'œil vers ma porte et articulant sans bruit : « Qui est-elle ? » et Zoya répondre : « Qui sait ? Je l'ai invitée, mais de toute évidence, elle est trop bien pour nous. » De plus, j'avais désespérément besoin d'aller aux toilettes.

Avant de pouvoir changer d'avis, je me suis levée, j'ai traversé la chambre verte, ouvert la porte à la volée et je suis sortie dans le couloir. Au même moment, quelqu'un a écarté le rideau qui séparait la salle du reste de la maison et deux petits garçons, d'environ six ans, ont fait irruption. Ils étaient évidemment en plein jeu, tous les deux vêtus d'un kurta noir brillant au-dessus d'un jean. En me voyant, ils se sont arrêtés net, bouche bée.

— J'étais juste… Les toilettes, ai-je marmonné comme une idiote.

— Derrière vous, ma tante, a poliment dit le plus courageux pendant que l'autre fixait ses bouts de pieds.

— Oui, je sais, ai-je répondu d'une voix bien trop forte pour le petit couloir dans lequel nous nous trouvions.

Les garçons ont reculé prudemment et sont repartis de l'autre côté du rideau.

Dans les toilettes, il y avait de l'eau partout à terre et une odeur d'urine inhabituelle. Un long cheveu brun qui n'était ni à moi ni à Zoya traînait sur le bord du lavabo, et je l'ai fixé d'un sale œil pendant que je me lavais les mains. Puis j'ai pris une grande respiration, déverrouillé la porte, traversé rapidement le couloir et écarté le rideau.

La salle était pleine d'étrangers. Le premier à s'apercevoir de ma présence a été un homme dégarni qui se tenait près de la porte. Ce qui lui restait de cheveux encerclait sa grosse tête telle une couronne teinte au henné d'un orange vif. D'un bras, il tenait un bébé aussi pâle et lisse qu'un gros morceau de savon, et il avait une feuille de papier à la main. Tous les gens étaient tournés vers lui, assis en tailleur ou appuyés sur leurs coudes, et il leur faisait la lecture. Quand je suis entrée, il a marqué une pause presque imperceptible avant de continuer, mais cela a suffi pour que tout le monde tourne la tête et me dévisage. Je suis restée plantée sur le seuil, affreusement gênée, jusqu'à ce qu'Abdul Latief, perché sur un tabouret dans le fond de la pièce, se lève et m'apporte son tabouret en souriant. Alors que je m'asseyais gauchement dessus, je me suis sentie jaugée par une dizaine de paires d'yeux.

L'homme dégarni lisait toujours, à une cadence lente et musicale. Même le bébé semblait fasciné. Il lisait en ourdou, mais dans un ourdou formel et littéraire que j'étais totalement incapable de comprendre. Au bout d'une minute, j'ai laissé mon regard vagabonder autour de moi. Zoya n'était nulle part, mais Abdul Latief était désormais près d'un homme de petite taille aux yeux en amande, dont le kurta déboutonné dévoilait les poils sombres très fournis de son torse. Leurs épaules se touchaient sans que cela semble créer le moindre malaise. J'ai alors remarqué que tout le monde dans la pièce avait l'air de partager cette aisance, qu'on ne retrouvait que parmi les personnes liées par le sang. Ils devaient tous être de la même famille. J'ai continué à les observer, un peu prise de court par la profondeur et l'amertume de mon ressentiment. J'ai repensé à la joie ridicule que j'avais ressentie quelques heures plus tôt, quand j'étais assise avec Zoya et Abdul Latief dans cette même pièce et que j'imaginais que nous formions une famille. Famille qui, je le voyais à présent, n'était que le pâle reflet de ce qui existait ici entre ces gens, ceux à qui Abdul Latief et Zoya appartenaient de plein droit.

L'homme aux cheveux orange a fini sa lecture et des applaudissements ont éclaté dans l'atmosphère concentrée de la pièce. Il a tendu le bébé à une jeune femme à la peau claire avec un hijab à volants. Les gens se sont levés, étirés et ils ont commencé à discuter. J'ai regardé autour de moi à la recherche d'Abdul Latief, pour constater avec inquiétude qu'il n'était plus là.

Avant que j'aie eu le temps d'esquisser un geste, deux femmes se sont approchées de moi. L'une, vraisemblablement la mère du bébé, se tenait légèrement en retrait derrière l'autre, plus âgée, dont le hijab marron était ramené derrière ses oreilles blanches à la délicatesse incongrue comparées à son visage poudré et flasque. La femme plus âgée m'a parlé en premier, dans un ourdou rapide et un peu zélé.

— On a cru que vous ne mettriez pas le nez hors de votre chambre.

Elle avait de grandes dents jaunes et portait un parfum capiteux aux notes florales.

— On s'est dit que vous étiez peut-être malade.

— Je n'avais pas réalisé que ça avait déjà commencé, ai-je menti sans conviction.

— Ça a commencé il y a une heure. Zoya ne vous a pas prévenue ?

— Si, mais…

Les deux femmes me scrutaient attentivement.

— Elle a dit que ça commencerait peut-être en retard.

Par chance, ma réponse a paru les convaincre. La plus âgée a hoché la tête d'un air grave.

— Ça a bien failli être le cas. Rien n'était prêt, comme d'habitude. Heureusement que nous sommes arrivées tôt. Il s'en est fallu de peu qu'on ne vienne pas, vous savez. Mon petit-fils était malade et nous avons passé la matinée à nous occuper de lui.

J'ai émis un bruit compatissant et, pendant un moment, nous avons toutes fixé le bébé couleur savon, qui gazouillait et semblait se porter comme un charme.

— Comment s'appelle-t-il ? ai-je demandé.

— Musa, a répondu la plus jeune en me souriant.

— Hamdoulilah, son état s'est amélioré, autrement nous n'aurions pas pu venir, a ajouté la femme plus âgée. Et qui sait ce que nous serions en train de manger en ce moment ? Le poulet n'était même pas cuit.

Elle a soupiré.

— Combien de fois ai-je dit à Zoya « C'est trop pour toi, laisse-moi faire ça chez moi » ? Mais elle ne veut rien entendre. Comme si elle n'était déjà pas assez stressée comme ça avec Ishfaaq, elle veut cuisiner par-dessus le marché. Mais que faire ? C'est la sœur de mon mari, et il est exactement comme elle.

J'ai fouillé dans ma mémoire, mais j'étais presque sûre que je n'avais jamais entendu Zoya ou Abdul Latief mentionner le nom Ishfaaq auparavant. Et j'étais encore plus étonnée d'apprendre que Zoya avait un frère. J'ai tenté de l'imaginer petite fille, en train de courir après un grand garçon rieur.

— Votre mari ?

— Oui, l'homme qui lisait. Lui et Zoya font ce qui leur chante, et personne ne peut les faire changer d'avis.

La femme plus âgée a tendu les bras vers Musa, et sa fille le lui a tendu. Elle l'a fait sauter sur sa hanche avant d'annoncer :

— Je vais voir où en est le poulet.

Elle a emporté le bébé dans la cuisine et je me suis retrouvée seule avec la jeune maman.

— J'ai bien aimé ce qu'a lu votre père, ai-je dit.

— Ah oui ? a-t-elle répondu en souriant. Vous comprenez l'ourdou ?

J'ai rougi.

— Pas vraiment. Je parle seulement l'hindou. Mais j'ai bien aimé la *consonance*.

Elle a ri.

— Vous devriez le lui dire. Ça lui fera très plaisir. C'est lui qui a écrit le texte, vous savez. Il écrit de tout : des histoires, des pièces de théâtre, des poèmes, des chansons. Et il écrit dans trois langues : le cachemiri, l'ourdou et l'anglais.

— Je le lui dirai, lui ai-je assuré, sincèrement impressionnée.

— Est-ce que Kishtwar vous plaît ?

— Oui, beaucoup.

— Ma tante m'a appris que vous veniez de Bangalore. J'ai entendu dire que c'était une grande ville.

— Oui, c'est très grand.

— Kishtwar doit vous sembler bien tranquille en comparaison. Il ne se passe jamais rien ici.

J'ai repensé à l'histoire que Staline m'avait racontée et je me suis tortillée sur mon tabouret, un peu mal à l'aise.

— Et pendant le militantisme ? Ce n'était pas si tranquille à l'époque, si ?

— En effet, a-t-elle confirmé gravement. Ça ne l'était pas. Ç'a été une sale période pour tout le monde, même si c'était encore pire pour certains que pour d'autres. Comme pour ma tante et mon oncle, par exemple.

Elle a soupiré.

— Excusez-moi, a-t-elle dit avant que je puisse l'interroger davantage. Il faut que j'aille donner à manger à Musa.

Après son départ, j'ai regardé de nouveau autour de moi. Les gens discutaient en petits groupes, assis ou debout. Les deux petits garçons que j'avais vus plus tôt faisaient des sauts périlleux dans un coin. Personne ne paraissait faire attention à moi, alors j'ai saisi cette opportunité pour me glisser derrière le rideau et retourner dans ma chambre. J'ai fermé la porte, et c'est seulement quand je me suis retournée que j'ai constaté que je n'étais pas seule.

Zoya était assise sur mon lit. Elle s'est redressée, puis s'est affalée de nouveau en voyant qui était là. Elle avait retiré son foulard (ou alors il avait glissé) et le tenait fermement serré dans ses poings. C'était choquant de la voir tête découverte ; elle semblait plus jeune, plus proche de la petite fille que j'avais essayé d'imaginer sans y parvenir.

— Je suis désolée, ai-je lancé comme un automate avant de faire demi-tour.

— Non, je vous en prie… Je suis juste venue me reposer.

Elle parlait par à-coups, sans sa force tranquille habituelle.

— La chambre était vide, alors j'ai pensé que vous étiez… Je vais y aller.

Elle a commencé à se relever sans enthousiasme.

— Non, me suis-je empressée de dire. Restez, je vous en prie.

Elle a hésité, puis elle s'est rassise. Un flot de voix me parvenait depuis la salle.

— Chaque année, il y a de plus en plus de monde.

Elle parlait d'un ton éteint, davantage à elle-même qu'à moi. Elle avait sur le visage une expression que je ne lui avais jamais vue avant, maussade et désorientée.

— C'est moi qui ai commencé, a-t-elle continué. Au début, ça semblait une bonne idée. Mais maintenant, je ne me rappelle pas pourquoi. Ils viennent, ils mangent et ils repartent. Et pour quoi faire ?

Je ne voulais surtout pas interrompre sa transe en prenant la parole, alors je suis restée muette, en espérant que cela l'encouragerait à continuer.

— Est-ce que ça aide qui que ce soit ? a-t-elle soudainement demandé. Latief dit que la famille, c'est important, et je suis d'accord avec lui, mais qu'est-ce que ça a à voir avec Ishfaaq ? Je ne sais pas pendant combien de temps encore je vais pouvoir continuer, pendant combien d'années. Je suis fatiguée. Je pense…

Elle s'est tue et a levé les yeux, comme si elle venait juste de réaliser à qui elle s'adressait. J'ai eu envie de crier « Non ! N'arrêtez pas ! » mais elle s'est levée et a noué son foulard sur sa tête avec fermeté.

— Je suis désolée de vous avoir dérangée.

Sa voix était redevenue distante et rigide comme à l'accoutumée.

— Le repas est bientôt prêt, si ce n'est pas déjà le cas. Venez manger avec nous, si vous voulez bien.

En trois pas rapides, elle n'était plus là.

Je me suis assise à la place qu'elle venait de libérer, en proie à un sentiment de perte que je n'arrivais pas à définir. Quelques instants plus tard, on a frappé à la porte et Abdul Latief a passé la tête dans l'entrebâillement.

— Pourquoi vous êtes-vous sauvée ? s'est-il enquis joyeusement. Venez, venez, allez rencontrer des gens.

Je me suis levée et je lui ai emboîté le pas. J'ai serré la main de plusieurs parents en assimilant à peine leurs visages, répondant poliment à leurs questions sur Bangalore sans arrêter de penser au visage exsangue de Zoya, à sa voix qui s'égarait sans fin dans ce murmure mort.

— Suivez-moi, m'a dit Abdul Latief au bout d'un moment. J'aimerais vous présenter quelqu'un.

Il m'a conduite jusqu'à la chambre jaune qui, cet après-midi-là, avait des airs de dârbar[1] au féminin. Au centre de la pièce, une très vieille femme vêtue d'un habit épais et informe occupait une chaise en plastique rouge. Autour d'elle, plus d'une dizaine de femmes étaient assises à terre, les genoux relevés. L'air était

1. Cour d'un shah.

étouffant, chargé d'un mélange de parfums. J'ai rapidement parcouru la pièce du regard ; Zoya était assise tout près de la vieille femme, la tête posée sur l'accoudoir de la chaise en plastique. Dès qu'elle m'a vue, elle s'est redressée.

— Ammi-jaan, a appelé Abdul Latief d'une voix forte. Vous avez vu qui est venu vous rencontrer ? Notre nouvelle invitée, arrivée tout droit de Bangalore. C'est la mère de Zoya, a-t-il murmuré à mon intention. Elle a quatre-vingt-dix ans.

La vieille dame a levé la tête. Ses sourcils épais étaient grisonnants et elle avait les paupières tombantes, mais sa voix était forte quand elle a lancé en ourdou :

— Viens t'asseoir, mon enfant.

Je me suis frayé un chemin parmi les femmes qui tiraient sur les jupes de leurs kurtas pour me laisser passer. Alors que je m'approchais d'elle, j'ai hésité. Il n'y avait nulle part où s'asseoir. Mais Zoya a résolu le problème pour moi en se levant et en quittant brusquement la pièce, sans croiser mon regard.

J'ai timidement pris sa place aux pieds de la vieille femme. Elle a tendu le bras et j'ai placé ma main dans la sienne. Sa peau était d'une douceur perturbante, presque comme si elle n'avait pas de texture.

— Comment vas-tu, mon enfant ? m'a-t-elle demandé.

— Je vais bien, ma tante.

— Tu es bien, ici, dans la maison de ma fille ?

— Oui, ma tante.

— Et d'où viens-tu ?

Elle caressait ma main avec son pouce, comme quelqu'un qui aurait distraitement caressé un chat.

— De Bangalore, ai-je répondu en appréciant la sensation d'être touchée si délicatement.

— Bangalore, a-t-elle répété doucement. C'est loin. Tu dois manquer à ta mère.

C'était une vieille dame et ce n'était qu'une platitude, et pourtant, son commentaire m'a ébranlée.

— Elle est morte, ma tante, ai-je dit bien haut. Ma mère est morte.

— Ma pauvre chérie, a-t-elle murmuré.

Son intonation pleine de pitié a fait naître en moi un ressentiment aussi soudain que sauvage, et en même temps, j'en ai retiré une étrange satisfaction. J'ai redressé la tête, tirant une fierté amère de ma faiblesse tout en me détestant d'être faible, car j'avais beau me croire cynique et endurcie à vingt-quatre ans, je n'avais jamais cessé de penser que la pitié pouvait très bien être une autre facette de l'amour, tout simplement.

Tout à coup, la pression sur ma main s'est envolée. J'ai levé les yeux : la vieille femme se tenait bien droite sur sa chaise, une curieuse expression sur le visage.

— Mon petit-fils est mort, lui aussi.

Une réaction singulière a suivi son annonce : tout le monde a retenu son souffle. Une adolescente magnifiquement belle aux yeux bordés de khôl s'est blottie contre la femme à côté d'elle.

— Quoi ? Notre invitée vient de l'autre bout du pays et on ne peut même pas lui dire la vérité sur notre Ishfaaq ?

Encore ce nom. C'est seulement à cet instant que, tout doucement, j'ai commencé à comprendre qui cet Ishfaaq pouvait être. Qui il devait être. Je n'avais vu aucun signe de sa présence dans la maison où je vivais depuis près de deux semaines, je n'avais jamais entendu son nom, mais plus j'y réfléchissais, plus cela prenait tout son sens. La tristesse qui semblait balayer Abdul Latief et Zoya de temps à autre, sans raison apparente.

Néanmoins, il fallait que je sois sûre.

— Ma tante, qui est-ce ?

— Ishfaaq ?

C'est à peine si elle m'a accordé un regard.

— Ishfaaq est mon petit-fils. Le fils de Zoya.

J'ai fermé les yeux et senti un poids sur ma poitrine, comme si une main appuyait dessus. Comment avais-je fait pour ne pas savoir ? Pour ne pas le sentir, en dormant nuit après nuit après nuit dans cette petite chambre verte ? Une chambre parfaite pour un enfant, pour un fils. Mais la vieille femme n'avait pas encore fini.

— Ça fait huit ans que vous faites toutes comme s'il était juste parti en vacances, a-t-elle continué avec une dureté qui a fait se recroqueviller les femmes autour de moi. Personne ne dit ouvertement la vérité, pas même ma fille, mais moi, je vais le faire.

Elle a rejeté la tête en arrière.

— Je vais vous le dire, moi, que…

Elle a brusquement interrompu sa tirade, les yeux tournés vers la porte. J'ai suivi son regard et je me suis figée. Zoya était là, le bras gauche levé et la bouche entrouverte. La terreur m'a envahie. Les autres femmes ont baissé les yeux. Même la vieille dame semblait mal à l'aise.

— Zoya, a-t-elle dit.

— Le dîner est prêt, a simplement annoncé Zoya en ignorant sa mère. Venez manger.

La plupart des femmes se sont levées pour sortir à la queue leu leu. J'en ai fait autant, sans oser croiser le regard de Zoya en passant à côté d'elle. La vieille femme n'a pas réagi à notre départ. Elle est restée recroquevillée sur sa chaise, l'air épuisé.

Zoya nous a suivies jusque dans la salle, où des plateaux et des saladiers de nourriture étaient disposés sur une table pliante au bout de laquelle trônait une pile d'assiettes en carton. Plusieurs personnes assises en tailleur étaient déjà en train de manger, alignées contre le mur. J'ai aperçu la mère de Musa qui lui donnait le biberon.

— Servez-vous, je vous en prie, m'a dit Zoya avec raideur.

J'ai avancé jusqu'à la table. Le premier plat était du vermicelle cuit dans du lait, avec des raisins secs et des noix de cajou.

— Du payasam, ai-je laissé échapper sans le vouloir.

— Du firni, a corrigé Zoya.

— À la maison, on appelle ça du payasam. Ma mère en faisait tout le temps, ai-je ajouté.

Pendant un moment, elle a gardé le silence, mais j'entendais sa respiration juste derrière moi. Puis, d'une voix à peine audible :

— C'est le plat préféré d'Ishfaaq. Il attendait le ramadan à longueur d'année juste pour pouvoir manger ça après avoir jeûné.

Sa voix était rauque, mais dénuée de colère. Son utilisation du présent ne m'avait pas échappé non plus. J'ai décidé de tenter ma chance.

— Alors on est pareils, Ishfaaq et moi.

Je me suis retournée juste à temps pour apercevoir son sourire à la fois surpris, éclatant et débordant de chagrin.

— J'aurais dû vous le dire avant, a-t-elle concédé après une nouvelle pause.

— Non, ai-je assuré fermement. Vous n'avez pas à me dire quoi que ce soit. Je ne suis personne.

Elle a secoué la tête. Elle avait encore l'air un peu abasourdie.

— Vous n'êtes pas personne. Vous êtes… C'est tellement agréable de vous avoir ici. Pour nous… pour moi.

Avoir une personne jeune à la maison après toutes ces années.

Elle s'est redressée.

— Mangez, je vous en prie. Il faut que j'apporte son repas à ma mère.

Je l'ai observée s'éloigner, avec une assiette contenant quelques cuillerées de riz et une petite portion de firni. Puis j'ai regardé cette famille, tous penchés sur leurs assiettes, à manger et à discuter, et l'absurdité de la rancœur que j'avais ressentie un peu plus tôt m'a sauté aux yeux. Il n'y avait aucune raison d'être jalouse de ces gens : ils éprouvaient clairement la même affection pour Zoya et Abdul Latief que moi et étaient là pour honorer le fils de Zoya, qui était peut-être mort ou peut-être pas. Néanmoins, une autre pensée est aussitôt venue déranger celle-ci : Staline, avec ses histoires de militants à moto dans les rues et les garçons du coin qui leur couraient après, et un doute s'est insinué dans mon esprit. Je l'ai repoussé et je me suis concentrée sur l'écho de la voix de Zoya à la place. « C'est tellement agréable de vous avoir ici. Pour moi. »

J'ai attrapé une assiette, je me suis servie en firni et je me suis mise en quête d'une cuillère. J'en ai aperçu une à l'autre bout de la table, mais quand je m'en suis emparée, une voix d'homme a lancé :

— Elle a déjà servi.

C'était l'homme qui avait lu un peu plus tôt. Il m'a pris la cuillère des mains et l'a passée sous le robinet du petit évier. Sa nuque était parcheminée de veines très apparentes, un filet bleu qui disparaissait dans ses cheveux teints en orange. Il a secoué la cuillère et me l'a rendue.

— Merci. Vous êtes le frère de Zoya, c'est ça ?

— Oui, a-t-il confirmé d'une voix aussi musicale que lorsqu'il lisait. Je m'appelle Saleem.

— Je vous ai entendu lire. C'était très beau. Votre fille m'a expliqué que c'était vous qui aviez écrit le texte ?

Il a hoché la tête.

— Le temps me manque, mais j'essaie d'écrire dès que j'en ai l'occasion.

— Est-ce vrai que vous écrivez en ourdou, en cachemiri et en anglais ?

— Ma fille parle trop, a-t-il dit, visiblement ravi. Mais c'est exact. Je trouve chaque langue utile pour des choses différentes. Par exemple, l'ourdou est la langue qui convient le mieux pour écrire de la poésie. Ses mots sont faits pour la poésie et les chansons. Mais pour raconter des histoires, c'est le cachemiri qui s'y prête le plus.

— Et l'anglais ?

— L'anglais ?

Il a souri.

— L'anglais est idéal pour les panneaux d'affichage et les cartes routières.

J'ai ri. Il me taquinait, mais ça ne me dérangeait pas. Ma conversation avec Zoya m'avait remonté le moral et avait décuplé ma patience.

— Et vous ? s'est-il enquis. Quelle langue parlez-vous ?

— Le tamil est ma langue maternelle. J'ai appris l'anglais et l'hindou à l'école, alors je comprends un peu l'ourdou, mais je ne sais pas le lire.

— Vous devriez apprendre, a-t-il affirmé avec sérieux. C'est une très belle langue.

— J'adorerais apprendre un jour.

— Je serai ravi d'être votre professeur, si vous voulez.

Je savais qu'il disait ça par pure politesse, mais dès que les mots sont sortis de sa bouche, j'ai eu envie qu'ils deviennent une possibilité. Je voulais rester à Kishtwar, devenir son étudiante. Je me réveillerais chaque matin et traverserais les rues étroites qui menaient chez lui. Sous un grand arbre luxuriant, il m'enseignerait l'alphabet ourdou dans toute son élégance fluide. Une brise soufflerait, l'ombre des feuilles bousculées danserait sur la page. Je regagnerais la maison l'après-midi et attendrais qu'Abdul Latief et Zoya rentrent du travail. On s'attarderait autour d'un chai, puis je leur réciterais ce que j'avais appris. Ils m'écouteraient, Abdul Latief adossé contre son traversin, Zoya tricotant, et ils me féliciteraient. Puis on s'installerait tous les trois pour dîner. Soudain, je me suis demandé pourquoi la vie ne pouvait pas être ainsi. Pourquoi est-ce que ma vie ne pouvait pas être comme ça ?

Saleem était silencieux depuis un moment et inspectait la pièce. Son œil droit louchait légèrement. C'était à peine visible, sauf quand il regardait de ce côté.

— Zoya m'a dit pour votre mère. Je suis navré. C'est difficile de perdre un parent.

J'ai suivi son regard. Il fixait Zoya, qui parlait à l'homme au torse velu à l'autre bout de la salle.

— Aussi difficile que de perdre un enfant.

J'ai tourné la tête vers lui.

— Qu'est-ce qui est arrivé à Ishfaaq ?

Il a soupiré.

— On nous a raconté tellement d'histoires différentes qu'on ne sait plus vraiment. Ce dont on est sûrs, c'est qu'il revenait de l'école quand il les a croisés.

J'ai pris un moment pour digérer l'information en silence.

— Et ensuite ? ai-je demandé en pensant aux militants dont Staline m'avait parlé le matin. Est-ce qu'il les a rejoints ?

Il m'a lancé un drôle de regard.

— Rejoints ?

J'ai acquiescé.

— Les militants qui l'ont enlevé.

— Qui vous a raconté que des militants l'avaient enlevé ?

— Vous venez de dire que…

— C'était l'armée, m'a-t-il interrompue. Il revenait de l'école quand un véhicule de l'armée s'est arrêté à son niveau et qu'on l'a forcé à monter à l'intérieur. C'était il y a huit ans. Ça fait huit ans aujourd'hui qu'il a été aperçu pour la dernière fois, a-t-il ajouté. Il avait seize ans.

Il a marqué une pause pour scruter ma réaction. J'ai repensé à Abdul Latief et à l'expression sur son visage quand je lui avais indiqué mon âge. Vingt-quatre ans. L'âge que son fils aurait dû avoir.

— Est-ce que vous êtes allée au bureau de Zoya ? a alors demandé Saleem, l'air de rien.

J'ai secoué la tête.

— Vous devriez.

Il a paru sur le point d'en dire plus, mais après un regard par-dessus mon épaule, il s'est accroché un sourire détendu sur le visage et s'est tu. J'ai regardé derrière moi et vu Zoya qui s'approchait, un bouquet de cuillères à la main.

— J'ai oublié de sortir les cuillères.

— On sait, a répondu Saleem avec un sourire. Comment est-ce que ton invitée d'honneur est censée déguster ton célèbre firni, hein ? Heureusement que j'ai réussi à en trouver une et à sauver ton honneur.

— Arrête avec tes mélodrames. Désolée, a-t-elle dit à mon intention.

Bien que sous le choc de ce que je venais d'apprendre, j'ai tout de même pris plaisir à constater qu'elle ne s'adressait pas à moi avec sa méfiance distante habituelle, mais avec une décontraction teintée d'ironie, comme si elle me connaissait depuis des années.

— J'étais justement en train de dire à Shalini qu'elle devrait t'accompagner au bureau un de ces jours, a repris Saleem.

Les muscles du visage de Zoya se sont contractés.

— M'accompagner ?

— Pourquoi pas ? Peut-être qu'elle pourrait t'aider.

Zoya a baissé les yeux.

— Elle n'a pas envie de faire ça. Ce serait barbant.

— Pas du tout. J'adorerais vous aider, ai-je interjeté.

— Tu vois ? Elle adorerait t'aider.

Il s'est tourné vers moi.

— Zoya et Latief m'ont parlé de cette personne que vous cherchez. Bashir Ahmed, c'est bien ça ? J'ai quelques connaissances dans la vente de vêtements. Je leur poserai la question, et à nous tous, on le trouvera, Inch'Allah.

Il nous a souri puis s'est éloigné, sa tête aux cheveux orange clairsemés bondissant parmi le reste des invités.

Zoya est restée là, à le suivre du regard.

— Saleem sera en mesure de vous venir en aide, a-t-elle affirmé tout bas.

Même si elle n'affichait plus tout à fait la même froideur, elle semblait de nouveau distraite.

— Il a dit que je devrais vous aider, lui ai-je rappelé.

Elle n'a pas répondu.

— Je ne suis pas obligée de venir si jamais ça pose un problème, ai-je ajouté.

— Non, a-t-elle dit pensivement. Ça ne pose aucun problème. En réalité, ça ne sera pas désagréable d'avoir de la compagnie. J'aurais dû vous emmener avec moi plus tôt.

Quelqu'un l'a appelée à ce moment-là. Elle a posé les cuillères sur la table et m'a dévisagée. Puis elle a eu un geste tout à fait surprenant : elle a effleuré mon épaule.

— Demain, a-t-elle dit avant de s'éloigner.

CHAPITRE 8

Après ma varicelle, je retournai à l'école sur l'insistance de mon père. Ma mère n'émit aucune objection, du moins pas ouvertement. Mais cela marqua le début d'une de leurs nombreuses guerres de silences et de récriminations. Elle lui parlait en faisant exprès de marmonner à l'extrême avec un accent aussi crétin que prononcé qui le rendait fou, ce qui eut pour effet de pousser mon père à l'ignorer pendant une semaine entière. Avec moi aussi, elle était froide. Chaque fois qu'elle m'appelait pour que je descende dîner, elle ajoutait : « Mais tu ferais sûrement mieux de consulter ton père d'abord, au cas où il serait plus informé que moi sur les dernières méthodes scientifiques pour nourrir les enfants. » À la piscine, elle s'asseyait avec les bras croisés, et quand ses nouvelles amies eurent le malheur de se rassembler autour d'elle, jasant, riant, essayant de la faire sortir de sa torpeur, elle, leur meneuse scandaleuse et pleine d'esprit, leur reine extravagante, elle se leva et dit assez fort pour que tout le monde l'entende : « Si je passe une seconde de plus à toutes vous écouter geindre sur vos bons à rien de maris et vos domestiques paresseuses, je jure de me trancher la gorge moi-même et de me vider de mon sang jusqu'à ce que mort s'ensuive ici même, sous le nez de vos enfants chéris. Alors pour m'épargner ça, je vais aller m'asseoir là-bas toute seule, et j'aimerais que vous me laissiez tranquille. » Puis elle se dirigea vers une table inoccupée, s'assit, et croisa à nouveau les bras, pendant que je tentais d'éviter les regards furieux des autres mamans.

S'il avait parlé le bon langage, mon père aurait peut-être réagi différemment aux humeurs de ma mère, mais il avait encore un caractère d'homme jeune à l'époque, et également une fierté d'homme jeune, et elle avait le don d'exacerber ses fragilités. Un soir, il rentra tard à la maison, un grand sourire aux lèvres, et annonça que mon entraîneur de natation l'avait appelé au bureau pour lui parler d'une compétition à venir à laquelle il me croyait prête à participer. Sur le chemin de la maison, mon père était passé au complexe sportif où la compétition devait avoir lieu pour m'inscrire et il était désormais tranquillement assis, très content de lui. Je dus sembler réticente, car il posa ses mains sur mes épaules et me fixa d'un regard solennel.

— Shalini, dis-moi, à ton avis, qu'est-ce qui dans ce monde sépare les gens qui réussissent des gens ordinaires ?

L'entrepreneur qu'il était n'attendit pas ma réponse.

— La faim, déclara-t-il. Purement et simplement. Rien d'autre. Le talent, le travail, toutes ces choses jouent un rôle, bien sûr, mais elles ne feront pas la différence si tu n'as pas faim de succès. Quel âge penses-tu que j'avais quand j'ai ouvert ma première usine ? *Vingt-quatre ans.* Je n'y connaissais strictement rien au fonctionnement d'une entreprise. Tout ce que je savais, c'était que j'allais le faire, coûte que coûte, et c'est ce que je fais. Les gens disaient que j'étais fou. Crois-moi, un tas de gens ont dit ça.

Il me fit un clin d'œil et pressa son index sur sa bouche.

— Ils avaient raison, mais chuuut, c'est un secret entre nous.

Il rit joyeusement à sa propre blague. Et ce fut ce rire, si calme et satisfait, qui poussa ma mère à prendre la parole.

— Oui, Shalini, commença-t-elle en imitant le ton professoral de mon père. C'était la faim, purement et simplement. Les deux millions de roupies de ton grand-père, tous ses contacts professionnels importants, tout ça n'était qu'une pure coïncidence, tu comprends ?

Mon père se leva lentement.

— Pourquoi faut-il toujours que tu fasses ça ?

— Que je fasse quoi ? demanda-t-elle d'un air innocent.

Il la dévisagea longuement. Puis il sortit de la maison, attrapant ses clés de voiture au passage. J'entendis vrombir le moteur et, un instant plus tard, le bruit s'évanouit. Ma mère haussa les épaules.

— Il a sûrement faim à nouveau, dit-elle avant d'aller à l'étage.

Au final, je participai à la compétition de natation et, à ma surprise, j'arrivai deuxième en nage libre. Mon père essuya ses larmes sans se cacher quand on plaça la médaille autour de mon cou. Même si ma mère était raide comme un piquet à côté de lui, les lèvres pincées, je voyais bien qu'elle était contente, elle aussi. Dans la voiture, sur le chemin du retour, elle était silencieuse, presque trop silencieuse, jusqu'à ce qu'on arrive au milieu de Mahatma Gandhi Road. L'artère débordait d'activité, les klaxons hurlaient autour de nous. Là, comme si elle ne tenait plus, elle descendit sa vitre, grimpa sur son siège et passa le haut du corps par sa fenêtre ouverte. « Ma fille est une championne ! » cria-t-elle aux véhicules qui passaient à toute allure. Une voiture fit un écart, et plusieurs conducteurs tournèrent la tête pour la fixer avec des yeux ronds. « Ma fille est une championne ! cria ma mère à nouveau. Une championne, une championne, une championne ! »

Mon père, qui était au volant, semblait partagé entre l'envie de se joindre à elle et celle de maintenir le statu quo glacial qui régnait à la maison. Mais elle semblait si heureuse, si surexcitée, si rayonnante avec les bras levés au ciel, qu'il fut incapable de se retenir. Il appuya sur le klaxon pendant qu'elle hurlait aux voitures qui passaient : « Oyez, oyez ! Un jour, vous connaîtrez tous ma fille la championne ! » Sur la banquette arrière, j'étais mortifiée, mais j'avais un énorme sourire idiot accroché sur le visage, tandis que mes parents klaxonnaient et braillaient mon succès jusqu'à la maison, oubliant leur rancœur et leur amertume le temps d'une trêve miraculeuse. Ces moments où ils étaient d'accord étaient si rares et d'une force si fulgurante qu'aujourd'hui encore je me rappelle le sentiment que j'éprouvais alors, le sentiment que nous flottions tous les trois au-dessus du sol et que nous volions.

Mais ces moments ne duraient jamais. Bientôt, mon père redeviendrait distrait et ma mère redeviendrait sarcastique ; puis il serait pompeux et elle serait narquoise ; il enragerait et elle resterait tranquillement plantée face à lui jusqu'à ce qu'il parte en claquant la porte. Il y eut cette fois, terrible, où elle lui demanda de monter le son des informations du soir, et où il répondit en plaisantant à moitié : « Depuis quand est-ce que *tu* t'intéresses à ce qui se passe dans le monde ? » L'air qui l'entourait devint aussitôt d'un froid létal. Il prit conscience de son erreur, mais trop tard. « Tu as raison, répondit-elle. Ton père t'a envoyé à IIT et Columbia. Le mien pensait que les filles n'avaient pas besoin d'aller à l'université. Alors pourquoi est-ce que je devrais m'intéresser au monde ? » Il tenta de s'excuser, mais elle lui coupa la parole. « Je t'en prie. Ce n'est pas la peine. Je sais ce que je suis. »

C'était ça, le monde dans lequel Bashir Ahmed débarqua. Lors de sa troisième visite, il n'attendit pas que ma mère l'invite à entrer, il franchit le seuil comme si cela lui était dû. Il riait à tout ce qu'elle disait, qu'importait si c'était banal. Pendant qu'elle était en train de préparer du thé à la cuisine, il sortit de sa poche une petite boîte en plastique de brins de safran et me la montra en affichant un air grave. Quand elle revint, il nous raconta une histoire, amusante cette fois, sur un homme qu'il avait rencontré. Cet homme voyageait de village en village et se goinfrait à des mariages auxquels il n'avait pas été invité. Le problème prit une telle ampleur que plusieurs chefs de village se réunirent afin de concocter un plan pour lui donner une leçon. Ils ébruitèrent la nouvelle d'un grand mariage à venir dans un hameau isolé, certains que le pique-assiette en entendrait parler. Immanquablement, s'attendant à un repas plantureux, il effectua la longue marche ardue, mais lorsqu'il arriva au hameau, il ne trouva qu'une hutte en pierre abritant un vieux vacher, dont les vaches broutaient paisiblement non loin de là.

— Où est le mariage ? demanda le pique-assiette au vacher perplexe. N'y a-t-il donc rien à fêter ici aujourd'hui ?

— Eh bien si, monsieur, il y a bien une chose à fêter. Aujourd'hui, mes vaches vont retrouver mon taureau dans l'espoir d'un bon troupeau de veaux l'année prochaine. C'est effectivement un jour de fête pour nous.

Rouge de honte, le pique-assiette rentra chez lui. Plus jamais il ne tenta d'assister à un mariage sans avoir été invité.

C'était une bonne histoire, et Bashir Ahmed la racontait bien. À la fin, ma mère se tapa sur la cuisse, essoufflée à force de rire. Son hilarité sans retenue le ravissait, et il le lui dit.

— Heureusement que ce n'est pas vous qui avez grimpé jusqu'à la hutte du vacher.

— Pourquoi ? demanda-t-elle en souriant.

— Parce que c'en aurait été fini de ce pauvre vieux vacher. Vous vous seriez assise au milieu de sa maison et vous auriez refusé de partir. Vous l'auriez même sûrement forcé à marier une de ses filles rien que pour avoir votre repas de mariage.

— Effectivement, confirma-t-elle, enchantée.

Il partit peu après, promettant de revenir quelques semaines plus tard. Et il tint sa promesse, armé d'un nouveau cadeau et d'une nouvelle histoire. C'était toujours à moi qu'il les racontait, mais au fond de moi, je savais que c'était à ma mère qu'elles s'adressaient réellement. Je n'en avais pas la moindre preuve, mais quand il était en plein récit, j'avais le sentiment que j'aurais pu me lever et quitter la pièce sans qu'aucun des deux le remarque. Elle était adossée contre les coussins du canapé, les yeux mi-clos, et même si elle n'avait pas l'air heureux à proprement parler, elle était au moins débarrassée de cette énergie floue et tendue qui l'entourait si souvent. Quand il se taisait, elle ouvrait les yeux et croisait le regard vert qui la fixait, dans l'expectative. Alors elle hochait discrètement la tête et il se tournait vers moi pour demander :

— Est-ce que l'histoire t'a plu, ma fille ?

Ses histoires. Elles frôlaient toutes le fantastique, avec des trous béants qu'il balayait d'un geste rapide de la main, comme s'il était au-dessus de ce genre de détails. Il nous parla d'un garçon dans un village près de là où il vivait, qui avait trouvé deux bébés léopards dans une grotte. Croyant que c'étaient des chatons, il les avait ramenés chez lui. Bien sûr, ses parents avaient vu qu'il s'agissait d'animaux sauvages et son père avait couru les remettre dans la grotte, mais le petit garçon était tombé amoureux de ces petites créatures, si minuscules qu'elles n'avaient même pas encore ouvert les yeux. Il y retourna le lendemain et les emporta de nouveau, pensant qu'il les cacherait sous un panier et s'en occuperait en cachette. Mais le lendemain matin, le panier était retourné, un petit avait disparu, et l'autre gisait à quelques mètres de là. Des oiseaux avaient éventré son ventre duveteux. Après ça, nous dit Bashir Ahmed, la femelle léopard commença à piller le village. Avant, elle avait toujours été pacifique, presque courtoise, ne prenant que ce dont elle avait besoin, un chien par-ci, un vieux mouton par-là. Mais désormais, elle frappait au hasard. Et elle était forte ; à leur réveil, les villageois retrouvaient les portes de leurs granges cassées, leur bétail massacré. Pas même dévoré, simplement mis en pièces. Ils commencèrent à parler d'elle comme si elle était autre chose qu'un simple animal ; le sage du village fut consulté. Des hommes armés veillaient à longueur de nuit, mais elle était trop rapide, trop furtive. Tout le village souffrait, et ce n'est que quand le garçon avoua et que le sage lui ordonna une rigoureuse pénitence qu'elle les laissa tranquilles.

Puis il y eut l'histoire de la femme démon qui prenait la forme d'une jolie jeune femme et accostait les voyageurs solitaires, leur demandant s'ils voulaient bien la raccompagner chez elle. Elle les appelait d'abord alors qu'elle était à une dizaine de mètres ; puis, l'instant d'après, elle était juste à côté d'eux, alors ils comprenaient qui elle était et prenaient la fuite. Quand ils regardaient derrière eux, elle avait disparu.

L'illogisme de ses histoires semblait ne jamais déranger ma mère, mais moi, je n'arrivais pas à passer outre. Je tentais de retenir mes questions par déférence pour le silence qui prévalait chaque fois qu'il arrivait à la fin de son récit, mais, parfois, je ne pouvais pas m'en empêcher. Comment un léopard pouvait-il casser une serrure ? J'exigeais de savoir. Comment la femelle savait-elle que le petit garçon qui avait volé ses petits venait de ce village et pas d'un autre ? Est-ce qu'il était arrivé qu'une victime de la femme démon la suive ? Et si oui, que s'était-il passé ? Au début, Bashir Ahmed répondait à mes questions avec une indulgence amusée, mais quand il y en avait trop, il levait les bras en l'air et implorait ma clémence.

— Ça suffit, ma fille, ça suffit ! Tu es trop intelligente pour moi.

Et ma mère, depuis sa place sur le canapé, déclarait avec un sourire rêveur et satisfait :

— Elle est trop intelligente pour nous tous, croyez-moi.

Et lui, se tournant aussitôt vers elle, répliquait :

— Exactement comme quelqu'un d'autre que je connais.

Et une douceur étonnée se lisait sur le visage de ma mère, le modifiant d'une manière que je n'aurais jamais crue possible si je ne l'avais pas vu de mes propres yeux.

Combien de fois nous rendit-il visite ? Pas tant que ça, je m'en rends compte à présent, même si, à l'époque, j'avais le sentiment qu'il était tout le temps là. Douze, quinze fois peut-être en l'espace de trois ans ? J'en vins à l'attendre, puis à le guetter, tous les deux mois. Il continuait à apporter son baluchon, même s'il ne prenait plus jamais la peine de l'ouvrir. Il le posait près de la porte et l'oubliait là jusqu'à son départ. S'installant à sa place habituelle sur le canapé, il regardait autour de lui avec une légère appréhension, qui se dissipait une fois qu'il s'était assuré que rien n'avait changé. L'enfant que j'étais ne se demanda jamais quel plaisir il tirait du silence et du confort de notre maison, mais désormais, quand je songe au travail qu'il exerçait (les longues journées, les pieds endoloris, la nuque courbaturée, le baratin interminable et creux auquel un vendeur ne pouvait pas couper), il m'apparaît clairement que ce plaisir résidait en partie dans le soulagement de pouvoir se reposer. Pour ce qui est des autres raisons susceptibles de le faire revenir chez nous, je dus en avoir conscience à l'époque dans un coin de ma tête et, étonnamment, cela ne généra pas chez moi la jalousie que cela aurait pu éveiller chez un autre enfant. Je voyais qu'il parlait à ma mère comme personne d'autre ne lui parlait, et qu'elle lui répondait comme elle ne répondait à personne d'autre. Je voyais qu'une lumière et une joie grandissaient en elle quand il était dans la pièce, et s'éteignaient quand il repartait. Et pour moi, c'était suffisant pour commencer à l'aimer.

Lui aussi nous aimait, j'en suis certaine. Une fois, je le vis rajuster un rideau qui avait volé par-dessus l'accoudoir du canapé. Il saisit le tissu entre son pouce et son index et le remit délicatement à sa place. Il y avait une infinie tendresse dans ce geste, une tendresse pour cette maison, pour ma mère, pour moi, pour les longs après-midi où rien ne comptait ni n'existait au-delà de notre salon. Et quand ma mère était impolie, qu'elle l'interrompait ou qu'elle riait d'un rire moqueur, il avait une façon de me regarder (les sourcils froncés, l'air austère et pourtant plein d'humour, m'avertissant de ne pas me mettre en colère contre elle) qui faisait monter en moi une véritable vague d'affection.

Ma mère, avec la drôle d'assurance qui la caractérisait, ne me demanda pas une seule fois de garder le secret sur les visites de Bashir Ahmed, mais c'est ce que je fis. Aujourd'hui, je suis stupéfaite que ça ne m'ait jamais échappé, ne serait-ce que par accident ; mais d'une certaine façon, les enfants sont les créatures les plus mystérieuses qui soient, et c'était le principe directeur de ma vie à l'époque : Bashir Ahmed et mon père représentaient des mondes différents, et faire se superposer ces deux mondes, ne serait-ce qu'un tout petit peu, aurait causé un véritable désastre, ni plus ni moins. Dans ma tête de petite fille, Bashir Ahmed appartenait exclusivement au monde des après-midi avec leurs ombres et leurs silences prolongés, au monde des histoires étranges et des cadeaux inhabituels. Mon père, d'un autre côté, appartenait au monde stable des soirs, des habits de travail confortablement chiffonnés et de la maison allumée, des devoirs et du dîner, du déclin de l'énergie et de la venue du sommeil. Et je commençai à me dire que si je parvenais à maintenir les deux univers séparés dans mon esprit, je recevrais ma récompense, à savoir : continuer à vivre de cette façon pour toujours.

Puis vint un après-midi où ma mère s'endormit dans le canapé. Bashir Ahmed était avec nous ; il venait juste de terminer de raconter une longue histoire. Il paraissait plus réservé qu'à son habitude, et je m'abstins de poser la moindre question. On regarda tous les deux ma mère. Son kurta était remonté jusqu'à ses genoux. Alors qu'on l'observait, un de ses genoux glissa sur le côté. Je remarquai que son salwar était déchiré, un peu à gauche de son entrejambe, dévoilant son sous-vêtement rose et un petit bout de sa cuisse. J'étais mortifiée, et en même temps j'avais peur de me lever pour la couvrir, habitée de la conviction irrationnelle que si je ne bougeais pas, il ne se rendrait compte de rien. Mais au bout d'un moment, il se leva et s'approcha d'elle. Il souleva le bord de son kurta avec la même précaution que lorsqu'il avait attrapé le rideau, et le remit en place afin que le tissu couvre la déchirure. Il fit tout cela avec la plus grande délicatesse et elle ne se réveilla pas.

Je l'accompagnai jusqu'à la grille. Il se tourna vers moi. Et au lieu de me dire « Dis-lui que je reviendrai bientôt » comme il le faisait toujours, il me dit :

— Dis-lui que je risque de m'absenter plus longtemps que d'habitude, ma fille.

Aussitôt, la peur m'envahit.

— Pourquoi ?

Parce que ta mère s'est exposée de manière indécente. Parce qu'elle ne se comporte pas comme une femme est censée se comporter. Parce que je ne l'aime plus, et toi non plus, désolé. Au revoir.

Il soupira.

— Il se passe des choses graves au Cachemire. Je dois aller retrouver ma famille.

— Quel genre de choses graves ?

— Je t'expliquerai lorsque je reviendrai, d'accord ?

— Mais quand ?

Il ferma les yeux.

— Je t'en prie, ma fille. Pas d'autres questions.

— Je suis désolée.

Il posa la main sur la grille et sourit.

— Ça ne fait rien. Dis-lui juste ça. Promis ?

Je hochai la tête. Et alors qu'il s'éloignait, pour la première fois, quelque chose me frappa : sa vie était peut-être loin de se résumer aux petits fragments qu'il nous donnait, enveloppés dans ses cadeaux et ses histoires. Peut-être que nous n'étions pas aussi importantes pour lui qu'il l'était pour nous. C'était une révélation étrange et douloureuse et j'étais sûre, comme le sont parfois les enfants, d'être la seule à détenir cette vérité. Ma mère n'était pas au courant et c'était mon devoir de la protéger à jamais. Je suivis Bashir Ahmed des yeux jusqu'à ce qu'il tourne au coin de la rue avec son baluchon, puis je retournai dans la maison. Elle dormait toujours sur le canapé, la tête penchée d'un côté, sa nudité soigneusement dissimulée.

CHAPITRE 9

Le matin suivant la réception, je suis entrée dans la salle pour trouver Zoya déjà prête. Elle se tenait près de la porte, son sac à main vert foncé à ses pieds, plongée dans la lecture d'un journal ourdou, comme si elle attendait le bus. Mon petit déjeuner m'attendait sur un plateau comme d'habitude, deux œufs durs accompagnés de quelques tartines de pain et d'une bouteille Thermos. Néanmoins, quand j'ai versé le contenu de la Thermos dans ma tasse, j'ai remarqué que l'odeur était différente. J'ai levé les yeux vers Zoya, surprise. Elle souriait.

— C'est du café. Le premier jour, vous avez dit que c'était ce que vous buviez à la maison. Je suis allée en acheter ce matin.

J'avais complètement oublié avoir mentionné ce détail, et j'ai donc été doublement émue. Je l'ai remerciée et j'ai bu une gorgée, que j'ai manqué de recracher aussitôt. C'était du café instantané et, de toute évidence, elle en avait mis beaucoup, beaucoup trop. Elle m'observait, les sourcils froncés par l'inquiétude.

— Qu'est-ce qui ne va pas ? Vous n'aimez pas ?

— Si, si, ai-je menti. C'est très bon.

— Tant mieux. J'en ai mis en plus, a-t-elle déclaré fièrement. Trois bonnes cuillères.

Je n'ai pas réussi à me retenir : je me suis mise à rire. Elle s'est raidie au début, puis elle s'est approchée et a bu une gorgée. Elle a écarquillé les yeux et froncé le nez comme un chat vexé, ce qui a redoublé mon hilarité. Pendant un moment, elle a plissé les lèvres d'un air désapprobateur. Puis elle aussi s'est avouée vaincue et a commencé à rire. Nos éclats de rire résonnaient dans la salle qui, sans tous ces corps présents la veille, semblait vaste et paisible.

— Je suis désolée, a dit Zoya en s'essuyant les yeux. Le goût est horrible.

— Pas du tout. C'est le meilleur café que j'aie bu de toute ma vie.

Pour le lui prouver, j'ai bu tout le contenu de la Thermos. Ensuite, j'ai fait la vaisselle et lacé mes chaussures. Puis, pour la première fois, Zoya et moi avons descendu ensemble l'étroit escalier vert.

Dans la rue, la brume matinale qui se déplaçait tel un être vivant a atterri froidement sur ma peau. Je devais marcher lentement pour aller au même rythme que Zoya. Depuis mon arrivée, elle m'avait toujours paru forte, immense quand elle se penchait sur moi pour remplir mon assiette, mais elle était plutôt petite, en réalité. Avec un bref frisson d'excitation, je me suis demandé si les gens qui ne nous connaissaient pas me prenaient pour sa fille.

Nous avons parcouru les rues de Kishtwar qui m'étaient désormais si familières. Le sac vert de Zoya cognait parfois contre ma hanche. « Désolée, désolée », murmurait-elle distraitement. À un moment, elle s'est soudain arrêtée à un coin de rue, l'air pensif, avant de dire :

— Venez par ici, je veux vous montrer quelque chose.

Elle est partie vers la droite, puis a brusquement tourné pour s'engager dans une petite allée sombre entre un tailleur et un magasin qui sentait les clous de girofle et la cannelle. L'allée débouchait sur une vaste rue bordée d'arbres et flanquée de grandes maisons anciennes. Zoya s'est arrêtée devant une maison avec une imposante grille en fer forgé noire et a attendu que je la rejoigne.

— C'est là.

— Que vous travaillez ?

— Non.

Elle a montré du doigt un morceau de trottoir.

— C'est ici que les soldats ont emmené Ishfaaq. C'est à cet endroit qu'on a trouvé son sac de cours.

Derrière la grille en fer forgé, une allée craquelée envahie par les mauvaises herbes menait à une grande maison croulante. Je me suis retrouvée incapable de dire un mot.

— Après sa disparition, je venais souvent ici.

Elle avait toujours les yeux fixés sur le bitume.

— J'étais persuadée que je trouverais quelque chose. Je ne savais pas quoi. J'ai trouvé un crayon un jour, mais il aurait pu appartenir à n'importe qui, à n'importe quel enfant. Au bout d'un moment, j'ai arrêté de venir. C'est la première fois depuis près de cinq ans que je me tiens à cet endroit.

J'avais envie de lui toucher le bras, mais j'ai clairement senti la distance de ces années entre nous. Néanmoins, j'étais éperdument reconnaissante qu'elle me fasse confiance au point de m'amener là pour me montrer cela. J'ai fermé les yeux et imaginé des mains tirant sur l'uniforme scolaire d'un garçon, une portière qui claque, un crissement de pneus, suivi d'un silence assourdissant et inquiétant.

— Les enfoirés, ai-je dit en anglais.

Zoya a levé la tête.

— Les enfoirés, a-t-elle répété.

Sa façon de bien prononcer le mot rendait le juron encore plus vulgaire. Elle a pris une grande respiration et s'est redressée.

— Allons-y.

Nous nous sommes éloignées de la rue arborée et des vieilles maisons élégantes pour pénétrer dans un autre quartier, plus modeste et étriqué.

— C'est mon bureau, a déclaré Zoya en s'arrêtant une nouvelle fois.

Elle a poussé une grille basse et m'a guidée à travers un petit jardin mal entretenu. Au fond se dressait un petit pavillon décrépit à la peinture jaune paille tout écaillée. Une marche ébréchée menait à une petite véranda couverte de chaussures. Nous avons retiré les nôtres avant d'entrer.

Le pavillon abritait une grande pièce principale, avec deux tables pliantes au milieu entourées de nombreuses chaises, dans le style d'une salle de conférences. Une demi-douzaine de personnes étaient assises et inspectaient attentivement d'épais dossiers cartonnés. J'ai été réconfortée par l'odeur du vieux papier, le grincement des pieds de chaises, le murmure des voix. Au bout d'une des tables, il y avait un ordinateur de bureau dont l'écran était recouvert de poussière. Un homme bien en chair aux doigts maculés de taches d'encre tournait les pages d'un registre, semblable à celui que je faisais semblant de tenir à l'agence. Une jeune femme avec un hijab bleu ciel recopiait soigneusement le contenu d'un formulaire dans un grand bloc-notes jaune à rayures. À l'exception de l'absence de livres, l'endroit avait des airs de bibliothèque vieillotte, ou alors de bureau perdu de fonctionnaire endormi.

Les gens ont relevé la tête et souri tandis que Zoya et moi traversions la pièce, lui adressant des « Assalamu alaykum » à voix basse et me jetant des regards curieux avant de se remettre au travail.

Nous nous sommes arrêtées devant une porte légèrement entrouverte. Le bruit de quelqu'un qui tapait rapidement sur un clavier m'est parvenu. Zoya est entrée et je l'ai suivie. Les murs étaient couverts de hautes étagères en métal remplies de centaines de chemises en carton.

Une femme était installée à un petit bureau au centre de la pièce. Son hijab glissait sur ses épais cheveux gris coupés court et de fines lunettes tenaient en équilibre sur le bout de son nez. Elle devait avoir entre cinquante et soixante ans et examinait de près un écran d'ordinateur. Elle nous a fait signe d'entrer sans lever les yeux.

Zoya a attendu patiemment jusqu'à ce qu'elle ait terminé. Puis elle a dit :

— Assalamu alaykum, Zarina. C'est mon invitée, celle dont je t'ai parlé, a-t-elle ajouté dans un ourdou respectueux.

— Tu m'en as parlé, oui, a confirmé Zarina.

Sa voix était grave et légèrement rocailleuse, comme si elle s'était accrochée sur un clou et déchirée. Elle avait les yeux gris et un regard froid et direct, désormais fixé sur moi.

— De quelle partie de l'Inde venez-vous ? m'a-t-elle demandé en basculant harmonieusement vers l'anglais.

— Bangalore.

Zarina a haussé les sourcils.

— Vous venez de loin.

Elle parlait avec désinvolture, mais quelque chose dans son intonation m'a donné l'impression qu'elle m'avait déjà jaugée et que ce qu'elle voyait ne l'impressionnait pas particulièrement.

— Nous n'avons pas beaucoup de touristes de Bangalore qui viennent jusqu'à Kishtwar.

— Je ne suis pas une touriste. Je suis venue retrouver quelqu'un.

Elle est restée imperturbable.

— Ah oui, je me souviens que Zoya a dit quelque chose à ce propos. En tout cas, vous êtes entre de bonnes mains avec elle et Latief. À eux deux, ils connaissent tout le monde en ville. Bonne chance à vous !

Elle était sur le point de se replonger dans son écran quand Zoya lui a demandé en ourdou, d'un ton hésitant :

— Est-ce qu'il y aurait du travail pour elle, Zarina ? Elle veut nous aider.

Zarina a paru surprise.

— Nous aider ? Ici ? Au bureau ? Nous avons toute l'aide qu'il nous faut.

— Oui, je sais, a hâtivement répondu Zoya. Mais j'ai pensé qu'elle pourrait peut-être…

Mais en voyant l'expression de Zarina, elle s'est interrompue. Cela m'a choquée de voir ma formidable hôtesse soudain remplacée par cette femme peureuse. Je me suis sentie envahie de colère et d'un besoin de la protéger, mais je me suis forcée à ne rien dire.

Zarina a réfléchi un instant. Puis, d'un ton sec, elle a dit quelque chose en cachemiri. Zoya a hoché la tête d'un air soulagé et m'a brièvement touché le bras comme elle l'avait fait la veille, avant de quitter la pièce d'un pas rapide. Une fois seule avec moi, Zarina s'est laissée aller contre le dossier de sa chaise et m'a regardée pendant un long moment. J'ai fait en sorte de me tenir aussi droite que possible.

— Est-ce que Zoya vous a parlé du genre de travail que l'on fait ici ? s'est-elle enquise en anglais.

— Un peu, ai-je menti.

— Je vois. Est-ce qu'elle vous a expliqué pour Ishfaaq ?

J'ai hoché la tête.

— Très bien, donc vous êtes au courant. Dans ce cas, vous savez peut-être aussi qu'Ishfaaq n'est pas le seul. Un ami avec qui j'étais en fac de droit dirige une organisation à Srinagar pour les familles de personnes arrêtées par l'armée. Je fais un travail similaire ici, à plus petite échelle.

— Vous les retrouvez ?

Elle a fait la grimace.

— Nous essayons. Nous aidons les gens à remplir des habeas corpus, des rapports de police, des pétitions. Mais surtout, nous recensons les cas, enregistrons les témoignages, ce genre de choses.

Elle a montré les tas de dossiers sur les étagères.

— Tout ça ? ai-je demandé, incapable de dissimuler mon étonnement.

— Oui. Et nous en recevons sans arrêt de nouveaux.

Elle a tapoté le dossier en haut de la pile posée sur son bureau.

— Par exemple, ce jeune homme est venu me voir la semaine dernière. Son grand frère a disparu il y a quatre ans, dans les champs de la famille. Tout ce que ce jeune homme savait, c'était qu'une semaine avant les faits, son frère avait eu un désaccord avec un capitaine de l'armée. À cause d'une cigarette, vous y croyez, vous ? Alors il est allé voir le capitaine pour le supplier de relâcher son frère. Naturellement, le capitaine a prétendu ne rien savoir, puis il a fait mention d'une somme d'argent avec la désinvolture la plus totale. Le pauvre garçon a passé des semaines à courir partout dans le village pour tenter de rassembler la somme. Il a ensuite invité le capitaine à déjeuner, a demandé à sa mère de préparer un repas gargantuesque, et lui a présenté l'argent. Un mois de silence s'est ensuivi, puis deux. Le garçon est retourné voir le capitaine. Savez-vous ce que le capitaine lui a dit ?

J'ai secoué la tête.

Zarina s'est penchée en avant.

— Il a dit : « Vous n'auriez pas dû me servir du riz au déjeuner. Ça me fait somnoler l'après-midi. »

Elle m'a fixée depuis son bureau, d'un regard froid et critique. Les tours métalliques pleines de dossiers se dressaient autour d'elle comme autant de rangées de dents acérées.

— Qu'est-ce qui s'est passé, au final ? Est-ce que vous l'avez retrouvé ? Le frère ?

Elle a haussé les épaules.

— Comme je vous l'ai dit, ce jeune homme est seulement venu me voir la semaine dernière. Aux dernières nouvelles, il était en route pour un camp de l'armée à Bhaderwah.

J'ai repensé au jeune au carnet noir qui m'avait souhaité bonne chance, et je me suis jetée à l'eau.

— Cet homme, est-ce qu'il vous a montré une photographie de son frère ?

En guise de réponse, Zarina a ouvert le dossier et l'a fait pivoter dans ma direction. Le même homme était là qui me dévisageait, devant la même toile de fond avec le phare et la mer, les bras le long du corps.

— Je le connais, ai-je dit tout bas. Il séjournait chez Zoya quand je suis arrivée ici.

Puis, tout à coup, j'ai compris. J'ai plongé mon regard dans celui de Zarina.

— Tous ces gens, les gens qui séjournent chez Zoya, est-ce que… ? Je veux dire, sont-ils tous… ?

Elle a acquiescé.

— Oui. Ils sont tous à la recherche de quelqu'un. Ils vont au camp pour tenter de glaner la moindre information. Parfois, un des soldats a pitié d'eux et leur dit qu'il a vu la personne qu'ils cherchent, il y a trois mois ou il y a trois ans, mais la plupart du temps, ils les font juste poireauter toute la journée, puis les chassent sans rien leur dire. Mais qu'est-ce que ces gens peuvent bien faire d'autre ? Il faut qu'ils essaient.

Mon regard a parcouru les tas de dossiers, certains couverts d'une couche de poussière qui indiquait qu'ils n'avaient pas été ouverts depuis des années.

Zarina a lancé un coup d'œil vers la porte. Son expression avait changé. Elle était plus douce, plus songeuse.

— Vous savez, quand j'ai monté cette organisation, Zoya a été la première personne qui a commencé à travailler avec moi. Je l'ai rencontrée la semaine où Ishfaaq a été enlevé. Elle était totalement dévastée et ne pensait à rien d'autre que le retrouver. Elle est venue me demander de l'aider à remplir son procès-verbal et elle n'est jamais repartie. Je pense que je serais incapable de faire tourner cet endroit sans elle.

Zarina a ôté ses lunettes et les a essuyées avec son hijab.

— Parfois, j'ai peur qu'elle n'en fasse trop. Surtout par rapport au fait qu'elle héberge ces personnes.

Elle me lança un regard bref et néanmoins très lourd de sens.

— Le problème de Zoya, c'est qu'elle s'implique trop, si vous voyez ce que je veux dire. Elle veut aider tout le monde, peu importe de qui il s'agit. Je comprends pourquoi elle fait ça, mais il n'empêche que ça pèse lourd sur ses épaules. Et chaque fois que quelqu'un s'en va, comme toutes ces personnes finissent par le faire, ça lui brise le cœur. Même si elle ne le montre jamais.

Elle a marqué une pause, avant de reprendre :

— Je lui ai répété mille fois de ne pas faire ça, de ne pas héberger les gens, mais…

— Mais elle est têtue, ai-je fini à sa place.

— Exactement.

Le silence s'est installé entre nous et nous nous sommes dévisagées avec ce que j'ai ressenti comme une certaine circonspection. J'essayais de comprendre ce que son discours était supposé signifier, si le but était de m'avertir quant à la fragilité de Zoya ou s'il y avait autre chose, une manière d'exprimer de possibles soupçons à mon égard. Cette pensée m'a irritée et je me suis exprimée plus durement que je ne l'aurais fait en temps normal.

— Écoutez, je veux juste aider Zoya, ai-je affirmé avec fermeté. Si vous trouvez quelque chose à me donner à faire, je serai ravie de m'en occuper. Autrement, je m'en irai sans vous déranger plus longtemps.

Ce n'est qu'aujourd'hui, après toutes ces années, que je me demande en outre quel genre de danger elle croyait que je représentais exactement. Était-ce le même que celui que Hari avait vu le soir où il avait affirmé que je lui faisais peur ?

Zarina a ouvert la bouche pour répondre, mais elle n'en a pas eu la possibilité, car Zoya est revenue à ce moment-là avec un tas de vieux papiers reliés par de la ficelle. Elle avait de la poussière sur le bout du nez et cette image m'a inspiré une telle tendresse que j'ai soudain eu envie de la serrer dans mes bras.

— Je les ai trouvés ! a-t-elle annoncé joyeusement en ourdou. C'était en dessous d'un tas de cartons, alors ça m'a pris un certain temps.

— Merci, a dit Zarina en s'emparant de la pile d'un air grave. Zoya, est-ce que tu te souviens de ces vieilles factures qu'on avait ? De 98-99 ? Je suis presque sûre qu'elles sont dans un dossier quelque part. Peut-être que ton amie pourrait les rentrer dans l'ordinateur, qu'en penses-tu ?

Zoya s'est tournée vers moi, impatiente.

— Est-ce que vous pourriez faire ça ?

— Oui.

Elle a rayonné comme une petite fille.

— Alors c'est réglé, a déclaré Zarina en se replongeant déjà dans son écran. J'espère que le reste de votre séjour à Kishtwar sera agréable.

* * *

Zoya m'a reconduite dans la grande salle et m'a escortée jusqu'à un vieil ordinateur de bureau. J'ai touché la souris et, après un long suspense, l'écran s'est enfin allumé en vacillant. Pendant qu'elle partait en quête des factures, je me suis assise face au curseur qui clignotait, en tentant d'assimiler tout ce que je venais d'apprendre. Les personnes qui transitaient par la maison de Zoya, Ishfaaq, les piles et les piles et les piles de dossiers. Le jeune homme et son frère et le capitaine de l'armée, le désaccord à cause d'une simple cigarette. *Une cigarette.* J'ai senti mon estomac se nouer en repensant à la cigarette que j'avais partagée avec Staline. Tandis que j'étais là à lutter contre ma peur que Zoya ne l'apprenne, elle est revenue en brandissant une chemise poussiéreuse qui renfermait des morceaux de papier multicolores.

— Voilà. Ce sont nos factures des deux premières années, a-t-elle annoncé en posant la chemise près de moi. Nous n'avions pas d'ordinateur à l'époque. Est-ce que vous pouvez mettre tout ça sous forme de tableur ?

— Oui.

— Parfait. Je suis là si vous avez des questions, a-t-elle dit en m'effleurant l'épaule avant de me laisser travailler.

J'ai ouvert le dossier et commencé à parcourir son contenu. Des formulaires de réservation de taxi, des tickets de caisse pour des fournitures de bureau, des factures, des reçus, tous rangés n'importe comment. J'ai entrepris de les trier et de les séparer en piles nettes classées par ordre chronologique. De temps en temps, je levais les yeux et trouvais les autres plongés dans leurs propres dossiers. Cela m'a rappelé Ritu Shah, de l'agence, et j'ai été prise d'un vertige soudain, du sentiment d'être vraiment partie de très, très loin. Je n'avais rien à faire dans cette pièce avec toutes ces personnes sérieuses absorbées par leur travail, et pourtant, à cet instant, je n'aurais voulu être nulle part ailleurs. J'ai vu Zoya entrer et sortir du bureau de Zarina, je l'ai vue discuter quelques instants avec la jeune femme au hijab bleu ciel. Puis je n'ai plus relevé le nez jusqu'à sentir à nouveau la main de Zoya sur mon épaule.

— Je pense que ça suffit pour aujourd'hui, a-t-elle dit doucement.

Nous avons dit au revoir aux personnes qui se trouvaient dans la pièce et nous sommes sorties dans la chaleur de l'après-midi. Alors que Zoya refermait la petite grille derrière elle, elle m'a regardée et a dit :

— Merci.

— Je suis contente d'avoir pu aider, ai-je répondu comme un automate.

— Non. Merci de m'avoir écoutée parler d'Ishfaaq. Et de m'avoir accompagnée aujourd'hui.

Mon cœur s'est serré dans ma poitrine. Je me suis souvenue des yeux gris de Zarina, de sa voix cassante disant « Elle s'implique trop », et un sombre pressentiment m'a envahie. Mais je ne m'y suis pas accrochée. Le soleil irradiait trop, les montagnes paraissaient irréelles, comme découpées dans de la gaze, j'allais rentrer à la maison en compagnie de cette femme féroce et extraordinaire qui me parlait enfin et (en toute honnêteté) j'étais contente.

Il m'a fallu trois jours pour trier toutes les factures. Ensuite, j'ai commencé à entrer les informations dans un tableau Excel. C'était une tâche répétitive et abrutissante, mais ça n'avait pas d'importance. Ce que j'aimais, c'étaient les murmures des autres personnes dans la pièce, l'odeur des petites fleurs blanches dans le jardin, le bruissement du papier et les petits raclements de gorge. De temps à autre, Zarina sortait de son bureau. Elle était toujours polie avec moi, bien que réservée. Mon moment préféré de la journée était le chemin du retour avec Zoya. Après un ou deux jours, nous avons pris l'habitude de nous arrêter à un petit hôtel pour le déjeuner. On s'asseyait à une longue table en bois semblable à celle que j'avais observée avec envie depuis l'arrière d'un taxi. Le mince serveur a vite pris l'habitude de nous attendre à la même heure. On mangeait au coude à coude au soleil, et Zoya parlait. D'Ishfaaq la plupart du temps. De son aversion pour le cricket, qu'il faisait semblant d'apprécier car tous ses amis aimaient ça. De comment il avait grandi de huit centimètres en un mois, de son amour pour la nourriture, surtout le firni. Parfois, elle évoquait sa propre enfance, les filles avec qui elle jouait et qui étaient désormais mariées et mères de famille. Une fois de retour à la maison, Zoya me donnait un bol de riz pour que j'en retire les petites pierres noires. Pendant ce temps, elle cuisinait, rompant le silence ici et là pour me demander d'aller chercher un œuf dans le frigo ou le flacon de curcuma dans son placard à épices parfumé.

Chaque soir, je me rendais dans ma chambre et prélevais quatre cents roupies de ma liasse qui allait en s'amenuisant. J'avais fini par voir ça comme un paiement pour que cette paix perdure. Ils étaient dans la salle, avec Abdul Latief qui zappait d'une chaîne télévisée à l'autre et Zoya qui tricotait son mystérieux ouvrage en laine bleu. Le thé était déjà servi, avec une troisième tasse blanche disposée pour moi à côté des autres, et la soirée passait ainsi. Quand l'appel à la prière retentissait et qu'Abdul Latief nous quittait pour se rendre à la mosquée, Zoya et moi faisions chauffer le dîner et disposions tout sur le sol de la salle, puis nous mangions tous les trois à son retour, assis en petit demi-cercle. Après ça, Abdul Latief s'emparait d'un cure-dents ; Zoya fermait les yeux ; et je m'adossais contre un traversin, heureuse d'être simplement dans cette pièce avec eux, bercée par la certitude que le lendemain se déroulerait de la même façon.

Puis, un après-midi, peut-être cinq jours après avoir commencé à travailler au bureau de Zoya, alors que nous rentrions à la maison, j'ai aperçu Staline. Nous avons tourné à une intersection et il était là, posté au bout de la rue. Il n'y avait pas d'erreur possible : c'étaient bien ses longues jambes, son torse dégingandé. J'ai failli trébucher et un frisson glacé m'a parcourue. Depuis le jour de la réception, j'avais religieusement évité la pharmacie, bien décidée à ne jamais le recroiser. Qu'est-ce qu'il faisait là ?

Zoya n'a pas remarqué mon trouble ; elle était occupée à me parler d'une ancienne amie qui avait vécu dans cette rue, mais qui habitait à Jammu désormais. Staline avait la tête tournée de l'autre côté, mais il regarderait dans notre direction d'un moment à l'autre. Rien ne nous séparait à part une vingtaine de mètres de bitume.

J'ai tenté de réfléchir posément, sans peur. Il allait me voir, et alors ? Qu'est-ce que j'avais à craindre ? Peut-être qu'il avait totalement oublié mon existence. Mais alors même que les pensées se bousculaient dans mon esprit, je savais que je n'y croyais pas. Et avant que j'aie eu le temps de décider quoi faire, Staline a tourné la tête. Son regard a croisé le mien. J'ai lu dans ses yeux une étincelle de surprise, suivie par de la confusion. Puis son expression s'est assombrie lorsqu'il m'a reconnue.

J'ai baissé les yeux et fixé le trottoir. Zoya papotait toujours, sans se rendre compte de mon silence prolongé. J'ai regardé le sol glisser sous nos pieds, prête à entendre cette voix haut perchée, ce ton nasillard, mais les secondes ont passé, insoutenables, et je n'ai rien entendu.

Nous étions presque à sa hauteur. J'ai aperçu un éclat gris-vert du coin de l'œil, entendu le frottement sec de sa semelle contre le bitume.

Puis nous l'avons dépassé. J'ai enfin recommencé à respirer.

Mais ensuite, il a ri. Un drôle de rire aigu, effrayant car dépourvu de la moindre trace d'humour.

— Vous deux, a-t-il lancé dans notre dos en hindou, sans la marque de politesse qui aurait convenu pour s'adresser à une femme de l'âge de Zoya. Venez ici.

J'ai attendu aussi longtemps que possible avant d'obéir. Zoya avait déjà pivoté sur elle-même. Elle n'affichait ni peur ni surprise. Simplement, elle attendait calmement qu'il répète. Une petite femme courageuse bâtie comme une montagne, un sac vert bouteille sous le bras.

— Oui, vous deux. Je vous parle. Venez ici, a insisté Staline avec un hochement de tête.

Nous avons avancé vers lui. Je marchais lentement, à croire que mes jambes refusaient de coopérer. Zoya, pour sa part, l'a rejoint à pas rapides, comme si elle s'apprêtait à le prendre dans ses bras. Mais je la connaissais suffisamment bien désormais pour reconnaître la tension dans les muscles de son cou, l'agitation dans sa démarche. Elle était furieuse.

Staline nous a examinées pendant un moment, comme un homme qui envisageait d'acheter quelque chose. Son casque lui tombait sur les yeux et, au lieu de le redresser, il a relevé le menton pour nous voir. J'aurais peut-être trouvé ça amusant dans d'autres circonstances, mais ses yeux mi-clos et l'ombre de son sourire méprisant qui flottait sur ses lèvres ne me donnaient pas du tout envie de rire.

La peur rugissait dans mes oreilles tel un océan déchaîné. J'ai fait de mon mieux pour garder la tête haute et afficher un air impassible, m'attendant à ce qu'il s'adresse à moi. Mais, à ma grande surprise, c'est à Zoya qu'il a parlé.

— Faites voir.

Je l'ai regardée, décontenancée. Lui faire voir quoi ? Elle a ouvert son sac, fouillé dedans, et en a sorti une carte plastifiée qu'elle lui a tendue. Il a à peine daigné y jeter un regard avant de dire :

— Qu'est-ce que c'est que ce machin ?

Pour la première fois, la façade inébranlable de Zoya a montré un signe de faiblesse.

— Je vous demande pardon, monsieur ?

— Je vous demande ce que c'est que cette cochonnerie que vous venez de me montrer, a-t-il égrené avec une lenteur insultante.

— C'est ma carte d'identité, monsieur.

— Voyez-vous ça, a-t-il raillé. « Ma carte d'identité ». Vous me prenez pour un idiot ?

Elle n'a pas répondu. Ce n'était pas une question.

— Montrez-moi un autre justificatif d'identité, a-t-il ordonné sèchement.

Zoya a ouvert la bouche. Puis elle l'a lentement refermée.

— Plus vite que ça ! a-t-il couiné. Je n'ai pas de temps à perdre.

Il jouait avec elle, la tourmentait avec sa parodie de maître d'école en pleine crise d'autorité.

Elle a laissé sa main retomber le long de son corps.

— Je n'en ai pas d'autre.

Le visage de Zoya n'était plus en acier trempé. C'était de la chair à présent, parcourue de capillaires gris et bleus, du gras bouffi sous une peau cireuse. Elle devait être deux fois plus âgée que lui.

— Je n'en ai pas d'autre, *monsieur*, l'a-t-il corrigée.

— Je n'en ai pas d'autre, monsieur.

— Alors qu'est-ce que vous fabriquez dehors ? Vous voulez que je vous arrête, c'est ça ?

C'est seulement à cet instant qu'il m'a regardée. Il y avait une joie tellement mauvaise dans ses yeux que j'ai failli prendre la parole pour la défendre. Ma mère l'aurait fait. Elle l'aurait dévisagé. Puis, avec quelques mots précis, elle l'aurait anéanti. Voilà ce qu'elle aurait fait. Mais moi, je me suis tue.

Plusieurs secondes se sont écoulées, puis il m'a souri. Ce n'était pas un sourire gentil.

— C'est bon pour cette fois, a-t-il déclaré d'un air désormais las, assuré de sa victoire. Mais c'était votre dernière chance, vous m'entendez ? La prochaine fois que je vous reprends sans carte d'identité convenable, vous ne vous en tirerez pas à si bon compte.

Il a agité la main avec dédain dans sa direction.

— Et maintenant, dégagez, rentrez chez vous. Je ne veux plus jamais vous revoir par ici. Je vais ouvrir l'œil.

Zoya a tourné les talons et s'est éloignée, si vite que j'ai dû courir pour la rattraper. Nous n'avons pas échangé un mot jusqu'à notre arrivée à la maison. Finalement, incapable de supporter le silence plus longtemps, j'ai explosé :

— De quel droit peut-il faire ça ?

Zoya a commencé à monter l'escalier vert sans répondre.

— Zoya ! ai-je insisté. De quel droit peut-il faire ça ?

Elle s'est tournée vers moi.

— Qu'est-ce que vous voulez que je vous dise, Shalini ? a-t-elle demandé d'un air impatient.

— Je n'en sais rien ! Quelque chose !

— Je pense qu'on ferait mieux d'en rester là.

J'ai entendu l'avertissement dans sa voix, mais je me suis entêtée, puérile.

— Je ne veux pas en rester là ! Comment avez-vous pu supporter ça, écouter ce… ce… ?

Là, elle a perdu patience.

— Qu'est-ce que j'aurais bien pu faire ? Le frapper ? Lui crier dessus ?

Puis, après une pause :

— Lui demander une cigarette ?

Je l'ai fixée, bouche bée.

— Alors oubliez ça.

Elle est rentrée dans la maison. Je suis restée clouée sur place. Qu'est-ce qu'elle avait voulu dire par là ? Est-ce qu'elle m'avait vue avec Staline ? Est-ce que quelqu'un lui en avait parlé ?

Je mourais d'envie de prendre la fuite, mais je me suis forcée à monter les marches. Elle avait déjà commencé à faire à manger, et j'ai entrepris de l'aider, en silence. Après le dîner, nous étions tous les trois assis dans la salle. Alors que Zoya tricotait comme d'habitude, je me suis penchée vers elle et j'ai murmuré :

— Désolée.

Elle ne s'est pas arrêtée, mais ses mains ont paru se détendre. Elle m'a souri, en hochant légèrement la tête pour bien me montrer qu'elle n'était pas fâchée. Une vague de soulagement m'a submergée. Abdul Latief n'a pas tardé à trouver une chaîne qui passait des chansons Bollywood des années 1970, et nous avons écouté les vieux morceaux en silence pendant un moment. J'ai pensé à la collection de vinyles de mon père, à ses mains qui parcouraient les disques dans une incantation silencieuse, et pendant un bref instant, il m'a manqué.

— Qu'est-ce que vous tricotez ? ai-je demandé à Zoya.

— Un bonnet. Pour le bébé de Farzana.

— Farzana ?

— La fille de Saleem, est intervenu Abdul Latief. Vous l'avez rencontrée l'autre jour, avec le bébé.

— Musa ?

— Vous avez bonne mémoire, a-t-il observé en m'adressant un sourire.

Puis, sans quitter son tricot des yeux, Zoya a pris la parole.

— La première chose que j'ai tricotée, c'était un bonnet pour Ishfaaq. Juste après sa naissance.

— Pitié, a dit Abdul Latief en riant. Encore cette histoire.

— Je venais tout juste de me mettre au tricot. Je ne voulais pas me précipiter.

— Il lui a fallu cinq mois. Cinq mois pour un bonnet.

— Je suivais un modèle. Et le modèle était très important pour moi, s'est défendue Zoya.

— Très important, a convenu solennellement Abdul Latif, de toute évidence ravi du rôle qu'il jouait dans le récit.

Ils ont gloussé tous les deux, comme des enfants espiègles. J'ai été prise d'un besoin désespéré de rire aussi et, en même temps, d'une envie féroce de les prendre dans mes bras, de me battre pour eux, de les protéger de tout ce qui était susceptible de leur faire du mal dans ce monde.

— Et qu'est-ce qui s'est passé ?

— Le bonnet était aussi grand qu'un sac, a avoué Zoya. Assez grand pour mettre Ishfaaq à l'intérieur pendant l'hiver.

Ils se sont regardés avec tristesse et tendresse et, pendant un moment, toute la violence de leur perte a balayé la pièce comme un vent glacé.

Il n'y avait plus rien à ajouter après ça. Les aiguilles de Zoya cliquetaient à un rythme irrégulier. La lumière noire et blanche de la télévision se reflétait dans les lunettes d'Abdul Latief, dont les paupières commençaient à se fermer. J'ai continué à les observer l'un et l'autre, en priant pour que rien ne perturbe cette paix extraordinaire, en espérant qu'il n'y ait pas d'intrusion, pas d'étranger en haut de l'escalier ce soir à la recherche d'un proche disparu, le corps brûlant d'espoir.

C'est le téléphone qui a fini par nous déranger, depuis le rebord de la fenêtre. Sa sonnerie stridente et métallique a retenti et Abdul Latief a cligné des yeux et s'est penché pour répondre.

— Allô ? Walaikum salaam. Oui, elle est là. Dis-moi.

Il a écouté, puis il s'est redressé et a soudain commencé à parler en cachemiri. Je me suis aperçue que Zoya avait arrêté de tricoter et qu'elle écoutait attentivement. J'ai tout de suite pensé qu'il y avait du nouveau concernant Ishfaaq et mon rythme cardiaque s'est accéléré. Quand Abdul Latief a raccroché, il souriait.

— Je le savais ! a-t-il explosé. C'était Saleem !

Il a pointé la télécommande droit sur moi.

— Il appelait pour vous.

— Pour moi ?

— Il a localisé la famille de la femme de Bashir Ahmed.

À côté de moi, Zoya a posé son tricot, comme si elle venait de découvrir une erreur dans le modèle. Je savais que j'aurais dû exprimer de la joie, de la gratitude, mais je ne ressentais rien.

— C'est une très bonne nouvelle, ai-je fini par déclarer. Merci.

Il a souri de toutes ses dents.

— Saleem leur a dit que vous espériez voir Bashir Ahmed.

— Et qu'ont-ils répondu ?

— Saleem ne me l'a pas dit, mais il m'a indiqué que le village de ce Bashir Ahmed est relativement près de Kishtwar. Je suis sûr qu'à la minute où il apprendra que vous êtes ici, il viendra.

Il a ri.

— Vous voyez, je vous l'avais bien dit, qu'on pourrait vous aider à le retrouver ! Pas vrai ?

Pendant tout ce temps, Zoya n'avait pas dit un mot. Elle s'est de nouveau emparée de ses aiguilles et a recommencé à tricoter, les yeux baissés. J'étais incapable de la regarder. J'ai ouvert la bouche, même si je ne savais absolument pas quoi dire, mais ses aiguilles grises cliquetaient et cliquetaient sans arrêt, telle une barrière contre toute sorte de conversation, contre la moindre manifestation de regret ou de tristesse. Le reste de la soirée s'est déroulé ainsi, en silence, avec Zoya qui tricotait et la télévision qui jacassait, jusqu'à ce qu'Abdul Latief s'endorme, la télécommande à la main.

CHAPITRE 10

Chaque mois de mars, quand j'étais enfant, mon père prenait cinq jours de congé, et nous partions en vacances dans un complexe hôtelier tous les trois. L'endroit n'avait pas vraiment d'importance ; ce qui comptait, et c'est maintenant que j'en prends conscience, c'était le rituel. À l'instar de nombreux Indiens qui avaient escaladé l'échelle de la classe moyenne au début des années 1990, mon père croyait que ce confort annuel nous était dû, comme l'électricité ou les exonérations d'impôts. Le complexe comprenait toujours un club-house quelconque, une piscine, une salle de ping-pong, une bibliothèque remplie de *Reader's Digest* cornés et une salle de jeux lambrissée où les hommes se retrouvaient le soir pour jouer au rami. Ma mère ne ratait jamais une occasion de se moquer de ces endroits et de leurs occupants, notamment les enfants gâtés bruyants qu'elle surnommait les « rats d'hôtel », et que j'évitais par conséquent. Comme pour contrer son cynisme, mon père redoublait d'un enthousiasme de tous les instants. Il se levait à l'aube pour de grandes promenades à pied autour du terrain de golf ; il était prêt à faire une heure de route pour voir une cascade, même pendant la saison sèche ;

c'était un habitué des soirées rami. Et je le comprends, du moins je crois. Un homme avec son éducation et son expérience du monde, avec des revenus comme les siens, dans une maison avec trois chambres et au passé exempt de tragédies : qu'aurait-il pu faire d'autre, à part célébrer son succès avec des gens qui nous ressemblaient ? Je crois même que tout ça devait avoir un côté sacré pour lui. Il rejetait les idoles et les prières de ma mère, mais il construisait son propre culte, tout aussi rigoureux. Toute l'année, il travaillait dur pour ces cinq jours de mars. Ces séjours étaient à la fois une récompense et une punition, car ils l'emportaient loin du travail qu'il aimait tant et l'envoyaient dans un monde avec ma mère, qui passait de la joie à la méchanceté d'une minute à l'autre, de telle sorte que lorsqu'il retournait à l'usine, c'était avec un soulagement notable et l'âme purifiée d'un pénitent.

Bashir Ahmed était reparti depuis environ un mois quand nous nous rendîmes à Kerala, dans un hôtel près du lac Vembanad. Des milliers de jacinthes d'eau flottaient à sa surface brune agitée, comme un tapis vert vivant. Ma mère, d'humeur irascible, tira une chaise jusqu'à la petite jetée en bois et s'assit là pour les regarder. Je restai près d'elle, les jambes dans le vide, laissant mes orteils effleurer l'eau, jusqu'à ce qu'elle baisse les yeux sur moi et assène d'un ton distant :

— Tu sais ce que je déteste, Shalini ? Je déteste quand tu restes bêtement assise à mes pieds comme une petite souris triste en attendant que je fasse quelque chose pour te divertir. Pour l'amour du ciel, tu ne peux pas me laisser tranquille pour une fois dans ta vie ?

Profondément blessée, j'allai retrouver mon père, que mon apparition soudaine parut surprendre et flatter. On passa des heures à explorer l'hôtel, trouvant au passage une cage en métal puante qui accueillait un lapin obèse qu'on baptisa Garfunkel, et un terrain de badminton avec un filet distendu, où on joua jusqu'à ce qu'arrive l'heure de se débarbouiller avant le dîner. J'ignorai ostensiblement ma mère pendant tout le repas. Je ne souris même pas lorsque, dans une piètre tentative pour me reconquérir, elle parla à notre serveur avec un accent exagéré de Dracula qui consterna tellement ce pauvre garçon que je crus apercevoir des larmes dans ses yeux. Après le dîner, je me blottis contre mon père pour regarder la télé dans notre chambre. Ma mère nous vit mais ne dit rien, et elle disparut pendant plus d'une heure. Elle faisait souvent ça, généralement pour se rendre au temple le plus proche, alors mon père ne s'inquiéta pas pour elle, et moi non plus. Quand elle revint, elle souriait.

Cette nuit-là, on me réveilla en me secouant dans le noir. Ma mère se tenait près de mon lit, tout habillée.

— Lève-toi, m'ordonna-t-elle.

Je ne posai aucune question. La flamme de l'impatience s'était allumée dans mon ventre à la seconde où j'avais entendu sa voix, et je n'envisageai pas un instant de refuser. Oubliant ma colère, je sortis du lit. Que valaient les lapins et les jeux idiots en comparaison de cette mission nocturne secrète ? Je trouvai mes chaussures et la suivis à l'extérieur de l'hôtel. Dans son petit cabanon, le gardien était endormi, sa main gauche tendrement posée sur son entrejambe. À en juger par les pointes de rose dans le ciel, on devait être pas loin du lever du soleil. On suivit une rue étroite et humide, flanquée de profonds canaux suffisamment larges pour que des petites barques en bois y circulent. Des ponts de bois enjambaient les canaux pour mener à des maisons aux couleurs vives. Un petit garçon en short attendait au pied d'un des ponts. Il nous fit traverser un jardin boueux à l'arrière d'une maison et je poussai une exclamation de surprise. Dans un coin, un éléphanteau était attaché à un piquet, à moitié endormi. Le garçon montra du doigt un seau rempli d'eau avec une tasse qui flottait à la surface.

— Je crois que tu es censée lui donner son bain, murmura ma mère.

Je serrai sa main, reconnaissante au point d'en perdre l'usage de la parole, et j'avançai d'un pas mal assuré. L'animal avait confiance : dès que je m'approchai de lui, il frotta son front contre mon tee-shirt et me poussa doucement. Les mains tremblantes, je versai une tasse d'eau tiède sur son dos et il poussa un couinement de satisfaction. Pendant la demi-heure suivante, j'oubliai tout le reste. Quand le seau d'eau fut vide, je rejoignis ma mère et enroulai mes bras autour d'elle, en guise d'excuses silencieuses. Elle accueillit mon étreinte avec un sourire peiné, puis amena sa bouche tout près de mon oreille.

— On s'amuse bien toutes les deux, pas vrai, petit monstre ?

— Oui, chuchotai-je, les lèvres gelées.

— Dis-moi, est-ce que tu t'amuses autant avec d'autres ?

Je levai les yeux vers son visage.

— Non. Avec personne d'autre.

— Bien, dit-elle avant de se redresser et de tendre des pièces au garçonnet.

Mon père dormait encore quand on revint à l'hôtel. Je mis mon pyjama, accrochai mes vêtements mouillés, et me mis au lit, tremblante et triomphante. Inutile de préciser que je ne mentionnai jamais cet épisode à mon père.

Je suppose qu'elle avait voulu me prouver que j'étais liée à elle, comme si j'avais pu en douter. Mais à présent, je pense que c'était peut-être aussi sa façon de me tester, de me préparer. Une poignée de petits secrets pour faire le lit du secret final.

C'est surprenant, quand j'y repense, que tant de temps se soit écoulé avant que mon père et Bashir Ahmed se rencontrent. Ce jour finit par arriver peu après notre voyage au lac Vembanad, quand la sonnette retentit, que mon père ouvrit la porte et qu'il trouva Bashir Ahmed sur le seuil, déjà en train de retirer ses sandales pour entrer. Mon père était resté à la maison ce jour-là car il avait un vilain rhume. Il était grognon ; ma mère et lui s'étaient disputés ce matin-là pour une histoire de médicaments, sur lesquels ils avaient des vues diamétralement opposées. Mon père, qui prêchait la science et la logique, détestait prendre des cachets, tandis que ma mère, en dépit de sa foi, était incroyablement pragmatique quand il s'agissait du traitement des maladies.

— Alors si tu refuses de prendre le moindre comprimé de paracétamol, peut-être que tu ferais mieux d'aller chercher quelques sangsues dans le jardin, avait-elle fini par asséner avant de s'enfermer dans leur salle de bains.

Je ne vis pas Bashir Ahmed tout de suite, mais j'entendis mon père renifler puis dire, dans un hindou péremptoire :

— Merci, mais nous n'avons besoin de rien.

Je me souviens de ce détail en particulier : au lieu de protester, d'expliquer qu'il nous connaissait, ma mère et moi, Bashir Ahmed resta docilement devant la porte que mon père s'apprêtait à refermer. Si je n'étais pas passée par là, il serait reparti et nous n'aurions jamais su qu'il était venu.

— Appa, attends ! criai-je.

Mon père se tourna vers moi, la main toujours sur la poignée.

— Je le connais, expliquai-je rapidement. Je veux dire, Amma et moi, on le connaît. Il est du Cachemire.

— Cher monsieur, intervint Bashir Ahmed par l'entrebâillement, je ne suis pas ici pour vous vendre quoi que ce soit. Madame est une bonne cliente et j'ai simplement apporté un petit cadeau pour elle et sa fille.

Mon père rouvrit la porte en grand et le dévisagea, avec son baluchon jaune, ses grandes mains, sa peau burinée, ses cheveux épais sous sa calotte tricotée.

— Attendez là, je vous prie.

Mon père referma la porte et, après un instant de réflexion, la verrouilla.

— Je vais prévenir Amma, dis-je en commençant déjà à monter les marches.

— Attends, ordonna-t-il.

Je me figeai.

— Je viens avec toi.

On grimpa, laissant Bashir enfermé dehors. Je dus me retenir de toutes mes forces de ne pas courir. Mon père frappa à la porte de la salle de bains d'un coup sec.

— Un homme est ici. Du Cachemire. Il dit qu'il te connaît.

À l'intérieur, on entendit un bruit d'eau éclaboussant du carrelage. Pendant un moment, elle ne répondit pas. Puis elle demanda :

— Où est-il ?

— Il attend dehors.

Je pouvais sentir l'odeur du savon de ma mère dans la vapeur qui passait sous la porte.

— D'accord, dit-elle.

— Qu'est-ce que tu veux que je fasse ? Est-ce que je lui dis de s'en aller ?

— Non. J'arrive dans une minute.

Mon père regarda ses pieds.

— Tu es sûre que c'est une bonne idée ?

L'eau arrêta de couler. Dans le silence tout neuf, la voix de ma mère parut résonner effroyablement fort.

— Qu'est-ce que tu veux dire par là ?

— Rien, simplement, je ne sais pas si tu as regardé les infos dernièrement, mais il se passe des choses vraiment terribles là-bas. On n'est jamais trop prudent.

Il y eut un long silence. Puis elle dit :

— D'accord.

— Comment ça, d'accord ?

— Soyons prudents.

— Qu'est-ce que ça signifie ?

— Je n'en ai pas la moindre idée, répliqua-t-elle froidement.

— À toi de me le dire.

Mon père expira lentement par la bouche et renifla. Puis, sans un mot de plus, il retourna au rez-de-chaussée avec moi sur les talons. Je m'attendais à ce que Bashir Ahmed soit reparti, mais il était encore là, le dos courbé sous son baluchon jaune. Il avait remis ses sandales.

— Entrez, lui enjoignit mon père.

Pour la première fois, Bashir Ahmed se glissa à l'intérieur sans afficher quoi que ce soit susceptible de s'apparenter à du plaisir. Il resta debout près du canapé, son baluchon à ses pieds.

Mon père ne l'invita pas à s'asseoir.

— Comment vous appelez-vous ?

— Bashir Ahmed.

Un long silence s'ensuivit.

— Où est madame ? demanda finalement Bashir Ahmed.

— Elle arrive.

— Ah.

Bashir Ahmed se tourna vers moi.

— Comment vas-tu, ma fille ? s'enquit-il en essayant sans succès d'afficher un air joyeux. Tout va bien ? Est-ce que tu travailles beaucoup à l'école ?

Je le regardai, bouche bée. On aurait dit un oncle nerveux qui arrivait avec les poches pleines de friandises pour masquer son malaise.

— Oui.

— Bien, bien, dit-il piteusement.

Mon père restait là, les bras croisés, sans faire le moindre effort pour entretenir la conversation. Enfin, par chance, ma mère descendit l'escalier, les cheveux enveloppés dans une serviette. Bashir Ahmed se tourna vers elle, visiblement soulagé.

— Aadaab, lui lança-t-il.

Il n'avait jamais utilisé cette salutation avec elle auparavant. C'était triste et solennel.

— Vous avez dit que vous aviez apporté quelque chose, lui rappela mon père.

— Oui, répondit aussitôt Bashir Ahmed.

Il sortit de sa poche une pêche, ronde et verte, avec un soupçon de rose. Il la tendit à ma mère, qui le remercia en la regardant à peine.

Un silence oppressant s'abattit sur notre salon. Bashir Ahmed s'éclaircit la gorge, désespéré.

— J'ai aussi apporté ça, pour votre fille, annonça-t-il en fouillant dans une autre poche.

Il plaça dans ma main un petit morceau de bois sculpté représentant un animal que je ne reconnaissais pas. Ça aurait tout aussi bien pu être un lion qu'une vache ou encore un cheval. Je caressai la tête lisse du bout de mon pouce. L'animal avait une cicatrice au niveau du ventre. Le couteau avait dû glisser.

— C'est mon fils qui l'a fait, expliqua-t-il avec une joie lasse. Je lui ai parlé de cette jeune fille très gentille et très intelligente à Bangalore, et il l'a fabriqué pour toi. Il m'a fait promettre de te le donner.

C'était clairement un mensonge. Le bois, vieux et patiné, avait la douceur de ces objets auxquels on tient. Mais j'ai refermé mes doigts autour et je l'ai remercié, en décidant que je le lui rendrais plus tard.

Pendant ce temps, mon père s'était un tantinet adouci.

— Vous avez dit être du Cachemire ? demanda-t-il à Bashir Ahmed.

— Oui, cher monsieur. Enfin, je ne viens pas de la vallée, mais des montagnes.

— Vous vivez là-bas ?

— Je travaille ici, cher monsieur, mais je viens juste d'aller rendre visite à ma famille.

— C'est de pire en pire là-bas. J'ai lu des articles à ce sujet, précisa mon père avec un hochement de tête. Ces pauvres pandits obligés de quitter leurs maisons et de s'enfuir au milieu de la nuit pour ne pas être assassinés, rien que parce qu'ils sont hindous ! C'est de la folie pure et simple. Et ces miliciens, de vraies bêtes sauvages. Sincèrement, je suis un peu surpris que vous soyez ici, monsieur Ahmed. J'aurais cru que vous préféreriez rester avec votre famille.

— Ah, dit simplement Bashir Ahmed.

Il lança un regard vers ma mère, mais c'était comme si elle était soudain devenue aveugle et sourde. Il se tourna à nouveau vers mon père. Il semblait avoir du mal à soutenir son regard.

— Ce qui arrive aux pandits est très triste, cher monsieur. Mais il n'y a rien de tout ça dans la vallée. Dans ma région, les hindous ne se font pas assassiner.

— Et tous ces Cachemiris qui traversent la frontière pour entrer au Pakistan, continua mon père sans l'écouter. Soi-disant pour suivre une formation, ou je ne sais quelles bêtises. Se qualifiant de combattants de la liberté, agitant des armes et criant des slogans comme s'ils savaient de quoi ils parlaient ! Là-dessus aussi, j'ai lu des articles. L'armée en a tué sept pas plus tard qu'hier, je crois.

D'une voix encore plus douce, Bashir Ahmed répondit :

— Oui, cher monsieur.

— Et donc ?

Mon père se pencha en avant, tel un avocat assidu dans une salle d'audience.

— Qu'en pensez-vous, monsieur Ahmed ?

— Qu'est-ce que je pense de quoi, cher monsieur ?

Mon père agita la main.

— De tout cela.

Je tournai la tête vers ma mère, mais elle fixait la pêche qu'elle avait toujours dans la main.

Pendant un long moment, Bashir Ahmed garda le silence. Puis il dit :

— Cher monsieur, je ne suis qu'un homme sans éducation. Je ne suis même pas allé jusqu'à la sixième. Je sais à peine lire. Ces sujets-là ne sont pas pour moi, mais pour les hommes importants et instruits comme vous.

J'écarquillai les yeux. Je n'avais jamais entendu Bashir Ahmed parler sur ce ton auparavant, pas même lorsqu'il racontait ses histoires. Un ton geignard et servile de servant obséquieux. Je vis ma mère hausser les sourcils, mais elle ne fit aucun commentaire.

— Voyons, monsieur Ahmed, vous devez bien en penser *quelque chose*, insista mon père.

Mais Bashir Ahmed secoua la tête avec entêtement, les yeux toujours baissés.

— Non, cher monsieur. Je vous en prie, ne m'interrogez pas sur ce genre de choses. J'essaie juste de vivre et de travailler afin de pouvoir nourrir ma famille, et j'aimerais que tous les Cachemiris, y compris les pandits, soient libres d'en faire autant. C'est tout ce que je sais.

Près de moi, ma mère se dandina d'une jambe sur l'autre. Mon père pencha la tête sur le côté, comme s'il réfléchissait au discours qu'il venait d'entendre. Puis, à ma surprise, il sourit et donna une tape sur l'épaule de Bashir Ahmed.

— Vous me plaisez bien, monsieur Ahmed, décréta-t-il.

Il sortit un mouchoir et se moucha.

— Si vous voulez mon avis, on aurait bien besoin de davantage d'hommes comme vous, surtout de nos jours.

Bashir Ahmed releva la tête, avec l'air de quelqu'un qui se croyait victime de moquerie.

— Monsieur ?

— Je le pense vraiment, assura mon père. Il y a beaucoup trop de gens dans ce monde qui fourrent leur nez dans des choses qu'ils ne comprennent pas et finissent par mettre un bazar sans nom. Je suis heureux de constater qu'il existe encore des personnes parmi nous qui savent que le plus important pour un homme, c'est de prendre soin de sa famille et de laisser ceux qui savent ce qu'ils font s'occuper du reste.

— Je suis d'accord avec vous, cher monsieur, dit Bashir Ahmed, même si son intonation semblait indiquer tout le contraire.

Mon père hocha la tête, satisfait.

— Vous êtes un homme bien, monsieur Ahmed. Je suis heureux de vous avoir rencontré.

Clairement soulagé que la discussion soit terminée, mais dans le même temps visiblement flatté par les compliments de mon père, Bashir Ahmed se tourna à nouveau vers ma mère.

— Madame, commença-t-il avec une formalité exagérée, aimeriez-vous voir quelque chose aujourd'hui ? Des kurtas ? Des châles, peut-être ?

Elle secoua la tête.

— Alors je ferais mieux d'y aller. Mes autres clients m'attendent.

— Je vous raccompagne, offrit mon père.

Il escorta Bashir Ahmed jusqu'à la grille, sans cesser de lui parler. Quand il revint, il paraissait enchanté.

— Bonne discussion ? demanda ma mère.

J'étais émerveillée. Son expression était ironique, amusée, totalement insensible. C'était comme si elle n'avait jamais rencontré Bashir Ahmed auparavant.

— Tu sais, je dois reconnaître que quand il est arrivé, je l'ai trouvé un peu dégoûtant, dit mon père entre deux reniflements sonores. Mais au final, il n'a pas l'air d'être comme les autres, en tout cas pas comme tous ces Cachemiris dont on parle dans les journaux ces temps-ci. C'est évidemment pour ça qu'il est ici à travailler au lieu d'être là-bas à semer le désordre. Il semble plutôt raisonnable, à vrai dire.

— Oh, comme je suis contente, murmura ma mère.

Mon père souriait de toutes ses dents. C'était comme s'il avait totalement oublié leur dispute du matin, la scène devant la salle de bains.

— Je lui ai dit que si jamais il avait besoin d'aide, il pouvait toujours venir vous trouver. Je suis sûr qu'il ne gagne pas un sou en faisant ce qu'il fait. Surtout avec une femme et un fils à nourrir.

Il renifla une nouvelle fois.

— Vendre des vêtements. Tu parles d'une vie !

C'était la première fois que j'entendais parler des événements qui se déroulaient au Cachemire au cours des années 1990 et, pendant longtemps, je n'en sus pas davantage. Bashir Ahmed revint trois jours plus tard, et ni lui ni ma mère n'évoquèrent mon père, ou la pêche que ma mère avait découpée en morceaux pour notre petit déjeuner le matin suivant. Je me rappelle que j'étais nerveuse à l'idée de le revoir, car j'avais perdu l'animal en bois. Il avait mystérieusement disparu de ma table de nuit. Quand j'en avais parlé à ma mère, elle avait été indifférente, comme à son habitude.

— Ça a dû tomber derrière ton lit. Je l'ai sûrement jeté avec les poussières sans m'en rendre compte après avoir balayé.

J'avais exploré ma chambre à quatre pattes, mais l'animal s'était bel et bien volatilisé. Je finis par rassembler mon courage pour l'avouer à Bashir Ahmed, qui m'assura que ce n'était pas grave. Néanmoins, je remarquai qu'il avait l'air un peu démoralisé.

Il resta assis sur notre canapé pendant un moment, les mains sur les genoux, avant de se lancer dans une histoire sur une belle femme très pauvre et dotée d'une voix extraordinaire. Je n'entendis jamais la fin de l'histoire, cependant, car ma mère, qui était de plus en plus agitée à mesure qu'il parlait, bondit soudain sur ses pieds.

— Allons-y, ordonna-t-elle en tapant dans ses mains.

— Où ça ? demanda-t-il, perplexe.

Elle lui lança un regard incrédule.

— Acheter un tapis, bien sûr.

Face à son air encore plus perplexe, elle soupira et expliqua qu'elle avait toujours voulu acheter un tapis cachemiri pour notre salon et qu'étant donné que Bashir Ahmed était là, il serait en mesure de l'aider à en choisir un. Elle avait entendu parler d'un magasin et elle voulait s'y rendre.

Bashir Ahmed secoua la tête.

— Mais je n'y connais rien en matière de tapis. Je vous l'ai déjà dit, je ne suis pas de Srinagar. Je viens des…

— Oui, des montagnes, je sais. Allez, venez avec moi.

— Mais…

Telle une enfant, elle plaqua ses mains sur ses oreilles.

— Je n'entends pas, chanta-t-elle très fort. Je ne vais rien écouter de ce que vous dites jusqu'à ce que vous vous leviez pour m'accompagner.

Sans surprise, elle obtint ce qu'elle voulait. Elle nous pressa de sortir puis de monter dans un rickshaw. J'étais assise entre eux deux, comme d'habitude. Avec nous trois et le baluchon de Bashir Ahmed, on était à l'étroit, mais ma mère paraissait ne pas s'en rendre compte. En dépit de ses injonctions de nous dépêcher, elle donna au chauffeur des instructions interminables quant au chemin à prendre, puis elle se laissa aller contre la banquette et se mit à fredonner.

Le chauffeur nous conduisit jusqu'à Commercial Street, une large artère centrale peuplée de magasins, avec un nombre incalculable de petites allées perpendiculaires qui accueillaient chacune des centaines de commerces. Elle nous guida comme un général jusqu'à la moitié de la rue, puis descendit quelques marches jusqu'à une grande boutique en sous-sol basse de plafond, remplie de tapis, de tapisseries chatoyantes et de boîtes en bois sculpté. Un petit homme obséquieux avec une énorme bague en rubis nous accueillit. Il appela et un garçon sortit de nulle part. Ensemble, ils entamèrent une danse qui consistait à soulever, dérouler et étaler un tapis après l'autre devant ma mère. Le propriétaire parlait d'une voix chantante, expliquait la trame et le tissage, invitait ma mère à retirer ses chaussures pour marcher sur la soie, ce qu'elle fit avec un plaisir non feint.

Pendant tout ce temps, Bashir Ahmed n'avait pas prononcé un mot. Il était assis près de moi sur un banc en bois, le dos courbé. Après environ quinze minutes, ma mère se tourna vers lui et indiqua d'un geste poli un des tapis que le propriétaire venait de nous montrer. Petit, d'un rouge sombre, comme une pomme sur le point de moisir.

— Qu'en pensez-vous ?

— C'est joli, répondit Bashir Ahmed d'un ton hésitant.

— Oui.

Un sourire apparut sur le visage de ma mère.

— Je crois que vous avez entièrement raison. Alors elle commença à marchander.

Elle était implacable. Le propriétaire tenta de se prétendre offensé quand elle indiqua un prix bien plus bas que le sien, mais elle l'ignora et continua à répéter le même nombre, encore et encore, comme si c'était le seul qu'elle avait appris de toute sa vie. L'expression du propriétaire passa d'accueillante à irritée, puis à outragée, pour enfin illustrer un épuisement renfrogné. Toujours assis, Bashir Ahmed semblait se poser la même question que moi, à savoir pourquoi elle nous avait amenés ici. Car cette escapade avec le tapis, si divertissante qu'elle fût, n'était certainement pas le but ultime qu'elle avait en tête. Il y avait autre chose, et on attendait tous les deux de découvrir de quoi il s'agissait.

Enfin, le propriétaire se rendit dans l'arrière-boutique, où il resta pendant un certain temps. Quand il en ressortit, il ordonna laconiquement au garçon d'emballer le tapis puis il disparut de nouveau sans nous dire au revoir.

Une fois dans la rue, ma mère se tourna vers Bashir Ahmed, le tapis roulé sous le bras, les joues rouges.

— Est-ce que vous avez vu sa tête ? murmura-t-elle d'une voix rauque. Il avait envie de me *tuer*, pas vrai ?

Elle rit.

— Et il l'aurait fait, si ça ne risquait pas d'être mauvais pour ses affaires.

Elle rit à nouveau, puis retrouva brusquement son sérieux.

— Trouvons un rickshaw, dit-elle.

Bashir Ahmed en héla un. Ma mère monta et je l'imitai. Bashir Ahmed, pour sa part, resta sur le trottoir. Ma mère sortit la tête du rickshaw.

— Qu'est-ce qui ne va pas ? Pourquoi vous ne grimpez pas ?

— Je peux rentrer à pied. Je ne suis pas loin de chez moi.

— Ah bon ? demanda-t-elle d'un air innocent.

Tous mes sens se mirent en alerte.

— J'ai oublié où vous habitez.

— Près de Russell Market.

— Oh, ce n'est qu'à dix minutes d'ici ! s'exclama-t-elle. Montez. On vous dépose.

— Non, répondit-il un peu trop vite. Non, merci. Je préfère marcher.

Elle fronça les sourcils.

— Ne soyez pas ridicule.

Il secoua à nouveau la tête. Mon cœur se mit à battre plus vite. Je compris alors ce qu'elle tramait, aussi clairement que si elle me l'avait murmuré à l'oreille. C'était ça qu'elle voulait depuis le début. Elle voulait voir l'endroit où il vivait.

— Bashir, insista ma mère avec une douceur trompeuse. Ne faites pas l'idiot, montez.

Il regarda une dernière fois autour de lui, désespéré, puis s'exécuta. D'un côté, j'avais Bashir Ahmed, totalement immobile, et de l'autre, ma mère qui faisait sautiller ses genoux, observant avec fascination tout ce devant quoi on passait.

Puis Bashir Ahmed dit :

— Arrêtez.

Le chauffeur s'arrêta.

— C'est quel bâtiment ? demanda ma mère en regardant dehors.

Il montra du doigt un affreux bâtiment qui faisait le coin d'une rue. Le rez-de-chaussée était occupé par une boucherie halal, avec des peaux rosâtres de chèvre suspendues à des crochets au plafond. Ma mère plissa le nez. Des balcons branlants dépassaient des étages supérieurs et l'écoulement des conduits avait laissé des rigoles noires sur les murs.

Bashir Ahmed sortit de la voiture, mais il ne se mit pas en route tout de suite. Il examina le bâtiment, puis ma mère.

— Je vous en prie, montez boire une tasse de thé avant de repartir, finit-il par proposer.

— Monter ?

En bonne menteuse qu'elle était, ma mère alla jusqu'à feindre la surprise, alors qu'elle savait pertinemment qu'une fois ici il serait forcé de nous inviter chez lui.

— Pourquoi pas ? Merci.

Elle paya le chauffeur et on le suivit dans l'escalier défraîchi, aux murs tachés de liquides sombres de nature indéterminée. Les deux paliers du bas étaient couverts de chaussures, mais celui du haut était poussiéreux et portait la marque d'une seule trace de pas. Bashir Ahmed ôta ses sandales. On l'imita.

Avant d'ouvrir la porte, il se tourna et souffla à la hâte :

— C'est très petit. Je suis désolé.

La pièce sombre était pleine de lits. Des matelas bosselés étaient allongés côte à côte, uniquement séparés par un minuscule passage étroit. Alors que j'avançais à pas prudents, l'odeur qui montait de chaque matelas envahit mes narines, une odeur qui n'était ni de la sueur ni de l'huile ni de l'urine ou du musc, mais quelque chose de si intime et profondément humain que j'en eus envie de pleurer. La fenêtre, obstruée par des barreaux et une moustiquaire, ne laissait pratiquement entrer aucune lumière. Seul un matelas comportait un drap qui traînait dessus, tordu et difforme, comme un homme qui aurait fait une chute depuis une très grande hauteur.

La vue des matelas réduisit momentanément ma mère au silence. Elle inspecta la pièce un long moment avant de prendre la parole.

— Je ne savais pas que vous viviez avec d'autres gens.

— Oui, on est huit normalement.

— Et vous êtes tous du Cachemire ?

Il hocha la tête.

— Où sont les autres ?

Il haussa les épaules, les yeux rivés au sol.

— Ils sont tous rentrés chez eux.

Elle le dévisagea.

— À cause de ce qui se passe là-bas ?

— Oui.

Elle examina à nouveau la pièce, son nouveau tapis toujours serré contre sa poitrine. Il n'y avait pas de chaises, il ne pouvait donc pas nous inviter à nous asseoir. Il garda la tête baissée et finit par dire :

— Je vais faire du thé.

Il partit dans ce qui devait être la cuisine et j'entendis un cliquetis de vaisselle en Inox. Ma mère commença à faire les cent pas entre deux matelas.

— C'est impossible, murmura-t-elle pour elle-même. C'est impossible.

— Amma, l'interrompis-je en mettant une main sur son bras. Rentrons à la maison, s'il te plaît.

Elle dégagea son bras et continua à arpenter la pièce. Puis elle s'arrêta, regarda une nouvelle fois autour d'elle et, tout à coup, son visage s'illumina. C'était une transformation aussi remarquable et terrifiante que de voir une mer agitée devenir soudainement calme. Elle laissa tomber le tapis avec un bruit sourd qui sembla faire trembler le carrelage bon marché. La seconde suivante, Bashir Ahmed sortit en courant de la cuisine.

— Est-ce que tout va bien ? demanda-t-il, paniqué. Qu'est-ce que c'était que ce bruit ?

— Quel bruit ? répondit-elle en regardant autour d'elle. Tout va bien. J'ai une question à vous poser.

Il se crispa.

— Oui ?

Ma mère fit un pas vers lui.

— C'est grave à quel point au Cachemire ?

— Comment ?

— Ne faites pas comme si vous n'aviez pas compris. Tous vos amis sont repartis, alors c'est grave comment ?

— Je…

Pour la première fois depuis que je le connaissais, il n'avait pas de réponse toute prête, pas de mot d'esprit pour la faire rire. Mais c'était aussi la première fois qu'ils parlaient du Cachemire.

— Grave, finit-il par chuchoter.

— Je vois. Dans ce cas, j'ai une autre question.

Il leva la tête.

— Qu'est-ce que vous faites encore ici ?

— Ici ? répéta-t-il avec hésitation.

— Oui. Ici. À Bangalore. Pourquoi est-ce que vous êtes ici ?

— Pour gagner de l'argent.

— Pour gagner de l'argent, singea-t-elle d'un ton moqueur. Vraiment, Bashir ? Vous croyez que je vais avaler ça ?

Il ne répondit pas.

— Et vos amis ? Que font-ils pour gagner de l'argent, eux ?

— Je ne sais pas.

— Suivent-ils une formation pour être militants ? Ont-ils passé la frontière ? Est-ce qu'ils combattent ?

— Je ne sais pas.

— Est-ce qu'ils sont avec leurs familles, au moins ?

Le volume de sa voix avait diminué jusqu'à ne plus être qu'un murmure froid.

— Oui. Je ne sais pas. Sûrement.

Elle fit un pas vers lui. Son visage n'était plus qu'à trente centimètres du sien.

— Donc, ils font *quelque chose.*

Il serra les poings et tous ses muscles se contractèrent, comme animés d'une envie de s'enfuir. Je le comprenais. Les lèvres sèches, ma mère se balançait d'avant en arrière et sa voix tremblait sous le coup d'une violence à peine contenue qui me faisait peur. Je fixais cette étrangère, cette folle qui elle-même fixait un Bashir Ahmed de plus en plus recroquevillé.

— Et *vous* ? Faut-il que je vous dise ce que vous faites ? Hein ? Faut-il que je vous dise pourquoi vous êtes ici et pas là-bas ? Le faut-il ?

Il me lança un regard. Il semblait aussi terrifié par ce qu'elle était susceptible de faire qu'embarrassé par ma présence. J'allais me détourner pour l'épargner, mais ce fut l'instant que ma mère choisit pour exploser. Elle fit volte-face et donna un coup de pied dans son tapis de toutes ses forces. Il produisit un bruit sourd qui dut lui plaire, car elle recommença. Enfin, elle pivota à nouveau et tendit un doigt accusateur vers lui.

— Parce que vous êtes un lâche, asséna-t-elle froidement. Un lâche. Les combats font rage chez vous et vous êtes là, à trimballer vos vêtements *ridicules*, à raconter vos histoires *ridicules*, à geindre « Oui, cher monsieur, non, cher monsieur » comme si de rien n'était. Qu'est-ce que vous êtes, un enfant ? Mon Dieu, qu'est-ce qui ne va pas chez vous ?

Elle balaya la pièce du regard avant de poser les yeux sur le tapis malmené.

— Vous voulez de l'argent ? demanda-t-elle avec un dédain affiché. C'est ça que vous voulez ? Alors tenez. Prenez ça. C'est à vous. Je vous le donne. Vous savez combien je l'ai payé et vous êtes un bien meilleur vendeur que cet idiot dans le magasin. Vous en tirerez dix fois le prix d'achat.

Elle tomba dans un silence abrupt. Pendant longtemps, personne n'esquissa un geste. Je me demandai si les gens de l'appartement du dessous écoutaient.

Puis Bashir Ahmed avoua tout bas :

— Vous avez raison.

Elle parut confuse.

— Quoi ? Qu'est-ce que vous avez dit ?

— Vous avez raison, répéta-t-il.

Il parlait toujours à voix basse, mais avec davantage de force qu'il n'en avait déployé pendant le reste de l'après-midi.

— Qu'est-ce que je fais ici ? Qu'est-ce que je pensais accomplir en abandonnant ma famille pour revenir à Bangalore ? Vous avez raison. Il y a quelque chose qui ne va pas chez moi.

Puis il tendit le bras et pointa la porte d'entrée du doigt.

— Sortez.

Ma mère le dévisagea.

— Je vous demande pardon ?

Il ne cilla pas cette fois.

— J'ai dit « Sortez ».

L'espace d'un instant, je crus qu'elle allait se jeter sur lui et l'attaquer physiquement. Mais elle tourna les talons et se dirigea vers la porte à grands pas.

Elle l'ouvrit, puis lança par-dessus son épaule :

— Rentrez chez vous, Bashir. Il n'y a rien pour vous ici.

Il ne répondit pas. Elle attrapa ses sandales d'une main et commença à descendre l'escalier crasseux, la tête haute. Sans oser croiser le regard de Bashir Ahmed, je la suivis, m'arrêtant uniquement en bas des marches pour enfiler tant bien que mal mes chaussures.

Ma mère était déjà pieds nus sur le trottoir. Je la rejoignis en courant.

— Amma, qu'est-ce qui va se passer ? Est-ce qu'il va s'en aller ?

Elle baissa les yeux sur moi. Ils étaient pleins de larmes, et cela me terrifia encore plus que la scène affreuse à laquelle je venais d'assister. Mais dans le même temps, je vis que la folle avait disparu, que ma mère était revenue.

— Shalini, j'ai commis une erreur, admit-elle d'une voix rauque.

J'attendis, persuadée qu'elle allait dire qu'elle avait été trop dure, qu'elle n'aurait pas dû perdre son sang-froid, qu'elle n'avait pas voulu lui faire de mal. J'attendis ces mots avec impatience, prête à remonter les marches en courant et à m'excuser en son nom auprès de Bashir Ahmed, prête à le supplier de lui pardonner.

— J'aurais dû dire au chauffeur de nous attendre, dit-elle avec impatience. Ça va prendre une éternité de trouver un autre rickshaw, maintenant.

Ce soir-là, quand mon père rentra de l'usine, il faillit trébucher sur la masse cylindrique qui traînait sur notre pas de porte et qui, une fois déroulée, dévoila un superbe petit tapis cachemiri de la couleur d'une pomme trop mûre. Mon père adressa à ma mère un regard interrogateur.

— Les livreurs, soupira-t-elle. Tu sais combien ils peuvent être négligents.

III

CHAPITRE 11

Je ne suis pas retournée au bureau avec Zoya. Au lieu de ça, je suis restée à la maison, comme je l'avais fait au début, à attendre Bashir Ahmed. Zoya a recommencé à laisser mon petit déjeuner sur un plateau. J'avais beau me lever aux aurores, elle était toujours partie quand je sortais de ma chambre, comme si elle m'évitait. Elle ne disait rien qui soit susceptible de me faire croire que c'était le cas, mais je savais qu'elle se sentait trahie. L'affection ténue qui avait commencé à se développer entre nous a cessé de grandir et, même si elle savait aussi bien que moi que ce jour arriverait, sa peine était palpable, et je ne pouvais strictement rien y faire.

Je passais de nouveau mes journées à ne rien faire. Je ne faisais pas la sieste, je ne regardais pas la télévision, je n'allais pas marcher par crainte de manquer Bashir Ahmed, par crainte qu'il ne frappe une fois, deux fois, puis abandonne et rebrousse chemin. Ce que je ressentais en l'attendant n'était pas de l'impatience pure, mais un mélange trouble de peur et d'empressement, d'enthousiasme et de réticence. À quoi ressemblait-il désormais ? Me reconnaîtrait-il ? Et s'il ne venait jamais ? Je posais ces questions à Saleem, qui rendait parfois visite à Abdul Latief le soir pour boire du thé et jouer aux cartes. Et chaque fois, il riait.

— Il viendra, mon enfant. Les gens de la montagne vont à leur rythme. Ce n'est pas comme vous, les gens de la ville. Il faut que tu sois patiente.

Puis, un jeudi après-midi, peu après le déjeuner, on a frappé à la porte. Je suis allée ouvrir et, l'espace d'une seconde, j'ai perdu l'usage de la parole. L'homme barbu qui se tenait sur le seuil portait un kurta marron boueux aux ourlets tachés. De toute évidence, il avait passé la majeure partie de sa vie dehors ; la peau autour de son nez ressemblait à de l'écorce. Il avait une bouche petite et sensuelle, et les dents du haut légèrement en avant. À l'exception de sa tempe droite grisonnante, ses cheveux épais étaient sombres et lui tombaient sur le front d'une façon qui m'était si familière que cela me fit l'effet d'une gifle. J'ai eu toutes les peines du monde à articuler :

— Oui ?

— Je m'appelle Riyaz, a-t-il annoncé en ourdou.

Puis, voyant que je ne répondais pas, il a ajouté :

— Bashir Ahmed est mon père.

Il m'a fallu un temps supplémentaire avant de parvenir à dire :

— Salaam walaikum.

C'était la première fois que je saluais quelqu'un de cette façon. Et même si sa voix était dénuée d'enthousiasme, j'ai été soulagée de l'entendre me répondre :

— Walaikum salaam.

J'ai regardé derrière lui, mais il n'y avait personne d'autre dans l'escalier.

Comme s'il lisait dans mes pensées, il a ajouté :

— Je suis venu seul.

— Oh.

Puis je me suis rendu compte que je bloquais le passage.

— Entrez, je vous en prie.

Il a d'abord hésité, avant de passer le seuil. Tandis qu'il regardait autour de lui, j'en ai profité pour l'observer à nouveau. Il existait une ressemblance avec son père au niveau du cou et de la mâchoire, mais là où Bashir Ahmed était grand et carré, aussi solide qu'une colonne, son fils était plus petit et plus compact. Il y avait chez lui une léthargie qui suggérait non pas de la paresse, mais, au contraire, une énergie à peine canalisée. Il a balayé la maison d'un regard puis a reporté son attention sur moi.

— C'est vous qui cherchez mon père ?

J'ai songé qu'il n'avait pas souri une seule fois.

— Oui. Je m'appelle Shalini. Je l'ai connu il y a des années, quand j'étais petite. À Bangalore.

Il a hoché la tête, mais il était clair qu'il n'écoutait pas. Il a inspecté la pièce une nouvelle fois puis s'est redressé, comme s'il avait pris une décision. Il a fixé sur moi un regard austère et étrangement distant, et juste avant qu'il ne prenne la parole, j'ai eu comme un flash. Appelez ça une prémonition, un présage, ce que vous voudrez, mais si j'avais pu faire un bond dans le futur et plaquer ma main sur sa bouche, si j'avais pu me jeter sur lui pour l'empêcher de parler, je l'aurais fait.

— Mon père est mort, a-t-il déclaré.

J'ignore combien de temps nous sommes restés là. Après son annonce, le visage de Riyaz s'est refermé comme une porte. Et moi ? La première pensée ridicule qui m'a traversé l'esprit a été qu'au moins, maintenant, je pourrais rester ici avec Zoya et reprendre mon travail au bureau. Mais il ne m'a pas fallu longtemps pour comprendre que ce serait impossible. La chambre verte avait à une époque été celle d'Ishfaaq, puis la mienne pendant un court laps de temps, mais d'autres personnes en auraient bientôt besoin, des personnes bien plus désespérées que moi. Une fois que j'ai assimilé cela, j'ai dû lutter de toutes mes forces pour ne pas me détourner de lui et me mettre à pleurer.

Bashir Ahmed était mort. Comme ma mère. Tous deux étaient désormais à jamais hors de ma portée. Je savais que j'aurais dû présenter mes condoléances à l'homme qui se tenait devant moi, mais j'étais incapable de parler. Riyaz, de son côté, commençait à avoir l'air mal à l'aise. Il remuait les doigts, comme s'il était en quête d'un objet familier, et il a regardé la porte derrière moi.

— Où sont les propriétaires ? a-t-il demandé avec brusquerie.

— Au travail. Ils seront de retour ce soir.

— Alors je reviendrai ce soir.

Sans me laisser le temps de répondre, il m'a dépassée et a dévalé l'escalier. Restée seule, j'ai fermé la porte et inspecté la salle vide, qui m'a soudain paru étrangère.

Abdul Latief est arrivé le premier, et je lui ai raconté ce qui s'était passé. Il m'a tapoté l'épaule d'un air triste.

— Je suis désolé.

Je ne supportais pas l'idée d'annoncer la nouvelle à Zoya, alors j'ai pris congé et je suis allée dans ma chambre. Je l'ai entendue rentrer, puis j'ai entendu leurs voix. J'ai attendu, partagée entre l'espoir qu'elle frappe à ma porte et celui qu'elle ne frappe pas.

Elle n'a pas frappé.

Puis, comme il l'avait annoncé, Riyaz est revenu dans la soirée. Assise avec Abdul Latief et Zoya, je n'avais pas touché à mon thé et une peau brune ridée s'était formée à sa surface. Saleem était là, lui aussi, qui battait les cartes. Zoya a ouvert la porte et il est entré, l'air surpris et pas franchement ravi de trouver tant de monde dans la salle.

— Salaam alaikum, a-t-il dit d'un ton bourru à Zoya.

— Walaikum salaam. Entrez, je vous en prie.

Pendant qu'il saluait Saleem et Abdul Latief, Zoya a apporté une tasse et lui a servi un thé, qu'il a bu d'une seule longue gorgée avant de poser la tasse et de la fixer avec colère. J'ai songé qu'il devait être soit extrêmement revêche, soit extrêmement timide.

— Comment s'est passé votre voyage ? s'est enquis Abdul Latief en ourdou pour tenter de le mettre à l'aise.

— Bien, a-t-il répondu sans lever le nez.

— J'espère que vous n'avez pas eu de mal à trouver la maison ?

— Non.

— Tant mieux, a dit Abdul Latief en coulant un regard vers son beau-frère.

— Je suis navré pour votre père, est intervenu Saleem de sa voix grave et musicale.

Riyaz a baissé la tête, mais il n'a pas répondu.

— Je suis également navré car cette jeune femme désirait fortement le voir. Elle a fait le voyage depuis Bangalore. Est-ce qu'elle vous l'a dit ?

J'ai attendu que Riyaz me regarde, mais il ne l'a pas fait.

— Je ne sais pas si vous êtes au courant, mais c'est à l'autre bout du pays, a nonchalamment ajouté Saleem. C'est un très long périple.

Abdul Latief a dû comprendre quelque chose qui m'échappait, car il a répété tel un écho :

— Oui. Un très long périple.

Zoya a levé les yeux de son tricot. J'étais la seule à ne toujours rien comprendre.

— Étant donné qu'elle est venue de si loin, a continué Saleem, je me disais que cela pourrait être agréable qu'elle visite votre village pendant quelques jours. Qu'en pensez-vous ?

Cette fois, Riyaz m'a dévisagée, d'un regard acéré lourd d'accusation. J'ai voulu secouer la tête pour lui montrer que j'étais aussi surprise que lui, mais il a détourné le regard presque immédiatement. Ensuite, Saleem a parlé pendant un long moment en cachemiri. Même si je ne comprenais pas un strict mot de ce qu'il racontait et qu'il ne se départait jamais d'une politesse absolue, il était évident que c'était lui, le détenteur de l'autorité. Saleem était raffiné, instruit et avait au moins trente ans de plus que Riyaz, qui ne devait avoir que quelques années de plus que moi. À mesure que Saleem parlait, une expression maussade de résignation s'est installée sur le beau visage de Riyaz. J'ai jeté un coup d'œil à Abdul Latief, qui retenait un sourire, puis à Zoya, qui avait repris son tricot. Quand Saleem s'est tu, Riyaz est resté immobile, à fixer le tapis jaune à motif qui recouvrait le sol. Puis il s'est levé d'un coup et s'est dirigé vers la porte.

J'ai cru qu'il allait partir, mais il s'est arrêté sur le pas de la porte, a sorti un petit téléphone portable et passé un appel rapide. Quand il a raccroché, il a remis le téléphone dans sa poche et est revenu à l'intérieur. Ignorant Saleem et portant uniquement son attention sur moi, il a dit :

— Est-ce que vous voulez voir notre village ?

Qu'étais-je censée répondre ? La vérité, c'était qu'à cet instant, voir son village était la dernière chose que j'avais envie de faire. Tout ce que je voulais, c'était retourner dans ma chambre verte, me glisser sous les couvertures et dormir. Puis, au réveil, je voulais prendre mon petit déjeuner avec Zoya et marcher avec elle dans les rues de Kishtwar jusqu'au bureau. Je voulais m'asseoir à côté d'elle au soleil sur notre banc en bois et l'écouter parler. Je voulais passer la soirée dans cette salle, avec Zoya qui tricotait et Abdul Latief qui regardait la télévision, jusqu'à ce que ce soit de nouveau l'heure de dormir. Alors non, je ne voulais pas voir le village de Riyaz, mais j'avais encore moins envie de montrer mon hésitation et qu'on me renvoie à Bangalore, à mon père en deuil, au travail que je n'avais plus, aux fêtes pendant les week-ends, à toutes les heures mortellement stériles intercalées entre tout cela. Alors j'ai répondu :

— Oui. Si ça ne vous dérange pas trop. Merci.

Riyaz a hoché la tête.

— Je vais chercher un taxi. Soyez prête dans dix minutes.

J'ai senti mon estomac se tordre.

— Attendez. *Maintenant ?* Vous voulez partir tout de suite ?

Il a froncé les sourcils.

— Ça pose un problème ?

Je n'ai pas été en mesure de trouver une réponse satisfaisante. Riyaz a adressé un hochement de tête à Saleem et Abdul Latief, visiblement aussi étonnés que moi par cette soudaine accélération des événements, puis il est sorti au pas de course. Après un silence ébahi, Abdul Latief a laissé échapper un rire incertain.

— Bon, au moins, on sait qu'il ne vous saoulera pas par ses paroles.

Je me suis levée pour me rendre dans ma chambre. J'ai sorti mon sac poussiéreux de sous le lit et je l'ai posé sur mes draps roses. Mes vêtements (des jeans et des tee-shirts, des sous-vêtements et un sweat) étaient organisés en deux piles dans le petit meuble bas. Je les ai mis dans mon sac, suivis de mon peigne, de mes sandales, d'un foulard accroché au portemanteau avec l'inscription en arabe et de mes affaires de toilette. En moins de cinq minutes, j'ai emballé tout ce que j'avais apporté ici. La chambre verte semblait intacte, se refermant comme de l'eau à la minute où j'en suis sortie.

Riyaz est revenu au bout de dix minutes, comme promis. Il n'est pas entré, mais a attendu en bas des marches. Abdul Latief et Zoya m'ont escortée jusqu'à la porte. Saleem m'avait simplement dit au revoir avant de prendre congé quelques minutes plus tôt.

Abdul Latief m'a souri et serré la main.

— Tous mes vœux. Je suis désolé que vous ne puissiez revoir l'ami de votre mère.

— Merci beaucoup.

— Ne nous remerciez pas. Revenez nous voir quand vous voudrez.

Zoya se tenait près de lui, impassible. Ce soir-là, elle portait sur la tête un foulard vert clair orné de délicates feuilles en fil doré.

— Est-ce que vous avez nos numéros de téléphone ? a soudain demandé Abdul Latief.

J'ai secoué la tête.

— Je reviens dans une minute.

Il a disparu dans la maison et je me suis tournée vers Zoya.

— Est-ce que vous le direz à Zarina ? Que je suis partie ?

Elle a légèrement incliné la tête et un sentiment de déception m'a envahie. Je me suis réprimandée intérieurement : de quel droit étais-je déçue ? Combien de fois s'était-elle tenue ici, sur ce même pas de porte, avec quelqu'un sur le point de partir, quelqu'un qu'elle avait logé et nourri et protégé, comme elle l'avait fait avec moi ? Cinquante fois ? Cent ? N'était-ce pas ce que Zarina avait tenté de me dire depuis le début ? Alors est-ce que ce n'était pas absurde et arrogant d'imaginer que les choses seraient différentes avec moi simplement parce que j'étais restée un peu plus longtemps ? Parce que j'avais marché avec elle au soleil pendant quelques jours ?

L'appel à la prière a démarré, chanté par un vieil homme. Nous avons écouté en silence tandis que sa voix naviguait de façon précaire entre les longues notes mineures. Puis j'ai entendu Zoya dire :

— Je vous préviendrai quand Ishfaaq reviendra.

Elle ne souriait toujours pas, mais son visage avait une sorte de qualité liquide, comme si quelque chose s'était adouci l'espace d'un instant pour couler dans ma direction. J'ai été prise d'une envie furieuse de m'asseoir sur leur pas de porte et d'éclater en sanglots.

— Oui, ai-je murmuré. S'il vous plaît. Prévenez-moi. Ça me ferait très plaisir.

Abdul Latief est revenu en brandissant un stylo et une feuille de papier. Il y avait déjà inscrit leurs deux numéros d'une grande écriture élégante.

— Nos portables, si jamais vous avez besoin de quoi que ce soit.

— Prenez le mien aussi, ai-je dit sans réfléchir, avant de me rappeler que je n'avais plus de portable. Mon numéro à Bangalore, je veux dire. Si jamais vous venez, vous séjournerez chez nous.

Il a ri.

— Je doute que votre famille ait envie que deux personnes âgées viennent les déranger.

Néanmoins, il m'a tendu le stylo. J'ai arraché un morceau de la feuille et ai inscrit notre numéro de fixe, en m'assurant que les chiffres étaient bien lisibles.

— Il n'y a que mon père, ai-je expliqué en lui tendant le bout de papier. Et il serait ravi de vous rencontrer.

— Un jour, peut-être.

— Inch'Allah, ai-je répondu, et il a ri de nouveau.
Arrivée à la moitié de l'escalier, je me suis arrêtée. Je tremblais. J'ai appuyé ma main contre le mur puis, consciente que Zoya m'observait toujours depuis le seuil, je me suis forcée à descendre le reste des marches. Une fois en bas, au lieu de céder à la tentation de me retourner, je me suis éloignée dans le crépuscule pour rejoindre Riyaz.

La nuée de taxis blancs était exactement comme dans mes souvenirs. Toutes les voitures étaient couvertes de poussière accumulée sur des centaines de routes et dégageaient de la chaleur comme les mastodontes d'un cirque. Courbée sous le poids de mon sac à dos, j'ai suivi Riyaz, me cognant à plusieurs reprises dans des gens et des voitures. Après un échange succinct en cachemiri avec un adolescent indifférent qui bayait aux corneilles, Riyaz m'a indiqué un véhicule particulièrement branlant, avec de la mousse jaunâtre qui dépassait des sièges lacérés. Une fois de plus, on a attaché mon sac à dos sur le toit. Une fois de plus, je suis montée en voiture et j'ai trouvé une place dans le fond, près de la fenêtre.

Un claquement de portière m'a fait sursauter. Le chauffeur était au volant. Riyaz avait pris le siège situé devant le mien et mes yeux restaient rivés à la naissance de ses cheveux, ce sillon qui dissimulait sa nuque. Ma voisine était une femme hindoue vêtue d'un kurta rouge sang à manches bouffantes, qui tapait à toute vitesse sur les touches de son portable. Son rouge à lèvres et son bindi[1] étaient du même rouge vif et ses cheveux lisses tombaient sur ses épaules comme des brins de paille. À côté d'elle, ses fils, des jumeaux habillés de tee-shirts

1. Point rouge tracé au milieu du front.

rayés identiques rentrés dans leurs jeans, étaient déjà endormis. Son mari, un homme à la carrure imposante avec les cheveux coupés ras, était assis à l'avant, à côté du chauffeur. De temps en temps, il se retournait pour lui dire quelque chose, et elle répondait sans lever le nez de son écran, d'une voix plus tranchante qu'une lame de rasoir.

Un rabatteur est passé pour collecter le prix de la course et j'ai payé sans hésiter, un détail qui m'a emplie d'une fierté silencieuse. Puis le taxi a quitté la place du marché, laissant derrière lui les échoppes à thé, les vendeurs et la mosquée carbonisée. Les magasins commençaient à fermer, les gens rentraient chez eux. J'ai aperçu une dernière fois le Chowgan immense peuplé d'ombres, avant de me retrouver de nouveau sur l'autoroute, au milieu des montagnes. Des lumières dans le bas de la vallée, des lumières sur les versants dans le lointain, des lumières des véhicules que nous dépassions, un éclat qui tombait sur mes épaules puis disparaissait. Des lumières d'un poste de contrôle de l'armée, où un soldat qui s'ennuyait nous a fait signe d'avancer. Des lumières de dizaines de stands de nourriture, dont les ampoules nues pendaient dans la brise tiède. Tout à coup, je me suis sentie épuisée à l'idée de devoir tout recommencer : l'arrivée, les présentations, le malaise, les explications. Déjà, la maison accueillante et familière de Kishtwar me manquait. En ce moment même, Abdul Latief devait être en train de s'étirer contre son traversin préféré et Zoya devait être dans la cuisine, à faire bouillir de l'eau. Il n'y aurait qu'un type de thé ce soir, une seule Thermos bleue.

Je ne savais pas du tout depuis combien de temps nous voyagions quand le taxi s'est arrêté. Je me suis redressée. Il faisait presque nuit noire autour de nous et j'ai entendu le martèlement de l'eau qui coulait. Il devait y avoir une rivière à proximité.

Devant moi, Riyaz s'est levé et a agité un doigt dans ma direction. Le chauffeur s'était déjà hissé sur le toit du taxi. J'ai montré mon sac et il l'a extirpé du reste des bagages avant de le lancer à Riyaz, qui a laissé échapper un grognement en le réceptionnant. Le chauffeur est redescendu et ses pieds nus ont touché le sol sans bruit. Il a repris place sur son siège, nous a adressé un dernier hochement de tête puis s'est remis en route.

J'ai regardé autour de moi. Nous étions sur la grande route, mais je distinguais des petits magasins de chaque côté, surmontés de petites chambres. Tout avait l'aspect improvisé et pourtant durable d'un bidonville. Il n'y avait personne dehors et pas de lumière aux fenêtres.

— C'est votre village ? ai-je demandé à Riyaz dans un murmure, sans savoir pourquoi je parlais tout bas.

— Non. Nous irons là-bas demain.

— Pourquoi pas maintenant ?

Il a attrapé mon sac et l'a mis sur son dos.

— Vous voulez vous casser les deux jambes dans le noir ? Allez-y.

Il a commencé à remonter le trottoir étroit. Puis, après quelques pas, il a semblé disparaître de la surface de la terre. J'ai frémi, sans toutefois être réellement étonnée. Tout paraissait possible ici. Je me suis précipitée vers l'endroit où il avait disparu. Entre deux bâtiments, un escalier abrupt longeait le versant de la montagne.

J'ai descendu les marches prudemment et j'ai été surprise de trouver davantage de bâtiments derrière les magasins qui bordaient la grande route. Une ville entière avait été construite à même le flanc de la montagne. Des maisons suspendues les unes au-dessus des autres, des magasins, des restaurants, des coiffeurs, même une petite école, le tout relié par des rues minuscules. Presque toutes les lumières étaient éteintes, à l'exception d'une lampe à un étage ici et là.

Riyaz m'a guidée à pas rapides jusqu'à une maison avec une véranda surélevée. Les lumières étaient encore allumées. Une jeune femme au long visage triste nous a ouvert la porte. Elle nous a fait traverser une petite salle remplie de meubles sombres et entrer dans une autre pièce qui accueillait un lit de camp au milieu d'un tas de sacs de jute.

— Vous pouvez dormir ici cette nuit, a annoncé Riyaz.

— Et vous ?

Il a froncé les sourcils.

— Ne vous en faites pas pour moi. Soyez prête tôt demain matin.

La fille au visage triste a refermé la porte et je me suis retrouvée seule dans la chambre. Il y régnait une odeur de terre froide, comme dans un cimetière. En proie à une peur irrationnelle, j'ai ouvert un des sacs et enfoncé la main à l'intérieur. J'ai senti quelque chose de lisse et de bosselé.

Des pommes de terre.

J'ai ri doucement. Qu'est-ce que je fabriquais ici ? Au début de ce voyage, j'avais été certaine de trouver Bashir Ahmed, certaine qu'une question vitale serait réglée si je le revoyais, mais est-ce que le deuil avait faussé ma logique ? Car Bashir Ahmed était mort, et où étais-je ? Dans une pièce remplie de pommes de terre, dans une ville perchée au-dessus d'une rivière, en compagnie d'un étranger revêche. Ma vie telle que je la connaissais s'était totalement volatilisée.

J'ai entendu un bruit et jeté un coup d'œil par la fenêtre. C'était Riyaz qui partait. La porte s'est refermée derrière lui et il a avancé jusqu'au bord de la véranda.

Il est resté là un moment, à examiner la rue, avant de plier les genoux et de sauter dans un mouvement aussi gracieux qu'inattendu. Les bras tendus, les orteils pointés à la manière d'un danseur, il est resté suspendu dans les airs pendant une fraction de seconde, toutes les lignes de son corps se détachant sur l'obscurité. Puis il a atterri sur la chaussée et s'est mis en route, et n'a pas tardé à disparaître au coin de la rue.

Le lendemain matin, j'ai été réveillée par un bruit de cloches. Deux mules se tenaient devant ma fenêtre. Des sacs blancs étaient accrochés sur leurs dos et elles tournaient la tête de droite à gauche avec la lenteur d'une vieille pendule. L'une d'elles a tendu le cou et brait, sa bouche sombre dévoilant une rangée de dents énormes.

La porte de ma chambre s'est ouverte et la fille a passé la tête à l'intérieur. À la lumière, j'ai vu qu'elle avait la peau grêlée et des yeux marron très doux.

— Vous êtes réveillée ? L'ami Riyaz est déjà venu trois fois. Je lui ai dit que vous dormiez encore.

Elle m'a apporté un petit déjeuner simple mais copieux composé de lait, de roti[1] et de beurre, et m'a montré une salle de bains glacée, où j'ai aspergé mon visage et mes aisselles d'eau. Puis, portant mon sac, elle m'a guidée à travers les rues étroites. Les magasins étaient ouverts, à présent. Certains appartenaient à des musulmans, d'autres à des hindous qui avaient allumé des bâtons d'encens devant des portraits de Lakshmi entourés de guirlandes. De l'eau brune ruisselait sur le sol, jonché de pelures de fruits, de gobelets en plastique et d'excréments de chèvre.

Riyaz attendait devant la vitrine d'un coiffeur, visiblement impatient.

1. Sorte de pain indien.

— Vous ne savez pas ce que « tôt » signifie ? a-t-il lancé en ourdou d'un ton cassant à la jeune fille, qui a rougi.

— Ce n'est pas sa faute, suis-je intervenue d'une voix ferme. J'étais fatiguée.

Il m'a adressé un regard irrité.

— Dans ce cas, j'espère que vous êtes prête à l'être encore plus. La montée est longue.

Il a pris mon sac des mains de la fille et s'est mis en route.

— Merci, ai-je dit à la jeune fille.

— Ne vous laissez pas impressionner par l'ami Riyaz, a-t-elle murmuré en serrant ma main dans sa paume moite, un sourire triste aux lèvres. Il aime être en colère, mais en réalité, il est très gentil.

— Je tâcherai de m'en souvenir.

Puis j'ai suivi Riyaz qui s'éloignait au pas de charge en direction de la rivière.

Nous avons descendu un chemin boueux parsemé d'excréments d'animaux, de sacs en plastique, de vieilles chaussures et de papiers de bonbons, jusqu'à arriver à un pont. Nous sommes passés entre les deux piliers en béton qui le soutenaient et je me suis arrêtée pour observer la rivière qui passait en dessous de nous. J'avais appris son nom à l'école quand j'étais enfant, c'était une des cinq plus grandes rivières du Nord, mais je n'étais pas préparée à quelque chose d'aussi vivant. L'eau était grise par endroits, bleue à d'autres, et verte un peu plus bas. Son rugissement était si fort qu'il semblait étouffer la lumière du soleil et donnait l'impression que nous étions à l'ombre. Le pont lui-même était un vieux pont de bois à la peinture verte écaillée, dont les poutres étaient entourées de câbles en métal aussi épais que mes cuisses. Il avait l'air solide et indestructible, mais au bout de quelques pas à peine, je me suis rendu compte qu'il craquait et se balançait violemment au-dessus de la rivière. Mon estomac s'est noué. J'ai avancé lentement, en gardant mes yeux fixés sur mes pieds. Cependant, une fois arrivée au milieu du pont, je n'ai pas pu résister et j'ai levé les yeux. Le paysage s'étendait sur des kilomètres en amont et en aval du cours d'eau et des montagnes menaçantes s'élevaient de chaque côté, avec tout cet immense ciel bleu entre leurs sommets. C'était à la fois terrifiant et grisant, et un bruit (un rire joyeux ou un gémissement effrayé, je n'étais pas sûre) s'est échappé de ma gorge, aussitôt emporté par le vent puissant qui soufflait dans la vallée.

De l'autre côté de la rivière, un temple hindou se dressait dans une prairie d'où partait un sentier escarpé, constellé de pierres brillantes et acérées. Riyaz avait déjà traversé et attendait que je le rejoigne. J'ai repensé à ce que m'avait dit la fille au visage triste. En arrivant à son niveau, et avec toute la gentillesse dont j'étais capable, j'ai dit :

— Merci de m'emmener dans votre village, Riyaz. C'est très gentil à vous. Votre père en parlait tout le temps. Je suis très heureuse de le découvrir enfin.

Il m'a dévisagée et, pendant un moment, j'ai cru qu'il n'allait pas répondre. Puis il a répliqué :

— Si vous voulez mon avis, essayez de contenir votre joie, au moins pendant qu'on monte, autrement vous allez vouloir vous reposer toutes les deux minutes, et on mettra encore plus longtemps à arriver. Le trajet est déjà suffisamment long.

Là-dessus, il a soulevé mon sac, l'a mis sur son dos et s'est remis en route. Une partie de moi avait envie de tourner les talons et partir dans la direction opposée, mais je n'avais plus le choix. Je lui ai emboîté le pas en silence, en partie parce que je ne savais pas quoi lui dire, et bientôt parce que je n'avais plus assez de souffle pour dire quoi que ce soit. Il disait vrai. L'ascension, facile au début, est rapidement devenue éprouvante. Mon halètement résonnait de manière obscène dans l'air figé et brûlant. Les pierres s'enfonçaient dans les semelles de mes baskets. Une de mes cuisses me faisait mal, à cause d'une vieille blessure de natation. Parfois, des gens nous dépassaient, avec des cargaisons posées en équilibre sur leur tête ou accrochées dans leur dos : des baluchons en tissu, des boîtes en fer-blanc, et même un mouton gris perché sur les épaules d'un homme qui m'a regardée d'un air sombre.

Riyaz continuait à grimper à un rythme soutenu. Je le soupçonnais de tester mes limites, alors chaque fois qu'il regardait par-dessus son épaule, je me forçais à me tenir bien droite, un demi-sourire insouciant accroché à la face. Néanmoins, dès qu'il tournait à nouveau la tête, je m'affaissais comme un pantin abandonné par son marionnettiste. Le flanc de la montagne formait un à-pic sur notre droite. Des terrasses avaient été aménagées, chacune accueillant un champ de maïs. Le sentier était bordé d'arbres aux troncs tordus qui fournissaient une ombre salvatrice. J'aurais tout donné pour m'allonger en dessous de leurs branches et clore mes paupières brûlantes, mais après ce que Riyaz avait dit, je n'allais certainement pas lui demander de faire une pause. Et le soleil… Le soleil était partout. Il se faufilait entre deux branches, coulait le long des feuilles, se reflétait dans le sable. Mes vêtements étaient trempés de sueur. Je voyais flou. À un moment, j'ai cru voir une grande silhouette mince juste derrière moi. J'ai failli crier, avant de comprendre que ce n'était que l'ombre d'un arbre dont les branches s'étendaient au-dessus du chemin.

Plus tard, je découvrirais que nous avions gravi un dénivelé de mille deux cents mètres ce jour-là. Après ce qui m'a semblé une éternité, j'ai aperçu une maison aux murs en terre, puis une autre, construite à même le versant. J'ai vu des tiges de maïs couvertes de feuilles effilées. J'ai vu la tige d'une citrouille serpenter sur le chemin, avec ses feuilles déployées qui brillaient comme des taches d'huile. Riyaz a brusquement quitté le chemin principal pour emprunter un minuscule sentier. Nous avons enjambé un conduit d'évacuation d'eau et nous sommes dirigés vers une petite maison en terre aux murs bleu ciel, avec un toit plat en terre battue. Un porche en terre battue également s'étendait sur le devant. Dans un coin s'élevait un arbre magnifique aux délicates fleurs roses. Un épagneul couleur miel a couru vers nous en aboyant, avant de se coller aux mollets de Riyaz puis de renifler vigoureusement mes chevilles.

À travers le brouillard de mon épuisement, j'ai aperçu une femme âgée sur le porche. Elle avait le visage profondément ridé, les yeux enfoncés dans leurs orbites, identiques à ceux de l'homme qui se tenait devant moi. Elle était pieds nus. Un salwar vert délavé habillait ses jambes arquées. Un foulard décoloré, trop chaud pour la saison, lui couvrait la tête. Ses lèvres pincées n'affichaient pas la moindre hospitalité.

— Ma mère, a annoncé Riyaz. Elle avait hâte de vous rencontrer.

CHAPITRE 12

J'étais assise, seule, dans une pièce aux murs en terre, dont le bas était peint dans le même bleu ciel que l'extérieur de la maison. La moitié supérieure était nue et la ligne entre le bleu et le marron courait tout autour de la pièce tel un horizon inversé, uniquement interrompue par un placard en bois blanc plaqué contre un des murs. Le sol était jonché de traversins, exactement comme chez Zoya et Abdul Latief, sauf que ceux d'ici étaient vieux, délavés et déformés par des années de bons et loyaux services. Un matelas élimé se trouvait sous la seule grande fenêtre, qui offrait une vue époustouflante sur une succession interminable de sommets, qui devenaient de plus en plus pâles à mesure qu'ils s'éloignaient, comme si la lumière créait une illusion d'optique se reflétant à l'infini.

Un bruit à la porte m'a fait lever les yeux. C'était la vieille femme, la mère de Riyaz. Elle n'est pas entrée, elle est demeurée sur le seuil à me regarder. J'ai ouvert la bouche pour parler, mais quelque chose m'en a dissuadée. À la place, je suis restée assise là, pendant qu'elle m'examinait. Elle ne semblait pas pressée. Son visage était aussi froid que celui d'un chirurgien face à un corps anesthésié. Je ne parvenais pas à déchiffrer son expression, ni à y trouver la moindre once d'hospitalité, de curiosité ou de joie. Cela paraît sûrement étrange, mais le plus exact serait de dire qu'elle me *mémorisait*, qu'elle apprenait mes traits dans un but connu d'elle seule. Je frémis sous son regard, tout en le trouvant étrangement réconfortant.

Elle m'a scrutée pendant quelques instants encore, puis elle a tourné les talons et s'en est allée. Cinq minutes plus tard, elle est revenue avec du thé et une assiette de petits pains. Riyaz l'accompagnait. Il avait aspergé d'eau son visage et ses cheveux, qui brillaient là où des gouttes s'accrochaient encore.

— Ma mère m'a chargé de vous dire qu'il y a du thé dans la cuisine si vous en voulez.

— Elle ne parle pas hindou ou ourdou ?

— Non, seulement cachemiri.

Je l'ai regardée de nouveau. La femme de Bashir Ahmed. C'était donc elle, la femme dont l'absence avait été présente pendant tous ces après-midi où Bashir Ahmed racontait ses histoires, où ma mère avait ri et souri, où je n'avais pas osé les quitter des yeux par peur qu'on ne me les prenne si je me laissais distraire ne serait-ce qu'une seconde. Cette femme avait été là avec nous pendant tout ce temps, la femme invisible que personne n'osait mentionner. Soudain, je me suis sentie timide, gênée face à elle.

— Comment s'appelle-t-elle ? ai-je demandé à Riyaz.

— Khadijah.

— Pouvez-vous lui dire que je suis heureuse de la rencontrer ?

Riyaz a traduit en cachemiri. Elle lui a répondu quelque chose de bref. Il a hoché la tête.

— Elle dit que vous devriez boire votre thé avant qu'il refroidisse.

Ils ont quitté la pièce ensemble, me laissant seule à nouveau. J'ai attrapé la tasse ébréchée et un petit pain. Il était tiède, léger et délicieux, et le thé était salé. J'ai bu et mangé tout ce que Khadijah avait disposé devant moi, puis j'ai attendu qu'ils reviennent. Mais ils ne sont pas revenus, et même si je luttais de toutes mes forces pour rester éveillée, c'était comme si mon corps avait absorbé tous ces mètres que je venais de gravir et qu'ils se transformaient en kilos qui pesaient inexorablement sur mes muscles endoloris et les plaquaient contre le tapis qui couvrait le sol. Je me suis traînée jusqu'au matelas sous la fenêtre et je me suis endormie. À un moment, j'ai vaguement refait surface et découvert qu'on avait débarrassé ma tasse et mon assiette, mais j'ai sombré à nouveau avant d'avoir le temps de me demander lequel des deux s'en était occupé.

* * *

Quand je me suis réveillée, j'avais les idées relativement claires. J'ignorais tout de l'heure qu'il était, mais la brume dense du sommeil qui m'avait enveloppée s'était dissipée. J'étais toujours seule dans la pièce. Il faisait grand jour et les montagnes semblaient découpées dans du papier. Je me suis levée avec précaution. J'étais courbaturée, mais à part ça, je n'avais pas l'air en trop mauvais état. J'ai traversé le petit couloir en direction de la porte d'entrée. À droite se trouvait une petite cuisine que je ne me rappelais pas avoir vue en arrivant. Elle était vide, à l'exception d'une marmite noire de suie posée sur un fourneau en terre battue qui avait été creusé dans le mur, à ras du sol. Où diable étaient Riyaz et sa mère ?

Le porche était aussi vide que le reste de la maison. Une demi-douzaine de poules picoraient au hasard au milieu d'un grand parterre de fleurs d'oranger. Quand je suis sortie de la maison, elles ont abandonné leurs fouilles et se sont rassemblées autour de moi, pleines d'espoir.

À cet instant, une jeune femme est apparue de derrière la maison. Elle s'est figée en me voyant, puis un immense sourire s'est formé sur son visage.

— Vous êtes enfin réveillée ! s'est-elle exclamée en ourdou comme si nous nous étions déjà rencontrées.

— Oui, ai-je répondu en clignant des yeux.

— Est-ce que vous avez bien dormi ? Comment vous sentez-vous ? Vous êtes encore fatiguée ?

— Un peu, mais je vais bien, merci.

Elle avait des yeux noisette et une bouche amusante. Son long foulard violet et rouge vif pendait dans le dos de son kurta.

— Je suis désolée, ai-je fini par bafouiller, mais qui... ?

Elle a ri.

— Je m'appelle Amina. Je suis la femme de Riyaz. Il ne vous a pas dit ?

Elle avait prononcé son prénom sans la moindre timidité. J'ai secoué la tête.

— Savez-vous quelle heure il est ? ai-je demandé.

La question a dû lui sembler hilarante, car elle a ri de nouveau.

— L'heure ? On est le jour d'après ! Vous avez dormi... quinze heures, je dirais. Je n'avais jamais vu quelqu'un dormir aussi longtemps.

Je me suis sentie rougir.

— Je suis désolée.

— Non, non, a-t-elle protesté en agitant la main. Vous étiez fatiguée. Venez prendre le petit déjeuner.

La cuisine était immaculée, peuplée d'étagères en terre battue où s'entassaient des pots en étain bosselés, quelques assiettes en fer-blanc, des verres et trois ou quatre marmites noircies par le feu. Elle a sélectionné des bouts de bois dans le tas qui se trouvait dans un coin et les a placés dans le fourneau avec dextérité.

— Asseyez-vous, a-t-elle dit en indiquant un tapis en paille tissé.

Je me suis exécutée et je l'ai observée pendant qu'elle allumait le feu, penchée en avant, soufflant pour encourager la flamme naissante.

— Vous vous appelez Amina, c'est ça ?

Elle a hoché la tête sans quitter des yeux le feu qui prenait lentement.

— Je m'appelle Shalini.

— Je sais, a-t-elle répondu en souriant. C'est moi qui ai dit à Riyaz de vous amener ici.

J'ai été incapable de dissimuler ma surprise.

— Vous ?

— Oui. Il m'a dit que vous cherchiez Bashir.

— Oui.

— Vous le connaissiez ?

— Je l'ai rencontré il y a longtemps. Quand j'étais enfant. Je pensais qu'il serait… Enfin, je ne savais pas jusqu'à ce que Riyaz m'annonce que…

Je me suis tue. La jeune femme a pris un air compatissant, puis elle a tapé dans ses mains avec vivacité et déclaré :

— Enfin, vous êtes ici, maintenant. Une fois que vous aurez mangé quelque chose, je vous ferai visiter le village.

— Merci. Je ne vous dérangerai pas longtemps. Je repars dans un jour ou deux.

La joie se lisait de nouveau sur son visage. Elle a haussé les sourcils.

— Vous venez juste d'arriver, et vous parlez déjà de repartir ? Vous détestez cet endroit à ce point ?

— Ce n'est pas du tout ce que je voulais dire, me suis-je empressée de répondre. Simplement, je…

Elle a éclaté de rire.

— Je vous taquine. Cela dit, absolument rien ne vous oblige à vous sauver si vite. Vous êtes comme mes poules dehors. Venez là une seconde, je vais vous montrer.

Elle a attrapé une des boîtes en étain sur une étagère au-dessus du fourneau et est allée à la fenêtre de la cuisine, qui donnait sur le porche. Elle a enfoncé la main dans la boîte et en a ressorti une poignée de riz qu'elle a lancée en pluie dehors. Les poules ont débarqué des quatre coins du porche avec une rapidité impressionnante. Leurs griffes puissantes enfoncées dans la terre, elles donnaient des coups de bec furieux pour défendre leur espace, dans un tourbillon de plumes et de poussière.

— Vous avez vu comme elles courent vite ? a dit Amina. Je vais vous appeler « cocotte » à partir de maintenant.

Son sourire était si comique et communicatif que je n'ai pas pu m'empêcher de lui sourire en retour. La maussaderie pesante de Riyaz ne se retrouvait pas chez elle, de même que l'observation distante de sa belle-mère. Elle est retournée aux fourneaux et a préparé des parathas, qu'elle a cuits deux par deux puis séparés en moitiés incroyablement fines et translucides. Je les ai dégustés avec une bonne dose de beurre et plusieurs tasses de thé. Puis Amina s'est levée et s'est essuyé les mains sur le devant de son kurta.

— Ça va ? Vous voulez aller marcher un peu ?

J'ai hoché la tête. Compte tenu de l'ascension éreintante de la veille, je me sentais étonnamment en forme.

— Alors allons-y.

D'abord, elle m'a fait visiter leur maison. Très petite, elle se composait d'un couloir central qui desservait la cuisine, la petite pièce dans laquelle j'avais dormi, et une autre pièce que j'ai à peine eu le temps de voir avant qu'Amina ne referme la porte. J'ai juste aperçu un matelas sur le sol entouré de piles désordonnées de vêtements, ainsi qu'un grand drap coloré accroché au mur telle une tapisserie. J'ai supposé qu'il s'agissait de la chambre où elle et Riyaz dormaient. Après ça, Amina m'a emmenée sur le porche en terre battue et montré les toilettes extérieures, basiques mais d'une propreté impeccable, avec des W.-C. surélevés et un tuyau d'évacuation. Nous avons descendu un sentier boueux qui menait à une grange rudimentaire en pierres avec une ouverture en guise de porte. Je me suis rendu compte que ça avait été bâti directement à même le versant et que le porche en constituait le toit. Une vache rousse et blanche et un petit veau noir étaient attachés à un rondin dehors.

— Il est né le mois dernier, a indiqué Amina en hochant la tête en direction du veau. On a deux mules, aussi.

— Où sont-elles ?

— Avec Riyaz. Il s'en sert pour le travail.

— Le travail ?

— Oui. Il est transporteur. Matériel de construction, riz, blé, huile… Les gens lui disent ce qu'ils veulent, et il rapporte tout ça de la ville dans la vallée, là où vous avez passé la nuit.

— Il fait le trajet à pied tous les jours ?

Elle a ri face à mon air étonné.

— Parfois même deux fois par jour.

Nous sommes remontées sur le porche et elle a montré du doigt le bout de leurs terres. Un pin immense indiquait l'endroit où leur champ s'arrêtait et où commençait celui des voisins. Le pin donnait l'impression d'être en train de se tordre. J'ai cru que mes yeux me jouaient des tours, jusqu'à ce qu'Amina me dise d'une voix lugubre :

— Les corbeaux. Ils sont trop nombreux pour qu'on réussisse à s'en débarrasser. Ils mangent tout. Du maïs, normalement, ou parfois une de nos poules. C'est même déjà arrivé qu'ils volent des chiots.

Elle m'a ensuite fait visiter le village lui-même. Dans ma tête de citadine, je m'étais toujours imaginé les villages comme des grappes de petites maisons collées les unes aux autres, mais ici, les maisons s'étalaient partout sur le versant de la montagne. On aurait dit des jouets colorés jetés négligemment ici et là, séparés par d'étroites crêtes rocheuses et des champs de maïs en terrasses. Les sentiers couraient près du bord ; de temps en temps, des pierres glissaient sous mes pieds et roulaient le long du versant, plus bas que là où mes yeux osaient s'aventurer. Quand j'ai trébuché pour la troisième fois, Amina s'est tournée vers moi et m'a examinée.

— Penchez-vous un peu en avant, m'a-t-elle conseillé. Comme ça, vous ne tomberez pas.

J'ai obéi et je me suis aussitôt sentie plus stable.

— Et quand vous descendez, penchez-vous légèrement en arrière.

Elle m'a emmenée jusqu'à ce qui s'approchait sûrement le plus d'une place de village, une clairière qui accueillait une petite boutique construite en bois sombre et en pierres, et une petite mosquée blanchie à la chaux, dont le toit en tôle ondulée culminait en une tour étincelante. Un homme en kurta était occupé à la peindre, attaché au moyen d'une simple corde, de la peinture d'un vert éclatant s'écoulant de son pinceau. Devant la boutique, un banc en bois étroit était occupé par un groupe d'hommes très âgés à la peau ridée et tachetée, vêtus de grosses vestes foncées. Alignés comme une rangée de poupées au soleil, tous observaient le peintre. Quand Amina et moi sommes arrivées, ils ont tourné la tête vers nous comme un seul homme. Amina les a salués et m'a présentée. Ils ont hoché la tête à l'unisson, puis se sont replongés dans la contemplation du travail du peintre. Amina m'a fait un clin d'œil et est entrée dans la boutique. Il y régnait une forte odeur de paraffine et de céréales. Les murs étaient couverts d'enfilades serrées d'étagères qui semblaient abriter toutes les marchandises possibles et imaginables, des serviettes aux ceintures en passant par des miroirs de poche et des gâteaux. Le commerçant a attrapé le petit pain de savon qu'Amina lui a réclamé sans prendre la peine de se lever, tout en me gratifiant d'un regard curieux au passage.

Nous avons rebroussé chemin sous un soleil éclatant. Pendant tout le trajet, j'ai essayé de m'habituer à l'étrangeté de cet endroit, à son immensité. Je me suis aperçue que je n'y avais pas du tout été préparée. Bashir Ahmed nous avait souvent parlé des montagnes, et pourtant, les images que cela avait fait naître dans mon esprit étaient imprécises. Ce n'étaient que des clichés tous sortis de films ou de livres : des clairières paisibles parsemées de petites fleurs jaunes, des troupeaux de vaches qui broutaient tranquillement. Alors que cet endroit, ces à-pics vertigineux, ces sentiers étroits, ces petites maisons en terre battue accrochées au flanc de la montagne comme des moules à leur rocher… je n'avais rien imaginé de tel. De là où nous étions, je parvenais à distinguer d'autres toits brillants sur des versants éloignés. Sûrement d'autres maisons, d'autres villages.

Nous sommes arrivées à la maison en même temps que la mère de Riyaz, qui venait de la direction opposée, une faucille à la main, le visage dissimulé par une énorme gerbe d'herbes qu'elle tenait en équilibre sur sa tête. Depuis le porche, Amina et moi l'avons regardée donner de l'herbe à la vache, qui s'est aussitôt mise à manger. J'ai pris conscience qu'Amina m'observait.

— Est-ce que c'est très différent d'ici, chez vous ?

— Très, oui.

— Parfait. Dans ce cas, vous allez pouvoir profiter encore plus de cet endroit.

— Merci. Mais comme je vous l'ai dit, je ne vais pas vous déranger longtemps.

Elle a souri de toutes ses dents.

— Vous essayez encore de vous sauver ? Cocotte est vraiment le surnom parfait pour vous.

La mère de Riyaz a fini de nourrir la vache et nous a rejointes sur le porche pour décrocher le linge d'une corde tendue entre deux poteaux en bois. Elle ne nous a pas dit un mot, et j'ai ressenti la même timidité en sa présence que la fois précédente.

— Rentrons, cocotte, m'a dit Amina. Je dois préparer le déjeuner.

Nous avons regagné la cuisine sombre et fraîche, où Amina a découpé des feuilles d'épinard qu'elle a mises dans un saladier. Alors que je la regardais faire, un petit garçon d'environ cinq ans est entré dans la pièce, en traînant un sac à dos derrière lui. Il portait un uniforme scolaire, une chemise à carreaux blancs et bleus rentrée dans un pantalon bleu marine. Dès que je l'ai vu, la ressemblance m'a sauté aux yeux. C'était la copie conforme de Bashir Ahmed. Les mêmes yeux verts, la même peau mate qui rendait ses iris encore plus lumineux. La seule différence résidait dans le fait que le visage de Bashir Ahmed était buriné et ridé, tandis que ce garçonnet avait des traits d'une beauté délicate, avec de longs cils fournis et une bouche joliment de travers comme celle d'Amina.

— Aaqib, viens ici, lui ordonna cette dernière. Voici mon fils, Aaqib.

Je lui ai tendu la main. Il l'a serrée d'un air solennel tandis que le fantôme d'un sourire flottait sur ses lèvres.

— Va vite retirer ton uniforme.

Il a détalé, sans se départir de ce sourire secret, traînant son sac à dos.

Je n'ai pas pu me retenir de faire remarquer :

— C'est le portrait craché de Bashir Ahmed.

Amina a souri mais n'a fait aucun commentaire. Elle a mis les épinards dans une poêle où des oignons étaient déjà en train de frire, et le sifflement et l'odeur m'ont enivrée. Je me suis soudain aperçue que j'avais une faim de loup.

Peu après, la mère de Riyaz nous a rejointes, ainsi qu'Aaqib, désormais vêtu d'un jean et d'un tee-shirt blanc sale avec l'inscription *Superstar Happy* en lettres roses enjolivées. Nous avons déjeuné tous ensemble, le silence interrompu uniquement par Amina pour m'encourager à me resservir une deuxième, puis une troisième fois. Le plat était épicé et absolument délicieux. Aaqib mangeait comme un chat, tapi près de sa grand-mère, nettoyant soigneusement son assiette du bout de ses petits doigts habiles. La mère de Riyaz a très peu mangé, sans afficher le moindre plaisir ou contentement, et a quitté la cuisine sitôt son assiette terminée. Un instant plus tard, je l'ai aperçue par la fenêtre, balayant vigoureusement le porche avec un balai en paille. Amina a souri.

— Ma n'aime pas rester à ne rien faire.

Elle a catégoriquement refusé que je l'aide à débarrasser et nettoyer. En revanche, elle a insisté pour que je me repose un moment. Je suis donc retournée dans la chambre où j'avais passé la nuit et me suis assise sur le matelas, face aux montagnes aux contours vaporeux.

J'y étais. Qu'est-ce que ma mère aurait pensé de cet endroit ? J'ai tenté de l'imaginer assise en face de moi, le menton appuyé sur un genou, à contempler l'horizon. Mais l'image se dissipait sans cesse. J'ai fini par abandonner et glisser dans une agréable somnolence, vaguement consciente que la lumière commençait à faiblir dans le ciel.

C'est l'appel à la prière du soir qui m'a réveillée, chanté par un adolescent à la voix cassée mais déterminée. Je me suis rendue sur le porche, où se trouvait Amina. Elle a attrapé un pot en fer posé près de la porte.

— Vous êtes-vous bien reposée ?

— Oui, merci.

Elle m'a montré le pot.

— Je vais traire la vache. Est-ce que vous voulez m'accompagner ?

Je l'ai suivie jusqu'à la petite grange. Le soleil venait de se coucher et, au-dessus de nous, des bandes éclatantes d'orange et de rouge hachaient le ciel. La vache et le veau n'étaient plus devant la grange, mais on entendait le bruit de leurs sabots à l'intérieur. Amina est entrée et je l'ai imitée.

Il faisait sombre et humide à l'intérieur, et il flottait une odeur de paille, de peau d'animaux et de vieille bouse. Attachée, la vache se tenait près du mur du fond, la croupe tournée vers nous. Quand nous sommes entrées, elle a tourné la tête et nous a lancé un regard suspicieux. Son veau se tenait derrière elle, attaché pile hors de sa portée. Amina a posé le pot et détaché le petit, qui s'est précipité vers sa mère et a commencé à téter. Elle l'a laissé boire pendant un moment, puis l'a ramené à son poteau pour le rattacher.

Elle s'est ensuite emparée du pot et s'est accroupie près de la vache, dont la robe paraissait presque noire dans l'obscurité. Ses mains ont rapidement trouvé les pis roses tachetés. Elle a tiré à quelques reprises puis a courbé les doigts en une vague élégante qui allait de son pouce à son auriculaire. Un jet de lait a jailli et percuté le pot avec un doux tintement métallique. Elle a rapidement adopté une cadence régulière. Debout à côté d'elle, j'observais le liquide couleur ivoire qui commençait à mousser dans le pot. Le spectacle était hypnotique. J'y ai assisté, fascinée, jusqu'à ce qu'Amina tourne la tête vers moi.

— Vous voulez essayer ?

— Moi ?

Elle a ri.

— Pourquoi pas, cocotte ?

En effet, pourquoi pas ? Je me suis accroupie et elle m'a montré comment coincer le pot entre mes genoux, comment tenir les pis, qui avaient à la fois la texture du caoutchouc et du velours. J'en ai attrapé un et j'ai appuyé. Rien. La vache m'a lancé un coup d'œil blasé.

— Essayez encore.

Après ce qui m'a paru être des heures, j'ai réussi à faire couler un pathétique petit filet. Courbaturée et démesurément fière de moi, je me suis levée et j'ai tendu le pot à Amina.

— Vous vous en êtes très bien sortie pour une première fois. À partir de demain, je dors et vous travaillez, m'a-t-elle taquinée.

Quand nous sommes ressorties de la grange, l'air frais du soir a instantanément asséché la pellicule de sueur qui recouvrait ma peau. En dépit de ma fatigue, j'ai ressenti une étincelle de pur plaisir.

— Merci, ai-je dit à Amina.

— De quoi ?

— De m'avoir laissée venir ici.

Elle a ouvert la bouche, mais avant qu'elle puisse répondre, j'ai entendu un tintement de cloches qui se rapprochaient et elle a penché la tête.

— C'est Riyaz.

Deux mules marron, semblables à celles que j'avais vues dans la ville au bord de la rivière, mais plus grosses, sont arrivées en trottant bruyamment. Elles se sont arrêtées devant Amina et moi, l'une frottant son museau noir contre la croupe de l'autre. Des sacs vides pendaient contre leurs flancs.

Quelques secondes plus tard, Riyaz est apparu, un long fouet à la main.

— Salaam alaikum, a-t-il lancé d'un air bourru.

— Walaikum, a répondu Amina. Comment s'est passée ta journée ?

— Comme d'habitude. J'ai dû attendre le même chauffeur pendant deux heures, comme toujours.

— Mais il est venu ? Tu as été payé ? a-t-elle demandé avec un brin d'inquiétude.

Il a acquiescé sans la regarder et a lancé le fouet dans des herbes hautes. Je me suis éclairci la gorge.

— Bonsoir.

Il a hoché la tête dans ma direction puis a dit à Amina :

— Je suis en retard pour la prière.

Il a fait rentrer les deux mules dans la grange. Les cloches autour de leur cou tintaient doucement. Amina a repris le chemin de la maison en tenant le pot bien serré entre ses deux mains. Je lui ai emboîté le pas.

Après le retour de Riyaz de la mosquée, nous avons dîné assis en demi-cercle autour du feu. Le repas s'est avéré aussi silencieux que le déjeuner, avec Amina à une extrémité, servant des louches de riz et de dal et les mêmes épinards que ceux que nous avions mangés à midi, et Riyaz à l'autre bout, le visage plongé dans l'obscurité. Une fois de plus, j'ai remarqué que ma portion était plus généreuse que celle des autres et, une fois de plus, Amina ne m'a pas laissée débarrasser mon assiette. À la place, elle s'est levée et m'a fait signe de la suivre. Elle a ouvert un grand placard encastré dans le mur au bout du couloir et en a sorti une épaisse couverture rose bonbon. Elle l'a posée sur le matelas dans ma chambre et a dit :

— Est-ce qu'il vous manque quelque chose, cocotte ?

J'ai regardé autour de moi.

— Où ma tante Khadijah va-t-elle dormir, Amina ?

— Dans la cuisine, avec Aaqib.

Une nouvelle pointe de culpabilité m'a transpercée.

— Je n'ai pas pris sa chambre, si ?

— Vous vous faites trop de souci, a assuré Amina en souriant. Parfois, ses jambes la font souffrir la nuit et elle a besoin de les garder au chaud, alors elle préfère dormir près du fourneau, et Aaqib refuse de dormir ailleurs qu'avec elle. Et maintenant, dites-moi, est-ce que je peux vous apporter autre chose ?

— Non, merci. Vous en avez déjà fait beaucoup trop.

— Allez dormir, à présent. N'oubliez pas, vous devez vous lever tôt demain.

Face à mon air perplexe, elle a éclaté de rire.

— La vache, cocotte ! Vous vous rappelez ? Si vous ne la trayez pas, qui va le faire, hein ?

Je n'ai pas pu m'empêcher de rire. Elle était vraiment charmante.

— D'accord, d'accord. Je vais me coucher.

Mais après son départ, je n'ai pas réussi à trouver le sommeil. Je suis restée assise devant la fenêtre, les bras appuyés sur le bois brut du rebord. Les montagnes étaient d'un bleu extraordinairement foncé ; au-dessus d'elles, le ciel était couleur lavande poudrée. J'ai pensé à Zoya et Abdul Latief, mais ils semblaient incroyablement loin. Une brise légère est entrée par la fenêtre.

Une silhouette est sortie de la maison et je me suis crispée. C'était Riyaz. Il est allé jusqu'au bord du porche puis, comme si quelqu'un venait de lui murmurer par surprise quelque chose à l'oreille, il a brusquement tourné la tête dans ma direction. Sans réfléchir, j'ai plongé sous le rebord et je me suis aussitôt sentie ridicule. Qu'est-ce qui clochait chez moi ? Pourquoi me cachais-je comme une enfant ? S'il avait déjà une piètre opinion de moi à la base, alors je venais sûrement de confirmer ses soupçons. J'ai inspiré profondément et me suis préparée à lui fournir une explication (j'avais laissé tomber quelque chose à terre), mais quand je me suis redressée, le porche obscur était désert.

CHAPITRE 13

Pendant les semaines qui suivirent la terrible scène qui avait eu lieu dans l'appartement de Bashir Ahmed, j'eus du mal à regarder ma mère en face. Je ne cessais de repenser à son air abasourdi, à la façon dont il avait levé le doigt et dit « Sortez ». Chaque fois, la honte me submergeait comme une vague bouillonnante. Le pire, c'était que ma mère ne semblait absolument pas avoir conscience de ce qu'elle avait fait. Quand on rentra à la maison ce jour-là, elle se mit aussitôt aux fourneaux à grand bruit, me parlant du plat au chou-fleur que sa mère avait préparé une fois quand elle était petite fille, et qu'elle était sûre de pouvoir refaire si elle récitait la recette à voix haute. Lorsque mon père rentra à son tour, elle s'était calmée, mais le repas autour duquel on se réunit ce soir-là était immangeable. La scène aurait pu être très drôle, avec mon père qui mastiquait courageusement et ma mère qui le fixait comme pour le défier d'oser émettre la moindre critique, mais je n'avais aucune envie de rire. Avant d'aller au lit, je me jurai que quand Bashir Ahmed reviendrait, la première chose que je ferais serait de lui présenter des excuses.

Mais il ne revint pas. Pendant des semaines, quand je descendais du bus de ramassage scolaire rouillé et brinquebalant qui s'arrêtait au bout de notre rue après ma journée d'école, je me convainquais qu'il était là, et je commençais à courir, avec mon sac à dos qui rebondissait sur mes épaules, mes pieds qui piétinaient le bitume, mon cœur qui battait au rythme d'un staccato douloureux dans ma poitrine. J'ouvrais la grille à la volée et je me précipitais jusqu'à la porte dans l'espoir de trouver ses sandales familières sur le tapis, son baluchon dans un coin. Assis à son extrémité du canapé, Bashir Ahmed se lèverait et dirait d'une voix grave « Ma fille », pendant que ma mère sourirait, assise à l'autre bout. Mais ça n'arriva jamais. Je débarquais en trombe dans le salon désert, souvent jonché des restes d'un projet que ma mère avait entrepris puis abandonné en route, comme des rideaux ou une nappe au crochet, avec des montagnes de tissus et de fils partout. Les semaines se transformèrent en mois et je perdis de plus en plus espoir, jusqu'au moment où je cessai entièrement de l'attendre.

J'avais entraînement de natation tous les jours et je commençais peu à peu à participer à des compétitions, lors desquelles je parvenais généralement à décrocher une médaille ou deux en nage libre ou en brasse. Mon entraîneur, ravi de mes progrès, m'annonça qu'il allait commencer à me préparer pour des compétitions nationales. Je me mis à aller à l'entraînement de plus en plus tôt et à rester de plus en plus tard. N'ayant plus suffisamment de temps pour m'accompagner, ma mère restait à la maison et j'y allais avec une amie dont la famille avait un chauffeur. J'appris à aimer les exigences constantes de la natation, le choc quand mon corps entrait dans l'eau, la façon dont sa surface soyeuse se fendait, la fiabilité de mes jambes qui me propulsaient en avant, le mouvement rythmé de mes bras et mes jambes, la cadence de mon souffle. J'adorais l'atmosphère des compétitions : les nageurs qui agitaient leurs longs bras tout en se jaugeant les uns les autres ; l'air parfumé au chlore ; la brise qui faisait frémir la surface de la piscine ; le claquement du coup de pistolet de départ et la folie contrôlée de la course ; les encouragements lointains et assourdis des spectateurs ; mon sang qui battait dans mes tempes et cette superbe fatigue après coup.

Et ma mère ? Était-elle heureuse que j'aie cessé de la suivre partout, que j'aie cessé de guetter le moindre de ses faits et gestes avec la concentration imperturbable d'une acolyte dévouée ? Ou regrettait-elle ce qui devait lui faire l'effet d'une désertion abrupte de la part de sa fidèle la plus assidue, de son public composé d'une seule spectatrice ? C'était impossible à dire. Parfois, c'était comme si elle ne remarquait rien du tout, alimentée par ses habituelles explosions imprévisibles d'énergie, suivies de longues périodes lors desquelles elle ne faisait que dormir sur le canapé. Néanmoins, à d'autres moments, je sentais qu'elle me regardait avec perplexité, et j'étais partagée entre la satisfaction perverse de déjouer ses tentatives de me reconquérir et une forte envie de céder. Je me souviens notamment de la fois où elle trouva un nid d'écureuil contenant quatre bébés sur le bord de sa fenêtre, logé entre la vitre et la moustiquaire. Pendant que j'étais dans la salle de bains, elle l'apporta dans ma chambre et le plaça soigneusement sur mes devoirs. Quand je les trouvai, l'horreur me paralysa face aux cris de ces bébés encore aveugles. Je m'approchai prudemment, à la fois dégoûtée et attirée par leurs petits gémissements. Alors que j'observais leurs petits corps rouges, ma mère apparut sur le seuil, les bras croisés sur la poitrine, une expression à la fois pleine d'espoir et exaspérée sur le visage, comme pour dire : « Tu es contente ? C'est ça que tu attendais de moi ? » Son air m'insupporta, alors au lieu de m'émerveiller devant le nid comme je l'aurais fait en temps normal, au lieu de l'aider à retourner la maison à la recherche d'une vieille seringue en plastique qu'on aurait pu utiliser pour les nourrir, je reculai d'un pas et dis : « Ça va salir mes devoirs », avant d'aller chercher un balai au rez-de-chaussée. Lorsque je revins à l'étage, le nid avait disparu à l'exception de quelques brindilles et ma mère lisait tranquillement sur son lit. La culpabilité me rongea, mais je n'osai pas demander ce qu'elle avait fait des bébés écureuils.

Mon père m'accompagna à mes premières compétitions nationales junior. Le seul souvenir que j'ai de ces voyages est juste une série de sensations, désormais : les couchettes grinçantes du train ; la lueur jaune de sa lampe de chevet tandis qu'il parcourait des papiers avant de dormir ; les nouveaux visages flous qui se cristallisaient en des noms, des personnalités, parfois des flirts ; l'éventail vertigineux de langues parlées par mes pairs ; le sentiment constant d'être désorientée et survoltée. Puis, quand j'eus treize ans et que la charge de travail de mon père augmenta, on me confia aux soins des parents d'autres nageurs. Je vidais mon sac dans des chambres d'hôtel inconnues, je m'échauffais dans l'atmosphère chlorée, je vérifiais le programme, j'appelais mes parents tous les soirs. Mon père me parlait toujours en premier, me posant des questions détaillées sur les conditions et mes adversaires avant de passer le téléphone à ma mère, qui disait toujours d'un ton qui suggérait qu'on la dérangeait en plein milieu de quelque chose de très important : « Oui, dis-moi. » Et toutes les petites histoires que j'avais emmagasinées pour elle, tous les potins un peu méchants qu'elle aurait aimé entendre (l'accent comique d'un arbitre, un panneau mal imprimé qui était drôle sans le faire exprès) s'évaporaient dans l'instant. Je répondais : « Rien, Amma » et je raccrochais aussi vite que possible.

C'est pendant les championnats de Vizag que l'incident avec Zain Shafi eut lieu, marquant la fin ignominieuse de ma brève carrière de nageuse. C'était le dernier jour de la compétition. Zain et moi n'avions pas arrêté de nous croiser depuis le début, et ce n'était pas entièrement par accident. Le départ à venir pesait dans l'atmosphère, la certitude que nous repartirions bientôt tous chacun de notre côté dans nos villes respectives, ce qui donnait à chaque interaction un frisson d'urgence. J'étais assise dans les gradins à regarder des garçons s'échauffer pour leur finale du deux cents mètres papillon, quand Zain arriva derrière moi. Il avait quelques années de plus que moi, il était beau, avec de larges épaules, et il venait de Delhi. Il me tapota l'épaule.

— Viens, murmura-t-il.

Je me levai et le suivis. Je savais ce qui allait se passer et je n'avais pas peur. On quitta la zone du bassin et je l'accompagnai dans un dédale de couloirs qui sentaient les boules de naphtaline et les crottes de souris, le domaine interdit des arbitres et des juges de compétition. L'endroit était vide ; tout le monde était à la piscine pour assister aux finales. Zain regarda par-dessus son épaule, puis ouvrit la porte de ce qui ressemblait à un petit débarras, rempli de cartons de tee-shirts et de médailles poussiéreuses. Il ferma la porte puis me regarda d'un air grave, sans dire un mot. Quand il avança vers moi, j'eus envie de rire, mais je me retins. Sa bouche avait un goût de menthe et de quelque chose à l'oignon. Tandis que je m'habituais à cette étrange combinaison de saveurs, il glissa la main sous l'élastique de mon bas de survêtement. Je retins mon souffle. Avec sa main libre, il guida la mienne dans son propre pantalon. Je me concentrai sur la dureté douce et chaude autour de laquelle mes doigts étaient soudain enroulés, en tentant d'ignorer les bruits que Zain avait commencé à émettre. Je bougeai résolument la main et, au bout d'une minute, j'oubliai ses bruits, car mes doigts étaient couverts d'un liquide chaud et collant. Je sortis ma main de son jogging et la fixai.

Soudain, la poignée de la porte du débarras remua. Zain fit un bond en arrière et remit son tee-shirt dans son pantalon de survêtement. Raide comme un piquet, je gardai le bras tendu comme pour une poignée de main, afin de ne rien toucher. Avant même que nos regards puissent se croiser, la porte fut défoncée à coups d'épaule et on se trouva face à trois arbitres qui nous regardèrent d'un air d'abord surpris, puis horrifié.

La nouvelle se répandit comme une traînée de poudre. J'affrontai les regards désapprobateurs des adultes et les gloussements des nageurs avec la même expression de marbre. Les parents de la nageuse avec qui j'étais venue ne m'adressèrent pas la parole dans le train du retour. Je passai le trajet le visage tourné vers la fenêtre, recroquevillée sur moi-même, redoutant le moment où je devrais faire face au regard de mes parents venus me chercher. Mais quand le train arriva à Cantonment, je vis ce que jamais je ne me serais attendue à voir. Ma mère et mon père attendaient sur le quai, côte à côte. Ils étaient venus ensemble. La fenêtre du train constitua pendant un instant un cadre autour d'eux, donnant lieu à une vision que je n'avais presque jamais eue. Exactement de la même taille, ils se tenaient bien droits, épaule contre épaule, tels des guerriers d'une ancienne tribu, à regarder droit devant tandis que les gens se hâtaient autour d'eux. J'attrapai mon sac et sautai à bas du train avant son arrêt complet.

Ils me repérèrent aussitôt. J'hésitai, soudain timide. Que serait leur première réaction ? La colère ? Le dégoût ? La déception ? Ils répondirent à ma question silencieuse en s'approchant de moi à l'unisson, toujours épaule contre épaule. La foule présente sur le quai s'écartait pour laisser la place à ce grand couple sérieux. Ils me rejoignirent d'un pas déterminé puis, dans un seul mouvement, comme s'ils ne faisaient qu'un, ils m'attirèrent contre eux, le bras droit de mon père enlacé au bras gauche de ma mère. Ils me serrèrent contre eux, me protégeant des regards. Dans la voiture, au lieu de prendre place à l'avant avec mon père comme elle le faisait d'habitude, ma mère s'assit à côté de moi sur la banquette arrière. Pendant que mon père conduisait avec la plus grande délicatesse, ma mère, les lèvres serrées et les yeux brillants, passa ses bras autour de moi et m'attira contre elle, centimètre par centimètre. Je tentai de résister, mais sa tendresse était aussi bouleversante que sa méchanceté pouvait l'être, et je finis par capituler et me laisser aller, abandonnant le masque de dureté et de sang-froid que j'avais arboré inflexiblement au cours des dernières vingt-quatre heures. Enveloppée dans ses bras, je fondis en sanglots.

CHAPITRE 14

Amina a tenu parole. Elle a délicatement frappé à ma porte le lendemain matin. Je suis allée dans les toilettes extérieures glaciales et je me suis aspergé le visage d'eau au robinet avant de la suivre jusqu'à la grange pour traire la vache. Le ciel était nuageux, de la couleur du béton, et je sentais la fraîcheur matinale à travers le sweat que j'avais enfilé par-dessus mon tee-shirt. Dans la grange, néanmoins, on se serait cru dans un sauna. Cette fois, Amina m'a laissée traire la vache rousse et blanche plus longtemps que la veille, en me donnant de brèves instructions de temps en temps : « N'ayez pas peur. Allez-y plus fort que ça. Voilà. Maintenant, essayez l'autre côté. Plus doucement. Bien. Très bien. » Quand je lui ai tendu le pot en métal, elle a eu un hochement de tête approbateur.

— Si vous continuez comme ça, vous allez pouvoir devenir trayeuse professionnelle à votre retour à Bangalore, a-t-elle dit avant d'éclater de rire.

Nous sommes remontées à la maison, où la mère de Riyaz était en train de préparer du thé et des parathas pour le petit déjeuner. Les parathas étaient bien chauds et dégoulinants de beurre. J'ai demandé à Amina de dire à la mère de Riyaz qu'ils étaient délicieux, mais je n'ai obtenu qu'un rapide signe de tête de Khadijah en guise de réponse. Aaqib n'a pas tardé à arriver, vêtu de son uniforme et mâchant un bâton pour se nettoyer les dents. Il a petit-déjeuné à côté de sa grand-mère, qu'il adorait de toute évidence, tout en m'observant par-dessus sa tasse entre deux battements de ses longs cils. Puis il a rejoint un autre petit garçon qui l'attendait dehors, vêtu d'un uniforme semblable. Je les ai entendus rire et discuter en cachemiri avant que leurs voix ne se perdent à mesure qu'ils s'éloignaient.

— À quelle distance se trouve l'école d'Aaqib ? ai-je demandé.

— Environ une demi-heure à pied.

— Il fait la route tout seul ? Et ça ne vous inquiète pas ?

Elle a ri.

— Pourquoi est-ce que ça devrait m'inquiéter ? Tout le monde le connaît dans le village. S'il essaie de faire une bêtise, il y aura toujours quelqu'un pour le ramener à la maison. De plus, j'ai assez à faire ici sans en plus perdre du temps à me faire du souci pour lui.

Elle n'exagérait pas. Il ne m'a pas fallu longtemps pour comprendre que ces gens ignoraient ce qu'était l'oisiveté. Dès que la cuisine a été nettoyée, la mère de Riyaz s'est emparée de sa faucille accrochée à un long clou près de la porte pour aller couper de l'herbe pour la vache. Amina a lavé le linge sale au robinet dehors puis l'a accroché (son kurta, celui de Riyaz, le long foulard de la tante Khadijah, les tee-shirts d'Aaqib), pour ensuite balayer le porche et nourrir les poules. Moi qui, de ma vie, n'avais jamais eu à regarder la pauvreté en face, j'ai vite pris conscience que leur zèle était une nécessité. Leur dénuement était une évidence : il se retrouvait dans leurs murs à demi peints, dans le sifflement de la canalisation qui avait besoin d'être réparée, dans les repas lors desquels ils ne mangeaient pas à leur faim. La paresse était un luxe qu'ils ne pouvaient pas s'offrir. J'ai pensé avec culpabilité à l'enveloppe blanche dans mon sac à dos, remplie de billets que je n'avais pas gagnés.

À la fin de la matinée, Amina est venue me voir.

— On y va, cocotte, a-t-elle déclaré de ce ton sec auquel je m'étais déjà habituée, s'essuyant les mains sur le devant de son kurta.

— Où ça ?

Elle a souri.

— Je veux vous présenter quelqu'un.

Nous avons emprunté un sentier qui grimpait jusqu'à se scinder en deux. Là, Amina a tourné à droite, et nous avons suivi un chemin étroit creusé à même la montagne. L'épagneul courait devant nous, comme une tache floue couleur miel. Des chèvres éparpillées sur le versant à notre droite nous ont gratifiées d'un regard curieux. Un très vieil homme en kurta gris les surveillait, tellement penché sur son long bâton que j'avais peur qu'il ne tombe et roule jusqu'au fond de la vallée. Mais quand j'ai fait part de mes craintes à Amina, elle a ri.

— Lui ? Il est comme ses chèvres.

Je marchais comme Amina me l'avait conseillée, inclinée vers l'avant. Quand elle joignait ses mains derrière son dos, je l'imitais.

Nous sommes passées devant d'autres maisons, certaines basses et simples comme celle d'Amina et Riyaz, d'autres avec un étage. Petit à petit, les habitations se sont raréfiées jusqu'à ce qu'il n'y ait plus que la montagne, avec ses pierres et ses broussailles et de grands pins sombres qui s'élevaient au-dessus de nous. Amina a quitté le sentier principal pour un petit chemin qui serpentait jusqu'à bifurquer brusquement, révélant une grande et belle maison construite le long de l'arête. Je n'ai pas pu m'empêcher de laisser échapper une exclamation admirative. Les murs blanchis à la chaux chatoyaient dans la lumière de la fin de matinée. Le toit se composait de tôles ondulées qui s'étalaient au-dessus de fenêtres à volets modernes, peints en vert foncé. Devant la maison, une jolie clôture entourait un potager, un chemin en ciment courait sur le côté jusqu'à un grand porche ombragé.

— C'est joli, n'est-ce pas ? a demandé Amina avec fierté comme si elle l'avait construite elle-même.

— Très joli. Qui vit ici ?

— Le sarpanch du village. Mohammad Din. C'est lui que je veux vous présenter. Il fournit la majeure partie de son travail à Riyaz.

Nous avons remonté le chemin jusqu'à la porte d'entrée, qui était ouverte, et retiré nos chaussures. Amina a passé la tête à l'intérieur et appelé. Quelques secondes plus tard, un homme grand et élancé avec des cheveux blancs est arrivé, les bras grands ouverts en signe de bienvenue. Il portait un kurta gris avec un gilet en laine noir. Un élégant stylo noir dépassait de sa poche de poitrine.

— Regardez qui est là ! s'est-il exclamé en ourdou.

Sa voix, douce et musicale, m'a brièvement rappelé Saleem à Kishtwar.

— Le vieillard que je suis pensait que vous l'aviez oublié !

Elle a ri.

— Moi ? Comment le pourrais-je ? Salaam alaikum.

— Walaikum, a-t-il répondu.

Il a posé sur moi un regard pétillant, bien que fatigué.

— Et ce doit être l'invitée dont tout le monde parle.

— Je vous présente Shalini. Elle vient de Bangalore.

L'homme a pris une de mes mains entre les siennes.

— Entrez, toutes les deux.

Nous l'avons suivi jusqu'à une grande pièce ensoleillée, dont les vastes fenêtres donnaient sur la forêt et la vallée baignée de lumière. Il nous a fait signe de nous asseoir à terre. J'ai remarqué que le sol était couvert d'un tapis en laine véritable, au lieu d'un simple tapis en tissu. Des piles de papiers estampillés de sceaux officiels étaient éparpillées partout, avec au-dessus de l'une d'elles des lunettes à monture épaisse. Dans un coin, une étagère basse débordait de livres en arabe et en ourdou. Un petit support en bois sur l'étagère maintenait ouvert un coran relié en cuir.

— Excusez le désordre. Ma femme n'est pas là, voyez-vous, et ma fille est à l'école, alors j'en profite pour laisser mes affaires traîner partout. Qu'est-ce que je peux vous servir à boire ?

Nous avons refusé, mais il est quand même parti pour revenir avec deux verres de jus qu'il a posés devant nous avant de s'asseoir à son tour.

— Tout d'abord, Amina, dites-moi, comment se porte la famille ?

— Bien, hamdoulilah. À part les jambes de Ma qui la font beaucoup souffrir ces jours-ci.

Mohammad Din a hoché gravement la tête.

— Votre belle-mère travaille trop dur.

— C'est ce que je n'arrête pas de lui dire, mais elle ne veut rien entendre.

Il a réfléchi un instant.

— Vous savez quoi ? Quand le docteur viendra vendredi, amenez-la tôt. Je m'assurerai qu'il l'examine en premier. Et aussi, avant que j'oublie, dites à Riyaz que j'aurai probablement besoin de lui et de ses mules demain. On doit me livrer des choses dans la vallée demain matin, et j'aimerais les récupérer le plus vite possible.

Amina a acquiescé. L'homme aux cheveux blancs s'est tourné vers moi en souriant.

— Et maintenant, je crains que ce ne soit votre tour de répondre aux questions du vieil homme. Vous plaisez-vous dans notre village ?

— Oui, merci.

— Vous venez de Bangalore, c'est bien ça ?

J'ai hoché la tête.

— Bangalore, a-t-il répété, songeur. Je suis allé à Delhi à de nombreuses reprises, à Amritsar aussi, et même à Hyderabad une fois, mais jamais à Bangalore.

J'ai gardé le silence, par peur qu'il ne me demande ce qui m'avait amenée ici. Je n'avais pas envie de parler de Bashir Ahmed ou de ma mère. Mais il a seulement demandé :

— Et que pensez-vous de notre village ?

— C'est très beau.

— Mais pas aussi développé que Bangalore, a-t-il objecté en utilisant l'anglais pour le mot « développé ».

— C'est-à-dire que…

— Nous essayons de nous développer, vous savez, m'a-t-il interrompue. Le problème, c'est que le gouvernement n'en a rien à faire des gens des montagnes, alors nous devons tout faire nous-mêmes. De tout l'argent que le Jammu-et-Cachemire reçoit, la moitié va à Srinagar, Gulmarg, etc., et l'autre moitié va aux pèlerinages. Alors dites-moi, qu'est-ce qui nous reste ?

Près de moi, Amina écoutait aussi attentivement que s'il s'agissait d'un sermon.

— Nous n'avons même pas de véritable hôpital, a-t-il continué. Juste un jeune médecin qui monte ici une fois par mois. Il fait de son mieux, le pauvre garçon, mais il n'a pas le bon équipement, les bons médicaments. Si vous êtes malade, comme Khadijah Begum ou ma femme, alors c'est difficile, car souvent, vous devez vous rendre jusqu'à Jammu pour vous faire soigner. C'est là que ma femme se trouve en ce moment, d'ailleurs. Elle a le cœur fragile et l'air de la montagne n'est pas bon pour elle. L'année prochaine, une fois que Sania, notre fille, aura fini l'école, je l'enverrai aussi à Jammu. Elle pourra aller à l'université et être avec sa mère en même temps.

— Et que va-t-elle étudier ? ai-je demandé poliment.

— Elle dit qu'elle veut faire des études de politique, a-t-il répondu en riant. Mais je crois que c'est seulement parce qu'elle m'entend parler politique à longueur de temps. Cela dit, je ne m'inquiète pas pour elle. Elle est sérieuse et elle réussira, peu importe la filière qu'elle choisira. La seule chose qui me préoccupe, c'est que son anglais n'est pas très bon, et qu'il faut bien parler anglais pour être accepté à l'université, surtout celle de Jammu.

J'aimais sa façon de parler, lente et intense à la fois, comme s'il soupesait le mérite et la validité de chaque mot avant de les laisser franchir ses lèvres.

— Amina m'a dit que vous étiez le sarpanch du village.

— En effet. Pour ce village et aussi pour le village hindou voisin. Nous partageons un panchayat : trois membres viennent de notre village et deux viennent du leur.

— Il y a un village hindou près d'ici ?

— Bien sûr.

Il a dû remarquer mon expression, car il a ajouté avec un sourire :

— Vous semblez surprise d'apprendre que les musulmans du Cachemire sont capables de cohabiter pacifiquement avec les hindous. Ce n'est pas ce qu'on dit de nous en Inde, n'est-ce pas ?

J'étais sur le point de nier, mais en constatant que Mohammad Din paraissait davantage amusé qu'offensé, j'ai décidé de prendre un risque.

— C'est juste qu'on m'a raconté une histoire…

Le visage émacié et grincheux de Staline est brièvement apparu devant mes yeux.

— On m'a raconté qu'il y a quelques années, un groupe d'hindous avait été assassiné par des militants. Donc oui, j'imagine que je suis un peu étonnée.

Mohammad Din et Amina ont échangé un regard que je n'ai pas réussi à déchiffrer. Était-ce de la surprise ? De la colère ? Est-ce qu'ils étaient fâchés ?

— Qui vous a raconté cela ? a demandé Mohammad Din en s'appliquant à conserver un ton neutre.

— Quelqu'un que j'ai rencontré à Kishtwar, ai-je indiqué vaguement. Je parie que ce n'est même pas arrivé. Ce n'étaient probablement que des idioties.

Il s'est éclairci la gorge.

— C'est bel et bien arrivé. Le village en question se trouve à environ deux heures d'ici.

Je me suis tournée vers Amina en quête d'un signe de confirmation, mais elle avait les yeux rivés au sol.

— Seize hommes ? ai-je demandé.

— Vingt se sont fait tirer dessus, a indiqué Mohammad Din d'un air sombre. Seize sont morts.

Il s'est penché en avant. Avec une étrange véhémence, il a ajouté :

— Ces militants, c'étaient des étrangers. Pas des gens d'ici. Un Cachemiri n'aurait jamais fait une chose pareille à d'autres Cachemiris. Quand ça s'est produit, nous étions tous sous le choc. Nous avons envoyé de la nourriture au village pendant un mois entier. C'était une véritable tragédie.

J'ai acquiescé, un peu hébétée. Staline m'avait donc dit la vérité.

— Et c'est précisément pour ça que je n'arrête pas de dire que nous avons besoin de développement, a repris Mohammad Din après un silence. Parce que quand vous avez des écoles et des hôpitaux et des routes, alors ces gens-là n'ont aucun pouvoir. Hamdoulilah, de telles horreurs ne se sont jamais reproduites et ces militants ne sont plus là, l'armée les a chassés. Depuis un an, le calme règne dans la région. Le mois prochain, nous avons des élections locales, et si je suis de nouveau élu sarpanch, je m'assurerai que cela continue.

Nous avons gardé le silence pendant un moment. Amina avait l'air sombre.

— Dites-moi, combien de temps comptez-vous rester avec nous ? s'est enquis Mohammad Din. J'aimerais beaucoup vous présenter ma fille avant votre départ. Si vous êtes libre demain, vous pourriez peut-être déjeuner avec nous ?

— Ce serait avec plaisir, ai-je dit en lançant un coup d'œil à Amina. Mais je ne veux surtout pas…

— Ah, ne recommencez pas avec ça ! s'est-elle exclamée. Vous ne dérangez pas. Arrêtez d'essayer de vous sauver en courant, cocotte.

Elle a expliqué la blague à Mohammad Din, qui a ri.

— Alors c'est décidé. Je passerai vous chercher après les prières. Et vous, Amina, promettez-moi de ne plus m'oublier. Il faut venir me voir plus souvent.

Nous nous sommes levées pour partir. Mohammad a de nouveau serré ma main dans les siennes. Au moment où nous sortions, nous sommes tombés sur un très vieil homme sur le porche, qui retirait ses sandales. Ses mains étaient couvertes de boutons bleutés et il semblait ne pas bien tenir sur ses jambes. Mohammad Din l'a gentiment pris par le coude.

— Salaam alaikum, mon oncle. Entrez vous asseoir et voyons ce que je peux faire pour vous aujourd'hui.

Alors que nous nous éloignions, j'ai surpris Amina qui m'observait bizarrement.

— Quoi ?

— Rien, s'est-elle empressée de répondre. Alors ? Qu'avez-vous pensé de lui ? Il est formidable, n'est-ce pas ? Il aide tout le monde.

— Il a l'air très sympathique, ai-je dit avec sincérité.

— Sympathique ?

Elle a secoué la tête.

— Vous verrez, cocotte. C'est la personne la plus gentille au monde.

De retour à la maison, je me suis assise dans la cuisine avec la mère de Riyaz, qui préparait le déjeuner. Aaqib est arrivé. Il s'est aussitôt changé (je le soupçonnais de ne posséder qu'un seul uniforme) et m'a lancé un regard à la fois timide et malicieux avant d'aller escalader l'arbre dans la cour. Je l'ai suivi et l'ai trouvé la tête en bas, suspendu par les genoux à une branche.

— Oh, bonjour ! ai-je lancé en feignant la surprise. Je cherchais Aaqib. Je ne voulais pas vous déranger, monsieur le singe. Je suis désolée.

Il a laissé échapper un petit rire.

— Vous avez un très bel arbre, monsieur le singe. Est-ce que je peux y habiter avec vous ?

— Non ! a-t-il crié en riant de nouveau.

J'ai fait la moue.

— Non ? Vous ne voulez pas me laisser vivre dans l'arbre avec vous ? Pourquoi ? Est-ce que c'est parce que je ne suis pas un singe ? Est-ce qu'il n'y a que les singes qui sont autorisés à habiter là ?

Il a hoché la tête puis s'est redressé brusquement. Il a sauté à bas de la branche et s'est sauvé dans la maison, en laissant derrière lui l'écho de son rire. J'ai secoué la tête en souriant.

Après le déjeuner, Amina m'a emmenée dans leur champ pour m'apprendre à arracher les plantes rampantes qui s'enroulaient autour des tiges de maïs, puis à reconnaître au toucher et au premier coup d'œil les haricots rouges les plus mûrs et les faire tomber dans un petit sac.

Riyaz est rentré à la tombée de la nuit, au moment de l'appel à la prière du soir, chanté dans un murmure par un homme à la voix féminine. Après son retour de la mosquée, nous nous sommes réunis dans la cuisine pour le dîner. À la lumière sautillante du feu, Amina nous a servis un par un. Je me suis soudain rendu compte que je n'avais presque pas pensé à ma mère ou à Bashir Ahmed de toute la journée. Cela m'a à la fois remonté le moral et blessée. Peut-être que c'était tout ce dont j'avais besoin, au final : connaître l'endroit d'où venait Bashir Ahmed, dont ma mère et moi avions tant entendu parler et qu'elle ne verrait jamais. Après le dîner, je me suis rendue sur le porche pour regarder les lumières des autres villages qui clignotaient à travers les montagnes.

L'épagneul, qui m'avait suivie, était appuyé contre mes mollets et mâchouillait sa fourrure avec ses incisives. J'ai ressenti une satisfaction inattendue. Mais ensuite, il s'est ébroué et est parti rejoindre quelqu'un qui approchait derrière moi. J'ai tourné la tête et reconnu Riyaz qui sortait de la maison. Mon cœur s'est emballé. Je n'avais pas envie d'une autre interaction déplaisante. Il marchait dans ma direction, mais je n'étais pas éclairée par la lumière qui s'échappait de la fenêtre de la cuisine et je savais qu'il ne me voyait pas encore.

Je me suis éclairci la gorge.

— Bonsoir, Riyaz.

Il s'est immobilisé et a scruté l'ombre.

— Bonsoir, a-t-il dit sur un ton indéchiffrable.

Il a tourné la tête, comme s'il envisageait de retourner à l'intérieur, mais il m'a finalement rejointe au bord du porche, en prenant soin de laisser une distance de plusieurs mètres entre nous. Ensemble, nous avons observé les montagnes qui s'obscurcissaient, parsemées de centaines de maisons scintillantes.

— C'est magnifique, ai-je fini par dire pour briser le silence.

Il a reniflé avec mépris.

— Si vous le dites.

— Vous ne trouvez pas ?

— Peut-être bien que oui, peut-être bien que non. Ça n'est pas très important, si ?

— Qu'est-ce que vous voulez dire par là ?

Il s'est accroupi pour gratter les oreilles de l'épagneul, qui s'est empressé de rouler sur le dos pour lui offrir son ventre duveteux.

— Est-ce que vous avez toujours vécu à Bangalore ?

— Toujours, oui.

— Et est-ce que vous trouvez que c'est beau ?

— Bangalore ?

J'ai marqué une pause.

— Je n'y ai jamais vraiment réfléchi. C'est là que je suis née, c'est tout.

— Eh bien ici, c'est pareil. Toute ma vie, j'ai regardé ces montagnes. Il n'y a rien ici, pas une personne, pas un arbre, que je n'aie pas déjà vu dix mille fois.

Je gardais le silence, surprise qu'il s'adresse si longuement à moi. Il a dû l'être aussi, car il s'est tu tout à coup.

— Je crois que je vois ce que vous voulez dire. Mais je pense que ce n'est pas tout à fait la même chose. Bangalore est juste une ville, comme n'importe quelle autre ville. Mais cet endroit… Je n'ai jamais vu ça de ma vie. On se croirait au paradis, ai-je ajouté maladroitement.

À ma surprise, Riyaz s'est redressé et l'épagneul en a fait autant. Pour la première fois depuis le début de la conversation, il a posé les yeux sur moi. J'y ai lu de la colère.

— Peut-être, a-t-il dit froidement. Mais je peux vous assurer une chose : si j'étais né dans un endroit comme Bangalore, ou n'importe quelle autre ville au monde, j'aurais fait le bon choix, croyez-moi. J'y serais resté.

J'ai cligné des yeux.

— Qu'est-ce que vous voulez dire ?

Il a plongé son regard dans le mien et j'ai senti un picotement dans ma nuque.

— Vous n'auriez pas dû venir ici. Le paradis n'est pas du tout ce que vous croyez.

Là-dessus, il est parti vers la grange puis a disparu dans le champ de maïs, escorté par l'épagneul. Je suis restée là sans bouger, sans savoir quoi penser de son accès de colère ni de l'étrange sensation que j'avais éprouvée quand il m'avait regardée.

Je n'ai pas eu le loisir d'y réfléchir plus longtemps, car, une seconde plus tard, l'épagneul s'est mis à aboyer furieusement et une explosion de battements d'ailes a retenti. J'ai sursauté. Un énorme nuage de corbeaux s'est élevé du pin au bout du champ, celui dont Amina m'avait expliqué qu'il marquait la limite de leur propriété. Puis le nuage s'est étiré dans un concert de croassements et de cris. J'ai attendu, pensant que les oiseaux se disperseraient dans la nuit, mais non. Ils ont simplement décrit des cercles autour du pin pendant plusieurs minutes, avant de retourner se poser sur les branches un par un, immobiles et vigilants.

CHAPITRE 15

Si étrange que cela puisse paraître, après l'incident avec Zain Shafi, l'époque de ma disgrâce fut aussi l'époque la plus calme que notre famille connut. Je m'étais attendue à un sermon sévère de mon père ou à une remarque insondable de ma mère, mais aucun des deux ne souffla mot sur ce qui s'était passé. Au contraire, je commençai à sentir qu'ils avaient été secoués et qu'ils ressentaient une nouvelle affection focalisée sur moi. Même leur façon d'être l'un avec l'autre était différente. Mon père semblait faire un effort pour rentrer plus tôt de l'usine, et je vis avec incrédulité ma mère sortir de la cuisine un soir, l'embrasser sur la joue et lui demander avec légèreté : « Bonne journée ? » Soir après soir, elle préparait tous mes plats préférés, pendant que mon père, assis avec moi à table, m'apprenait à jouer aux échecs. Plus tard, elle venait se percher derrière moi et me suggérait des coups outrageusement illégaux d'un air imperturbable, tandis que mon père grognait.

— Oui, oui, fais ce que dit ta mère. Et tant que tu y es, pourquoi ne pas me cogner la tête avec le plateau et déplacer toutes les pièces pendant que je suis inconscient ? Ça ferait moins mal.

Puis ils se regardaient avec ce nouvel air timide, qui me perturbait et me ravissait à la fois. C'était comme s'ils essayaient de m'attirer à eux, et j'alternais entre une complicité enthousiaste et une sombre réticence que je ne parvenais pas entièrement à expliquer.

Un soir, mon père rentra à la maison en disant qu'il avait un grand secret. Il ne cessa de faire des allusions pendant tout le dîner. Quand ma mère lui ordonna courtoisement de cracher le morceau, il rit et annonça qu'au lieu de notre séjour annuel de cinq jours dans un complexe hôtelier, on partirait en voyage en Italie pendant un mois entier ; il venait d'acheter les billets. J'étais aux anges, et même ma mère n'arrivait pas à dissimuler la joie que lui procurait la nouvelle. On demanda des visas et on atterrit à Florence quelques semaines plus tard, fatigués par le vol et réduits au silence par la grandeur des rues et le poids de tant de vieilles pierres.

On était des touristes consciencieux. On marchait sous le soleil florentin jusqu'à ne plus sentir nos pieds ; on faisait la queue pendant des heures à la galerie des Offices ; on feuilletait notre guide jusqu'à ce que la sueur de nos doigts laisse des traces sur les pages. J'étais responsable de l'appareil photo et je prenais des photos de tout. De l'extérieur, on devait avoir l'air de n'importe quelle famille de touristes, mais je ne perdais jamais de vue qu'on relevait ni plus ni moins du miracle. Là, entre les immenses monuments avec leurs dates gravées il y avait si longtemps, entourés par des hordes de visages roses étrangers, bercés par le chant de tant de langues qu'on ne parlait pas, mes parents étaient de nouvelles personnes. Ma mère taquina impitoyablement mon père quand on le prit pour un homme du coin à cause de sa peau sombre et qu'il se fit haranguer en italien par une femme qui avait un petit cochon dans les bras. Et quand, sur une *piazza* bondée, ma mère fut abordée par un vieux monsieur, visiblement ivre, qui insista pour danser avec elle, mon père rit si fort que les gens s'éloignèrent de lui. Ma mère laissa l'homme la faire tourner sur elle-même, puis elle lui tapota la joue. Rayonnant, il fit galamment la révérence avant de se perdre dans la foule.

Après Florence, on alla à Rome, où on se mêla à la foule bouche bée qui arpentait le Colisée. Puis ce fut le Vatican, et la pièce où tout le monde avait la tête penchée en arrière et où une Américaine qui agrippait un chapelet se mit à sangloter en voyant le plafond. De là, on prit la direction de Venise, où on fit une promenade en gondole un soir, alors que le premier murmure de la brise effleurait les canaux. Mon père se leva en chancelant et déclara qu'il allait nous chanter la sérénade, mais il ne parvint pas à se lancer car ma mère riait trop. Ça déclencha un fou rire chez lui aussi et, ensuite, ils furent incapables de s'arrêter, tous les deux avec une main plaquée sur la bouche et des larmes qui roulaient sur les joues, pendant que le gondolier grognon marmonnait entre ses dents et se vengeait sur le canal, maltraitant l'eau avec sa rame. Et comme ses marmonnements ne me plaisaient pas, je ris avec mes parents. On gloussa comme des fous pendant que la gondole glissait sur l'eau verte et passait sous un pont voûté.

Avec le recul, c'est comme si on nous avait jeté un sort. Je n'ai aucun souvenir de ce qu'on vit, les vieilles églises, les peintures sombres de saints torturés, les places célèbres peuplées de pigeons. Je me rappelle l'air de ma mère lorsqu'elle touchait le bras de mon père pour lui montrer une cloche en haut d'une tour. Je me rappelle ma panique dès que je les perdais de vue dans la foule, mon soulagement quand je les retrouvais, nos têtes qui se touchaient presque, penchées sur une carte. Je me rappelle ma mère dans une pizzeria, hochant la tête quand mon père demanda avec une pointe de timidité si elle voulait goûter la cuvée du patron. Ma mère (*ma mère !*) but un verre de vin. Un petit verre, à peine de quoi rendre un enfant pompette, mais elle le but. Après ça, elle affirma que la lune avait l'air de travers, et elle rit.

Je nous vois désormais pendant ce voyage comme trois personnes qui avaient décrit un cercle brillant autour d'elles et faisaient tout leur possible pour ne pas sortir de ce cercle. C'était comme si on avait pris la même décision tacite de faire semblant d'être le genre de famille qu'on n'avait jamais été. Au fil des jours, je commençai à redouter la fin de cet état de grâce. Des fêlures apparurent. La fatigue de mon père se lisait sur ses traits, ainsi que son impatience de retourner travailler et de retrouver l'usine. Ma mère devint de plus en plus sujette à des moments d'absence : elle restait plantée devant un tableau ou un magasin quelconque, les yeux dans le vague, jusqu'à ce qu'on doive revenir sur nos pas pour la sortir de sa transe. Les églises se ressemblaient de plus en plus, la nourriture était lourde et toujours la même, les foules devenaient étouffantes. Néanmoins, le cercle tenait bon et on conserva notre légèreté jusqu'aux derniers jours, lorsqu'on se rendit dans les Alpes et qu'on rencontra les Sood.

Les Sood étaient les premiers Indiens qu'on croisait en Italie. Comme nous, c'étaient des touristes, qui se rendaient dans la même ville alpine. Notre cabine vitrée se balançait d'avant en arrière sur son câble en métal, suspendue au-dessus des pins et des lacs où se reflétaient les montagnes, et Mme Sood se plaignait haut et fort d'avoir la nausée à quiconque voulait bien l'entendre. Heureux, peut-être, de cette compagnie toute neuve, mon père les rejoignit et entama une conversation. Ils étaient de Bombay, où M. Sood travaillait dans l'immobilier. C'était un couple d'âge moyen, tous les deux avec des carrures de catcheurs, son polo bien repassé à lui de la même couleur bleu canard que son sac Dior brillant à elle.

Avec la bonhomie empressée et un poil factice de compatriotes qui se retrouvent ensemble dans un pays étranger, mon père et M. Sood entretinrent une discussion amicale. M. Sood parlait du marché de l'immobilier à Bombay. Mon père riait comme il le faisait toujours face à des étrangers qu'il voulait impressionner, d'un rire plus léger et plus raffiné que d'habitude. Pendant ce temps, Mme Sood tentait d'attirer l'attention de ma mère avec des remarques banales et essoufflées sur le paysage, mais sans succès ; ma mère était soudain fascinée par un fil qui dépassait de la manche de son kurta.

— Nous adorons l'Italie, dit M. Sood à mon père. C'est un pays charmant. Plein de variété.

— Oh, absolument, répondit mon père.

— Non pas qu'on ne puisse pas en dire autant de l'Inde, ajouta M. Sood.

— Bien sûr, bien sûr, convint plaisamment mon père. L'Inde est imbattable pour ce qui est de la variété.

— En effet. Dans quel autre pays au monde trouve-t-on tout ce que l'on trouve chez nous ? continua M. Sood avec l'air d'un magnat qui listait ses richesses. Des villes, des palaces, des temples, des déserts, des jungles, des montagnes, et j'en passe. Je sais que ça ne se fait pas trop de dire ce genre de choses, surtout à l'étranger, mais laissez-moi vous dire que je suis sacrément fier d'être indien.

— Oh oui, moi aussi ! s'exclama mon père.

Puis ils se turent, chacun satisfait que l'autre abonde dans son sens. La cabine grimpait. Les lacs brillaient. Puis M. Sood lança avec un petit rire :

— C'est joli, mais ça ne vaut pas l'Himalaya, pas vrai ?

— Effectivement, répondit mon père en riant aussi, et ce même s'il n'avait jamais mis les pieds dans l'Himalaya.

— Et il y a le Cachemire, bien sûr.

— Le Cachemire ! s'écria la femme de M. Sood, qui avait abandonné sa tentative de conquérir ma mère. J'adore le Cachemire ! Je dis toujours à Prakash que j'adorerais qu'on vive là-bas.

Ma mère leva les yeux et je sentis les prémices d'une vieille peur familière.

— À une époque, nous y allions presque chaque année, reprit M. Sood. Quel dommage qu'ils aient tout gâché ! Ce ne sont même plus les Cachemiris qui se battent, vous savez. Ce sont ces étrangers, là, comment les appelle-t-on, déjà ? Les djihadistes. Qui viennent d'Afghanistan, du Pakistan et de Dieu sait où.

— Ça ne durera pas, affirma mon père avec assurance. L'armée s'est déployée en force. Ils les arrêteront tôt ou tard.

— J'espère, dit M. Sood d'un air sombre. C'est tout ce que je peux dire. J'espère.

Après avoir écouté leur conversation, je me tournai vers ma mère. Elle avait arrêté de jouer avec sa manche et était raide comme un piquet, les mains jointes sur ses genoux. Elle avait les yeux ouverts, mais le reste de son visage était aussi inexpressif qu'un masque. Ma première pensée fut qu'elle ressemblait à quelqu'un qui voyait une voiture s'approcher assez tôt pour anticiper qu'une collision allait se produire, mais trop tard pour faire quoi que ce soit pour l'éviter. Malheureusement, Mme Sood se tourna vers ma mère au même moment et, voyant sa tête, la rejoignit précipitamment.

— Qu'est-ce qui ne va pas, ma chère ? Vous avez la nausée, vous aussi ? C'est horrible, n'est-ce pas ?

Ma mère acquiesça sans dire un mot.

— Ne vous en faites pas, ordonna Mme Sood.

Sautant sur l'occasion de briller par son utilité, elle fouilla dans son sac et en sortit un comprimé jaune et une petite bouteille d'eau.

— Tenez, prenez ça.

Ma mère mit sagement le cachet dans sa bouche et l'avala. Mme Sood passa son bras rondelet autour de ses épaules dans un geste maternel.

— Suivez mon conseil et restez quelques heures dans votre chambre d'hôtel en arrivant, ma chère. C'est le manque d'oxygène.

Il restait juste assez de magie pour nous faire traverser ces derniers jours dans la montagne couverte de pins, mais pendant le vol de retour vers Bangalore, entre la nourriture tellement épicée qu'elle n'avait pas de goût et le souffle glacial de la climatisation, je sentis que nos dernières réserves s'épuisaient. Le lendemain matin, mon père partit tôt au travail et ma mère resta au lit jusqu'à midi.

Mal à l'aise, je traînai dans la maison jusqu'à ce qu'elle se réveille. Elle jeta un regard aux valises ouvertes qu'on avait trimballées à travers toute l'Italie et dont s'échappait une marée de vêtements, de chaussures et de souvenirs, puis elle partit se laver. Ensuite, elle descendit allumer la lampe de son sanctuaire dans la cuisine. Elle se tint debout devant les visages métalliques de ses idoles pendant un long moment, aussi inexpressive qu'elles.

Quand la sonnette retentit, elle ne bougea pas tout de suite. Je sentais sa lassitude, noire et dense, comme si on était attachées au même boulet et qu'il nous tirait vers le bas, vers un sommeil persistant. Puis elle abandonna ses dieux et alla ouvrir la porte.

Bashir Ahmed se tenait sur le paillasson. Il était affreusement maigre. Sa barbe n'était pas taillée et il avait les yeux rouges. Il n'avait pas de baluchon jaune avec lui, mais une petite valise brune à la main. On ne l'avait pas vu depuis quatre ans.

— Aadaab, dit-il.

Elle ne répondit pas, mais s'écarta pour le laisser entrer.

CHAPITRE 16

Ma mère le conduisit au salon. Il regarda autour de lui, comme s'il était surpris que rien n'ait changé : les rideaux bordeaux, la pendule au-dessus de la télévision… Son kurta vert était sale et pendait tristement au niveau de ses épaules. Il avait les cheveux gras et négligemment longs. Il se laissa tomber sur le canapé sans y avoir été invité.

— Je suis venu tous les jours, lâcha-t-il. Vous n'étiez pas là.

— Je suis désolée.

Je sus alors, sans l'ombre d'un doute, que le cercle brillant qui nous avait protégés en Italie avait disparu, qu'on était de nouveau aussi vulnérables qu'auparavant. Bashir Ahmed avait fait ce qu'il avait toujours fait, il était arrivé sans prévenir et il nous l'avait arrachée. Une rage soudaine monta en moi. J'oubliai l'affection que j'avais à une époque éprouvée pour lui, pour ses histoires, pour la facilité avec laquelle il interagissait avec ma mère. J'oubliai ma culpabilité après les choses horribles qu'elle lui avait jetées au visage dans cet appartement qui sentait le moisi, j'oubliai toutes ces semaines pendant lesquelles j'avais désespérément attendu qu'il revienne. Je ne pensai qu'à ma mère en Italie, qui riait et jouait avec le pied de son verre de vin ; je ne pensai qu'aux têtes de mes parents penchées au-dessus d'une carte froissée ; je ne pensai qu'à mon père qui chantait aussi fort que faux tandis que la gondole glissait harmonieusement sur le canal, et je ressentis une haine pure, incommensurable et dévorante. Je *détestai* Bashir Ahmed. Je détestai ses vêtements sales, son visage creux, et surtout, je détestai sa façon d'être assis là et de lui parler comme s'il avait tous les droits de débarquer sur notre pas de porte après quatre ans et de la trouver en train de l'attendre.

— On était partis en voyage, dis-je d'une voix forte.

Bashir Ahmed sursauta et battit des paupières, comme s'il n'avait pas remarqué ma présence jusqu'à cet instant.

— Ma fille, dit-il sans toutefois réussir à retrouver son ancienne gravité, son ancien décorum.

— Un voyage en famille. En Italie. C'est en Europe, au cas où vous ne sauriez pas où ça se trouve, ajoutai-je avec cruauté.

— Formidable, répondit-il sans conviction.

— Je vais faire du thé, annonça ma mère trop hâtivement.

Bashir Ahmed détourna le regard et hocha la tête. Elle acquiesça, clairement soulagée d'avoir quelque chose à faire, et se rendit dans la cuisine. Je mourais d'envie de la suivre, mais je ne bougeai pas d'un pouce.

— Où sont les vêtements ? demandai-je.

Il leva lentement les yeux sur moi.

— Comment, ma fille ?

— Les vêtements. Où sont-ils ?

— Là, ma fille.

Il montra la valise à ses pieds.

— Pas vos vêtements, dis-je, le cœur battant la chamade. Les vêtements à vendre. Où sont-ils ?

Comprenant enfin où je voulais en venir, il laissa retomber sa main.

— Je ne les ai pas apportés.

— Alors pourquoi est-ce que vous êtes revenu ? ai-je crié. Si vous n'avez pas de vêtements à vendre, pourquoi est-ce que vous êtes revenu ici ?

Je le plantai là et courus à la cuisine, où ma mère se tenait devant la cuisinière. J'ouvris la bouche pour parler, mais quelque chose dans sa posture, dans la rigidité de ses épaules, m'en dissuada. Je restai derrière elle, incapable d'émettre le moindre bruit. En constatant au bout de plusieurs minutes qu'elle ne bougeait pas, même après que l'eau eut commencé à siffler, je m'éloignai sur la pointe des pieds.

Quand elle revint dans le salon, Bashir Ahmed s'était lavé le visage et avait recouvré un semblant de son calme légendaire. Ma mère lui tendit sa tasse de thé et, après une pause, s'assit à sa place habituelle. L'espace entre eux deux (ma place) était vide et je savais qu'ils attendaient. « Non ! avais-je envie de crier. Je ne le ferai pas ! » Mais une force inexplicable m'obligea à m'installer entre eux. Dès que je fus assise, le temps sembla se dissoudre. Nous étions de nouveau tous les trois : ma mère, Bashir Ahmed et moi.

Malgré tout, je sentais l'impatience grandir en moi, la même qui précédait toujours ses histoires. Bashir Ahmed leva les yeux au plafond, puis les posa sur ma mère en quête de sa permission. Elle se laissa aller contre le dossier du canapé et hocha la tête. Alors il commença.

— J'ai fait ce que vous m'aviez dit. Je suis rentré. Pas tout de suite. Après notre dernière…

Son front se rida.

— Après notre dernière rencontre, je suis resté une semaine de plus à Bangalore. Un jour, je suis allé chez une de mes clientes, une vieille dame hindoue qui m'achetait des vêtements depuis des années. Elle me donnait toujours des biscuits, ajouta-t-il avec un sourire. Son fils vivait à Londres, et il lui en envoyait une boîte tous les mois. Elle me disait toujours : « Il en envoie plein, mangez, mangez, après tout, vous êtes comme un fils pour moi. » Mais ce jour-là, c'est sa fille qui m'a ouvert la porte. Je ne savais même pas qu'elle avait une fille. Elle a inspecté ma calotte et ma barbe et a refusé de me laisser entrer. Je pouvais pourtant voir la vieille dame, assise dans son fauteuil. Mais sa fille a dit : « Ce n'est pas la peine que vous reveniez. Ma mère ne vous achètera plus rien. »

Il marqua une pause, comme pour se reprendre, puis il continua.

— Ce soir-là, j'ai décidé de rentrer chez moi. Il m'a fallu trois jours pour faire le voyage. L'armée avait imposé un couvre-feu dans mon village. Personne n'avait le droit de sortir passé 16 heures. Il y avait des soldats partout. Je n'avais jamais vu autant de soldats de ma vie. Ils disaient rechercher des militants, mais nous, on avait surtout l'impression qu'ils cherchaient les ennuis et rien d'autre.

Jamais il ne nous avait raconté une histoire comme celle-ci auparavant, sans utiliser les pirouettes narratives élégantes qui constituaient sa marque de fabrique. Mais ça n'avait pas d'importance. Je voyais déjà les changements s'opérer chez ma mère. Ses épaules étaient détendues et les rides de contrariété avaient disparu de son visage, ce qui la rajeunissait de plusieurs années.

— J'ai trouvé une place en tant qu'ouvrier agricole, continua Bashir Ahmed. Je détestais ce travail, mais il n'y avait rien d'autre. La moitié du temps, les gens qui m'employaient ne pouvaient pas me payer. Et même quand c'était le cas, l'argent suffisait à peine à acheter du riz, en supposant qu'il y ait du riz à acheter. En plus, l'hiver approchait et ma femme est tombée malade. Je ne savais pas quoi faire. Alors je…

Il se tut. On attendit, mais il ne reprenait pas la parole. Il restait simplement assis là. Ma mère finit par dire tout bas :

— Bashir.

Il la regarda sans la reconnaître.

— Continuez, l'encouragea-t-elle.

Une lueur parut s'allumer en lui, un dernier fragment de défi, et je crus qu'il allait refuser. Mais ensuite, la lueur disparut et il parut s'affaisser.

— Je ne voulais pas être mêlé à tout ça, au début, reprit-il tout bas. La majorité d'entre nous ne voulait pas, les plus vieux en tout cas. Les plus jeunes se sont emballés beaucoup plus vite, surtout ceux qui avaient été arrêtés et battus par des soldats. Certains ont rejoint des groupes de militants, beaucoup se sont fait arrêter et tuer. Mon fils, hamdoulilah, était trop jeune pour tout ça. Mais c'était difficile d'ignorer la situation, si vous voyez ce que je veux dire. Toutes les nuits, on entendait des coups de feu dans la forêt et on restait éveillés, en espérant que les détonations ne se rapprochent pas.

Il reprit son souffle. Il semblait plus calme, comme si, en se soumettant à l'ordre de ma mère, il avait trouvé un rythme, une cadence apaisée.

— Un soir, après les prières, un ami m'a pris à part. Il savait que ma femme n'allait pas bien, et il m'a demandé si je voulais me faire un peu d'argent. Tout ce que j'aurais à faire, ce serait d'aider quelques militants. Il m'a dit qu'ils me paieraient. Pas beaucoup, mais…

Il se tut à nouveau et regarda ma mère dans les yeux.

— Ce n'est peut-être pas ce que vous, vous auriez fait, reprit-il à voix basse avec dignité. Mais j'ai fait quelque chose.

Ils se dévisagèrent longuement. Puis elle acquiesça et baissa la tête. Venant d'elle, c'était ce qui ressemblait le plus à des excuses.

— Au final, ils n'attendaient pas grand-chose de moi. C'étaient des hommes cachés dans les montagnes, des hommes en provenance d'autres pays, qui avaient besoin d'un endroit où rester pour un court laps de temps. J'ai dit d'accord. Et ils n'ont pas tardé à arriver.

Soudain, je me souvins de ce que M. Sood avait dit à mon père et je demandai avec enthousiasme :

— Qui étaient-ils ?

Je regrettai aussitôt mon entrain, mais Bashir Ahmed était trop absorbé par son histoire pour s'en rendre compte.

— Ils ne m'ont jamais dit leurs noms. Tout ce que je savais, c'est que c'étaient des étrangers. Ma femme savait qu'ils étaient là, mais elle faisait semblant de ne rien voir. Au bout d'une journée, ils s'en allaient. J'ignorais ce qu'ils faisaient après leur départ, ou ce qu'ils avaient fait avant d'arriver. Je ne posais pas de questions. Tout ce que je savais, c'est qu'ils se battaient pour nous, pour les Cachemiris, et ça me suffisait. Peut-être que si j'avais su plus tôt…

Il se tut encore. Cette fois, ma mère ne dit rien pour l'inciter à continuer.

— Bref, j'avais déjà accepté de les aider à ce moment-là, alors je ne pouvais plus rien faire, finit-il par reprendre. D'un mois à l'autre, un homme arrivait chez nous au milieu de la nuit et disparaissait le lendemain matin. La plupart d'entre eux étaient corrects, ils étaient polis et ne me causaient pas d'ennuis, mais j'avais tout le temps peur. Peur que l'armée ne l'apprenne et m'arrête, peur que ma famille ne souffre à cause de ce que j'avais accepté de faire, même si c'était justement dans le but d'aider les miens. Bref, ça a duré comme ça pendant un certain temps. Puis, il y a quelques mois, on a frappé à la porte, et j'ai su que c'en était un autre. Je n'avais jamais vu un homme aussi grand. Je vous jure qu'il avait les yeux rouges. Je ne sais pas pourquoi, peut-être à cause de la fumée. Je lui ai servi à dîner et il n'a pas dit un mot de tout le repas, pas un merci ni rien. Il y avait quelque chose chez lui qui ne…

Bashir Ahmed frémit.

— Bref, cette nuit-là, j'ai été réveillé par un bruit. Il était là, debout près de notre lit, à nous observer ma femme et moi. Je n'arrivais même pas à voir s'il était endormi ou pas, et je ne voulais pas lui faire peur. J'ai cru qu'on allait y rester. Mais ensuite, il a tourné les talons et est reparti dans sa chambre.

Un silence sépulcral régnait dans notre salon.

— Je n'ai pas pu en supporter davantage. Je suis allé voir mon ami et je lui ai dit de trouver quelqu'un d'autre.

Bashir Ahmed a fixé ses mains, qui reposaient sur ses genoux sans bouger d'un millimètre.

— Mais le mois suivant, un autre militant est venu. J'ai essayé de le faire partir, mais il s'est mis en colère et a sorti son arme. Si ma femme n'était pas arrivée à ce moment-là, je ne sais pas ce qu'il m'aurait fait. Elle l'a invité à entrer, lui a donné à manger, et il est parti le lendemain. Dès que j'ai pu, je suis retourné voir mon ami et je lui ai demandé pourquoi les militants continuaient à venir. Il m'a répondu : « J'ai essayé de leur parler mais ils ne veulent rien entendre. Je ne peux rien faire d'autre. » On a eu une énorme dispute et, à la fin, il m'a dit : « Si tu ne voulais pas être mêlé à tout ça, tu n'aurais pas dû prendre l'argent. »

Bashir Ahmed hocha la tête, aigri.

— Mon ami m'a dit la même chose que vous. Il a dit : « Bashir, tu es un lâche. Ce n'est pas comme si tu combattais. Tu fournis simplement à ces hommes un endroit où dormir. Tu leur donnes à manger, comme tu le ferais pour n'importe quel musulman. Ce sont eux qui se battent, et ils le font pour toi, pour ton fils, pour le Cachemire. » En effet, et c'est ce que j'essayais de me dire aussi. Sauf que ces hommes, ces militants…

Le ton de Bashir Ahmed devint plus dur.

— Ils étaient censés se battre pour nous, pour les Cachemiris, mais ils devenaient méchants, arrogants. Certains d'entre eux ont commencé à travailler pour des politiciens, à demander de l'argent en échange de leur protection, à embêter les femmes… Ils n'étaient pas tous comme ça, bien sûr, mais beaucoup l'étaient. L'armée aussi était de pire en pire, les soldats venaient presque toutes les semaines et battaient les gens. J'ai cru que j'allais devenir fou si je ne faisais rien.

Il baissa la voix.

— Je savais que tant que je resterais au village, rien ne changerait. Alors je suis parti. Quand les militants verront que je ne suis plus là, ils trouveront un autre endroit.

Il fixa ma mère. Elle ne dit rien et lui jeta à peine un regard.

— Ils vont s'en sortir ! cria-t-il.

Pendant une seconde, je crus qu'il parlait des militants.

— Ma femme comprend, et elle s'occupera bien de mon fils. Ils vont s'en sortir. Bientôt, les militants vont arrêter de venir, l'armée va nous laisser tranquilles, et là je pourrai rentrer à la maison.

— Quand êtes-vous arrivé ? se contenta de demander ma mère, ignorant son emportement.

— Il y a cinq jours. Je ne savais pas où aller.

Puis il ferma les yeux, comme s'il ne supportait plus de voir la réalité en face.

Et ma mère ? Elle ne le traita pas de lâche. Elle ne fit pas de commentaire ironique, elle ne se leva pas pour quitter la pièce sans un mot. Non, elle fit une chose qu'elle n'avait jamais faite auparavant. Elle tendit le bras et lui prit la main. Il ouvrit aussitôt les yeux, paniqué, et les posa sur moi, mais elle ne parut pas le remarquer. Alors il céda et laissa sa main reposer dans la sienne, son menton tombant sur sa poitrine. Ma mère était toute rouge mais affichait un air serein. Lui paraissait mal à l'aise. On resta assis là pendant plusieurs minutes avant qu'elle ne prenne la parole.

— Votre appartement, celui où vous viviez la dernière fois… c'est là que vous êtes installé ?

Il secoua la tête et je me rappelai la lumière crasseuse, les matelas hors d'âge.

Elle acquiesça et lui lâcha la main.

— Dans ce cas, ça ne pose pas de problème.

Il releva la tête.

— Qu'est-ce qui ne pose pas de problème ?

Elle attrapa la tasse de Bashir Ahmed, qui avait laissé une trace brune sur la table, et se leva.

Puis, comme si c'était la chose la plus évidente au monde, elle répondit :

— Que vous restiez ici.

CHAPITRE 17

Le lendemain, comme il l'avait promis, Mohammad Din est passé me chercher. Amina ne nous a pas accompagnés, arguant qu'elle avait du travail à finir. Alors que nous approchions de chez lui, une jeune fille d'environ dix-sept ans est sortie de la maison. Son visage rond et pâle évoquait la lune et ses yeux étaient comme deux noisettes claires. Elle portait un kurta rose avec un foulard assorti qui couvrait vaguement ses cheveux bruns.

— Je vous présente Sania, ma fille, a annoncé Mohammad Din en ourdou.

D'une voix douce, dans un anglais laborieux, Sania a dit :

— Je suis ravie de rencontrer vous pour première fois, madame.

— Elle s'est entraînée, m'a expliqué Mohammad Din avec fierté. Depuis qu'elle sait que vous devez nous rendre visite, elle n'a fait que ça.

Touchée, j'ai souri.

— Moi aussi, je suis ravie de te rencontrer, Sania.

Nous nous sommes rendus dans la même pièce gorgée de soleil. Les papiers de Mohammad Din avaient été débarrassés cette fois et tout était impeccable. Mohammad et moi nous sommes installés sur le tapis près de la fenêtre. Sania est partie à la cuisine et est revenue avec un véritable festin : une montagne de cuisses de poulet frit, du riz, du curry aux œufs, du lait caillé et une montagne de parathas. Elle a déroulé un long tapis en plastique devant son père et moi et insisté pour me laver les mains avec une grande tasse et de l'eau chaude versée dans un saladier.

— Je vous en prie, vous devez tout manger, madame, m'a-t-elle dit en ourdou. Ne soyez pas timide.

— Il y a tellement de nourriture que si je mange tout ça, je n'arriverai plus à marcher pour rentrer ! me suis-je exclamée.

— Tant mieux, a répondu Mohammad Din en se penchant en avant pour commencer à manger. Ça veut dire que vous pouvez aussi rester pour le dîner.

Sania a ri. Son rire était franc et sonore et elle m'a tout de suite plu. Elle m'observait avec des yeux fascinés tandis que je mordais dans une cuisse de poulet, comme si elle s'attendait à ce que je mange différemment des autres êtres humains.

— Ton père m'a dit que tu souhaitais faire des études de sciences politiques.

Elle a acquiescé avec vigueur.

— Oui, madame.

— Et que souhaites-tu faire ensuite ?

— Je veux me présenter aux élections, madame, comme mon père.

— Et vous ? s'est enquis Mohammad Din. Que faites-vous à Bangalore ?

Je leur ai parlé de l'agence, en omettant soigneusement de mentionner que je n'y travaillais plus. Sania écoutait, captivée, et même Mohammad Din semblait intéressé et posait des questions. Leur attention était gratifiante et avait pour effet de me faire parler plus longtemps que je ne l'aurais fait en temps normal. Je me suis surprise à évoquer les divers petits projets de Ritu avec un enthousiasme que je n'avais jamais ressenti, même lorsque je travaillais sur les projets en question. Quand j'ai eu fini, Mohammad Din a hoché la tête d'un air grave.

— Ce que vous faites semble très louable.

Il a agité son index sous le nez de Sania, une lueur d'humour dans les yeux.

— Tu as entendu ? Si tu veux être comme elle, tu vas devoir étudier beaucoup plus que tu ne le fais en ce moment. Et arrêter de regarder tous ces films de Bollywood que tu aimes tant. Ça ne t'aide absolument pas.

Sania a baissé les yeux, gênée, et je me suis éclairci la gorge. J'avais le sentiment d'être un imposteur. Mohammad Din a secoué la tête avec indulgence à l'intention de sa fille avant de se tourner vers moi.

— Je vous en prie, m'a-t-il encouragée en montrant la nourriture. Reprenez-en.

Tandis que je mangeais et buvais, Mohammad Din m'en a dit plus sur le village, revenant à ce qui était clairement son sujet de prédilection : le développement. Il m'a parlé de sa vision d'une route reliant le village à la grande route, d'un hôpital moderne et d'une université, d'un réseau électrique fiable qui couvrirait toute la région montagneuse. Sania buvait ses paroles. Sa sincérité était poignante et j'ai repensé aux paroles d'Amina. « Il aide tout le monde. »

Quand j'ai été incapable d'avaler une bouchée de plus, même par politesse, Sania m'a lavé les mains et m'a passé une serviette pour que je les essuie. Puis elle a entrepris de débarrasser et de ramener les plats dans la cuisine. Quand elle est sortie de la pièce, Mohammad Din m'a dit tout bas :

— Merci d'avoir discuté avec Sania. Je vois bien à quel point elle est heureuse d'avoir fait votre connaissance.

— Avec plaisir. Je suis contente de l'avoir rencontrée avant mon départ.

— Avez-vous décidé de la date ?

— Je ne suis pas sûre. Amina est très gentille, et sa famille également, mais je ne veux pas les déranger. Je pense que j'accompagnerai Riyaz la prochaine fois qu'il descendra dans la vallée.

— Il s'y rend demain. J'attends une livraison et je lui ai demandé de la remonter pour moi.

— Alors je pars demain.

J'avais essayé d'adopter un ton léger, mais quand les mots ont franchi mes lèvres, je me suis rendu compte avec un pincement au cœur que cela marquait la fin de mon voyage. J'avais fait de mon mieux pour repousser l'échéance en venant jusqu'ici, et pourtant, j'y étais. Je devrais bientôt faire face aux personnes que j'avais fuies maladroitement. Hari, Stella et surtout mon père blessé et perplexe. Tous attendraient des explications. Soudain, j'avais la gorge sèche et serrée.

— Dans ce cas, nous espérons vous revoir bientôt.

— Mon oncle, puis-je vous poser une question ? ai-je demandé à la hâte.

Il a hoché la tête et joint le bout de ses doigts, attentif.

J'ai pris une grande inspiration.

— Est-ce que vous connaissiez Bashir Ahmed ?

Il a paru surpris.

— Oui. Je le connaissais, a-t-il répondu après une pause.

— C'était un ami à vous ?

— On pourrait dire ça, oui.

— Pourriez-vous m'expliquer ce qui s'est passé ? Comment est-il mort ?

Il a haussé les sourcils.

— Amina ne vous a rien dit ?

J'ai secoué la tête.

Mohammad Din a admiré l'étendue de la vallée par la fenêtre. Puis il s'est tourné vers moi.

— Je suis désolé. Je n'aime pas en parler.

— Oh. Je voulais juste…

— Je suis désolé, a-t-il répété avec une fermeté mâtinée de regret. C'est un souvenir très triste pour moi, et pour nous tous dans le village. De plus, je pense qu'il ne faut pas déranger les morts une fois qu'ils sont avec Allah, peu importe qui ils sont. Cela ne sert à rien de discuter indéfiniment de ces choses-là.

Sania est revenue à ce moment-là et Mohammad Din a changé d'expression. Il s'est levé et j'en ai fait autant, en essayant de réprimer ma déception. Il m'a serré la main avec cette amabilité sérieuse qui lui était propre.

— C'est dommage que vous ne restiez pas plus longtemps. Autrement, je vous aurais demandé d'aider Sania en anglais.

— Elle se débrouille déjà très bien, ai-je répondu en regardant Sania, qui a rougi.

Ils m'ont escortée sur le porche.

— Je crains d'avoir trop de travail pour le panchayat pour vous raccompagner. Puis-je envoyer Sania à ma place ? a offert Mohammad Din.

J'ai décliné et ils sont restés sur le porche, à me faire signe tandis que je m'éloignais. Il faisait chaud, le maïs murmurait dans les champs, et une brise capricieuse faisait tourbillonner des feuilles sur le chemin. Je me suis arrêtée sur une crête pour admirer le paysage, tout en essayant de trouver un sens à ce que m'avait dit Mohammad Din avant mon départ, à sa réticence à parler de Bashir Ahmed. Avaient-ils été proches au point que la simple mention de la mort de Bashir Ahmed suffise à le blesser ?

À mon retour, la maison était vide. J'ai appelé les noms de tout le monde, mais personne n'a répondu. Je suis allée dans ma chambre et me suis assise sur le matelas pour contempler le coucher du soleil par la fenêtre. Peu à peu, une étrange lassitude s'est emparée de mon esprit, un mélange de tristesse, de soulagement et de regret. Bientôt, Amina arriverait avec la tante Khadijah, Aaqib courrait se cacher dans son arbre. Bientôt, Riyaz reviendrait du travail ou de la mosquée ou que sais-je. Dans quelques heures, nous dînerions autour du feu et, demain, je serais partie.

Sans m'en rendre compte, je me suis assoupie.

À mon réveil, une brise chaude soufflait à nouveau. J'ai distinctement discerné le bruit de quelqu'un qui toussait. Une toux rauque et chargée de mucosités, qui paraissait venir de tout près, de l'intérieur de la maison. J'ai tendu l'oreille. En constatant que la toux ne cessait pas, je me suis levée, le cœur battant. Peut-être que l'un des membres de la famille était revenu et que je ne m'en étais pas aperçue. Peut-être que la mère de Riyaz était dans l'autre pièce, en proie à une méchante quinte de toux. J'ai passé la tête dans le couloir et, au même instant, le bruit a cessé. J'ai attendu plusieurs minutes, mais je n'entendais que le silence. J'ai commencé à croire que j'avais rêvé. Ce n'est que lorsque j'ai regagné mon matelas que la toux a recommencé, encore plus violente qu'auparavant.

J'ai inspecté la cuisine, mais elle était vide et le feu était éteint. Il ne restait donc que la chambre d'Amina et Riyaz. J'ai traversé le couloir et j'ai frappé doucement à la porte.

— Il y a quelqu'un ? Tante Khadijah ? Est-ce que vous voulez de l'eau ?

Pas de réponse. J'ai collé mon oreille à la porte, attrapé la poignée et poussé. La porte s'est ouverte sans bruit. Les lumières étaient éteintes et mes yeux se sont ajustés progressivement à l'obscurité. J'ai discerné les contours d'un épais matelas rectangulaire au centre de la pièce, sans personne allongé dessus, entouré de tas sombres et indistincts de vêtements dispersés au sol. La silhouette d'une lampe tempête se détachait sur le rebord de la fenêtre, son dôme en plastique reflétant la faible lumière d'un croissant de lune. J'ai reconnu sur le mur le drap coloré que j'avais aperçu lorsque Amina m'avait fait visiter les lieux le premier jour, seul élément de décoration de toute la maison. Je suis restée dans leur chambre avec le sentiment de culpabilité qui accompagne toujours le fait d'entrer dans l'intimité d'autres personnes, et j'ai presque oublié la toux jusqu'à ce qu'elle reprenne, venant d'une tout autre direction cette fois. Était-ce le vent qui me jouait des tours en faisant remonter un son lointain le long du versant ? J'ai tenté de déterminer si le bruit augmentait ou diminuait. J'ai alors remarqué une fine forme cylindrique dans le coin près de la tapisserie et la peur m'a noué l'estomac. C'était un fusil. Je n'avais pas réalisé qu'ils en possédaient un. J'ai avancé à pas prudents, les yeux rivés sur l'arme, comme si elle risquait de bondir à tout moment pour m'attaquer.

Dans ma distraction, mon pied s'est pris dans un vêtement et j'ai trébuché. Basculant en avant, j'ai tendu les bras pour amortir ma chute. Mes paumes ont touché le drap, mais au lieu du choc auquel je m'attendais au moment de percuter le mur, je n'ai senti que de l'air. J'ai retrouvé l'équilibre et j'ai palpé le drap à deux mains avec précaution. Là encore, je n'ai pas senti de résistance. Oubliant un instant le fusil, je me suis agenouillée, j'ai attrapé un coin du drap et j'ai tiré dessus comme s'il s'agissait d'un rideau.

À ma surprise, j'ai constaté que *c'était* un rideau. Le drap n'était pas là pour décorer comme je l'avais cru, mais pour dissimuler un passage étroit d'environ cinquante centimètres de large, avec au fond un rectangle lumineux. Ébahie, j'ai tenté de me représenter le plan de la maison. J'ai compris que le passage était construit *derrière* le grand placard en bois situé au fond de la maison, le placard d'où Amina avait sorti la couverture rose qu'elle m'avait donnée. Le meuble était donc beaucoup moins profond que ce que j'avais imaginé et abritait derrière lui un espace assez grand pour que quelqu'un puisse s'y glisser.

Sans réfléchir, je me suis faufilée dans l'ouverture. Il régnait une forte odeur de sciure. Mes épaules touchaient les parois et des échardes se prenaient dans mes manches. J'apercevais déjà l'autre bout du passage, je sentais l'air rassis se réchauffer autour de mes chevilles. J'ai baissé la tête et je suis sortie de l'autre côté en clignant des yeux.

La pièce dans laquelle j'ai atterri était plus joyeuse que tout le reste de la maison. Des banderoles en papier pendaient au plafond, bleues, jaunes et roses. Elles tournoyaient lentement, comme dans l'attente d'une fête d'enfants. Une lampe à pétrole rouge trônait dans un coin, et diffusait un arc de lumière. Une table basse accueillait une calotte blanche, une horloge et une assiette en fer-blanc avec des noyaux de fruits. Le reste du mobilier se constituait uniquement d'un lit recouvert d'une couverture rose, identique à celle qu'Amina m'avait donnée.

Assis sur le lit, les mains croisées sur les genoux, se trouvait un vieil homme vêtu d'une veste marron trop grande, boutonnée jusqu'au cou. Un vieil homme au visage émacié, avec des cheveux blancs gras et des yeux verts qui se sont fixés sur moi avec une expression dénuée de peur ou de surprise, mais chargée de quelque chose de si sauvage et primitif que, l'espace d'une seconde, je ne l'ai pas reconnu. Nous nous sommes dévisagés pendant ce qui m'a semblé être une vie entière. Je ne saurai jamais comment, en dépit du frisson glacé qui étreignait ma nuque comme un étau, j'ai réussi à faire un pas en avant et à articuler la seule chose qui m'est venue à l'esprit.

— Aadaab.

Bashir Ahmed a ouvert la bouche. Pendant une seconde interminable, aucun son n'en est sorti.

Puis je l'ai entendu dire :

— Sortez.

Sa voix m'a transpercée et m'a aussitôt fait voyager dans le temps. C'était la même voix. Celle de mon enfance. La voix de ses histoires. La voix qui disait : « Dis-lui que je reviendrai bientôt. »

— Sortez. Sortez. Sortez.

Sa voix était un flot ininterrompu, qui s'est élevé et emporté de plus en plus jusqu'à ce qu'il crie et que ce mot unique enfle au point de devenir une immense vague dévastatrice.

J'ai reculé jusqu'au passage sombre en trébuchant et je me suis enfuie.

IV

CHAPITRE 18

— Cocotte ?

Sur le pas de la porte, Amina essuyait son visage avec le coin de son long foulard.

— Vous êtes déjà revenue ? Je pensais que vous étiez encore chez…

Elle s'est arrêtée en plein milieu de sa phrase et m'a dévisagée.

— Qu'est-ce qui s'est passé ? Qu'est-ce qui ne va pas ? Pourquoi est-ce que vous êtes assise dans le noir ?

Face à mon silence, elle est entrée dans la pièce.

— Cocotte ?

— Je l'ai vu.

Elle s'est raidie des pieds à la tête.

— Qui ça ? a-t-elle demandé d'un ton prudent.

Soudain, la torpeur qui me figeait depuis trente minutes a explosé pour devenir de la rage.

— À quoi est-ce que vous jouez ? ai-je crié. Qu'est-ce que vous essayez de me faire ?

— Cocotte, je… a-t-elle commencé.

Mais je ne l'ai pas laissée finir.

— Pourquoi est-ce que vous m'avez menti ? ai-je crié à nouveau. Il n'est pas mort ! Il n'est pas mort ! Pourquoi est-ce que vous m'avez menti ?

— Venez avec moi dans la cuisine.

Il y avait une telle autorité dans sa voix que je me suis surprise à me lever docilement et à la suivre jusqu'à la cuisine, où le feu était désormais allumé.

— Asseyez-vous, a-t-elle ordonné en me montrant le tapis.

Je me suis laissée glisser au sol, les genoux serrés contre ma poitrine.

Elle s'est accroupie sur un morceau de toile de jute en face de moi et a ajouté une bûche dans le feu. Une braise orange a bondi hors des flammes. Je l'ai regardée décrire un arc parfait et laisser une trace résiduelle à la manière d'une petite comète avant d'atterrir à ses pieds. Je me suis raidie, saisie par une vision de la maison dévorée par les flammes, mais Amina a calmement tendu le bras et posé la paume sur la braise, qui s'est éteinte. Je me suis sentie ridicule, puis épuisée tout à coup. Qu'est-ce que je faisais ici, avec ces gens étranges et leurs secrets encore plus étranges ? Je n'étais pas à ma place. Riyaz avait raison : je n'aurais jamais dû venir. Il fallait que je rentre chez moi.

Amina a continué à fixer le feu un moment, avant de finalement me regarder.

— Cocotte, a-t-elle commencé avec la même fermeté, je suis désolée qu'on ne vous ait rien dit à propos d'Abbaji, mais vous devez me croire quand je dis qu'il y avait une bonne raison.

J'étais incapable d'articuler une réponse.

— Je vais essayer de tout vous expliquer, mais il faut que vous fassiez quelque chose pour moi.

Elle a posé une main sur mon genou, avec le même calme que quand elle avait éteint la braise.

— Je vous en prie, il ne faut dire à personne que vous l'avez vu.

— Même pas à Mohammad Din ?

— Même pas à lui, et je vais vous expliquer pourquoi.

Elle a inspiré profondément.

— Cette histoire dont vous avez parlé hier, les seize hindous tués par les militants ? Vous avez dit que c'était quelqu'un à Kishtwar qui vous l'avait racontée, vous vous souvenez ?

J'ai hoché la tête. Mais quel était le rapport ?

Un mouvement sur le seuil de la cuisine a attiré mon attention. La mère de Riyaz venait d'entrer, les bras chargés de vaisselle encore mouillée qu'elle venait de laver. Elle a posé son tas dans un coin et a commencé à sécher la vaisselle avec un torchon dont le tissu grinçait contre le métal.

Je me suis de nouveau tournée vers Amina, qui ne m'avait pas quittée des yeux.

— C'est arrivé il y a cinq ans. Comme l'oncle Mohammad Din vous l'a dit hier, les militants qui ont fait ça n'étaient pas cachemiris. Et ils n'ont jamais été arrêtés.

J'ai acquiescé une nouvelle fois, sans comprendre pourquoi elle répétait cette horrible histoire. Mohammad Din et elle ne m'avaient-ils pas assuré que ces militants avaient maintenant disparu de ces montagnes ?

— Le souci…

Amina a hésité, puis a continué.

— Le souci, c'est que certaines personnes ont commencé à raconter que le chef de ces militants était cachemiri, lui.

Je lui ai lancé un regard acéré.

— Ce n'était qu'une rumeur idiote, cocotte. Les gens qui connaissaient Abbaji, les gens dotés d'un *cerveau*, n'y ont jamais cru.

— Attendez, l'ai-je interrompue en la fixant avec horreur. Est-ce que vous êtes en train de me dire qu'ils disaient que… que c'était *Bashir Ahmed* qui avait tué ces… ?

— Non, non, s'est empressée de répondre Amina.

La mère de Riyaz a levé les yeux de sa vaisselle. Comme toujours avec Amina, nous parlions en ourdou, une langue qu'elle ne comprenait pas. Son regard est passé de sa belle-fille à moi, puis elle s'est remise à essuyer.

— Personne ne disait ça, a repris Amina d'une voix plus posée. Mais certaines personnes, y compris dans ce village, ont cru que c'était peut-être lui qui avait donné l'ordre.

Elle a baissé les yeux et j'ai senti quelque chose s'agiter dans mon ventre.

— Ce n'était pas vrai, cocotte, a-t-elle insisté avec une pointe de supplication dans la voix. Vous connaissez Abbaji. Vous savez qu'il ne ferait jamais une chose pareille.

Tout était trop étrange et trop surréaliste. *Des hindous assassinés. Jamais été arrêtés. Lui qui avait donné l'ordre.* Je ne parvenais pas à faire le lien entre le vieil homme que j'avais vu enveloppé dans sa couverture rose et les mots qui sortaient de la bouche d'Amina.

— Je ne comprends pas, ai-je fini par dire. S'il n'a rien fait, alors pourquoi se cache-t-il ?

À ce moment, la mère de Riyaz s'est levée et le silence s'est abattu dans la pièce. Elle nous a dévisagées pendant un long moment avant de sortir de la cuisine. Amina l'a suivie du regard, l'air triste.

— Elle sait qu'on parle de lui. Cocotte, il est arrivé quelque chose. À Abbaji.

— Comment ça ?

Elle a gardé le silence quelques instants puis a soupiré.

— Tout ça, c'était avant que j'épouse Riyaz. C'est lui qui m'a raconté cette histoire, mais ni Ma ni Abbaji ne m'en ont jamais parlé. Pas une seule fois. Après l'assassinat de ces hindous, Ma, Riyaz et Abbaji étaient à la maison quand quelqu'un a frappé à la porte au milieu de la nuit. Il avait beaucoup neigé cette année-là. Un mètre cinquante, peut-être deux. Bref, Abbaji est allé ouvrir et a trouvé des soldats sur le seuil. Ils lui ont demandé son nom et, quand il le leur a donné, ils l'ont attrapé et l'ont emmené.

Les bûches sont tombées avec un sifflement, accompagné d'une gerbe d'étincelles qui m'a fait sursauter.

— J'ignore ce qui s'est passé ensuite, et Ma et Riyaz ne le savent pas non plus, car Abbaji ne le leur a jamais dit. Ils sont restés à la maison, à attendre. Ma ne voulait pas sortir au cas où il reviendrait, et elle ne voulait pas envoyer Riyaz regarder dehors au cas où les soldats seraient encore dans les parages. Bien plus tard, après de longues heures, ils ont entendu un bruit dehors. Ma a ouvert la porte et Abbaji était là, agrippé à la poignée. Il avait l'air d'aller bien, à première vue. Mais dès qu'il est entré dans la maison, il est tombé et n'a plus réussi à se relever. Puis Ma a vu qu'il pleurait.

Elle m'a regardée avec une sorte de résolution remplie de pitié, comme si elle avait voulu m'épargner tout cela.

— Ils lui avaient brisé les jambes.

Elle a tapoté son genou droit, puis le gauche.

— Ils l'ont laissé dans la montagne et sont partis. Ils pensaient peut-être qu'il était mort, ou qu'il ne tarderait pas à mourir de froid dans la neige. Encore aujourd'hui, je ne sais pas comment il a réussi à regagner la maison.

Ce qui s'est ensuivi n'était pas un silence. J'entendais les bruits comme s'ils venaient de très loin : le crépitement du feu, l'aboiement lugubre d'un chien quelque part dans la vallée, suivi la seconde suivante d'un jappement de l'épagneul miel de Riyaz. Mais à l'instant où il se formait, chaque son semblait tomber dans un ravin profond, sans jamais arriver vraiment jusqu'à moi.

— C'est Ma qui a eu l'idée. Elle ne voulait pas que les soldats reviennent et essaient à nouveau de le tuer, alors elle a dit qu'il avait été arrêté, et quand il n'est pas revenu, tout le monde a simplement supposé qu'il était mort. C'était il y a cinq ans, et même Aaqib sait qu'il ne doit jamais parler de son grand-père. Avez-vous remarqué que personne ne vient nous rendre visite, cocotte ? Les villageois gardent leurs distances, à cause de ce dont ils soupçonnent Abbaji. Seul Mohammad Din nous parle encore, et même lui ne veut rien savoir sur Abbaji. C'est pour ça qu'on ne pouvait rien vous dire.

Sa voix avait repris un volume normal.

— Maintenant, vous savez, a-t-elle conclu avec un soupçon de soulagement.

— Oui, dit une voix cassante depuis le seuil.

Amina et moi avons tourné la tête. Riyaz était là, une épaule appuyée contre l'encadrement de la porte. Il portait un kurta crème et ses cheveux sombres brillaient sous la lumière de l'ampoule dénudée qui pendait dans le couloir.

— Maintenant, vous savez, a-t-il répété d'une voix chargée de rage et de sarcasme. Maintenant, vous savez tous nos secrets inavouables. Félicitations.

Les yeux clos, j'étais assise sur mon matelas dans le noir, pendant qu'Amina et Riyaz se disputaient derrière la porte close de leur chambre. Leurs voix me parvenaient, avec les éclats caractéristiques de la colère.

Riyaz n'avait pas dîné avec nous. J'avais mangé en silence avec Amina, la mère de Riyaz et Aaqib, qui avait vu nos têtes en arrivant et s'était collé à sa grand-mère encore plus que d'habitude, les yeux baissés. Sensible à sa détresse, j'avais essayé de le distraire avec des blagues, mais chaque fois, il m'avait lancé un regard chargé de reproches et étonnamment adulte avant de continuer à manger. J'avais fini par me murer dans le silence, en proie à un sentiment de culpabilité. *C'est ma faute*, songeais-je. C'était moi qui avais mis sa famille sens dessus dessous avec mon invasion et mes questions indiscrètes. Mais cette pensée avait rapidement fait place à du ressentiment. J'avais peut-être débarqué ici sans y être invitée, mais ce n'était pas moi qui avais menti, qui avais dissimulé. Ce n'était pas uniquement ma faute.

Soudain, le volume de leurs voix a augmenté et j'ai ouvert les yeux. Une ombre a momentanément bloqué la lumière qui passait sous ma porte. Riyaz, sûrement. Et en effet, l'instant d'après, je l'ai vu sortir sur le porche. Cette fois, j'étais prête à ce qu'il se tourne vers ma fenêtre, prête à encaisser son regard accusateur et plein de colère, mais il a longé la grange à pas rapides et n'a pas tardé à disparaître de ma vue.

On a frappé doucement à la porte, et Amina a passé la tête à l'intérieur.

— Cocotte ? a-t-elle murmuré. Vous dormez ?

— Non.

Elle a actionné l'interrupteur et la lumière a envahi la pièce. Mes yeux se sont ajustés et j'ai vu qu'elle avait le visage rouge et bouffi, comme si elle avait pleuré.

— Amina, est-ce que ça va ?

Elle a hoché la tête.

— Et vous ? Vous êtes toujours en colère contre moi ?

J'ai secoué la tête.

— Je ne suis pas en colère. Je suis désolée d'avoir crié tout à l'heure.

— Vous avez un sacré coffre pour une cocotte, a-t-elle fait remarquer avec un petit sourire de travers.

J'ai souri, avant de baisser les yeux.

— Amina, est-ce que je peux vous poser une question ?

Elle a hoché la tête.

— Est-ce que vous avez dit à Bashir que j'étais ici ? Avant aujourd'hui, je veux dire. Quand je suis arrivée.

Ma question a semblé la surprendre.

— Non, nous ne lui avons rien dit. Pourquoi ?

— Pour rien.

Pendant une seconde, j'ai cru qu'elle allait insister, mais elle a simplement dit :

— Dormez, cocotte. On rediscutera de tout ça demain.

— Amina ? ai-je appelé alors qu'elle tournait les talons.

— Oui ?

— Est-ce que je pourrai le revoir ?

J'ai vu ses épaules s'affaisser.

— Dans quelques jours, peut-être, a-t-elle répondu d'un ton à la fois navré et inflexible. Il ne va pas très bien. Il a besoin de se reposer. Maintenant, essayez de dormir. Je viendrai vous réveiller demain matin. Pour traire la vache, vous vous rappelez ? a-t-elle ajouté avec l'esquisse d'un sourire.

Elle a éteint la lumière et refermé la porte. Je suis restée assise, immobile. Bashir Ahmed était de l'autre côté du mur. À peine trente centimètres de terre battue nous séparaient, et savoir cela me donnait l'impression qu'un tambour cognait sans relâche à un rythme implacable dans ma poitrine. J'ai oublié que j'avais prévu de partir. J'ai oublié l'épuisement et le ravissement que cet endroit provoquait chez moi. Je repensais sans cesse à sa chambre, à la couverture, à la lampe à pétrole, aux guirlandes en papier, et enfin à son visage ébahi, à sa voix qui martelait : « Sortez, sortez, sortez. »

Exactement les mêmes mots que ceux qu'il avait adressés à ma mère longtemps auparavant, dans un appartement rempli de matelas. Soudain, j'ai pensé à ce qui avait pu faire naître cette terreur animale dans ses yeux quand j'avais débarqué dans sa chambre d'un pas mal assuré.

J'ai toujours su que je ressemblais à mon père. J'avais ses épaules, son allure, sa mâchoire, ses mains, son rire. Mais tout à coup, à cet instant, je me suis demandé si je n'avais pas aussi quelque chose de ma mère en moi, dans mes gestes et ma peau et ma posture.

Je me suis demandé si, le temps d'un battement de cœur, il avait cru que c'était *elle*.

CHAPITRE 19

Je ne sais pas exactement comment ma mère a expliqué à mon père la brusque réapparition de Bashir Ahmed sur notre pas de porte, mais, avec le recul, il est possible qu'aucune explication n'ait été nécessaire. Je me souviens de Bashir Ahmed émergeant de la chambre d'amis où ma mère l'avait installé avec sa valise marron. Je me souviens de mon père lui serrant l'épaule et lui disant « Ne vous en faites pas, monsieur Ahmed » avec un paternalisme emprunté, comme si Bashir Ahmed était un adolescent qui avait des ennuis, au lieu d'un homme à peine plus jeune que lui. Parce qu'il pensait sûrement que c'était à cause de son offre, la fois où il avait raccompagné Bashir Ahmed à la grille en lui disant de revenir s'il avait besoin de quoi que ce soit, qu'il était chez nous. Bien sûr. Peut-être que c'était là toute l'étendue de l'explication que ma mère lui avait donnée.

Le premier soir, on s'est tous réunis pour dîner. Mon père s'assit à sa place habituelle à côté de moi et ma mère s'installa en face de nous. Après un instant d'hésitation, Bashir Ahmed prit la place libre qui restait, à côté d'elle. Il s'était baigné et portait désormais un kurta noir avec un col montant. Sa maigreur était frappante et je remarquai aussi quelque chose de nouveau dans ses yeux, qui l'empêchait de soutenir le regard des autres pendant très longtemps. Il s'éclaircit la gorge.

— Cher monsieur, dit-il dans un ourdou très formel, j'aimerais vous remercier de me permettre de rester.

Mon père lui adressa son sourire le plus magnanime.

— Monsieur Ahmed, il faut que vous arrêtiez avec vos histoires de « cher monsieur ». Nous sommes heureux de pouvoir vous aider.

— Ce n'est que l'affaire de quelques jours.

— Restez aussi longtemps que nécessaire, répondit mon père. Tout ce que j'espère, c'est que votre famille est en sécurité.

— Oui, cher monsieur. Ils sont à l'abri pour l'instant.

— Vous avez un fils, n'est-ce pas ?

— Oui, cher monsieur.

— Formidable. Est-il déjà venu à Bangalore ?

— Non, cher monsieur.

— Il faudra que vous veniez avec lui à l'occasion. Et avec votre femme, bien sûr.

En face de moi, ma mère se servit des carottes. Je la scrutai intensément, comme si j'attendais quelque chose d'elle, sans savoir quoi exactement. Un indice, peut-être, une indication que mes peurs n'étaient pas fondées, que la venue de Bashir Ahmed ne changeait rien, qu'elle était toujours la même femme qu'en Italie.

— Et donc, il y a des problèmes dans votre région ? demanda mon père entre deux gorgées de rhum.

— Oui, cher monsieur, marmonna Bashir Ahmed. Il y a des problèmes.

— Hum. C'est bien triste, murmura mon père. Mais, et l'armée ? Elle ne contrôle pas la situation ?

Après une pause, Bashir Ahmed répondit :

— L'armée est présente dans la région, cher monsieur.

Mon père hocha la tête.

— C'est déjà ça. Vous n'étiez pas revenu à Bangalore depuis un moment, n'est-ce pas ?

— Quatre ans, cher monsieur.

— Une longue absence. Nous nous faisions du souci pour vous.

Une flamme de rage naquit dans les yeux de ma mère face à ce mensonge éhonté, mais mon père ne remarqua rien. Bashir Ahmed bafouilla quelque chose avant de s'appliquer à manger avec une détermination sans joie. En regardant son visage hagard depuis l'autre bout de la table, ses gros doigts qui attrapaient si grossièrement le riz dans son assiette, les mouvements mécaniques de sa mâchoire, un dégoût si fort s'empara de moi que mon estomac se contracta.

Personne ne faisait attention à moi. Ma mère mangeait comme si c'était une soirée comme les autres. Mon père continuait à parler (gouvernement, armée, réponse ferme), les lèvres humectées par le rhum. Quant à Bashir Ahmed, il avait tout bonnement l'air hébété. Et pile au moment où je n'en pouvais plus, au moment où j'envisageais de me lever et de crier, j'entendis mon père prononcer les mots « ... une fête ».

Bashir Ahmed leva les yeux, la main suspendue entre sa bouche et son assiette.

— Pardon, cher monsieur ?

— Une fête, répéta mon père d'un air satisfait. Rien d'extravagant, juste quelques-uns de nos amis. Ils adoreraient discuter avec un véritable Cachemiri, surtout s'il est aussi juste et raisonnable que vous. C'est une opportunité rare pour eux. Pour nous tous, en vérité. Disons dans deux semaines ? Qu'en pensez-vous, vous serez encore avec nous, n'est-ce pas ?

Bashir Ahmed lança un coup d'œil à ma mère.

— Qu'en dites-vous, madame ?

Mon père se tourna également vers elle. Elle battit des paupières. On attendait tous qu'elle réponde. Je me surpris à retenir mon souffle, sans trop savoir pourquoi. Un étrange sentiment, totalement infondé, régnait : c'était comme si en prenant la parole, en émettant un jugement sur cette idée de fête absurde, elle allait tracer notre ligne de conduite, décider de notre destin collectif. Elle avala une bouchée de nourriture avant de répondre.

— Pourquoi pas ? murmura-t-elle. Tout le monde aime les fêtes.

Pendant les premiers jours de son séjour chez nous, Bashir Ahmed parla très peu. Il ne dit rien de plus sur les militants. Il ne raconta aucune histoire. En fait, il se comportait davantage comme un serviteur attentionné qu'autre chose. Il ne s'éloignait jamais de plus de quelques mètres de ma mère. Il restait dans un coin de la cuisine pendant qu'elle préparait les repas, bondissant en avant pour laver chaque plat qu'elle posait dans l'évier. Il décrochait les vêtements suspendus à la corde à linge et les pliait avec soin. Il gardait un œil sur la cuisinière quand ma mère tournait le dos, fermant le gaz une seconde avant que le lait ne déborde. Le reste du temps, il restait enfermé dans sa chambre. Les quelques fois où j'écoutai derrière la porte, je n'entendis rien d'autre à l'intérieur qu'un silence de prisonnier.

Il était discret et propre et d'une politesse indéfectible, mais je le surveillais comme un faucon, comme s'il risquait à tout moment de voler quelque chose et de se sauver. Je savais qu'il sentait mon hostilité, et même s'il ne le montra jamais, je savais que ça le blessait, mais je refusais de m'autoriser à y accorder de l'importance. Mon père, immergé dans le travail comme à son habitude, se laissait peut-être convaincre bêtement que le retour de Bashir Ahmed était inoffensif, mais je n'allais certainement pas faire la même erreur.

Je surveillais ma mère de près également. En Italie, elle s'était plus que jamais rapprochée de la joie humaine ordinaire, mais il n'en restait plus aucune trace à présent. Elle devenait industrieuse, de manière frénétique. Un matin, elle décida qu'il fallait laver tous les rideaux de la maison. Résultat : Bashir Ahmed passa une journée entière perché sur un escabeau branlant, à enlever et remettre les anneaux en plastique sur les tringles à rideaux. Lorsque à un moment un petit nuage de poussière enveloppa son visage, il éternua huit fois de suite, très vite, et ma mère gloussa d'une façon qui me rappela quelque chose. Je me creusai la tête encore et encore jusqu'à me souvenir de quoi il s'agissait : elle avait ri exactement comme les mères qui cancanaient au club de natation, celles qu'elle traitait de vaches stupides.

Néanmoins, je ne dis rien. Qu'est-ce que j'aurais bien pu dire, et à qui ? À treize ans, les mots me manquaient pour décrire les peurs qui commençaient à me consumer avec davantage de férocité chaque jour. L'attitude de mon père semblait suggérer que la présence de Bashir Ahmed était la bienvenue, l'esprit de ma mère était inaccessible, et Bashir Ahmed lui-même semblait déchiré entre détresse et gratitude, ce qui ne m'aidait absolument pas. Alors je fis la seule chose que je pouvais faire. J'attendis, en essayant de rester sur mes gardes, en essayant d'avoir à l'œil toutes ces pièces mouvantes et traîtresses (mère, visiteur, père), en essayant de suivre leurs phrases masquées, leurs humeurs changeantes, dans l'attente d'un signe clair m'indiquant quel coup jouer ensuite.

Et pendant ce temps, un sentiment d'urgence grandissait. L'été était presque fini. Et la fin de l'été s'accompagnerait de mon inévitable retour au collège.

Alors, ils ne seraient plus que tous les deux. Tous les deux dans le silence dense de midi, les rideaux tirés, chacun assis à une extrémité du canapé, sans parler, simplement à s'observer.

Je n'osais pas pousser mon imagination plus loin, et encore moins en parler à quelqu'un.

Désormais, je peux en parler, bien sûr.

Et désormais, je sais aussi qu'il ne s'est rien passé.

Elle ne l'a jamais touché.

CHAPITRE 20

La queue de la vache rousse et blanche se balançait doucement tandis que je m'approchais. Elle roula ses yeux noirs, mais sans suspicion cette fois, seulement avec un éclat de familiarité.

— Vous voyez, cocotte ? Elle vous reconnaît déjà.

Amina avait l'air fatiguée ce matin-là, comme si elle avait très peu dormi. Je n'avais pas dormi beaucoup, moi non plus. Je m'étais réveillée plusieurs fois, étreinte par la peur, avec le sentiment d'entendre des bruits dans la chambre de Bashir Ahmed, de l'autre côté du mur. C'était comme si, maintenant que je l'avais retrouvé, je redoutais qu'il ne se volatilise tout à coup.

Je me suis accroupie et je me suis mise au travail, le pot coincé entre les genoux. La vache a paru attendre un moment, puis elle a baissé la tête et a commencé à pousser du museau la paille tiède et aplatie sur laquelle elle avait passé la nuit. Mes pensées agitées ont ralenti un peu et, bientôt, je n'ai plus songé qu'au rythme de mes gestes, aux pis tièdes entre mes doigts, au lait dans le pot. Quand je l'ai tendu à Amina, j'ai relevé le menton comme pour la défier de critiquer mon travail, mais elle s'est contentée de sourire et hocher la tête.

J'ai retiré mon sweat alors que nous remontions jusqu'à la maison et un frisson de plaisir m'a parcourue quand l'air du matin a caressé le pli de mes coudes. Les contours des montagnes les plus éloignées se détachaient nettement dans le ciel, tandis que ceux des montagnes les plus proches étaient comme doux et nuancés. Bizarrement, je me sentais bien. Ces quelques jours à marcher sur ces sentiers avaient fortifié mes jambes, réveillé des muscles que je n'avais pas utilisés depuis l'époque de la natation.

— Cocotte, je me disais que vous aimeriez peut-être retourner chez l'oncle Muhammad Din aujourd'hui ? a suggéré Amina avec un empressement jovial, les yeux rivés sur le pot de lait.

— Oh ! Je ne suis pas sûre de…

— Ils ont dit que vous pouviez revenir quand vous vouliez, a-t-elle insisté. Et vous ne vouliez pas aider Sania à apprendre l'anglais ?

Elle essayait clairement de détourner mon attention. Pour une raison ou une autre, elle était réticente à l'idée de me laisser revoir Bashir Ahmed, et je n'étais pas entièrement contre. Toute la nuit, j'avais rêvé de son visage tel que je l'avais aperçu la veille, auréolé de l'immensité de la solitude qui émanait de son corps émacié. J'ai soudain songé que ce n'était peut-être pas une mauvaise idée de rendre de nouveau visite à Mohammad Din et Sania dans leur maison ensoleillée perchée sur sa crête.

— D'accord. Je vais y aller.

Amina a eu l'air contente que j'accepte sans protester. Nous avons apporté le pot de lait à la mère de Riyaz dans la cuisine, puis nous nous sommes assises pour prendre le petit déjeuner.

Aaqib est entré, vêtu de son uniforme, les yeux encore pleins de sommeil. Il s'est assis à côté de sa grand-mère et a ramené ses genoux contre lui, comme un petit animal qui se prépare à être attaqué. Le voir comme ça m'a fait de la peine et j'ai eu envie de lui témoigner un peu de gentillesse.

— Aaqib, tu es en quelle classe ?

Il a regardé sa mère, qui lui a répondu par un mouvement de tête encourageant. Il a reposé les yeux sur moi et levé un doigt taché de suie. Première section.

— Et ton école, est-ce que tu l'aimes bien ?

Il a haussé les épaules.

— J'ai une idée. Qu'est-ce que tu dirais si je faisais le trajet avec toi aujourd'hui ?

— C'est une excellente idée ! s'est aussitôt exclamée Amina. Tu devrais emmener Shalini et lui montrer ton école, Aaqib.

Il a fixé le sol et j'ai vu la bataille que se livraient en lui sa réticence et son envie d'obéir. Puis un joli sourire timide est apparu sur ses lèvres.

— D'accord.

Il est allé chercher son sac à dos et nous sommes sortis ensemble de la maison. Contre toute attente, quand nous sommes arrivés en haut du sentier, il a glissé sa petite main chaude dans la mienne. D'autres enfants passaient à côté de nous en courant, vêtus du même uniforme bleu. Ils nous dévisageaient, riaient et chuchotaient en cachemiri, mais Aaqib ne faisait pas attention à eux. Il marchait à côté de moi, ma main bien serrée dans la sienne, montrant du doigt les éléments importants : un arbre qu'il aimait bien, la maison où vivait un de ses amis. Je me sentais incroyablement flattée.

— Tu as vu mon dadaji hier, a-t-il dit soudain.

Je l'ai regardé, sans trop savoir comment réagir.

— Oui, ai-je fini par dire.

— Des gens veulent lui faire du mal, m'a-t-il expliqué avec le plus grand sérieux. Des gens du gouvernement.

Il a marqué une pause, comme s'il venait de penser à quelque chose.

— Est-ce que tu es du gouvernement ?

— Non, ai-je assuré fermement.

Il a réfléchi un instant.

— D'accord, a-t-il dit. Regarde, c'est mon école.

Il a tendu l'index vers un petit bâtiment blanchi à la chaux, niché dans une vallée peu profonde d'où montaient des cris d'enfants. Aaqib m'a lâché la main et a descendu la petite pente, son sac bondissant dans son dos. Je l'ai regardé rejoindre un groupe d'enfants, qui l'ont entouré avant de m'observer avec curiosité. Ils sont entrés en courant dans le bâtiment. J'ai tourné les talons et je suis repartie vers la maison.

* * *

J'ai enjambé la canalisation qui fuyait, un geste qui était devenu une habitude en quelques jours seulement. Mais avant de contourner le coin de la maison, j'ai senti que quelque chose clochait. J'ai entendu la voix d'Amina ; son intonation était guindée et formelle, dépourvue de sa chaleur et de sa gaieté taquine habituelles. En arrivant au niveau du porche, je me suis retrouvée face à un océan d'uniformes. Un groupe de soldats indiens m'a soudain dévisagée. Certains portaient des casquettes, d'autres des sacs à dos. Quelques-uns avaient remonté leurs manches. Ils étaient tous armés. Amina se tenait au milieu d'eux, les bras croisés sur la poitrine, en train de parler à un beau soldat à la peau sombre qui arborait une imposante moustache.

J'ai marqué une pause. Puis, consciente que tous les regards étaient rivés sur moi, j'ai avancé jusqu'à Amina. J'ai vu les yeux du soldat à moustache faire des calculs rapides, tentant sans y parvenir de me faire rentrer dans ce décor. J'ai jeté un rapide coup d'œil à son badge : *A. S. Bakshi.*

— C'est la visiteuse dont vous nous parliez ? a demandé le soldat dans un hindou nasal et cassant.

— Oui, a répondu Amina.

— Comment s'appelle-t-elle ?

— Shalini, ai-je répondu à sa place.

Son regard paraissait détaché, mais je voyais bien qu'il enregistrait chaque détail, de ma queue-de-cheval négligée aux taches de boue sur mon jean.

— Vous n'êtes pas cachemirie.

— Non.

— Chef, monsieur, a appelé un des soldats.

Il avait le visage couvert de boutons et un bandana rouge attaché autour de la tête dans un style guérillero. Il tenait un petit téléphone portable à la main.

— Je n'ai pas de réseau.

— Qu'est-ce que tu veux que j'y fasse ? a répondu le chef sans me quitter des yeux. Que je trimballe une antenne partout où on va ?

Le soldat a rougi et reculé.

Le chef s'est tourné vers Amina.

— Où est votre mari ?

— Au travail.

— Qu'est-ce qu'il fait ?

— Il est transporteur. Il a deux mules.

— Hum.

Il a regardé ses hommes, qui s'affairaient autour de nous.

— Asseyez-vous ! a-t-il ordonné.

Ils se sont éparpillés sur le porche, comme des garçons rassemblés pour un pique-nique. Quelques-uns se sont installés sous le poirier, un autre au bord du porche, les jambes dans le vide. Ceux qui restaient se sont assis en petit cercle dans la terre et se sont mis à se curer les dents ou à tripoter leurs portables.

La mère de Riyaz est sortie de la maison, avec dans les mains un plateau en plastique contenant huit tasses de thé. Elle a tendu le plateau au chef, qui a délicatement attrapé une tasse entre son pouce et son index. Il l'a observée tandis qu'elle faisait le tour pour distribuer du thé aux soldats, qui s'emparaient de leurs tasses en grommelant des remerciements. Une fois le plateau vide, elle l'a donné à Amina et est retournée dans la maison sans jeter un regard au chef. J'ai remarqué qu'il semblait légèrement intimidé par cette vieille femme au visage de pierre et j'ai aussitôt ressenti de l'admiration pour elle.

— Votre mère ? a-t-il demandé à Amina quand la tante Khadijah a eu disparu à l'intérieur.

— Ma belle-mère.

— Et qui d'autre vit dans la maison ?

— Mon fils de cinq ans.

— Personne d'autre ?

— Personne d'autre.

Le chef s'est tourné vers moi.

— Et vous ?

La panique a perforé ma poitrine comme de l'acide, me brûlant l'estomac. L'assurance dans ma voix m'a surprise quand je me suis entendue répondre :

— Je viens de Bangalore.

— Et qu'est-ce que vous faites ici ?

— Je rends visite à mes amis.

— Vos amis ? Ces villageois, vous voulez dire ? a-t-il demandé comme si Amina n'était pas là.

— Oui.

— Je vois. Et combien de vos amis vivent dans cette maison ?

— Cinq.

— Cinq ?

— Oui.

Il s'est penché en avant.

— Elle a dit qu'elle vivait avec son mari, sa belle-mère et son fils, a-t-il expliqué en comptant sur ses doigts. Ça fait quatre personnes. Pourquoi avez-vous dit cinq ?

— C'est moi la cinquième.

Son expression est restée inchangée. J'avais désespérément envie de regarder Amina, mais je me suis forcée à garder les yeux sur lui. Il semblait réfléchir tout en sirotant son thé.

— Très bien.

Il a fait un signe et les soldats ont commencé à se rassembler. Un par un, ils se sont approchés d'Amina pour poser leurs tasses vides sur le plateau. Elle se tenait bien droite, le regard rivé quelque part par-dessus leurs têtes. Enfin, le chef a fait un pas en avant pour donner la sienne.

— Une dernière question. Avez-vous aperçu quelqu'un dans les parages que vous n'avez pas reconnu ? Avez-vous remarqué la présence d'étrangers ou d'inconnus ? À part elle, bien sûr, a-t-il ajouté en hochant la tête vers moi.

Amina a secoué la tête.

— Vous en êtes sûre ?

— Oui.

— Très bien. Merci pour le thé.

Il a levé un doigt et ses hommes se sont mis en rang, puis en marche. Dès qu'ils ont tous eu le dos tourné,

Amina s'est éloignée, mais je suis restée là où j'étais pour les regarder remonter le chemin jusqu'à ce qu'ils tournent à gauche et disparaissent de ma vue.

Amina était assise à côté du robinet extérieur et frottait vigoureusement les tasses. Je me suis jointe à elle en silence et nous les avons lavées ensemble puis reposées sur le tableau pour qu'elles sèchent. Elle a alors effleuré mon poignet de ses doigts mouillés.

— Merci, cocotte, a-t-elle dit d'une voix douce en me regardant enfin.

— Ils viennent souvent ?

— Tous les deux ou trois mois. Ce sont des soldats différents chaque fois, mais ils posent toujours les mêmes questions. J'étais étonnée car un groupe était ici il y a une semaine, quelques jours avant votre arrivée. D'habitude, ils ne reviennent pas si vite.

Elle avait l'air inquiète.

— Qu'est-ce qu'ils feraient à Bashir Ahmed s'ils le trouvaient ?

Elle a haussé les épaules.

— Je n'en sais rien. Peut-être qu'ils ne lui feraient rien du tout. Ou peut-être que si.

Son visage s'est éclairé.

— Mais ils sont partis, alors oubliez-les, a-t-elle ordonné un peu trop gaiement. Dites-moi, cocotte, avez-vous réfléchi à votre leçon avec Sania ?

À l'entendre, il était clair que le sujet était clos.

— Non, ai-je admis. Je n'y ai pas réfléchi du tout.

— C'est une fille intelligente, a déclaré Amina. Elle apprendra tout ce que vous voudrez bien lui enseigner.

Quand je suis entrée, la pièce baignait dans la lumière du soleil qui entrait par les grandes fenêtres. Sania m'attendait avec ses livres. Pendant qu'elle préparait du thé dans la cuisine, je les ai feuilletés : tous étaient des manuels standard émis par le gouvernement, mal imprimés et remplis d'erreurs. Je ne savais pas trop ce que j'étais censée faire, ni ce que Sania ou quiconque pouvait bien espérer apprendre de moi. J'ai eu envie de le lui dire, de lui expliquer qu'il s'agissait d'un malentendu, que je n'étais pas professeure, mais lorsqu'elle est revenue s'asseoir en face de moi, ses yeux étaient si pleins d'espoir que je n'en ai pas eu le courage. À la place, j'ai suggéré :

— Et si on commençait par un peu de lecture ?

J'ai attrapé le premier manuel à ma portée (un livre d'histoire) et l'ai ouvert à une page au hasard. Sania a tellement baissé la tête que son menton touchait presque sa poitrine. Puis, avec une détermination inébranlable, elle a commencé à massacrer les mots anglais abstraits : doctrine, annexion, traité. Je l'ai arrêtée au bout de trois phrases. Elle a relevé les yeux et battu des paupières.

— Bien, ai-je dit sans conviction. C'est très bien. Est-ce que tu as tout compris ?

Elle a rougi et secoué la tête.

— Tu ne comprends pas ce que tu viens de lire ?

Elle a secoué la tête à nouveau.

— Notre école a été fermée pendant longtemps, madame, et nous n'avions pas de bons professeurs, a-t-elle expliqué timidement. Ils nous donnent les réponses pendant les examens pour qu'on réussisse et qu'on ait de bonnes notes.

— Oh ! Bien, oublions la lecture pour aujourd'hui, d'accord ? On va discuter, toi et moi. Mais en anglais. Pourquoi est-ce que tu ne me parlerais pas… je ne sais pas, moi, des choses que tu aimes ?

— Comment ça, madame ?

— Comme ça. J'aime. Les. Films. De. Bollywood, ai-je lentement énoncé en anglais.

— J'aime les films de Bollywood, a-t-elle répété.

— Très bien. Quoi d'autre ?

— J'aime famille.

— J'aime *ma* famille, ai-je corrigé. C'est très bien. Quoi d'autre ?

— J'aime *mon* village.

Ses narines se dilataient tant elle se concentrait.

— J'aime *mes* amis. J'aime *ma* maison.

— Très bien. Maintenant, parle-moi de ce que tu n'aimes pas.

Elle s'est appliquée à lister les choses qu'elle n'aimait pas : l'hiver, le lait, les hôpitaux et les œufs. Je lui ai fait construire des dizaines de phrases simples à la première personne, puis elle les a écrites pendant que je regardais par-dessus son épaule pour corriger son orthographe. Amina avait raison : Sania était intelligente et elle n'a pas tardé à anticiper mes questions et à corriger ses erreurs. Bientôt, je me suis sentie absorbée par la même rythmique que lorsque je trayais la vache. Quand j'ai regardé de nouveau par la fenêtre, j'ai été surprise de constater que le ciel était devenu gris.

Sania, elle, rayonnait.

— Merci, madame. Vous êtes une très bonne professeure.

— J'espère que tu as trouvé ça utile, Sania.

— Très, madame. Vous reviendrez demain ? a-t-elle demandé avec enthousiasme.

J'étais sur le point de répondre quand Mohammad Din est entré, accompagné d'un homme. L'invité était ramassé et trapu, comme beaucoup d'hommes dans la région, mais ses doigts étaient d'une longueur et d'une finesse inhabituelles. Sania a marmonné un rapide

« Salaam alaikum » avant de disparaître pour faire du thé. Mohammad Din m'a souri.

— Je vois que vous avez décidé de prolonger votre séjour, a-t-il murmuré. J'en suis ravi.

— Je vais rester un peu plus longtemps, oui.

L'espace d'un instant, j'ai eu envie de lui raconter tout ce que j'avais découvert depuis la veille au soir : Bashir Ahmed, la chambre secrète, les soldats. Mais je me suis rappelé la promesse faite à Amina, et je n'ai rien dit.

Mohammad Din a invité l'homme à s'asseoir et ils ont entamé une conversation en cachemiri. C'était surtout l'homme qui parlait, avec Mohammad Din qui glissait un « hum » occasionnel et formulait de temps à autre ce qui ressemblait à une question.

Sania leur a apporté du thé avant de s'asseoir près de moi pour les écouter attentivement. Enfin, l'homme s'est tu et Mohammad Din a dit quelques phrases. Je n'ai compris qu'un seul mot : *demain*. Son interlocuteur a paru satisfait et s'est levé pour s'en aller.

— Que Dieu vous garde, nous a-t-il dit avec un hochement de tête.

— Que Dieu vous garde, a murmuré Sania.

Dès qu'il a été parti, elle s'est tournée vers Mohammad Din, les yeux brillants.

— Est-ce qu'il dit vrai, Papa ? a-t-elle demandé avec empressement. Qui peuvent bien être ces gens ? Ils n'ont pas l'air de militants.

— Calme-toi, Sania. C'était un de nos villageois, a-t-il expliqué à mon intention en voyant mon air perplexe. Il est venu me prévenir qu'il avait aperçu deux hommes, des étrangers, cachés près de chez lui hier soir. Il pense que c'étaient des voleurs, car ils étaient habillés en noir. Mais ils n'ont rien volé, alors je ne sais pas trop ce qu'il veut qu'on y fasse.

Face à mon expression inquiète, il a ajouté d'un ton ferme :

— Il n'y a aucune raison de s'inquiéter. Il s'agit d'un homme qui a un jour raconté à tout le monde dans le village qu'il avait vu un éléphant à côté de sa maison. Il vaut mieux ne pas écouter tout ce qu'il dit.

J'ai souri, avant de repenser aux questions que le militaire avait posées à Amina. Quand j'ai rapporté la visite des soldats à Mohammad Din, il a froncé les sourcils.

— Il peut s'agir d'une simple coïncidence. C'est le travail de l'armée de poser ce genre de questions. Je suis sûr que ce n'est rien du tout.

— Mais… et si ce n'était pas rien du tout ? a insisté Sania. Qu'est-ce que tu feras ?

— Comment veux-tu que je le sache, ma fille ?

La voix de Mohammad Din était toujours agréable, mais elle comportait une pointe d'agacement.

— Nous allons commencer par en discuter lors de la réunion du panchayat demain.

Sania a eu l'air déçue. Mohammad Din a secoué la tête avec indulgence puis s'est tourné vers moi.

— Merci d'avoir aidé ma fille, même si elle pose beaucoup trop de questions.

— Avec plaisir. Je peux revenir demain, si elle veut.

À ces mots, le visage de Sania s'est illuminé d'un sourire démesuré.

Ce soir-là, après le dîner, je suis allée au bord du porche comme je le faisais toujours, pour contempler la vallée. Globalement, le repas avait été moins désagréable que la veille. Amina et Riyaz étaient tendus, mais courtois l'un envers l'autre, et Aaqib avait surpris tout le monde en s'asseyant à côté de moi au lieu de sa grand-mère, son genou frôlant le mien pendant que nous mangions.

La nuit s'installait dans la vallée, des lumières apparaissaient sur les versants. Quand j'ai entendu un bruit de pas, je n'ai pas eu besoin de me retourner pour savoir qui c'était. J'ai cru qu'il allait m'éviter, comme d'habitude, mais ses pas se sont rapprochés, accompagnés de sa respiration et du bruissement de ses vêtements.

— Il y a dix ans, tout était plongé dans le noir.

Il s'est approché de moi, mais a gardé les yeux fixés sur la vallée.

— Il n'y avait pas d'électricité à l'époque, ni de chauffage en hiver, évidemment. Et les températures chutaient jusqu'à moins dix, parfois moins quinze.

— Comment faisiez-vous ?

— On allumait un feu dans la cuisine, on fermait la porte et on restait là jusqu'à l'été.

J'ai coulé un regard dans sa direction. Je n'arrivais pas à savoir s'il avait voulu faire de l'humour ou pas.

— Sacrée fraîcheur, ai-je fini par dire.

Il a ri, et ce bruit m'a fait l'effet d'une décharge électrique. J'ai immédiatement eu envie de le faire rire à nouveau.

— En effet, a-t-il confirmé avant d'ajouter d'un ton bourru : J'ai appris ce qui s'était passé aujourd'hui avec les soldats. Merci pour ce que vous avez fait.

— Je n'ai rien fait du tout.

— Dans ce cas, merci de n'avoir rien fait.

— De rien. Ne rien faire est ce que je fais le mieux.

Il a encore ri.

J'ai été surprise de constater à quel point c'était facile d'être là avec lui. Le silence entre nous était aussi naturel que nos respirations, comme si nous nous connaissions depuis des années. J'étais très consciente de son torse qui montait et descendait, du mouvement des muscles de ses jambes, et j'ai senti une drôle d'excitation naître dans ma poitrine.

— Mon père me parlait de vous, vous savez.

J'ai tourné la tête vers lui, mais il regardait toujours la vallée.

— Il me disait qu'il y avait une fille à Bangalore, plus ou moins du même âge que moi, qui vivait dans une grande maison avec un jardin. Il me disait qu'un jour il m'emmènerait avec lui pour que je fasse votre connaissance. Mais ça n'est jamais arrivé, comme vous le savez, a-t-il conclu avec un haussement d'épaules.

J'ai gardé le silence un moment, les yeux rivés au pin qui marquait la limite du champ. Moins de corbeaux y étaient perchés que d'habitude.

— Votre père me parlait aussi de vous. Une fois, il m'a offert un petit animal en bois que vous aviez sculpté vous-même. Pendant des années, j'ai cru l'avoir perdu, mais je l'ai retrouvé récemment.

J'allais en dire plus, mais j'ai constaté qu'il s'était raidi.

— Qu'est-ce qui ne va pas ?

Sans un mot, il a fouillé dans la poche de son kurta et en a ressorti quelque chose qu'il m'a montré, la paume ouverte. Au début, je n'ai pas réussi à distinguer ce qu'il me montrait, puis un nuage s'est dissipé et j'ai vu à la lumière de la lune qu'il s'agissait d'un morceau de bois. Sans véritable forme, d'à peine dix centimètres de long. L'écorce avait été retirée par endroits, laissant des taches plus pâles. J'ai tendu la main pour m'en emparer.

— Vous en faites encore.

Pour une raison quelconque, j'avais la gorge douloureusement serrée. Son visage était près du mien, sa respiration régulière, et j'ai senti son souffle chaud sur ma peau.

— Vous venez ici tous les soirs, n'est-ce pas ? a-t-il demandé tout bas.

— Oui.

— Est-ce que vous serez là demain ?

— Oui.

— Bien.

La conversation s'est arrêtée là, mais nous sommes restés immobiles. Derrière nous, de la lumière émanait de la cuisine, mais n'éclairait pas l'endroit où nous étions. Si Amina avait regardé par la fenêtre de la cuisine à cet instant, elle aurait vu deux ombres, presque indiscernables dans l'obscurité, séparées de quelques centimètres à peine.

CHAPITRE 21

Bashir Ahmed passa dix-neuf jours chez nous pendant l'été 1995. Et chaque jour qui passait, il se renfermait davantage sur lui-même. À la fin de la première semaine, il avait arrêté de suivre ma mère partout comme un petit chien. Il continuait néanmoins à accourir chaque fois qu'elle l'appelait pour effectuer une tâche quelconque dans la maison, même si ce n'était plus avec la soumission affichée au début. Mais une fois sa mission accomplie, il retournait s'enfermer dans sa chambre, pour n'en ressortir qu'à l'heure du dîner. Peu à peu, je cessai de le considérer comme un prisonnier et commençai à le voir comme un roi. Un roi en exil, âgé et ravagé et tragique, sombrant lentement dans la folie, reclus dans son monde lointain peuplé de souvenirs.

La première réaction de ma mère face à cela fut une tentative de le ramener à elle et au monde des vivants. Pour ce faire, elle augmenta le nombre et l'urgence de ses requêtes. C'était comme si elle croyait pouvoir le lier à elle par la seule force de sa volonté et une liste interminable de corvées. En une semaine, les sols furent lavés et relavés, les rambardes en bois cirées, les pots en cuivre lustrés, les tapis battus avec des manches à balai, les placards vidés et tapissés de papier journal propre, des boules de naphtaline placées dans les tiroirs. Mais rien n'y faisait : Bashir Ahmed continuait de dériver de plus en plus loin, et un désespoir grandissant gagnait ma mère.

L'ironie de la situation sautait aux yeux. Ma mère, qui avait toujours été une vagabonde à la dérive, ballottée par les courants mystérieux et impénétrables de son esprit, après qui j'avais passé tant de temps à courir, courait désormais sans retenue après Bashir Ahmed, bataillant pour attirer son attention. Je le prenais comme un véritable affront, ni plus ni moins. Et pourtant, ce n'était pas aussi simple qu'un affront, car pendant ces semaines qu'il a passées chez nous, ces semaines qu'elle sembla passer à crier son nom, je commençai à éprouver un sentiment que je n'aurais jamais cru éprouver pour ma mère un jour. De la pitié.

J'avais pitié de la façon dont elle guettait, tête penchée, le bruit de la porte de sa chambre qui s'ouvrait et se fermait. J'avais pitié des raisons qu'elle trouvait de passer dix fois par jour devant sa chambre sur la pointe des pieds. J'avais pitié des excuses qu'elle inventait pour lui toutes les fois où il nous faisait attendre à table. « Il a dû s'endormir. Il avait l'air fatigué. Ou peut-être qu'il est en train de prier. » Et parce que je détestais imaginer que ma mère, cet être éclatant et indomptable, puisse être l'objet de la pitié de quiconque, et encore moins de la mienne, je réagis comme l'aurait fait n'importe quel enfant : je transformai ma pitié en colère, mon impuissance en méchanceté, et je fis peser tout cela directement sur les épaules du pauvre Bashir Ahmed.

Un soir, après le dîner, je le suivis jusqu'à sa chambre. J'avançai à pas de loup, de telle sorte que c'est seulement en ouvrant la porte qu'il se rendit compte que j'étais juste derrière lui. Il la referma précipitamment, mais j'avais eu le temps d'apercevoir son lit défait, couvert de piles de vêtements, et de sentir une puanteur froide et solitaire de cigarette. Je ne l'avais jamais vu fumer.

— Ma fille, est-ce que tu as besoin de quelque chose ? demanda-t-il en tentant d'afficher un sourire qui se dissipa rapidement.

— Je ne suis *pas* votre fille, éructai-je.

Il recula, comme s'il venait de prendre une gifle. Je ressentis un plaisir aussi intense que tordu de l'avoir blessé, aussitôt suivi par le désir de le blesser encore plus. Était-ce le genre de joie que ma mère éprouvait quand elle était cruelle envers mon père, envers moi, envers des gens comme le chef de section de l'usine ? Est-ce que c'était ça qui la poussait à relever la tête, à vous regarder de haut avec mépris et à dire toutes ces choses insensibles ? Cette peur terrible et incontrôlable, qui menaçait de faire exploser ses veines si elle ne la déversait pas sur quelqu'un d'autre ?

— Pourquoi est-ce que vous ne pouvez pas rentrer chez vous et nous laisser *tranquilles* ? sifflai-je.

J'attendis, un peu effrayée par ce que je venais de dire, prête à essuyer sa colère. Bashir Ahmed garda longuement le silence. Puis il soupira.

— Ma fille, je m'en vais, annonça-t-il tout bas.

Ce fut mon tour d'avoir l'impression qu'on venait de me gifler.

— Quoi ? Quand ça ?

— Dimanche. Le lendemain de la fête.

— Quelle fête ?

J'avais complètement oublié l'impulsion enthousiaste de mon père.

— La fête, répéta-t-il. Avec les amis de tes parents.

Je ne répondis pas. Comment était-il possible que ma mère ne m'ait pas parlé du prochain départ de Bashir

Ahmed ? Comment avait-elle pu me cacher une chose pareille ?

— Comment ma mère a réagi quand vous lui avez dit ? finis-je par demander.

Il ne m'offrit pas de réponse. Il avait une drôle d'expression sur le visage et il semblait ne pas vouloir croiser mon regard. D'une voix plus forte, j'insistai :

— Qu'est-ce qu'elle a dit ?

Soudain, quelque chose parut lâcher en lui.

— Pourquoi est-ce que tu ne lui poses pas la question toi-même ? cria-t-il.

Je reculai d'un pas.

Il déglutit bruyamment.

— Je suis désolé, ma fille. Je suis désolé. Je ne voulais pas te crier dessus. Je suis fatigué, c'est tout. Je vais aller dormir, maintenant, d'accord ? Bonne nuit. Je suis désolé.

Il entrouvrit la porte juste assez pour se glisser dans sa chambre sans que je puisse voir à l'intérieur. Puis, très doucement, il la referma derrière lui.

* * *

Le lendemain, le matin précédant la fête, j'observai ma mère devant ses divinités. Armée d'une paire de ciseaux, elle découpait une longue guirlande de soucis. Elle plaça les tiges autour du cou de ses idoles, disposa des fleurs individuelles à leurs pieds de cuivre puis ferma les yeux. Elle savait que j'étais là, bien sûr, mais elle ne m'avait pas jeté un regard. Quand elle rouvrit enfin les yeux, cinq minutes plus tard, la première chose qu'elle me dit, d'un ton sec et impatient, fut :

— Tu essaies de lire dans mes pensées, petit monstre ?

C’était si proche de la vérité que j’en frémis. Mais je me repris et répondis :

— Il faut que je te dise quelque chose, Amma.

Je baissai la voix à un niveau qui me paraissait adapté aux annonces à caractère urgent.

— Bashir Ahmed va partir. Après la fête.

Elle hocha la tête.

— Tu savais ? Comment tu sais ?

Elle épousseta un pétale jaune sur la manche de son kurta, qui voleta jusqu’au sol.

— Parce que c’est mon idée, petit monstre.

J’étais sidérée.

— Ton idée ? C’est toi qui lui as dit de partir ?

— Oui.

Je scrutai son visage. J’avais toujours été sûre de savoir ce qui se passait dans sa tête. Comme le travail pour mon père et les idoles pour ma mère, c’était le pilier central de ma foi : cette certitude qu’elle et moi étions liées, aussi bien par le corps que par l’esprit. Que je pouvais ressentir ce qu’elle ressentait et même lire dans ses pensées. Mais là, je la regardais et je n’arrivais à rien lire du tout. Elle s’était donné tant de mal pour retenir Bashir Ahmed en lui inventant des corvées pour l’occuper, et voilà qu’elle changeait soudain d’envie et lui ordonnait de s’en aller ? Ça n’avait pas de sens. Il y avait autre chose. Elle ne me disait pas tout.

— Est-ce qu’il va revenir ?

Elle réfléchit avant de répondre :

— Non. Je ne crois pas qu’il ait de raison pour ça.

Qu’est-ce que ça signifiait ?

— Tu aurais dû me prévenir, Amma, déclarai-je d’un ton un peu hésitant.

— Pourquoi ?

Elle me fixait, calme.

— Parce que…

Je me tus. Qu'est-ce que j'étais censée répondre ? *Parce que j'ai toujours été loyale ? Parce que je suis restée assise dans la même pièce, jour après jour, avec Bashir Ahmed et toi, sans jamais rien dire à personne ? Parce que si je ne suis pas la gardienne de tes secrets, si je ne suis pas ton petit monstre, alors qu'est-ce que je suis ?*

Elle soupira.

— Tu ne peux pas tout savoir, Shalini.

Cette fois, on aurait pu croire que c'était elle qui lisait dans mes pensées.

— Mais je…

Ma mère se redressa de toute sa hauteur.

— Suis-je dans l'obligation de te confesser toutes les pensées qui me traversent la tête ? C'est ça, la règle ? Et qui l'a décrétée, hein ? Toi ? Et puis-je te demander qui tu es censée être ? Ma meilleure amie ? J'ai une révélation à te faire, étant donné que ce que je pense t'intéresse tellement. Tu n'es *pas* ma meilleure amie. Tu es une *enfant*. Une enfant très intelligente et compatissante, certes, mais une enfant quand même.

Je restai bouche bée. Je connaissais ce ton autoritaire, glacial mais débordant de colère. Elle l'avait utilisé à de nombreuses reprises avec mon père pendant leurs disputes. Elle l'avait utilisé avec Bashir Ahmed quatre ans plus tôt quand elle lui avait dit de retourner au Cachemire. Mais elle ne l'avait jamais utilisé avec moi.

— J'ai une vie, m'informa ma mère. Et cette vie, quoi que toi ou d'autres puissiez en penser, est une chose que j'entends bien protéger. Contre tout le monde. Y compris toi.

Peut-être qu'elle lut quelque chose sur mon visage, ou qu'elle se rendit soudain compte du ton qu'elle employait, car elle se détendit.

— Tout ira bien pour toi, Shalini. Tu es plus intelligente que la plupart des adultes que j'ai rencontrés. Tu es plus intelligente que moi, ça ne fait aucun doute. Tout ira bien pour toi, quoi qu'il advienne.

Je secouai la tête.

— Si, tout ira bien, insista-t-elle comme s'il s'agissait d'une injonction. Tu te souviens de la fois où je t'ai emmenée dans un magasin et où tu n'arrêtais pas de pleurer ? Peut-être que tu ne t'en souviens pas, tu étais encore bébé.

— Si, mentis-je. Je m'en souviens parfaitement.

— On attendait qu'Appa arrive. J'étais tellement frustrée que tu pleures comme ça que je t'ai laissée dans la boutique pour aller prendre l'air dehors, mais je pouvais encore t'entendre renifler. Puis, d'un coup, je ne t'ai plus entendue. Je suis revenue sur mes pas et j'ai jeté un coup d'œil dans le magasin. Tu étais là, heureuse comme tout, en train de rire et de jouer avec un paquet de gâteaux, et toutes les personnes qui étaient là te regardaient en souriant. C'est là que je me suis dit : *Tout ira bien pour elle.*

Elle me caressa la joue puis tourna les talons et sortit de la cuisine, me laissant seule avec les divinités décorées dans leur alcôve.

Je fixai leurs visages en cuivre, leur air satisfait. Brusquement, en proie à une pulsion chaotique, j'arrachai une par une les grosses fleurs qui les ornaient et broyai chacune d'elles dans mon poing avant de les laisser tomber à terre.

Une fois mon massacre terminé, le sol était couvert de fragments de pétales jaunes et de tiges vertes, l'air était parfumé de l'odeur végétale de la nuit et de la terre, et mes mains étaient chaudes et collantes. J'avais le sentiment que mon esprit était creux, vide à l'exception d'une seule pensée. Une certitude sourde et perçante, qui résonnait si fort que je n'arrivais pas à croire que j'étais la seule à l'entendre.

Elle avait l'intention de partir avec lui.

CHAPITRE 22

Le jour suivant la visite des soldats, la maison était particulièrement silencieuse, comme après le passage d'une tempête. Alors qu'Amina et moi nous dirigions vers la grange, un fin brouillard s'accrochait à nos mains et nos visages. Heureusement, la chaleur qui s'échappait de la paille et des flancs humides de la vache n'a pas tardé à le dissiper. Alors que j'étais accroupie à côté de l'animal, Riyaz s'est glissé par l'ouverture de la porte. Il devait être en retard, car il a harnaché les mules à la hâte sans nous jeter un regard. Amina a commencé à se mordiller nerveusement la lèvre. Alors qu'il était sur le point de partir, elle l'a interpellé :

— Essaie de faire attention. Avec tous ces soldats qui traînent…

— Je sais, l'a-t-il interrompue d'un ton irrité. Tu crois que je ne suis pas au courant ?

— D'accord, d'accord, a répondu Amina, conciliante.

Elle a tenté d'attirer son attention sur moi pour changer de sujet.

— Tu as vu les progrès qu'elle a faits ? a-t-elle demandé avec fierté. Encore quelques jours et ce sera une véritable experte.

J'ai senti le regard de Riyaz sur ma nuque, qui s'est aussitôt échauffée. J'ai attendu qu'il parle, mais il s'est contenté d'émettre un grognement et j'ai été déçue malgré moi. Je l'ai entendu partir, accompagné des mules. Après son départ, Amina a soupiré et s'est accroupie à côté de moi.

— Ne vous mariez jamais, a-t-elle lâché en secouant la tête.

J'ai esquissé un sourire, sans quitter mes mains des yeux.

— Parfois, je me dis que la seule façon de lui faire remarquer ma présence, ce serait de lever le nez en l'air et de braire comme une de ses mules.

Elle a soupiré à nouveau et m'a donné une petite tape sur l'épaule.

— Bon, ça suffit pour aujourd'hui. Je vais terminer.

Je lui ai tendu le pot et je me suis relevée pour m'étirer les jambes pendant qu'elle prenait la relève avec dextérité. Je ressentais un malaise insaisissable qui s'est prolongé pendant le petit déjeuner. Après ça, au lieu de passer le balai comme elle le faisait d'habitude ou de laver du linge sale, Amina a adressé quelques mots en cachemiri à la mère de Riyaz, qui balayait les cendres du matin, avant de se tourner vers moi.

— Mettez vos chaussures.

— Pourquoi ?

— Ah, ne recommencez pas avec vos questions. Mettez vos chaussures, un point c'est tout.

Je savais que ça ne servait à rien de protester. J'ai enfilé mes baskets et nous nous sommes mises en route. Au début, j'ai cru que nous allions chez Mohammad Din, mais, à mi-chemin, Amina a changé de direction et emprunté un sentier sinueux qui grimpait et semblait se perdre encore plus haut entre les pins. J'ai tenté d'en savoir plus sur notre destination, mais elle m'a sévèrement fait signe de me taire, alors j'ai obéi et me suis abandonnée au plaisir de la promenade.

Couvert de poussière et de pierres brillantes, le sentier serpentait sans cesse. Au bout d'un moment, je me suis rendu compte que nos pas ne faisaient plus le même bruit ; les pierres avaient été remplacées par des aiguilles de pin, l'air était chargé d'une forte odeur de sève tandis que nous passions sous les grandes ombres des arbres. Ils poussaient à des angles improbables sur le versant, leurs troncs sortant horizontalement du sol avant de changer de direction et de se dresser brusquement vers le ciel jusqu'à trente mètres au-dessus de nos têtes, ou plus encore. Les rayons du soleil qui parvenaient jusqu'à nous étaient doux comme du velours ; par endroits, d'imposants rochers se dressaient, couverts de mousse et d'épines brunes et sèches. Je n'entendais rien à part le bruit du vent et le bruissement de nos pas.

Puis, tout à coup, les arbres ont disparu, comme un rideau qu'on ouvrait, et nous avons longé un chemin à pic qui descendait jusqu'à un large bassin, autour duquel d'énormes rochers formaient une sorte d'amphithéâtre. Un fin ruisseau d'eau claire coulait au milieu. Nous avons continué à descendre et je n'ai pas pu retenir un cri de surprise.

Une saillie rocheuse dissimulait une piscine naturelle. L'eau s'y déversait depuis un creux dans le rocher qui la surplombait, en un filet blanc qui tombait sur des rochers habillés de mousse verte. Une cascade parfaite, secrète, qui ruisselait sous le soleil. Amina a souri en voyant mon air ébahi d'admiration.

— C'est beau, n'est-ce pas ? L'eau trouve sa source tout en haut de la montagne.

J'ai secoué la tête, incrédule.

— Allez-y.

— Où ça ? ai-je demandé.

Elle a montré la cascade du doigt.

— Vous plaisantez ! Je suis en jean !

— Allez, cocotte ! Au soleil, vous serez sèche en dix minutes.

Elle m'a poussée en riant et j'ai senti des éclaboussures sur mon visage, si froides que j'en ai eu le souffle coupé.

— Attendez, laissez-moi au moins retirer mes chaussures.

J'ai ôté mes baskets et glissé mes chaussettes à l'intérieur.

— Et vous ? Si vous ne venez pas aussi, je n'y vais pas.

— Quand vous aurez fini, a-t-elle assuré en me poussant à nouveau avec malice.

— D'accord.

J'ai fait deux pas en avant pour me placer sous le jet d'eau. C'était comme être soulevée dans les airs et projetée contre un mur. L'eau me tombait dessus avec une force incroyable. J'ai retenu mon souffle sous l'effet du froid, tout en sentant le sang affluer précipitamment dans mes veines. Quand je suis arrivée de l'autre côté, j'étais en proie à un fou rire incontrôlable.

— À votre tour ! ai-je crié.

Amina a tranquillement retiré son foulard, qu'elle a posé à côté de mes chaussures, puis elle a avancé dans ma direction. Pendant un instant, elle a disparu sous le rideau formé par la cascade. Puis elle était là, souriante tandis que l'eau lui coulait sur le visage. Quand elle s'est écartée du jet, le khôl autour de ses yeux avait coulé et elle riait aussi.

Elle m'a conduite jusqu'à un grand rocher plat exposé au soleil. Nous nous sommes assises et avons entrepris de tordre nos vêtements trempés. Amina a fini par s'allonger et fermer les yeux. J'en ai fait autant et une chaleur délicieuse n'a pas tardé à m'envahir.

Amina a poussé un long soupir.

— Je ne suis pas venue ici depuis la naissance d'Aaqib. J'avais oublié à quel point c'est agréable de simplement s'allonger et ne rien faire.

Elle a tendu les bras au-dessus de sa tête et s'est étirée comme un chat, des orteils jusqu'au bout des doigts.

Le soleil formait des taches orange brûlantes derrière mes paupières, parfois refroidies par le passage d'un nuage. J'étais bercée par le murmure des insectes.

— Je peux vous faire une confidence, cocotte ?

Sa voix semblait venir de très loin. J'ai ouvert les yeux et l'ai trouvée allongée sur le côté, en train de me regarder.

— Je suis très contente que vous soyez là.

J'ai ouvert la bouche pour répondre, mais elle a levé la main pour me faire taire.

— Je n'étais pas sûre de la façon dont ça se passerait au début, mais c'est vraiment agréable de vous avoir à la maison, surtout pour moi. C'est agréable d'avoir quelqu'un à qui parler. Alors merci.

Une voix a résonné dans un coin de ma tête. Celle de Zoya qui disait : « C'est tellement agréable de vous avoir ici… pour moi. » Zoya, à qui j'avais à peine pensé depuis mon arrivée ici. La culpabilité a donné à ma voix une tonalité plus sèche que je ne l'aurais voulu quand j'ai répondu :

— Vous n'avez pas à me remercier, Amina. Je n'ai rien fait du tout.

— Si, a-t-elle insisté. Vous ne comprenez pas ce que je veux dire. Je n'ai pas de raisons de me plaindre, Allah m'a accordé beaucoup de bienfaits dans la vie. Mais, parfois, la maison est tellement silencieuse que j'ai l'impression que je vais devenir folle. Aaqib n'est encore qu'un petit garçon et, comme vous l'avez sûrement vu, Ma limite les échanges au strict nécessaire. Quant à Riyaz…

Elle a haussé les épaules.

— Lui aussi, vous avez vu comment il peut être.

Elle souriait, mais la solitude se lisait derrière son sourire, et une supplication résonnait dans sa voix, un besoin d'empathie, un besoin d'être comprise par une autre femme. Et, à ma grande honte, je n'ai répondu ni à l'un ni à l'autre. À cet instant, je me suis rappelé, avec un mélange de culpabilité et de plaisir, le moment partagé avec Riyaz la nuit précédente, à contempler la vallée qui s'obscurcissait, l'accord tacite excitant qui s'était établi entre nous, à la fois plein de confort et de son contraire, ce sentiment que je n'avais jamais éprouvé avec personne d'autre auparavant, et je n'ai pas réussi à abonder dans le sens d'Amina.

Je ne sais pas si mon silence l'a déçue ou non, mais elle n'a rien ajouté. Nous sommes restées allongées sur le rocher pendant que nos vêtements séchaient lentement.

Enfin, Amina s'est redressée et s'est emparée de son foulard.

— On ferait mieux de rentrer, cocotte. Ma va nous attendre.

J'ai acquiescé et me suis mise debout trop vite, si bien que le sang m'est monté à la tête. Un fin banc de nuages sortis de nulle part a soudain masqué le soleil et j'ai frissonné.

— Amina ?

Elle a arrêté de secouer son foulard pour le débarrasser de ses aiguilles de pin et a tourné la tête vers moi.

— Pourquoi ne voulez-vous pas que je voie Bashir Ahmed ?

Elle a baissé les yeux sur son foulard aux extrémités colorées.

— Ce n'est pas que je ne veux pas que vous le voyiez. Simplement, depuis tout ce qui s'est passé, il n'est plus le même. Un rien le contrarie. Si je lui apporte son dîner avec cinq minutes de retard, par exemple, ou s'il ne trouve pas son tapis de prière. Dans ces cas-là, il tombe malade, et il met longtemps à se remettre sur pied. Je ne sais pas ce qui se passerait si vous lui parliez.

Peut-être a-t-elle senti que j'étais sur le point de protester, car elle a ajouté d'une voix ferme :

— Je suis désolée, je dois penser à la santé d'Abbaji avant tout. Dans quelques jours, s'il se sent mieux, je lui poserai la question. Mais pas avant. Et de toute façon, rien ne presse, si ? Restez encore quelques jours. On peut aller marcher, ou revenir ici à la cascade, tout ce que vous voudrez.

Elle s'est tue et a mordillé sa lèvre. J'avais remarqué que c'était une habitude chez elle chaque fois qu'elle redoutait un désaccord ou une discussion. Mais je n'ai pas argumenté. Cela semblait vraiment lui tenir à cœur et, effectivement, quelques jours de plus ne feraient de mal à personne.

— Dans ce cas, laissez-moi vous payer, au moins. Pour me laisser rester avec vous. Vous avez été si généreuse et je ne veux pas…

Elle ne m'a pas laissée finir.

— Cocotte, a-t-elle commencé d'un ton plus froid que ce à quoi elle m'avait habituée jusqu'alors. Est-ce que je ne viens pas de vous dire que j'étais contente que vous soyez là ? Est-ce que je ne viens pas de vous dire que j'aimais bien discuter avec vous ? Vous êtes mon amie, et je n'accepte pas d'argent de la part de mes amis. C'est compris ?

En dépit de sa bonhomie de façade, un léger tremblement dans sa voix m'a avertie qu'il valait mieux ne pas insister.

— Je comprends, ai-je marmonné. Merci, Amina. Je suis désolée.

— Ça ne fait rien, a-t-elle répondu, toujours avec cette pointe de froideur. On ferait mieux de rentrer à la maison.

Elle a enroulé son foulard autour de sa tête et a rejeté les coins derrière ses épaules. J'ai enfilé mes chaussettes et lacé rapidement mes chaussures. Quand je me suis redressée, j'ai remarqué qu'elle m'observait.

— Cocotte, est-ce que je peux vous poser une question ?

J'ai hoché la tête.

— Qu'est-ce qui est arrivé à votre mère ? Comment est-elle morte ?

L'espace d'un instant, j'ai eu envie de tout révéler à cette femme que je connaissais depuis à peine quatre jours, mais qui avait fait preuve d'une gentillesse incroyable à mon égard. Je ne comprends toujours pas pourquoi j'ai été incapable de lui dire la vérité. Peut-être parce que ma mère m'avait enseigné dès mon plus jeune âge l'étrange et incalculable pouvoir qu'octroie le fait de garder les secrets d'autrui. Mais c'est certainement me faire trop d'honneur. Je soupçonne qu'en réalité, comme un tas de gens qui se drapent dans la méfiance en appelant ça de l'indépendance, j'étais tout simplement lâche.

— Il y a eu un accident, ai-je répondu tout bas en espérant que ça suffirait.

Ça a suffi. Son expression s'est adoucie. Elle a passé un bras autour de mes épaules et m'a serrée contre elle.

— Allez, cocotte, a-t-elle dit gentiment. On rentre.

Ce soir-là, je suis restée assise près de la fenêtre de ma chambre, toutes lumières éteintes. Plus tôt dans la soirée, j'avais fait cours à Sania. J'avais été enchantée de voir qu'elle avait retenu tout ce que je lui avais appris la veille. Mohammad Din nous avait rejointes à la fin de la leçon pour boire une tasse de thé, et s'était livré à un récit amusant de la réunion du panchayat. L'homme trapu qui s'était plaint de la présence de voleurs s'était apparemment tellement empêtré dans son histoire qu'à la fin les deux hommes en noir s'étaient transformés en une horde de cinquante hommes cachés derrière un seul arbre. Cela m'avait fait du bien de rire avec eux et, tandis que j'admirais les champs de maïs dorés dans la lumière du crépuscule sur le chemin du retour, je m'étais sentie optimiste. Ce sentiment m'avait accompagnée durant le dîner, pendant lequel Aaqib avait insisté pour me servir, ce qu'Amina l'avait autorisé à faire avec un sourire amusé. Les lèvres pincées sous le coup de la concentration, il m'avait apporté mon assiette et avait éclaté d'un rire aigu lorsque je l'avais acceptée avec une révérence majestueuse.

Au lieu d'aller sur le porche après le repas, j'étais retournée directement dans ma chambre. À présent, j'étais assise à la fenêtre, dans une semi-obscurité. Bientôt, Riyaz est apparu sur le porche. Il a avancé jusqu'au bord, juste après le faisceau de lumière qui émanait de la cuisine, là où nous étions la veille. Je l'ai vu tourner la tête à gauche et à droite. Puis, lentement, avec une nonchalance totale, il a pivoté jusqu'à être face à ma fenêtre.

Une partie de moi avait envie de se lever pour le rejoindre, pour ressusciter la simplicité excitante de la veille, mais j'ai repensé à Amina et à sa touchante déclaration d'amitié, et je n'ai pas bougé. Je savais que même s'il ne voyait pas mon visage, il pouvait distinguer ma silhouette. J'ai senti son regard qui me transperçait, son espoir, son attente.

Une seconde est passée, puis dix. Puis une longue minute insoutenable.

Riyaz a enfoncé sa main droite dans la poche de son kurta et s'est retourné pour contempler la vallée. J'ai vu la colère et l'humiliation dans la raideur de ses épaules et mon cœur s'est serré douloureusement. Il est parti vers la grange et a bientôt disparu de mon champ de vision.

CHAPITRE 23

Les gens que mes parents avaient invités à dîner n'étaient pas des amis. Mon père n'allait jamais jouer au golf, boire une bière ou jouer aux cartes avec ces hommes, et ma mère n'aurait jamais invité ces femmes ne serait-ce que pour une tasse de thé. Mes parents devaient voir ces gens au mieux deux ou trois fois par an, quand la toquade les prenait d'organiser un de ces dîners. L'étendue de leurs relations avec eux ne dépassait que rarement, voire jamais, le badinage léger. Je n'y avais jamais réfléchi, mais avec le recul, je me rends compte qu'en dépit de leurs personnalités radicalement opposées, mes parents étaient tous deux des gens réservés et solitaires pour qui former de véritables amitiés était difficile, car cela exigeait une prise de risque et des révélations qui dépassaient le seuil de ce qu'ils étaient prêts à offrir.

Quand je me réveillai le matin de la fête, ma mère était déjà sur le pied de guerre. Je la trouvai à quatre pattes en train de nettoyer sous le canapé. Après ça, elle amena du jardin de lourdes jardinières en pierre qui contenaient de hauts ficus luxuriants et les disposa dans la maison. Pendant tout ce temps, une odeur d'oignon frit hantait la cuisine. En temps normal, elle aurait sûrement réquisitionné mon aide pour éplucher les haricots ou faire les poussières, mais, ce jour-là, elle faisait cavalier seul, ce qui m'effraya. Mon père était parti à l'usine pour la matinée et, plus inhabituel encore, Bashir Ahmed était sorti lui aussi. Ma mère et moi étions seules pour la première fois depuis ce qui me paraissait être des mois, et à mesure que la maison se transformait sous ses mains, passant d'une demeure ordinaire et vieillotte à un décor éblouissant, j'étais de plus en plus agitée. Mais je ne dis rien. Je ne l'accusai pas, je n'éclatai pas en sanglots, je ne la menaçai pas de tout raconter à mon père. Je ne fis rien de tout ça. C'était comme si j'étais convaincue que parler ne ferait que précipiter et concrétiser le désastre. Alors, paralysée, je fis ce que j'avais toujours fait : je gardai un œil sur elle, la suivant des yeux comme si ma vie en dépendait.

Vers 15 heures, Bashir Ahmed n'était toujours pas revenu. Ma mère jeta un coup d'œil à la pendule et inspecta son œuvre une dernière fois avant d'aller à l'étage pour faire une sieste. Exclue de sa chambre, je restai dans la mienne à me morfondre, espérant presque que Bashir Ahmed ne reviendrait pas. Malheureusement, je ne tardai pas à entendre la porte d'entrée s'ouvrir et se refermer discrètement, ainsi que le bruit encore plus discret de la porte de la chambre d'amis. Mon père rentra à 18 heures, avec à la main un sac plastique rempli de bouteilles de bière Kingfisher qu'il rangea dans le réfrigérateur. Il me rejoignit ensuite et passa un bras autour de mes épaules.

— Regarde, dit-il doucement avec un geste circulaire.

Il y avait de la fierté et de la peine dans sa voix. La maison brillait sous le feu de plusieurs lampes que ma mère avait allumées avant de monter se reposer, les ficus frémissaient dans une brise invisible, la table était couverte d'une nappe immaculée, le tapis du Cachemire était disposé dans l'entrée tamisée telle une flaque de velours sombre.

Mon père se dirigea vers le bar, mit des glaçons dans deux verres et servit un Coca (pour moi) et un rhum (pour lui).

— Santé, dit-il solennellement.

On trinqua puis on se rendit au salon. Je m'assis sur le canapé et il passa ses 33 tours en revue avant d'arrêter son choix sur *Blue* de Joni Mitchell. Quand la voix plaintive et nasillarde commença à résonner par-dessus les accords vulnérables de la guitare, je serrai mon verre plus fort. Il allait se passer quelque chose ce soir. J'en étais persuadée.

Une porte s'ouvrit et on tourna la tête tous les deux. C'était Bashir Ahmed qui émergeait de sa chambre. Il portait son kurta noir, ses cheveux étaient ramenés en arrière et ses paupières inférieures bordées de khôl. Avec son visage émacié ombré par sa barbe soigneusement taillée, il était particulièrement beau. Il vint se placer devant mon père et, bizarrement, ils échangèrent une poignée de main.

— Monsieur Ahmed, le salua mon père avec formalité.

— Cher monsieur, répondit Bashir Ahmed.

Un mouvement en haut de l'escalier attira notre attention. J'ouvris grand la bouche tandis que je regardais ma mère descendre les marches. Elle portait un sari rouge et doré que je n'avais jamais vu auparavant, dont les plis brillaient et changeaient de couleur à chacun de ses mouvements. Ses cheveux, normalement attachés en chignon négligé, lui tombaient sur les épaules. Ses boucles d'oreilles en diamants étincelaient de mille feux et elle portait un bracelet en or à chaque poignet. Ses yeux étaient soulignés d'un trait de khôl, comme ceux de Bashir Ahmed, et ses lèvres rehaussées d'une touche de rouge.

On aurait dit une jeune mariée.

Elle marqua une pause en bas de l'escalier.

— Bonsoir, dit-elle.

Mon père et Bashir Ahmed l'observaient avec une expression quasi identique sur le visage. Le silence commençait à s'éterniser quand, par chance, on sonna à la porte. Mon père s'éclaircit la gorge.

— Tu es très belle, marmonna-t-il avant d'aller ouvrir.

Ma mère jeta un regard à Bashir Ahmed, puis rejoignit mon père pour accueillir nos premiers invités, Bharti et Joshua D'Silva.

Svelte et pragmatique, Bharti avait été la patronne de mon père dans une entreprise de génie civil allemande avant qu'il ne démissionne pour monter sa propre affaire. Son mari, Joshua, était un géant débraillé qui mesurait plus de deux mètres. Je l'avais toujours apprécié pour son aspect d'ours négligé et sa grosse voix qui contrastaient avec son parler délicat.

Ils étreignirent mes parents, puis mon père leur présenta Bashir Ahmed, qui baissa la tête en murmurant :

— Aadaab.

Joshua le détailla comme s'il s'agissait d'une nouvelle espèce animale fascinante. Bharti, quant à elle, se contenta de battre des paupières et de répondre en anglais :

— Ravie de vous rencontrer, monsieur Ahmed.

Presque immédiatement, la sonnette retentit de nouveau. Les nouveaux arrivants étaient Govind Narayan et sa femme rondouillarde. Mince, le rire haut perché, Govind était allé à l'université avec mon père. Son épouse, Sudha, était directrice d'une école pour filles. Ils me prirent tous les deux dans leurs bras et serrèrent la main de Bashir Ahmed, qui rapetissait à vue d'œil face à l'invasion de tant d'étrangers. À présent qu'il se tenait à côté de moi, je constatai qu'il semblait particulièrement hagard. Il avait les yeux rouges et gonflés. Avait-il pleuré ?

Je n'eus pas le temps de pousser mes considérations plus avant car mon père l'emmena vers le bar. Les autres riaient tout en prenant place au salon. Tout ce mouvement et toute cette agitation me donnèrent soudain le tournis. Bashir Ahmed revint avec un verre de Coca et, après un instant d'hésitation, s'assit près de Joshua.

Une fois tout le monde installé, le brouhaha des conversations se dissipa. Mon père se leva et passa l'assemblée en revue. Puis il leva son verre de rhum dans un grand geste théâtral.

— Arrive un temps dans la vie d'un homme où il ne valorise plus tant les possibilités de l'avenir que le confort qu'apporte le passé. Je connais la plupart d'entre vous depuis de nombreuses années, et je suis reconnaissant pour chacune d'elles.

Il marqua une pause. Les yeux brillants, il brandit son verre en direction de Bashir Ahmed, qui semblait aussi alarmé que s'il avait eu une arme braquée sur lui. Basculant en hindou, mon père déclara :

— Mais ne dites jamais que la vie ne nous réserve pas de surprises. De nouvelles amitiés peuvent toujours naître, et cette soirée est dédiée à notre nouvel ami, qui nous vient tout droit du Cachemire. M. Bashir Ahmed.

Tout le monde leva son verre pour boire à sa santé, y compris ma mère. Elle pressa ses lèvres rouges contre son verre d'eau, les yeux rivés à Bashir Ahmed qui fixait le bout de ses pieds avec une gêne évidente. Rayonnant, mon père se laissa retomber sur son siège et étira ses longues jambes, en hôte absolument parfait. J'avais envie de traverser la pièce pour le secouer comme un prunier.

— Merci, cher monsieur, répondit Bashir Ahmed.

Sa voix, ferme d'ordinaire, n'était qu'un souffle à peine perceptible.

— Ce que vous avez fait… je veux dire, ce que votre famille a fait… ce que j'essaie de dire, c'est que je suis…

Il s'interrompit et, à nouveau, je songeai : *Il a pleuré*.

Mon père tendit le bras et lui serra l'épaule avec compassion.

— M. Ahmed a brièvement évoqué avec nous les problèmes que rencontre le Cachemire, annonça mon père en anglais.

Sa main étreignait toujours fermement l'épaule de Bashir Ahmed.

— Je tenais à organiser ce dîner, en partie pour le plaisir de votre compagnie (il sourit aux invités), mais aussi parce que j'espérais qu'il en fasse de même avec vous. Pour nous qui vivons dans le Sud, il est rare d'avoir un témoignage de première main de la situation sur place. Je suis certain que ce qu'il a à dire sur le Cachemire va beaucoup vous intéresser.

Avant que quiconque puisse prendre la parole, ma mère se pencha en avant.

— Qu'est-ce que tu fabriques ? siffla-t-elle. Tu ne peux pas inviter des gens chez nous et lui demander de se donner en spectacle. Ce n'est pas une bête de cirque.

— Je ne lui demande pas de se donner en spectacle, siffla mon père en retour. Je lui demande de *parler*. Comme un être humain. Tu y trouves quelque chose à redire ?

Tout le monde garda les yeux baissés avec tact pendant cet échange, à l'exception de Bashir Ahmed, coincé par le barrage que constituait la langue anglaise et dont le regard alternait entre eux deux. Ma mère dévisagea mon père, puis s'adossa à nouveau et fit un geste de la main, d'autant plus froid qu'il était totalement détaché. « Continuez, disait le geste. Je n'ai rien à voir avec ça. »

— Allez-y, monsieur Ahmed, dit mon père en hindou en se tournant vers lui. Racontez-nous ce que vous m'avez raconté.

— À quel sujet, cher monsieur ?

— Comment ça ? Au sujet du Cachemire, bien sûr, répondit mon père avec une pointe d'impatience. Les militants, l'armée. Vous savez. Tout ça.

Les invités observaient Bashir Ahmed avec des degrés variés d'attentes et d'intérêt. Quant à ma mère, son visage était impénétrable.

Bashir Ahmed s'éclaircit la gorge.

— Je n'ai rien à dire, cher monsieur.

— Allons, il n'y a aucune raison d'être timide. Nous sommes entre amis. Vous nous avez expliqué que l'armée était là-bas, dans votre village, pour contrôler la situation. Vous vous souvenez ?

Bashir Ahmed secoua la tête.

— Je n'ai jamais dit ça, cher monsieur.

— Bien sûr que si, répliqua mon père.

Bashir Ahmed secoua la tête à nouveau. Un silence gêné s'installa, puis Joshua D'Silva s'éclaircit la gorge et se tortilla, ce qui fit grincer le canapé.

— Certes, c'était il y a trente ans, intervint-il dans un hindou doux et rauque. Mais nous sommes tombés amoureux du Cachemire quand nous avons visité la région pour notre lune de miel. Nous séjournions sur une péniche et, tous les matins, le même vieux monsieur apparaissait dans une petite barque remplie de fleurs magnifiques. Il nous en donnait de grandes poignées et ne voulait jamais qu'on le paie. Tu te souviens du vieux monsieur, Bharti ?

Sa femme acquiesça.

— Ces péniches sont superbes, monsieur Ahmed, ajouta Joshua.

— Je n'y connais rien aux péniches, répondit obstinément Bashir Ahmed. Je viens des montagnes, et une péniche ne sert à rien dans la montagne.

À ces mots, ma mère éclata de rire. Tout le monde tourna la tête vers elle, à l'exception de mon père, qui ne quittait pas Bashir Ahmed des yeux.

— Je ne vous comprends pas, monsieur Ahmed. Lorsque vous êtes arrivé, vous teniez un discours complètement différent. Vous nous avez dit que des militants causaient des problèmes dans votre région, mais que l'armée maintenait l'ordre.

Bashir Ahmed releva le menton.

— Non, cher monsieur. *Vous* avez dit ça.

Les épaules de ma mère étaient désormais secouées par un rire silencieux. Mon père se tourna brusquement vers elle.

— Tu veux bien arrêter ça ? asséna-t-il d'un ton cassant. Qu'est-ce qui ne va pas, chez toi, enfin ?

— Moi ? Tout va très bien chez moi, assura-t-elle en s'essuyant les yeux.

Mon père se leva avec lourdeur. Son regard passa lentement de Bashir Ahmed à ma mère qui gloussait sans bruit. Pendant un instant, il parut sur le point de parler, mais il tourna simplement les talons et alla au bar. Sans réfléchir, je lui emboîtai le pas. Je ne savais pas pourquoi. J'avais envie de lui dire quelque chose, mais son visage indiquait clairement qu'il valait mieux le laisser tranquille. Il versa du rhum dans son verre, dans une quantité qui dépassait largement la dose qu'il se servait d'habitude. Il but une longue gorgée, contempla un moment le bois brillant du buffet, puis retourna au salon. Je regardai par-dessus mon épaule, versai une généreuse lampée de rhum dans mon Coca et mélangeai rapidement le tout avec mon index. Imitant mon père, je fermai les yeux et je bus. Le goût décadent du rhum mélangé aux bulles de soda envahit ma bouche et déposa une pellicule dans le fond de ma gorge.

Je repartis au salon. Engoncée dans son sari magenta, Sudha, la femme de Govind, était en train de raconter une anecdote. Dans ce qui était peut-être une tentative de détourner l'attention du spectacle qu'offraient mon père renfrogné et ma mère toujours hilare, elle bassinait l'assistance avec une histoire sur l'école pour filles qu'elle dirigeait. Ma mère l'écoutait, la tête penchée sur le côté, se tapotant la joue du bout du doigt. Soudain, elle se leva brusquement. Tout le monde sursauta et Sudha s'interrompit en plein milieu d'une phrase.

— Désolée, lança-t-elle nonchalamment face à leur air surpris. C'est juste que l'histoire n'est pas très intéressante, vous ne trouvez pas ? Je vais faire chauffer les plats.

Elle quitta la pièce d'un pas tranquille et un silence choqué s'installa. Les sourcils haussés, Sudha dévisagea son mari ; puis ils se tournèrent tous les deux vers mon père pour lui adresser un regard rempli de pitié. Heureusement, il n'y fit pas attention, trop occupé à faire tournoyer l'alcool dans son verre, avachi sur son siège.

Après cinq minutes au cours desquelles personne ne prononça un mot, à l'exception de quelques commentaires sur le temps et la circulation, ma mère nous appela à la cuisine. En voyant le buffet qui nous attendait, je me figeai. Elle avait préparé un véritable festin. Notre vaisselle la plus immaculée était étalée sur la table : des plats débordaient de riz fumant, de pois chiches aux épices et à la crème, de pommes de terre et de chou-fleur saupoudrés de coriandre, de rôtis luisants de beurre, de gombo frit et de haricots verts. Une carafe d'eau brillait au milieu, avec à l'intérieur un grand brin de menthe. Ma mère se tenait à l'entrée de la cuisine, les bras croisés.

— Allez. Qu'est-ce que vous attendez, que je vous déroule un tapis rouge ?

Un par un, on fit le tour de la table. Une fois mon assiette pleine à ras bord, je regagnai le salon pour manger. Pour une fois, ma mère n'avait pas commis la moindre erreur en cuisine : tout était parfait. Soudain affamée, je dévorai à toute vitesse, alternant chaque bouchée avec une gorgée de Coca corrompu. Autour de moi, Joshua donnait l'impression que son assiette était minuscule à côté de ses mains géantes, Bharti coupait délicatement une pomme de terre, Sudha et Govind mangeaient avec appétit, et mon père ne mangeait pas du tout. Son assiette restait intacte sur ses genoux. Dès que je le remarquai, ma propre faim disparut. Tous mes muscles se contractèrent face à un danger imminent, même si j'ignorais d'où il viendrait.

Ma mère revint dans le salon avec une assiette pleine. Elle s'assit et se mit à manger avec enthousiasme, sans remarquer les regards furtifs que les invités méfiants échangeaient. Elle avait de la nourriture au coin de la bouche et mâchait si bruyamment que j'en faisais la grimace. De temps en temps, elle souriait, pour elle-même apparemment, d'un sourire insouciant de petite fille. Mon père la surprit en train de sourire de la sorte et se crispa. Il posa bruyamment son assiette sur la table basse, alla au bar et revint avec un autre verre rempli à ras bord. Il se planta à côté d'elle et lança en hindou :

— Vous savez, je commence à m'interroger.

Tout le monde leva les yeux. Mon père n'était plus le patriarche bienveillant, il n'était plus l'hôte jovial. Au lieu de ses quarante-deux ans, il paraissait en avoir dix de plus.

— Je m'interroge sur ce que vous pensez *vraiment*, monsieur Ahmed. C'est drôle, mais je viens de passer dix minutes assis là à y réfléchir, et vous avez raison. Cela fait bientôt trois semaines que vous vivez chez nous, et vous ne nous avez pas dit…

Un bref instant, ses yeux passèrent de Bashir Ahmed à ma mère, qui souriait toujours.

— Ou du moins vous ne m'avez pas dit ce que vous pensez de tout ce qui se passe au Cachemire. Et j'aimerais vraiment le savoir.

Bashir Ahmed se redressa et répondit au regard perdu dans le vague de mon père par un regard encore plus vide.

— Je vous l'ai dit, cher monsieur. Je n'ai rien à dire à ce sujet.

— Bon, alors si *vous* refusez de parler, *moi* je vais vous dire ce que *je* pense, déclara mon père.

Il articulait mal, butait sur certaines syllabes et en hachait d'autres.

— *Je* pense que l'Inde s'est occupée du Cachemire pendant plus de quarante ans. Nous vous avons donné des emplois, des routes, des hôpitaux. Nos impôts ont permis d'offrir une éducation à des milliers de jeunes Cachemiris. Alors ça ne me semble pas exagéré que d'espérer un peu de gratitude en retour, sauf qu'au lieu de ça, ces gens que vous avez là-haut font exploser des bâtiments, crient des slogans en faveur du Pakistan, brûlent des drapeaux indiens et que sais-je encore. Qu'en pensez-vous, monsieur Ahmed ? N'êtes-vous pas d'accord ? Si quelqu'un vous accueille chez lui, vous donne un lit où dormir et met de la nourriture dans votre assiette sans vous poser la moindre question, vous ne croyez pas lui devoir quelque chose en échange ?

Bashir Ahmed se leva. Si le silence avait été gêné auparavant, c'était un silence de mort qui régnait désormais. Je regardai ma mère. Elle avait arrêté de manger.

— Cher monsieur, vous êtes un homme intelligent. N'importe qui peut le voir. Vous avez une grosse société et une grande maison, et je vous respecte pour ça. Et vous avez raison : vous ne savez pas ce que je pense. Je travaille et voyage dans ce pays depuis de nombreuses années et j'ai vu beaucoup de choses. Ce que je peux vous affirmer, c'est que vous n'êtes pas le seul à penser de la sorte. Plein d'autres personnes sont de votre avis, plein d'autres personnes pensent que les gens devraient se contenter de ce qu'ils ont, même si ce n'est pas ce qu'ils veulent. Et je vais vous dire autre chose : tant que les gens comme vous croiront les mêmes choses que vous, alors ces gens que nous avons là-haut, comme vous les appelez, ne sont pas près de s'en aller. Non, cher monsieur. Ils seront de plus en plus nombreux, et bientôt rejoints par d'autres. Par des personnes ordinaires comme moi. J'espère, dans votre intérêt, que ce jour n'arrivera pas, car à ce moment-là vous aurez *vraiment* une raison de vous inquiéter.

Je ne l'avais jamais entendu parler pendant aussi longtemps, sauf lorsqu'il racontait une de ses histoires, mais le ton sur lequel il venait de s'adresser à mon père n'avait rien à voir avec celui, intimiste, de ses récits, celui des plongées dramatiques, des répétitions, celui qui accompagnait les mouvements de ses mains. Il n'avait rien à voir non plus avec le filet de voix avec lequel il avait évoqué les militants devant ma mère et moi. Il s'exprimait comme s'il était très loin de nous, comme s'il avait quitté la pièce et qu'il nous regardait de très haut. Et à ce moment, toute jeune et effrayée que j'étais, j'eus le sentiment que ni mon père ni Bashir Ahmed ne parlait du Cachemire. Aujourd'hui, bien sûr, j'en ai la certitude.

— Quant à moi, cher monsieur, reprit Bashir Ahmed, quand je suis venu ici, je vous ai promis que je ne resterais pas longtemps, et je vais tenir ma promesse. Je pars demain. Jamais je ne pourrai vous remercier comme il se doit pour votre gentillesse et votre accueil, mais soyez assuré que je ne les oublierai jamais.

Il baissa la tête avec une formalité silencieuse, d'abord à l'intention de mon père, puis du reste des convives abasourdis. Il emporta son assiette dans la cuisine. On entendit un bruit d'eau qui coulait. Puis il ressortit, regagna sa chambre sans nous jeter un regard et ferma la porte derrière lui.

— Mais enfin ! explosa Sudha en anglais. Qu'est-ce que c'était que ça ? De quoi parlait-il, voyons ? De terroristes, c'est ça ? Mon Dieu ! Je veux dire, je n'ai jamais…

Elle regarda désespérément autour d'elle, en quête de confirmation.

— C'était très impoli de sa part, non ? De partir comme ça ? *Non ?*

Personne ne répondit, à l'exception de ma mère, qui lâcha d'un air absent :

— Oh, taisez-vous.

Sudha gonfla les joues comme une poule offensée.

— Excusez-moi, mais je pense qu'il n'y a aucune raison de parler à ma femme sur ce ton, intervint son mari.

Bharti D'Silva s'éclaircit la gorge.

— Joshua, je ne m'étais pas rendu compte qu'il était si tard. Nous ferions mieux de rentrer à la maison. J'ai une réunion très tôt demain, tu te souviens ?

Son mari hocha la tête, attrapa l'assiette qu'elle lui tendait et se dirigea vers la cuisine d'un pas lourd. Sudha et Govind Narayan se levèrent en même temps.

— Nous ferions mieux d'y aller aussi, dit Govind à mon père en ignorant ostensiblement ma mère, qui ne semblait même pas remarquer sa présence de toute façon. Merci beaucoup de nous avoir invités.

Mon père hocha la tête, inexpressif.

Tout à coup, l'effervescence des départs se fit sentir. Les gens qui se levaient, apportaient leurs assiettes à la cuisine, récupéraient leurs affaires, fouillaient leurs poches à la recherche de leurs clés. Je finis d'un trait ce qui restait de mon Coca secrètement alcoolisé. Mes yeux me brûlaient et une idée fixe hantait mon esprit : une fois qu'ils s'en iraient, tout serait fini. Elle s'en irait. Je ne la reverrais jamais.

— Attendez ! criai-je.

Tout le monde se figea et battit des paupières, comme si je venais de les réveiller en sursaut au milieu d'un rêve. Je sentis, plutôt que je ne vis, ma mère tourner la tête vers moi.

— Oui, Shalini ? demanda mon père.

— J'ai quelque chose à dire. Sur le Cachemire.

Il plissa les yeux.

— Pas maintenant, Shalini.

— S'il te plaît, insistai-je. Je pense…

Je marquai une pause, en cherchant désespérément une idée.

— Je pense que Bashir Ahmed a raison. Je veux dire, je sais que les militants agissent mal, mais tous les gens du Cachemire ne sont pas des militants, si ? Alors peut-être qu'on devrait parler aux gens ordinaires, ces personnes que Bashir Ahmed a évoquées. Les gens gentils. Les gens qui…

Nouvelle pause. Puis je repris précipitamment :

— Et là, au moins, on *ferait* quelque chose, non ? Et est-ce que ce n'est pas ça, le plus important ? *Faire* quelque chose ? Alors oui, je pense qu'on devrait trouver ces gens, on devrait leur parler, leur demander…

Je déglutis. J'avais la gorge affreusement sèche et je savais que je jacassais.

— Enfin bref, voilà ce que je pense, conclus-je dans un murmure.

Même si ce n'était absolument pas mon but, mes mots eurent pour effet de dissiper une partie de la tension qui s'était accumulée dans la pièce. Les froncements de sourcils disparurent et je les vis échanger des regards tristes et tolérants, comme pour dire : « Vous avez entendu ? » Même mon père s'autorisa à sourire.

— C'est un point de vue très noble, ma chérie, et peut-être que tu as raison, peut-être que le dialogue est la meilleure solution, mais je pense que nous en avons suffisamment discuté pour aujourd'hui.

— Si tu étais une femme politique, je voterais pour toi, intervint Joshua.

Puis ils se remirent à chercher leurs clés, attraper leurs sacs, se dire au revoir. L'envie de partir était visible sur tous les visages.

Redevenue transparente, je m'affalai sur le canapé. J'avais échoué. J'avais essayé, et j'avais échoué. Désormais, rien ne les empêcherait de partir et, une fois qu'ils seraient partis, elle partirait aussi. Joshua et Bharti serrèrent la main de mon père et hochèrent la tête en direction de ma mère, qui sourit comme si la soirée s'était superbement bien passée. Govind et Sudha étaient déjà dehors, en train d'enfiler leurs chaussures, avec Sudha qui chuchotait furieusement quelque chose à son mari. J'entendis les moteurs des voitures démarrer puis les véhicules s'éloigner. Mon père ferma la porte et le silence s'installa à nouveau avec une rapidité terrifiante.

Pour la première fois de la soirée, mes parents se firent face au milieu des serviettes chiffonnées, des verres à moitié vides et des chaises en pagaille. Au début, aucun des deux ne bougea. Puis ma mère releva le menton.

— Pas mal, notre petite fête, tu ne trouves pas ?

Les épaules de mon père s'affaissèrent.

— Je suis fatigué. La journée a été longue. Je vais me coucher.

Il balaya la pièce du regard, puis monta lentement l'escalier. Chaque marche semblait l'épuiser. J'entendis la porte de leur chambre se fermer doucement.

Ma mère posa les yeux sur moi.

— Sacré discours, petit monstre ! dit-elle sur le même ton à la fois léger et cassant qu'elle venait d'employer avec lui.

Je ne répondis pas. D'un coup, elle parut se métamorphoser.

— Shalini. Regarde-moi, implora-t-elle en tombant à genoux.

Je ne voulais pas, mais j'obéis.

— Tu n'es pas moi. Ce que je suis, ce que je dis et fais et pense, rien de tout ça n'est ta responsabilité. Tu as le droit de faire autre chose, d'être autre chose. Tu as le droit de me détester.

— Je ne te déteste pas, grommelai-je.

— Non, dit-elle avec gravité. Pas encore. Mais ça viendra.

Puis elle me serra longuement dans ses bras.

— Allez, petit monstre, murmura-t-elle. Allons dormir.

Elle se releva, attrapa les pans de son sari et regarda autour d'elle comme pour évaluer l'étendue des dégâts. Puis elle soupira, éteignit les lumières et on monta au premier. Elle disparut dans sa chambre et j'allai dans la mienne. Je passai en revue toutes mes affaires, mes posters et mes livres, mon lit et mon armoire, et je ne sentis qu'une peine diffuse, comme si je les avais déjà laissés loin derrière moi. J'ouvris mon sac de cours et en déversai le contenu sur mon lit : des cahiers et des rognures de crayons, des gommes et des cartouches vides. Puis j'ouvris mon placard et attrapai des vêtements au hasard. Je fourrai autant d'affaires que possible dans mon sac à dos, y glissant après réflexion la chemise qui était la seule chose qu'on avait achetée à Bashir Ahmed et que je n'avais jamais portée. J'emportai aussi un peigne et une paire de claquettes de piscine. Ne sachant pas quoi ajouter d'autre, je mis le sac sur mes épaules, sortis sur le palier et tendis l'oreille. Il y avait encore de la lumière dans la chambre de mes parents, mais elle ne tarda pas à s'éteindre. Je me faufilai au rez-de-chaussée, les yeux plissés dans l'obscurité pour éviter les chaises éparses. J'allai chercher mes chaussures sur le pas de la porte et fis les lacets en serrant très fort. Puis je m'assis sur le canapé et j'attendis.

J'ignore depuis combien de temps je dormais quand un discret claquement de porte me réveilla. J'ouvris les yeux, le cœur battant. C'était l'heure. Je ne savais pas comment les convaincre de m'emmener, mais j'allais trouver quelque chose. Elle n'allait pas m'abandonner. Je tendis l'oreille, mais le silence régnait. Puis je vis une silhouette sortir de la chambre d'amis. Bashir Ahmed.

Il posa sa valise et se pencha au-dessus de la pile de chaussures près de la porte, à la recherche de ses sandales. Il finit par les trouver et se redressa. Quand il m'aperçut debout dans le noir, il poussa un cri apeuré et recula.

— C'est moi, murmurai-je en faisant un pas vers lui.

— Ma fille, qu'est-ce que tu fais ? Pourquoi n'es-tu pas au lit ?

— Je viens avec vous. Avec vous deux, ajoutai-je.

Même à la faible lueur de la lune qui entrait par la fenêtre, je le vis pâlir.

— Ma fille.

— Où est ma mère ? demandai-je tout bas.

— Elle est… Je pars seul.

— Elle ne vient pas avec vous ?

Il secoua la tête.

— Vous la quittez ?

Il s'assit à terre, une sandale dans chaque main. Je ressentis un choc teinté de gêne en constatant qu'il pleurait. Ne sachant pas quoi faire d'autre, je m'assis à côté de lui.

— Est-ce que ça va ?

Il toussa brièvement dans son poing fermé.

— Ça va, ma fille. Ça va. Ne fais pas attention à moi.

Je cherchai autre chose à dire, mais, en vérité, je ne pensais déjà plus à lui. Je ne songeais qu'à ma mère, endormie à l'étage près de mon père. Ma mère, qui se réveillerait et découvrirait que Bashir Ahmed était parti. Qu'est-ce qu'elle dirait ?

Il se leva.

— Il faut que j'y aille, ma fille.

Il ne pleurait plus et parlait avec une conviction morne. Je compris qu'il ne se laisserait pas dissuader.

— Et les militants, alors ? Qu'est-ce que vous allez faire ?

Il releva la tête et je vis un faible sourire flotter sur ses lèvres.

— Tu es gentille, ma fille. Mais ne t'en fais pas pour moi. Je vais trouver une solution.

Pour la toute dernière fois, j'accompagnai Bashir Ahmed jusqu'à notre grille. Il la souleva précautionneusement avant de la pousser (il connaissait ses particularités aussi bien que nous), pour ne pas faire grincer les gonds. Une fois sur le trottoir, il posa les yeux sur moi. Il avait la même expression que la première fois, toutes ces années plus tôt, quand il était apparu sur notre pas de porte, sorti de nulle part, avec son baluchon jaune, changeant tout en l'espace d'un seul après-midi. Ironique et un peu triste.

— S'il te plaît, ma fille, dis-lui que je suis désolé. Pour tout.

Je relevai la tête.

— Je lui dirai.

Maintenant qu'il était à la grille, il semblait ne plus vouloir s'en aller.

— Peut-être que je te reverrai un jour. Peut-être que tu viendras voir ma maison.

— J'aimerais bien.

— Moi aussi.

Il se mit en route. J'attendis qu'il arrive au bout de la rue et tourne à gauche. Puis je retournai dans la maison, retirai mes chaussures sans bruit et verrouillai la porte d'entrée. Je me faufilai dans ma chambre, cachai mon sac à dos dans le placard et me glissai dans mon lit.

Allongée sur le dos, je fixai le ventilateur de plafond qui tournait lentement.

En me répétant en boucle :

Elle est là. Elle est encore là.

CHAPITRE 24

Son menton presque collé à sa poitrine, Sania lisait en suivant les phrases du bout du doigt. Son autre main était sur ses genoux, le poing serré. Assise à côté d'elle, je l'écoutais. Quand elle est arrivée à la fin du chapitre, elle s'est arrêtée. Dans le silence qui s'est ensuivi, j'ai commencé à applaudir. Elle a relevé les yeux et a rougi, avant de refermer son livre avec un petit rire gêné.

— C'est très bien, Sania.

Et c'était la vérité. En seulement une semaine, elle avait fait de réels progrès. Elle reconnaissait désormais la plupart des mots simples et parvenait à déchiffrer les plus complexes grâce à une combinaison de contexte et d'instinct. Et même si je savais que c'était surtout dû à sa compréhension innée de la langue, de sa logique et de ses exceptions, et que cela n'avait rien à voir avec mes talents de professeure, je ne pouvais pas m'empêcher d'être envahie par une bouffée de fierté quand je la regardais penchée sur un livre, les sourcils froncés par la concentration.

Pendant qu'elle s'absentait pour préparer du thé (c'était devenu notre tradition après chaque cours), je me suis appuyée contre mon traversin pour contempler la vallée verte luisante sous le soleil de la fin d'après-midi.

J'ai réfléchi à cet endroit et à ses habitants, dont j'ignorais tout jusque très récemment. C'était étrange. Les conversations de Mohammad Din, l'index de Sania qui suivait les lignes, la main d'Aaqib qui se glissait dans la mienne, et même le visage stoïque de la tante Khadijah… C'était comme s'ils faisaient partie de ma vie depuis des années, au point que j'avais du mal à croire que j'avais vécu sans eux. Il y avait aussi l'amitié d'Amina, que je n'avais rien fait pour mériter. En y pensant, j'ai ressenti pour la première fois un véritable malaise. J'avais fait de mon mieux pour éviter Riyaz au cours de la dernière semaine, ce qui n'avait pas été bien compliqué étant donné qu'il semblait tout aussi disposé à m'éviter de son côté. Les quelques fois où nous nous étions croisés dans le couloir étroit, il s'était collé au mur pour me laisser passer, le regard planté droit devant lui, ce qui m'avait blessée davantage que ce que j'avais imaginé. Mais le reste du temps, lorsque j'étais accroupie dans la grange le matin, le visage tout près du flanc chaud et couvert de sueur de la vache rousse et blanche, ou quand je travaillais avec Sania, penchée sur une page écrite dans une langue qui se révélait lentement à elle, j'oubliais complètement Riyaz et je ne pensais qu'au travail, à l'objectif à atteindre, à la satisfaction physique et à l'inertie plaisante qui m'envahissait dès ma mission accomplie.

Et pourtant, en dépit de mon affection grandissante pour ce lieu et ces gens, je n'arrivais pas à oublier la seule personne que j'étais venue chercher ici : Bashir Ahmed, toujours de l'autre côté du mur, toujours caché, toujours inatteignable. Si je collais mon oreille au mur qui nous séparait, je l'entendais parfois s'éclaircir la gorge ou remuer dans son lit. Je me demandais alors ce que ma mère aurait fait à ma place. À coup sûr, elle aurait trouvé un moyen d'entrer, quitte à mentir et à se cacher si nécessaire, mais je ne pouvais me résoudre à trahir la confiance d'Amina. Le jour de la cascade, elle m'avait promis qu'elle aborderait le sujet avec Bashir Ahmed. Sauf que chaque soir, lorsqu'elle revenait à la cuisine après être allée débarrasser son dîner et que je lui adressais un regard interrogateur, elle secouait systématiquement la tête. Pas ce soir.

Sania est revenue dans la pièce avec trois tasses de thé et une assiette de biscuits. Mohammad Din n'a pas tardé à nous rejoindre.

— Comment s'est passée la leçon ? a-t-il demandé.

— Très bien, ai-je répondu. Elle n'aura bientôt plus besoin de moi.

Sania rayonnait. Son père a souri.

— Je suis ravi d'apprendre qu'elle progresse. Mais vous avez tort de croire qu'elle n'a pas besoin de vous. Votre venue a été une des meilleures choses qui lui soient arrivées. D'ailleurs…

Il a échangé un regard avec Sania, qui a souri malicieusement.

— … cela fait quelques jours que nous discutons de quelque chose. Sania tient à vous en parler elle-même.

Je me suis tournée vers Sania, qui a rougi, avant de prendre ma main dans les siennes. Elle a plongé son regard dans le mien et bafouillé :

— Madame, est-ce que vous accepteriez d'enseigner dans mon école ?

— *Pardon ?*

J'ai tourné la tête vers Mohammad Din, qui a acquiescé.

— Vous avez bien entendu. J'en viens, à vrai dire. J'avais rendez-vous avec le directeur de l'école. Il m'a expliqué que nous avions besoin de l'autorisation officielle du rectorat, mais que c'était a priori possible d'embaucher quelqu'un qui n'est pas professeur diplômé. Je ne voulais pas vous en parler jusqu'à ce que nous ayons la certitude que c'était faisable. Vous seriez rémunérée, bien sûr, et ce serait très bénéfique pour nos élèves.

Je les ai dévisagés tous les deux.

— Je ne sais pas quoi vous dire.

— Dites oui, madame, a supplié Sania en me secouant le bras.

— Ne la bouscule pas, Sania, a ordonné Mohammad Din. Shalini, j'ai bien conscience que tout ceci est très soudain et je comprendrais que vous refusiez. Je sais que vous avez un bon poste à Bangalore que vous n'avez sûrement pas envie de quitter. Mais ce serait une opportunité incroyable pour nous, et surtout pour nos enfants : cela leur donnerait une véritable chance de progresser. Je parle au nom de tout le village quand je dis que nous serions très heureux si vous décidiez de rester. Tout ce que je vous demande, tout ce que *nous* vous demandons, c'est de bien y réfléchir avant de répondre. Vous êtes d'accord ?

J'ai hoché la tête, comme dans un rêve.

Satisfait, Mohammad Din s'est mis à parler d'autre chose, sûrement des prochaines élections, mais je n'entendais plus rien. Rester ? Devenir professeure ? J'aurais trouvé ça risible une heure plus tôt, mais maintenant qu'ils en avaient parlé, je m'imaginais avec Aaqib descendre la pente herbeuse qui menait au bâtiment blanchi à la chaux blotti dans sa petite vallée ensoleillée, puis entrer dans ma salle de classe et poser mes livres. Je me voyais nettoyer le tableau noir et redresser les chaises, fredonnant en attendant que mes élèves fassent irruption dans la salle et lancent des

« Bonjour, madame ! » dans un débordement d'énergie et d'activité. Penchée au-dessus d'eux, je corrigerais leurs erreurs et réprimanderais gentiment un enfant impoli ou étourdi, qui ne m'aimerait que davantage ensuite. Je me voyais rire et leur faire au revoir de la main avant qu'ils ne repartent vers les montagnes en courant à la fin de la journée. Je m'imaginais échanger des salutations amicales avec les villageois sur le chemin de la maison, où je retrouverais Amina qui lèverait la tête, mettrait sa main en visière sur ses yeux pour les protéger du soleil et me lancerait : « Comment s'est passée la journée, cocotte ? »

C'est à cet instant que mon fantasme s'est brisé. Comment pourrais-je continuer à vivre chez Amina, qui refusait la moindre participation de ma part ? Changerait-elle d'avis si je travaillais et que je gagnais un salaire ? Pourrais-je la persuader de me laisser payer un loyer ? Et Riyaz ? Comment réagirait-il en apprenant la nouvelle, lui qui était visiblement si désireux de me voir partir ?

J'ai continué à réfléchir à tout cela pendant que je remettais mes chaussures dehors, que je serrais la main de Sania et Mohammad Din et que je m'éloignais de leur belle maison, qui se teintait de reflets roses dans la lumière du soir. À mi-chemin de chez Amina et Riyaz, j'ai hésité, puis j'ai fait marche arrière pour m'engager sur le sentier qui menait à la cascade.

Il sinuait exactement comme dans mes souvenirs, d'avant en arrière, montant en pente raide, jusqu'à arriver à une clairière plate avant de monter à nouveau. Une fois au milieu des pins, je savais que j'y étais presque. J'ai baissé la tête et guetté le bruit de l'eau, certaine d'entendre son murmure d'un instant à l'autre, mais les seuls sons qui me parvenaient étaient le vent qui se faufilait entre les arbres et les bourdonnements de légions d'insectes invisibles. Avais-je raté une intersection ? Y avait-il un chemin que je n'avais pas vu, qu'Amina nous avait fait prendre la dernière fois ? Où était l'amphithéâtre de rochers, où était la piscine ? J'ai grimpé encore un peu, espérant sortir des pins et parvenir à l'endroit que je connaissais, mais le chemin est devenu de plus en plus étroit et de moins en moins défini, jusqu'à se perdre parmi des rochers. J'ai essayé de revenir sur mes pas, mais au bout d'à peine trente mètres, j'ai pris conscience que le chemin du retour ne me disait rien non plus.

L'estomac noué, je me suis lentement assise sur le lit d'aiguilles de pin, j'ai ramené mes genoux contre moi et j'ai tenté de réfléchir calmement. Quelqu'un ne tarderait pas à arriver, une villageoise venue couper de l'herbe pour ses bêtes, un berger ramenant ses chèvres à la maison, un enfant en quête de petit bois. Tout ce que j'avais à faire, c'était attendre, et quelqu'un m'indiquerait dans quelle direction aller. Alors je suis restée assise là. Mais personne n'est venu. Le vent se rafraîchissait à chaque minute, le ciel s'obscurcissait et l'apparition d'un sauveur paraissait de plus en plus improbable.

Enfin, je me suis relevée, faisant pleuvoir les aiguilles collées à mes vêtements, et j'ai commencé à descendre le long du versant, si désorientée cette fois que j'avais l'impression que le sentier tournait dans le sens contraire de ce à quoi je m'attendais. Mon seul espoir était que plus je descendais, plus j'avais des chances de croiser quelqu'un. La nuit tombait plus vite que ce que j'aurais cru. Je suis parvenue à une sorte de clairière sans arbres, uniquement parsemée de souches semblables à des dents mal arrachées. J'ai pensé que c'était sans doute le genre d'endroit fréquenté par des bûcherons, et j'ai repris un peu espoir. Puis j'ai vu que les souches étaient carbonisées, que des sciures noircies jonchaient l'herbe, que le sol était maculé de taches noires et de cendres. Qu'est-ce qui avait bien pu causer ça ? La foudre, ai-je songé en frissonnant. J'étais sur le point de m'éloigner quand j'ai aperçu une silhouette. La personne se tenait de l'autre côté de la clairière et me tournait le dos. Au souvenir des voleurs vêtus de noir que Mohammad Din avait mentionnés, la panique m'a envahie, mais ma peur d'être perdue dans la montagne l'a vite emporté. C'était probablement un berger, tout simplement.

— S'il vous plaît ? ai-je crié en avançant vers la silhouette. Excusez-moi ? S'il vous plaît ?

La personne ne s'est pas retournée tout de suite. J'ai plissé les yeux pour mieux voir. C'était un homme. Il a remonté son pantalon et sa braguette d'un geste rapide avant de faire volte-face. Je me suis figée. C'était un soldat.

— Qui va là ? Avancez, que je puisse vous voir ! cria-t-il en hindou.

Il m'a fallu une seconde, mais j'ai reconnu sa voix. C'était le chef à moustache, celui qui était venu à la maison et qui avait posé toutes ces questions.

J'étais paralysée. Il a fait un pas en avant. J'ai vu, ou peut-être ai-je imaginé, sa main droite toucher son fusil, et, à ma grande honte, j'ai senti quelques gouttes d'urine s'échapper de moi.

— Non, attendez ! ai-je crié avec une pointe de terreur dans la voix. S'il vous plaît. C'est Shalini. Nous nous sommes rencontrés l'autre jour.

Je distinguais son visage à présent, la méfiance dans ses sourcils froncés, son expression qui ne s'est pas entièrement détendue quand il m'a vue traverser la clairière.

— Oui. Vous êtes la fille de l'autre jour, a-t-il répondu lentement.

— Oui.

— Celle qui séjourne chez ces villageois.

— Oui.

— Qu'est-ce que vous fabriquez ici ?

— Je suis sortie me promener et je ne retrouve plus ma route. Pouvez-vous m'indiquer le chemin du village ?

Mais c'était comme s'il ne m'entendait pas. Il me dévisageait, pas avec le regard dur et impersonnel de la dernière fois, mais avec une lueur d'amusement qui m'a aussitôt mise mal à l'aise.

— Alors comme ça, vous êtes perdue.

Son accent était différent de celui d'Amina et Riyaz et du reste des villageois, et différent du mien aussi. Moins chantant, plus nasal, chaque mot tombant comme une pierre dans un puits sans eau.

— Oui.

— Je vois.

Il s'est tu. Puis, pile au moment où je m'apprêtais à lui redemander de l'aide :

— Pourquoi m'avez-vous menti l'autre jour ?

Mes genoux ont failli se dérober sous moi.

— Je vous demande pardon ?

Il m'a couvée d'un regard plein de reproches.

— Allons, inutile de faire semblant. Ce jour-là, devant la maison. Vous m'avez menti, n'est-ce pas ?

Je l'ai dévisagé. Il savait pour Bashir Ahmed, c'était la seule explication. Comment était-il au courant ? Et qu'est-ce qu'il allait lui faire à présent ? J'ai essayé de réfléchir, d'inventer une excuse plausible, mais mon cerveau refusait de coopérer.

— Pourquoi êtes-vous aussi silencieuse ? s'est-il enquis d'un ton sec. Vous feriez tout aussi bien de me répondre, étant donné que vous n'êtes pas pressée.

— J'ignore de quoi vous parlez, ai-je fini par déclarer.

— Très bien, a-t-il lâché comme si notre petit jeu venait soudain de lui faire perdre patience. Je vais vous le dire, dans ce cas. C'était flagrant dès le début, alors je ne comprends pas pourquoi vous éprouvez le besoin de mentir à ce sujet.

Il s'est redressé de toute sa hauteur, un sourire triomphant sur les lèvres, avant d'affirmer :

— Vous êtes journaliste.

Il a dû confondre mon expression abasourdie avec le désarroi d'avoir été démasquée, car il a souri avec dédain.

— Vous avez vraiment pensé que je vous ai crue quand vous avez prétendu être *amie* avec ces villageois ? Je vous en prie, je n'ai pas l'air si stupide que ça, si ? Les gens comme vous n'ont pas d'amis dans les villages cachemiris. Seuls les journalistes et les activistes viennent dans des endroits comme celui-ci. Alors dites-moi, quel scoop êtes-vous venue chercher ?

Il a fait la moue et transformé sa voix en un gémissement efféminé et plaintif, supposément pour m'imiter.

— Est-ce que vous comptez écrire un article sur ces pauvres, braves villageois cachemiris qui souffrent si affreusement sous le joug de l'armée ?

J'ai secoué la tête.

— Tant mieux.

Il a fait un autre pas vers moi.

— Parce que cette histoire n'existe pas. Ces gens ne sont pas ce que vous croyez. Ils ont aidé des militants dans le passé et ils recommenceront. Vous savez que des hindous se sont fait tuer dans le coin ?

Je ne sais pas où j'ai trouvé la force de hocher la tête, mais je l'ai fait.

— Vous êtes au courant ?

Il a eu l'air surpris pendant un instant, avant de plisser les yeux à nouveau.

— Dans ce cas, peut-être que vous feriez mieux de vous en souvenir avant de les appeler vos amis.

En substance, ce qu'il me racontait se rapprochait de ce que Staline m'avait dit à Kishtwar. Mais à la différence de Staline qui, au final, n'était qu'un garçon esseulé loin de chez lui, cet homme, ce *soldat*, semblait parfaitement maître de lui-même. Il n'essayait pas de flirter ou de m'impressionner. De fait, à l'inverse de Staline, il semblait ne rien attendre du tout de moi, et pour une raison quelconque, cela me terrifiait encore plus.

Il a dû avoir le sentiment que ses paroles avaient eu l'effet désiré, car il n'a rien ajouté. Il s'est contenté d'examiner les tas de sciures et les souches noircies avant de pointer une direction du doigt.

— Le village de vos amis se trouve derrière vous. Continuez dans cette direction, puis, quand le chemin se sépare en deux, prenez à gauche. Vous arriverez directement à la mosquée.

J'ai réussi à balbutier des remerciements. Je m'attendais à ce qu'il tourne les talons et s'en aille, mais j'avais tort. Au lieu de partir, il a dit :

— Une dernière chose. Il vaudrait mieux éviter de vous promener toute seule. Ces derniers temps, il y a eu des histoires de fauteurs de troubles qui se baladent dans les parages et font peur aux gens. Comme si l'armée n'avait déjà pas assez à faire comme ça, maintenant, on doit aussi jouer les gardiens de village. Heureusement que vous m'avez dit à temps qui vous étiez, autrement, j'aurais pu vous prendre pour l'un d'entre eux et…

Il a haussé les épaules.

— Ça aurait vraiment été dommage que vous soyez blessée.

Cette fois, ce n'était pas le fruit de mon imagination : il avait vraiment les doigts sur son arme.

— Rentrez chez vous, maintenant, a-t-il ordonné.

Je me suis mise en route, mais j'avais l'impression que mes jambes étaient molles comme du caoutchouc. Je ne pouvais pas m'empêcher de l'imaginer lever son fusil et viser entre mes omoplates. J'ai tenté de toutes mes forces d'évoquer le visage d'Amina, sa façon de se tenir si droite pendant que les soldats déposaient leur tasse sur le plateau un par un. Elle aurait gardé la tête haute ; elle se serait éloignée comme s'il n'était qu'un moins que rien. Mais moi, je n'ai pas réussi. Dès que j'ai eu la certitude de ne plus être dans son champ de vision, j'ai commencé à courir.

Essoufflée, je glissais et trébuchais sans grâce en priant pour ne pas tomber. Quand le chemin s'est scindé en deux, comme il l'avait prédit, j'ai bifurqué à gauche. Je suis arrivée au niveau d'une arête et j'ai regardé en contrebas. Les contours de la mosquée se détachaient dans l'obscurité, le minaret vert familier, la lumière jaune accueillante aux fenêtres. J'ai été submergée par une vague de soulagement si violente que je suis tombée à genoux, la poitrine secouée par des sanglots sans larmes qui auraient pu passer pour un fou rire.

C'est alors que j'ai entendu mon nom, flottant dans l'air. Quelqu'un m'appelait. J'ai relevé la tête et tendu l'oreille. Était-ce le soldat ? Est-ce qu'il m'avait suivie ? J'ai retenu mon souffle et je me suis figée pour ne pas révéler ma présence. Pendant quelques secondes, je n'ai plus rien entendu à part le bruit de la brise et des insectes. Puis, à nouveau :

— Shalini !

Ce n'était pas le soldat. Je me suis relevée et je me suis mise à courir. Puis j'ai compris d'où venait la voix.

Riyaz se tenait un peu plus bas, les mains sur les hanches. Il regardait autour de lui, les sourcils froncés. En m'apercevant, il a écarquillé les yeux, avant de les plisser aussitôt d'un air déterminé.

— Restez où vous êtes ! a-t-il crié. J'arrive !

Mais je ne l'ai pas écouté. J'étais tellement heureuse de le voir que j'ai continué à courir, sans regarder où je mettais les pieds. Mon pied gauche a heurté un caillou et je suis tombée lourdement à quatre pattes, laissant échapper un cri de douleur. En un instant, il était à côté de moi, son bras autour de mes épaules, son visage près du mien. J'ai observé une goutte de sueur couler dans son cou avant d'être absorbée par son col.

— Est-ce que ça va ?

— Oui, ai-je dit dans un souffle. Comment avez-vous su où j'étais ?

— Un villageois vous a vue monter un peu plus tôt. Il est venu me voir après la prière pour me prévenir que vous étiez toute seule. Quand je suis arrivé à la maison et que j'ai vu que vous n'étiez toujours pas rentrée, je suis venu vous chercher.

Je me suis sentie rougir.

— Quelle idiote je fais ! Je ne sais pas ce qui m'est passé par la tête. Je voulais juste…

— Pouvez-vous tenir debout ?

J'ai hoché la tête et bondi sur mes pieds. Puis j'ai réalisé que son bras m'entourait toujours et que son autre main tenait mon coude. Mon épaule était pressée contre sa poitrine et sa bouche n'était qu'à quelques centimètres de mes cheveux. Il a dû s'en rendre compte au même moment, car il m'a lâchée avant de s'écarter à la hâte.

— Vous pensez que vous pouvez marcher ? a-t-il demandé d'un ton plus rude. Ou est-ce que vous voulez que j'aille chercher une des mules ?

— Non, ça va aller.

— D'accord.

Riyaz s'est mis en route. Puis il m'a regardée par-dessus son épaule. J'ai lu sur son visage un mélange de désir et de réticence, de solitude et de confusion, et d'autre chose qui ressemblait à du désespoir. J'étais presque sûre que j'arborais la même expression. Mais sa voix était impersonnelle lorsqu'il a lancé :

— Vous venez ?

J'ai hoché la tête et je l'ai suivi le long du flanc de la montagne.

Dès que je suis arrivée sur le porche, Amina est sortie en trombe de la maison pour me prendre dans ses bras.

— Qu'est-ce qui s'est passé, enfin, cocotte ? Où étiez-vous ? J'ai eu tellement peur !

— Je suis désolée, ai-je bafouillé.

À ce stade, l'adrénaline s'était dissipée et j'étais absolument épuisée et honteuse.

— Je voulais retourner à la cascade, celle que vous m'avez montrée.

— Pourquoi ne pas m'avoir demandé ? Je vous aurais accompagnée !

— Je croyais pouvoir la retrouver toute seule, mais…

J'étais à deux doigts de lui parler du soldat, mais les mots sont restés honteusement coincés dans ma gorge. J'ai repensé à ma terreur abjecte, à ma fuite infantile, et j'ai comparé ça à la façon dont elle avait tenu le plateau quand les soldats avaient reposé leur tasse, à son attitude inflexible. Je ne pouvais pas le lui dire.

— Je me suis perdue, ai-je repris avec le plus grand calme possible. Mais ensuite, j'ai retrouvé mon chemin. Je vais bien, Amina, vraiment.

Néanmoins, elle avait toujours l'air inquiet.

— Vous êtes sûre ?

J'ai jeté un coup d'œil derrière elle. Riyaz se tenait sur le pas de la porte. Nos regards se sont croisés. La seconde d'après, il a tourné les talons et disparu à l'intérieur.

J'ai pris une profonde inspiration et je me suis obligée à me concentrer sur le visage d'Amina.

— Certaine, ai-je répondu en me forçant à sourire. Ne vous faites pas tant de souci, Amina. Et puis franchement, quel genre de cocotte je serais si je n'essayais pas de me sauver de temps en temps ?

CHAPITRE 25

Après la fête, la nuit où Bashir Ahmed partit de chez nous comme un voleur, je dormis plus profondément que je n'avais dormi depuis des semaines. Quand je me réveillai le lendemain, dimanche, il était presque midi. En ouvrant les yeux dans ma chambre baignée de lumière, j'eus le sentiment que la maison était différente, plus légère, comme si une force gravitationnelle supplémentaire s'était exercée sur elle pendant des jours et venait soudainement de disparaître sans prévenir. Je bondis hors de mon lit et me précipitai au rez-de-chaussée en quête de mes parents.

Ils étaient assis sur le porche devant la maison, à boire un café, et même cela semblait être un signe de rétablissement, de guérison imminente. Il y avait encore des traces de la soirée de la veille sur leurs visages ; le khôl avait coulé sous les yeux de ma mère et la peau autour de la bouche de mon père ressemblait à du papier paraffiné, mais il sourit en me voyant et m'embrassa sur la joue.

— Bonjour, ma chérie. Bien dormi ?

J'observais ma mère pour tenter de déchiffrer son expression. Savait-elle déjà que Bashir Ahmed était parti, ou croyait-elle qu'il était encore couché ? Je retournai à l'intérieur et jetai un coup d'œil dans la chambre d'amis. Elle était impeccable : les draps sales avaient été retirés du lit étroit, les sols et la table nettoyés. Une odeur de désinfectant flottait dans l'air, qui me rappela la douceur un peu écœurante du rhum de la veille. Elle savait, donc. Je refermai la porte et sursautai. Ma mère se tenait juste derrière moi, les tasses de café vides à la main.

— Amma, je voulais juste… commençai-je avant de me taire.

— Il est parti. Il a pris ses affaires.

— Oh.

— Toutes ses affaires. Tu sais ce que ça veut dire ?

J'acquiesçai, sans oser la regarder dans les yeux. Et à cet instant, je sus que jamais je ne serais capable de tenir la promesse que j'avais faite à Bashir Ahmed de lui transmettre son message. Jamais je ne serais capable d'admettre que je m'étais levée au milieu de la nuit et que j'avais assisté à son départ. Que je l'avais regardé remonter la rue, sa valise à la main, et que je n'étais pas venue la réveiller.

— Voilà, reprit-elle après un moment de silence. C'est comme ça.

Puis elle tourna les talons et partit dans la cuisine, pendant que je restais figée sur place, le cœur battant. Elle avait dû lire quelque chose sur mon visage, c'était sûr. J'attendis toute la journée, mais elle ne me posa aucune question concernant Bashir Ahmed. Mon père lut le journal sur le porche pendant qu'elle nettoyait les verres en cristal et les assiettes maculées de sauce. Le soir, on s'installa dans le salon et mon père parcourut sa collection de vinyles. Il en choisit un, qu'il plaça avec le plus grand soin sur la platine. Je n'avais jamais entendu la voix qui envahit la pièce. C'était une voix profonde, qui semblait émerger d'un puits de chagrin et partir dans des envolées de douleur. Ma mère, qui n'avait pas ouvert la bouche depuis le matin, releva la tête.

— Qui est-ce ? demanda-t-elle.

— Nina Simone, répondit mon père.

À ma connaissance, c'étaient les premiers mots qu'ils échangeaient depuis la soirée de la veille.

Il vint s'asseoir près de moi dans le canapé et on écouta ensemble cette voix qui était bien plus qu'une voix. En les observant tous les deux, en voyant leurs visages pincés et fatigués, leurs corps voûtés fermés l'un à l'autre mais qui étaient au moins sur le même canapé, dans le même espace, je songeai, comme l'enfant que j'étais alors, qu'on s'en sortirait.

Pendant un temps, ce fut le cas. Le nom de Bashir Ahmed n'était même pas mentionné, par aucun des deux. C'était comme si mes parents avaient passé un pacte secret pour faire semblant qu'il n'avait jamais existé, un pacte que je respectais avec enthousiasme. Je découvris qu'oublier sciemment était d'une facilité déconcertante : au bout de quelques semaines, j'avais même du mal à me rappeler qu'il avait vécu avec nous, qu'il avait été assis en face de moi à table, que ses vêtements avaient été accrochés près des nôtres sur la corde à linge, que ses sandales avaient traîné devant la porte. Les cours reprirent, avec le chaos et les crises si caractéristiques du collège, et même sans la natation, j'étais plus qu'occupée. Au cours de l'année, je fis une découverte surprenante : dans ma tentative d'oublier Bashir Ahmed, j'avais commencé à moins prêter attention à ma mère. J'étais moins sensible à ses humeurs, moins attentive aux expressions qui flottaient sur son visage. C'était à la fois perturbant et excitant de constater qu'en réalité je pouvais vivre ma vie indépendamment d'elle sans que le monde s'écroule. Elle était toujours dans mes pensées, bien sûr, mais alors qu'elle était au centre de mes préoccupations auparavant, tel un colosse qui dominait tout le reste, elle se tenait désormais en périphérie, comme une petite silhouette tapie dans un coin de mon champ de vision.

Peut-être était-ce dû à ma nouvelle liberté sans ancrage, mais il me fallut plus longtemps que d'habitude pour me rendre compte qu'elle avait changé à nouveau après le départ de Bashir Ahmed. Elle dormait beaucoup. Je rentrais du collège et je la trouvais étalée sur le canapé au beau milieu de l'après-midi, comme un lézard sur un rocher, une main glissée sous la joue. Je pouvais faire tout le bruit que je voulais, monter ou descendre l'escalier en piétinant lourdement, elle ne se réveillait pas. Et quand elle émergeait enfin, bien après le coucher du soleil, elle traînait sans but dans la maison, rêveuse, mettant de l'eau à bouillir pour ensuite oublier la casserole, laissant les vêtements mouillés dans la machine à laver pendant des jours jusqu'à ce qu'ils verdissent et moisissent au point d'être bons pour la poubelle. J'aimerais vous dire que j'ai essayé de la réconforter, qu'à quatorze ou quinze ans, j'étais assez mature pour voir qu'elle était réellement en difficulté, mais ce serait mentir. « Tu as le droit d'être autre chose », m'avait-elle dit. Alors je l'étais.

Un jour, j'ai ramené un garçon à la maison après les cours, un camarade de classe. Pour réviser, comme on se l'était dit, et comme on l'aurait dit à ma mère si elle avait posé la question. Mais elle était endormie dans le canapé, comme d'habitude, alors on se faufila dans ma chambre sans bruit. Tandis que ses paumes effleuraient la pointe de mes seins, je tendais l'oreille, à l'affût d'un bruit en provenance du rez-de-chaussée, mais il n'y en avait aucun. Quand on redescendit, il faisait presque nuit et ma mère dormait toujours. Elle avait la bouche grande ouverte et un peu de bave émergeait au coin de ses lèvres, telle la tête d'un petit ver timide. Le garçon marqua une pause, l'air un peu dégoûté, et, soudain, je n'eus qu'une envie : qu'il disparaisse. Pas seulement de la maison, mais aussi de la surface de la terre. Parce qu'il l'avait vue dans cet état, et parce que (avec une pointe de culpabilité) j'avais *honte* d'elle. Je l'avais adorée, j'avais eu pitié d'elle, mais désormais j'avais honte de ma mère. Je raccompagnai le garçon jusqu'au bout de la rue, puis je le regardai monter dans un rickshaw et s'éloigner. Ce fut la dernière fois que j'amenai quelqu'un à la maison.

À ma connaissance, étant donné qu'il passait tout son temps à l'usine, mon père ne savait pas qu'elle dormait à longueur de journée. Mais il dut remarquer quelque chose, car, un soir, il suggéra qu'on prenne une employée, quelqu'un qui, pour reprendre ses mots, l'aiderait pour les corvées de tous les jours. Ma mère haussa les épaules. La première domestique partit en pleurs après que ma mère se fut plainte que son huile capillaire empestait et lui donnait mal à la tête. La deuxième était une femme charpentée aux cheveux gris qui s'appelait Amba. Elle parlait fort et sans arrêt, le plus souvent de sa fille qui était née avec une infirmité motrice cérébrale et dont elle s'était occupée nuit et jour jusqu'à ce qu'elle meure à l'âge de trente-trois ans. Mais ma mère répondait par des commentaires si acerbes qu'Amba ne tarda pas à partir, elle aussi, en affirmant qu'elle avait passé l'âge que quiconque lui manque de respect. Un défilé d'employées lui succéda, dont j'ai oublié les visages et les noms. Elles ne duraient jamais plus de quelques mois. Enfin, il y eut Stella. Sari impeccable, petite croix dorée. Elle semblait immunisée contre les piques de ma mère et ses explosions périodiques de sauvagerie. Elles finirent par arriver dans une sorte d'impasse. Ma mère, qui ne l'aurait jamais admis mais était, je pense, reconnaissante, abandonna peu à peu les tâches ménagères pour s'enfoncer de plus en plus dans le sommeil, pendant que Stella cuisinait et nettoyait avec efficacité, pour au final s'occuper de nous tous.

CHAPITRE 26

J'ai mal dormi pendant la nuit qui a suivi mon altercation avec le soldat. Après m'être retournée mille fois sur mon matelas, j'ai fini par abandonner et me résigner à m'asseoir à la fenêtre pour contempler le pin au bout du champ. Les nuits étaient le plus souvent sans nuages, ce qui me permettait de distinguer les formes des corbeaux, tels des fruits lourds dressés sur les branches. De temps en temps, l'un d'entre eux s'envolait silencieusement pour aller s'acquitter d'une mission quelconque.

Au petit matin, mes yeux me brûlaient à cause du manque de sommeil, mais j'ai tout de même accompagné Amina dans la grange. Elle aussi semblait avoir mal dormi. Après le petit déjeuner, Aaqib a attrapé son sac, dont les bretelles traînaient à terre, et nous avons pris la route de l'école main dans la main. Il était à l'aise avec moi, désormais. Pendant le trajet, il m'a abreuvée d'histoires sur son école et ses camarades, si enthousiaste qu'il basculait parfois en cachemiri pendant plusieurs minutes, oubliant que je ne comprenais pas la langue. Une fois en haut du sentier, il a lâché ma main et couru vers le bâtiment. Je me suis attardée un peu pour écouter les cris des enfants tout en tentant de me représenter à nouveau le fantasme de poste d'enseignante de la veille, mais après ma rencontre avec le soldat, cette perspective devenait froide et contre nature. Comment avais-je pu être naïve et idiote au point d'imaginer pouvoir vivre là, alors que je n'étais même pas capable d'aller marcher toute seule sans devoir être secourue ?

À mon retour, Amina était en train de balayer le porche.

— Est-ce que je peux vous aider ? ai-je demandé en m'approchant d'elle.

Mais elle a secoué la tête et continué à passer le balai.

— Vous êtes sûre ? ai-je insisté.

— Pourquoi est-ce que vous vous entêtez à poser sans arrêt la même question ? a-t-elle asséné dans une déferlante d'agacement. Vous êtes sourde ? Je vous ai dit qu'il n'y avait rien à faire !

C'était si inattendu que je n'ai pas su quoi répondre. Je suis restée plantée là, sans rien dire. Amina a ralenti la cadence, et finalement arrêté de balayer. Elle s'est essuyé le visage avec le bord de son foulard et a inspiré profondément.

— Je suis désolée, cocotte. Je ne voulais pas crier.

— Si vous êtes en colère à cause d'hier, Amina, je comprends. Je sais que je vous ai fait peur.

— Non, ce n'est pas votre faute. C'est… c'est autre chose.

— Qu'est-ce qui se passe ?

Amina a baissé les yeux.

— Vous savez, l'histoire que vous m'avez racontée la semaine dernière sur cet homme, celui qui a dit avoir vu des gens cachés près de sa maison au milieu de la nuit ?

J'ai hoché la tête.

— La nuit dernière, alors qu'une femme allait aux toilettes, quelqu'un a surgi derrière elle dans l'obscurité et l'a poussée. Elle n'a pas été blessée, hamdoulilah, mais elle affirme avoir entendu deux hommes rire.

— Qui étaient-ils, d'après vous ?

— Je n'en sais rien. Mais je suis sûre d'une chose : c'est à cause de ces élections le mois prochain, a-t-elle affirmé d'un air sombre. Dès qu'il y a un scrutin ici, il se passe des choses bizarres. Je ne sais pas, cocotte, ça m'inquiète.

— À cause de Bashir Ahmed ?

Elle a relevé la tête brusquement, comme surprise.

— Quoi ? Oh non, pas à cause de lui. À cause de Riyaz, a-t-elle avoué après une pause.

J'ai détourné le regard.

— Oh.

— Ce matin, je lui ai demandé de ne pas descendre dans la vallée pendant quelques jours, je lui ai dit que les montagnes grouillaient de soldats, mais il n'a pas voulu m'écouter.

Elle a pincé les lèvres si fort qu'elles ont blanchi.

— Il a des problèmes avec les soldats, cocotte, vous voyez.

— Quel genre de problèmes ?

Elle a fixé son balai.

— Vous avez bien vu à quel point ils adorent poser des questions. La meilleure chose à faire, c'est simplement d'y répondre, et ensuite ils vous laissent tranquille. Sauf que Riyaz ne répond pas. Il reste planté là sans rien dire, alors les soldats se mettent en colère et le frappent. C'est arrivé plein de fois.

Elle jouait avec le balai à présent. Elle retirait les petits brins de paille coincés dedans avant de les écraser entre ses doigts et de les laisser tomber, ce qui avait pour effet de faire accourir les poules. Quand elle a repris la parole, sa voix était teintée de colère.

— Nous autres, on essaie d'éviter les soldats. Même les petits enfants le savent. Mais lui ? Il les trouve toujours. À chaque fois. Parfois, cocotte, j'en viens à croire qu'il *veut* se faire cogner dessus.

Pour la première fois depuis le début de la conversation, elle a affronté mon regard. Puis ses yeux noisette se sont illuminés, comme si elle venait d'avoir une idée.

— Cocotte, vous voudriez bien lui parler, vous ?

J'ai été incapable de cacher mon incrédulité.

— Moi, parler à Riyaz ?

Elle a acquiescé.

— Est-ce que vous pourriez lui demander de ne pas descendre dans la vallée pendant quelques jours ?

— Mais pourquoi moi ?

Elle a haussé les épaules.

— Pourquoi pas vous ?

— Parce que je ne suis pas…

J'ai avalé péniblement ma salive.

— Pourquoi m'écouterait-il ?

— Parce qu'il vous respecte. Vous ne le savez pas, mais il parle toujours du fait que vous venez d'une grande ville, que vous avez voyagé et vu toutes sortes de choses, et que nous ne devons pas nous ridiculiser devant vous.

Elle m'a offert un demi-sourire.

— Si vous voulez mon avis, je pense que vous lui faites un peu peur. Alors si vous lui dites de ne pas descendre, il vous écoutera.

Je me suis tortillée sur place, perplexe à l'idée que Riyaz puisse avoir peur de moi. Mais ce qui me troublait encore plus, c'était le souvenir de son visage lorsqu'il m'avait trouvée perdue dans la montagne, la façon dont il avait agrippé mon bras avant de s'écarter. J'ai senti mon estomac se tordre et j'ai réessayé de dissuader Amina.

— Je ne crois pas être la personne la mieux placée pour lui parler. Il n'y a pas quelqu'un d'autre ? Mohammad Din ?

— S'il vous plaît, a-t-elle insisté en me prenant la main. Je ne vous le demanderais pas si ce n'était pas important. Vous voulez bien essayer ? Pour moi ?

Elle était si implorante que j'ai hoché la tête, prise au piège.

— Merci, cocotte, a-t-elle dit dans un souffle.

Elle m'a lâché la main et, à la seconde, ma main m'a semblé lourde, comme si elle était sur le point de se détacher de mon bras.

J'ai attendu jusqu'à la fin du dîner, quand les assiettes étaient débarrassées et que la mère de Riyaz commençait à balayer les cendres. Une fois de plus, Aaqib avait insisté pour s'asseoir à côté de moi et il était désormais appuyé contre mon épaule, ses longs cils frémissant tandis qu'il luttait contre le sommeil. Comme d'habitude, Riyaz s'est levé en premier et a quitté la pièce. Le regard d'Amina a croisé le mien. J'ai délicatement soulevé la tête d'Aaqib, qui a marmonné une protestation entre ses dents. Je l'ai allongé sur le tapis et il s'est roulé en boule comme un chiot. Je suis sortie de la cuisine à mon tour, en sentant les yeux d'Amina sur moi.

Riyaz se tenait au bord du porche, la main dans la poche de son kurta. Je me suis arrêtée à deux mètres de lui et me suis éclairci la gorge. Il s'est figé, a regardé par-dessus son épaule, puis a repris sa position initiale.

— Je suis désolée de vous déranger, Riyaz, ai-je commencé.

J'avais répété mon discours un peu plus tôt dans ma chambre.

— Je tenais juste à vous remercier à nouveau.

— De quoi ? a-t-il demandé sans bouger.

— D'être venu me chercher. Dans la montagne.

— Qu'est-ce que j'aurais bien pu faire d'autre ? Vous laisser passer la nuit dehors avec les ours ?

J'ai souri malgré moi. Il pouvait être très drôle.

— Je l'aurais mérité.

Il n'a pas répondu. Je l'ai rejoint, consciente que, ce soir-là, les rôles étaient inversés. La dernière fois que nous nous étions tenus ici ensemble, c'était lui qui s'était approché.

— Avez-vous entendu parler de la femme qu'on a poussée la nuit dernière ? Elle affirme qu'elle a entendu des hommes rire.

Il a émis un grognement évasif.

— Qui a fait ça, à votre avis ?

— Qu'est-ce que j'en sais ? Des enfants, des fauteurs de troubles. Ce n'est pas mon problème.

— Amina pense que c'est à cause des élections.

Il a haussé les épaules.

— Possible. Comme je vous l'ai dit, ce n'est pas mon problème.

— Mais ça ne vous fait pas peur ?

Il m'a regardée d'un air soupçonneux.

— Pourquoi ça me ferait peur ?

J'ai essayé d'adopter le ton le plus détaché possible.

— Je ne sais pas. Vous allez dans la vallée tous les jours, tout seul avec vos mules. Et s'il vous arrivait quelque chose ?

Après m'avoir écoutée avec la tête penchée en avant, il l'a relevée et m'a fixée avec dureté.

— À quoi vous jouez ?

— Comment ça ?

— Toutes ces sottises sur le fait d'avoir peur. Ça ne vous ressemble absolument pas.

— J'ai simplement pensé que…

— Peu importe, m'a-t-il interrompue d'un air écœuré tout en jetant un regard en direction de la maison par-dessus son épaule. Je sais parfaitement qui vous a mis ces idées dans la tête. Vous pouvez vous arrêter là.

— Je ne comprends pas ce que vous voulez dire.

— Shalini, je vous en prie. Vous n'allez pas vous y mettre, vous aussi.

La fatigue était perceptible dans sa voix. Même si je tenais vraiment à honorer la promesse faite à Amina, j'ai été soulagée d'arrêter de jouer la comédie. Il ne disait presque jamais mon nom, et l'entendre dans sa bouche m'a procuré davantage de plaisir que je ne voulais bien l'admettre. Je me suis tue et, dans le silence, j'ai à nouveau ressenti cette aise grandissante entre nous. Une aise qui prenait la forme exacte de l'air qui nous séparait. Une aise qui, en son centre, renfermait quelque chose de vivant et primal. Je voulais rester là, sans rien dire, et laisser ce quelque chose flotter en moi. D'autant plus que j'avais l'absolue certitude qu'il ressentait la même chose. Jamais je n'avais été aussi certaine de quelque chose.

Riyaz s'est frotté la joue.

— Enfin bref, a-t-il repris comme si nous parlions encore la seconde précédente alors que plusieurs minutes venaient de s'écouler. Je ne vais pas descendre demain.

— Ah bon ?

— Non. Il y a une réunion de panchayat après la prière. Tous les hommes sont supposés y assister, même ceux du village hindou. Nous devons discuter de tout ce qui s'est passé ces derniers temps.

— Vous voulez dire les voleurs ?

Riyaz a ricané avec mépris.

— Rien n'a été volé à personne, si ? Ils n'existent sûrement même pas. Cette réunion va être une perte de temps, comme toutes les autres, et ça va prendre au moins cinq ou six heures, autrement dit suffisamment de temps pour que personne ne tombe d'accord avec personne. Mais au moins, Amina sera contente.

— Amina m'a raconté que les soldats vous frappaient parfois, ai-je confessé au bout d'un moment. Parce que vous ne répondiez pas à leurs questions.

Il m'a lancé un regard en coin avant de hocher la tête.

— C'est arrivé une fois ou deux, oui.

— Je ne comprends pas pourquoi vous les laissez vous traiter comme ça. Pourquoi ne pas leur répondre, tout simplement ?

Il n'a pas répondu tout de suite. Quelque chose me disait qu'il n'avait pas l'habitude de parler autant.

— Vous savez ce que les gens du coin disent sur mon père, a-t-il fini par dire. Ce qu'ils croient qu'il a fait.

J'ai acquiescé.

— Alors ça ne devrait pas être compliqué à comprendre. Mon père a décidé de se cacher. C'est son choix. Mais moi, je n'ai rien fait de mal, alors je refuse de me cacher, que ce soit aux yeux des villageois ou des soldats ou de quiconque. Je refuse de leur donner du « Oui, monsieur », « Non, monsieur », « Pardon, monsieur » simplement parce que ces idiots dotés d'une arme veulent me traiter comme un serviteur pour avoir l'impression d'être des rois.

— Alors vous préférez vous faire taper dessus ?

Il a haussé les épaules.

— Et s'ils allaient plus loin ? ai-je insisté. Que deviendrait votre famille s'il vous arrivait quelque chose ? Que deviendrait Aaqib ?

Même dans l'obscurité, je l'ai vu rougir de colère.

— Qu'est-ce que ça peut vous faire ? Ce n'est pas votre fils, a-t-il répliqué tout bas.

Il avait raison, bien sûr, mais sa réponse m'a fait l'effet d'une gifle. J'ai pensé à la main d'Aaqib dans la mienne, à ses longs cils qui projetaient des ombres en filigrane sur ses joues, au contact chaud de sa tête contre mon bras tandis qu'il s'endormait devant le feu.

J'ai laissé passer plusieurs minutes avant de reprendre la parole.

— Riyaz, je suis désolée pour ce que j'ai dit. Sur Aaqib, sur les soldats, sur votre père. Vous avez raison, ça ne me regarde pas et je n'aurais pas dû m'en mêler. Excusez-moi.

Il n'a pas répondu tout de suite. À la place, il a sorti un petit morceau de bois de sa poche et l'a fait tourner plusieurs fois entre ses doigts. La sculpture avait avancé au cours des derniers jours. J'ai distingué la forme d'un museau et deux petites oreilles bien dressées.

— Je suis désolé d'avoir été impoli. En réalité, ça ne me dérange pas d'en parler avec vous.

Il s'est humecté les lèvres et a laissé échapper un petit rire.

— Pour tout vous dire, je n'ai jamais discuté de tout ça avec personne. Pas même ma propre famille. Mais avec vous, je ne sais pas pourquoi, c'est différent. Plus facile.

Il m'a jeté un regard, puis a reporté son attention sur l'animal en bois dans sa main. Puis, avec toute la nonchalance possible, il a dit :

— C'est comment, Bangalore ?

— Bangalore ? ai-je répété, surprise.

— Oui. C'est comment ?

Il y avait une excitation contenue dans sa voix. J'ai essayé de réfléchir, mais Bangalore était très loin, flou, impossible à visualiser et encore plus à décrire.

Je ne voyais que notre salon peuplé d'ombres, la silhouette de ma mère endormie. Sans conviction, j'ai répondu :

— Il y a beaucoup de voitures, pour commencer. Beaucoup de bruit.

Riyaz a hoché la tête attentivement.

— Oui, mon père aussi me l'a dit. Je me souviens.

Et là, j'ai songé, avec un violent pincement au cœur, que nos vies avaient été à la fois profondément dissemblables, et néanmoins semblables. Nous avions tous les deux grandi en courant après un de nos parents, pour finalement le perdre, même si c'était de façon différente. J'ai ressenti un élan de compassion pour lui. L'espace d'un instant, j'ai eu envie de tendre le bras et de lui caresser la joue, de toucher les cheveux gris sur sa tempe. Mais je me suis retenue et j'ai tenté de lui décrire Bangalore d'une voix aussi neutre que possible.

— Il y a des grands bâtiments partout. Certains font vingt, trente mètres de haut.

J'ai continué à lui parler ainsi et, petit à petit, son expression s'est détendue, dans une sorte de paix abstraite. C'était comme s'il m'avait laissée là et qu'il marchait dans une rue animée de Bangalore, le regard partant dans mille directions différentes, attiré par des marchands ambulants, des scooters, des piétons, des boutiques, des mendiants, des temples, tous se livrant bataille pour capter son attention. En le voyant dans cet état, un souvenir m'est revenu. Ma mère, la tête appuyée contre le dossier de notre canapé, écoutant les histoires de Bashir Ahmed. Ma voix a vacillé et je me suis tue.

Riyaz a brusquement relevé la tête, comme s'il se réveillait en sursaut.

— Quoi ? Pourquoi vous ne dites plus rien ?

— Pour rien, me suis-je empressée de répondre. Il y a juste tellement de choses à dire. Ça prendrait un temps fou.

Il a souri. C'était le premier sourire spontané qu'il m'adressait. Avec un émerveillement muet, j'ai observé la façon dont ce sourire modifiait entièrement son expression. Il avait l'air heureux et malicieux et un peu timide, comme si, au lieu du mari et du père qu'il était, il venait de se transformer en un enfant qui passait une nuit loin de chez ses parents.

— L'avantage de cet endroit, c'est qu'on a du temps à revendre, a dit Riyaz d'un ton taquin. Je veux tout savoir.

Je suis retournée dans la maison. Riyaz est resté dehors, disant qu'il voulait aller voir les animaux dans la grange. Je suis passée devant la cuisine à pas rapides. Je ne voulais pas qu'Amina m'interpelle et me demande comment s'était passée ma conversation avec Riyaz. Je l'ai brièvement aperçue par l'encadrement de la porte : assise à ma place sur le tapis en paille, elle me tournait à moitié le dos, la tête d'Aaqib posée sur ses genoux. Elle lui caressait le front tout doucement, la tête penchée en avant. À cette vue, une forte douleur s'est propagée en moi et m'a déchiré la poitrine, comme si j'étais coincée dans des fils barbelés, et je me suis dépêchée de m'éloigner.

Je me suis appuyée contre le mur en terre battue du couloir en espérant que la douleur se dissipe. Puis, sur un coup de tête, j'ai pris une décision. C'était risqué (Amina était à trois mètres à peine et Riyaz pouvait revenir d'une seconde à l'autre), mais j'étais déterminée. J'ai remonté le couloir sur la pointe des pieds jusqu'à leur chambre, j'ai regardé derrière moi, puis je me suis glissée à l'intérieur.

Tout était exactement comme dans mes souvenirs. Le matelas, les piles de vêtements, le fauteuil bancal, l'ombre mince du canon du fusil. Mais j'ai à peine prêté attention à tout cela. Je me suis dirigée droit vers le rideau, que j'ai écarté pour emprunter le passage. Il flottait la même odeur de bois et le même souffle d'air chaud entourait mes chevilles. Mais cette fois, il faisait noir ; aucune lumière n'émanait de la pièce de l'autre côté.

Je suis entrée dans la petite chambre. La silhouette dentée des guirlandes en papier frissonnait au-dessus de moi. Un seul coup d'œil à la forme sous la couverture m'a suffi pour comprendre qu'il dormait. J'ai hésité, puis je me suis approchée du lit sans faire de bruit.

Il était allongé sur le côté, tourné vers l'entrée. La joue qui n'était pas appuyée sur l'oreiller s'était creusée sous l'effet de la pesanteur, lui donnant un air particulièrement squelettique. Il avait une barbe de quelques jours seulement. Riyaz l'aidait sûrement à se raser de temps en temps. Ses paupières cireuses et ridées ont frémi légèrement quand je me suis penchée sur lui. J'ai eu peur qu'il ne se réveille, mais il n'a pas ouvert les yeux. Je me suis approchée davantage, absorbant les traits de son visage avec avidité, mais surtout avec une tristesse qui m'a prise au dépourvu. Enfant, je n'avais jamais réfléchi à son âge, mais à présent, il semblait beaucoup plus vieux qu'il ne l'était en réalité. Ses cheveux avaient entièrement blanchi et son teint auparavant mat était d'une pâleur maladive. Ses lèvres entrouvertes avaient un contour mal défini et sa carrure semblait avoir fondu de moitié. J'ai ressenti une émotion que j'étais incapable de nommer, mais qui s'apparentait à un sentiment de deuil, le deuil de l'homme souriant qui mettait son baluchon jaune sur son épaule comme s'il ne pesait rien, de l'homme qui marchait toute la journée en plein soleil pour rejoindre l'ombre fraîche de notre maison. Dans son sommeil, Bashir Ahmed a gémi et roulé sur le dos. Ses lèvres se sont écartées davantage, révélant des dents qui n'étaient plus ni blanches, ni droites. Je me suis redressée, les yeux toujours rivés à son visage émacié et endormi.

— Vous avez peur de quelque chose, ai-je murmuré. J'ignore de quoi, mais je peux vous promettre une chose : je n'irai nulle part jusqu'à ce que vous acceptiez de me parler.

J'ai effleuré la couverture du bout des doigts au niveau de sa poitrine, puis j'ai rebroussé chemin. Par chance, la chambre d'Amina et Riyaz était vide. Je me suis glissée dans le couloir et faufilée jusqu'à ma chambre, dont j'ai refermé la porte derrière moi à la hâte.

CHAPITRE 27

Le matin de mon départ pour l'université, ma mère me demanda pour la première fois de ma vie de me prosterner devant ses divinités. Elle resta près de moi, et pendant tout le temps où je pressai mon front contre le carrelage froid de la cuisine, je regardai ses pieds, les bagues en argent qui ornaient chaque deuxième orteil, ses talons craquelés et ses ongles qui n'étaient pas vernis. Je me redressai ensuite pour lui faire face, légèrement étourdie. Elle portait un vieux kurta, ses cheveux étaient secs et fourchus, ses lèvres aussi asséchées que ses talons. Elle appuya sur mes épaules pour me faire baisser la tête (à dix-huit ans, j'étais désormais plus grande qu'elle, et elle était loin d'être petite), puis planta un baiser sec sur mon front. Je ne suis pas fière de l'admettre, mais j'étais dans cette phase de l'adolescence où les contacts prolongés avec mes parents n'étaient pas les bienvenus, et dès que je quittai la cuisine, j'essuyai l'empreinte de ses lèvres d'un revers de manche.

L'université dans laquelle j'avais été acceptée était sur la côte, à sept heures de route de Bangalore. *Acceptée* était un bien grand mot ; mes notes finales avaient été médiocres, au mieux. De fait, on avait même demandé à mon père d'effectuer un « don » auprès de l'institution pour me garantir une place. À la surprise générale, il avait été catégorique : il souhaitait absolument que j'étudie dans cet établissement, qui était à des centaines de kilomètres, au lieu de m'inscrire dans une des nombreuses universités qui se trouvaient à Bangalore et qu'il aurait été tout aussi facile et probablement moins onéreux d'intégrer. Je me suis demandé si son entêtement n'avait pas quelque chose à voir avec ma mère, si un instinct latent lui soufflait peut-être que cela ne me ferait pas de mal de m'éloigner un peu d'elle. Car pendant les années qui avaient suivi Bashir Ahmed et la fameuse fête, mon père aussi avait changé. Cela me paraît juste de le mentionner. En dépit de l'éternelle préoccupation qu'était ma mère, je ne veux pas oublier l'homme qui a toujours été présent, même si sa vie se déroulait souvent en parallèle de la mienne et celle de ma mère, ce dont je ne me rendais pas forcément compte à l'époque. Pendant de nombreuses années, lorsque j'étais plus jeune, il semblait si absorbé par son usine et ses rouages mystérieux, si sûr de lui et du monde qui l'entourait, avec tous ses sermons et ses jugements et ses certitudes… Ce ne fut que peu de temps avant mon départ pour l'université que je compris qu'il s'était adouci, qu'il était devenu moins arrogant et par conséquent plus accessible. Il était plus discret, moins enclin à parler, et même s'il me faisait toujours la morale de temps à autre, ses leçons revêtaient un ton ironique d'autodérision, comme s'il était conscient de sa tendance à la grandiloquence et qu'il me demandait de jouer le jeu, avec un clin d'œil triste de papa. Il était plus patient avec ma mère, ses siestes interminables, ses humeurs, sa colère qui sortait de nulle part et disparaissait tout aussi mystérieusement. Rien de tout ça ne se fit du jour au lendemain, bien sûr. Cela lui arrivait encore de perdre son calme, et chaque fois que c'était le cas, il attrapait ses clés de voiture et claquait la porte derrière lui. Parfois, il revenait au bout de dix minutes. Parfois, au bout d'une heure, voire plus.

Il avait quarante-sept ans quand je partis pour l'université, et il était toujours aussi beau, à la tête d'une société locale qui commençait à faire concurrence à des entreprises étrangères établies de longue date. Si on en croyait tous les indicateurs au monde ou presque, c'était un homme accompli. En le regardant, personne n'aurait eu pitié de lui, et pourtant, quand il apparut sur le pas de ma porte alors que je finissais de faire mes sacs, j'éprouvai pour lui une tristesse sans aucun rapport avec mon départ.

— Tu es prête ? demanda-t-il.

Je hochai la tête. Il balaya ma chambre du regard, le placard grand ouvert et presque vide. Il entra et s'assit sur mon lit.

— Tu sais, je ne suis jamais retourné chez mes parents après l'université. Peut-être que c'est la dernière fois que tu habites dans cette chambre.

Ce ne serait pas le cas, bien sûr. Je dormirais de nouveau dans ce lit le soir suivant la mort de ma mère, et pendant des années après ça, mais aucun de nous ne pouvait le deviner à l'époque.

— Je voulais juste te dire que…

Mais je ne sus jamais ce qu'il voulait me dire, car ma mère arriva à ce moment-là.

— Eh bien, on a une petite conversation à cœur ouvert ? demanda-t-elle d'une voix traînante. Comme c'est touchant ! On se croirait dans un film.

Mon père rougit. Comme toujours, elle avait le pouvoir de le faire chanceler.

— On ferait mieux d'y aller, déclara-t-il en se levant. Je venais juste prendre les valises de Shalini pour les descendre.

Une fois mes affaires dans le coffre, tout le monde s'engouffra dans la voiture pour entreprendre le trajet vers la côte. Assise sur la banquette arrière, je regardai ma mère dormir dans le rétroviseur. Des villages, des hameaux, des villes défilaient par la fenêtre ; des camions passaient, chargés de baguettes en fer, de briques, de bois. La voiture passa sur un nid-de-poule et la tête de ma mère cogna contre la fenêtre. Elle ouvrit les yeux et fixa la route devant elle, sans toutefois montrer le moindre signe de peur ou de toute autre émotion. La seconde suivante, elle dormait à nouveau.

Sept heures plus tard, on arriva sur le campus. Une dizaine de bâtiments d'un jaune et d'un gris mornes étaient séparés par des bandes de pelouse. Mon père, qui n'avait pas le droit d'entrer dans la résidence universitaire des filles, resta dans la voiture, et ce fut ma mère qui m'accompagna jusqu'à ma chambre avec ses deux lits étroits en contreplaqué, elle qui salua Rupa, ma timide camarade de chambre. Elle regarda autour d'elle. J'imagine qu'elle pensa à la vie que j'étais sur le point d'avoir et qu'elle n'avait jamais eue. On redescendit et elle attendit en retrait que mon père ait fini de me serrer dans ses bras. Je m'attendais à ce qu'elle parle, à ce qu'elle dise quelque chose d'énigmatique et de légèrement sarcastique, mais elle se contenta de me prendre par les épaules et de me dévisager, pour un examen interminable que je mourais d'envie d'interrompre mais que je me forçai à supporter. Je dus aussi m'obliger à ne pas me couvrir le nez : elle avait négligé de se laver les dents avant de partir de la maison et son haleine empestait le café et les remontées acides. Puis ils montèrent en voiture et mon père fit prudemment marche arrière.

J'étais sur le point de tourner les talons pour rentrer dans le bâtiment fade qui était ma nouvelle maison, quand la vitre côté passager descendit et laissa émerger la tête de ma mère. Puis elle passa les épaules par l'ouverture, et enfin tout le haut de son corps. Alors que la voiture prenait de la vitesse, elle s'assit sur le rebord de la vitre. Son chignon défait, ses cheveux flottant derrière elle, ma mère leva les bras en l'air.

— Ma fille est une championne ! cria-t-elle. Vous entendez ? Ma fille est une championne !

Mon père klaxonna. Des visages curieux apparurent aux fenêtres des bâtiments voisins et je dus tourner la tête pour cacher les larmes qui me montaient aux yeux.

CHAPITRE 28

Fidèle à sa promesse, Riyaz n'est pas descendu dans la vallée le lendemain. À la place, il a passé la matinée à la maison, s'acquittant de corvées qui devaient soi-disant être effectuées. Réparer un fil barbelé du poulailler de fortune avec une pince rouillée, raccommoder une déchirure à un des sacs qu'il chargeait sur le dos des mules… Mais chaque fois que je levais les yeux de la tâche qu'Amina m'avait assignée, il n'était jamais à plus de trois mètres, en train de m'observer. Cela me désarçonnait tout en faisant déferler une vague de chaleur sur ma peau. À la fin de la matinée, il s'est approché de moi et m'a dit tout bas :

— Vous savez à quoi je pensais ?

J'ai secoué la tête, en espérant qu'Amina ne nous trouve pas dans cette position.

— Je pensais que ça pourrait être drôle de travailler dans un magasin. Mon père me parlait toujours des boutiques de Bangalore, de tous ces magasins qui vendaient toutes les choses possibles et imaginables. Même des voitures neuves ! Qu'est-ce que vous en dites ? Vous me verriez faire ça ?

J'ai fixé le paillasson poussiéreux.

— Dans quel genre de boutique aimeriez-vous travailler ?

— C'est justement ça, le problème, a-t-il répondu avec enthousiasme. Je n'arrive pas à me décider. Des vêtements, ce serait bien, vous ne croyez pas ? Ou des chaussures ? Je me vois bien en vendeur de chaussures. Pas vous ?

J'ai pensé au magasin de chaussures à côté de chez Zoya et Abdul Latief à Kishtwar, au garçon à la calotte blanche que je voyais toujours courir avec des boîtes sous le bras. Puis j'ai repensé au magasin cachemiri de Commercial Street où je m'étais rendue avec ma mère et Bashir Ahmed, au vendeur exagérément poli. Je me suis rappelé tous les commerçants que ma mère avait insultés ou ignorés au fil des années, au vendeur de légumes qu'elle avait rendu fou de rage. Mais Riyaz me dévisageait, plein d'espoir, alors j'ai dit :

— Oui.

De toute évidence, ma réponse l'a ravi, car il m'a adressé un clin d'œil comme si nous partagions désormais une sorte de secret, avant de rentrer dans la maison en sifflotant. Il a croisé Amina qui sortait, les bras chargés de vêtements mouillés. Elle l'a dévisagé comme s'il s'agissait d'un étranger, avant de me lancer un regard rapide. Il n'avait rien d'accusateur, et pourtant, je n'ai pas réussi à le soutenir.

La bonne humeur de Riyaz a persisté pendant les heures qui ont suivi. Quand Aaqib est rentré de l'école, il l'a pris en chasse sur le porche en grondant :

— Je suis un voleur ! Attention ! Je vais t'attraper !

Aaqib a poussé des cris stridents et trouvé refuge dans le pêcher tordu pendant que Riyaz tournait autour du tronc de l'arbre, à grogner comme s'il était un lion ou un léopard, je ne savais pas trop. Je les ai observés depuis ma fenêtre, jusqu'à ce que je voie Amina sortir de la maison. Elle les observait, elle aussi, un sourire aux lèvres. Je me suis rapidement détournée, une sensation de chaleur étrange dans la poitrine.

Riyaz a pris le chemin de la mosquée pour la prière de l'après-midi. Je savais que la réunion du panchayat avait lieu juste après. Comme chaque jour, je suis allée chez Sania, mais je l'ai trouvée distraite, inattentive au cours. Tout ce qu'elle voulait, c'était parler de la réunion, de ce que son père risquait de dire, des décisions qui seraient prises. Finalement, j'ai mis fin à notre leçon plus tôt que prévu et je suis rentrée en traînant les pieds.

La mère de Riyaz était dans la cuisine, en train d'entretenir le feu.

— Amina ? ai-je demandé.

Elle a hoché la tête en direction de l'arrière de la maison. C'était là toute l'étendue de nos échanges. Je me suis assise pour l'attendre. Amina n'a pas tardé à apparaître dans l'encadrement de la porte, une assiette et un verre vides dans les mains. Elle s'est crispée en me voyant, comme si elle venait de se faire prendre en train de faire quelque chose d'illégal. J'ai tout de suite su qu'elle avait été avec Bashir Ahmed.

— Vous êtes rentrée tôt, cocotte, a-t-elle fait remarquer en tentant de sembler nonchalante.

— Comment va-t-il ?

— Toujours pareil.

— Est-ce que vous lui avez parlé de moi ?

— Non. Mais je vais le faire, cocotte. Promis.

En la regardant, j'ai su qu'elle ne céderait pas. Était-ce parce qu'elle se faisait du souci pour la santé de Bashir Ahmed, comme elle l'affirmait ? Avait-elle peur que le choc que lui ferait ma présence ne le rende malade ? Ou y avait-il autre chose ? Peut-être qu'elle essayait de me faire rester plus longtemps ? Comme compagne, comme amie, ou peu importe ce qu'elle pensait que j'étais, afin de l'aider à maintenir à distance la solitude de son quotidien ? Après tout, elle l'avait déjà confessé lors de notre promenade à la cascade. Et si tel était le cas, qu'est-ce que cela disait de moi ? Si, comme j'en étais venue à le croire, je la considérais également comme une amie, comment pouvais-je me permettre de rester avec Riyaz dans l'intimité qu'offrait l'obscurité du porche ? Comment pouvais-je laisser son regard s'attarder sur moi, et même le désirer à moitié ? Quel genre d'amie étais-je ? Bizarrement, le visage du chef à moustache m'est apparu. « Les gens comme vous n'ont pas d'amis dans les villages cachemiris. » J'ai été envahie par la culpabilité, puis par la colère, sans toutefois savoir si elle était dirigée contre le soldat ou contre moi-même.

Amina s'est approchée de la fenêtre pour regarder dehors.

— Il se fait tard, a-t-elle murmuré. Je me demande ce qui peut bien leur prendre autant de temps. La réunion aurait dû s'achever il y a un moment.

— Riyaz a dit qu'elle durerait probablement plusieurs heures.

J'ai aussitôt regretté d'avoir ouvert la bouche, mais elle n'a pas répondu. Elle n'a même pas paru remarquer que j'avais parlé. Pendant un long moment, elle a contemplé le jardin et les montagnes ; puis elle s'est tournée vers la mère de Riyaz et lui a dit quelques mots en cachemiri. Khadijah a hoché la tête et Amina s'est tournée vers moi, cette fois.

— Ça vous dirait d'aller marcher un peu, cocotte ?

— Aller marcher ? Maintenant ?

Elle a haussé les épaules.

— On pourrait aller jusqu'à la mosquée et revenir. Ça ne prendrait pas longtemps.

J'ai haussé les sourcils.

— Là où se tient la réunion, vous voulez dire ?

Elle a écarquillé les yeux d'un air innocent.

— Si on est à côté et que, par le plus grand des hasards, on entend ce qu'ils disent, où est le mal ? On ne les dérangerait pas, bien sûr.

Elle a souri avec ironie.

— Heureusement pour nous, cocotte, les hommes aiment crier en général.

Nous avons entendu des éclats de voix bien avant d'arriver à la mosquée. Au lieu de prendre le chemin qui y menait directement, Amina m'a fait signe de la suivre à travers les hautes herbes jusqu'à l'arrière du bâtiment.

— Là-haut, a-t-elle indiqué en montrant la cime d'un noyer.

Elle l'a agilement escaladé, puis a murmuré, une fois perchée sur une branche :

— Besoin d'aide ?

J'ai secoué la tête, tout en observant l'arbre. Le tronc était assez large et il n'y avait qu'une seule bonne prise, qu'Amina avait trouvée sans peine. J'ai posé les mains sur l'écorce, pris une grande inspiration, puis je me suis haussée. Mon talon a glissé, mais j'ai réussi à garder l'équilibre en m'appuyant disgracieusement sur ma jambe droite.

— Pas mal, a-t-elle chuchoté avec un hochement de tête approbateur une fois mon ascension terminée.

Nous nous sommes installées de façon à bien voir les hommes rassemblés devant la mosquée. La plupart étaient debout, mais quelques-uns (les membres du panchayat, certainement, étant donné que Mohammad Din était parmi eux) étaient assis sur des chaises en plastique. Le désordre régnait, avec plusieurs personnes qui parlaient en même temps. Quelqu'un a ordonné de se taire d'un ton impatient. Dans le silence, l'homme trapu aux doigts fins, le même qui était venu se plaindre des voleurs à Mohammad Din, s'est avancé.

— Ça suffit. On a passé la journée ici à se disputer sur qui a vu quoi et, pendant tout ce temps, nos femmes et nos enfants sont seuls à la maison, où il peut leur arriver n'importe quoi. Pourquoi refusez-vous de nous croire ? Est-ce que vous nous traitez de menteurs ?

D'instinct, tout le monde a paru se tourner vers Mohammad Din. L'air fatigué, il s'est pincé les ailes du nez avant de répondre :

— Personne ne traite personne de quoi que ce soit. Nous essayons simplement de comprendre exactement ce qui s'est passé, afin d'être tous prêts.

L'homme trapu a ricané avec mépris.

— Prêts ? Vous voulez être prêts, alors pourquoi ne pas leur demander à eux à quoi nous devons nous préparer ? Ce sont leurs partis politiques qui font ça.

Il a hoché la tête en direction d'un petit groupe d'hommes légèrement en retrait des autres. Chacun d'eux avait le front marqué d'un tilaka rouge. Je me suis alors rappelé que Riyaz m'avait dit que les hindous prendraient part à la réunion, eux aussi.

Un murmure menaçant a parcouru l'assemblée. Mohammad Din a lancé un regard d'avertissement à l'homme trapu. Ce dernier a fermé la bouche et baissé la tête, mais le mal était fait.

— Nos partis ? a répété l'un des hindous avec virulence. Qu'est-ce que vous voulez dire par là ? Comme s'il ne se passait pas la même chose dans notre village !

Comme si nous n'étions pas inquiets pour nos familles ! Vous dites que vous avez passé la journée ici. Dans ce cas, ne nous avez-vous pas entendus raconter les mêmes histoires que vous ? Et donc, ce serait nous les menteurs ?

— Je vous en prie, arrêtez de vous disputer et écoutez-moi, a ordonné Mohammad Din avec fermeté.

Il n'a pas élevé la voix, mais son intonation a imposé le silence. Il s'est levé de son fauteuil en plastique et a balayé l'assistance du regard, avec la même expression grave et déterminée que pendant nos conversations, quand il exposait les grandes lignes de ses projets pour le village autour d'une tasse de thé. Quand il m'invitait à rester pour travailler comme professeure.

— C'est notre maison, ici, a-t-il affirmé. Ça l'a toujours été, et nous en sommes les seuls responsables. Personne, ici ou ailleurs, ne va nous aider. Nous le savons déjà. Vous voulez vous battre à cause des politiciens, des élections ? Très bien. Mais ne me mêlez pas à ça. Si j'ai rejoint le panchayat, ce n'est pas pour rester assis là à me quereller et à accuser tel ou tel parti de ceci ou cela. Si des hommes vêtus de noir traînent dans la région et sèment le trouble la nuit, nous devons les arrêter, qu'importe qui ils sont. Hindous ou musulmans, de votre parti ou du mien, ça ne fait aucune différence à mes yeux. Nos frères hindous veulent une preuve de notre loyauté ? Eh bien, la voici : nous monterons la garde devant leurs maisons la nuit pour protéger leurs familles.

Il s'est frappé la poitrine du poing pour plus d'emphase.

— J'ai beau être un vieil homme, je viendrai monter la garde moi-même.

Tout le monde s'est tu. L'homme trapu et le villageois hindou semblaient honteux tous les deux. Mohammad Din a posé un regard grave sur l'assemblée et dit :

— À présent, nous devons mettre un terme à cette querelle idiote et discuter sérieusement des solutions. Comment pouvons-nous nous aider les uns les autres ?

— On pourrait créer un comité, a suggéré quelqu'un.

— Un comité. Bien, a encouragé Mohammad Din. C'est une bonne idée.

— On pourrait organiser des rondes de nuit, a suggéré quelqu'un d'autre.

Mohammad Din a hoché la tête.

— Oui. Oui, c'est une bonne idée aussi.

Le même villageois hindou a repris la parole. D'âge moyen, avec une pomme d'Adam proéminente, il avait un regard mélancolique, les yeux enfoncés dans leurs orbites.

— Je ne doute pas de votre loyauté et je respecte ce que vous avez dit, mais j'aimerais bien savoir une chose : qu'est-ce qui se passera si les choses empirent ?

Mohammad Din a froncé les sourcils.

— Comment ça, si elles empirent ?

— Si elles empirent.

L'homme a hésité un instant avant de préciser sa pensée.

— Aujourd'hui, peut-être que nous avons seulement affaire à des vagabonds et des fauteurs de troubles, mais si c'est plus grave la prochaine fois ? On se souvient tous de ce qui s'est passé il y a cinq ans. Les hommes qui ont été tués à l'époque étaient hindous, et leurs voisins musulmans n'ont rien fait. Et si ça se reproduisait ?

J'ai senti Amina tressaillir à côté de moi. Les hommes semblaient de plus en plus agités. Soudain, j'ai aperçu

Riyaz. Il était adossé contre un tronc d'arbre, un peu en marge du rassemblement. Même si j'aurais pu jurer que personne autour de lui n'avait bougé, c'était comme si, tout à coup, il se tenait seul au milieu d'une piscine de silence, les hommes aux alentours fondant comme de la glace, leurs yeux rivés au sol pour éviter de croiser son regard.

Mohammad Din s'est éclairci la gorge.

— Ça n'arrivera plus jamais.

Mais lui aussi semblait éviter de regarder Riyaz.

— Comment pouvez-vous en être si sûr ? a insisté le villageois hindou.

Enhardi, un autre hindou a pris la parole :

— C'est vrai, qu'est-ce que vous en savez ? C'est bien gentil de lutter contre de simples rôdeurs, mais est-ce que vous monterez aussi la garde devant chez nous pour protéger nos familles quand un militant vous brandira son arme sous le nez ? Est-ce que vous resterez là en sachant que la personne qui a ordonné cette attaque est l'un des vôtres ?

Même si j'aurais tout donné pour qu'il réponde, Mohammad Din a gardé le silence. Il est resté là, appuyé sur sa canne, sans voix pour la première fois depuis que je le connaissais.

— C'est bien ce que je pensais, a repris le premier hindou avec une satisfaction amère. Toutes ces belles paroles, toute cette discussion, c'est bien joli, mais ça ne sert à rien quand de vraies vies sont en jeu.

Pendant toute la conversation, Riyaz n'avait pas fait un geste. Mais là, il a soudain quitté son arbre et s'est mis en route. Les gens s'écartaient et détournaient la tête sur son passage. Mohammad Din s'est empressé de le rejoindre. Il lui a posé une main sur l'épaule et lui a parlé tout bas, mais avec animation.

Je n'entendais pas ce qu'il disait, mais Riyaz a secoué la tête et s'est écarté. Il a couvert la foule d'un regard profondément méprisant, puis il s'est éloigné en direction de la maison, telle une silhouette solitaire.

À côté de moi, Amina était déjà en train de descendre de l'arbre. J'ai tenté de la suivre, mais je me suis vite retrouvée à la traîne, et, pour une fois, elle ne s'est pas retournée pour vérifier que j'étais bien derrière elle. Elle a rattrapé Riyaz juste avant d'arriver à la maison. Il s'est arrêté et s'est tourné vers elle. Aucun des deux n'avait remarqué ma présence.

Amina lui a touché le visage, puis elle a posé les doigts sur la tache de cheveux gris sur sa tempe, pile à l'endroit que j'avais imaginé toucher, son regard plongé dans le sien. Assister à cette scène était plus douloureux que je n'aurais cru, et je me suis détestée d'avoir mal. Après ce qui m'a paru être des heures, elle a laissé retomber sa main et est rentrée dans la maison, mais lui est resté au même endroit. Enfin, il a relevé les yeux et m'a aperçue. Il a avancé vers moi. Je ne savais pas si j'avais envie de le serrer dans mes bras ou de partir en courant. Et si je me sauvais, c'était pour fuir quoi ? Pour aller où ?

— Vous aussi, vous avez tout vu. Vous étiez là.

Ce n'était pas une question.

— Je suis désolée, ai-je répondu. C'était horrible.

Il a haussé les épaules.

— Je suis habitué, depuis le temps.

— Mais c'est totalement injuste.

— Et c'est précisément ce qui fait que je déteste ce village et tous les gens qui y vivent, Shalini. Après ce qui s'est passé, personne n'est venu voir ma mère pour lui offrir un peu de soutien. *Personne.* On s'est retrouvés complètement seuls. Et quand on est seul à ce point, il n'y a que deux options.

Il a regardé derrière moi.

— Rester et faire face. Ou alors partir.

Un corbeau solitaire a décollé du pin. Sa forme noire a décrit un cercle lent. Une puissante nausée m'a soulevé l'estomac.

— Parfois, j'ai le sentiment que cette vie n'est pas la mienne. Que je ne suis même pas ici. Que je suis ailleurs…

Sa voix était bizarre et il avait un drôle de sourire aux lèvres.

Le corbeau s'est élevé dans les airs, a plané un instant puis a plongé en piqué dans le maïs. J'ai attendu, mais il n'est pas remonté.

— Où ça ? ai-je fini par demander.

— Quelle importance ça a ? a-t-il répliqué avec le même sourire figé.

— Ça en a.

— Pour qui ?

— Pour tout le monde. Pour Amina, évidemment. Pour votre mère.

— Est-ce que ça en a pour vous ?

La question m'a prise au dépourvu et il m'a fallu une seconde avant de répondre tout bas :

— Oui.

Mais il avait remarqué mon hésitation et, à ma consternation, il l'a mal interprétée.

— Clairement, vous n'en êtes pas sûre.

Son sourire s'est durci. J'ai eu envie de crier « Non, non, vous vous trompez ! » mais ma langue était comme pétrifiée.

— Et si je vous disais que je me voyais à Bangalore ?

Ça n'aurait pas dû me surprendre, et pourtant, j'ai été étonnée. Cela montrait bien à quel point j'étais naïve : toutes les fois où il m'avait regardée pendant les jours précédents, quand nous nous tenions ensemble sur le porche et que j'entendais sa respiration s'accélérer, j'avais supposé qu'il ne s'agissait que d'une simple attraction physique. Je n'avais pas encore compris toutes les formes que le désir pouvait revêtir, pas encore compris qu'il ne prenait que rarement une forme corporelle.

— Est-ce que ça aurait de l'importance pour vous ? a-t-il continué sur le même ton plein de sous-entendus. Est-ce que ça en aurait au point de m'emmener là-bas ?

Je n'ai pas répondu. Son visage n'était qu'à quelques centimètres du mien. Amina aurait pu arriver et nous surprendre ainsi. N'importe qui aurait pu nous surprendre. Néanmoins, je n'ai pas bougé.

— Est-ce que vous m'emmèneriez, Shalini ? a-t-il insisté. Au moment de repartir ?

J'ai pensé à Amina essorant ses vêtements gorgés d'eau, allongée au soleil, les yeux clos. Marchant devant moi, les mains jointes dans le dos, se retournant pour me demander : « Tout va bien, cocotte ? » J'ai pensé au poste qu'on m'avait offert, à la vie que je pourrais avoir là si je décidais de l'accepter.

La bouche de Riyaz s'est tordue en une grimace, mais il a continué à soutenir mon regard, dans l'attente d'une réponse.

Je nous revois tels que nous étions alors, face à face, à nous murer derrière l'illusion que nous étions cyniques et froids, que nos tragédies respectives nous avaient endurcis, rendus insensibles à toute souffrance future, alors qu'en vérité, nous étions aussi terrifiés et perdus que des enfants. Aaqib était sûrement plus sage que nous deux réunis.

— Je ne sais pas, ai-je murmuré.

Il a laissé échapper un rire, un rire sifflant qui a résonné entre ses dents serrées.

— Vous ne savez pas, a-t-il dit en crachant presque les mots.

Il a reculé d'un pas et m'a lancé un regard aussi méprisant que celui qu'il avait lancé aux hommes à la réunion.

— C'est bien ce que je pensais. Vous êtes exactement comme eux.

CHAPITRE 29

Je ne m'étais pas attendue à aimer l'université. Je ne savais pas trop pourquoi. Mais à la minute où mes parents partirent, ma mère avec les cheveux au vent, j'étais blindée, prête à rejeter en bloc tous mes professeurs et les autres étudiants, prête à regarder tout cela de haut. Je suppose que c'était, comme bien d'autres choses, un mécanisme de défense que je tenais de ma mère, pour garder l'approbation en réserve, pour déjouer la moquerie et la méfiance. Montrer de l'affection, c'était faire preuve de faiblesse.

Néanmoins, en quelques semaines, je me révélai sincèrement intéressée par ce que j'apprenais : la comptabilité, la théorie économique, le commerce. J'aimais m'asseoir dans l'amphi et écouter mon professeur dégarni s'épancher sur les rendements partiels, agréablement consciente de l'anonymat de tout ce qui m'entourait : les longues tables incurvées rayées par des centaines d'étudiants qui s'ennuyaient, le crissement de la craie, les raclements de gorge, le frottement des stylos sur le papier. Je levais la main pour dissiper mes doutes et prenais copieusement des notes, trouvant de la satisfaction dans les rangées nettes de définitions, les colonnes de chiffres, chaque question marquée d'une réponse gratifiante. Peu à peu, je commençai à baisser la garde.

Je parlais à mes parents tous les dimanches. On était en 2000, et la plupart des étudiants ne possédaient pas encore de téléphone portable, à moins d'avoir des parents diplomates ou très riches. Il y avait un téléphone fixe accroché au mur près de l'escalier, au bout du couloir de ma résidence. Je me tenais devant, enroulant distraitement le cordon autour de mon doigt, tout en regardant le parking et le terrain de basket par la fenêtre. Un groupe de filles y jouait parfois, toujours le soir. Leurs longues jambes semblaient liquides dans la lumière des projecteurs, leurs cheveux flottaient derrière elles, le ballon rebondissait bruyamment sur le bitume. Je les observais tout en écoutant mes parents.

— Quand ont lieu tes premiers examens ? voulait savoir mon père. Est-ce que les cours de micro-économie ont déjà commencé ? Ça va te plaire. Et Rupa, comment va-t-elle ? Dis-lui de venir nous rendre visite à Bangalore.

Puis sa voix changeait.

— Attends une seconde, Amma veut te parler.

Parfois, elle mettait presque une minute à attraper le téléphone. J'attendais, de plus en plus à cran à chaque seconde. Puis j'entendais sa voix, lointaine, comme si elle ne s'était pas donné la peine d'amener le combiné à la hauteur de son visage.

— Dis-moi, comment ça se passe dans la grande et belle université ?

Sa question avait le don de me mettre dans une rage irrationnelle.

— Bien, répondais-je.

Puis elle attendait. Et même si je savais très bien qu'elle voulait en savoir plus, et ce bien qu'elle fût incapable de le dire, je lançais :

— Je dois y aller, Amma.

Sa déception saturait le silence qui succédait toujours à cette phrase.

— Déjà ?

— Oui. Je dois réviser, on a des examens la semaine prochaine.

Sa voix se faisait alors plus douce.

— Oh ! Je vois. Bon, eh bien, bonne nuit.

Un déclic résonnait au bout du fil, suivi du bruit terrible de la tonalité. Je regardais encore un peu les basketteuses, puis je retournais dans ma chambre.

Au lieu de rentrer à la maison pour les vacances de Divali, la Fête des lumières, en novembre, j'inventai une excuse et je partis passer le week-end sur la côte avec un groupe d'étudiants plus âgés. On se prélassa sous des parasols colorés miteux, à boire de la bière et à parler trop fort. L'un des membres de notre petit groupe, inscrit en MBA, était le fils du propriétaire de la plus grande société de jouets du pays. La progéniture du roi des jouets conduisait une Mercedes bleu foncé et avait un téléphone portable, et c'était le plus saoul de nous tous. Il essaya de m'embrasser plus tard cette nuit-là, mais je le repoussai, et il recula en titubant avant de s'essuyer la bouche.

— Une vraie reine des glaces, dit-il en riant. Comment ça se fait ? Ta maman t'a dit de ne pas t'approcher des garçons à l'université ?

Je haussai les épaules, mais ses mots me blessèrent plus profondément que je voulus bien l'admettre. Après cet épisode, chaque fois que je l'apercevais sur le campus, il serrait ses bras autour de lui et frissonnait, puis il donnait un coup de coude à ses amis et riait.

À l'exception de ce désagrément mineur, tout allait bien. J'appréciais ma camarade de chambre. Rupa ne parlait presque jamais. Elle avait une passion pour les chips, alors je lui achetais d'énormes paquets au réfectoire que je laissais sur son lit, uniquement pour le plaisir de voir son visage s'illuminer quand elle les trouvait. Je savais qu'elle m'aimait bien, elle aussi, et si les choses avaient été différentes, si elle avait été un peu moins timide peut-être, ou si j'avais été moins réservée, nous aurions pu devenir de vraies amies, mais ce ne fut jamais le cas. De ce fait, dès que je me sentais prise de l'envie de lui confier quelque chose, de lui parler de l'attitude exaspérante de ma mère, par exemple, je quittais notre chambre pour aller errer seule sur le campus jusqu'à ce que résonne la cloche du couvre-feu.

J'étais pleine d'appréhension en rentrant à la maison pour Noël. Je n'avais jamais passé autant de temps sans voir mes parents et je ne savais pas dans quel état j'allais retrouver ma mère. Est-ce qu'elle ne serait que sommeil et froideur ? Ou complot et yeux scintillants ? Ce ne fut ni l'un, ni l'autre. Elle paraissait simplement fatiguée et contente de me voir et, au premier abord, même si j'ai honte de l'admettre aujourd'hui, cela me déçut.

Comment l'expliquer ? Pour commencer, laissez-moi vous dire qu'il serait hypocrite de prétendre que mon appréhension avait uniquement à voir avec elle et son état d'esprit du moment. Pour la première fois de ma vie, je me demandais aussi comment elle allait me trouver. Je voulais qu'elle voie mon nouvel esprit d'adulte, mon assurance, la façon dont j'avais appris à me tenir à l'université. Je le reconnais : je voulais l'impressionner. Je voulais qu'elle me considère comme une égale et non plus comme une enfant, je voulais la prendre à ses propres jeux de repartie et de dérision, alors je décidai de me montrer très froide avec elle. Caustique dans mes réponses les très rares fois où elle me posait des questions, je souriais d'un air distant lorsqu'elle me parlait, penchant la tête comme si je m'étais élevée si haut que j'avais du mal à l'entendre. Je mis ce plan à exécution avec toute la grâce et l'habileté qu'on était en droit d'attendre d'une adolescente, à savoir aucune. Lors de ma troisième soirée à la maison, alors que je venais de dire quelque chose de particulièrement détestable, ma mère se leva. Sans s'adresser à personne en particulier, elle dit :

— L'atmosphère est un peu guindée ici, non ? Ça doit être toutes ces études universitaires.

Puis elle quitta la pièce. Je me tournai vers mon père, bouillonnante. Il avait semblé préoccupé au cours des derniers jours, plus que de coutume même pour lui, et il parut à peine remarquer le départ de ma mère.

— Bon sang, qu'est-ce qui ne va pas chez elle ?! pestai-je.

Je souhaitais qu'il soit d'accord, qu'il devienne mon allié, qu'il la condamne de concert, mais il resta assis là, son verre à la main, pendant que Simon and Garfunkel chantait *Mrs. Robinson*.

— Elle pense que le monde entier tourne autour d'elle, continuai-je. Elle ne peut pas être normale, *bordel* ? Comme tout le monde ?

Comme je l'avais espéré, mon père battit des paupières et leva les yeux en m'entendant jurer. Mais lorsqu'il prit la parole, ce fut simplement pour déclarer :

— Tu sais que je t'aime, Shalini, et que je suis fier de toi, mais vu la façon dont tu t'es comportée avec elle ces jours-ci, je suis étonné qu'elle n'ait pas fait ça plus tôt.

— Pourquoi est-ce que tu me cries dessus ? Je n'ai rien fait.

— Je ne crie pas, a-t-il protesté doucement. Je te dis juste que tu pourrais être un peu plus gentille avec elle.

Je le fixai.

— Gentille ? Après toutes les choses qu'elle m'a dites au fil des années ? Et les choses qu'elle t'a dites à toi ? Tu veux que je sois *gentille* ?

Je tremblais. Je ne savais pas d'où venait cette rage, ni depuis combien de temps elle grandissait en moi, mais j'irradiais. Mon père se contenta de se tasser sur sa chaise et de secouer la tête, et je compris qu'il ne se battrait pas contre moi. Je quittai la pièce en trombe et partis m'enfermer dans ma chambre.

Je retournai à l'université juste après le Nouvel An, en soufflant soigneusement sur les braises de ma rage pour les entretenir. Le jour de mon retour, j'aperçus le fils du roi des jouets, qui se livra à son petit numéro habituel face à ses amis crétins pliés de rire. Au lieu de l'ignorer comme j'avais appris à le faire, je changeai de cap et me dirigeai droit sur lui. Assis sur le capot de sa Mercedes, il eut un mouvement de recul en me voyant approcher, comme s'il croyait que je m'apprêtais à le frapper. Moi-même, je ne savais pas trop. Mais au final, je me contentai de hocher la tête en direction de sa voiture et de dire :

— On va faire un tour.

Il écarquilla les yeux, mais il s'exécuta, devant ses amis ahuris. Sans un mot, on prit la route de la plage, jusqu'au phare noir et blanc perché sur un rocher entouré de bouteilles de bière vides, de mégots de cigarettes et de sacs en plastique. Je le laissai m'enfoncer les genoux dans le sable granuleux en me détestant, en la détestant. Exactement comme elle avait promis que cela arriverait un jour.

CHAPITRE 30

Le lendemain de la réunion du panchayat, j'ai su que quelque chose clochait dans la maison avant même d'ouvrir les yeux. J'ai remonté le couloir jusqu'à la cuisine ; Aaqib était là avec sa grand-mère, qui s'affairait autour de la baratte disposée dans le coin le plus sombre de la pièce. La batte était un long bâton fin en bois, fixé à un crochet dans le plafond. Il descendait jusque dans la baratte et était entouré d'une corde épaisse. Les extrémités de la corde étaient enroulées autour des mains de la mère de Riyaz. Elle tirait en alternance sur chaque extrémité et le bâton tournait dans le lait avec un grincement aigu. Quand elle m'a vue, elle a hoché la tête en direction du feu, où une casserole de thé était à bouillir. Plus personne ne me servait, et je prenais ça comme un compliment. Je me suis assise sur le tapis en paille et me suis versé une tasse de thé.

— Tu ne vas pas à l'école, Aaqib ? l'ai-je interpellé.

Il a secoué la tête, les yeux baissés. Au même moment, Amina est entrée dans la cuisine, rouge et en sueur, les bras chargés de bois. Elle a laissé tomber sa cargaison dans un coin, puis a attrapé quelques bûches pour les disposer sur le feu avant de s'asseoir en face de moi. Les doigts entrelacés autour de ses genoux, elle s'est mise à se balancer doucement d'avant en arrière en évitant soigneusement mon regard.

— On ne va pas traire la vache ? ai-je demandé en essayant d'avoir l'air enjoué.

— Je l'ai traite moi-même. Je me suis réveillée tôt. Vous dormiez encore.

— Oh !

J'ai laissé passer quelques secondes, puis j'ai demandé :

— Où est Riyaz ?

Elle a pincé les lèvres.

— Il est descendu dans la vallée.

— Oh ! ai-je répété.

J'ai jeté un coup d'œil en direction de la tante Khadijah, qui continuait à baratter. Le grincement de la batte résonnait tristement dans la cuisine. Aaqib était roulé en boule et suivait des yeux les mouvements des mains de sa grand-mère.

— Je suis désolée, Amina. J'ai essayé de lui parler.

Mais alors que les mots sortaient de ma bouche, j'ai pris conscience de mon mensonge. Car je n'avais pas essayé, n'est-ce pas ? Pas vraiment. À la placc, j'avais choisi la lâcheté, choisi de rester plantée là, de laisser ses yeux chercher les miens, en imaginant que j'y lisais une soif de moi, qui au final s'était révélée être une soif de tout autre chose.

Amina m'a enfin regardée.

— Je sais, cocotte, a-t-elle dit tout bas. Ce n'est pas votre faute. J'espère juste qu'il ne va rien lui arriver, c'est tout.

J'ai pensé à toutes les histoires que Bashir Ahmed nous avait racontées sur cet endroit au fil des années, aux récits de femmes fantômes démoniaques qui pouvaient vous piéger et de léopards qu'aucun homme ne parvenait à tuer. Désormais, je pouvais y ajouter les dangers que j'avais moi-même découverts : les militants et les soldats, les ours et les jambes cassées, les intrus nocturnes aux visées méconnues.

— Il ne lui arrivera rien, ai-je affirmé avec une assurance feinte. Vous verrez.

L'atmosphère à la maison est restée tendue toute la journée. Amina a travaillé, le plus souvent seule, pendant qu'Aaqib broyait du noir sur le porche. J'ai essayé de l'entraîner dans le jardin, j'ai suggéré une promenade jusqu'au magasin pour acheter des bonbons, mais il s'est contenté de secouer la tête. Lorsque j'ai vu la mère de Riyaz sortir de la maison, une faucille à la main, je l'ai rejointe sans réfléchir. Je me suis montrée du doigt, puis j'ai montré Aaqib et la faucille. Elle a tout de suite compris ce que je demandais, et j'ai senti qu'elle hésitait. Néanmoins, lorsqu'elle a jeté un coup d'œil à son petit-fils, son expression s'est radoucie. Elle a fini par hocher la tête et enfilé ses sandales en plastique.

— Tu viens, Aaqib ? ai-je lancé.

Face à son air réticent, j'ai ajouté :

— Allez. Il faut que tu me montres comment faire. Autrement, je vais me trancher la main.

J'ai agité la main, puis fait semblant de crier comme si elle était amputée du reste de mon corps. Il a fini par me sourire et glisser sa main dans celle que je lui tendais. Alors que nous nous éloignions, j'ai aperçu Amina qui nous regardait sans rien dire, une main en visière sur les yeux.

Nous avons traversé le champ de maïs et dépassé le pin. À cet endroit, le terrain descendait en pente raide, mais l'herbe était épaisse et abondante. La mère de Riyaz a quitté le sentier, son corps presque parallèle à la montagne, puis commencé à empoigner des touffes d'herbes hautes qu'elle coupait à la racine d'un geste habile. Elle a rapidement constitué une grosse botte, avant de me tendre la faucille. Rendu glissant par sa transpiration, le manche en bois était chaud à l'endroit où elle l'avait tenu. Je me suis écartée du sentier à pas prudents et Aaqib m'a imitée pour me montrer où je devais couper. Je me suis accroupie et je me suis mise au travail. Avec un froncement de sourcils qui m'a rappelé Amina, il a dit :

— Non, pas comme ça. Plus doucement.

Les herbes étaient rugueuses sous mes doigts, mais c'était une rugosité chaude et vivante, comme celle de la fourrure emmêlée d'un chien. Quelques heures plus tard, je sentirais le picotement des centaines de brins au bord fin comme des lames de rasoir qui laissaient des coupures invisibles sur mes paumes et mes poignets, mais pour le moment, rien n'existait à part le craquement sec des tiges, l'odeur de l'herbe sur mes doigts, Aaqib qui n'était plus morose mais animé et me prodiguait une foule d'instructions, la chaleur délicieuse du soleil dans mon dos et mon cou. Quand nous avons montré notre propre botte à la mère de Riyaz, j'ai cru apercevoir l'esquisse presque invisible d'un sourire sur son visage.

* * *

Sania m'attendait sur le porche, comme d'habitude. Nous sommes allées dans la pièce avec les grandes fenêtres. Je lui ai fait lire un texte de son livre d'histoire, puis je lui ai posé des questions sur ce qu'elle venait de lire. À la fin de la leçon, Mohammad Din nous a rejointes. Il s'appuyait sur une fine canne en bois pour marcher.

— Salaam alaikum.

— Walaikum salaam, avons-nous répondu en chœur. Tout va bien ? ai-je demandé quand Sania est partie faire le thé.

Il a posé la canne contre le mur et s'est assis.

— Ça va, ça va. Je suis juste un peu fatigué, c'est tout. En temps normal, j'essaie d'oublier que je suis un vieil homme, mais certains jours, je suis bien forcé de m'en souvenir.

— Comment s'est déroulée la réunion ?

— Très bien, a-t-il répondu avec un enthousiasme moins convaincant que d'habitude. Ça s'est très bien passé. Ça n'aurait pas pu mieux se passer.

Je me suis demandé si je devais lui avouer que nous avions surpris leur conversation, puis j'ai décidé de ne pas lui en parler de peur qu'il ne le prenne mal.

— J'en suis ravie.

— Oui, nous avons bien avancé, a-t-il déclaré fermement. Bien avancé.

— Formidable. Vous devez être content.

— Je le suis. Je le suis.

Il s'est ensuite mis à me parler de l'issue de la réunion, du comité qui avait été mis en place et qu'il a décrit comme un « comité de paix », des patrouilles nocturnes quotidiennes qu'effectueraient les hommes des deux villages jusqu'à ce que le calme revienne. Je ne sais pas ce qui m'a poussée à poser cette question, mais quand il s'est tu, j'ai demandé :

— Est-ce que Riyaz va participer à ces patrouilles ?

Il a froncé les sourcils.

— Pourquoi me demandez-vous ça ?

J'ai haussé les épaules.

— Il semblait un peu contrarié quand il est revenu de la réunion, c'est tout.

— Ah ! Eh bien, puisque vous posez la question, non, je ne pense pas qu'il y participera.

— Pourquoi pas ?

Des rides se sont formées sur son front.

— C'est un peu compliqué, a-t-il répondu avec délicatesse.

J'ai pensé à l'expression de Riyaz la veille alors que tous ces hommes s'écartaient, le laissant seul au milieu d'une foule.

— J'ai pensé que c'était peut-être à cause de Bashir Ahmed que vous ne vouliez pas qu'il y participe. À cause de ce que pensent les gens.

Mohammad Din a baissé les yeux.

— Amina vous a raconté.

J'ai acquiescé. Il a haussé les épaules.

— Dans ce cas, je n'ai pas de raison de faire semblant. Oui, c'est pour cette raison que j'estime qu'il vaut mieux que Riyaz ne participe pas aux patrouilles. Sa présence mettrait les gens en colère, plus particulièrement les villageois hindous, et nous n'avons pas besoin de ça en ce moment.

— Alors vous croyez que ce que les gens racontent sur Bashir Ahmed est vrai ? Vous avez dit l'autre jour que c'étaient des militants étrangers qui avaient tué ces hindous, pas des Cachemiris.

— C'étaient des militants étrangers. Mais tout le monde sait que Bashir les fréquentait.

Il a soupiré.

— Écoutez, il est tout à fait possible que Bashir n'ait rien fait du tout. Mais vous ne savez pas comment ça se passait à l'époque du militantisme. C'était une période très étrange et j'espère ne jamais avoir à revivre ça. Les gens sont devenus le contraire de ce qu'ils étaient, ils ont fait des choses qu'ils n'auraient jamais faites en temps normal. Bashir est la dernière personne que j'aurais imaginée commettre un acte pareil, et pourtant…

Il a secoué la tête.

— Maintenant, vous comprenez pourquoi je n'aime pas en parler. C'est un sujet qui m'attriste beaucoup.

— Mais quand bien même ce serait vrai, pourquoi Riyaz aurait-il à en souffrir ? ai-je objecté. Il n'a rien fait.

— Je sais, a répondu Mohammad Din avec une note de profonde tristesse dans la voix. J'ai fait tout ce que je peux pour lui, croyez-moi. Je lui donne du travail alors que personne d'autre ne veut lui en donner. Je leur ai même donné de l'argent quand ils en avaient besoin. Mais je dois aussi penser aux autres membres de mon panchayat et prendre leurs sentiments en considération. C'est injuste pour Riyaz, j'en suis conscient, mais je ne peux pas changer le passé. Tout ce que je peux faire à présent, c'est m'assurer que l'avenir soit aussi paisible que possible. Pour nous tous.

Sania est revenue avec le thé et nous avons changé de sujet. Nous avons discuté de choses et d'autres pendant un moment, puis Mohammad Din a posé sa tasse à terre et tapé dans ses mains. Son humeur venait de changer du tout au tout : la tristesse provoquée par Bashir avait disparu. Soudain, il souriait.

— Bon, je ne veux pas vous bousculer, mais ma fille ne cesse de me harceler sur le sujet, alors je suis obligé de vous poser la question : est-ce que vous avez eu le temps de réfléchir à notre discussion de l'autre jour ? Quant à la possibilité d'enseigner ? Avez-vous pris une décision ?

J'ignore ce que j'aurais répondu si j'avais eu beaucoup plus de temps pour y réfléchir, mais à cet instant, j'ai vu la tête de Sania. Elle était pâle, les lèvres pincées. Et pour la première fois depuis des années, j'ai pensé à Suneyna. Après mon altercation avec sa mère dans le couloir, j'étais revenue dans la salle pour aider Suneyna à construire sa tour. Elle avait pointé chaque bloc du doigt, chose qu'elle n'avait jamais faite avant, et m'avait remerciée chaque fois que je les lui tendais. Cela m'aurait tuée de le reconnaître à l'époque, mais c'est ça qui m'empêcha de remettre les pieds à l'école. Pas la honte de m'être comportée comme je l'avais fait, ni les regards dégoûtés des autres professeurs. Simplement l'idée que cette petite fille de huit ans me *tolérait*. Et là, en regardant Sania qui serrait le poing comme chaque fois qu'elle était concentrée, dont les lèvres bougeaient comme si elle articulait tout bas les mots qu'elle voulait que je prononce tout haut, une bouffée d'amour m'a envahie. J'aurais été incapable (et je le suis toujours) de déterminer qui cet amour englobait, mais c'était si fort que ma vision s'est obscurcie l'espace d'une seconde.

Alors je me suis entendue dire :

— Je veux rester.

Un bref silence s'est ensuivi, puis la pièce a semblé exploser alors que Sania se jetait à mon cou avec une telle joie qu'elle a failli me faire tomber et renverser les tasses. Mohammad Din a ri et m'a donné de petites tapes dans le dos en répétant :

— Formidable ! Formidable !

Au milieu de toute cette agitation, j'ai fermé les yeux et répété les mots d'une voix plus douce, comme si une personne invisible m'écoutait dans un coin de la pièce.

— Je veux rester.

J'étais d'une drôle d'humeur en repartant. Je flottais quelque part entre euphorie et appréhension. À mon retour, j'ai trouvé Amina assise dans la cuisine. Pour la première fois depuis mon arrivée au village, elle ne faisait rien du tout. C'était étrange de voir ses mains inoccupées, posées mollement sur ses genoux comme les vêtements mouillés qu'elle suspendait à la corde à linge. Elle fixait le feu devant elle. Pendant le trajet, j'avais répété l'annonce que je pensais faire tout en me préparant à divers types de réactions, mais son air anxieux m'a fait oublier mon exaltation.

— Amina, qu'est-ce qui se passe ? Tout va bien ?

— C'est Riyaz. Il n'est pas encore rentré.

J'ai regardé dehors. Il faisait encore jour.

— Il n'est pas tard. Ce n'est même pas encore l'heure de la prière. Ne vous inquiétez pas, Amina. Il va revenir.

Elle a hoché la tête. Je ne voulais pas la laisser seule, alors je me suis assise en face d'elle et j'ai essayé de la distraire avec des questions anodines, auxquelles elle répondait par un mot ou un haussement d'épaules. Aaqib est entré et a pris place à côté de moi sans rien dire. Lorsqu'il s'est assis, son pied a heurté une assiette de farine posée près du feu et Amina s'est brusquement tournée vers lui.

— Fais attention ! a-t-elle aboyé. Tu es aveugle ou quoi ?

Il l'a dévisagée, ses grands yeux remplis de chagrin, et elle lui a tourné le dos en grommelant.

Une demi-heure plus tard, l'appel à la prière a retenti depuis la mosquée. Le chanteur avait un registre d'octaves extraordinaire qui aurait eu sa place dans les plus grandes salles de concert. À la fin, Amina et moi avons échangé un regard, avant de le détourner en même temps. Peu après, la mère de Riyaz est arrivée et a commencé à faire chauffer le dîner. Il était impossible de savoir ce qu'elle pensait et si elle aussi s'inquiétait, même si ses gestes semblaient un peu moins assurés que d'habitude quand elle a versé des louches de riz dans les assiettes. Quand elle lui en a tendu une, Amina a secoué obstinément la tête.

Le repas a été un calvaire. Aaqib a joué avec sa nourriture, sans toutefois avaler quoi que ce soit ; la mère de Riyaz a mangé résolument, sans lever les yeux une seule fois ; personnellement, la peur me nouait tellement la gorge que j'arrivais à peine à déglutir. Amina, quant à elle, ne tenait pas en place : elle n'arrêtait pas de se lever pour aller jusqu'à la fenêtre de la cuisine, avant de revenir s'asseoir. Ses allées et venues me mettaient les nerfs en pelote. J'ai fini par avoir envie de lui crier d'arrêter de remuer, mais je n'ai pas osé.

— Il va bientôt rentrer, ai-je simplement affirmé.

Mais mon assurance semblait piètre, presque idiote. Et si les voleurs, qui qu'ils puissent être, avaient attaqué ou blessé Riyaz ? Et s'il était tombé sur les soldats ? En repensant à la façon dont le chef avait effleuré son arme, à la familiarité et à la légèreté de son geste, un frémissement m'a parcourue. Aaqib a dû s'en rendre compte, car je l'ai senti trembler. Sans réfléchir, j'ai passé un bras autour de lui pour le serrer contre moi, et il s'est blotti dans le creux de mon bras. Puis j'ai remarqué qu'Amina regardait dans notre direction. Elle avait l'air grave, mais elle n'a pas dit un mot.

Riyaz avait plus de deux heures de retard à présent. Il faisait nuit depuis longtemps. Toutes les lumières qui parsemaient les versants donnaient l'impression que les zones inhabitées étaient encore plus obscures. Amina s'est levée à nouveau. Elle était livide et semblait vaciller légèrement. J'ai cru qu'elle allait s'évanouir, mais elle a levé une main en l'air.

— Écoutez.

Dans le silence, nous avons discerné le tintement lointain et sourd des cloches des mules. Aaqib a poussé une petite exclamation étouffée, mais il n'a pas bougé. Amina était figée, le menton relevé. Les cloches ont tinté à nouveau, plus près cette fois, et plus vite, comme si on pressait les animaux d'avancer plus rapidement que de coutume. Puis la voix de Riyaz a retenti, forte et déterminée.

— Allez ! Avancez ! Allez !

Les yeux d'Amina ont scintillé.

Personne n'a bougé pendant ce qui a paru des heures. Enfin, Riyaz est apparu dans l'encadrement de la porte. Il paraissait épuisé et maussade. Je l'ai rapidement examiné à la recherche de signes de blessures, mais je n'en ai vu aucun. Il est entré dans la cuisine sans un mot et s'est assis un peu à l'écart du feu. Sa mère lui a tendu une assiette et il a commencé à manger, la tête basse, les yeux fixés sur sa nourriture.

Amina, qui n'avait pas esquissé un geste depuis son retour, a pris la parole.

— Pourquoi rentres-tu si tard ? Où étais-tu ? demanda-t-elle dans un murmure.

Il n'a pas répondu.

— Qu'est-ce qui s'est passé ? a-t-elle insisté d'une voix plus forte. Est-ce que c'étaient les soldats ? Des voleurs ?

Il a secoué la tête.

— C'était *quoi*, alors ?

Il a tourné la tête vers sa mère. Elle s'est levée, comme si elle savait ce qu'il allait dire avant même qu'il ouvre la bouche. Puis, à ma surprise, il m'a regardée droit dans les yeux.

— Il y a des problèmes à Kishtwar.

Riyaz avait attendu un chauffeur, qui devait livrer une commande pour Mohammad Din en provenance de Kishtwar. Le chauffeur n'était pas arrivé à l'heure convenue et, quand Riyaz avait tenté de l'appeler, il n'avait pas répondu. Il avait eu envie de partir, mais il savait que Mohammad Din ne serait pas content, alors il avait patienté. Plusieurs heures plus tard, le chauffeur avait appelé et expliqué qu'il y avait eu des attaques dans les rues à Kishtwar et qu'il ne pouvait pas prendre la route.

— Des attaques ? avait répété Riyaz.

Il avait alors appris qu'au cours des jours précédents, des incidents étranges s'étaient déroulés à Kishtwar. Il y avait des rumeurs, des histoires troublantes d'intrus vêtus de noir, une tension grandissante entre voisins hindous et musulmans. Apparemment, tôt ce matin-là, des musulmans avaient attrapé un homme qui, selon eux, était l'un des intrus, et ils l'avaient roué de coups, sauf qu'il s'était avéré être un jeune hindou. Dans l'heure, des dizaines d'hindous étaient descendus dans la rue, jurant qu'ils allaient mettre le feu aux maisons des musulmans. Dans l'après-midi, une foule de musulmans s'était formée. L'armée avait été appelée pour intervenir, mais pas avant que deux autres hommes ne soient blessés lors d'affrontements entre groupes. Un couvre-feu avait rapidement été mis en place ; les routes étaient bloquées. Le chauffeur avait informé Riyaz qu'aucun musulman sain d'esprit ne mettrait le nez dehors. Des rumeurs racontaient qu'un quartier musulman proche de la mosquée était déjà en flammes.

J'ai pensé à Zoya et Abdul Latief et la peur a laissé un goût métallique dans ma bouche. Est-ce qu'ils allaient bien ? Étaient-ils chez eux quand les violences avaient éclaté ? J'ai pensé à leur porte en haut de l'escalier vert et espéré de tout cœur qu'elle était fermée à clé. Puis, en regardant la mère de Riyaz, je me suis soudain rappelé que toute sa famille vivait à Kishtwar. Elle était assise, immobile, le feu faisant danser des ombres sur son visage impassible et briller l'anneau doré qui ornait son nez.

Il y a eu un silence après le récit de Riyaz. Amina se mordait si fort la lèvre qu'elle saignait.

— Dis-moi une chose, lui demanda-t-elle tout bas. Après ce qui s'est passé aujourd'hui, après ce que tu viens de nous raconter, est-ce que tu envisages encore de descendre dans la vallée demain ?

Aujourd'hui encore, je suis persuadée que si elle avait parlé sur un autre ton, il aurait dit non. Mais sa question contenait une note sarcastique qui, étrangement, m'a rappelé ma mère. Et dès qu'il l'a entendue, un masque d'obstination a recouvert son visage.

— Oui.

Elle s'est levée. Puis elle est sortie de la cuisine, sous nos regards interdits.

Dans ma chambre, j'ai sorti mon sac à dos du placard blanc où il était enfermé depuis mon arrivée. Je l'ai posé à terre pour farfouiller à l'intérieur. Ma main s'est refermée sur un bout de papier. Je l'ai sorti du sac et déplié. Deux numéros de téléphone, inscrits dans la calligraphie déliée d'Abdul Latief. Pour la première fois depuis mon départ de Bangalore, j'aurais tout donné pour avoir un téléphone. J'ai pensé au petit portable de Riyaz, mais ce dernier s'était enfermé avec Amina, et je n'osais pas les déranger. Aucun bruit n'avait retenti en provenance de leur chambre depuis une heure, et le silence était pire que s'ils s'étaient disputés à cor et à cri. J'ai essayé de concentrer mes pensées sur Zoya. Était-elle en sécurité ? Avaient-ils réussi à se barricader avec Abdul Latief avant le début des violences ? Puis j'ai pensé à Staline avec son casque trop grand ridicule, vagabondant dans les rues de Kishtwar, ses bras maigres tenant son arme, le doigt sur la détente, frémissant à l'idée de toute cette action, de groupes envahissant les rues comme des vagues d'eau sombre.

Je suis retournée dans la cuisine, où la mère de Riyaz était en train de dérouler le matelas qu'elle partageait avec Aaqib. Peut-être que les nouvelles en provenance de Kishtwar la contrariaient davantage que je ne l'avais imaginé, ou peut-être que c'était dû à notre brève camaraderie lorsque nous avions coupé de l'herbe dans l'après-midi, mais au lieu de me dévisager comme à son habitude, elle m'a fait signe d'entrer. Je l'ai aidée à border les coins du drap sous le matelas, puis je me suis assise sur la toile près du feu et j'ai regardé Aaqib se blottir contre elle. Il n'a pas tardé à fermer les yeux. Elle ne dormait pas, mais elle était allongée sur le côté, son foulard plié à côté du matelas, une main sous la tête. Comme souvent, j'ai regretté que nous n'ayons pas une langue en commun pour communiquer.

— J'ai pris une décision aujourd'hui, ai-je commencé.

Au son de ma voix, elle a levé les yeux sur moi, avant de les reposer sur le feu.

— Je vais rester ici, au village. Devenir professeure. Vous vous rendez compte ? Moi, professeure ? Vous allez sûrement rire quand vous entendrez la nouvelle.

J'ai examiné son visage, l'anneau doré qui brillait dans sa narine gauche, ses cheveux gris aplatis par le foulard qu'elle portait toute la journée.

— J'aime cet endroit, ai-je déclaré tout bas.

Dès que j'ai prononcé ces mots, j'ai senti un frisson me parcourir et j'ai su que c'était la vérité. Comment avais-je fait pour ne pas l'admettre avant ? J'adorais ce lieu, et les gens qui le peuplaient. J'aimais cette vieille femme près du feu, que je ne comprenais pas et qui ne me comprenait pas non plus. J'aimais le petit garçon niché contre elle, qui essayait si vaillamment d'être courageux. J'aimais le père du petit garçon, dont la présence me perturbait, et j'aimais sa mère fougueuse, qui était une amie bien meilleure que ce que je méritais. Avec le temps, je tenterais d'être digne d'eux tous. « Tu dois prendre une décision », m'avait dit mon père un soir dans un restaurant, et n'était-ce pas ce que j'avais fait ? J'avais décidé ; j'avais choisi cet endroit, ces gens, cette vie, avec ses secrets et sa violence, sa dureté et sa beauté, et même si je ne les méritais pas encore, même si je n'avais pas encore ma place, je ne partirais pas. Je resterais et j'essaierais.

La mère de Riyaz a fermé les yeux. Je suis restée parfaitement immobile pour ne pas la déranger. Sa tête a glissé de sa main et ses paupières ont frémi un instant, mais elle dormait déjà. Bientôt, j'ai entendu sa respiration devenir plus régulière, chaque expiration produisant un petit sifflement. Dans son sommeil, le visage d'Aaqib était parfait, paisible. Je me suis levée prudemment pour quitter la pièce. En me tournant vers la porte, j'ai vu qu'Amina se tenait sur le seuil.

— Cocotte, il faut que je vous parle.

Une fois dans ma chambre, Amina s'est dirigée droit vers la fenêtre. Elle a longuement regardé quelque chose dehors. J'ignorais de quoi il s'agissait jusqu'à ce qu'elle me dise :

— On peut voir Kishtwar d'ici, vous savez.

Je l'ai rejointe à son poste d'observation.

— C'est vrai ?

Elle a montré du doigt un amas de lumières dans la vallée lointaine, semblable aux ramifications d'un neurone.

— Je ne savais pas, ai-je admis tout bas. Je regarde ces lumières tous les soirs, pourtant.

Elle a plissé les yeux et m'a lancé un regard en coin.

— Vous aimez bien regarder, pas vrai ?

— Comment ça ?

Elle a haussé les épaules.

— Je me suis juste fait la réflexion plusieurs fois. Depuis votre arrivée, vous vivez ici avec nous, vous partagez les repas avec nous, et je ne sais toujours rien de vous. Vous observez, vous posez des questions, mais vous ne racontez jamais rien vous concernant. C'est un peu bizarre, vous ne trouvez pas ?

J'ai ri comme si elle plaisantait, mais son observation m'a perturbée. Pas seulement parce qu'elle ne m'avait jamais rien dit de semblable auparavant, mais aussi parce que cela m'évoquait, presque mot pour mot, ce que mon père avait dit à Bashir Ahmed le soir de la fête. Avec le même genre de cynisme blessé.

— Je ne vois vraiment pas de quoi vous parlez, Amina, ai-je répondu en feignant la nonchalance. Vous êtes sûre que tout va bien ? Vous n'avez pas l'air dans votre assiette.

Elle n'a pas répondu et le silence s'est installé entre nous. Nous sommes restées là, moi regardant Amina et Amina regardant par la fenêtre, jusqu'à ce qu'elle tourne la tête pour me faire face.

— Cocotte, je pars demain.

J'aurais pu m'attendre absolument à tout, sauf à ça. Je l'ai dévisagée comme si elle venait de m'annoncer qu'elle s'apprêtait à rejoindre un cirque, incapable de formuler une réponse.

— J'emmène Aaqib avec moi, a-t-elle ajouté. Nous allons retourner vivre dans ma famille quelque temps.

— Pourquoi, Amina ? ai-je enfin réussi à articuler.

Elle a haussé les épaules.

— Il sera avec ses cousins, il aura d'autres enfants avec qui jouer. Sans parler du fait que le niveau de l'école là-bas est meilleur que celui d'ici.

Ce n'était pas ce que j'avais voulu dire et elle le savait pertinemment.

— Et la tante Khadijah ? Comment va-t-elle faire sans vous ?

Nouveau haussement d'épaules.

— Je lui ai parlé. Elle comprend. Nous partons tôt demain matin.

— Et les soldats ? Les voleurs ? Ce n'est pas dangereux ?

— C'est ma terre, a-t-elle simplement répondu. Aucun soldat, aucun voleur ne la connaît mieux que moi. De toute façon, d'autres villageois vont voyager dans la même direction, alors Aaqib et moi ferons la route avec eux.

— Et Bashir Ahmed ? ai-je presque supplié, n'osant pas mentionner Riyaz. Il a besoin de vous, Amina. Vous ne pouvez pas partir.

Le chagrin a obscurci ses traits.

— Ma sera là pour s'occuper de lui, a-t-elle affirmé calmement.

Au fil des années, j'ai souvent regretté de ne pas pouvoir revenir à ce moment afin de changer ce que je lui ai dit ensuite. Je lui aurais dit que j'étais désolée du rôle que je jouais dans le déraillement de sa vie. Je me serais assise près d'elle sur le matelas, je l'aurais regardée dans les yeux et j'aurais dit : « Demandez-moi tout ce que vous voulez. » Je lui aurais parlé de Bashir Ahmed et de ses histoires, de l'appartement avec les matelas, de la fête et de ce qui s'était passé ensuite. Je lui aurais parlé de ma mère et de la façon dont elle était morte. Je lui aurais dit que je n'avais pas la moindre idée de comment avoir une amie, et encore moins de comment en être une, mais que si elle voulait bien me laisser une chance, alors j'aimerais essayer.

Mais tout ce qui est sorti de ma bouche a été :

— Faites attention, d'accord ? Je ne veux pas qu'il vous arrive quelque chose.

Elle m'a souri et, l'espace d'un instant, son visage s'est illuminé d'un éclat espiègle et d'une joie aussi féroce qu'impertinente.

— Moi ? Qu'est-ce qui pourrait bien m'arriver ?

Elle a tourné les talons pour quitter la pièce, puis s'est figée comme si elle venait de penser à quelque chose.

— Oh, au fait, cocotte… En parlant d'Abbaji, j'ai discuté avec lui. Il m'a fallu un moment pour le convaincre, mais il a fini par accepter.

Pendant une seconde, je n'ai pas eu la moindre idée de ce dont elle parlait. Une foule d'images se bousculaient dans mon esprit : Aaqib suspendu dans les branches du pêcher la tête en bas, avec son tee-shirt qui tombait et dévoilait son ventre. Aaqib endormi contre moi. Amina sous l'eau de la cascade, avec le khôl qui coulait sous ses yeux. Amina qui lançait une poignée de graines aux poules, le soleil faisant ressortir les éclats dorés dans ses yeux noisette.

— Accepter quoi ?

Elle a haussé les sourcils.

— De vous voir, bien sûr. N'est-ce pas précisément la raison de votre venue ici ? Vous pourrez le voir demain après le déjeuner.

Une fois sur le seuil, elle s'est retournée une dernière fois. J'ai pensé, ou plutôt espéré, qu'elle allait ajouter quelque chose, éclater de rire, me dire que ce n'était qu'une blague, qu'Aaqib et elle n'allaient nulle part.

« Allez vous coucher, cocotte. Rappelez-vous, la vache vous attend tôt demain. » Mais elle n'a pas dit un mot. Elle m'a simplement lancé un regard et, avant que je puisse laisser échapper le souffle que je retenais, j'étais seule.

Ils étaient déjà partis à mon réveil. Ils avaient dû se mettre en route alors qu'il faisait encore nuit. J'ai imaginé les sentiers escarpés défiler sous leurs pieds, le brouillard se mélangeant à la buée de leurs souffles. J'ai imaginé Aaqib marcher devant sa mère, dans son tee-shirt *Superstar Happy* délavé, les mains dans le dos, ses petites jambes solides l'emmenant vers un avenir mystérieux.

Je pense tout le temps à ce petit garçon. Il est plus vieux désormais, plus grand évidemment, avec la mâchoire ferme de sa grand-mère et les yeux verts de son grand-père. Plus réservé et sérieux que quand je l'ai connu, ce qui paraît logique, étant donné tout ce qui s'est passé ensuite. Un garçon obéissant, avec un sourire à couper le souffle, populaire parmi ses camarades, adoré des adultes, mais avec une porte dans le cœur qui s'ouvre parfois sans prévenir et fait que, soudain, il s'éloigne de ses amis, de sa mère, en quête d'une solitude dans laquelle il peut se battre avec les murmures sombres de son cœur.

En tout cas, c'est ce que j'imagine. Je suppose que je ne le saurai jamais.

CHAPITRE 31

Je reçus mon premier téléphone portable pour mes dix-neuf ans. Un colis arriva à ma résidence universitaire, qui contenait une boîte et un mot avec l'écriture de mon père. *Pour notre championne.* Aucune mention des vacances de Noël, de ma crise de colère, de mon impolitesse avec ma mère. Je n'avais pas encore totalement digéré ma rage, et j'attendis plus de deux semaines pour les appeler pour la première fois. Ce fut ma mère qui répondit.

— Attends, ordonna-t-elle avant que j'aie le temps de dire quoi que ce soit.

Il y eut une longue pause, pendant laquelle je ne discernai rien d'autre qu'un bruit sourd régulier. Puis sa voix retentit à nouveau. Elle était essoufflée.

— Oui. Dis-moi.

— Amma, qu'est-ce que tu fais ? Qu'est-ce que c'était que ce bruit ?

— Oh, tu sais, notre voisine, celle avec le fils insupportable ? Elle a crié sur des gamins des rues parce qu'ils jouaient au cricket devant chez elle. Ce sont des gosses de la rue ! Où sont-ils censés jouer ? Chaque fois que la balle atterrit près de sa grille, elle se jette dessus pour la leur confisquer. Alors, puisqu'elle aime les balles à ce point, j'ai décidé de lui faire plaisir. J'ai acheté trente tubes de balles de tennis et je les ai jetées une par une dans son jardin. J'espère qu'elle s'amusera bien en les ramassant.

Elle avait l'air si contente d'elle que je ne pus résister à l'envie de rire. Elle m'imita, et quand je constatai qu'elle ne faisait aucun commentaire sur mon comportement lors de ma dernière visite, je fus si soulagée que je devins particulièrement loquace. On eut même ce qui aurait pu s'apparenter à une conversation agréable. À la fin, dans un accès de sincérité générée par ma culpabilité, je dis :

— Tu sais que tu peux m'appeler si tu en as envie, Amma, n'est-ce pas ? Je suis là.

— Bien sûr, que je le sais, répondit-elle placidement.

Après ça, les choses parurent prendre une tournure plus positive. Je me plongeai dans les cours avec une énergie renouvelée. J'évitai consciencieusement le fils du roi des jouets. Au bout d'un moment, il finit par se lasser de moi et faire semblant de ne pas me voir lorsqu'on se croisait. J'allais au cinéma avec Rupa, puis on s'asseyait sur la digue pour partager un paquet de chips. On jetait des miettes aux oiseaux et on regardait le vent effleurer la surface des vagues. Pendant tout ce temps, mon portable était glissé dans ma poche ou mon sac à dos, avec la sonnerie au maximum, prêt à recevoir les appels de ma mère.

Sauf qu'elle n'appelait pas.

Au cours des deux années suivantes, je rentrai à la maison à plusieurs reprises. Elle semblait toujours légèrement différente. Bavarde, maladroite, austère, paisible… Je ne savais jamais dans quel état je la trouverais la fois suivante. La dernière fois que je rentrai, je la trouvai près de la grille un soir, en train d'inspecter la rue. Il n'y avait rien à voir, à l'exception d'un chien errant qui se promenait avec la queue fièrement dressée et d'un chauffeur qui faisait la sieste sur la banquette arrière de son rickshaw, ses pieds nus dépassant sur le côté.

— Tu attends quelqu'un ? demandai-je avant de regretter aussitôt ma question.

Elle se tourna vers moi et me sourit.

— Non, petit monstre. Je prends l'air, c'est tout.

— Ça fait longtemps que tu ne m'as pas appelée petit monstre.

— Ça fait longtemps que tu n'es plus petite.

— Mais je suis toujours un monstre ?

J'avais espéré la faire rire, mais je n'eus droit qu'à un sourire.

— Tu devrais me téléphoner de temps en temps, Amma. Pourquoi m'avoir offert un portable, sinon ?

— Je t'appellerai, dit-elle en fixant la rue d'un regard vide. Je t'appellerai.

Je retournai à l'université en pensant que rien ne changerait.

J'avais tort. Elle se mit à m'appeler sans arrêt.

En plein cours, mon portable vibrait bruyamment. Tout le monde sursautait et les professeurs me fusillaient du regard.

— Pardon, pardon, grommelais-je systématiquement.

Elle appelait à 7 heures du matin, puis à 7 h 45, puis une nouvelle fois à 17 heures. Elle n'avait jamais rien à me dire, et même si je m'étais promis de ne pas perdre patience, je grinçais régulièrement des dents face à ses silences à rallonge. Elle n'arrêtait pas de répéter « Et à part ça ? », comme si c'était moi qui l'avais appelée. Parfois, j'inventais une excuse et je raccrochais, envahie par la culpabilité. Un jour, elle téléphona pile au moment où j'étais en train de m'endormir. Pour abréger, je lui dis :

— Pourquoi est-ce que tu ne sortirais pas demain ? Tu devrais aller faire les boutiques ou quelque chose comme ça.

— Faire les boutiques ? répéta-t-elle sur ce fameux ton sarcastique, comme si elle était de nouveau elle-même.

— Ou bien rendre visite à des amis ? suggérai-je.

— Une bien charmante idée. Sauf que tu sembles oublier que je n'ai jamais eu d'amis.

— C'est faux, protestai-je.

— Ah oui ? Éclaire ma lanterne, dans ce cas.

J'hésitai.

— Et Bashir Ahmed ? hasardai-je. Ce n'était pas un ami ?

Silence au bout du fil. Puis…

— Tu sais quoi ? Je l'avais totalement oublié.

J'étais censée réviser, mais je n'arrivais pas à me concentrer, alors j'étais sortie pour regarder les filles jouer au basket. C'était une nuit étouffante : l'air était chargé d'iode et la chaleur, associée à l'humidité, m'avait poussée à fuir ma chambre. Je restai sur le bord du terrain et observai les ombres des filles courir dans la lumière jaune des projecteurs. Elles riaient, grognaient et se lançaient des insultes bon enfant, et je me surpris à sourire. Pour une fois, je n'avais pas emporté mon portable. La gardienne de la résidence vint me trouver en courant.

— Votre père, avertit-elle à bout de souffle. Le téléphone de la résidence. Il veut vous parler immédiatement. Allez-y, vite.

Voici ce que mon père me raconta.

Comme d'habitude, il était parti travailler à 8 heures ce matin-là. Ma mère lui avait dit au revoir. Stella était arrivée à la maison à 11 heures et avait fait le ménage, arrosé les plantes et cuisiné. Après son départ, ma mère s'était rendue à l'épicerie du coin. Le vendeur affirma ensuite qu'elle était passée aux alentours de 16 heures ; il s'en souvenait car elle avait été anormalement charmante avec lui et n'avait rien acheté d'autre qu'une grande bombe de répulsif anti-moustiques.

On ne peut que supposer ce qu'elle fit ensuite.

Mon père rentra à la maison à 18 h 45, se servit un verre et passa plus d'une heure dans le salon, à écouter un vinyle. John Coltrane, m'informa-t-il, hébété. *Live at Birdland*. Ma mère était introuvable, mais il ne s'en inquiéta pas ; il supposa simplement qu'elle était partie acheter quelque chose et qu'elle ne tarderait pas à revenir. Mais à 20 heures, en voyant qu'elle n'était toujours pas de retour, il fit le tour de la maison en criant son nom, au cas où elle se serait endormie quelque part.

En passant devant la porte close de la chambre d'amis, il remarqua une forte odeur chimique, comme si elle avait traité la pièce avec du produit anti-cafards. Il ouvrit la porte.

Elle avait dû tomber du lit et gisait à terre, la tête rejetée en arrière, le cou raide, tordu dans un angle horrible. En la voyant, puis en apercevant la bombe de répulsif sur le sol, avec l'embout arraché, il comprit tout de suite ce qui s'était passé.

Il l'attrapa, mit son corps inerte dans la voiture et se précipita à l'hôpital, même s'il savait qu'elle était déjà partie.

V

CHAPITRE 32

La vache rousse et blanche a regardé vers l'entrée quand je suis arrivée. En voyant de qui il s'agissait, elle s'est détendue et a baissé la tête. Je me suis dirigée vers le veau, qui tirait déjà sur la corde qui l'empêchait de rejoindre sa mère. Alors que j'essayais de détacher le nœud complexe qu'Amina avait fait, il a tiré d'un coup sec et la corde m'a glissé des mains et a brûlé ma paume.

— Chuuut. C'est moi. Tu me connais.

J'ai enfin réussi à dénouer la corde. Pendant que le veau tétait avidement, j'ai parcouru l'intérieur sombre de la grange du regard. À l'autre extrémité, les mules me fixaient de leurs grands yeux doux. Riyaz n'était pas encore parti.

J'ai rattaché le veau à son pieu, en espérant que le nœud tienne bon. Puis je me suis accroupie à côté de la vache rousse et blanche et je me suis mise au travail. L'image d'Amina m'est apparue, comme si je l'avais conjurée de revenir. Sans vraiment m'en rendre compte, j'ai commencé à imiter ses gestes, le mouvement rapide de ses poignets à la fin de chaque pression, sa façon de bien écarter les doigts pour soulager la tension dans ses paumes, et même sa manière de pencher la tête. Brièvement, j'ai eu le sentiment que nous occupions le même espace, que nous bougions à l'intérieur du même corps, que ses mouvements et les miens étaient en parfaite synchronie. Pendant un moment, j'ai eu la quasi-certitude d'entendre sa respiration, profonde et régulière, avant de me rendre compte que c'était la mienne.

Un bruit derrière moi m'a fait me retourner, le craquement de pas sur la paille. Riyaz était sur le seuil de la grange. Il était vêtu de son kurta marron, celui qu'il portait le jour où je l'avais rencontré à Kishtwar. J'ai reporté mon attention sur la vache et je me suis remise au travail. Même s'il ne parlait pas, je savais qu'il était encore là. Quand je me suis relevée, le pot plein entre les mains, il a reculé pour me laisser sortir dans l'air froid.

Nous nous sommes regardés en silence, mais ce n'était pas le même silence que lorsque nous nous tenions sur le bord du porche, à contempler la nuit qui tombait sur la vallée. Non, ce silence-là était différent : c'était un silence rendu assourdissant par l'absence d'Amina. Riyaz a été le premier à prendre la parole.

— Vous avez beaucoup progressé, m'a-t-il complimentée en montrant le pot.

— Amina est une bonne professeure.

Il a grimacé. J'étais sur le point de le dépasser pour remonter à la maison quand il a lancé :

— Il y a eu un appel pour vous ce matin.

Je me suis figée.

— Un appel ?

— Oui. Sur mon portable. C'était Saleem.

Pendant une seconde, ce nom ne m'a rien évoqué. Saleem ? Je ne connaissais personne qui s'appelait comme ça. Puis je me suis souvenue. Roux, poésie, Kishtwar.

— Comment a-t-il eu votre numéro ?

Riyaz a haussé les épaules.

— Sûrement par le biais de la famille de ma mère à Kishtwar.

— Qu'a-t-il dit ?

J'ai repensé aux attroupements, aux soldats, aux violences qui avaient soi-disant explosé la veille. Avait-il appelé pour me dire qu'ils allaient bien ? Ou au contraire (mon cœur s'est douloureusement serré dans ma poitrine) pour me prévenir qu'il était arrivé quelque chose à Zoya ?

— Est-ce que tout va bien ?

— Ils vont bien, oui. Mais Saleem pense que la situation va empirer dans toute la région et il s'inquiète pour vous. Il pense que vous risquez d'avoir peur ici.

— Moi ?

J'ai remarqué qu'il avait les lèvres extrêmement sèches. Lui qui venait de parler très vite, il ne disait plus rien. Néanmoins, j'ai senti qu'une suite allait arriver, alors j'ai attendu.

— Il veut envoyer une voiture, a-t-il effectivement fini par ajouter. Pour vous ramener à Jammu, afin que vous puissiez rentrer à Bangalore ensuite. Il dit que c'est lui qui vous a envoyé ici, alors il se sent responsable de votre sécurité.

Je n'ai pas répondu. Je n'arrivais pas à réfléchir. Saleem voulait envoyer une voiture ? Pour m'emmener loin d'ici ?

— Mais vous avez dit la nuit dernière que toutes les routes étaient fermées ?

— Elles le sont. Mais Saleem dit que le chauffeur qu'il emploie connaît toutes les petites routes secondaires et qu'il peut vous conduire à Jammu. La seule chose, c'est que vous devez partir sans attendre. Ce soir.

J'ai commencé à remonter vers la maison d'un pas raide, le pot entre les mains. Riyaz m'a emboîté le pas. Comme si le fait de grimper libérait sa parole, il a demandé :

— Alors ? Qu'est-ce que je lui dis ? Est-ce que je lui demande d'envoyer la voiture ?

Il parlait tout bas, d'une voix pressante. Je me suis arrêtée de marcher. Nous étions sur le porche à présent. Son visage était comme rongé par l'impatience. En un seul regard, j'ai compris exactement ce qu'il voulait. Ce n'était pas dur à reconnaître, après tout. Ce désir, c'était le même que celui qui m'avait poussée à m'éloigner de mon père, de Bangalore, c'était le même que celui qui m'avait incitée à prendre le train pour Kishtwar et qui m'avait amenée ici. La promesse pure et vierge de la fuite.

— Vous voulez venir avec moi ? ai-je demandé faiblement, même si ce n'était pas vraiment une question.

Il a humecté ses lèvres sèches.

— Vous m'aiderez, n'est-ce pas ? Je n'y arriverai pas tout seul. Je ne connais personne là-bas à part vous. J'aurai besoin d'aide pour trouver un travail, et un endroit où vivre. Je n'ai pas besoin de grand-chose, vous le savez, et je ferai tout ce que vous me direz de faire sans discuter. Je vous le promets. Et une fois que je serai installé, je ne vous dérangerai plus jamais. Je vous demande juste de m'aider au début, s'il vous plaît.

— Riyaz… vous ne pouvez pas partir comme ça.

Il s'est redressé de toute sa hauteur.

— Pourquoi pas ? Vous l'avez bien fait, vous.

Je n'ai rien trouvé à répondre à ça.

— Alors, qu'est-ce que je dis à Saleem ? a-t-il insisté.

J'ai observé le lait d'un jaune presque blanc dans le pot. Mes mains tremblaient et une ondulation a troublé sa surface. Peut-être qu'il avait raison. Peut-être que le moment était venu d'abandonner et de rentrer à la maison.

J'allais voir Bashir Ahmed dans quelques heures. Je lui parlerais, et ensuite, tout serait fini, n'est-ce pas ? Finie, la petite aventure. Et peut-être que c'était mieux ainsi. Amina était partie, Aaqib était parti, et je ne savais pas quand, ni même si, ils reviendraient. Et cette vie que je m'étais soi-disant *choisie*, cette *décision* que j'avais prise avec un orgueil démesuré et une joie si grande, qu'est-ce qu'elles valaient réellement ? Est-ce que tout cela valait de vivre avec l'idée que j'avais détruit la famille que j'avais fini par aimer ? Est-ce que cela valait le sentiment constant d'être une intruse, le sentiment que peu importe combien d'années je resterais, je ne ferais jamais réellement partie de cet endroit, ni lui de moi ? J'ai hésité et failli lui dire d'appeler Saleem. Mais ensuite, je me suis imaginée montant dans une voiture, le village disparaissant derrière moi, la route sinueuse jusqu'à Jammu, les stands à thé de l'autoroute, les panneaux indicateurs verts, et un sentiment instinctif de rébellion est né en moi. Un refus tout net.

— Non.

Il s'est figé.

— Je ne pars pas, Riyaz, ai-je continué tout bas. On m'a fait une offre. Pour travailler comme professeure ici, à l'école. Je comptais vous en parler. Je ne retourne pas à Bangalore.

C'était comme s'il ne comprenait rien à ce que j'avais raconté. Il est resté là, aussi immobile qu'une statue.

— Riyaz, est-ce que vous avez entendu ce que je viens de dire ?

— J'ai entendu, a-t-il répliqué entre ses dents. Je ne suis pas sourd.

— Je suis désolée.

Il n'a rien répondu et s'est tourné vers la vallée. L'épagneul, qui était allé fourrer son nez dans un massif de fleurs, est arrivé et lui a reniflé les chevilles. Il a semblé ne pas le voir. Il ne s'est pas penché pour lui caresser le ventre ou les oreilles. Il est resté là, le regard vagabond, comme s'il cherchait quelque chose sur quoi se défouler. Puis ses yeux se sont posés sur le pin, qui ondulait sous les formes sombres des corbeaux.

— Ça suffit, l'ai-je entendu murmurer.

Il a disparu dans la maison. Ne sachant pas quoi faire d'autre, j'ai apporté le pot de lait dans la cuisine et l'ai tendu à la mère de Riyaz, qui s'en est emparée avec un bref hochement de tête. J'étais sur le point de m'asseoir quand Riyaz est ressorti en trombe, son fusil à la main.

Sa mère s'est levée et a manqué renverser le pot de lait. Nous nous sommes précipitées sur le porche, mais Riyaz n'était déjà plus là. Il se dirigeait au pas de course vers le champ de maïs, son kurta ondoyant derrière lui, précédé de l'épagneul qui ouvrait la marche en courant. Ils ont marqué une pause à la bordure du champ, puis se sont jetés dedans ensemble. Nous avons attendu, mais le silence s'est étiré, pas même interrompu par le mouvement des épis de maïs ou le bruissement de leurs feuilles.

Puis une explosion a déchiré l'air. Un énorme nuage noir s'est formé autour du pin, avant de se disperser dans tous les sens, allant jusqu'à donner l'impression que l'arbre lui-même s'était désintégré. Le ciel s'est soudain rempli de cris stridents et de croassements dans une cacophonie assourdissante.

La mère de Riyaz est retournée à l'intérieur. J'étais incapable de bouger, ni de détacher mon regard des formes sombres qui volaient dans le ciel. Puis un mouvement parmi les épis de maïs a attiré mon attention. L'épagneul a bondi hors du champ en aboyant avec frénésie. Riyaz était juste derrière lui. Dans une main, il tenait son fusil. Dans l'autre, il portait quelque chose de déployé, une forme aussi noire et brillante qu'une tache d'huile. Un énorme corbeau. Il a levé les yeux vers moi et a fini par me faire signe de le rejoindre.

J'ai longé la grange, avec le sentiment de mettre une éternité à parcourir la distance qui nous séparait. Quand je suis enfin arrivée à son niveau, il m'a tendu le corbeau mort, qui était encore plus grand que ce que je croyais.

— Tenez-moi ça.

— Je vous demande pardon ?

— J'ai besoin d'aller chercher quelque chose dans la maison, et je ne peux pas le poser. Il va le prendre, sinon.

Il a montré le chien, qui tournait autour de nous ventre à terre, ses yeux jaunes fixés sur l'oiseau. Sans réfléchir, j'ai secoué la tête.

Il a ri tout bas, méchamment.

— Alors comme ça, vous prétendez rester, et vous n'êtes même pas capable de faire ça ? Comment est-ce que vous allez survivre, à votre avis ?

Je savais qu'il était en colère et qu'il n'y avait aucune conviction derrière sa cruauté. Néanmoins, ça a allumé quelque chose en moi, la flamme de l'obstination de ma mère, peut-être, ou tout simplement une bonne vieille envie de relever un défi. J'ai tendu la main et fermement agrippé les pattes du corbeau, mes doigts frôlant brièvement ceux de Riyaz.

— Je reviens, a-t-il dit avant de s'éloigner.

Je m'étais attendue à ce que le corbeau soit froid et lourd et dense, mais pas du tout. Il était tiède et sec et léger. La pointe de ses ailes effleurait le sol, son bec gris foncé avait l'apparence du caoutchouc et sa poitrine étonnamment musclée était d'un noir violacé brillant. *Regardez !* ai-je crié en mon for intérieur, sans trop savoir à qui je m'adressais. Riyaz ? Mon père ? Ma mère ? Amina ? *Regardez ! C'est ça, ma vie, désormais ! Vous voyez ?* J'ai secoué le corbeau, comme pour apporter une preuve à mon public invisible et muet. J'ai alors vu ce que je n'avais pas remarqué jusque-là : l'impact de la balle juste sous son aile droite, les plumes évaporées comme si on les avait effacées avec une gomme. Et la blessure elle-même, un os blanc sur les bords, qui s'obscurcissait au milieu en un rouge marbré, le plumage noir bleuté autour enduit de sang et encore luisant.

J'ai levé les yeux et aperçu Riyaz sur le bord du porche, tourné vers moi. J'ai brandi l'oiseau, comme pour lui prouver quelque chose, mais je ne voyais pas ses yeux et je ne pouvais pas déchiffrer son expression. Quelques instants plus tard, il m'a rejointe et a sorti un long morceau de ficelle de sa poche. Même si le corbeau ne m'avait pas semblé lourd, mon bras m'a fait mal dès que Riyaz m'en a débarrassé. Il a grimpé dans l'arbre le plus proche et, en quelques gestes agiles, a ligoté les pattes du corbeau avant de le suspendre à une des branches. À la manière d'une décoration macabre, il s'est mis à tournoyer doucement, un peu comme les guirlandes en papier dans la chambre de Bashir Ahmed. Riyaz a sauté à bas de l'arbre.

— Ça dissuadera les autres de s'approcher, a-t-il déclaré d'un air sombre mais satisfait.

— Vraiment ?

Il a haussé les épaules.

— Pendant quelque temps, en tout cas.

CHAPITRE 33

Pendant toute la matinée, je n'ai pas tenu en place. La perspective de voir Bashir Ahmed flottait au-dessus de moi comme une ombre. Je n'arrêtais pas d'aller sur le porche pour regarder le corbeau suspendu. De là, ce n'était qu'une tache floue, un drapeau noir de guerre ou de mort déployé contre le tronc de l'arbre. Les corbeaux dans le pin ne semblaient pas particulièrement perturbés par la perte de leur camarade. Ils étaient toujours perchés sur les branches et décrivaient toujours des cercles, même si je devais admettre qu'ils paraissaient un peu moins disposés à plonger dans le champ de maïs. En attendant, je me suis occupée avec les tâches qui, la veille encore, incombaient à Amina. Je l'avais si souvent observée que mon corps était comme en pilotage automatique. Après avoir lavé les assiettes et les casseroles du petit déjeuner au robinet extérieur, j'ai balayé le porche en terre battue avec le balai en paille et distribué une poignée de graines aux poules. Je les ai regardées se précipiter vers moi depuis les quatre coins du porche avec un sentiment conflictuel de triomphe.

En début d'après-midi, Riyaz est parti à la mosquée et je suis allée dans la cuisine, où sa mère avait déjà préparé le déjeuner. Nous nous sommes assises et avons attendu le retour de Riyaz dans le silence. Puis elle a sorti trois assiettes, qu'elle a remplies à ras bord de riz fumant, de poulet et de sauce. J'ai décortiqué le poulet avec les doigts, surprise par mon appétit et mon envie affichée de manger de la viande. Dès le repas terminé, Riyaz est ressorti, en marmonnant qu'il devait couper du bois pour la cuisinière. Sa mère m'a regardée. J'ai montré du doigt la casserole de riz sur la cuisinière et le plat de poulet posé à terre juste à côté, puis j'ai fait un geste en direction du fond de la maison, là où se trouvait la chambre de Bashir Ahmed.

Sans un mot, elle a servi une assiette et me l'a tendue. J'ai rempli d'eau un verre en alu, que j'ai emporté avec l'assiette dans le couloir. À mi-chemin de la chambre d'Amina et Riyaz (enfin, seulement de Riyaz désormais), j'ai dû faire une pause tant mes jambes tremblaient.

En poussant la porte de la chambre, j'ai aussitôt remarqué que certaines choses n'étaient plus là. Les kurtas d'Amina, le foulard qui était normalement accroché à la poignée de l'armoire… Pendant un instant, j'ai eu envie de tourner les talons et de partir. Luttant contre mon instinct, je me suis approchée du drap coloré et j'ai guetté un signal (une toux, un raclement de gorge), mais je n'ai rien entendu indiquant que quelqu'un attendait de l'autre côté. J'ai inspiré profondément, écarté la tenture et je me suis glissée dans le passage.

Il était assis dans son lit, les mains délicatement croisées par-dessus la grosse couverture rose.

À mon arrivée, il a tourné lentement la tête. Ses yeux, déjà enfoncés dans ses orbites, ont paru se perdre encore plus dans son visage. Cette fois, il n'y avait pas de hurlement silencieux de terreur, mais une étincelle de peur a tout de même jailli dans son regard.

— Je vous ai apporté votre déjeuner.

Il n'a rien répondu et m'a observée alors que je m'avançais. En me voyant hésiter, il a hoché la tête vers la table près de son lit. J'ai poussé sa calotte sur le côté et posé l'assiette et le verre, puis j'ai reculé d'un pas.

Je ne savais pas par où commencer. C'est Bashir Ahmed qui a fini par briser le silence en premier.

— Tu as grandi.

En entendant sa voix, j'ai ressenti le même enthousiasme que lorsque j'étais enfant. Elle n'avait pas changé.

— C'est ce qui arrive après onze ans.

— Onze ans, a-t-il répété lentement. Onze années se sont écoulées ?

J'ai hoché la tête.

— Et après onze ans, te voilà ici. Comment nous as-tu trouvés ?

— À cause de votre histoire, celle sur Shah Bagdadi. J'ai regardé sur Internet et j'ai vu que c'était à Kishtwar que ça s'était produit.

— Tu te souviens de cette histoire ? a-t-il demandé avec dans la voix une note de surprise et aussi, je crois, de fierté.

— Je me souviens de toutes vos histoires.

La lampe à pétrole dans le coin a vacillé avant d'éclairer à nouveau la pièce. J'ai regardé autour de moi. Un petit miroir en plastique était accroché au-dessus d'une étagère en terre battue, et quelques traversins colorés étaient installés le long des murs. Un coffre en bois fermé trônait dans un coin, sûrement destiné à accueillir ses vêtements. C'était une chambre dépouillée, mais pas inhospitalière pour autant. Soudain, quelque chose m'a frappée.

— Est-ce que c'était ici ?

— Comment ça ?

— Est-ce que c'était ici que les militants séjournaient quand ils venaient ?

Bashir Ahmed s'est crispé en entendant le mot *militants*, avant de hocher la tête. J'ai de nouveau inspecté la pièce autour de moi et il m'a imitée, comme s'il ne vivait pas entouré de ces objets depuis des années.

— J'aime bien votre chambre, ai-je fini par déclarer.

— Merci, a-t-il répondu en baissant la tête. J'espère que vous êtes bien installée dans la vôtre.

— Oui, je vous remercie.

Toutes ces politesses n'étaient qu'un préambule élaboré. Nous gagnions du temps, en tournant autour de la véritable raison de ma présence, en tournant autour du sujet de ma mère. Aucun de nous ne voulait la mentionner en premier. Une fois de plus, j'ai eu le sentiment qu'il attendait que je parle avec une certaine crainte.

— Il y a des problèmes à Kishtwar depuis hier, ai-je dit. Je ne sais pas si vous êtes au courant.

Il a hoché la tête, sans grand intérêt toutefois.

— Oui. Ma fille Amina me l'a dit.

Entendre le nom d'Amina associé à ce terme affectueux qui avait toujours été le mien m'a fait plus mal que je ne l'aurais imaginé.

— Amina est partie, ai-je dit tout bas. Elle est repartie dans son village ce matin. Elle a emmené Aaqib avec elle.

Il est resté impassible. Forcément, ai-je songé. Elle ne serait pas partie sans lui dire au revoir. Elle avait dû s'asseoir près de lui, le taquiner, lui arracher un petit rire, tenter d'adoucir la peine que lui causait son départ. Le supplier de lui rendre un dernier service en acceptant de me revoir.

— C'est à cause de moi, ai-je laissé échapper. C'est ma faute si elle est partie. C'est ma faute.

Pour la première fois depuis mon arrivée, j'ai vu une lueur de l'homme qu'il avait été dans ses yeux. Le Bashir Ahmed qui me regardait quand ma mère était impolie ou indifférente ou même cruelle, le drôle de pli que prenait sa bouche quand il m'avertissait de ne pas me mettre en colère contre elle.

— Tu ne devrais pas te dire ça, a-t-il murmuré d'un air absent.

— Alors pourquoi est-elle partie ? me suis-je écriée plus désespérément que je ne l'aurais voulu.

Soudain, les rôles étaient inversés et c'était moi qui attendais, terrifiée par ce qu'il risquait de me répondre, pendant qu'il était assis en silence, perdu dans ses pensées. Finalement, avec une note de fatigue dans la voix, il a dit :

— Pour un tas de raisons. Une personne peut partir pour tout un tas de raisons.

Dès que les mots ont franchi ses lèvres, je l'ai revu debout près de notre grille, dans la nuit, alors que mes parents dormaient à l'étage. « S'il te plaît, ma fille, dis-lui que je suis désolé. Pour tout. »

— Aucun de nous ne lui a rendu la vie facile, a-t-il continué. À la seconde où elle est arrivée chez nous, nous lui avons compliqué l'existence. Elle a fait beaucoup d'efforts pendant de nombreuses années, mais au final, c'était trop pour elle. Ne culpabilise pas. Ce n'est pas ta faute.

J'ai hoché la tête, mais j'avais toujours la gorge nouée. Bashir Ahmed s'est laissé aller contre son oreiller et une grimace a déformé son visage tandis qu'il bougeait les jambes sous sa couverture.

— Est-ce que c'est douloureux ? ai-je demandé en regardant ses jambes.

Il a posé les yeux sur la partie de son corps dissimulée par la couverture, comme s'il s'agissait du corps de quelqu'un d'autre.

— Parfois. Quand il fait froid. Mais la plupart du temps, je n'y pense pas.

— C'est vrai ?

— C'est arrivé il y a si longtemps, a-t-il murmuré. J'ai presque oublié…

— Comment peut-on oublier une chose pareille ? ai-je objecté.

Il n'a pas répondu tout de suite, et quand il l'a fait, c'était avec une pointe d'ironie.

— Je vois que tu n'as pas changé. Tu aimes toujours poser des questions.

— Je suis désolée.

Il m'a offert un sourire qui m'a fait penser à Amina.

— Je te taquine, ma fille.

Il m'avait appelée *ma fille*. Une vague de chaleur m'a submergée et je me suis sentie plus légère. Je me suis rendu compte que le plus étrange, dans le fait d'être là à lui parler, c'était le réconfort que cela me procurait. J'avais toujours trouvé sa présence physique rassurante, même durant la brève période lors de laquelle j'avais décidé de le détester.

— Et il n'y a rien à faire ? ai-je demandé. Une opération ou…

Il m'a interrompue d'un sourire.

— Est-ce que tu sais combien coûtent les opérations ?

— Je paierai, ai-je proposé sur un coup de tête. Laissez-moi vous aider. Mon père…

Il a secoué la tête.

— Ma fille, je ne t'ai pas menti quand je t'ai dit que j'allais bien. Je n'y pense plus vraiment. Et dis-moi : quand bien même mes jambes fonctionneraient, où est-ce que je pourrais bien aller ?

Il a montré du doigt le mur de sa chambre qui le séparait de la cour, des champs de maïs, du village.

— Tu sais ce qu'ils disent de moi dehors. Pourquoi y retournerais-je ?

Quelque part dans un coin de ma tête, un doute a surgi. Un doute insidieux, sous la forme d'un jeune soldat vaniteux avec une petite moustache et une voix geignarde. « Vous pouvez demander à n'importe qui. » J'ai laissé passer quelques secondes, puis j'ai dit :

— Quand vous avez quitté Bangalore, qu'est-ce qui s'est passé ensuite ? Avec les militants, je veux dire. Est-ce qu'ils ont continué de venir ?

Il a détourné le regard. La barbe de trois jours qui couvrait les rides flasques de sa gorge était d'une blancheur immaculée.

— Oui, a-t-il fini par avouer dans un souffle.

— Vous ne pouviez pas les en empêcher ?

— Je n'ai pas essayé. J'étais en colère à mon retour de Bangalore.

Il n'avait pas besoin d'expliquer pourquoi et je n'ai pas demandé.

— La plupart des Cachemiris que je connaissais l'étaient, mais je n'avais jamais vraiment éprouvé cette colère moi-même. Mais lorsque je suis revenu de Bangalore après mon dernier séjour, je l'ai enfin sentie. Je voulais aider tous les militants que je trouvais. Je voulais la liberté pour les musulmans, la liberté pour le Cachemire, et j'étais prêt à tout pour ça. C'était comme si, tout à coup, je voyais enfin le monde clairement.

Et c'était un monde dans lequel les Cachemiris continueraient à mourir et tous les autres continueraient à organiser des dîners.

Il a marqué une pause. Il ne me regardait pas, mais j'ai quand même rougi.

— Alors quand les militants venaient, je les accueillais. Ça a continué comme ça pendant cinq ans.

J'ai attendu la suite, mais il s'est tu.

— Et ensuite ? l'ai-je relancé.

Il a levé les yeux.

— On dirait ta mère quand tu dis ça.

J'ai soutenu son regard sans sourciller et il a haussé les épaules.

— Ensuite, tout s'est arrêté.

En le voyant tenter de se redresser, je me suis empressée de le rejoindre pour arranger son oreiller dans son dos. Il a changé de position puis a de nouveau joint les mains au-dessus de la couverture. La scène était aussi familière que s'il avait été assis sur le canapé de notre salon. Je m'attendais à voir ma mère apparaître d'une minute à l'autre.

— Tout cela avait commencé à prendre une mauvaise tournure de toute façon, ma fille. Au début, il n'y avait que deux ou trois groupes de militants dans cette zone et tous se connaissaient et se respectaient. Mais petit à petit, de plus en plus de groupes ont commencé à se constituer. Un groupe se séparait en deux, sous le commandement de deux chefs différents, et ils passaient ensuite des mois à s'affronter les uns les autres au lieu de se battre contre l'armée. Certains groupes étaient disposés à discuter avec le gouvernement, d'autres non. La situation a tellement empiré que lorsqu'on entendait des coups de feu la nuit, on ne savait même plus qui tirait. Et pour nous, pour les gens normaux, rien ne changeait. Les affrontements duraient depuis plus de dix ans, mais la liberté qu'ils nous avaient promise n'arrivait jamais.

Je n'ai pas tourné la tête, mais j'ai eu la très nette impression que ma mère était assise sur le coffre en bois, adossée contre le mur en terre battue. Maintenant, ai-je songé, nous étions tous là.

— Et donc, tout a continué sur le même mode, avec l'armée qui venait un jour et frappait les civils pour les punir de ne pas dénoncer les militants, et les militants qui venaient le lendemain et frappaient les mêmes civils pour les punir d'avoir parlé à l'armée.

Sa voix s'est mâtinée d'une nouvelle nuance plus sèche.

— Parfois, c'était comme s'ils jouaient à un jeu, un jeu auquel ils adoraient jouer, et comme si nous autres servions uniquement à compter les points.

L'expression de ma mère était parfaitement calme.

— Heureusement, à cette époque, ils ne venaient presque plus chez nous. Il en arrivait un tous les quatre ou cinq mois, peut-être. Le dernier militant qui a séjourné chez nous était un jeune homme. Il est arrivé pendant l'hiver. Il m'aimait bien car il disait que je lui rappelais son oncle, qui était mort d'un cancer si mes souvenirs sont bons. Bref, c'est ce garçon qui m'a parlé du plan. Il m'a raconté qu'il y avait un village hindou à environ deux heures de route qui avait toujours soutenu l'armée et que lui et son groupe devaient aller tuer plusieurs hommes là-bas. Juste pour les faire taire, d'après lui. Pour bien rappeler à tout le monde qui était aux commandes.

Ma mère a ouvert les yeux. L'espace d'une seconde, je crois que Bashir Ahmed l'a vue, lui aussi. Il fixait le coffre, le regard vide.

— Il était si jeune… J'ai eu le sentiment que je devais intervenir. J'ai essayé de lui parler, de le dissuader, mais il ne voulait rien entendre, alors je l'ai menacé d'aller au campement de l'armée et de répéter ce qu'il m'avait raconté. Nous avons eu une énorme dispute et, à la fin, il m'a traité d'idiot et de lâche. Puis il est parti et je ne l'ai jamais revu.

J'ai ouvert la bouche pour poser une question, mais Bashir Ahmed a levé la main pour indiquer qu'il n'avait pas fini.

— Laisse-moi d'abord te dire une chose. Je n'ai pas tué ces hommes, mais c'est tout de même ma faute s'ils sont morts. Je me suis convaincu qu'il ne se passerait rien, que ce que m'avait dit ce garçon n'était que des paroles en l'air. Alors quand j'ai appris que ces hommes avaient été tués, une chose m'est apparue clairement. Ce garçon avait raison, ma fille, et ta mère aussi. Je suis un lâche.

Il l'avait enfin mentionnée. J'ai senti l'atmosphère changer dans la pièce.

— Mais vous n'avez tué personne. Alors pourquoi les gens s'entêtent-ils à dire ça ?

Il a haussé les épaules.

— Je ne sais pas. Je me suis posé mille fois cette question. Peut-être que le garçon a dit quelque chose à quelqu'un, peut-être que le message a été mal interprété. Mais une fois la rumeur lancée, je n'ai rien pu faire. Au final, tout cela a dû arriver aux oreilles des soldats. Peut-être même que quelqu'un de ce village leur a donné mon nom.

Il semblait pensif, à présent.

— La seule chose qui me surprend encore, après toutes ces années, c'est que les soldats m'ont à peine touché. Alors oui, ils m'ont brisé les jambes, mais ça a été très rapide. Si tu savais ce qu'ils font normalement subir aux personnes qu'ils capturent… a-t-il dit d'une voix étouffée.

J'ai pensé à Ishfaaq, le fils disparu de Zoya.

— C'était comme si j'étais *protégé*. Allah m'a maintenu en vie, ma fille. Allah a voulu que je vive, afin que je n'oublie jamais ce que j'étais.

Nous avons gardé le silence pendant un long moment. Ma mère n'était plus dans la pièce. Elle n'était plus nulle part.

Dans un murmure, j'ai demandé :

— S'il vous plaît, venez à la cuisine. S'il vous plaît. Je peux vous aider à marcher.

— Non.

J'allais protester, mais il a de nouveau levé la main.

— Je t'en prie, ma fille. Cela n'a rien à voir avec toi. J'ai fait suffisamment de mal à ma famille et je refuse de les faire souffrir à nouveau, même sans le vouloir. S'il te plaît. Je comprends pourquoi tu me le demandes, mais je ne peux pas.

J'ai scruté son visage et, pour une fois dans ma vie, je n'ai pas discuté. J'ai fermé la bouche et acquiescé. Il a hoché la tête également, puis son expression a changé.

— Quand je t'ai aperçue pour la première fois, le jour où tu es entrée ici par accident… L'espace d'une seconde, j'ai cru…

J'ai baissé les yeux.

— Mais maintenant, quand je te regarde, c'est ton père que je vois.

— Je n'ai pas dit à mon père que je venais ici, ai-je répondu sans réfléchir. Je lui ai menti. Il ne sait pas où je suis. Il ne sait pas que je suis partie à votre recherche.

Des rides désapprobatrices ont barré son front.

— Tu n'aurais pas dû faire ça, ma fille. Ça reste ton père.

J'ai baissé la tête sous le poids de la honte.

Je sentais les yeux de Bashir Ahmed sur moi. Soudain, je me suis demandé ce que lui et mon père penseraient l'un de l'autre s'ils se revoyaient en étant plus âgés.

Une drôle d'intuition m'a soufflé qu'ils seraient amis.

Mais je n'ai pas eu le temps de m'attarder sur mon père, car l'atmosphère a changé de nouveau et s'est chargée d'une légère tension. Bashir Ahmed a joint les mains une nouvelle fois, ses doigts entrelacés comme pour se donner du réconfort. J'ai vu une goutte de sueur naître sur son front.

— Ma fille, ta mère…

Il s'est interrompu. Je l'ai revue telle qu'elle était le soir de la fête. Ses yeux si sombres, ses cheveux en cascade sur ses épaules, ses bracelets étincelants. Surexcitée, intrigante.

— Où voulait-elle aller ? ai-je demandé.

Son expression s'est faite perplexe.

— Qu'est-ce que tu veux dire ?

— Le soir de la fête. Elle voulait partir avec vous, pas vrai ? Pour aller où ?

Un minuscule sourire plein de tristesse est passé sur ses lèvres.

— Elle voulait venir ici, ma fille, a-t-il répondu en faisant un geste circulaire comme pour montrer tout ce qui nous entourait.

Je n'en revenais pas. Ma mère, dans un endroit comme celui-ci ? C'était inimaginable. Ma mère marchant sur ces petits sentiers de pierre étroits, accroupie près du feu, dormant sur un matelas fin comme du papier ? Ma mère balayant le porche, nourrissant les poules, trayant la vache ?

Comme s'il lisait dans mes pensées, Bashir Ahmed a dit :

— J'ai essayé de lui expliquer que c'était impossible, mais elle ne voulait rien entendre. C'était comme cette blague que je lui répétais toujours à propos des lunettes. C'était comme si elle ne voyait pas la réalité. Elle disait toutes sortes de choses, ma fille, des choses effrayantes. Qu'elle deviendrait folle si je ne l'emmenais pas ; qu'elle se jetterait du toit de la maison. Mais comment aurais-je pu faire ce qu'elle me demandait ? Ton père avait été incroyablement gentil avec moi et tu n'étais qu'une enfant. Alors je…

— Alors vous êtes parti, ai-je achevé à sa place. Vous nous avez abandonnées.

La peur s'est lue sur son visage.

— Ma fille…

Sa voix s'est brisée dans un éclat de désespoir qui m'a sortie de la transe dans laquelle je n'avais même pas conscience d'être.

J'ai dévisagé l'homme qui était une des rares personnes au monde à avoir vraiment connu ma mère, à l'avoir fait rire, un homme qu'elle avait tour à tour charmé et sidéré, rendu fou de rage et blessé, et j'ai été incapable d'éprouver de la colère. Je n'avais qu'un désir : l'apaiser.

— Elle est morte, ai-je annoncé d'une voix douce. Il y a trois ans.

Il a fermé les yeux et hoché la tête. Je ne savais pas si cela signifiait qu'il était déjà au courant car Amina le lui avait dit, ou si c'était pour m'encourager en silence à aller jusqu'au bout.

J'ai pris une grande inspiration.

— Elle s'est suicidée.

Je ne connaissais pas le terme pour *suicide* en ourdou ou en hindou, alors je l'ai dit en anglais. J'ai été surprise par la facilité avec laquelle je l'avais prononcé, par le peu de valeur qu'avait réellement ce mot.

J'avais déjà vu Bashir Ahmed pleurer, mais c'était différent cette fois. Il n'y avait pas de sanglots étouffés, pas de tressautements d'épaules. Il pleurait avec une dignité muette et endeuillée, les larmes roulant dans sa barbe. J'ai éprouvé un élan de compassion à son égard. Ce vieil homme devait se sentir coupable à un point…

— Est-ce que c'est pour cette raison que vous ne vouliez pas me voir ? Vous pensiez que j'étais en colère ?

Il a acquiescé, aussi honteux que l'aurait été un enfant.

— Écoutez-moi, s'il vous plaît. Écoutez-moi bien. Ce que ma mère a fait, ce n'était pas votre faute. Ni la mienne. Ni celle de personne. Ce n'est pas pour cette raison que je suis venue jusqu'ici. Je suis venue… parce que je voulais vous voir. Tout simplement. Vous m'avez manqué à sa mort, et j'avais envie de vous revoir. C'est tout.

J'ai marqué une pause avant d'ajouter :

— Je vous aimais. Nous vous aimions tous.

Il a décroisé les doigts et pris mes mains dans les siennes. Je me suis assise à côté de lui sur son lit, dans la chaleur de cette chambre avec les guirlandes en papier qui ondulaient doucement au-dessus de ma tête. Je n'avais pas envie de pleurer, mais j'avais le sentiment qu'un grand silence se répandait en moi, comme si mon cœur ralentissait pour battre à un rythme normal d'être humain, comme si un grand vacarme qui n'avait cessé de retentir dans ma tête venait enfin de s'arrêter.

J'ai longuement serré ses mains dans les miennes. Puis je les ai lâchées et je me suis mise debout. Il a levé les yeux, l'air brusquement démuni, une expression inquiète sur le visage.

— Tu t'en vas ?

— Je dois juste m'absenter un moment. J'ai quelque chose à faire. Mais je vais revenir, promis.

J'ai effleuré son épaule et je suis partie.

CHAPITRE 34

Je suis sortie sur le porche au moment où Riyaz revenait de la mosquée. Il s'est raidi en me voyant, mais je ne lui ai pas laissé le temps de réagir plus avant. Mon cerveau tournait à mille à l'heure et procédait à des calculs rapides. Je me suis approchée de lui et ai demandé à voix basse :

— Riyaz, est-ce que vous avez votre portable avec vous ?

Il a acquiescé faiblement.

— Bien. Alors je veux que vous appeliez Saleem pour lui dire d'envoyer la voiture.

Il a écarquillé les yeux.

— Vraiment ?

— Oui.

Il a froncé les sourcils, l'air suspicieux.

— Pourquoi ? Qu'est-ce qui vous a fait changer d'avis ?

— J'ai réfléchi, et vous avez raison, ai-je expliqué d'un ton léger en tentant d'apaiser les battements de mon cœur. Je peux vous aider à trouver un travail à Bangalore. Vous gagnerez beaucoup plus d'argent qu'en restant ici. Vous pourrez en envoyer à vos parents. Pour les soins médicaux de votre mère, pour les frais de scolarité d'Aaqib, pour tout le reste. Après tout ce que vous avez fait pour moi, c'est la moindre des choses.

Il s'est un peu détendu, mais pas entièrement.

— Et vous, alors ?

J'ai feint de ne pas comprendre ce qu'il voulait dire.

— Comment ça, moi ?

— Votre projet de rester ici ? De devenir professeure ?

— Ah, ça…

J'ai tenté d'afficher un air désinvolte.

— C'était une idée idiote, rien de plus. Pour être honnête, je ne crois pas que ça aurait été possible. Vous m'imaginez, moi, professeure ?

J'ai tenté de rire, mais le bruit qui s'est échappé de ma gorge était aussi forcé que peu convaincant. Riyaz m'a dévisagée.

— Vous êtes sûre de vous ?

— Évidemment, que je suis sûre de moi, me suis-je empressée d'assurer. Appelez Saleem, s'il vous plaît. Il est peut-être déjà trop tard.

Pendant qu'il sortait son téléphone de sa poche et tapotait sur les touches à la hâte, j'ai enfilé mes chaussures et fait mes lacets. Il a levé le nez de son portable avec, sur le visage, une panique presque identique à celle de son père quelques minutes plus tôt.

— Attendez une seconde. Où est-ce que vous allez ?

— Chez Mohammad Din. Je veux leur dire au revoir, à lui et Sania.

Au moins, ça, c'était la vérité. Enfin, presque.

En apercevant la maison, je l'ai trouvée plus belle que jamais. Le toit ondulé ressemblait à un étang argenté, et le petit sentier en ciment qui menait à la porte en bois de l'entrée semblait sorti tout droit d'un conte de fées. Sania était assise sur le porche, pieds nus, un livre ouvert sur les genoux.

— Vous arrivez tôt aujourd'hui, madame, a-t-elle dit en anglais.

Une bouffée de fierté m'a envahie.

— Je suis venue te prévenir que je ne pourrai pas te faire cours cet après-midi, Sania.

Elle s'est levée aussitôt, inquiète.

— Est-ce que vous êtes souffrante ?

— Non, je vais très bien. J'ai juste quelque chose à faire. Je te raconterai demain, d'accord ?

J'ai regardé par-dessus son épaule, vers l'intérieur de la maison.

— Est-ce que ton père est là ?

Nous nous sommes rendues dans la pièce où se déroulaient nos leçons. Mohammad Din était assis à terre, entouré de papiers, mais il avait clairement la tête ailleurs, car il regardait fixement par la fenêtre. À notre approche, il a rapidement retiré ses lunettes et s'est pincé les ailes du nez.

— Quelle surprise ! Mais entrez, entrez. Salaam alaikum.

— Walaikum salaam. Je suis désolée de vous déranger, je sais que vous avez beaucoup de travail.

— Ne vous en faites pas, rien de tout ça n'est urgent, m'a-t-il assuré en montrant ses dossiers d'un geste circulaire. J'essaie de me changer les idées pour ne pas penser à ce qui se passe à Kishtwar, c'est tout. C'est toujours un plaisir de vous voir.

— Y a-t-il du nouveau ?

— Non. Je sais simplement qu'il y a encore un couvre-feu. Les gens n'ont le droit de sortir que deux heures par jour, pour acheter ce dont ils ont besoin. Inch'Allah, je prie pour que la situation ne s'aggrave pas.

Je me suis assise en face de lui. Sania était toujours sur le pas de la porte, l'air anxieux.

— Est-ce que je peux vous parler une minute ? ai-je demandé tout bas.

Il a hoché la tête et s'est tourné vers sa fille.

— Pourrais-tu faire du thé pour ta professeure, Sania ? On ne va pas la laisser mourir de soif.

Son ton était jovial, mais l'ordre était sans appel. L'espace d'un instant, un air de rébellion est passé sur le visage de Sania, mais elle a fini par se diriger vers la cuisine. Une fois seuls, Mohammad Din m'a dévisagée attentivement.

— De quoi souhaitez-vous me parler ?

Je l'ai examiné en retour, en me demandant si je pouvais lui faire confiance. Lui, la personne la plus gentille au monde, pour reprendre les mots d'Amina.

— Je pensais juste à la mère de Riyaz, ai-je commencé avec nonchalance.

— Khadijah Begum ? Quel est le problème ? Il lui est arrivé quelque chose ?

— Non. Mais je me demandais ce qui arriverait si… je ne sais pas, si elle tombait gravement malade, par exemple.

Il a plissé les yeux.

— Est-ce qu'elle va bien ?

— Oui, mais je me posais la question. Au cas où il lui arriverait quelque chose.

— Je suis certain que Riyaz s'occuperait d'elle.

— Et si jamais Riyaz n'était pas là pour s'occuper d'elle ? ai-je insisté.

Il a attrapé ses lunettes, puis les a reposées.

— Qu'est-ce que vous racontez ? a-t-il demandé avec une pointe d'agacement dans la voix. Bien sûr que Riyaz sera là pour s'occuper d'elle. Où voulez-vous qu'il aille ? Et si, pour une raison quelconque, il ne pouvait pas, je serais évidemment là pour les aider. Pourquoi cette question ?

— Pour rien.

En voyant qu'il n'était pas convaincu, j'ai ajouté :

— C'est juste que je m'inquiète pour eux, parfois. À cause de… à cause de Bashir Ahmed et de ce qui s'est passé pendant le militantisme. De ce que les gens racontent à son sujet.

Des rides de contrariété sont apparues sur son visage.

— Oui. Nous en avons déjà parlé, et comme je vous l'ai dit, je ferai toujours en sorte d'aider Riyaz et sa famille. Cela fait partie de mes responsabilités.

J'ai hoché la tête, soulagée que le dernier obstacle au plan que j'échafaudais soit levé. Mohammad Din s'est à nouveau perdu dans la contemplation de la vallée, l'air distrait.

— C'est drôle. Les incidents à Kishtwar me rappellent cette époque. Pendant la période la plus sombre du militantisme, le même sentiment flottait dans l'air. Celui que le temps s'était arrêté. On restait assis pendant des jours et des jours en attendant qu'il se passe quelque chose, sans savoir si ce serait grave ou non.

Le silence s'est installé. Puis, soudain, il a repris la parole avec la fermeté résolue d'un homme d'affaires.

— Naturellement, c'est différent à présent. Cette période est révolue et nous sommes entrés dans l'ère du progrès. Nous devons oublier ce qui s'est passé et tenter d'avancer. C'est la seule solution.

— Certaines personnes n'ont pas cette possibilité, ai-je fait remarquer doucement en songeant à Bashir Ahmed dans sa chambre.

Il a scruté mon visage puis a paru se radoucir.

— Je vois que vous êtes très attachée à leur famille.

Comme je vous l'ai expliqué, ce qui est arrivé à Bashir est très triste. Il ne se passe pas un jour sans que je regrette que les choses n'aient pas pris une tournure différente.

Sa voix était empreinte d'une langueur que je n'avais jamais entendue chez lui auparavant.

— Le problème de Bashir, c'est qu'il n'a pas réussi à savoir ce qu'il voulait. Il a voulu tout avoir en même temps et c'est ce qui a fini par le tuer. Un jour, il voulait quitter le village pour aller travailler ailleurs, et le lendemain, il voulait revenir. Il voulait aider les militants, et l'instant d'après, il voulait qu'ils s'en aillent. Il…

Alors que jusque-là, je l'avais écouté d'une oreille distraite en pensant à Riyaz qui devait m'attendre à la maison, j'ai sursauté.

— Attendez une seconde. Vous saviez que Bashir Ahmed aidait les militants ?

Mohammad Din a cligné des yeux.

— Je ne suis pas sûr de comprendre, a-t-il répondu d'un air crispé. Tout le monde savait qu'il travaillait avec eux.

— Mais vous venez de dire qu'il voulait que les militants s'en aillent. Ça veut dire que vous saviez qu'il ne désirait plus les aider.

Il a gardé le silence un moment pour finalement admettre :

— Oui. J'étais au courant.

— Comment le saviez-vous ?

Il a haussé les épaules.

— Bashir me l'avait dit.

Une intuition s'est brusquement emparée de moi.

— La personne qui l'a mêlé à tout ça à la base… est-ce que c'était vous ?

Il a aussitôt regardé vers la porte, mais Sania n'avait

toujours pas réapparu avec le thé. Il s'est tourné vers moi, les sourcils haussés, et j'ai eu le sentiment de lire un défi dans ses yeux.

— Oui, a-t-il répondu négligemment comme si la question n'était pas là. Mais uniquement parce qu'il avait besoin d'argent et qu'il affirmait vouloir aider. Je n'avais pas la moindre idée de là où ça le mènerait ni que ces hommes se feraient tuer, autrement je ne l'aurais jamais sollicité. Mais tout cela remonte à des années. J'étais plus jeune et je croyais, comme beaucoup d'autres, que le militantisme était la bonne voie pour aider les nôtres, sauf que, de toute évidence, ce n'est plus le cas. Désormais, je sais que nous devons nous battre avec des armes politiques. C'est pourquoi les élections du mois prochain sont si importantes.

Il voulait clore le sujet, c'était clair, mais je n'allais pas lâcher le morceau aussi facilement.

— Vous m'avez dit un jour que Bashir Ahmed était la dernière personne qui aurait fait une chose pareille.

— Et alors ?

La colère commençait à percer dans sa voix.

— Clairement, j'avais tort. Comme je vous l'ai également dit, avec Bashir, on ne pouvait jamais savoir. Il était une chose l'espace d'une minute, puis une autre la minute suivante.

Il a reniflé avec mépris.

— Et puis il fourrait toujours son nez dans ce qui ne le regardait pas. Il disait aux militants ce qu'ils avaient à faire ou non, à essayer d'argumenter avec eux, quand lui-même n'avait jamais pris les armes pour se battre. Pourquoi était-il incapable de se mêler de ses affaires et de rester en dehors de ce qu'il ne comprenait pas ?

Dès que les mots sont sortis de sa bouche, il a écarquillé des yeux ronds comme des soucoupes.

— Vous étiez au courant ? ai-je demandé après un instant de silence. Vous saviez qu'il s'était disputé avec des militants ?

— Je ne comprends pas de quoi vous parlez, a-t-il rétorqué.

— Si, vous comprenez très bien, ai-je persisté. Vous venez de dire que vous saviez que Bashir Ahmed avait essayé d'arrêter de travailler avec les militants, qu'il s'était disputé avec eux. Alors, quand les hindous ont été tués et que les gens ont commencé à raconter que c'était lui le responsable, pourquoi n'avez-vous rien dit pour le défendre ?

— Qu'est-ce que ça aurait changé ? a-t-il riposté.

Je l'avais toujours vu aimable, chaleureux et parfaitement maître de lui-même. Mais là, il avait l'air sombre et tendu, la mâchoire contractée. Il était en rage, cela ne faisait aucun doute.

— Ça aurait changé *quelque chose* ! Tout le monde vous respecte ! Les gens vous auraient cru. Et qui sait, peut-être même que les soldats n'auraient pas arrêté Bashir Ahmed !

— Ces crétins n'étaient même pas censés l'arrêter au départ ! a-t-il rugi.

Puis il est devenu d'une pâleur spectrale. Le silence a envahi la pièce, jusqu'à ce que je le brise d'une voix blanche.

— Qu'est-ce que vous avez dit ?

Pendant longtemps, il n'a pas répondu. Il avait la tête basse, les yeux clos. C'était comme s'il se regroupait, comme s'il remettait en place certains organes vitaux.

— Qu'est-ce que vous avez dit ? ai-je répété.

Mais c'était trop tard. La colère qui avait propulsé cette conversation avait disparu et je savais qu'il ne referait pas l'erreur de se trahir. Lorsqu'il a fini par rouvrir les yeux et me regarder, c'était avec son sourire bienveillant et patient habituel. Un sourire de politicien, ai-je soudain pensé.

— Je suis vraiment désolé. Je ne voulais pas être grossier. La semaine a été éprouvante. C'est toujours un plaisir de discuter avec vous, mais comme vous pouvez le constater, j'ai beaucoup de travail. Vous ne m'en voudrez pas si je ne vous raccompagne pas jusqu'à la porte.

Il avait débité son discours avec une politesse mécanique. Il s'est emparé de la pile de papiers la plus proche, sans toutefois les examiner immédiatement. Tremblante, je me suis levée pour partir.

— Attendez, a-t-il lancé dans mon dos.

Je me suis figée.

— Avant que vous ne partiez, je voulais vous dire que j'ai parlé avec le directeur de l'école hier soir. Il a reçu le feu vert du rectorat. Vous pouvez commencer à enseigner la semaine prochaine. En supposant que c'est toujours ce que vous souhaitez, a-t-il ajouté d'une voix douce. En supposant que vous désirez toujours mon aide à ce sujet.

Je l'ai dévisagé, soudain en proie à un doute le concernant, me concernant, concernant tout ce qu'il m'avait dit jusque-là. Il a dû deviner mon état d'esprit, car il s'est redressé.

— Pendant les quinze dernières années, j'ai fait tout mon possible pour aider mes semblables. Tout le monde nous a oubliés, y compris le gouvernement qui est supposé nous protéger. Les gens d'ici sont pauvres, sans éducation, nombre d'entre eux sont malades, et aucun d'eux n'a conscience qu'ils sont en droit d'exiger davantage de considération et un meilleur traitement. Je suis le seul à me battre pour tenter de leur offrir une vie meilleure. Est-ce que vous en doutez ?

J'ai secoué la tête.

— Dans ce cas, la décision vous appartient. Vous pouvez rester et m'aider à améliorer leur situation. Ou vous pouvez retourner à Bangalore, reprendre le cours de votre vie et nous oublier. Oublier Sania, oublier Amina, oublier Aaqib. Oublier cet endroit. Ce sera facile pour vous. Mais moi ? Je ne peux pas oublier. J'ai peut-être commis des erreurs, mais je n'oublie pas. Et si je reste, c'est aussi pour y remédier.

Il s'est de nouveau adossé contre son traversin et a remis ses lunettes.

— À présent, c'est votre tour de prendre une décision.

Je suis restée plantée là comme une idiote, incapable de répondre, incapable de faire quoi que ce soit à part le fixer.

— Vous savez, a-t-il repris nonchalamment, Amina est venue nous dire au revoir ce matin avant de partir.

J'ai pincé les lèvres.

— Une gentille fille, Amina. Si douce, si prompte à faire confiance, a-t-il commenté d'un ton songeur. Très différente de vous, non ? Je pense que vous êtes quelqu'un qui ne fait confiance à personne. Je m'en suis rendu compte dès le début. Vous êtes un peu comme moi, d'une certaine façon.

— Je n'ai rien en commun avec vous, ai-je rétorqué à travers mes dents serrées. Je n'ai fait de mal à personne.

— Ah oui ?

Il a relevé le menton et m'a observée avec une pointe d'amusement.

— Et si vous disiez cela à Amina, croyez-vous qu'elle serait de votre avis ?

Je me suis sentie rougir.

— Bien, a-t-il asséné froidement, de nouveau maître

de lui-même et de la situation. Laissez-moi vous poser la question une dernière fois. Est-ce que vous voulez rester ici et voir ce que vous pouvez arranger ? Ou préférez-vous retourner d'où vous venez et oublier tout ça ?

Il me regardait avec froideur, comme si cela ne faisait aucune différence à ses yeux ou aux yeux de quiconque que je décide de rester, ou de partir, ou de disparaître de la surface du globe. Et même si j'ai honte de l'admettre, c'est ce qui m'a décidée. La triste peur de devenir invisible.

— Je veux rester, ai-je annoncé entre mes dents.

Mohammad Din a hoché la tête.

— Alors c'est réglé, a-t-il répondu sèchement. Le sujet est clos. À présent, si cela ne vous ennuie pas, je dois me remettre au travail.

J'ai marché au radar jusqu'à la sortie. Une fois sur le porche, j'ai mis mes chaussures et j'ai contemplé la montagne. J'étais sur le point de m'en aller quand la voix de Sania a retenti derrière moi.

— Madame, a-t-elle appelé tout bas.

Sans me laisser le temps de répondre, elle m'a serrée dans ses bras de toutes ses forces. Lorsqu'elle a reculé, elle semblait plus âgée que ses seize ans.

— Au revoir, madame.

Elle m'a adressé un hochement de tête et est retournée dans la maison.

Quand je suis revenue, Riyaz était assis sur le porche. En m'apercevant, il a bondi sur ses pieds.

— Qu'est-ce qui vous a pris autant de temps ? J'ai appelé Saleem. La voiture sera là dans deux heures, mais de notre côté, on a quasiment deux heures de marche pour rejoindre le point de rendez-vous. Il vous est arrivé quelque chose ?

— Non, ai-je répondu en évitant son regard.

J'aurais bien le temps de réfléchir à tout cela plus tard. Pour l'instant, je devais me concentrer et m'assurer que tout se déroulait comme je l'avais prévu.

— Est-ce que vous êtes prêt ?

Il a montré du doigt un sac à dos noir posé près de la porte.

— Tout ce dont j'ai besoin est là-dedans, a-t-il indiqué sans parvenir à masquer sa nervosité.

J'ai hoché la tête.

— Donnez-moi cinq minutes.

Je suis allée dans ma chambre, ai sorti mon sac à dos du placard et ai jeté tous mes vêtements pêle-mêle à l'intérieur. J'ai glissé la main dans la poche de devant et en ai sorti l'enveloppe blanche que mon père m'avait donnée la veille de mon départ. Je l'ai glissée dans la poche de mon jean, avec le papier où étaient inscrits les numéros de Zoya et Abdul Latief, puis j'ai rejoint Riyaz. Sa mère était occupée à accrocher des vêtements sur la corde à linge, sans faire attention à nous.

— Elle croit que vous allez revenir ?

Il a hoché la tête et j'ai vu qu'il était au bord des larmes. Je me suis approchée d'elle. Elle a continué à vaquer à ses activités sans s'occuper de moi.

Je savais que rien de ce que je m'apprêtais à dire n'avait d'importance, mais cela me tenait tout de même à cœur de le faire.

— Je sais que vous ne m'avez jamais beaucoup appréciée, tante Khadijah. Je ne vous en veux pas. Le pire, c'est que je suis sur le point de faire quelque chose qui fait que vous allez m'aimer encore moins, et j'en suis vraiment, vraiment désolée. Plus désolée que vous n'imaginez. J'espère simplement que je serai en mesure de tout vous expliquer un jour.

Elle m'a regardée de la même façon que lorsqu'elle m'avait jaugée le jour de mon arrivée. Puis elle s'est remise à accrocher le linge.

Je suis restée momentanément pétrifiée par la peur et le doute.

Puis je me suis secouée. *Ça suffit.*

— Allons-y, Riyaz.

CHAPITRE 35

Nous sommes partis vers l'est, empruntant un chemin caillouteux à travers la montagne. Non pas vers la rivière, comme me l'a expliqué Riyaz, mais vers un autre village, d'où partait une route accidentée que les camions et les voitures les plus résistantes parvenaient à emprunter. Riyaz marchait devant moi, mon sac à dos sur les épaules. Il m'avait confié le sien, bien plus petit. Préoccupé par des pensées que je ne pouvais que deviner, il n'était pas très bavard, à l'exception de quelques remarques pratiques et brèves concernant notre trajet. Ce silence me convenait parfaitement, car j'essayais moi-même de mettre de l'ordre dans mes idées, de me concentrer sur mon plan, si toutefois on pouvait appeler ça comme ça. Il fallait que j'attende jusqu'à ce que nous soyons presque arrivés à la voiture, jusqu'à ce qu'il soit totalement convaincu de vouloir partir. Avant ça, je risquais de le faire paniquer.

À un moment, Riyaz s'est arrêté et a indiqué :

— On va passer par là, c'est un raccourci.

Il a montré du doigt une corniche rocheuse abrupte, sous laquelle passait un chemin étroit. Il a d'abord lancé mon sac, puis a sauté sur le chemin avec élégance, pendant que je glissais gauchement sur les fesses pour descendre.

Après ça, nous avons traversé de hautes herbes sèches qui nous arrivaient jusqu'à mi-cuisse, parsemées de mauvaises herbes, de plantes rampantes et d'orties. Ici et là, je remarquais des monticules de déchets brûlés : des sacs plastique aux bords carbonisés, des ampoules et même, à un moment, le crâne dépouillé d'un mouton.

Riyaz l'a attrapé avec un bâton.

— Léopard, a-t-il simplement expliqué avant de le laisser retomber.

Puis nous avons commencé à descendre plus vite. Il n'y avait plus de chemin et nous crapahutions entre des champs en terrasses en jachère. J'étais tellement concentrée sur le rythme de notre progression que j'ai à peine remarqué que la lumière baissait, jusqu'à ce que Riyaz dise « Attention ! » et que je me rende compte que le tas de terre sombre sur lequel je m'apprêtais à poser le pied était en réalité un tas de fumier.

— On est encore loin ? ai-je murmuré sans trop savoir pourquoi je parlais à voix basse.

— Dix minutes environ, a-t-il chuchoté. Le village est de l'autre côté du champ.

Devant nous s'étendait un vaste champ de maïs, aux tiges hautes et épaisses. J'ai inspiré profondément et levé les yeux. Une demi-lune venait d'apparaître derrière un monceau de nuages et flottait de travers dans le ciel. L'endroit ferait aussi bien l'affaire qu'un autre.

— Riyaz, attendez. J'ai quelque chose à vous dire.

Il s'est tourné vers moi. J'ai plongé mon regard dans le sien.

— Êtes-vous sûr de vouloir aller à Bangalore ? Je veux que vous réfléchissiez bien avant de répondre. Est-ce que c'est vraiment la vie que vous voulez ?

Son regard a vagabondé, mal à l'aise, mais il a fini par hocher la tête.

— Écoutez-moi avant de dire quoi que ce soit, d'accord ?

J'ai sorti l'enveloppe blanche de la poche de mon jean.

— J'ai bien réfléchi et je vous promets que ça va marcher. Tout va bien se passer. Dans dix minutes, nous allons arriver au point de rendez-vous. À ce moment-là, je veux que vous grimpiez dans la voiture. Sans moi. Je veux que vous alliez à Jammu. De là, vous prendrez un train pour Delhi, puis un autre à destination de Bangalore. Une fois là-bas…

Je l'ai vu prendre une inspiration, sur le point de protester.

— Non, écoutez-moi. Une fois à Bangalore, je veux que vous appeliez ce numéro.

Je lui ai montré le devant de l'enveloppe, sur laquelle j'avais inscrit un numéro de téléphone fixe.

— C'est le numéro de mon père. Dites-lui que c'est moi qui vous envoie, d'accord ? Dites-lui que vous cherchez un travail et un logement. C'est quelqu'un de bien, il vous aidera. Je vous le promets. Il vous aidera sur tous les plans.

Il fixait l'enveloppe dans ma main, le visage étrangement calme. Son impassibilité m'a effrayée et je me suis demandé, une fois de plus, si j'avais pris la bonne décision. Puis j'ai repensé à la phrase méprisante de Mohammad Din (« Et si vous disiez cela à Amina, croyez-vous qu'elle serait de votre avis ? ») et je me suis sentie faiblir l'espace d'un instant.

— Est-ce que vous comprenez ce que vous avez à faire ? lui ai-je demandé en essayant de paraître ferme. Vous n'avez aucune raison d'avoir peur. Tout va bien se passer. Vous n'avez pas besoin de moi. Votre père a fait ce voyage des centaines de fois et il n'y a aucune raison que vous ne soyez pas capable d'en faire autant.

Toujours pas de réaction. Une mèche de cheveux est tombée sur son front et j'ai dû résister à l'envie de la ramener en arrière.

— Riyaz, dites-moi que vous avez compris.

— Et vous ? a-t-il fini par demander d'une voix blanche.

J'ai haussé les épaules.

— Je pense que je vais essayer d'être professeure, au bout du compte.

Il n'a pas posé d'autres questions. Les souhaits de chacun étaient limpides. Et en réalité, ils étaient identiques.

— Je n'ai pas de quoi payer le train. Je n'ai pas assez d'argent.

J'ai ouvert le rabat de l'enveloppe pour lui montrer les billets qu'elle contenait. Il a écarquillé les yeux.

— Avec ça, vous avez de quoi aller jusqu'à Bangalore.

— Je ne peux pas accepter.

Mais il n'y avait pas la moindre conviction dans sa voix et nous savions tous les deux qu'il allait prendre l'argent. J'ai ouvert la fermeture de son sac à dos noir, que je portais encore, et glissé l'enveloppe à l'intérieur. J'ai repassé le sac à mon épaule, tandis qu'il m'observait sans rien dire.

Quand il s'est avancé et qu'il a plaqué sa bouche sur la mienne, je ne peux pas dire que j'ai été surprise. Il serait plus exact de dire que j'étais tragiquement, fatalement ravie. Ses lèvres étaient sèches. Il a passé ses bras autour de moi et l'odeur du cuir, de la sueur et du feu de bois a envahi mes narines. Avant que j'aie pu réfléchir, mon corps a commencé à bouger, à répondre au sien. Mes mains ont automatiquement remonté le long de son dos, caressant les contours de ses muscles, ses cheveux, tandis que mes lèvres étaient pressées avidement contre les siennes. Je ne sais pas combien de temps nous sommes restés comme ça, jusqu'à ce que j'ouvre les yeux et que je voie l'expression sur son visage.

C'était celle d'une personne déterminée à offrir en guise de compensation la seule chose qui lui appartenait encore, et cela m'a donné la nausée. Je l'ai repoussé et il a reculé en trébuchant, laissant retomber ses bras le long de son corps.

Mon cœur battait à tout rompre.

— Riyaz, ne…

J'allais dire « Ne faites pas ça », mais soudain, j'ai remarqué qu'il ne m'écoutait plus. La tête inclinée sur le côté, les sourcils froncés, il fixait le champ qui s'étirait telle une mer sombre devant nous.

— Qu'est-ce qui se passe ? ai-je murmuré.

Il a mis un doigt devant sa bouche. J'ai tendu l'oreille, mais je n'entendais rien à part les insectes et le meuglement plaintif d'une vache. Riyaz s'est mis à avancer avec l'agilité d'un chat. Je l'ai suivi en essayant de mettre mes pas dans les siens. Arrivé à l'orée du champ, il a marqué une pause pour me laisser le temps de le rattraper, puis nous nous sommes aventurés ensemble dans l'océan d'épis.

À présent, nous étions entourés par les grandes tiges frémissantes. Les longues feuilles nous barraient la route comme autant d'épées végétales. Riyaz évoluait avec une rapidité extraordinaire et j'avais beau faire de mon mieux pour l'imiter, j'étais beaucoup plus bruyante. Ici et là, des tiges coupées lors des précédentes récoltes sortaient de terre, aussi aiguisées que des poignards. Concentrée pour les éviter, je n'ai pas vu que Riyaz s'était arrêté jusqu'à ce que je lui rentre dedans. Il m'a fait signe de rester où j'étais, puis il a fait quelques pas supplémentaires, sans un bruit, pour regarder entre les tiges. J'ai suivi son regard et aperçu une clairière, ainsi que plusieurs silhouettes d'hommes.

De là où je me tenais, j'ai vu son dos se raidir tandis qu'il s'immobilisait comme un animal traqué. L'instant d'après, il était de nouveau à côté de moi.

— Il faut qu'on parte, a-t-il chuchoté impérieusement en montrant la direction d'où nous étions venus. Tout de suite. Allez-y, avancez par là. Allez.

— Pourquoi ? Qu'est-ce qui se passe ? Qui est-ce ? ai-je bafouillé en faisant demi-tour.

— Avancez, je vous dis ! a-t-il sifflé en me poussant un peu.

J'ai fait deux pas en chancelant, puis j'ai perdu l'équilibre. J'ai tendu les mains pour me rattraper à quelque chose et l'une d'elles a agrippé une tige de maïs. Je ne me suis appuyée dessus que l'espace d'une seconde avant de me stabiliser, mais la tige a craqué, avec un bruit aussi sec qu'une détonation.

Le temps a semblé s'arrêter, le monde se figer, le maïs pétrifié dans le vent, les insectes réduits au silence. Dans ce calme éthéré, une voix a retenti.

— Qui est là ?

Mes jambes se sont mises à trembler. Je connaissais cette voix. J'ai regardé Riyaz. Il avait les yeux clos.

— Qui que vous soyez, vous feriez mieux de vous montrer, a repris la voix.

Le ton ne trahissait ni peur ni avertissement, mais plutôt une sorte d'agacement teinté d'ennui. C'était la même voix que celle qui m'avait interpellée dans le champ des arbres frappés par la foudre, que celle qui m'avait fait me pisser dessus de peur.

— Riyaz, ai-je sifflé.

Il a ouvert les yeux, mais c'était comme s'il ne savait pas que j'étais près de lui. Il regardait quelque chose derrière moi, écoutait une voix qui n'était pas la mienne. Puis il est brusquement revenu sur terre.

— Écoutez-moi bien. Quoi qu'il arrive, restez cachée. C'est compris ?

— Mais…

L'expression sur son visage m'a réduite au silence. J'ai hoché la tête. Aussitôt, un voile de lassitude, de paix presque, a couvert son visage. Il s'est tourné vers la voix et la clairière. Quand j'ai compris ce qu'il s'apprêtait à faire, j'ai voulu l'agripper, mais il était trop tard et je n'ai pu saisir que le bout de son kurta. Il s'est dégagé d'une simple secousse, comme si je n'étais rien de plus qu'une mouche énervante. Avant d'émerger du champ, il a levé les bras à la manière d'un danseur. C'est seulement à ce moment que j'ai pris conscience qu'il portait encore mon sac à dos.

Aussi discrètement que possible, je me suis approchée de la lisière de la clairière en essayant de ne pas me faire voir. En effet, le chef était là, à à peine plus de cinq mètres de moi. Ses hommes étaient éparpillés autour de lui, et quelques-uns braquaient leur arme sur Riyaz, désormais à découvert, les bras en l'air.

La voix du chef a flotté jusqu'à ma cachette.

— Bonsoir. Approchez, je vous prie. Inutile de rester si loin.

Riyaz a baissé les bras et obéi. Je voulais désespérément voir son visage, mais mon sac à dos le dissimulait. Sac à dos que le chef était en train de fixer.

— Vous êtes drôlement chargé. Comment vous appelez-vous, mon brave ?

J'ai attendu, mais Riyaz n'a pas répondu.

— Vous n'avez pas entendu ? a insisté le chef.

Ses soldats devaient estimer qu'il n'y avait pas de danger immédiat, car ils avaient baissé leurs armes et assistaient à la scène comme des spectateurs moyennement intéressés.

— Je vous ai posé une question simple. Comment vous appelez-vous ?

Toujours pas de réponse. Le chef s'est redressé de toute sa hauteur.

— Vous n'êtes pas bavard, on dirait.

Quelques-uns des soldats ont ri.

Dites quelque chose, bon sang ! l'ai-je supplié en mon for intérieur. Mais aussitôt, j'ai repensé à l'air pincé d'Amina, à sa voix faussement légère disant : « Parfois, cocotte, j'en viens à croire qu'il veut se faire cogner dessus. »

— Bien, a repris le chef d'une voix plaisante. Si vous ne voulez pas nous donner votre nom, vous pourriez au moins poser votre gros sac et nous dire où vous allez. On s'ennuie un peu et on adorerait que vous nous racontiez votre histoire, pas vrai, vous autres ?

Il a regardé les soldats, qui ont hoché la tête et souri. Visiblement, ils avaient répété à la perfection leurs rôles de figurants dans cette pièce de théâtre aussi bizarre que terrifiante.

Riyaz a gardé le silence. En revanche, après une pause, il a fait glisser les sangles le long de ses bras. Le sac a heurté le sol avec un bruit sourd. À présent, je voyais ses épaules et son dos, et les marques de sueur sur son kurta.

— Bien, a dit le chef.

Il a fait un signe à un jeune soldat boutonneux, qui a aussitôt avancé. Dans un mouvement si fluide et si rapide que je ne pourrais pas vous expliquer exactement ce qui s'est passé, il a fait un croche-pied à Riyaz. L'instant suivant, Riyaz était au sol, allongé sur le ventre, les jambes écartées. Une de ses sandales avait voltigé plus loin. Néanmoins, il n'a pas fait le moindre bruit, pas même un grognement lorsqu'il a percuté la terre. C'était absurde, mais ma poitrine s'est gonflée de fierté.

— Votre sac m'intéresse beaucoup, a continué le chef. Vous voulez bien nous dire ce que vous transportez de si important ? Des vêtements noirs, peut-être ? Peut-être que vous êtes un de ces voleurs dont tout le monde parle ces temps-ci. Ou alors…

Il a haussé les sourcils.

— Peut-être que vous avez décidé de faire un petit voyage secret au-delà de la frontière ? Peut-être que vos copains militants vous attendent là-bas ? Que diriez-vous que nous regardions à l'intérieur pour voir quelle hypothèse est la bonne ?

Cette fois, il n'a pas fait semblant d'attendre une réponse. Il a adressé un hochement de tête au soldat boutonneux qui avait fait trébucher Riyaz. Soudain, je l'ai reconnu. C'était celui qui s'était plaint de ne pas avoir de réseau sur son portable.

— Ouvre le sac, a ordonné le chef.

Le soldat a fait passer son fusil par-dessus son épaule et s'est emparé de mon sac. Il s'est accroupi à côté, a ouvert la fermeture, l'a retourné et l'a secoué violemment. J'ai regardé toutes les affaires que j'avais fourrées dedans à la hâte pleuvoir sous les yeux ébahis des soldats. Mes jeans et mes tee-shirts, mes sous-vêtements, et enfin mes soutiens-gorge, éparpillés sur la terre. Le soldat a reculé en poussant un cri et jeté mon sac à dos au loin comme s'il contenait du poison, avant de regarder les autres avec des yeux ronds comme des soucoupes. L'expression de sang-froid du chef avait disparu.

— Qu'est-ce que c'est que ça ? a-t-il demandé à Riyaz qui, cette fois, n'avait honnêtement pas de réponse à offrir.

Un des soldats a laissé échapper un ricanement moqueur. La nuit était tombée à présent, si bien que je ne pouvais pas voir lequel c'était. Le chef a fait volte-face et a paradé devant chacun de ses hommes, qui gardaient tous la tête basse. Quand il s'est de nouveau tourné vers Riyaz, son expression avait changé et il arborait une implacabilité distante et froide.

— Aide-le à se relever, a-t-il ordonné.

Le soldat boutonneux s'est avancé à contrecœur. Quand il a paru hésiter à toucher Riyaz, le chef a aboyé :

— Je t'ai dit de l'aider à se relever ! Tu es sourd ou quoi ?

Le soldat s'est penché sur Riyaz et a passé ses mains sous ses aisselles pour le mettre debout. Le chef s'est approché et a amené son visage tout près du sien. Riyaz a relevé la tête et j'ai su qu'il le regardait dans les yeux. Un échange de regards aussi prolongé revêtait une sorte d'intimité gênante. En dépit de tout ce que j'avais déjà vu, l'idiote naïve que j'étais encore a réellement cru, pendant un instant d'espoir fou, que le chef allait le laisser partir.

Au lieu de ça, il lui a donné un coup de pied. Puis il a posé les mains sur les épaules de Riyaz et lui a mis un coup de genou dans le ventre. Riyaz a fait du bruit, cette fois, il a poussé un profond grognement qui est parvenu jusqu'à moi et m'a fait fermer les yeux.

— Vous, les Cachemiris, a commencé le chef d'une voix claire et débordante de satisfaction, il y a vraiment un truc qui cloche chez vous, je vous jure. Ça ne tourne pas rond là-haut, a-t-il ajouté en se tapotant la tempe.

La tête de Riyaz dodelinait gentiment, comme s'il était du même avis.

— J'ai été en poste ici trois fois au cours des trois dernières années, et plus je vous connais, plus je me dis que vous êtes tous cinglés. Alors comme ça, vous aimez vous habiller en femme ?

Il a ricané en regardant mes soutiens-gorge d'un air dégoûté.

— Parfois, je me dis qu'on ferait mieux de tous vous achever d'une balle, ça nous éviterait d'avoir à supporter vos idioties. Croyez-moi, que ce soit les jeunes ou les vieux, les hommes ou les femmes, ça ne change rien. Vous avez tous un problème. Et plus je passe du temps ici, plus j'ai l'impression que vous devenez de plus en plus tarés. Il n'y a qu'à voir celui-là.

Il a pivoté sur lui-même et a indiqué une forme sombre derrière lui. Quand j'ai compris ce que c'était, j'ai eu le sentiment que le monde entier se vidait de son oxygène. Depuis le début, j'avais cru qu'il s'agissait d'un rocher ou d'un monticule de terre. Mais maintenant que le chef le montrait du doigt, j'ai vu que c'était un *garçon*. Mon sang s'est glacé dans mes veines.

Un garçon vêtu d'un gros sweat rouge, en position fœtale, les genoux ramenés contre lui. Un garçon de douze ou treize ans qui, comme s'il savait qu'on parlait de lui, a relevé la tête pendant quelques secondes, inquiet, avant de la remettre entre ses genoux.

En le voyant, Riyaz a dit les premiers mots qu'il prononçait devant les soldats, et qui seraient les seuls à sortir de sa bouche.

— Yah Allah.

— Un vrai gogol. Complètement cinglé.

Le chef avait repris son ton badin, comme si Riyaz et lui étaient deux amis tranquillement assis autour d'une table.

— On ne s'en est pas aperçus tout de suite. Il ne parle pas. Quand on lui pose une question, il se contente de nous regarder bêtement.

Il a fixé Riyaz.

— Un peu comme vous. Vous savez ce qu'il a fait ce matin ? Il a grimpé dans un arbre et nous a lancé de la merde. De la merde.

Il a secoué la tête.

— Quel genre de gamin fait ça ? Même quand on l'a appréhendé, il n'arrivait pas à s'arrêter de rire. Complètement cinglé, je vous dis.

Il y a eu un instant de calme, puis (une fois de plus, j'aurais été incapable de dire qui avait bougé en premier) Riyaz a dégagé un de ses bras de l'étreinte du soldat qui le retenait. Le chef a aboyé un ordre, plusieurs soldats ont avancé en même temps, et ils se sont tous mis sur lui, à coups de poing, de pied, de crosse de fusil. Même si j'avais crié ou que je m'étais montrée, je pense que personne ne m'aurait remarquée. Ils faisaient preuve d'une méthodologie glaçante dans leur manière de le frapper, ne dépensant que l'énergie strictement nécessaire. Le temps a semblé s'étirer à l'infini pendant qu'ils le frappaient. Je me suis accroupie parmi les tiges de maïs, avec l'ordre de Riyaz de rester cachée qui résonnait en boucle dans ma tête.

L'ordre de Riyaz.

Mais ce n'est pas si simple, n'est-ce pas ? Ça ne peut pas l'être. Et si je ne l'avoue pas maintenant, je ne l'avouerai jamais, et dans ce cas, à quoi bon tout ceci ?

À quoi bon ces détails crus et horribles ? Comme je l'ai déjà dit, il est trop tard pour la noblesse.

Et donc : ce n'est pas par obéissance que je suis restée cachée. C'est par lâcheté.

À travers le ballet punitif des jambes des soldats, j'ai aperçu Riyaz, tellement ratatiné qu'il paraissait trop petit pour être une personne. Je ne sais pas pendant combien de temps ils l'ont passé à tabac. Parfois, je me dis que ça ne peut pas avoir duré plus de dix ou vingt secondes. À d'autres moments, j'ai le sentiment que ça a duré des heures.

Et pendant tout ce temps, je suis restée cachée.

Soudain, le chef, qui était resté légèrement à l'écart, a ordonné sèchement :

— Arrêtez.

Les soldats ont reculé et j'ai aperçu le profil de Riyaz, recroquevillé à la manière d'un bébé. J'ai constaté avec un lâche soulagement qu'il était encore conscient. Le chef le regardait d'un air pensif.

J'ai cru que c'était fini, que les soldats allaient partir, mais ensuite, le boutonneux qui avait vidé mon sac à dos a de nouveau fait un pas vers lui. Riyaz a couvert son visage, mais au lieu de le frapper, le soldat s'est penché pour ramasser quelque chose. Mon cœur s'est serré dans ma poitrine. C'était un de mes soutiens-gorge. Les bonnets noirs pendaient dans sa main, comme le corbeau mort dans son arbre. Le soldat a fait asseoir Riyaz et lui a enfilé le soutien-gorge, sans l'agrafer. Riyaz est resté assis sans bouger, une tache noire lui lacérant la poitrine.

— Ça ne va pas, a fait remarquer le soldat. Il lui faudrait une taille plus petite, je pense.

Le chef a eu un sourire pincé. En voyant qu'il approuvait la plaisanterie, les autres ont ri.

— Allons-y, a asséné le chef.

Ils ont tous entrepris de rassembler leurs affaires : sacs à dos, casquettes, bouteilles d'eau. Le soldat qui tenait Riyaz l'a lâché, et Riyaz s'est écroulé sur le côté.

Un autre soldat a donné une tape au garçon, qui a relevé la tête, apparemment inconscient de tout ce qui se passait. Tel un vieil homme, il s'est levé lentement, jetant à peine un regard à Riyaz, et il s'est mêlé au rang désordonné que constituaient les soldats. Il y en avait quatre devant lui et quatre derrière. Aucun d'eux n'a regardé en arrière.

J'ai attendu jusqu'à être certaine qu'ils étaient bel et bien partis, puis je me suis précipitée vers Riyaz.

— Riyaz, mon Dieu !

Il avait un hématome à la joue gauche, mais je n'ai pas trouvé la force de le toucher. Un tel geste aurait été trop intime, et ce qui venait de se produire avait effacé la moindre trace d'intimité qui aurait pu exister. Alors, au lieu de ça, j'ai posé une main sur son épaule.

Il a roulé sur le dos, dévoilant mon soutien-gorge qui lui barrait toujours le torse. Les bretelles avaient glissé jusqu'au creux de ses coudes. Ridiculement, je me suis alors souvenue de Bashir Ahmed brandissant une chemise blanche devant sa poitrine et déclarant solennellement : « C'est tellement beau que ça rend bien même sur un idiot moche comme moi. » J'ai ravalé un sanglot et lui ai retiré les bretelles avant de lancer le soutien-gorge aussi loin que possible dans des broussailles.

Je l'ai aidé à s'asseoir, car il n'y parvenait pas tout seul. Enfin, je pouvais bien voir son visage. En plus du bleu sur sa joue, son œil droit était déjà en train de gonfler, il avait la lèvre inférieure fendue et le col de son kurta était déchiré. Les yeux fermés, il respirait avec difficulté.

— Riyaz, ai-je murmuré d'une voix étranglée. Je vous en prie, parlez-moi. Dites-moi que ça va. Est-ce que vous avez quelque chose de cassé ?

Il a secoué la tête.

— Vous êtes sûr ? Il faut vous emmener à l'hôpital. La voiture n'est pas loin. On peut…

— Non, a-t-il gémi, les paupières toujours closes.

— Comment ça, non ? Regardez ce qu'ils vous ont fait ! Vous devez aller à l'hôpital.

— Non, a-t-il répété.

Puis il a ouvert les yeux et j'ai eu toutes les peines du monde à ne pas pleurer. Je ne le reconnaissais pas. L'impatience brûlante qui l'habitait un peu plus tôt avait disparu. Le rare sourire espiègle aussi. Même l'homme maussade et mécontent que j'avais connu au tout début n'était plus là. La personne qui me regardait était vidée de ses désirs, de ses peurs et de ses envies. Il ne restait plus qu'une vague lueur d'obstination dans le fond de ses iris.

— La voiture est sûrement déjà repartie.

— Peu importe. On peut rappeler Saleem et lui demander d'envoyer une autre voiture, un autre chauffeur. Je…

— Non !

Il avait presque crié, en tout cas il l'aurait fait si sa voix n'avait pas été réduite à un sifflement. Sa respiration était irrégulière, ses narines dilatées. Il s'est levé tant bien que mal, en plusieurs étapes plus déchirantes les unes que les autres, comme un enfant en bas âge qui ne savait pas comment tenir sur ses jambes. Je suis restée tout près de lui, prête à le retenir si jamais il tombait, tout en sachant néanmoins qu'il n'apprécierait pas d'être à mon contact. Ce qui venait d'arriver semblait avoir mis des années de distance entre nous.

Dès qu'il a été debout, il a chancelé avec un cri. Je me suis précipitée en avant, mais il m'a ordonné d'un geste de ne pas le toucher.

— Ma jambe, a-t-il expliqué en faisant la grimace.

En effet, sa cheville droite était énorme.

— Asseyez-vous.

Mais il a commencé à clopiner comme s'il ne m'avait pas entendue, et à rassembler mes vêtements éparpillés en tous sens, certains maculés de traces de pas boueuses. Impuissante, je l'ai imité. J'ai tout bourré dans le sac, y compris le soutien-gorge que j'ai glissé tout au fond. Enfin, j'ai refermé le sac à dos avant de me tourner vers lui.

— Riyaz, ai-je dit tout bas. Qu'est-ce que vous voulez faire ?

Il a regardé par-dessus mon épaule. J'ai compris que plus jamais il ne me regarderait dans les yeux.

— Je veux rentrer à la maison.

L'obscurité devenait de plus en plus dense tandis que nous parcourions lentement le chemin dans le sens inverse. Riyaz avait bandé sa cheville avec un de mes tee-shirts et j'avais trouvé une branche assez solide pour faire office de canne, mais il n'arrivait pas à marcher plus de dix minutes d'affilée sans avoir à faire une pause pour se reposer.

À un moment, j'ai demandé :

— Qu'est-ce qui va arriver à ce garçon ?

Assis sur un rocher, la jambe tendue, Riyaz n'a pas répondu. Je n'ai pas posé la question une seconde fois.

C'était presque l'aurore lorsque nous avons atteint le village. J'ai reconnu les repères familiers : le reflet argenté d'un mur en granit, un chien amical qui venait nous renifler les chevilles, un coq s'ébrouant, les murs blanchis à la chaux de la mosquée.

La seule personne que nous avons croisée était un très vieil homme qui descendait le sentier que nous étions en train de grimper. Sa peau de vieillard semblait aussi claire que de l'eau. Il m'a dévisagée et a remarqué que Riyaz était blessé, et pourtant, il n'a rien murmuré d'autre que :

— Salaam alaikum.

Nous l'avons dépassé sans échanger un mot de plus. Cinq minutes plus tard, nous avons entendu un craquement, un raclement de gorge, puis une voix mélodieuse a retenti dans les haut-parleurs de la mosquée, chantant le premier appel à la prière de la journée.

CHAPITRE 36

Je me suis réveillée dans la chambre aux murs en terre battue. Dans ma chambre. Sur mon matelas. J'ignorais combien de temps j'avais dormi, mais j'ai d'abord eu l'impression d'avoir déjà vécu tout cela. D'avoir déjà été dans cette pièce en proie à la même fatigue délirante, aveuglée par les mêmes rayons du soleil. Ne venais-je pas juste de vivre ça ? J'avais toutes les peines du monde à refaire la chronologie des événements.

J'ai battu des paupières et tourné la tête pour inspecter la pièce et me livrer à un inventaire, encore à moitié assoupie. Les murs peints à mi-hauteur, le placard blanc, les poutres du plafond en bois, mon sac à dos. Puis les souvenirs sont remontés à la surface, à une vitesse qui m'a soulevé le cœur. Les soldats, le garçon, la cheville de Riyaz, la marche atroce jusqu'au village, le retour à la maison juste avant le lever du soleil, le sommeil qui s'était emparé de moi avant même que ma tête ne touche l'oreiller.

Je me suis agrippée au rebord de la fenêtre pour me lever. La vue était la même que d'habitude. Le porche en terre battue, les poules dans les massifs de fleurs, les vêtements suspendus à la corde à linge. Et dans le même temps… tout était comme transformé, comme si on avait déplacé chaque objet et chaque créature de quelques centimètres pendant la nuit pour les montrer sous un jour légèrement différent.

Courbaturée, j'ai fait la grimace tandis que je me dirigeais à pas lents vers la porte. Mon sac y était adossé, discret et poussiéreux, comme un rappel troublant des événements de la nuit passée. J'ai donné un coup de pied vicieux dedans et il est docilement tombé sur le côté. J'ai inspecté le couloir d'un côté, puis de l'autre, en quête d'un signe de vie. La porte de la chambre de Riyaz était grande ouverte. Après un instant d'hésitation, j'ai jeté un coup d'œil à l'intérieur, mais la pièce était vide. Le sac à dos noir avait été balancé sur le matelas, les draps étaient froissés et entortillés. Où était-il passé ? Peut-être qu'il était avec Bashir Ahmed ?

Des voix me sont parvenues depuis l'autre bout de la maison, dans la cuisine. Je me suis dirigée vers le bruit tout en réfléchissant. Il fallait que je convainque Riyaz de se faire soigner. Il fallait que je le convainque d'appeler Saleem. Il fallait que…

J'ai aperçu mes chaussures couvertes de boue, que j'avais fait valser sur le porche en arrivant à la maison. Les grosses sandales en plastique de la mère de Riyaz étaient là aussi. J'ai été déconcertée de constater qu'il y avait aussi deux paires de grandes bottes noires boueuses que je n'avais jamais vues auparavant. Je les ai fixées pendant un quart de seconde, peut-être, pour tenter de les identifier, puis la peur m'a noué la gorge. Une voix intérieure m'a crié de faire demi-tour, mais c'était trop tard. J'étais déjà devant la cuisine, et les personnes présentes se tournaient déjà vers moi.

Je me suis figée sur le seuil, le cœur battant à tout rompre.

La mère de Riyaz était assise près du feu. Les yeux cernés, elle touillait lentement le contenu d'une théière avec une louche en fer. Au centre de la pièce, installés sur deux chaises en plastique qui se trouvaient habituellement sur le porche, se trouvaient le chef et le jeune soldat boutonneux qui avait mis le soutien-gorge à Riyaz et dit en ricanant « Il lui faudrait une taille plus petite ».

Étrangement, en me voyant, ils se sont levés. Leurs uniformes imposants et sombres contrastaient de manière incongrue avec leurs pieds nus. Mais soudain, j'ai cessé de me préoccuper de leur présence car j'ai aperçu une quatrième personne. Debout dans un coin, vêtue d'un gilet rose duveteux, un bras enroulé autour d'elle-même et une main sur la bouche. Amina.

— Cocotte, a-t-elle dit quand je suis entrée.

Puis elle s'est tue.

Je ne savais pas si je devais la regarder ou regarder les soldats. Le chef avait retiré sa casquette, une étrange marque de respect sur laquelle je n'ai pas eu le temps de m'attarder, car Amina s'est avancée pour prendre les commandes de la situation.

— J'étais sur le point de venir vous réveiller, a-t-elle lancé d'une voix joyeuse comme si nous nous étions vues dix minutes plus tôt. Ces messieurs sont là pour vous.

J'ai été prise d'un vertige. Est-ce que j'avais bien entendu ? Pour *moi* ? J'ai examiné frénétiquement les différents visages qui me regardaient. Où était Riyaz ? Est-ce qu'il allait bien ? Est-ce qu'ils l'avaient vu ?

Comme si elle lisait dans mes pensées, Amina a repris la parole sur le même ton normal et guilleret.

— Tout va bien, cocotte. Ils veulent juste vous parler, c'est tout.

Ses yeux noisette étaient rivés aux miens. Elle n'a mis aucune emphase sur aucun mot, n'a fait aucun geste superflu, mais j'ai senti qu'elle voulait me rassurer, me dire que Riyaz allait bien, et aussi m'avertir de ne pas dire un mot à son sujet. Avec toute la maîtrise dont j'étais capable, je me suis tournée vers les soldats.

— Oui ?

Le chef a toussé dans son poing.

— Je suis navré de vous déranger si tôt, madame, a-t-il dit d'un air contrit.

Comment pouvait-il être le même homme que celui qui avait sifflé : « Vous feriez mieux de vous en souvenir avant de les appeler vos amis » ? L'homme qui, la veille, avait dit à Riyaz : « Parfois, je me dis qu'on ferait mieux de tous vous achever d'une balle » ?

— Mais nous avons reçu des ordres, madame, a-t-il continué d'une voix mal assurée, les yeux baissés. Du brigadier Reddy.

J'ai interrogé Amina du regard, mais son expression m'a indiqué qu'elle n'avait jamais entendu ce nom auparavant.

— Qui ça ?

— Le brigadier Reddy, madame. Il nous a demandé de vous escorter jusqu'au campement d'Udhampur, a-t-il expliqué sur un ton révérencieux. C'est un homme très important, madame, le brigadier Reddy.

— Vous devez faire erreur. Je ne connais aucun brigadier Reddy. Je n'ai jamais…

Je n'ai pas fini ma phrase. Le souvenir du numéro que j'avais rentré dans mon portable avant de quitter Bangalore m'est revenu avec la violence d'une gifle. L'ami de mon père, celui que j'avais promis de contacter et que je n'avais jamais appelé.

Mon père avait fini par me retrouver.

Le chef se dandinait d'un pied sur l'autre, de toute évidence mal à l'aise. En revanche, son subordonné examinait la cuisine avec une curiosité effrontée. La colère m'a submergée sans crier gare.

— Qu'est-ce que vous regardez ? ai-je craché. Vous n'êtes pas chez vous, ici !

Le soldat boutonneux a rougi et marmonné quelque chose à l'intention de son supérieur.

— Je vous prie de bien vouloir l'excuser, madame, est intervenu le chef. Il dit que ça lui rappelle la cuisine de sa mère à Bihar.

J'ai examiné le soldat, en essayant de me rappeler que c'était le même qui avait humilié Riyaz, mais j'avais beau me concentrer, je n'arrivais pas à faire le lien entre le garçon en face de moi et la brute lâche de la veille. Je me suis demandé si, à Bihar, sa mère avait la moindre idée de ce en quoi le travail de son fiston consistait.

— Je m'occuperai de lui plus tard, madame, s'est empressé d'ajouter le chef, se méprenant sur mon silence. Mais pour l'instant, je vous demande de bien vouloir nous accompagner. Nous devons vous conduire chez le brigadier avant ce soir.

Soudain, comme si je venais de revenir à la surface après avoir gardé la tête sous l'eau, j'ai compris ce qu'ils me demandaient. J'ai revu le ballet de leurs jambes autour de Riyaz, les coups, la poussière qui volait, et j'ai senti quelque chose voler en éclats dans ma poitrine.

— Je n'irai *nulle part* avec vous ! Vous m'entendez ? Pour qui vous vous prenez, espèce de… ?

Allez savoir ce que j'aurais dit ensuite si Amina n'était pas intervenue. Elle a traversé la cuisine et passé un bras autour de mes épaules. Les soldats ont dû interpréter son geste comme une manifestation de tendresse, d'affection, mais en réalité, elle me serrait comme un étau. « Tais-toi », voilà ce que son étreinte signifiait.

— Veuillez nous excuser, a-t-elle dit poliment aux soldats. Nous revenons tout de suite.

Elle m'a fait sortir de la cuisine sans ménagement. J'ai voulu lui demander ce qui se passait, mais elle m'a entraînée dans le couloir sans m'en laisser le temps. Une fois dans ma chambre, elle m'a lâchée, a refermé la porte derrière elle et s'est plantée en face de moi.

— C'étaient eux ! me suis-je écriée au bord des larmes. Ce sont les soldats d'hier soir !

Elle a mis un doigt sur ses lèvres et fait un geste en direction de la cuisine.

— Mais comment m'ont-ils retrouvée ? ai-je continué dans un murmure étranglé. Le brigadier… Amina, c'est un ami de mon père… Alors mon père doit savoir, mais comment ? Qui l'a prévenu ?

Après un long moment sans rien dire, Amina a rompu le silence.

— Moi.

J'ai senti mon sang se glacer dans mes veines.

— Vous ?

Elle a hoché la tête.

— J'ai demandé à Riyaz de contacter les gens qui vous avaient hébergée à Kishtwar. Ce sont eux qui ont appelé votre père. Cocotte, je vous demande d'aller avec eux. De partir avec les soldats.

Je l'ai dévisagée sans répondre.

— Partez avec eux, a-t-elle insisté. Autrement, ils vont nous en vouloir et ils reviendront. Et si Riyaz est là à ce moment, ça sera cent fois pire pour lui. Pour nous tous. S'il vous plaît, partez avec eux et ne dites pas un mot sur Riyaz ou sur ce qui s'est passé hier soir.

— Vous êtes au courant ? ai-je chuchoté.

Nouveau hochement de tête.

— Où est Riyaz ? Est-ce qu'il va bien ?

— Ça ira. Il a vu un médecin. Mohammad Din s'occupe de lui, ne vous inquiétez pas.

Les battements de mon cœur se sont emballés.

— Amina, j'ai quelque chose à vous dire.

Elle a lancé un regard en direction de la porte.

— Maintenant ? Ils vous attendent.

— C'est important. Il faut que vous sachiez.

Je me suis demandé par où commencer. Comment lui dire qu'une personne qu'elle aimait, la personne qui avait assuré la survie de sa famille pendant les dernières années, était aussi celle qui était coupable de l'avoir détruite au départ ? Me croirait-elle seulement ?

Elle attendait que je parle, l'air vidée, épuisée. Elle avait dû se mettre en route très tôt ce matin-là pour revenir au village. Machinalement, elle a levé la main pour ramener une mèche de cheveux derrière son oreille, avant de commencer à se mordiller la lèvre inférieure.

— J'étais là, Amina. J'ai vu les soldats cogner Riyaz. Ils ne m'ont pas vue, mais j'étais là. Et je n'ai rien fait.

Elle a froncé les sourcils.

— C'est ça, ce que vous vouliez me dire ?

— Oui.

Elle n'a rien répondu. Il n'y avait pas grand-chose à ajouter.

— Amina, je suis vraiment désolée. Pour tout.

Elle a fermé les yeux, comme si mes mots lui faisaient mal. Quand elle les a rouverts et qu'elle a repris la parole, sa voix était parfaitement neutre.

— Cocotte, je pense que le moment est venu de rentrer chez vous.

Nous nous sommes dévisagées longuement, puis j'ai hoché la tête.

J'ai balayé la pièce du regard une dernière fois et mes yeux se sont posés sur mon sac à dos poussiéreux.

— Ils l'ont vu. Hier soir. Si je l'emporte, ils vont le reconnaître.

Elle a plissé les yeux. Puis elle a attrapé le sac et a traversé la pièce pour le fourrer dans le placard, qu'elle a ensuite fermé à clé.

— Qu'est-ce que vous allez en faire ?

— Le brûler, a-t-elle aussitôt répondu sans la moindre hésitation.

Nous sommes retournées dans la cuisine. Les deux soldats ont bondi sur leurs pieds à la seconde où ils m'ont aperçue. Amina m'a laissée pour rejoindre sa belle-mère. Épaule contre épaule, les deux femmes m'ont fixée, à l'instar des soldats, tous attendant que je prenne la parole et que j'annonce ma décision.

— Je pars avec vous, ai-je déclaré.

Le chef a poussé un énorme soupir de soulagement.

— Merci, madame.

Je les ai suivis dehors. Ils ont attaché leurs lacets pendant que j'enfilais mes chaussures sales. Amina est venue sur le porche et a croisé les bras.

Une fois qu'ils ont été prêts, le chef s'est tourné vers moi.

— Vous êtes prête, madame ?

J'ai acquiescé.

Nous nous sommes mis en route. Soudain, la voix d'Amina a retenti derrière moi.

— Attendez !

Elle a couru jusqu'à moi, s'est pendue à mon cou et m'a serrée de toutes ses forces. Sa bouche était tout près de mon oreille, son souffle chaud. Des larmes me sont montées aux yeux, mais pile au moment où je m'apprêtais à lui rendre son étreinte, elle a mis la main dans la poche de son gilet et en a sorti quelque chose qu'elle a plaqué contre mon estomac. Je m'en suis emparée sans réfléchir et mes doigts ont reconnu la douce surface de l'enveloppe qui renfermait une liasse de billets.

— Vous avez oublié quelque chose, a-t-elle chuchoté. J'allais vous appeler cocotte, mais ce n'est pas votre nom, pas vrai ? Je ferai en sorte de m'en souvenir. Au revoir, Shalini. Bon voyage.

Elle a reculé, un petit sourire cruel aux lèvres. J'ai senti que les soldats nous observaient avec curiosité. Je me suis détournée et je les ai dépassés pour rejoindre le petit sentier qui menait au chemin principal. Au bout de quelques secondes, le crissement de leurs semelles a résonné derrière moi.

* * *

Nous avons marché sans prononcer un mot, à l'exception du chef qui me demandait toutes les dix minutes si j'avais besoin de faire une pause. Son changement d'attitude, maintenant qu'il savait que j'avais des connexions avec des gens aussi importants que le brigadier, était remarquable. À un moment, il s'est mis à marcher à côté de moi. Il avait clairement envie de me dire quelque chose et pas la moindre idée de la façon de s'y prendre.

— Madame, a-t-il fini par exploser, quand je vous ai croisée l'autre jour, pendant votre promenade, lorsque je vous ai aidée à retrouver votre chemin jusqu'au village… Ce que j'ai dit ce jour-là, c'était une plaisanterie, madame. Jamais je ne vous aurais fait quoi que ce soit, je vous jure. Ce n'était qu'une plaisanterie.

— Nous verrons bien si le brigadier trouve ça drôle, ai-je rétorqué platement.

Une grimace de peur et de colère a déformé son visage et il ne m'a plus adressé la parole.

Je ne me souviens pas du trajet. J'ai marché comme un automate, pour enfin me rendre compte au bout de plus de deux heures que nous étions sur une route creusée à même le versant de la montagne, qui se finissait abruptement dans un fatras de pierres et de terre. C'était sans doute là que le chauffeur de Saleem m'avait attendue en vain la veille. Je n'ai pas pu m'empêcher de fouiller les lieux du regard, mais il n'y avait aucune voiture en vue, à part deux véhicules militaires garés dos à dos : une Jeep et un camion bâché.

Le chef est allé taper sur la portière du conducteur de la Jeep. Un troisième soldat était endormi par-dessus le volant. Il a sursauté, battu des paupières puis effectué un bref salut. Le chef a ouvert la portière arrière et a fait un pas de côté. Le geste s'adressait clairement à moi, mais je l'ai ignoré, tout à l'observation du camion. La bâche imperméable qui le recouvrait dissimulait son contenu. Mon cœur s'est mis à battre la chamade ; je pensais au garçon au pull rouge.

Ça aurait été tellement facile. Faire deux pas en avant, tirer sur la bâche.

— Madame. Montez, s'il vous plaît.

Bouge, ai-je pensé. *Allez, bouge.* Mais mes jambes refusaient d'obéir. Il n'y avait rien à l'intérieur, c'était sûr. Je ne trouverais rien. C'était un camion vide, tout simplement. Rien d'autre.

— Madame, a répété le chef d'un ton plus dur, nous avons encore une longue route à faire avant que vous puissiez vous reposer. Montez, s'il vous plaît.

Je me suis exécutée en baissant piteusement la tête. Le chef a claqué la portière derrière moi et le chauffeur a mis le contact. Le moteur a crachoté avant de vrombir.

Je me suis adossée contre la banquette et j'ai regardé dans le rétroviseur extérieur de la Jeep, en espérant presque voir quelque chose bouger derrière la bâche. Mais au même instant, le chauffeur a passé la main par la fenêtre pour ajuster le rétroviseur et le tourner légèrement vers l'intérieur, de telle sorte qu'il n'a plus rien reflété d'autre que mon visage.

CHAPITRE 37

Lorsque nous sommes arrivés à Udhampur, les montagnes semblaient avoir rétréci. Elles étaient minuscules, privées de leur grandeur menaçante, obscurcies par le brouillard. Dès que nous sommes entrés dans l'enceinte du campement militaire, j'ai senti l'ordre, l'autorité sous-jacente. Les rues étaient parfaitement droites, bordées de ponceaux impeccables. Même les arbres, plantés à intervalles réguliers, semblaient pousser à un angle identique. Une femme très enceinte se promenait, son portable collé à l'oreille, deux garçons marchaient, chacun avec une batte de cricket à la main, un soldat faisait du vélo, un autre se tenait devant un portail clos. Nous sommes passés devant le tank au canon à rayures.

La maison du brigadier était un pavillon de plain-pied couleur ocre, agrémenté d'un grand jardin sur le devant. Le lieu portait la marque austère et régimentée d'une caserne, en dépit des gerbes indisciplinées de bougainvillées lavande qui tombaient en cascade de la terrasse. Je suis sortie de la voiture et le chauffeur a aussitôt redémarré sur les chapeaux de roues. J'ai ouvert la petite grille et je me suis dirigée vers la porte d'entrée, où était accrochée une guirlande de piments et de citrons pour protéger du mauvais œil. Une table en fer forgé et deux chaises trônaient sur la pelouse que la lumière du soir parait de reflets bleutés. Une théière en argent, une tasse et une sous-tasse étaient encore sur la table.

J'ai frappé et un homme mince et de petite taille m'a ouvert. Il avait le visage typiquement lisse et dépourvu de rides d'un habitant du Nord-Est. Il était habillé en civil mais sa qualité de soldat sautait aux yeux. Il n'a pas paru surpris de me voir. Pendant une seconde, j'ai cru qu'il s'agissait du brigadier, jusqu'à ce qu'il me dise en anglais :

— Le brigadier sahib est dans son bureau. Entrez, je vous prie.

Il m'a conduite au salon. Je me suis assise sur le bord d'un canapé luxueux et j'ai regardé autour de moi. La pièce était délicatement éclairée par plusieurs lampes et décorée avec bon goût : des rideaux en soie à motif cachemire, un tapis cachemiri bleu roi, une table basse en bois de rose sculpté rehaussée d'un plateau en verre vert. Chaque mur, chaque surface accueillait des objets d'art : un bouddha élégant en onyx, un buste de femme sculpté, des masques aux teintes éclatantes, des marionnettes kathpuli en bois aux visages couleur moutarde, des tapisseries en broderie miroir, des ventilateurs de plafond en bois dans le style colonial… Toute cette opulence soignée a décuplé la gêne que m'inspiraient déjà mes vêtements crasseux, la sueur sous mes aisselles, la poussière dans mes cheveux.

Un homme est entré dans la pièce. Son identité ne faisait aucun doute. Lui aussi était en civil, mais son maintien avait cette assurance tranquille d'une personne si convaincue que l'autorité lui était due que cela ne la rendait pas pompeuse. Il était grand et musclé, avait la peau mate, les cheveux impeccablement peignés. Rasé de près, un grand sourire rehaussait ses grandes joues.

Avec la lueur enfantine et passionnée qui habitait son regard, c'était impossible de deviner son âge.

Il s'est approché de moi les deux mains tendues, comme si j'étais un dignitaire de haut rang.

— Bonsoir, a-t-il dit avec un accent britannique. Je suis heureux que vous soyez enfin arrivée. Avez-vous fait bon voyage ? J'espère que le confort n'a pas laissé à désirer.

— Tout s'est bien passé, ai-je répondu sèchement.

Il a haussé les sourcils, mais a enchaîné tout en souplesse.

— Ramchand vous a-t-il apporté quelque chose à boire ? Ah, voilà. Merci, Ramchand.

L'homme venait de revenir avec un plateau sur lequel était posé un verre de jus d'orange. Il a placé la boisson devant moi avant d'aller se poster dans un coin de la pièce.

— Après une telle expédition, j'imagine qu'un rafraîchissement est le bienvenu, a continué le brigadier d'une voix grave et chantante à la fois. Je vais me joindre à vous. J'espère que vous ne m'en voudrez pas si j'opte pour quelque chose d'un peu plus fort. Je sais que c'est une mauvaise habitude, mais je suis bon à rien sans mon verre du soir.

Il a fait signe à Ramchand, mais le domestique était déjà en action, visiblement habitué à anticiper les besoins de son supérieur. Il a ouvert un meuble en bois de rose sombre, qui renfermait plusieurs bouteilles et des verres en cristal étincelants. Il a versé un liquide ambré dans l'un des verres et l'a apporté au brigadier, avant de retourner aussitôt à sa place.

— Votre père est un fervent amateur de rhum, si mes souvenirs sont bons, a lancé le brigadier avec bonhomie.

— Oui.

La dernière chose dont j'avais envie était de bavarder avec un soldat, mais il était si courtois, la pièce était si accueillante et chaleureuse, qu'il aurait été incroyablement grossier de pousser l'impolitesse plus avant.

— Personnellement, je préfère le whiskey.

Le visage du brigadier s'est illuminé.

— Oh, vous auriez dû le dire tout de suite ! Il faut que je vous fasse goûter quelque chose. Non, j'insiste, je vous en prie. C'est tout simplement exceptionnel. Ramchand, pourriez-vous… ?

Mais avant qu'il ne puisse finir sa phrase, Ramchand était déjà en train de poser un verre de whiskey à côté du jus d'orange auquel je n'avais pas encore touché. J'ai porté le verre à mes lèvres. La saveur fumée de la première gorgée m'a fait l'effet d'une allumette qu'on aurait grattée dans ma bouche. Je ne me rappelais pas la dernière fois que j'avais bu de l'alcool.

— Merci, ai-je dit avec un peu moins de mauvaise grâce.

— Délicieux, pas vrai ?

Le brigadier a montré mon verre, admiratif.

— C'est un cadeau d'un ancien attaché culturel japonais. Il m'apporte une bouteille chaque fois qu'il me rend visite. Un homme brillant, bien qu'un peu excentrique. Grand marionnettiste, au passage. Ça a le mérite d'être original. Un jour, alors que nous étions en train de dîner, il a posé sa serviette en plein milieu du repas et est allé décrocher les marionnettes du mur pour nous offrir une représentation improvisée. C'était la première fois que j'entendais des marionnettes indiennes parler anglais avec un accent japonais. C'était un spectacle assez inquiétant, je dois dire.

Il a souri. J'ai tenté de lui rendre son sourire, mais la chaleur du whiskey avait commencé à se répandre dans ma poitrine et, après toutes ces heures de route, j'étais trop épuisée pour répondre.

Le brigadier a dû le sentir, car il s'est redressé et a dit d'une voix plus stricte :

— Mais ce n'est pas le moment de vous abreuver d'anecdotes idiotes, comme ma femme me le ferait remarquer si elle était là. Vous avez eu une longue journée. Ramchand a préparé votre chambre, n'est-ce pas, Ramchand ?

Il s'est tourné vers le domestique, qui a hoché la tête.

— Si vous voulez bien le suivre, il va vous montrer le chemin.

Dans le couloir, Ramchand m'a lancé un bref regard inquisiteur.

— Des bagages ? a-t-il murmuré.

J'ai secoué la tête. Il est resté impassible.

La chambre dans laquelle il m'a amenée était décorée avec le même bon goût sophistiqué et la même diversité culturelle que le salon. Un grand lit à baldaquin était couvert d'un édredon imprimé. Deux sabres anciens étaient accrochés au-dessus de la tête de lit, complétés d'un bouclier rond rouillé. Un ensemble de vases chinois délicatement peints était aligné sur une commode en bois de rose.

Ramchand a pointé une porte du doigt.

— La salle de bains se trouve ici et il y a de l'eau chaude. Je vais aller vous chercher des vêtements, puis vous dînerez avec le brigadier.

Il a inspecté la chambre une dernière fois avant de me laisser seule.

Je me suis rendue dans la salle de bains adjacente et j'ai fermé la porte à clé. Il y flottait une odeur de parfum et de savon, des senteurs sucrées, féminines, qui appartenaient à un autre monde. J'ai regardé mon visage dans le miroir au-dessus du lavabo. Il n'y avait pas de miroir dans la maison au village, et c'était la première fois depuis des semaines que je me voyais. J'ai ressenti un léger choc en m'apercevant, suivi d'une obscure déception. Certes, j'étais plus mince et j'avais les cheveux plus longs, mais à part ça, je n'avais absolument pas changé. Et en même temps, à quoi m'étais-je attendue ? À trouver dans mes yeux un éclat d'illuminée touchée par la grâce, comme chez ces hippies occidentaux en guenilles que je voyais parfois à Bangalore, avec leurs pieds nus, leurs vêtements qui flottaient autour d'eux et leurs dreadlocks blondes emmêlées, sanctifiés par leur première exposition au yoga et à la pauvreté ? Un chapelet bouddhiste autour du poignet, un *Om* tatoué sur l'épaule et des photos sur lesquelles je souriais à côté de villageoises décharnées que je mentionnerais négligemment plus tard lors de dîners mondains, ou alors au lit avec de nouveaux amants que je voulais impressionner ? « Ils ont si peu de choses, tu comprends, mais ça signifie qu'ils sont beaucoup plus conscients de ce qui est vraiment important. »

Je me suis assise sur le battant des toilettes. J'ai pensé à Amina. J'ai pensé à la mère de Riyaz. J'ai pensé à Aaqib et Sania. J'ai pensé à Riyaz. Et j'ai attendu qu'il se passe quelque chose. J'ai attendu que les larmes montent. Mais elles ne sont pas venues, alors je me suis levée, je me suis déshabillée et je suis entrée dans la cabine de douche.

L'eau qui a jailli du pommeau était presque brûlante. Le martèlement dans ma nuque et sur le haut de mon crâne était exquis. On avait sorti divers shampoings et après-shampoings et je les ai utilisés sans réserve pour discipliner mes cheveux emmêlés qui sentaient le feu de bois. Je me suis savonnée trois fois des pieds à la tête, faisant fondre le pain de savon de moitié, puis je me suis enveloppée dans l'épaisse serviette bleue qui était suspendue à une patère.

Quand j'ai émergé de la salle de bains, j'ai vu que Ramchand avait étalé une tenue pour moi sur le lit. Un kurta, un salwar et un dupatta, le tout en mousseline rose pâle. Je me suis souvenue que le brigadier avait mentionné sa femme ; tout cela devait être à elle. Le kurta était un peu court au niveau des bras, mais la sensation de vêtements propres sur ma peau a failli me faire pleurer. J'ai fixé le lit avec envie. J'aurais tout donné pour m'allonger, mais le brigadier m'attendait.

Quand je suis arrivée dans la salle à manger, il était déjà installé à table. La nappe d'un blanc immaculé était couverte d'une quantité absurde de plats : des petits pois et des pommes de terre, du riz fumant, une spécialité aux épinards, des gombos frits, deux sortes de dahl différentes… Je ne pouvais pas nier que tout sentait délicieusement bon. Le brigadier m'a examinée et une drôle d'expression est passée sur son visage, mais il n'a fait aucun commentaire.

— C'est un peu trop, n'est-ce pas ? a-t-il dit en voyant mon air face à la table surchargée de nourriture. Je ne suis pas un gros mangeur, mais Ramchand insiste pour me servir un festin tous les soirs, car, apparemment, c'est ce qui sied à mon statut ou quelque chose comme ça. Ceci dit, je ne me plains pas, car il donne tous les restes à une famille pauvre d'Udhampur. Tant qu'il fait ça, il peut bien me préparer un banquet de maharaja tous les jours si ça lui chante, cela me convient parfaitement.

Pendant le dîner, il a devisé sans effort, clairement entraîné à l'art délicat de la conversation. Pas une fois il n'a insisté pour obtenir davantage qu'une réponse sommaire de ma part, comme s'il sentait que je n'étais pas très encline à discuter. Il ne m'a pas demandé où ses soldats m'avaient retrouvée et il n'a posé aucune question quant à ce que je fabriquais là-bas. En dépit de ma répugnance initiale et de la méfiance que m'inspirait sa fonction, je me suis surprise à me détendre progressivement en sa présence à mesure que j'écoutais sa voix chantante raconter des histoires distrayantes sur des gens que je ne connaissais pas. Il a très peu mangé, deux rôtis et un peu de dahl, mais de mon côté, je dévorais comme un ogre. Ramchand avait laissé mon verre de whiskey à côté de mon assiette, et j'en buvais parfois une gorgée entre deux bouchées de nourriture, en proie au sentiment que je m'enfonçais de plus en plus dans mon siège.

Le brigadier et moi avions presque fini de manger lorsque Ramchand a apporté un téléphone sans fil posé sur un plateau d'argent.

— Bangalore, a-t-il murmuré au brigadier en lui tendant le téléphone.

Du regard, le brigadier m'a invitée à m'emparer du combiné. Sans réfléchir, j'ai secoué la tête. Je ne supportais pas l'idée de parler à mon père, d'affronter sa colère et son soulagement blessé, de répondre à ses questions. Le brigadier a paru surpris, mais il a rapidement repris une contenance. Il s'est saisi du téléphone.

— Bonsoir, mon cher, a-t-il lancé aimablement. Oui, ce n'est que moi, désolé. C'est toujours un plaisir de discuter avec vous pour moi aussi. Oui, oui, tout va bien. J'étais sur le point de vous appeler, à vrai dire.

Il a écouté pendant quelques secondes.

— Pas du tout. Je comprends tout à fait. Mais elle s'est endormie à peine arrivée. Non, non, elle va bien, ne vous en faites pas ; elle était très fatiguée, c'est tout. Oui. Je lui dirai de vous appeler à la première heure demain.

Mon père a parlé à nouveau et le brigadier a écouté, les yeux rivés sur moi. L'ombre d'un sourire flottait sur ses lèvres, juvénile et complice, et je me suis soudain sentie submergée par une vague de chaleur qui n'avait rien à voir avec le whiskey. Ramchand se tenait derrière lui, aussi immobile qu'une statue de cire, le visage totalement dénué d'expression.

— Oui, oui. C'est vrai. Non, elle est en voyage actuellement, mais je lui transmettrai vos amitiés. Oui. Oh, ce n'est rien du tout. Oui, bonne nuit.

Il a reposé le téléphone sur le plateau et Ramchand est reparti. Pendant un moment, nous nous sommes fait face dans un silence absolu.

— Merci d'avoir répondu à ma place, ai-je fini par dire.

Il a hoché la tête.

— Comment l'avez-vous trouvé ?

— Inquiet.

J'ai détourné le regard. Le brigadier s'est éclairci la gorge. J'ai cru qu'il avait enfin décidé de m'interroger et j'ai attendu qu'il prenne la parole.

— Ce que je m'apprête à vous dire va peut-être vous paraître un peu présomptueux. Auquel cas, n'hésitez pas à me dire de me mêler de ce qui me regarde. J'ignore ce qui s'est passé entre votre père et vous, et de quelle manière exactement vous avez atterri dans le village où mes hommes vous ont retrouvée, et très sincèrement, ce ne sont pas mes affaires. En revanche, je sais reconnaître une personne qui a traversé un moment difficile, et je peux voir que c'est votre cas. Alors voilà ce que je vous propose : si vous souhaitez vous reposer un peu avant de retourner à Bangalore, ma maison est à votre entière disposition.

Lorsque j'ai ouvert la bouche pour répondre, il a levé une main en l'air.

— Quoi que vous puissiez croire, ce n'est en rien un grand geste de ma part. Je ne suis quasiment pas là de la journée, et comme vous avez pu le constater, Ramchand ne renâcle pas lorsqu'il s'agit de cuisiner. J'ai une petite bibliothèque, il y a une télévision dans mon bureau, et Ramchand peut vous procurer tout ce dont vous avez besoin. Vous n'avez rien à faire, à part vous reposer.

Je l'ai dévisagé. Mon premier réflexe était de refuser. C'était un soldat, un soldat identique aux autres, et je ne voulais rien avoir à faire avec ces gens. Mais mes paupières étaient lourdes et il avait fait preuve de beaucoup de tact et de courtoisie, ce qui le différenciait grandement de ses pairs. J'ai pensé au lit qui m'attendait, puis à ce qu'il venait de m'offrir : la promesse d'une parenthèse, si brève soit-elle.

— Merci. C'est très gentil de votre part. Si vous êtes certain que ça ne vous dérange pas…

Il a souri, visiblement ravi.

— En aucun cas. Je m'assurerai que Ramchand vous apporte tout ce qu'il vous faut. En attendant, je vous en prie, faites ici comme chez vous.

Nous nous sommes levés de table. J'ai souhaité bonne nuit au brigadier et je suis retournée dans ma chambre. Allongée sur le dos sur l'édredon, j'ai inspecté les deux sabres et le bouclier rouillé. Je m'attendais à ne pas trouver le sommeil, à être nostalgique de ma chambre au village, mais après des semaines passées sur un matelas à même le sol, la douceur du lit était irrésistible et je me suis endormie en quelques secondes à peine.

Ma première pensée au réveil a été de me dire que j'étais en retard. Amina devait être en train de m'attendre près de la grange, impatiente de se mettre au travail. Puis j'ai lentement pris la mesure de ce qui m'entourait. Les rideaux en mousseline qui ondulaient à la fenêtre, les sabres croisés, les draps confortables qui sentaient la lessive… Je me suis rappelé où j'étais. Il n'y aurait plus de traite, plus d'Amina.

Le brigadier était déjà parti travailler. Ramchand m'a conduite jusqu'à la table sur la pelouse, puis a apporté une parade sans fin de nourriture pour mon petit déjeuner : du thé et des œufs, des tartines et des gâteaux de riz salés, du pain frit et des beignets d'oignon. À un moment, je me suis levée pour l'aider, mais il m'a lancé un regard légèrement dédaigneux et plein de pitié, le genre de regard qu'on porte sur une personne qui ignore les codes de bonne conduite. J'ai donc abandonné et l'ai laissé me servir.

Après le petit déjeuner, je me suis promenée dans la maison. Une des portes, sans doute celle de la chambre du brigadier, était close. J'ai exploré son bureau, où des vitrines renfermaient des remparts de livres et où une petite télévision était boulonnée au mur. Derrière l'imposant bureau en acajou se trouvait une grande carte encadrée du Cachemire datant des années 1930, aux contours méconnaissables. Je me suis assise dans le fauteuil en cuir du brigadier pour l'examiner en sachant pertinemment que je ne trouverais pas le nom du village que je cherchais, mais c'était plus fort que moi. Des photos étaient posées sur le bureau. L'une représentait le brigadier en uniforme, la poitrine ruisselante de médailles et d'insignes, à côté du Dalaï-Lama qui souriait, les yeux brillants. Une autre le montrait en compagnie d'un homme asiatique en costume noir à l'air très sérieux, peut-être l'ancien attaché culturel japonais dont il m'avait parlé. J'ai remarqué qu'il n'y avait aucune photo personnelle du brigadier ou de sa femme, et pas de photos d'enfants non plus. Soudain, le téléphone a sonné. J'ai entendu Ramchand répondre depuis une autre pièce de la maison. Je me suis demandé si c'était mon père qui voulait me parler. Mais Ramchand n'est pas venu me chercher pour me passer la communication.

Le brigadier est rentré vers 17 h 30. Il s'est aussitôt rendu dans sa chambre pour se doucher, puis il m'a rejointe au salon, vêtu d'un pantalon de costume noir et d'une chemise bleue, les cheveux encore humides et impeccablement peignés. Il s'est laissé tomber dans son fauteuil en soupirant et m'a souri.

— J'espère que vous avez passé une bonne journée. Vous sentez-vous un peu mieux ?

J'ai hoché la tête.

Ramchand nous a servi à boire. Le brigadier s'est penché en avant et nous avons trinqué. Le tintement des verres a flotté dans l'air pendant une seconde, comme le timbre clair d'un diapason.

— Je vois que vous avez changé de costume, a-t-il commenté en m'observant des pieds à la tête.

Je portais de nouveau mon jean et mon tee-shirt, que Ramchand avait laissés sur le lit un peu plus tôt, lavés, repassés et pliés. Derrière l'odeur de lessive, le tissu était encore vaguement imprégné d'une odeur de feu de bois, me rappelant la mère de Riyaz. Je m'étais souvenue trop tard du morceau de papier avec le numéro de Zoya dans la poche de mon jean, et tout ce que j'avais récupéré, c'était un amas de papier blanc inextricable.

— Cela vous va beaucoup mieux, a-t-il fait remarquer.

— Le kurta que je portais hier est à votre femme ?

— Oui. Elle en a une énorme collection. C'est son point faible : un kurta pour chaque jour de l'année.

— Où est-elle ?

— Elle est partie rendre visite à sa famille à Coimbatore.

Sa réponse avait toutes les apparences de la franchise, mais j'ai remarqué qu'il avait très brièvement plissé les paupières. Il a dû se rendre compte que je m'en étais aperçue, car il s'est redressé dans son fauteuil et a changé de sujet.

— Je ne vous en ai pas parlé hier soir, car je ne voulais pas être indélicat, mais j'ai appris pour votre mère, et je suis vraiment désolé. Je sais bien que ce ne sont que des mots dérisoires, mais je tenais tout de même à vous les dire.

J'étais sur le point de lui offrir les remerciements de pure forme que j'avais appris à maîtriser à la perfection, ceux que je servais à tous les étrangers qui me présentaient leurs condoléances, lorsqu'il a ajouté, de façon totalement inattendue :

— Je sais à quel point c'est horrible. Mon père s'est suicidé quand j'avais douze ans.

J'en ai eu le souffle coupé.

— Votre père ?

— Il était capitaine dans la marine. Il s'est jeté pardessus bord un soir, à cent kilomètres des côtes birmanes. Il avait trente-huit ans.

Je n'ai pas tout de suite su quoi répondre. Il me fixait d'un regard sérieux, mais pas austère. J'ai soudain remarqué que ses yeux étaient bordés de très longs cils.

— Ma mère avait quarante-cinq ans, ai-je fini par dire.

Il n'a pas répondu et, étrangement, c'est son silence plein de compassion qui m'a poussée à continuer. Non pas pour combler un vide dans la conversation, ai-je constaté à ma surprise, mais parce que j'en avais envie.

— Elle a pris du poison. Ça l'a brûlée de l'intérieur. Je ne l'ai jamais dit à personne.

Il a gardé les yeux rivés aux miens. Il n'a pas pris un air choqué, n'a pas poussé d'exclamation de surprise. Il n'a pas murmuré de banalités ineptes. Il a simplement demandé :

— Est-ce que vous étiez proches ?

— Oui… Enfin, c'est ce que je croyais, en tout cas. Je pensais tout savoir sur elle, mais j'avais tort.

— On ne peut jamais tout savoir, a-t-il affirmé d'un air grave.

J'ai porté mon verre à mes lèvres et constaté que ma main tremblait.

— C'est drôle. Ma mère m'a dit exactement la même chose une fois.

— Votre mère était une femme pleine de sagesse.

Ramchand est venu nous inviter à passer à table. Nous nous sommes levés pour gagner la salle à manger, où une nouvelle débauche culinaire nous attendait.

— J'ai eu une idée, a dit le brigadier une fois que nous étions assis face à face. Je me disais que je pourrais prendre ma matinée demain et vous faire visiter les quartiers. Je sais que ce n'est pas une proposition follement excitante, mais j'ai songé que cela vous changerait peut-être les idées. Uniquement si vous en avez envie, bien sûr, s'est-il empressé d'ajouter. Je comprendrais que vous préfériez rester seule.

Je l'ai observé. Il était en train de rougir légèrement, mais semblait ne pas s'en rendre compte. Contre toute attente, j'ai trouvé sa timidité poignante.

— Avec plaisir.

Son visage s'est illuminé.

— Parfait. Formidable.

Le lendemain matin, il était attablé sur la pelouse, en train de lire le journal. En me voyant, il l'a plié et posé sur le côté. Il portait son uniforme.

— Bonjour, a-t-il lancé en souriant. Prête pour la grande aventure ?

Après un petit déjeuner tout aussi extravagant que les repas précédents, j'ai lacé mes chaussures usées et rejoint le brigadier dans la rue. Nous avons marché tranquillement. Le brigadier me montrait divers bâtiments dont les noms et les fonctions se mélangeaient aussitôt dans mon esprit. Jusqu'à ce qu'il désigne un imposant complexe et annonce avec désinvolture :

— La piscine militaire.

— Vous avez une piscine ?

— Oui. Vous nagez ?

— Pas vraiment.

Il n'a pas insisté et nous avons poursuivi notre route. Nous n'avons pas tardé à croiser d'autres soldats, jeunes et forts avec des moustaches et des barbes impeccablement taillées, lorsqu'ils n'étaient pas rasés de près. Tous s'arrêtaient sur le passage du brigadier pour le saluer. Il discutait avec chacun, distant mais aimable, s'enquérant de leur état de santé et de celui de leurs familles. À un moment, il a froncé les sourcils et réprimandé un soldat d'environ mon âge quant à l'état de ses bottes. J'ai vu le visage du soldat se décomposer sous le coup de la terreur, sa main trembler lorsqu'il a salué le brigadier, et, pour la première fois, j'ai pris la pleine mesure du pouvoir absolu que mon hôte exerçait sur eux.

— Quoi ? a-t-il demandé en remarquant que je l'observais.

— Rien.

Il a ri.

— Je connais bien ce « rien ». Il veut dire exactement le contraire. Allez-y, parlez.

— Que se passerait-il si vous découvriez que vos soldats avaient fait quelque chose de mal ? Qu'ils avaient enfreint une règle ?

— Enfreint une règle ?

Il a froncé les sourcils et réfléchi quelques instants.

— Je suppose que cela dépendrait de la règle, mais de manière générale, nous ne voyons pas cela d'un bon œil. Pourquoi cette question ?

— Pour rien.

Il m'a lancé un regard en coin.

— Vous êtes une véritable énigme, ma parole.

Pour une raison quelconque, son commentaire a fait naître en moi un frisson qui a parcouru ma colonne vertébrale.

Sur le chemin de la maison, nous avons croisé davantage de soldats, qui saluaient respectueusement le brigadier. Le simple fait de marcher à côté de lui me conférait un pouvoir similaire au sien ; la plupart des soldats n'osaient même pas me regarder, certains fixant un point droit devant eux, d'autres détournant rapidement les yeux comme s'ils redoutaient de m'offenser. J'étais en train d'y réfléchir lorsque j'ai remarqué que le brigadier m'observait.

— Quoi ?

Il s'est éclairci la gorge.

— Je n'ai pas été tout à fait honnête avec vous hier soir. Quand je vous ai parlé de ma femme, je veux dire. Elle est effectivement dans sa famille à Coimbatore, mais ce n'est pas une simple visite. Cela fait plus d'un an que nous ne vivons plus ensemble. Elle m'a quitté le lendemain du départ de notre fils pour l'université. Seul Ramchand est au courant. Même mon fils ne le sait pas. Il croit que si sa mère ne vit pas avec moi, c'est uniquement parce qu'elle n'aime pas les hivers ici.

— Pourquoi me racontez-vous cela ? ai-je demandé après une pause.

Nous étions devant la porte de la maison. Avant que le brigadier n'ait le temps de me répondre, Ramchand est sorti sur le seuil. Comme si je n'étais pas là, il a commencé à parler tout bas au brigadier, qui écoutait avec la tête penchée en avant. J'ai vu son expression, d'abord neutre, devenir préoccupée, puis frustrée, et enfin furieuse. Il a posé une question à Ramchand, qui a répondu dans un murmure. Je suis restée à l'écart, sans essayer d'écouter la conversation, mais quand j'ai entendu Ramchand prononcer le mot *Kishtwar*, je me suis figée.

Le brigadier s'est approché de moi.

— Je suis vraiment désolé, mais Ramchand vient de me dire que ma présence était requise au bureau, a-t-il poliment expliqué. J'ai bien peur de devoir vous laisser seule. Cela ne vous dérange pas ?

— Est-ce que c'est Kishtwar ? Il s'est passé quelque chose ?

Il a haussé les sourcils.

— J'ai entendu Ramchand mentionner la ville. Est-ce que vous voulez bien me dire ce qui se passe, s'il vous plaît ? J'ai des amis là-bas.

J'ai senti qu'il s'apprêtait à refuser. Puis il a soupiré.

— Sincèrement, c'est un peu le bazar. Il y a un couvre-feu, comme vous le savez sûrement, et tout semblait être sous contrôle. Mais il y a une heure, une poignée de musulmans a apparemment décrété que c'était une bonne idée d'attaquer le camp militaire. Ils ont tenté d'escalader le mur d'enceinte, armés de bâtons et de cailloux. Naturellement, ils ne sont pas allés bien loin. Bref, rien de bien méchant, si ce n'est qu'un garçon a glissé et est tombé, et qu'il s'est blessé à la tête. On l'a amené à l'hôpital, mais les rumeurs étant ce qu'elles sont par ici, tout le monde à Kishtwar pense qu'il est mort. Les gens sont dans les rues, et quelques maisons sont en flammes apparemment. Dans quel quartier vivent vos amis ?

— Dans le centre, près de la mosquée.

J'ai pensé aux centaines de maisons et de magasins qui entouraient la mosquée et la place du marché, collés les uns aux autres. J'ai pensé au magasin de chaussures avec toutes ses boîtes en carton. J'ai dû chanceler, car j'ai senti le bras du brigadier dans mon dos.

— Je vous tiens, l'ai-je entendu dire d'une voix qui m'a semblé étrange.

Quant à Ramchand, il était aussi émotif qu'une statue. L'instant d'après, le brigadier a retiré son bras.

— Je reviens dès que possible, je vous le promets.

Au même moment, une voiture noire aux vitres teintées s'est arrêtée devant la maison. Le brigadier est monté à l'arrière. La voiture s'est éloignée et je me suis retrouvée seule avec Ramchand, démunie. Il était toujours aussi impassible.

— Le déjeuner est prêt, a-t-il simplement annoncé avant de retourner dans la maison.

Hébétée, j'ai pris place à table, mais je ne pouvais rien avaler. Lorsque je me suis levée sans avoir touché à mon assiette, Ramchand n'a fait aucun commentaire et s'est mis en devoir de débarrasser. Ne sachant pas quoi faire d'autre, je suis allée dans le bureau du brigadier et me suis installée dans son fauteuil. J'ai remarqué que le vieux cuir était légèrement imprégné de l'odeur citronnée et vivifiante de son après-rasage. J'ai attendu le début de l'heure suivante et j'ai attrapé la télécommande pour allumer la télévision et regarder le journal.

La présentatrice parlait de la recrudescence récente du nombre de suicides parmi les agriculteurs ; des négociations entre l'Inde et les États-Unis quant à un accord nucléaire civil ; de l'arrestation d'un député en poste pour avoir agressé un candidat rival dans le cadre des prochaines élections ; des résultats du dernier jour de test-matches entre le Zimbabwe et l'Angleterre.

Pas un mot sur Kishtwar.

J'ai zappé sur une autre chaîne d'informations, puis sur une autre, mais parmi tous les présentateurs bien propres sur eux barricadés derrière leurs bureaux, aucun n'a dit un mot sur les incidents. Personne ne montrait d'images de foule hurlante et en colère ; de policiers et de soldats avançant lentement, épaule contre épaule ; de corps étendus dans les rues ; de maisons en feu. C'était comme si rien de tout ça n'était en train d'arriver. Une sorte de torpeur irréelle s'est lentement emparée de moi. J'ai fini par éteindre la télévision et je suis restée assise là, les mains sur les genoux.

J'ai sursauté lorsque la lumière s'est allumée. Je ne m'étais pas rendu compte que la nuit était tombée. Ramchand était sur le seuil. L'horloge digitale accrochée au mur indiquait 22:49.

Je me suis redressée.

— Est-ce que le brigadier est revenu ?

— Il est encore au bureau. Avez-vous besoin de quelque chose ?

Je me suis laissée aller contre le dossier.

— Non. En fait, si. Je voudrais aller à la piscine.

La surface lisse d'un bleu arctique parfait semblait s'étendre à l'infini. Des lumières blanches dans le fond du bassin conféraient à l'eau une immobilité sépulcrale. Au-delà du bassin, il n'y avait rien d'autre que des arbres sombres, et derrière eux les montagnes qui se détachaient dans le ciel nocturne à l'éclat inquiétant.

Après avoir averti le gardien que j'étais l'invitée du brigadier et que je devais bénéficier d'un accès totalement privatisé, Ramchand m'a laissée à l'entrée. Une fois seule, j'ai retiré mon tee-shirt et mon jean, que j'ai posés dans l'herbe couverte de rosée. Vêtue uniquement de mes sous-vêtements, je me suis avancée jusqu'au bord cimenté du bassin et j'ai fixé les lignes noires tremblantes qui délimitaient les couloirs de nage.

Puis j'ai pris une impulsion et j'ai plongé.

Ce n'était pas de l'eau. C'était autre chose, une matière qui appartenait à ce monde tout en paraissant venir d'une autre planète. C'était comme un son devenu fluide, du vent devenu liquide, un néant devenu une substance froide. Je me suis laissée couler, lourde comme une pierre, avec le désir de ne jamais remonter à la surface. Mais mon corps n'était pas de cet avis, bien sûr. Lorsqu'il a cessé de descendre vers le fond, lorsque j'ai senti que mes poumons étaient sur le point d'exploser, mes membres se sont remis en marche comme des automates et m'ont fait remonter en quête d'air et de vie. Ce n'est qu'au moment où l'air frais a fouetté mon visage, au moment où je me suis entendue inspirer bruyamment et où ma poitrine s'est gonflée, au moment où le chlore m'a piqué les yeux, que l'eau est redevenue de l'eau ordinaire. Alors j'ai commencé à nager.

Après tant d'années sans nager, mes muscles ont commencé à me brûler avant même que j'aie fini la première longueur, mais j'ai continué. Dans le même temps, je tentais de ne pas réfléchir, de n'être rien d'autre qu'un corps, mais c'était peine perdue ; des sons, des images et des sensations me revenaient, envahissantes. Le frémissement des épis de maïs et les aboiements de l'épagneul. Le doigt de Sania suivant la phrase qu'elle était en train de lire, Amina qui se mordait la lèvre. La petite main d'Aaqib dans la mienne, la chaleur qui irradiait du flanc de la vache. Une maison blanche à flanc de montagne, trop belle pour être vraie. La barbe blanche de Bashir Ahmed et ses mains jointes au-dessus de la couverture rose. L'odeur lointaine du feu de bois et la lueur du canon d'un fusil. Les cris des corbeaux qui décrivaient des cercles sans fin dans le ciel, en quête de quelque chose à manger.

Les nuages se sont dispersés et la lune est apparue dans le ciel. Il fallait que je fasse une pause ; mes poumons menaçaient de voler en éclats, mon cœur cognait furieusement dans ma cage thoracique, mes muscles me faisaient mal. Mais je refusais de m'arrêter. J'ai continué à nager, me forçant à lever les bras en dépit de la douleur, chaque mouvement faisant surgir un nouveau souvenir : Riyaz tenant une figurine en bois dans sa paume, Aaqib suspendu dans le pêcher.

J'ai accéléré.

Staline me demandant : « On peut se revoir demain ? », la femme dans le train m'offrant d'utiliser son portable, Abdul Latief changeant de chaîne, le cliquetis des aiguilles à tricoter de Zoya.

Ma main a heurté violemment le bord du bassin et une décharge douloureuse a traversé mon bras. J'ai fait une pirouette, poussé la paroi avec mes pieds et je suis repartie dans l'autre sens.

Mohammad Din me disant : « Vous êtes un peu comme moi. » Amina me disant : « Je pense que le moment est venu de rentrer chez vous. »

Une ville en flammes.

Dans l'obscurité, le bassin était aussi vaste que l'océan, aussi grand qu'un champ de maïs. Ma mère était assise à l'ombre d'un parasol, avec uniquement les chevilles au soleil. Le pin ondulait tout au fond, majestueux, alourdi par ses fruits noirs vivants, les intrus voleurs de maïs et de poules. Ils seraient peut-être effrayés quelques temps, mais ils ne tarderaient pas à être de retour. Ils prendraient leur temps. Patients, malins, ils attendraient leur heure. Et bientôt, ils reviendraient pour tout ravager.

Une silhouette se tenait à l'extrémité du bassin. J'ai cessé de nager.

De la vapeur flottait à la surface de l'eau, m'empêchant de bien voir. Pendant un instant, j'ai cru qu'il s'agissait du gardien qui m'espionnait, mais en observant la posture de la personne, j'ai compris que c'était le brigadier. Il avait quelque chose sous le bras. Il ne m'a pas appelée, ne m'a pas fait signe. Je n'arrivais pas à distinguer ses yeux, mais je savais qu'il me regardait. Une détermination inébranlable s'est emparée de moi. Je me suis mise à nager dans sa direction. Chaque fois que je sortais la tête de l'eau, il était un peu plus près et un nouveau détail m'apparaissait. Son menton. Ses cheveux. J'ai nagé jusqu'au bord et j'ai pressé mes doigts contre le béton.

Il s'est accroupi et m'a tendu la main. Je l'ai laissé m'aider à sortir de l'eau.

L'eau ruisselait sur mon ventre et mes cuisses, mais le regard du brigadier était rivé à mon visage. Il m'a donné la serviette qu'il avait sous le bras.

— Ramchand m'a dit que vous aviez oublié d'en emporter une.

Je me suis enroulée dans le tissu en éponge moelleux, j'ai ramassé mes vêtements, et nous sommes sortis de l'enceinte de la piscine. Le gardien avait disparu. La même voiture noire aux vitres teintées était garée de l'autre côté de la rue, mais il n'y avait pas de chauffeur. Le brigadier s'est installé au volant. J'ai pris place sur le siège passager. L'habitacle était immaculé et sentait l'encens.

Il a traversé les quartiers endormis très lentement, les mains à 10 h 10, comme un apprenti conducteur appliqué. Il n'a pas quitté la route des yeux un instant et ne m'a pas adressé la parole. Il avait mis la climatisation en route mais l'a coupée en m'entendant claquer des dents.

Il a arrêté la voiture devant chez lui. Ramchand était dans le salon. J'ai senti qu'il nous suivait du regard tandis que nous passions devant lui puis devant le bureau pour nous diriger vers la porte de la chambre du brigadier. Il était juste derrière moi et sa main a effleuré ma hanche lorsqu'il a tendu le bras pour tourner la poignée.

Comparée au reste de la maison, sa chambre était étonnamment sobre. Un lit ordinaire paré de draps gris, une simple armoire au lieu d'une grande penderie, un fauteuil et une commode où étaient posés un peigne et un coupe-ongles. Des rideaux en coton aux fenêtres. Pas de vêtements qui traînaient, pas le moindre signe de désordre.

Il est venu se placer derrière moi. Il n'a pas mis ses bras autour de moi, ne m'a pas touchée. Il est resté là, son souffle effleurant mon oreille, sa poitrine couverte de médailles à quelques centimètres de mon dos. J'ai compris qu'il attendait que ce soit moi qui commence, moi qui indique ce que je voulais.

J'ai pivoté pour lui faire face. Il arborait une expression mi-ironique, mi-soupçonneuse, comme s'il se demandait si c'était un piège. J'ai ouvert la bouche pour parler, mais cela aurait requis trop d'efforts, alors j'ai simplement laissé tomber ma serviette. J'ai dégrafé mon soutien-gorge trempé, retiré ma culotte, puis je me suis glissée entre les draps, ma peau crispée au contact du tissu.

Après avoir suivi mes gestes avec attention, il a commencé à se déshabiller. Il a d'abord ôté ses médailles, qu'il a soigneusement alignées sur la commode près du peigne et du coupe-ongles. Puis il a retiré ses chaussures et ses chaussettes, qu'il a rangées près du fauteuil. Puis sa ceinture, qu'il a suspendue à la poignée de l'armoire. Ensuite, sa chemise et son pantalon, qu'il a pliés et déposés sur le dossier. Enfin, les yeux posés sur moi, il s'est débarrassé de son maillot de corps et de son slip. Son ventre montrait les premiers signes de relâchement dû à l'âge, mais ses muscles étaient encore bien définis. Ses tétons très pâles contrastaient avec les poils noirs de son torse, formant deux petites taches blanches. Il a souri.

Je me suis décalée et, l'instant d'après, toute réflexion a disparu. Il était là, sous les draps, la réalité incroyable de la présence d'un autre corps, avec sa propre chaleur, son odeur, sa respiration, ses mouvements. L'extranéité, l'altérité absolue de l'autre. Comme si j'étais soudain atteinte de cécité, il m'a fallu un moment pour identifier ce que je touchais. *Une bouche*, ai-je songé avec un émerveillement douloureux. *Une langue. Une cuisse. Un pied. Des doigts. Un genou. Un torse*. Morceau par morceau, je le construisais. Il avait les yeux ouverts, et j'ai lu de l'amusement dans son regard, comme s'il savait mieux que moi pourquoi j'étais là. L'agacement m'a envahie, alors j'ai plongé et je l'ai pris dans ma bouche. Cela a fonctionné, car il a retenu son souffle.

Il a légèrement effleuré le sommet de ma tête du bout des doigts, dans un mélange de stupéfaction et de précaution.

J'ai écarté sa main et j'ai continué. Il a grogné, mais il ne m'a pas retouché la tête. J'ai fermé les yeux pour faire abstraction de tout le reste : le lieu où je me trouvais, les endroits où j'avais été, les gens que j'avais connus. Emprisonnée dans ce rythme létal, j'ai senti que tout disparaissait, je me suis sentie rétrécir au point de ne plus avoir qu'une seule pensée, et de sentir cette pensée se répandre en moi et occuper toute la place, se multiplier jusqu'à transformer mon esprit en un palais des glaces, où toutes les surfaces me renvoyaient le reflet de cette pensée unique : *Je ne suis que ça.*

Quand je suis remontée, son expression avait changé. Toute trace d'ironie s'était volatilisée et il semblait craintif, un constat qui m'a remplie de satisfaction. Je me suis allongée sur le dos et l'ai attiré au-dessus de moi. Il a scruté mon visage, inquisiteur, mais j'ai fermé les yeux. Puis je l'ai senti s'abaisser, poser ses avant-bras de chaque côté de ma tête. J'ai plié les genoux et senti la pression de son corps, son poids sur moi. Puis, tout à coup, nous avons adopté un rythme différent, rapide et avide, comme si nous tentions d'attraper quelque chose d'insaisissable.

J'ai brièvement ouvert les yeux pour le regarder. Il avait les paupières closes, alors je l'ai observé. Il avait la mâchoire relâchée, mais les muscles de son cou étaient tendus et une ride barrait son front, qui aurait pu être interprétée comme un signe de mécontentement. Puis il a ouvert les yeux à son tour, mais ils étaient vides de conscience. Ce n'était qu'une réaction pure, le besoin d'effectuer un acte physique extravagant, et il a augmenté la cadence. Son corps s'est contracté violemment au-dessus du mien. Il s'est figé, puis il a frissonné. Il n'a pas émis le moindre son. Pendant un instant, il est resté au-dessus de moi, puis il s'est laissé prudemment basculer sur le côté et s'est étendu sur le dos.

La lumière des phares d'une voiture est passée derrière les rideaux. Je suis restée immobile un moment, puis j'ai attrapé la grande main du brigadier pour la mettre entre mes cuisses. Son regard vitreux et vide s'est aussitôt fixé sur moi et ses doigts ont suivi les mouvements et la pression que j'imposais. J'ai retiré ma main et il a continué, appuyé sur son coude, absorbé par sa tâche. J'ai fermé les yeux pour me concentrer sur la sombre agitation qui naissait dans mon bas-ventre, se ramifiait dans tout mon être, le long de mes jambes et dans mon dos, telles des cordes chaudes qui s'enroulaient autour de chacun de mes organes et me soulevaient imperceptiblement du matelas, centimètre par centimètre. Soudain, il y a eu une brusque ascension, puis une pause, dans un silence pur tandis que j'atteignais le sommet.

Puis ça a été la chute, une explosion de plaisir qui a déferlé jusque dans le moindre recoin de mon corps. Les cordes ont relâché leur étreinte avant de disparaître. L'agitation a diminué, puis cessé, ne laissant derrière elle qu'une pulsation occasionnelle, une ondulation de surface.

J'ai commencé à trembler. Je m'agitais dans tous les sens, incapable de m'arrêter. La voix du brigadier est arrivée jusqu'à moi.

— Qu'est-ce qui se passe ?

Les tremblements ont redoublé. J'ai agrippé les draps dans mes poings serrés jusqu'à ce que je parvienne à les contrôler. Le brigadier avait passé un bras autour de moi et il me caressait les cheveux, puis le dos, puis à nouveau les cheveux.

— Je vous en prie, a-t-il murmuré. Quel que soit le problème, si seulement vous m'en parliez, je pourrais vous aider. Je vous assure. Il vous suffit de me parler.

Un bruit de pas a retenti dans le couloir. J'ai imaginé Ramchand passant devant la porte, ses oreilles entraînées à ne pas écouter ce qu'il était impossible de ne pas entendre, son esprit entraîné à ignorer ce qu'il savait pertinemment. *Loyal. Il est loyal*, ai-je songé.

J'ai repoussé les draps, je me suis levée et je suis allée me poster à la fenêtre. J'ai légèrement écarté le rideau pour regarder dehors. La rue était vide et parfaitement silencieuse. Très, très lentement, les derniers tremblements ont cessé.

Soudain, sorti de nulle part, un jeune homme est apparu. Il avait le nez en l'air et un sourire aux lèvres et marchait d'un pas décidé, mais sans se presser. Je l'ai suivi du regard jusqu'à ce qu'il disparaisse au bout de la rue.

— Shalini, a doucement dit le brigadier.

Je me suis détournée de la fenêtre. Il était assis dans le lit, les draps remontés autour de sa taille. Il y avait quelque chose de triste dans sa façon de me regarder.

— J'ai vu quelque chose.

Il a souri.

— Tant que personne ne vous voit, vous.

— Non. Quand j'étais au village. J'ai vu quelque chose là-bas.

— Que voulez-vous dire ?

Au lieu de répondre, j'ai demandé :

— Que s'est-il passé à Kishtwar ce soir ?

— Pas grand-chose, au final. Des gens ont enfreint le couvre-feu, ils ont défilé dans les rues un moment, fait un peu de boucan et jeté quelques pierres, puis ils ont décidé qu'il valait mieux rentrer chez eux. Tout est sous contrôle. Le quartier de la mosquée où vivent vos amis n'a pas été touché, au fait. J'ai demandé à mes hommes de garder un œil sur la zone lors des prochains jours, juste au cas où.

— Merci, ai-je répondu, surprise.

Il a penché la tête et m'a offert un sourire peiné.

— Comme je me tue à vous le répéter, j'aimerais vous aider, mais c'est impossible si vous ne me dites pas ce qui se passe.

Je l'ai dévisagé. J'ai pensé aux soldats qui le regardaient avec une peur indéniable. Sur un coup de tête, je me suis décidée.

— J'ai vu un garçon au village. Il était avec vos soldats. Ils l'avaient arrêté, ou enlevé, je ne sais pas exactement. En tout cas, ils l'avaient retiré à sa famille.

Le brigadier a gardé le silence pendant un long moment.

— Un garçon ? a-t-il enfin répété.

— Oui. D'après eux, il s'était caché dans un arbre et leur avait jeté des excréments. Mais ce garçon avait un problème. Mental, je veux dire. Je pense qu'il ne l'avait pas fait exprès.

J'ai marqué une pause, avant d'ajouter :

— C'étaient les mêmes soldats que ceux que vous avez envoyés me chercher.

Il m'a longuement dévisagée. Quand il a repris la parole, son intonation était brusque et professionnelle.

— Racontez-moi exactement ce qui s'est passé.

— Je viens de le faire.

— Vous avez vu ce garçon leur jeter des excréments ?

— Non.

— Mais vous l'avez vu avec mes soldats.

J'ai hoché la tête.

— Est-ce qu'il était blessé ?

— Non. Il avait l'air d'aller bien.

— Et ce sont eux qui vous ont parlé de lui ? Des excréments et du reste ?

— C'est-à-dire que… pas exactement.

— Alors comment savez-vous tout cela ?

— Je les ai entendus le dire à quelqu'un d'autre.

— Vous les avez entendus ?

— Oui. Ils parlaient de ça, j'étais à côté et j'ai entendu.

— Est-ce que vous leur avez dit quelque chose ?

— Non.

— Pourquoi ?

— Je… Écoutez, vous m'avez promis de m'aider si je vous parlais.

Il m'a fixée d'un air pensif, puis il est sorti du lit et a commencé à s'habiller. Tout aussi méthodiquement qu'il les avait retirés, il a remis ses vêtements. Slip et maillot de corps. Pantalon. Chemise. Ceinture. Chaussettes, chaussures. Et pour finir, les médailles. Une fois vêtu, il s'est de nouveau tourné vers moi.

— Je vais vous aider, mais je pense que vous ne me dites pas tout. Vous me cachez quelque chose.

Soudain, je ne l'ai plus supporté. J'ai pensé à tous les secrets que j'avais gardés depuis ma plus tendre enfance. Je les ai sentis s'empiler les uns sur les autres au point de me faire suffoquer.

J'étais épuisée.

— Shalini, a murmuré le brigadier.

— J'étais cachée, ai-je lâché. J'étais avec quelqu'un. Un ami. Nous étions… nous étions en train de nous promener, et nous avons aperçu vos soldats. Ils nous ont entendus et mon ami m'a dit de me cacher. C'est à lui qu'ils ont parlé du garçon. Mais j'étais juste à côté et j'ai tout entendu. Je vous jure que c'est vrai.

Le brigadier m'écoutait attentivement.

— Vous étiez avec un ami, a-t-il murmuré. Un homme.

— Oui. Et vos soldats, ils…

Je me suis tue. J'ai baissé la tête, la respiration entrecoupée.

— Oui ? m'a-t-il encouragée.

— Ils l'ont frappé. Ils l'ont roué de coups. J'ai cru qu'ils allaient le tuer.

— Qui ça ? Le garçon ?

— Non. Mon ami. Ils l'ont battu sans aucune raison. Ils lui ont cassé la cheville, je crois. Il pouvait à peine marcher.

Ma voix n'était plus qu'un murmure. Le brigadier avait les lèvres pincées.

— Est-ce que votre ami va bien ? A-t-il vu un médecin ? A-t-il reçu des soins ?

— Je crois que oui.

— Bien.

Il s'est passé une main sur le visage puis s'est dirigé vers la porte.

— Attendez ! ai-je crié. Où allez-vous ? Est-ce que vous allez les arrêter ?

Il a fait volte-face.

— Je vous ai promis que j'interviendrais, a-t-il répondu tout bas. Et je vais le faire. Ramchand va bientôt servir le dîner. J'espère que vous ne m'en voudrez pas si je ne me joins pas à vous. La journée a été infernale et je suis un peu fatigué.

Il a attrapé la poignée de la porte avant de s'immobiliser.

— Une dernière chose. Cet ami, celui avec qui vous étiez… partie vous promener. Je dois m'assurer qu'il va bien. Comment s'appelle-t-il ?

J'ai hésité. Puis j'ai dit :

— Riyaz. Riyaz Ahmed Batt.

C'était la première fois que je prononçais son nom complet à voix haute.

Le brigadier a hoché la tête.

— Il compte beaucoup pour vous, n'est-ce pas ?

— Oui, ai-je confirmé tout bas, mais il était déjà sorti de la pièce.

Une fois seule, je me suis rendu compte que j'étais toujours nue. J'ai traversé la pièce et ramassé mes vêtements. Je me suis enveloppée dans la serviette et glissée dans le couloir. Le brigadier devait être dans son bureau, car la porte était fermée et un rai de lumière passait en dessous. Je suis allée à la cuisine, où j'ai trouvé Ramchand sur le seuil de la porte de derrière, en train de fumer.

— Ramchand, est-ce qu'il me serait possible d'avoir une voiture pour me rendre à Jammu demain ?

Il a acquiescé sans tourner la tête vers moi.

Je suis retournée dans ma chambre et me suis allongée sur le lit. En examinant une nouvelle fois le bouclier, j'ai remarqué qu'il était abîmé. Une entaille profonde, pile à la place du cœur.

VI

CHAPITRE 38

À l'aéroport, le carrousel à bagages tournait par à-coups, comme une bobine de film cassée. Même si je savais qu'il ne m'apporterait rien, je suis restée devant pendant un long moment. Un sac de sport rouge taché est passé devant moi, la fermeture arrachée. Autour de moi, les gens se bousculaient, pressés contre le bord du tapis roulant, se tordant le cou pour mieux voir leurs bagages approcher. Quand je n'ai plus supporté la bousculade, j'ai tourné les talons et j'ai franchi les portes vitrées de l'aéroport pour sortir dans la nuit de Bangalore.

J'ai repéré mon père presque tout de suite. Ce n'était pas seulement l'élégance simple de sa chemise blanche aux manches remontées jusqu'aux coudes qui le distinguait du reste de la foule, ni ses chaussures en daim brillantes. C'était sa façon d'être appuyé contre la rampe en métal, les doigts croisés. Son calme le différenciait et le singularisait, et les gens autour de lui semblaient en avoir conscience, car ils laissaient comme une distance de sécurité autour de lui, une petite bulle de calme dans l'agitation ambiante.

Il a levé les yeux. Pendant une seconde, nos regards se sont croisés sans que nous nous reconnaissions. Je pense que nous nous sommes vus non pas comme père et fille, implacablement liés par le sang et l'histoire, mais comme des étrangers unis par des liens accidentels purement dus au hasard. Puis cette seconde est passée et il a bougé, il a longé la rambarde, j'ai avancé vers lui, puis j'étais dans ses bras, la joue pressée contre le tissu doux de sa chemise, bercée par son éternelle odeur de thé, d'after-shave et de cirage, avec ses mains semblables aux miennes qui m'étreignaient.

Comme il l'avait fait avec ma mère tant d'années auparavant à la gare, il a laissé son bras autour de mes épaules tandis que nous nous dirigions vers la voiture, comme pour me protéger du monde. Ou pour m'empêcher de disparaître à nouveau, ai-je songé soudain. Il a payé le parking à l'employée, puis nous étions sur la route, en chemin pour la maison. Les lumières des réverbères s'enroulaient sur elles-mêmes comme des écharpes autour de nos jambes, des mains de mon père sur le volant, du côté de son visage.

Il a fini par tourner la tête vers moi.

— J'aurais compris, tu sais, a-t-il dit dans un murmure. La raison de ton départ. J'aurais compris pourquoi tu avais le sentiment de devoir partir. Tu aurais pu me le dire. Mais ça ne fait rien. Je ne suis pas fâché. Je ne suis pas fâché, parce que tu es revenue.

Il a lâché le volant d'une main pour agripper la mienne.

— Tu es partie, mais tu es revenue.

Jamais je ne l'avais entendu parler de cette façon. Le ton supérieur, le côté donneur de leçons, la logique, tout cela avait disparu. Il priait, tout simplement.

Pendant des jours, je n'ai pas mis le nez dehors. Je suis restée dans ma chambre, à dormir ou à regarder le plafond en attendant que mon père rentre de l'usine.

Nous dînions ensemble. Nous allions dans le salon, il choisissait un vinyle et nous l'écoutions sans un mot. Nous ne parlions pas de mon voyage. Aucun de nous deux n'était prêt à aborder le sujet.

Quand Stella est arrivée à la maison le lendemain de mon retour, je l'ai prise dans mes bras sans réfléchir. Elle s'est soumise à mon étreinte avec réticence pendant une seconde, puis a reculé.

— Comment vont vos enfants ?

Elle a haussé les sourcils, comme si la question était parfaitement grotesque.

— Ce sont les meilleurs enfants qu'une mère peut avoir.

* * *

Pendant mon absence, mon père avait vendu notre vieux canapé pour le remplacer par un divan orné d'une demi-douzaine de coussins et de traversins aux couleurs vives. Il m'a expliqué avoir vu le divan dans la vitrine d'un magasin, décoré exactement de cette façon, et avoir tout simplement acheté l'ensemble. Ce n'était plus la pièce où ma mère avait dormi, la pièce où Bashir Ahmed avait raconté ses histoires, la pièce des ombres de l'après-midi. À ma surprise, j'ai constaté que je n'avais pas de regrets.

Un soir, j'ai trouvé un portable flambant neuf dans ma chambre. Le dernier modèle, encore dans sa boîte enveloppée d'un film plastique, que mon père avait acheté et laissé sur mon lit à mon intention.

Petit à petit, nous avons commencé à parler. Je lui ai décrit la cascade, l'apprentissage de la marche sur les sentiers montagneux, la traite de la vache tous les matins (cette partie l'a fait sourire). J'ai évoqué les mules qui transportaient tous les produits de première nécessité, des sacs de riz et de farine, des sacs de ciment. Je lui ai narré les poules qui couraient dans tous les sens en quête de graines, les champs de maïs, la fois où je m'étais perdue en allant me promener. Même si je ne le faisais pas exprès, toutes les histoires que je lui racontais étaient épurées de tout élément occulte ou perturbateur. C'étaient les contes inoffensifs d'une voyageuse naïve et un peu gourde. Je voulais le faire rire, je voulais rendre plus légère la transition marquant mon retour à cette vie, je voulais qu'il me pardonne, alors j'amoindrissais l'endroit que j'avais aimé. L'endroit des rochers et de l'air sec, des corbeaux morts et des maisons qui s'agrippaient de toutes leurs forces au flanc de la montagne. J'ai réduit le lieu à une toile de fond provinciale pittoresque et j'ai détesté la facilité avec laquelle je faisais ça. Mais comment aurais-je pu expliquer tout le reste ? Comment aurais-je pu lui décrire le sentiment de m'éloigner sous le poids du regard d'Amina ? De regarder Riyaz boiter dans la nuit, le visage déformé par la douleur de sa cheville cassée et de la prise de conscience qu'il passerait le restant de ses jours dans ce village, à monter et descendre le versant de la montagne avec ses mules jusqu'à sa mort ? Et tout le reste ? Mohammad Din et son terrible crime, Bashir Ahmed et son exil volontaire, les voleurs qui rôdaient la nuit, Kishtwar en flammes, Sania avec la tête penchée sur un livre, Aaqib s'endormant contre mon bras, les soldats qui piétinaient la vie de tellement de gens ? Comment aurais-je pu expliquer à mon père ce pour quoi je n'avais moi-même pas de mots ? Comment aurais-je pu lui parler de la personne que j'avais découvert être là-haut ?

Une seule fois, nous nous sommes approchés de la vérité. Mon père était assis sur le divan, perdu parmi tous les coussins, un verre à la main.

— Alors, a-t-il lancé nonchalamment, est-ce que tu l'as retrouvé, au final ?

— Qui ?

— Tu sais très bien qui. Notre vieil ami cachemiri.

J'ai hésité avant de répondre :

— J'ai trouvé sa famille. C'est chez eux que j'ai séjourné.

— Oh.

Je n'ai pas réussi à déterminer si mon père était déçu ou soulagé.

— Il était marié, c'est vrai. J'avais oublié.

J'ai attendu, mais il n'a rien ajouté. Je lui aurais sûrement dit la vérité s'il avait insisté, mais il ne l'a pas fait. La lâcheté et les non-dits ont toujours été au cœur de notre relation, et ni mon père ni moi n'avons plus jamais mentionné Bashir Ahmed.

Un dimanche soir, environ deux semaines après mon retour, mon père a suggéré que nous allions dîner dans l'un de ses restaurants préférés. C'était la première fois que je sortais de la maison depuis que j'étais revenue. À notre arrivée, le serveur nous a escortés jusqu'à une table, après avoir salué mon père par son nom. Puis nous nous sommes livrés aux sempiternels rituels. Un rhum pour lui, un whiskey pour moi. Nous avons commandé. Nous avons discuté. Nous avons évoqué les températures incroyablement élevées pour la saison, les embouteillages qui semblaient empirer chaque jour. Il m'a expliqué qu'il était en train de finaliser l'achat de deux hectares pour une nouvelle usine à l'extérieur de la ville. Puis il s'est éclairci la gorge.

— Tu te rappelles ce que je t'avais dit juste avant ton départ ? Quant au fait de me remarier ?

J'ai hoché la tête.

— Je crois que j'ai peut-être trouvé quelqu'un.

Elle s'appelait Jaya. Médecin, divorcée, sans enfant, domiciliée aux États-Unis. Elle envisageait de revenir vivre en Inde. Ils s'étaient appelés à de nombreuses reprises, avaient échangé plusieurs e-mails, et elle prévoyait un voyage à Bangalore dans quelques semaines. Rien n'était gravé dans la pierre, s'est-il empressé de m'assurer, et même s'ils se plaisaient, rien ne se concrétiserait avant un long moment.

J'ai gardé le silence pendant quelques instants. Puis j'ai demandé :

— Est-ce que tu as une photo d'elle ?

Il a ri, visiblement soulagé que ma réaction soit si bienveillante.

— Une photo ? Tu me prends pour un ado ?

Puis son expression est devenue sérieuse et il s'est penché vers moi.

— Tu es sûre que ça ne te dérange pas ?

— Pourquoi est-ce que ça me dérangerait ?

— À cause d'Amma. Tu la protégeais toujours. Comme un petit bouledogue.

J'ai détourné le regard.

— On ne peut pas dire que j'aie fait du bon travail, au final.

— Ce n'était pas ton travail, Shalini. C'était le mien.

Alors il m'a parlé des médecins. Il a avoué que c'était pour cette raison qu'il avait insisté pour que j'étudie dans une université loin de Bangalore. Pour que je ne me rende pas compte qu'elle était suivie. Paralysée, j'ai fini par demander :

— Pourquoi tu ne me l'as pas dit avant ?

Il a haussé les épaules.

— Elle ne voulait pas que je t'en parle.

Puis, contre toute attente, un sourire s'est formé sur ses lèvres.

— Je me souviens de ce type, un psychiatre à la renommée soi-disant mondiale. Je ne sais pas ce qui s'est passé, ni ce qu'il lui a dit exactement, car j'attendais ta mère dehors. Toujours est-il qu'elle est restée dans son cabinet une minute à peine avant d'ouvrir la porte et de sortir en trombe. Puis elle lui a hurlé : « Vous êtes l'homme le plus stupide que j'aie jamais rencontré de ma vie ! Et le plus laid, aussi. J'aurais pu pardonner un des deux, mais les deux à la fois, c'est un peu trop pour moi. » Tu aurais dû voir la tête des gens, Shalini.

Ébahie, j'ai dévisagé mon père un instant avant d'éclater de rire. Il a regardé autour de nous d'un air coupable, puis il s'est mis à rire à son tour. Nous avons ri sans retenue, comme ma mère l'aurait fait. Après ça, pour une raison quelconque, c'est devenu plus simple de nous regarder dans les yeux.

À la fin du repas, le serveur nous a apporté l'addition et mon père a sorti sa carte de crédit.

— Oh, au fait, j'ai failli oublier.

Il a extirpé une autre carte de son portefeuille.

— Ton ami le photographe a déposé ça.

J'ai mis un moment à faire le lien.

— Hari ?

— C'est ça.

Je me suis emparée de la carte qu'il avait posée sur la table. C'était un carton d'invitation à une exposition à l'Alliance Française. Hari y exposait ses photos le vendredi suivant.

— Je l'ai prévenu que tu étais absente, mais il a insisté pour me le donner quand même. Il a l'air plutôt sympathique, comme garçon. Peut-être que tu devrais y aller.

J'ai plié le coin du carton du bout de mon pouce.

— Je ne sais pas trop. On ne peut pas dire qu'on se soit quittés en bons termes.

— Dans ce cas, le seul moyen de changer ça est encore d'y aller.

— Si nous n'agissons pas, il ne nous reste qu'à attendre la mort, ai-je dit avec un sourire.

— C'est de moi ? Je suis vraiment brillant, a-t-il murmuré.

Ce soir-là, j'ai emporté le carton dans ma chambre et je l'ai posé sur ma table de nuit, à côté du petit animal en bois.

La semaine est passée. Le vendredi, en fin d'après-midi, alors que j'étais en train de zapper d'une chaîne à l'autre, je me suis redressée d'un coup. Les images diffusées à l'écran… c'étaient des images de Kishtwar. D'abord, j'ai aperçu un plan large du Chowgan : sinistrement désert, vidé de ses amateurs de pique-nique et de ses joueurs de cricket, le parc ressemblait davantage à un terrain vague qu'autre chose. Puis ils ont montré plusieurs rues. J'en ai reconnu certaines, y compris l'intersection avec la pharmacie où j'avais parlé à Staline pour la première fois. Depuis mon retour, j'avais tenté de me tenir au fait de ce qui se passait à Kishtwar. Le couvre-feu était toujours en place, mais la « normalité » était revenue dans la région, à croire que la normalité était un enfant qui s'était brièvement perdu en allant se promener. La plupart des informations que j'avais trouvées provenaient d'Internet : c'était la première fois que je voyais le sujet abordé à la télévision. D'après le journaliste, l'armée avait levé le couvre-feu, et les connexions téléphone et Internet avaient été restaurées. J'ai pensé au brigadier assis dans son salon, content de son travail, et à Ramchand le suivant comme son ombre.

Le soulagement m'a envahie. Soudain, j'ai songé qu'il existait un moyen de contacter Zoya. « J'ai demandé à Riyaz de contacter les gens qui vous avaient hébergée à Kishtwar, m'avait dit Amina. Ce sont eux qui ont appelé votre père. » Avec un peu de chance, l'appel avait été enregistré sur notre ligne fixe. J'ai attrapé le combiné et fait défiler la liste des appels reçus. J'ai fini par tomber sur un numéro avec l'indicatif de Jammu-et-Cachemire. Impatiente, je l'ai composé à la hâte sur mon nouveau portable, le cœur battant douloureusement. On a décroché à la deuxième sonnerie.

— Allô ?

C'était Zoya.

— Bonjour !

J'ai détesté le manque de naturel de ma voix.

— Bonjour. C'est moi, Shalini.

Il y a eu une longue pause.

— Bonjour.

— Je suis à Bangalore. Je voulais juste vous appeler pour prendre de vos nouvelles. Enfin, des nouvelles de Kishtwar, je veux dire. J'étais en train de regarder les infos et ils disent que tout va bien. Enfin, le couvre-feu…

J'ai interrompu ma litanie.

— Zoya ? Allô ? Vous êtes là ?

— Oui, a-t-elle répondu platement. Je suis là.

— Est-ce que tout va bien ?

— Oui, tout va bien.

Je ne comprenais pas sa froideur, la formalité de son ton. Était-elle fâchée que je ne sois pas restée en contact après mon départ ? Mais elle savait très bien que je n'avais pas de moyen de la contacter.

— Quelque chose ne va pas ?

J'ai entendu une série de bruits étouffés et compris que le téléphone changeait de mains.

— Latief à l'appareil.

— Je suis tellement contente de vous entendre ! me suis-je exclamée. Comment allez-vous ?

— Bien, merci, a-t-il répondu avec le même ton formel. Je suis navré, Zoya devait partir et Saleem est ici avec sa famille. Est-ce que nous pouvons vous rappeler plus tard ? Au numéro qui s'affiche ?

— Oui. C'est mon numéro. Rappelez quand vous voudrez. N'importe quand.

Il a raccroché sans un mot de plus. Je suis restée là, à fixer le portable dans ma main, en proie à un vague malaise. *Ne sois pas bête*, me suis-je réprimandée. *Tu es mal tombée, c'est tout. Ils vont te rappeler et ils seront redevenus eux-mêmes*.

J'ai attendu toute la soirée, mais l'appel n'est jamais venu. Finalement, poussée par l'envie de me distraire, j'ai attrapé l'invitation pour l'exposition de Hari sur ma table de nuit, j'ai envoyé un message à mon père pour le prévenir que je m'y rendais, et j'ai sauté dans ma voiture. Faire acte de présence était la moindre des choses. Réparer ce que je pouvais réparer. Agir.

L'Alliance Française était un bâtiment blanc entouré d'arbres majestueux, dans un quartier ancien de Bangalore constitué de demeures d'époque. Je me suis garée et j'ai gravi un large escalier couvert d'un tapis rouge, qui menait à une porte donnant sur une cour carrée. Les photographies de Hari avaient été disposées tout autour de la cour, dans des cadres blancs. L'endroit grouillait de monde et une DJ jeune et très belle passait de la musique dans un coin. Je ne trouvais pas Hari, alors j'ai lentement fait le tour de l'exposition.

Je reconnaissais toutes les photos ; j'étais même sortie du cadre pour certaines. Le sans-abri avec des sandales fabriquées en bouteilles en plastique, les enfants avec leurs ventres gonflés et leurs cheveux pleins de sable, la vieille femme édentée assise sur le trottoir à côté de ses légumes poussiéreux. Même si je n'arrivais toujours pas à les considérer comme de bons clichés à cause de leur composition soignée, j'ai enfin discerné le grand cœur et les bonnes intentions de Hari. Certes, il ne posait pas les vraies questions, mais c'étaient ces qualités qui l'avaient poussé à s'ouvrir à moi à une époque.

Alors que j'étais sur le point de me remettre en quête de Hari dans la foule, je me suis figée en apercevant une photo de moi. On ne voyait qu'une silhouette, mais je savais que c'était la mienne. Le cliché avait été pris par en dessous et me montrait, assise sur la corniche du réservoir d'eau sur la terrasse de Hari, le ciel parsemé de nuages derrière moi. Les couleurs étaient vives : le bleu violent, le blanc fouetté, ma silhouette noire tellement penchée en avant qu'on aurait pu croire que je voulais me jeter dans le vide. Mes yeux se sont posés sur le carton blanc collé au mur, à côté de la photo. *Sécurité*, disait la légende.

— Ça te plaît ? a demandé une voix dans mon dos.

Hari. Il portait un keffieh autour du cou, dont les franges noires et blanches pendaient sur son tee-shirt *Libérez le Tibet.*

— Beaucoup. Je ne savais pas que tu l'avais prise.

— On ne peut pas dire que tu faisais très attention à moi à l'époque. Alors comme ça, tu es revenue. Ton père m'avait dit que tu étais partie en voyage.

— Oui. Je suis rentrée il n'y a pas longtemps.

— Je me suis inquiété, tu sais. Quand tu as disparu.

Ton téléphone ne marchait même pas. J'ai dû t'appeler cinquante fois au moins.

— Je suis désolée, Hari. Sincèrement. Je n'aurais pas dû partir comme ça.

Il n'a pas répondu. Il suivait des yeux la DJ, qui avait quitté sa table de mixage et se dirigeait vers nous.

— Félicitations pour l'exposition. C'est vraiment génial !

— Merci, a-t-il dit distraitement. Est-ce que je peux te demander où tu es allée pendant ton mystérieux voyage ?

— Au Cachemire.

Il a haussé les sourcils.

— Au Cachemire ? Tu as vécu sur une péniche ?

— Pas exactement, non.

— J'y suis allé une seule fois, en hiver, quand j'étais petit. Mes parents avaient décrété qu'ils voulaient skier. Ils étaient nostalgiques de l'Europe, je suppose. Tout ce dont je me souviens, c'est de ce type à l'hôtel où on a séjourné. Immense, avec une barbe. Il me terrifiait. Et puis tout est parti en couilles là-bas et on n'y est jamais retournés.

La DJ était presque arrivée à notre niveau et le visage de Hari a changé. J'ai vu une lueur naître sur ses traits et j'ai compris que mon père avait tort. Il n'y aurait pas de réconciliation possible. Là aussi, j'avais fait trop de dégâts.

— Enfin bref, bienvenue à la maison, a ajouté Hari avec un haussement d'épaules. Profite bien de l'exposition.

Il a rejoint la DJ et ils sont allés discuter avec un groupe d'invités. Elle a glissé son bras orné d'une dizaine de bracelets autour de la taille de Hari.

Je me suis détournée, sans trop savoir ce que je

ressentais. Au même moment, mon portable a vibré dans ma poche. Mon cœur a bondi dans ma poitrine quand j'ai vu le numéro. Je me suis dépêchée de sortir du bâtiment tout en tentant de respirer profondément pour me calmer.

— Allô ?

— Allô, a dit une voix douce et musicale. Saleem à l'appareil.

Je me suis arrêtée en haut des marches. Pourquoi était-ce Saleem qui appelait ? Où était Zoya ?

— Bonjour. Comment allez-vous ?

— Je vais bien, hamdoulilah.

Je l'ai entendue dans sa voix à lui aussi. La nouvelle intonation crispée, la politesse forcée pas si différente de celle dont Hari avait fait preuve avec moi à l'instant. Et soudain, j'ai eu peur.

— Êtes-vous avec la tante Zoya ? Est-ce qu'elle va bien ?

— Oui, je suis chez eux. Ils vont bien tous les deux.

— Tant mieux. J'ai cru que…

Il m'a interrompue d'un raclement de gorge.

— Ils m'ont demandé de vous enjoindre de ne plus les contacter.

On aurait dit qu'il lisait une déclaration officielle. Tout s'est obscurci autour de moi et je me suis laissée tomber sur une marche avec un bruit sourd.

— Je vous demande pardon ?

— Je suis désolé. Je ne fais que transmettre leur requête.

— Mais *pourquoi* ? ai-je murmuré.

— Dites-moi, connaissez-vous un brigadier du nom de Sameer Reddy ?

J'ai relevé la tête si brusquement qu'une pointe de douleur m'a transpercé la nuque.

— Quoi ?

— Vous connaissez ce nom ?

— Oui, il… Pourquoi ? Il s'est passé quelque chose ?

Long silence. Puis Saleem a soupiré.

— Vendredi dernier, ce brigadier Reddy est monté jusqu'au village où vous avez séjourné, avec ses soldats. Ils sont allés frapper à la porte de Riyaz Batt.

J'ai eu envie de hurler.

— Comment ça ? Quels soldats ?

— Ils ont rassemblé toute la famille dans la cuisine. Puis le brigadier a annoncé qu'il avait reçu une plainte concernant Riyaz, et ils l'ont emmené.

— Comment ça, une plainte ?

— Une histoire sans queue ni tête à propos d'un jeune garçon. Je n'ai pas tout compris. Toujours est-il qu'ils l'ont arrêté sur-le-champ. Sa famille ne l'a pas vu depuis une semaine.

— Non ! Vous mentez !

J'ai crié si fort que, l'espace d'un instant, je n'ai plus entendu le brouhaha à l'intérieur du bâtiment.

— Pourquoi vous mentirais-je ? a demandé Saleem d'une voix impassible.

— Où l'ont-ils emmené ?

— Si nous le savions, vous ne croyez pas que nous serions déjà allés le chercher ?

Ma voix était désespérée. La sienne, amère.

— Mais vous devez bien savoir *quelque chose* ! Vous devez…

— Ça suffit ! a rugi Saleem. *Comment* est-il possible que vous n'ayez pas encore compris ? Même après tout ce que Zoya vous a montré, après avoir appris ce qui était arrivé à Ishfaaq, *comment* pouvez-vous être encore étonnée ? Ils ont *tous les droits*. Ils peuvent l'emmener *n'importe où*. Il a *disparu*.

Saleem a marqué une pause, comme pour reprendre son calme, avant de continuer :

— Sa femme est à Kishtwar pour constituer un dossier pour lui. Zoya l'aide. Inch'Allah, ils réussiront à le localiser.

— Amina est à Kishtwar ? ai-je chuchoté.

— Oui. Elle est ici. Zoya l'héberge.

Aussitôt, j'ai imaginé Amina assise avec Zoya, Abdul Latief à leurs côtés, la bouteille Thermos bleue pleine de thé posée près d'eux avec trois tasses. Amina, dans son gilet rose, jouant avec son foulard. Zoya se penchant sur elle pour lui dire de manger ; Amina lui offrant un faible sourire. Je n'arrivais plus à respirer. Quand Saleem a repris la parole, j'ai eu toutes les peines du monde à me concentrer sur sa voix.

— C'est ma faute. C'est moi qui ai suggéré que vous alliez dans leur village.

La colère avait disparu. Il n'y avait plus que de la tristesse.

— Si je n'avais pas émis cette idée, rien de tout cela ne serait arrivé. Ce pauvre homme serait tranquillement chez lui. D'une certaine façon, tout est ma faute.

— S'il vous plaît, ai-je supplié. Laissez-moi juste parler à quelqu'un, je vous en prie. Laissez-moi parler à Zoya… ou à Amina… S'il vous plaît… Rien qu'une minute.

Il a soupiré.

— Je crains que ce ne soit pas possible.

— Mais il faut que je fasse quelque chose.

— Nous nous en occupons, a-t-il rétorqué froidement. Vous en avez assez fait. Je dois vous laisser.

La tonalité a résonné dans mon oreille.

Derrière moi, les invités continuaient à profiter de la soirée. Leurs doux murmures semblaient provenir d'un autre univers. Des notes de musique flottaient jusqu'à moi. Un bruit sonore a retenti. Quelqu'un venait de casser un verre. Il y a eu un silence pétrifié, suivi d'une vague de rires.

J'ai tenté de rappeler Zoya. Le téléphone a sonné, encore et encore et encore.

À la maison, mon père était installé à la table à manger, le nez dans son ordinateur. Il rédigeait un e-mail en pianotant gauchement avec ses index. Je me suis demandé s'il était en train d'écrire à cette femme, Jaya. Que lui avait-il dit sur moi pendant mon absence ? Savait-elle que je m'étais enfuie ? Savait-elle que j'étais revenue ?

En m'entendant entrer, il a arrêté d'écrire et retiré ses lunettes.

— Comment était-ce ? a-t-il demandé en souriant.

— Formidable, ai-je menti. Appa, est-ce que je peux te demander quelque chose ? As-tu le numéro du brigadier ?

— Sameer ? Bien sûr. Mais pourquoi as-tu besoin de son numéro ? Il y a un problème ?

En voyant son air inquiet, j'ai aussitôt adopté un ton joyeux.

— Non, pas du tout. Je voulais simplement le remercier pour son hospitalité.

Son visage s'est illuminé.

— Quelle charmante idée ! Je suis ravi que tu y aies pensé.

Il s'est emparé de son téléphone et a fait défiler ses contacts.

— Tiens. Appelle avec le mien.

— Merci, Appa.

Sans réfléchir, j'ai déposé un baiser sur le sommet de son crâne. Il a battu des paupières, surpris.

— C'était en quel honneur ?
— Juste comme ça.

Je suis allée à l'étage et j'ai fermé la porte de ma chambre à clé derrière moi. Je me suis assise au bord de mon lit et j'ai appuyé sur la touche « Appel ». Au bout de plusieurs sonneries, la voix douce de Ramchand a retenti.

— Allô ?

— Passez-le-moi, ai-je dit à travers mes dents serrées.

— Excusez-moi, qui est à l'appareil ?

— Vous savez parfaitement qui je suis, Ramchand. Passez-moi le brigadier, je veux lui parler.

— Je suis navré, mais le brigadier sahib est occupé.

— Passez-le-moi, je vous dis ! ai-je crié.

La voix de mon père est montée du rez-de-chaussée.

— Est-ce que tout va bien ?

— Oui, oui !

J'ai baissé la voix.

— Ramchand, apportez-lui ce foutu téléphone, bordel, autrement je vous jure de retrouver sa femme et son fils où qu'ils soient et de tout leur raconter.

J'ai entendu un déclic et cru qu'il avait raccroché, avant de comprendre qu'il avait simplement placé le combiné sur son fichu plateau d'argent. Au bout de quelques secondes, au cours desquelles mes paumes sont devenues moites, j'ai reconnu la voix alanguie du brigadier.

— Bonsoir. Reddy à l'appareil.

— Vous êtes fini, ai-je sifflé. Votre carrière à la con est foutue, espèce de sale enfoiré !

— Bonté divine, on peut dire que vous avez une façon très intéressante d'entamer la conversation.

— Vous m'avez menti. Vous avez dit que vous arrêteriez ces soldats. Vous m'avez menti, putain !

— Au contraire. Tout ce que j'ai promis, c'est d'intervenir, et c'est ce que j'ai fait. Vous serez ravie d'apprendre que le garçon dont vous m'avez parlé est rentré chez lui et a retrouvé sa famille.

— Et Riyaz ?

— Riyaz ? Ah oui, votre ami. Il ne lui avait pas fait trop de mal, grâce au ciel.

— Il ne lui a *rien fait du tout* ! C'étaient vos soldats !

— Je suis désolé, mais la version du garçon est très différente.

J'ai pensé aux yeux du garçon ce soir-là, le vide en eux, l'absence totale de pensée. Qu'avaient-ils fait à ce pauvre enfant pour lui extorquer des aveux pareils ? Ils n'avaient sans doute pas eu besoin de beaucoup insister.

— Je sais ce que vous pensez, mais je peux vous garantir que le garçon a témoigné de son plein gré. Il s'est montré très bavard. Et lorsque mes hommes ont fouillé la maison de votre ami, ils ont trouvé une arme. C'était une preuve irréfutable.

— Une arme ?

— Un fusil.

— *Ça ?*

J'arrivais à peine à faire sortir les mots de ma bouche.

— C'est pour les corbeaux !

— Pour les *corbeaux*, dites-vous ? Intéressant. Je vais la noter, celle-ci ! Enfin bref, quoi qu'il en soit, mes hommes savent reconnaître une menace quand ils en voient une. Je regrette, mais nous n'avons pas eu d'autre choix que de l'arrêter.

— Enfoiré. Espèce d'enfoiré !

— Vous vous répétez.

— Je vais aller trouver les médias, ai-je soudain lâché. Je vais en parler aux journaux.

Une seconde trop tard, j'ai compris que je venais de dire exactement ce qu'il espérait. Son masque poli et affable est tombé et son ton est devenu glacial.

— Je vous en prie, Shalini. Faites donc ça. Mais si vous n'y voyez pas d'inconvénient, laissez-moi vous donner quelques conseils avant d'aller tout raconter dans la presse. Assurez-vous de bien articuler, car ces pauvres gratte-papier ne sont pas très malins. Ils ont tendance à s'emballer et à s'emmêler les pinceaux. Ils voudront savoir comment vous avez atterri chez ces villageois cachemiris qui, je précise, ont à leur actif un long passé de militantisme. Vous devrez expliquer la nature de votre relation avec votre ami. Comment s'appelle-t-il déjà ? Ah oui, Riyaz. Des promenades tard le soir, cachés dans un champ de maïs, alors qu'il est marié et père de famille… Ils vont adorer. Et ils voudront également tout savoir sur vous et votre famille. Malheureusement, cela signifie que vous aurez à répondre à des questions sur votre mère et la façon dont elle est morte. Une bombe d'insecticide, c'est ça ? Si mes souvenirs sont bons. Sale affaire ! Oh, et n'oubliez pas votre père. Je suis persuadé qu'il serait *enchanté* de coopérer avec les médias. Qu'il serait ravi d'être aveuglé par le flash de dizaines d'appareils photo dès qu'il sort acheter le journal, charmé par la présence de journalistes lui criant des questions concernant les liens que sa fille entretient avec des terroristes cachemiris. Je parie qu'il adorerait ça, vous ne croyez pas ?

Il a marqué une pause, peut-être pour me laisser répondre, mais je n'avais rien à dire. J'ai pensé à mon père, attablé au rez-de-chaussée, qui pianotait tout en guettant le moindre signe de détresse en provenance de ma chambre à l'étage au-dessus.

— Vous savez, il faut bien admettre que votre comportement dans toute cette histoire n'est pas franchement irréprochable, a-t-il repris. Vous sauver de chez vous sans prévenir personne, vous retrouver dans un satané village au milieu de nulle part. Ça ne ressemble pas au comportement d'une personne innocente. Ceci dit, vous pouvez difficilement vous targuer d'être l'innocence incarnée, n'est-ce pas ? a-t-il ajouté avec un rire méchant.

J'ai fixé le petit animal en bois sur ma table de chevet.

— On dirait bien que je vous ai perdue, a aimablement dit le brigadier. Quel dommage !

Pour la troisième fois de la soirée, on m'a raccroché au nez.

CHAPITRE 39

J'ai trente ans. Ce n'est rien du tout, trente ans. Le monde a changé à chaque instant depuis ma naissance. Cela fait six ans que je suis partie à la recherche de Bashir Ahmed, puis que je suis revenue sur mon lieu de naissance, une ville qui a grandi et muté au point de devenir méconnaissable, et où je vis toujours. Vivre, dans mon cas, signifie le travail que j'exerce, les quelques amitiés que j'ai formées, les dîners hebdomadaires avec mon père, et toutes les heures vides entre.

Il ne s'est pas passé un seul jour sans que je pense aux personnes que j'avais laissées dans les montagnes. À Riyaz. Je me suis demandé si Zoya avait aidé Amina à le retrouver et ce qui avait bien pu arriver à Riyaz entre-temps. J'ai pensé à Bashir Ahmed dans sa chambre, et à la mère de Riyaz qui ne m'avait jamais fait confiance. J'ai pensé à Aaqib et à l'opinion qu'il se forgera sur moi en grandissant, si toutefois il se souvient de l'époque où une femme de Bangalore a vécu chez lui. J'ai pensé à Mohammad Din qui, tout comme moi, doit vivre chaque jour avec le poids de ses actes.

J'ai pensé à eux tous. Et je n'ai pas essayé de faire quoi que ce soit.

Pendant six ans, je me suis toujours trouvé une excuse

ou une autre pour me taire, pour ne pas agir. La plupart de ces excuses avaient, d'une façon ou d'une autre, quelque chose à voir avec la volonté d'épargner mon père. Mais en vérité, toutes avaient surtout pour but de m'épargner moi-même. Même lorsque, il y a deux étés, des soldats ont tué un garçon de quinze ans alors qu'il rentrait de l'école à Srinagar, et que j'ai vu des centaines d'hommes et de femmes enragés défiler dans les rues au péril de leur vie, j'ai réussi à ne rien dire. Mais ça suffit, maintenant. J'ai conscience que je ne prends aucun risque en racontant tout cela, car pour les personnes comme moi, en sécurité et protégées, même le plus gros risque n'est qu'une indulgence en fin de compte. Je suis consciente de la possible futilité de tout ce que je raconte ici et j'ai également conscience des mille façons dont j'ai essayé de me blanchir au cours de mon récit. Malgré tout, quels que soient les défauts de cette histoire ou de cette confession, prenons-la en compte.

Il y a six ans, un mois après ce dernier échange odieux avec le brigadier, je me suis rendue à l'agence. Ritu s'est levée de son bureau et m'a serrée dans ses bras avec une chaleur non feinte.

— Mon Dieu, regarde-toi ! Ce que tu as maigri ! Je suis jalouse.

— J'aimerais revenir, ai-je dit. Pour travailler ici.

Son visage s'est assombri.

— L'équipe est au complet.

En voyant mon expression, elle s'est empressée d'ajouter :

— Mais peut-être que je peux te trouver quelque chose. On ne peut pas t'embaucher à plein temps, mais on pourrait te confier des projets ponctuels. J'imagine que ce n'est probablement pas ce que tu…

— Ce serait parfait, ai-je affirmé fermement. Merci.

C'est ainsi que j'ai passé les semaines suivantes à arpenter la ville au volant de ma voiture pour mesurer les niveaux de pollution dans un rayon de dix kilomètres autour de toutes les écoles de Bangalore, armée d'une carte en papier et d'un instrument de mesure hors d'âge qui émettait un bip strident avant chaque résultat. Après ça, Ritu m'a trouvé d'autres jobs, des bribes de missions qui ne payaient presque rien mais me donnaient un but et, étrangement, une sécurité pour laquelle j'étais reconnaissante. Je travaillais de manière consciencieuse et appliquée et, au bout de deux ans, elle m'a reprise à temps plein.

C'est à cette période que j'ai annoncé à mon père que je voulais quitter la maison et vivre dans mon propre appartement. Il a pleuré, sans cesser de répéter :

— Non, je suis content, je suis content, je t'assure.

Jaya, la femme avec laquelle il correspondait, est arrivée à Bangalore peu après mon retour. Elle a passé une semaine à l'hôtel Oberoi, et a dîné à trois reprises avec mon père. Je l'ai rencontrée. C'était une femme petite, pragmatique, avec des lunettes et un rire sonore. Elle m'a tout de suite plu. À la fin de la semaine, ils se sont promis d'échanger davantage avant de prendre une décision, puis elle a repris l'avion pour San Jose.

Quelques jours plus tard, elle a écrit à mon père pour l'informer qu'elle avait énormément réfléchi et que même s'il lui plaisait beaucoup, elle avait décidé de rester aux États-Unis. Elle disait ne pas se sentir capable de laisser son cabinet et les patients qu'elle suivait depuis des décennies. Mon père a été déçu, sans toutefois être dévasté, je crois. Je le soupçonne même d'avoir été en partie soulagé, car il n'a plus jamais évoqué l'idée de se remarier. Il est resté en contact avec Jaya : ils s'envoient de longs e-mails dans lesquels ils se racontent leurs vies. Désormais, lorsqu'il la mentionne au détour d'une conversation, mon père l'appelle affectueusement « ma sage amie médecin ».

Il a souffert d'un petit infarctus le mois dernier. « Même pas une chatouille », a-t-il insisté, mais j'ai passé cinq nuits à son chevet à l'hôpital St. John après son pontage, à le regarder dormir ou à fixer le crucifix accroché au mur, me souriant à moi-même face à la certitude absolue que si ma mère avait été là, elle l'aurait mis dans un tiroir.

Une fois sorti de réanimation et installé dans sa chambre individuelle, mon père m'a tenu la main pendant des heures. Mon père qui, en quelques années à peine, avait vieilli, dont le visage s'était adouci et dont le corps avait perdu de sa définition. Il s'est endormi avec ma main dans la sienne et, à son réveil, son visage a trahi une véritable panique jusqu'à ce qu'il m'aperçoive. Alors il a souri, encore sous l'effet de l'anesthésie.

— Merci, a-t-il marmonné comme si c'était moi qui l'avais sauvé.

* * *

Je l'ai vu hier soir pour notre traditionnel dîner dominical, un rituel qui nous réconforte davantage que nous ne voulons bien nous l'avouer. Nous avons discuté de tout et de rien, puis je l'ai ramené à la maison. Il est entré et a refermé la porte derrière lui, me laissant seule sur le paillasson.

Au lieu de regagner ma voiture, je suis restée là un moment, dans le noir.

J'entendais le bruit de ses pas dans la maison. Je l'ai imaginé se diriger vers ses vinyles, les saluant comme de vieux amis, effleurant du bout des doigts leurs tranches usées. Je l'ai imaginé prenant son temps, à la recherche du bon disque, de celui qui ferait écho à son ressenti du soir. Je savais qu'il ne tarderait pas à le trouver. Bientôt, il le ferait glisser hors de sa pochette, le placerait sur la platine et abaisserait le bras de lecture.

MIXTE
Papier issu de
sources responsables
FSC® C003309
FSC
www.fsc.org

L'éditeur de cet ouvrage s'engage dans une démarche
de certification FSC® qui contribue à la préservation
des forêts pour les générations futures.

Pour en savoir plus :
www.editis.com/engagement-rse/

10/18 – 92 avenue de France, 75013 PARIS

Imprimé en France par CPI

N° d'impression : 3048244
X08054/01